DENISE RUDBERG

DER STOCKHOLM-CODE

Die zweite Botschaft

atb aufbau taschenbuch

DENISE RUDBERG, 1971 in Stockholm geboren, studierte Filmwissenschaft und Dramaturgie in New York. Zusammen mit Camilla Läckberg moderierte sie im schwedischen Fernsehen eine Kultur- und Literatursendung. In Schweden ist sie eine absolute Bestsellerautorin.

Im Aufbau Taschenbuch ist bereits der erste Band der Reihe »Der Stockholm-Code. Die erste Begegnung« erschienen.

Schweden, 1940: Das Kriegsgeschehen rückt näher, die Bedrohung durch die Deutschen wächst. Während über Stockholm ein eiskalter Winter hereinbricht, arbeiten Signe, Elisabeth und Iris fieberhaft daran, verschlüsselte Nachrichten der Deutschen nach versteckten Botschaften zu durchsuchen. Doch dann erkrankt Signe schwer und muss befürchten, ihre Stelle zu verlieren. Iris setzt alles daran, um ihren kleinen Söhnen nach der Flucht aus Estland ein behütetes Leben in Stockholm zu ermöglichen. Sie hat jedoch über ihre Vergangenheit nicht die ganze Wahrheit gesagt, und das droht sie nun einzuholen. Die selbstbewusste Elisabeth gerät bei einer Abendgesellschaft mit zwei Deutschen aneinander. Als die beiden ihr tags darauf auflauern, ahnt sie noch nicht, was sie losgetreten hat …

DENISE RUDBERG

DER STOCKHOLM CODE

DIE ZWEITE BOTSCHAFT

Aus dem Schwedischen
von Leena Flegler

atb aufbau taschenbuch

Die Originalausgabe mit dem Titel
En andra allians
erschien 2020 bei Forum Editions, Stockholm.

FSC www.fsc.org
MIX
Papier aus verantwortungsvollen Quellen
FSC® C083411

ISBN 978-3-7466-3747-1

Aufbau Taschenbuch ist eine Marke
der Aufbau Verlage GmbH & Co. KG

1. Auflage 2021

Published by Arrangement with LENNART SANE AGENCY AB
und Thomas Schlück GmbH
Umschlaggestaltung www.buerosued.de, München
unter Verwendung von Motiven von © Laura Kate Bradley / Arangel und
© mauritius images / Pictures Now / Alamy
Satz LVD GmbH, Berlin
Druck und Binden CPI books GmbH, Leck, Germany
Printed in Germany

www.aufbau-verlage.de

PROLOG

Stockholm, Juni 1940

Iris versuchte, die Hände stillzuhalten, indem sie sie auf die Oberschenkel presste, trotzdem zitterten sie unaufhörlich. Sie nötigte sich, tief durchzuatmen, spürte jedoch, wie ihr Puls weiter raste.

»Bitte, Sie müssen mir erlauben, zu meinen Kindern zurückzukehren.«

Der blonde Mann auf der anderen Seite des Tischs lächelte bloß.

»Vielleicht erzählen Sie uns erst einmal, wie Sie hier gelandet sind? In Schweden?«

»Wie ich hier gelandet bin? Aber das wissen Sie doch! Ich habe in einem Boot aus Tallinn übergesetzt. Es wurde doch alles dokumentiert, als wir an Land gegangen sind!«

Der Blonde lächelte immer noch.

»Sicher. Aber wir wüssten zu gern, wie es überhaupt dazu kam, dass Sie so Hals über Kopf geflohen sind. Ist dies wirklich Ihr richtiger Name?«

Inzwischen zitterte Iris am ganzen Leib. Die Kälte drang durch ihre dünne Kleidung. Die kahlen Wände erinnerten sie an die Waschräume im Flüchtlingslager.

»Ich heiße Iris, und meine Kinder heißen Jan und Josef. Wo mein Mann sich derzeit befindet, weiß ich nicht – er wurde am selben Tag verhaftet, als wir Tallinn verließen.«

»Und Ihr Mann heißt …?«

Iris schluckte.

»Juhan Lepik.«

»Wissen Sie was? Ich glaube Ihnen kein Wort. Meinen Papieren zufolge heißt Ihr Mann nämlich Rudolf Nauen.«

Iris schüttelte den Kopf.

»Bitte hören Sie damit auf. Ich will einfach nur nach Hause zu meinen Kindern.«

»Selbstredend wollen Sie zu Ihren Kindern zurück. Aber erst müssen wir wissen, wer von den beiden tatsächlich Ihr Mann ist. Die Antwort kann doch nicht so schwer sein.«

Iris presste die Hände zusammen, so fest sie nur konnte.

»Mein Ehemann heißt Rudolf Nauen …«

»Warum haben Sie dann gelogen? Das war doch wirklich nicht nötig, wo wir es hier doch so schön gemütlich haben.«

Iris schluchzte auf.

»Ich lüge nur deshalb, weil mein Mann jüdischer Abstammung ist – und somit auch unsere Söhne! Er wurde von den Deutschen verhaftet, während ich und die Jungen entkommen konnten.«

»Und dieser Juhan Lepik … Was hat der arme Tropf verbrochen?«

»Den habe ich geheiratet, um an neue Papiere für mich und die Kinder zu kommen. Er ist ein Freund meiner Eltern. Seit Kriegsausbruch waren wir gezwungen, unter falscher Identität zu leben, um nicht aufgespürt zu werden. Estland folgt, was jüdische Mitbürger angeht, der deutschen Gesetzgebung und hat schon früh stolz verkündet,

›judenfrei‹ zu sein. Mithilfe von Kontakten meines Vaters zur Universität, an der mein Mann gelehrt hatte, blieben wir eine Zeit lang unbehelligt, aber irgendjemand muss uns verraten haben. Ich war gerade mit Jan, unserem jüngsten Sohn, einkaufen, als unser Haus gestürmt wurde. Mein Mann konnte Josef, unseren Älteren, gerade noch verstecken, ist aber selbst inhaftiert worden. Als ich nach Hause kam, fand ich Josef in einer Nische in unserer Speisekammer. Wir schlugen uns zu meinen Eltern durch, die uns neue Papiere verschafften ... indem sie mich erneut verheirateten.«

»Da haben Sie aber schnell Nägel mit Köpfen gemacht.«

»Anschließend bekamen wir einen Platz auf einem Fischerboot, das noch am selben Abend übersetzen sollte.«

»Ihr Mann wurde also inhaftiert, Sie selbst gingen eine Scheinehe ein und nahmen ein Boot nach Schweden – und das innerhalb eines Tages?«

»In weniger als zwölf Stunden. Wenn wir nicht sofort abgereist wären, hätten sie uns doch auch abgeholt! Oder direkt hingerichtet ...«

»Wir hätten noch diverse Fragen zu Ihrer Familie. Uns ist nämlich zu Ohren gekommen, dass Ihre Schwester Kati jüngst ebenfalls in Schweden gelandet ist. Allerdings in einem Privatflugzeug direkt aus Deutschland. Es ist doch eher ungewöhnlich, dass Privatleuten eine Landeerlaubnis erteilt wird. Wie kam das zustande?«

»Meine Schwester ist mit einem deutschen Piloten verlobt. Sie war in den letzten Jahren oft bei ihm in Deutschland, deshalb hatten wir auch bloß sporadisch Kontakt.«

»Aber jetzt scheinen Sie den Kontakt wieder aufgenommen zu haben. Oder warum ist Ihre Schwester jetzt hier in Schweden?«

»Ich habe keine Ahnung.«

»Ihre Eltern – können Sie uns über die ein bisschen mehr erzählen? Sind die auch jüdischer Abstammung?«

»Nein, sie gehören dem orthodoxen Glauben an. Mein Vater stammt ursprünglich aus Sankt Petersburg, ist aber im Zuge der Revolution 1917 nach Estland geflüchtet. Zuvor hatte er meine Mutter kennengelernt – sie war die Tochter eines schwedischen Botschaftsattachés in Moskau.«

»Das sind ja spannende Verhältnisse! Und was hielten die beiden – mal abgesehen von der Religion – von Ihrer Ehe?«

»Mein Mann hat ja nun bei meinem Vater studiert ...«

»Und doch sitzen Sie jetzt hier. Wo ist Ihr Ehemann im Augenblick?«

»Ich weiß es nicht! Wir haben nichts mehr von ihm gehört – und auch nicht von meinen Eltern.«

»Und noch eine Sache würde uns interessieren. Karl-Fredrik Ritter – woher kannten Sie ihn?«

»Er war ein Freund der Familie. Meine Mutter war schon als kleines Mädchen mit seiner Mutter befreundet. Unsere Sommerhäuser standen nebeneinander, und wir haben dort von klein auf miteinander gespielt.«

»Ein Freund der Familie? Aber dann haben Sie sich entzweit?«

Iris runzelte die Stirn.

»Überhaupt nicht! Leider ist Karl-Fredrik vor zwei Jahren ums Leben gekommen.«

»Sind Sie sich sicher?«

Iris sah den blonden Mann verständnislos an.

»Natürlich. Ich war seine Tischdame während einer Feier. Als er etwas von seinem Boot holen ging, explodierte es unmittelbar darauf.«

Der Blonde musterte sie eine Weile.

»Haben Sie ihn gesehen?«

»Was meinen Sie?«

»Haben Sie die Leiche gesehen?«

»Nein, das ist mir erspart geblieben. Aber wir wissen, dass er gestorben ist – vom Boot war ja nichts mehr übrig. Und wir waren alle bei seiner Beerdigung.«

»Eine Beerdigung, bei der vermutlich ein leerer Sarg vor Ihnen stand. Wir haben guten Grund zu der Annahme, dass Karl-Fredrik Ritter immer noch am Leben ist. Allerdings sprechen gewisse Anzeichen dafür, dass er sich zu verstecken scheint. Und da fragen wir uns natürlich, warum.«

»Was soll das heißen? Damit habe ich nichts zu tun, ich weiß nicht, was ...«

Der Mann schob ein Foto über den Tisch: Karl-Fredrik Ritter, der eine Straße entlangschlenderte. Im Hintergrund waren Zeitungsplakate zu erkennen. Der Mann beugte sich über den Tisch und tippte auf eine der Schlagzeilen.

»Wenn Sie genau hinsehen, können Sie vielleicht lesen, was da steht.«

Iris beugte sich vor und las laut vor: »Schwedische Helden eilen Finnland zu Hilfe.«

Der Mann lächelte sie an.

»Wie Sie sehen können, stammt die Zeitung aus dem November 1939. Das war vor einem Jahr. Wie kann es da sein, dass Sie ihn 1938 beerdigt haben? Schon eigenartig, nicht wahr?«

Iris starrte das Foto an. Sie verstand die Welt nicht mehr.

ELISABETH

Dezember 1940

Elisabeth stapfte durch den kniehohen Neuschnee. Seit dem Vortag waren die Temperaturen neuerlich gesunken und hatten den Zeitungen zufolge ein Rekordtief erreicht – nicht nur in Stockholm, sondern landesweit. Ihre abgetretenen Schuhe würde sie allmählich entsorgen müssen, und sie hätte sich ohrfeigen können, weil sie kein zweites Paar Socken angezogen hatte. Auf dem Stureplan standen die Straßenbahnen und Oberleitungsbusse still, weil dort der Schnee nicht geräumt worden war. Auf der Linnégatan, durch die immer starker Wind wehte, peitschten Schneeverwehungen auf, und sie musste ihre Kapuze festhalten, damit ihr kein Schnee in den Kragen geriet. Sie war froh, als sie auf die Styrmansgatan abbiegen konnte, an der sie die Weihnachtsdekoration bei Augusta Jansson gerade so vor sich sehen konnte: Weihnachtswichtel und allerhand Leckereien reihten sich auf dem Verkaufstresen und lockten Kundschaft ins Geschäft.

Endlich hatte sie das Ende der Straße erreicht, überquerte die Kommendörsgatan, schlüpfte durch die Tür zum Karlaplan 4 und marschierte über den Innenhof zum Hinterhaus. Dort klopfte sie sich grob den Schnee von den Schuhen, ehe sie die Treppe in den ersten Stock hinaufeilte. Auf dem Namensschild stand »Jakobsson«, allerdings war von einem Jakobsson hinter der Tür keine Spur.

Elisabeth schob die Tür auf, und das Klappern von Schreibmaschinen und Telegraphiegeräten schlug ihr entgegen. Sie befreite sich von ihrem langen Schal und hängte ihn mitsamt ihrem Mantel an einen Haken.

»Ach, das Fräulein Herrman ist auch schon da? Haben wir heute früh ein bisschen mehr Schlaf gebraucht?«

Elisabeth wirbelte herum und sah Fräulein Andersson lächelnd ins Gesicht.

»Ich bitte vielmals um Entschuldigung. Die Straßen waren nicht geräumt.«

Fräulein Andersson schürzte die Lippen und setzte zu einer ausholenden Geste an.

»Das hat Ihre Kolleginnen aber nicht daran gehindert, rechtzeitig vor Schichtbeginn da zu sein. Es ist schon bemerkenswert, dass ausgerechnet Sie, Fräulein Herrman, die sogar ganz in der Nähe wohnen, am häufigsten zu spät dran sind.«

»Kommt nicht wieder vor.«

Sobald sie Fräulein Andersson den Rücken gekehrt hatte, verzog sie den Mund. Sie brauchte noch einen Schluck heißen Kaffee, wenn noch welcher da war, bevor sie sich an die Arbeit machen konnte.

Mit einem Lächeln im Gesicht hielt Iris ihr einen Becher hin.

»Ich habe dir welchen aufgehoben. War sie sehr wütend?«

Elisabeth zuckte die Achseln und kippte den sogenannten Ersatzkaffee in sich hinein – eine traurige Alternative, die sie hier am Karlaplan lieber gar nicht Kaffee nennen wollten. Es handelte sich um eine Mischung aus echtem Kaffee und geröstetem Roggen. Der Geschmack war entsprechend, trotzdem wollte Elisabeth sich nicht beklagen, solange das Getränk nur ordentlich heiß war.

»Wie immer. Es ist fast, als würde sie mir hinter der Tür auflauern.«

Iris lächelte.

»Ja, da steht sie wie ein Wachhund.«

Elisabeth ließ den Blick über die knapp dreißig jungen Frauen schweifen, die emsig vor sich hin arbeiteten.

»Irgendwas Neues?«

Iris schüttelte den Kopf.

»Nein. Ich bin gerade die Nachrichten von gestern Nacht durchgegangen, aber es scheint, als herrschte derzeit Ruhe. Anscheinend will Svartström sich um neun mit uns zusammenstellen, hat Fräulein Andersson zu einem der Mädchen aus dem Archiv gesagt.«

Das Archiv war der Raum, in dem sie die eingehenden Nachrichten sammelten, die zuvor sortiert und auf große Papierbogen geklebt worden waren.

Elisabeth nahm einen letzten Schluck. Inzwischen fühlte sie sich besser imstande, ihr Tagwerk in Angriff zu nehmen.

Iris beugte sich zu ihr vor und flüsterte: »Bremer ist übrigens auf dem Kriegspfad. Anscheinend ist er mit einem der Ericsson-Ingenieure in Streit geraten. In der Nacht hat es zwischen den beiden wohl heftig gekracht.«

Elisabeth pfiff leise durch die Zähne und spähte in Richtung Arbeitszimmer. Professor Arvid Bremer war in sein kariertes Notizbüchlein vertieft, das er immer bei sich trug.

»Oh, da halten wir uns wohl besser fern.«

Vom anderen Ende des Raums sah Fräulein Andersson in ihre Richtung, und eilig huschten sie an ihre Plätze.

Elisabeth raunte Iris zu, die eine Reihe vor ihr saß: »Dieser Drachen! Am liebsten würde ich ihr Arsen in die Brotdose streuen!«

Fräulein Andersson schlenderte auf Elisabeth zu und nickte.

»Kann ich irgendwie helfen, Fräulein Herrman? Wenn nicht, hoffe ich, dass Sie sich zumindest an die Regeln halten und Ihre Arbeit ab sofort stillschweigend verrichten.«

Elisabeth sah starr auf das Papier hinab, das sie eben erst in die Schreibmaschine eingelegt hatte. Sie hatte nicht vor, unnötigerweise auch nur einen Hauch Energie auf Fräulein Andersson zu verschwenden.

Stunden verstrichen, ohne dass eine von ihnen auch nur aufgeblickt hätte. Es waren diverse Nachrichten abgefangen worden, und sie gaben ihr Bestes, um darin Informationen aufzuspüren. In seinem Arbeitszimmer beugte sich Professor Bremer noch immer über seine Notizen.

Elisabeth flüsterte in Iris' Richtung: »Wie läuft es für ihn? Er hat sich hoffentlich nicht vollends festgefahren?«

Unauffällig drehte sich Iris nach hinten um und machte eine resignierte Geste. Allen war klar, dass das Schicksal unzähliger Menschen nur mehr davon abhing, dass Bremer endlich eine Vorrichtung entwickelte, mit deren Hilfe sie die Nachrichten der Deutschen decodieren konnten. Es würde ihre Arbeit mit einem Schlag einfacher und sicherer machen – doch noch traten sie auf der Stelle. Keiner von ihnen war bislang nennenswert weit gekommen.

Um kurz vor elf betrat Professor Nils Svartström den Raum, dicht gefolgt von Signe, die ursprünglich als sein Dienstmädchen angestellt worden war, inzwischen aber ebenfalls am Karlaplan arbeitete. Er nahm seinen Hut ab und reichte Signe seinen Mantel, ehe er eilends auf Bremer zuhielt und die Tür hinter sich zumachte. Im nächsten Moment war leises Gemurmel zu hören. Elisabeth bemühte sich nach Kräften, irgendetwas aufzuschnappen – vergebens.

Nach knapp dreißig Minuten ging die Tür wieder auf, und Svartström trat an die Schwelle.

»Ich möchte Sie alle um Ihre Aufmerksamkeit bitten. Und wenn jemand so freundlich wäre, die Kräfte aus dem zweiten Stock zu bitten, sich ebenfalls einzufinden? Wo sind überhaupt Petrén und Dahlén? Die brauchen wir auch. Ich habe Ihnen etwas Wichtiges mitzuteilen.«

Während Fräulein Andersson loslief, um den Kollegen Bescheid zu geben, wartete der Rest von ihnen schweigend ab. Im Handumdrehen hatten sich alle eingefunden und den Blick erwartungsvoll auf Svartström gerichtet. Er machte ein ernstes Gesicht.

»Verehrte Mitarbeiter, ich habe soeben erfahren, dass dem Karlaplan 4 zusätzliche Mittel bewilligt wurden, um den steigenden Anforderungen vonseiten des Verteidigungsstabs gerecht zu werden. In den nächsten Tagen bekommen wir an den Maschinen Verstärkung durch fünfzehn Damen. Grund ist die erhöhte Aktivität um uns herum – Schweden hat Deutschland heute einen historischen Handelsvertrag vorgelegt, und ein weiteres, vergleichbares Abkommen wird derzeit mit den Sowjets verhandelt. In England gehen über London Bomben nieder – nicht mehr lange, und die Stadt liegt in Schutt und Asche. Unsere Nachbarländer Norwegen und Dänemark waren, wie Sie wissen, bereits zur Kapitulation gezwungen, und das Schicksal Finnlands steht in den Sternen. Um unseren nationalen Interessen bestmöglich Rechnung zu tragen, ist unsere Arbeit hier wichtiger denn je. Nur so können wir die nächsten Schritte sämtlicher anderen Akteure voraussehen. Auch wir mobilisieren jetzt – allerdings ohne dass unsere Umgebung davon erfährt. Nicht mal unsere nächste Umgebung – nichts dringt von hier nach außen. Die Arbeit, die wir hier gemeinsam verrichten, wird über das Schicksal unseres Landes entscheiden. Was wir tun, hier und heute, ist von enormer Bedeutsamkeit. Ich hoffe, Sie alle verstehen den Ernst der Lage und die Relevanz Ihrer Aufgaben. Aufgaben, die auf den ersten Blick banal erscheinen mögen. Dabei sind sie alles andere als das. Ich möchte, dass jeder Einzelne von Ihnen die Arbeit, die Ihnen anvertraut wird, mit größtem Ernst erfüllt. Unsere Nation und unsere Zukunft liegen in Ihren Händen.«

Professor Nils Svartström verstummte und senkte den Blick. Dann nickte er knapp und verschwand im Büro. Schweigend wechselten die Kollegen Blicke. Was war passiert? Worauf hatte er angespielt? Drohte Schweden in den Krieg hineingezogen zu werden?

Fräulein Andersson klatschte scharf in die Hände.

»Also, Sie haben gehört, was Professor Svartström gesagt hat. Jeder von uns trägt Verantwortung. Es liegt an uns allein und an unserem Engagement, die vor uns liegenden Aufgaben bestmöglich zu meistern. Zurück an die Arbeit, Mädchen!«

In der folgenden Stunde war kein Mucks zu hören. Erst als Fräulein Andersson den Raum verließ, um in der Verwaltung die Reparatur einer Schreibmaschine anzuleiten, war leises Murmeln zu hören.

»Wovon hat er gesprochen? Tritt Schweden jetzt in den Krieg ein?«

Elisabeth saß stumm an ihrem Telegraphiegerät. Iris drehte sich halb zu ihr um, und sie nickten einander zu. Die Lage war ernster denn je. Doch keine von ihnen ahnte, was das tatsächlich bedeutete.

SIGNE

Als Signe von der Toilette zurückkam, blickte Iris auf.

»Wie geht es dir, Signe? Du siehst erschöpft aus.«

Signe erschauderte sichtlich.

»Ich weiß nicht, was mit mir los ist. Aber ich bin die ganze Zeit schrecklich müde. Vielleicht ist es das Wetter? Und dass wir uns so viel drinnen aufhalten? Ich bin es eher gewöhnt, draußen an der frischen Luft zu sein. Hier in der Großstadt ist alles so anders …«

Iris lächelte.

»Daran gewöhnst du dich, warte nur. Die Jungs haben erzählt, dass du Korinthenplätzchen gebacken hast – sie waren ganz selig! Sie können sich wirklich glücklich schätzen, dass sie dich als Nachbarin haben, erst recht weil ihre Mutter von Backen nicht die geringste Ahnung hat.«

»Deine Jungs sind solche Goldstücke! Du musst ungeheuer stolz auf sie sein. Professor Svartström meint das übrigens auch – dass es echt feine Kerle sind.«

»Danke. Du, trink einen Tee mit Honig. Meine Mutter hat immer gesagt, das hilft gegen alles.«

Selbst nachdem Svartström sie in den Feierabend entlassen hatte, blieben Elisabeth und Iris noch eine Weile an ihren Schreibtischen sitzen. Er selbst hatte ein paar abendliche Besprechungen, die er jedoch telefonisch abhalten wollte.

Signe hingegen atmete dankbar die klare Abendluft ein, sobald sie hinaus auf die Straße trat und sich auf den Heimweg machte. In den letzten Stunden hatte sie kaum noch die Augen aufhalten können, obwohl sie sogar eine zusätzliche Tasse Kaffee getrunken hatte. Es wäre ein Segen, nach Hause zu kommen und das Abendbrot vorzubereiten. Es war ihr noch immer ein Rätsel, was mit ihr los war. So müde zu sein – das war doch nicht normal!

ELISABETH

Elisabeth nickte Iris zu.

»Geh nach Hause, ich kümmere mich um den Rest. Die Jungs machen sich sonst noch Sorgen.«

»Danke, das ist nett von dir. Mach das aber bitte nicht jeden Tag! Auch wenn zu Hause keine Kinder auf dich warten, brauchst du trotzdem hier und da ein bisschen Freizeit.«

Elisabeth schüttelte schmunzelnd den Kopf.

»Für mich ist das hier erholsamer, als mit meinen Eltern zu Hause zu sitzen. Sie gehen mir im Augenblick mächtig auf die Nerven. Du tust mir insofern einen Gefallen, indem du mich hier sitzen lässt.«

Mit einem dankbaren Lächeln knöpfte sich Iris den Mantel zu.

»Bleib trotzdem nicht allzu lange. Auch du musst dich mal entspannen.«

Elisabeth ackerte den hohen Stapel am Nachmittag abgefangener Nachrichten durch und sortierte alles ordentlich auf ihrem Schreibtisch. Wenn in der Nacht noch mehr hereinkäme, würden die neuen Mädchen sich darum kümmern müssen, bis Elisabeth wieder da wäre.

Sie rollte die Schultern und musterte sich im Spiegel, während sie sich die dicke Strickmütze auf dem Kopf zurechtschob. Sie war mit einer Freundin im Kino verabredet und würde gerade rechtzeitig zur Spätvorstellung von *Wir drei* kommen. Ihrer Freundin zufolge spielten sowohl Sture Lagerwall als auch Signe Hasso mit, und Elisabeth hatte gelesen, dass Stig Järrel in seiner Rolle glänzte. Außerdem lief der Film im *Astoria* an der Nybrogatan – gerade mal zwei Straßenzüge von zu Hause entfernt. Sie hoffte, dass sie auf dem Weg dorthin an einer Würstchenbude noch etwas zu essen bekäme – sofern der Würstchenverkäufer am Östermalmstorg trotz Winterwetter noch da war.

SIGNE

Signe kniff die Augen zusammen, damit sie sich auf das schummrige Licht einstellen konnten. Ganz hinten in der Vorratskammer stand die Blechdose mit dem letzten Kaffee. Professor Svartström hatte versprochen, mithilfe seiner »Kontakte« neuen zu besorgen, aber noch war nichts passiert. Wenn Signe unpässlich war, halfen ihr nur mehr das bittere Schmerzpulver und ein starker Kaffee. Der zunehmende Druck im Oberbauch weckte in ihr die Befürchtung, dass es in diesem Monat besonders schlimm werden könnte. Zu Hause auf dem Hof hatte sie sich leichter zurückziehen können, wenn sie ihre Tage hatte, doch hier auf ihrer neuen Stelle bei Professor Svartström wollte sie keine Belastung darstellen. Stattdessen gab sie sich umso mehr Mühe, auch um sich selbst vorzugaukeln, die Situation und ihren Körper im Griff zu haben.

Seit Signe erstmals ihre Tage bekommen hatte, litt sie darunter. Ihre Mutter hatte ihr weisgemacht, dass es nichts sei, worüber man sich beklagen dürfe, und dass jeder sein Päckchen zu tragen habe. Doch Signe wollte immer nur, dass es schleunigst vorbeiginge.

Sie kratzte den letzten Rest des schwarzen Goldes aus der Dose zusammen. Langsam breitete sich der angenehme Duft in der beißend kalten Küche aus. Signe hielt die steifen Finger an den flackernden Ofen und schloss für ein paar Sekunden die Augen. Wie schön es gewesen wäre, im Bett unter der Decke liegen zu bleiben … mit einer Wärmflasche gegen die Schmerzen … und den Tag einfach zu verschlafen.

Ein zögerliches Räuspern holte sie in die Realität zurück, und sie riss sich zusammen.

»Entschuldigen Sie, ich wollte Sie nicht erschrecken, Signe. Ich bin zu einer unchristlichen Zeit wach geworden. Die Kälte muss mich geweckt haben – draußen sind es sicher minus sieben Grad. Und es schneit weiter, wie es scheint. Die Leute werden Probleme kriegen, zur Arbeit zu kommen.«

»Ich habe eben erst beobachtet, wie sie versucht haben, ihre Türen freizuschaufeln. Hoffentlich schaffen es die Jungs heute zur Schule, auch wenn es nicht weit ist. Draußen auf dem Land sind wir mit Schnee irgendwie besser klargekommen. Möchte der Herr Professor in der Bibliothek frühstücken?«

»Nein, lieber in meinem Arbeitszimmer, glaube ich. Ich habe den Kamin eingeheizt, inzwischen ist es dort warm. Ich müsste Sie überdies um einen Gefallen bitten … Ich habe heute einen Besuch geplant – einen recht heiklen.«

»Natürlich, Herr Professor. Sagen Sie einfach Bescheid, wann Sie losmüssen, und ich sorge dafür, dass alles rechtzeitig vorbereitet ist.«

»Nein, heute brauche ich Ihre Hilfe nicht. Ich werde abgeholt, aber ich fürchte, es könnte spät werden, bis ich wieder zu Hause bin. Vielleicht muss ich sogar außer Haus übernachten. Dürfte ich Sie ganz frech bitten, heute einen Ihrer freien Tage zu nehmen?«

Signe spürte, wie sie von Kopf bis Fuß schier erbebte bei der Aussicht, zurück ins Bett schlüpfen und sich erholen zu können.

»Selbstverständlich, Herr Professor«, erwiderte sie sofort. »Für den Fall, dass Sie hungrig sind, wenn Sie heimkommen, bereite ich trotzdem ein Abendessen vor.«

Professor Svartström schenkte ihr ein Lächeln, nickte und zog sich annähernd lautlos zurück. Signe stellte sein Frühstück zusammen, machte sich mit dem Haferbrei besonders Mühe und gab einen Klecks Butter hinein. Daneben kam ein Schälchen Apfelmus – sie wusste, dass er das gern aß.

Eine knappe Stunde später klingelte es an der Tür, und zwei Männer in Uniform nickten Signe förmlich zu, ehe Svartström sich dazugesellte und ihnen nach draußen folgte.

Die Stille, die sich an diesem eiskalten Dezemberfreitag in der Wohnung ausbreitete, war Balsam für ihre Seele. Signe nötigte sich, ordentlich zu frühstücken; das brauchte sie an Tagen, an denen sie das Pulver zu sich nahm. Obwohl sie es insgeheim vermessen fand, gönnte sie sich den gleichen Luxus, den sie zuvor dem Professor hatte angedeihen lassen, und nahm auch sich selbst einen Klecks Butter und Apfelmus. Sie befüllte die Wärmflasche neu, riss sich regelrecht die Arbeitskleidung vom Leib und schlüpfte in ihr dickes Flanellnachthemd, das sich sanft um ihren wehen Körper schmiegte. Sie nahm sich eine neue Binde und weichte die alte ein. Wider besseres Wissen nahm sie noch ein Tütchen des bitteren Pulvers und verzog das Gesicht angesichts des Geschmacks. Vor dem Fenster zum

Hof hing bloß der dünne Vorhang, und am liebsten hätte sie alles Tageslicht ausgesperrt. In der kurzen Zeit, da sie auf den Beinen gewesen war, war das Bett zwar ausgekühlt, doch dank ihrer Körperwärme und einer zusätzlichen Decke im Handumdrehen wieder aufgewärmt. Mit Haferbrei und Pulver im Magen, das sie von den Schmerzen hoffentlich schnell befreien würde, schloss sie die Augen und presste sich die Wärmflasche auf den Bauch. Ausnahmsweise waren ihre Gebete erhört worden.

ELISABETH

Nach dem langen Arbeitstag war Elisabeth müde. Sie alle hatten sich nach Professor Svartströms Ansprache mächtig ins Zeug gelegt. Auch wenn seit Kriegsbeginn die Lage dauerhaft ernst gewesen war, war sie nun erstmals zutiefst beunruhigt. Sie und ihre Familie hatten es gut, sie waren finanziell abgesichert, und bislang hatten sie sich um die immer strengeren Rationierungen kaum je Sorgen zu machen brauchen, weil sie gute Kontakte hatten, die ihnen hier und da etwas zukommen ließen. Anfang Dezember waren die Auflagen erneut verschärft und es war verlautbart worden, dass Einkäufe auf dem Schwarzmarkt fortan hart geahndet würden. Elisabeth war klar, dass es ihre Familie nicht ernsthaft treffen würde – doch nicht ihresgleichen. Aber abgesehen davon hatte der Krieg neue Ausmaße angenommen, und für sie persönlich hieß das nun mal auch, dass sie eine Arbeitsstelle innehatte, die einer jungen Frau unter anderen Vorzeichen kaum angeboten worden wäre. Die Arbeit hatte dazu geführt, dass sie neue Kontakte geknüpft und Menschen kennengelernt hatte, denen sie sonst nie begegnet wäre.

Im Frühsommer war Elisabeth beispielsweise General Carl Munch vorgestellt worden. Munch war mit Vivian von Geijer verheiratet, der einst gefeierten Schauspielerin – und derselben Frau, die auch mit Professor Svartström verheiratet gewesen war, den sie aber verlassen hatte, als er erblindet war.

Elisabeth und Munch hatten zunächst nur ein bisschen geflirtet, doch im Frühherbst hatte sich ihre Verbindung intensiviert. Munch war gefangen in einer unglücklichen Ehe, doch aufgrund zweier Kinder stand die Scheidung außer Frage.

Im Laufe des Herbstes waren ihre Begegnungen seltener geworden: einerseits, weil es immer weniger Orte gab, an denen man sich treffen konnte, andererseits aber auch, weil Elisabeth der Form ihrer Treffen zusehends leid gewesen war.

Heute hatte Munch sie zum Abendessen ins *Cecil* eingeladen – was nicht mehr allzu häufig vorkam. Aus naheliegenden Gründen trafen sie sich kaum je an einem öffentlichen Ort.

Elisabeth trampelte sich den Schnee von den Schuhen, ehe sie zu Hause über die Schwelle trat, und obwohl sie nicht weit gegangen war, waren sogar ihre Strickfäustlinge vereist. Ihre Eltern würden an diesem Abend Bridge bei Freunden spielen, die gleich auch Elisabeths Bruder Arne und dessen Frau Gullan eingeladen hatten. Folglich hatte Elisabeth sturmfrei. Trotzdem hatte sie nicht vor, Munch zu sich nach Hause zu bitten. Es wäre ihr schlicht und ergreifend zu anstrengend.

Ihr blieben lediglich zwanzig Minuten, um sich umzuziehen, und missmutig betrachtete sie den Inhalt ihres Kleiderschranks. Auch wenn sie schlecht behaupten konnte, dass sie keine Kleidung besaß, entdeckte sie auf Anhieb nichts, was für den Abend geeignet gewesen wäre. Nach einigem Hin und Her entschied sie sich für ein schwarzes Kleid mit Stehkragen und langen Ärmeln. Ihr war immer noch kalt, und auf etwas Schickeres hatte sie keine Lust, obwohl ihr bewusst war, dass Munch einen eher glamourösen Stil bevorzugte. Das nächste Problem war, eine intakte Strumpfhose zu finden; sie hatten alle Laufmaschen, und wütend schleuderte sie sie aufs Bett. Dann schlich sie in das Schlafzimmer ihrer Eltern. In der Kommode ihrer Mutter würde ein verpacktes Paar Strumpfhosen liegen. Elisabeth hoffte nur, sie würde daran denken, ihren Raubzug zu gestehen.

Sie bürstete sich das schulterlange rote Haar glatt und steckte es an den Seiten mit Spangen hoch. Der neue graue Mantel war eigentlich zu dünn, jetzt, da es so kalt geworden war, aber nachdem sie nur ein paar Straßenzüge weit gehen würde, wäre das schon in Ordnung.

Draußen auf der Birger Jarlsgatan strömten die Kinobesucher aus dem *Spegeln.* In den Zeitungen hatten sie sich über den neuen Film überschlagen und debattiert, ob *Swing it, Pauker* zu frivol für die Jugend sei.

Sie bog auf die Mäster Samuelsgatan und dann unmittelbar in die Biblioteksgatan ein. Munch wartete bereits vor dem Lokal. Er sah verärgert aus. Elisabeth eilte lächelnd auf ihn zu.

»Du bist ja verrückt, dass du hier stehst und frierst! Warum bist du nicht rein ins Warme gegangen?«

Munch verzog missmutig das Gesicht und schnippte seine glühende Zigarette weg. Seine Stimme klang eisig, als er sie anfauchte: »Weil es sich für einen Gentleman gehört, auf seine Gesellschaft zu warten. Bist du eigentlich jemals im Leben pünktlich gewesen?«

Elisabeth verdrehte die Augen und ging vorneweg. Drinnen hieß der Oberkellner sie mit einem warmen Lächeln willkommen.

»Fräulein Herrman, wie schön. Leider haben Sie Direktor Lagerman verpasst, er ist soeben gegangen.«

»Ach, Dinty war hier? Das ist ja typisch!«

»Wirklich«, murmelte Munch und schob sich an ihr vorbei. »Ich habe einen Tisch für zwei reserviert – den besten, wie mir zugesichert wurde.«

»Natürlich. Auf welchen Namen?«

Elisabeth konnte Munch ansehen, dass er zusehends kochte. Durch die zusammengebissenen Zähne presste er hervor: »General Munch.«

Der Oberkellner verneigte sich.

»Natürlich. Bitte folgen Sie mir.«

Munch schien selbst die banalste Etikette – *Ladies first* – vergessen zu haben und ließ Elisabeth stehen, so dass sie ihm nacheilen musste.

»Ihr Tisch, wenn es recht ist? Möchten Sie vor dem Essen einen Aperitif zu sich nehmen? Vielleicht ein Glas Champagner für das Fräulein Herrman?«

Munch schüttelte den Kopf.

»Nein danke. Wir brauchen keinen Schampus. Wein mit Kohlensäure – völlig überbewertet. Aber ich hätte gern einen Whisky.«

Elisabeth setzte sich und lächelte den Kellner an.

»Ich hätte gern einen Campari.«

Der Kellner zog sich zurück, und Munch schnaubte.

»Ich bin diese überkandidelten Restaurants dermaßen leid! Die versuchen doch, selbst den teuersten Mist zu Mondpreisen zu verkaufen. Andererseits habe ich Champagner immer schon für überbewertet gehalten.«

Statt zu antworten, zückte Elisabeth ihr Zigarettenetui. Munch beugte sich vor.

»Ich nehme auch eine. Hab gerade meine letzte geraucht.«

Elisabeth nahm wortlos zur Kenntnis, dass er ihr nicht einmal Feuer gab, sondern nur seine eigene Zigarette anzündete.

Nach dem ersten tiefen Zug fragte sie: »Also, wie war dein Tag?«

»Grässlich! Eine Stabsbesprechung nach der anderen – und es geht nur um Nichtigkeiten! Ich scheine mich inzwischen nur noch mit unwichtigen Sachen zu beschäftigen. So langsam sollte ich mit meinen Vorgesetzten ein ernstes Wörtchen sprechen. Es ist doch Ressourcenverschwendung, dass sie mich auf diesen Posten gesetzt haben und nicht mein volles Potenzial ausschöpfen! Und das ist einzig Nordengrens Schuld. Er scheint es als seine Aufgabe anzusehen, mir das Leben madig zu machen.«

»Oh, das klingt ärgerlich.«

Ohne sie auch nur anzusehen, fuhr Munch fort: »Und dann komme ich heim, und Vivian hat einen hysterischen Anfall. Schreit und keift die Haushälterin an, die damit gedroht hat zu kündigen. Die Kinder sind krank und schlecht gelaunt. Und Vivian keift weiter, schimpft auf unsere Möbel, dass wir annähernd das komplette Erdgeschoss umgestalten müssten, es sei alles aus der Mode gekommen – aber wie kann das sein? Wir haben die Sachen doch gerade erst vor ein paar Jahren gekauft? Möbel kommen doch so schnell nicht aus der Mode? Und es wird noch schlimmer. Ich habe ihre jüngste Rechnung im Kaufhaus NK infrage gestellt – aber ich kann doch nicht einfach hinnehmen, dass ein Mensch derartige Summen für ein bisschen Kleiderstoff ausgibt!«

Dankbar lächelte Elisabeth den Kellner an, der ihnen die Drinks brachte. Sie stießen miteinander an, und Munch verzog das Gesicht. Dann knallte er mit solcher Wucht das Glas auf den Tisch, dass der Whisky überschwappte.

»Was ist das denn für ein Gesöff? Behaupten Sie ja nicht, das wäre meine Bestellung! Das ist bestenfalls Azeton! Bringen Sie mir jetzt bitte den Whisky, den ich bestellt habe. Dieses Zeug hier können Sie als Anzünder verwenden!«

Elisabeth konnte sehen, wie sich die Gäste an den Nachbartischen schon neugierig die Hälse verrenkten. Sie lächelte einem Paar zu und verdrehte diskret die Augen.

Der neue Whisky kam, und Munch kippte das halbe Glas auf einmal in sich hinein. Unterdessen lehnte Elisabeth sich zurück und studierte die Speisekarte.

»Wonach steht dir denn heute der Sinn? Ich glaube, ich nehme den Fisch. Ich habe schon lang keinen Fisch mehr gegessen.«

Munch schüttelte den Kopf.

»Nein, der Fisch ist genauso überteuert wie alles andere.

Ich bin nicht mehr bereit, solche Wucherpreise zu zahlen. Das Tagesgericht reicht vollkommen. Darf ich im Übrigen fragen, was du da angezogen hast? Ich wusste gar nicht, dass wir noch auf eine Beerdigung gehen! Wäre nicht etwas Freundlicheres angemessen gewesen, jetzt, da wir zwei endlich wieder zusammensitzen?«

Elisabeth behielt noch kurz die Speisekarte in der Hand. Dann legte sie sie beiseite.

»Ich gehe jetzt nach Hause. Und du – fahr zur Hölle.«

Sie nahm all ihren Mut zusammen, stand auf und steuerte die Garderobe an, um ihren Mantel zu holen. Beunruhigt kam der Oberkellner auf sie zu.

»Ist alles in Ordnung, Fräulein Herrman?«

»Aber natürlich. Besser denn je.«

Dann zwinkerte sie ihm zu. Sie war froh, dass die Luft draußen so kalt und klar war – so leicht war ihr das Atmen schon länger nicht mehr gefallen.

IRIS

Iris schlich zum Zimmer ihrer Söhne und stellte erleichtert fest, dass sie endlich eingeschlafen waren. Jan war den ganzen Abend aufgedreht gewesen, weil er für die Bandy-Mannschaft seiner Schule ausgewählt worden war, sprich: Er würde mit zu Spielen in ganz Stockholm fahren und Gleichaltrige aus anderen Schulen treffen. Josef hatte irgendwann aufgestöhnt und seinen Bruder gebeten, sich wieder zu beruhigen. Alberne Sachen wie Bandy seien nicht weiter erwähnenswert. Iris hatte ihrem sonst so vernünftigen Sohn die Meinung geigen müssen und erklärt, dass Sport ebenso wichtig wie Mathematik sei und es ihm nicht gut zu Gesicht stehe, die Leidenschaft und das Interesse seiner Mitmenschen auf solche Weise kleinzureden. Mittlerweile schliefen sie beide, Josef zusammengerollt und Jan mit über dem Kopf ausgestreckten Armen. Wie schon immer. Man konnte ihnen die Persönlichkeit regelrecht an der Schlafposition ansehen.

Kati hatte angerufen und mitgeteilt, dass sie später am Abend vorbeikommen wolle, allerdings erst, wenn die Jungen im Bett seien. Es gehe um etwas Heikles.

Auf das Wort hatte Iris sofort reagiert. Für Kati war sonst nur wenig heikel. Empfindlich war sie doch eher nicht?

Iris hatte gerade das Abendbrotgeschirr gespült, als sie es leise anklopfen hörte. Zitternd vor Kälte stand Kati vor der Tür.

»Was für schreckliche Temperaturen! Da mag man ja kaum aus dem Haus gehen!«

Und das, obwohl Kati einen dicken Pelzmantel und eine Pelzmütze trug, unter der sie kaum zu erkennen war. Mit einem Lächeln bat Iris sie herein.

»Du musst mehr essen. Wenn man zu dünn ist, dann friert man.«

Kati schnaubte und streifte den Pelzmantel ab.

»Da erfriere ich lieber. Besser tot als zu dick!«

Iris lachte, obwohl ihr klar war, dass ihre Schwester es ernst damit meinte. Dass ein paar Kilo zu viel einer Todsünde gleichkamen, hatten sie von ihrer Mutter gelernt. In ihrer beider Jugend war ihnen eingebläut worden, dass nur ungebildete und arme Menschen dick seien. Dünn zu sein – an der Grenze zu mager – sei indessen ein unbedingt aufrechtzuerhaltendes Privileg.

Kati betrat die Küche und zog die Tür zur Speisekammer auf.

»Wein? Irgendwas Alkoholisches? Etwas musst du doch dahaben!«

Mit einem Lächeln auf den Lippen beugte sich Iris vor und zog aus der hintersten Ecke eine Flasche Sherry hervor.

Kati verzog das Gesicht.

»Das trinkst du also heutzutage?«

Achselzuckend entkorkte Iris die Flasche.

»Heutzutage trinke ich überhaupt kaum noch etwas. Allein dazusitzen ist einfach nicht lustig.«

Kati nickte in Richtung Obergeschoss.

»Und deine Freunde dort oben? Sitzt ihr nie zusammen?«

Iris ahnte, dass Kati damit Signe und Professor Svartström meinte.

»Schon, aber meist bin ich abends mit den Jungs zusammen und helfe ihnen bei den Hausaufgaben. Nachdem ich das Abendessen gekocht und die Wäsche gewaschen habe.«

Kati stöhnte, wandte sich zum Wohnzimmer um und ließ sich dort aufs Sofa fallen.

»Oh, du tust mir leid. Was ist nur aus dir geworden! Weißt du noch – vor ein paar Jahren? Da hattet ihr alles, was ihr euch nur wünschen konntet.«

Schlagartig war Iris am ganzen Leib angespannt.

»Das ist Geschichte. Wichtig ist nur, dass wir hier in Sicherheit und am Leben sind. Ich bin froh, eine Arbeit zu haben und mich nützlich zu machen. Und natürlich hoffe ich von ganzem Herzen, dass es Rudolf gut geht – wo immer er gerade steckt.«

»Meine liebe Schwester, lass zur Abwechslung die Noblesse sein und gib wenigstens zu, dass du dein altes Leben zumindest in Teilen vermisst! Ich glaube dir keine Sekunde lang, dass dir das Kochen und Wäschewaschen Spaß macht.«

»Doch, es ist wirklich so. Auch wenn dir das fremd ist. Ich würde sogar sagen, dass ich es genieße.«

Kati verdrehte die Augen.

»Du bist ja zu komisch!«

Iris nippte an dem Sherry, den Elisabeth ihr geschenkt hatte.

»Als wir telefoniert haben, meintest du, du hättest etwas auf dem Herzen. Worum geht es?«

Kati leerte ihr Glas und streckte sich erneut nach der Flasche aus.

»Familie Ritter hat mich kürzlich zum Abendessen eingeladen.«

Iris schluckte trocken und spürte, wie sich ihre Kiefer verspannten. Sie ahnte, worauf dies hinauslaufen würde.

»Bei der Gelegenheit habe ich erfahren«, fuhr Kati fort, »dass Karl-Fredrik ein Testament hinterlassen hat, von dem niemand aus der Familie wusste. Der Anwalt der Familie hat es bei der Durchsicht des Nachlasses entdeckt, was eine Ewigkeit gedauert haben muss. Karl-Fredrik hatte Konten überall in Europa, was die Bestandsaufnahme ungeheuer erschwert hat.«

Iris wartete auf die Fortsetzung, während Kati sich eine Zigarette anzündete.

»Also, es gibt dieses Testament ... und du bist als Alleinerbin benannt. Für alles, was er besessen hat.«

Iris schüttelte den Kopf.

»Das kann nicht stimmen. Davon habe ich ja noch nie gehört!«

Kati blies Rauch aus und sah Iris unverwandt an.

Die holte tief Luft.

»Ich bin vom Geheimdienst einbestellt worden. Sie wollten wissen, wie gut ich Karl-Fredrik kannte und in welcher Beziehung wir zueinander standen. Da war von einem Testament keine Rede, und man sollte doch meinen, dass es erwähnt worden wäre. Abgesehen davon klingt es völlig abwegig, dass er das so entschieden haben soll.«

Kati sah ihre Schwester aufmerksam an.

»Dann hast du davon wirklich keine Ahnung? Er hat nichts dergleichen angedeutet?«

Iris schüttelte erneut den Kopf.

»Nichts.«

»Warum in aller Welt sollte er dir alles vererben? Klar, wir haben den Ritters immer nahegestanden und waren befreundet – aber du als Alleinerbin? Das ist der Familie gegenüber doch ein Affront! Ich verstehe, warum sie aufgebracht sind. Dazu haben sie alles Recht.«

»Da bin ich ganz deiner Meinung. Ich kann gut verstehen, dass sie wütend sind. Aber ich glaube ehrlich gesagt nicht, dass es stimmt. Da muss ein Missverständnis vorliegen.«

Iris schluckte erneut und biss die Zähne zusammen.

Kati beugte sich vor. »Aber wenn es nun stimmt – warum? Warum hätte er so etwas tun sollen? Ja, ihr wart gute Freunde, aber deshalb überschreibt man doch nicht sein komplettes Hab und Gut an eine Person? Das ist doch völlig absurd und bringt uns gegenüber der Familie in eine unangenehme Lage. Weiß Mutter darüber Bescheid?«

Iris schüttelte den Kopf.

»Ich habe weder von ihr noch von Vater gehört, seit wir hier sind. Ich habe wöchentlich Briefe geschrieben, bin mir aber sicher, dass sie nie angekommen sind.«

Kati drückte ihre Zigarette aus und zündete sich direkt die nächste an. Dann kippte sie auch das zweite Glas Sherry in sich hinein.

»Also, warum? Ich ahne, dass es einen Grund dafür gibt. Spuck es aus.«

Iris sah ihrer Schwester unverwandt ins Gesicht.

»Wenn es wirklich stimmen sollte, dann liegt es wohl daran … dass er Jans leiblicher Vater ist.«

Kati starrte ihre Schwester an, machte den Mund auf und wieder zu. Dann kniff sie die Augen zusammen – und fing an zu lachen.

»Und das soll ich dir glauben? Das ist doch Blödsinn!«

Iris sah auf ihre Hände hinab.

»Ich habe es nie jemandem erzählen wollen.«

Kopfschüttelnd sah Kati aus dem Fenster.

»Und Rudolf?«

»Er wusste davon nichts. Es war bloß ein einziger Fehltritt an einem Sommerabend … Ich weiß auch nicht, was da in uns gefahren ist, aber urplötzlich war es passiert …«

»Und wie kannst du dir so sicher sein? Du warst immerhin mit einem anderen verheiratet, da kann man so etwas doch unmöglich wissen.«

Iris schloss die Augen.

»Mit uns lief es nicht gut … Rudolf hat damals nachts kein Auge zugetan, und auch ich war in den letzten Vorkriegsjahren nicht ich selbst. Wir hatten nach Josefs Geburt schon seit geraumer Zeit getrennte Schlafzimmer, nur deshalb weiß ich es so genau.«

Kati drückte ihre Zigarette aus und befüllte ihr Glas zum dritten Mal. Iris legte ihr die Hand aufs Knie.

»Bitte, Kati, das darfst du niemandem erzählen! Jan darf niemals erfahren, wer sein Vater war. Warum können wir nicht alles so belassen, wie es war? Es war verkehrt, dass ich es Karl-Fredrik erzählt habe, aber er hat mich direkt darauf angesprochen. Er hat sich selbst in Jan wiedererkannt und wusste schließlich, wie es um mein Eheleben stand. Dass es nicht einfach war. Als er mich darauf ansprach, konnte ich ihn nicht belügen.«

Kati zog die Beine unter und zündete sich die nächste Zigarette an.

»Mir wird ganz anders ... Das ist doch alles äußerst unziemlich! Kannst du das Erbe nicht einfach ausschlagen? Wenn du doch Jan aus der Sache heraushalten willst?«

Kati blies Rauch aus und kratzte sich mit dem Daumennagel an der Nase.

»Ist der Koffer noch da, den ich dir anvertraut habe?«

Iris nickte.

»Natürlich. Ganz zuhinterst im Garderobenschrank. Ich habe auch nicht reingeguckt, wie versprochen.«

Kati stand auf.

»Ich muss ihn mitnehmen. Aber dass du nicht reingeguckt hast, glaube ich dir nicht.«

»Kati, ich schwöre es dir! Ich hatte Todesangst davor, was er enthalten könnte, also hab ich die Finger davon gelassen. Was liegt darin, was so wichtig ist?«

Kati lächelte, wenn auch freudlos.

»Nichts, was dich interessieren müsste.«

Jetzt stand auch Iris auf, trat an den Schrank und zerrte den Koffer hervor. Staub hatte sich darauf gesammelt, und sie wischte ihn mit der Hand weg. Dann sah sie zu Kati.

»Bitte, sag mir, was drin ist. Dass ich hier etwas versteckt habe, wovon ich nichts weiß, fühlt sich verkehrt an.«

Kati lächelte.

»Glaub mir, es ist besser, wenn du es nicht weißt. Außerdem sehe ich keinen Grund, ehrlich mit dir zu sein, nachdem du mir auch nicht die Wahrheit erzählst. Aber so soll es wohl sein.«

Iris sah sie flehentlich an.

»Bitte, das treibt doch jetzt keinen Keil zwischen uns? Du bist der einzige Mensch, der mir noch geblieben ist!«

Kati wandte sich zum Flur und schlüpfte in ihren Pelz.

»Mit deiner Geschichte stimmt etwas nicht, und ich finde es alles andere als lustig, dass du deiner eigenen Schwester die Wahrheit vorenthältst. Außerdem habe ich keine Lust, mich mit den Ritters zu überwerfen, die ohnehin schon wütend sind. Das Erbe ist riesig – es geht um den Familiensitz, Grund und Boden, Kunstsammlungen und jede Menge Geld. Ich will wirklich nicht zwischen die Fronten eines ausgewachsenen Erbstreits geraten. Das hier darfst du schön alleine klären. Zähl nicht auf meine Hilfe.«

»Zuallererst einmal hab ich um sein Geld nicht gebeten. Außerdem dachte ich, er hätte am Rande des Bankrotts gestanden, als er sich umgebracht hat. Was du gerade erzählt hast, überrascht mich vollkommen.«

Kati sah sie flüchtig an und schüttelte den Kopf.

»Ich glaub dir kein Wort. Ich kann dir doch ansehen, dass du mich belügst.«

Dann öffnete sie die Tür, zog sie wortlos hinter sich und ihrem Koffer zu, und Iris blieb allein auf dem Flur zurück und verstand die Welt nicht mehr. Wer bitte schön war hier diejenige, die Lügen erzählte?

Hätte sie Kati erzählen müssen, was der Geheimdienst ihr vorgelegt hatte? Das Foto, das zu beweisen schien, dass Karl-Fredrik noch immer am Leben war? Iris sah aus dem Fenster. Ihre Schwester stieg soeben in einen wartenden Wagen. Wie hatte es zwischen ihnen derart schiefgehen können?

ELISABETH

Aus der Küche hörte Elisabeth Stimmen. Sie seufzte in sich hinein, schlug widerwillig die warme Decke zurück und schlüpfte in ihre Pantoffeln. Waren die Temperaturen in ihrem Zimmer über Nacht ins Minus gerutscht? Auf jeden Fall fühlte es sich so an. Sie schlüpfte in ihren Morgenmantel und ging ins Bad. Es waren Arne und Gullan, die sich mit ihren Eltern unterhielten; Elisabeth hatte gehofft, die Erste zu sein, die an diesem Morgen wach wäre. Seit ihr Bruder und Gullan geheiratet hatten und jetzt beide hier in der Birger Jarlsgatan 18 wohnten, bis sie etwas Eigenes gefunden hätten, war ihr Verhältnis zu Gullan zunehmend angespannt. Arne hatte zur Hochzeit seinen Anteil am Erbe des Großvaters ausbezahlt bekommen; mangelndes Vermögen war also kaum der Grund, warum die beiden weiter hier wohnten. In ihren dunkelsten Stunden argwöhnte Elisabeth, dass Arne und Gullan darauf spekulierten, die Vorzeigewohnung zu übernehmen, sobald sie ihren Eltern zu groß geworden wäre.

Elisabeth betrachtete ihr müdes Spiegelbild und gähnte. Ihre Haut war trocken und schuppig; sie brauchte dringend eine neue Gesichtscreme.

Nachdem von warmem Wasser keine Rede mehr sein konnte und sie keine Lust hatte, in die Küche zu gehen, um Wasser aufzustellen, ließ sie kaltes Wasser ins Waschbecken laufen und holte tief Luft. Binnen weniger eisiger Minuten schaffte sie es, sich fast genauso gründlich zu waschen, als hätte sie duschen können. Der Vorteil an kaltem Wasser war, dass man im Handumdrehen natürlich rote Wangen bekam.

Anschließend bürstete sie sich ausgiebig die Haare, die umso zottiger waren, je länger sie wurden. Dann musterte sie sich im Spiegel und musste von Neuem feststellen, dass die Rationierung ihren Kurven nicht eben zuträglich war.

Zurück in ihrem Zimmer zog sie ihre dicke karierte Wollhose und den beigefarbenen Pullover mit dem kleinen Stehkragen an. Die Socken waren am großen Zeh aufgescheuert, aber zum Stopfen hatte sie jetzt keine Zeit. Sie schlüpfte in ihre Schuhe und eilte in die Küche. Ihr blieben noch zehn Minuten, um eine Kleinigkeit zu essen.

»Du liebe Güte, Betty, bist du auch endlich wach?«

Elisabeth schnitt eine Grimasse in Richtung ihres großen Bruders und nickte ihrer Mutter zu.

»Ich esse heute Abend auswärts. Ich bin mit Dinty und einigen seiner Freunde verabredet.«

Ihre Mutter sah zu ihrem Vater.

»Schon interessant, wie oft du dich neuerdings mit Dinty triffst. Du siehst ihn doch häufiger als Arne! Tja. Ich habe dir ein paar Butterbrote gemacht, sie liegen dort auf der Platte. Warst du gestern Abend ebenfalls aus? Deine nächtlichen Vergnügungen gehen hoffentlich nicht auf Kosten der Arbeit?«

Elisabeth nahm sich einen Kaffeebecher und griff zu der Kanne auf dem Herd.

»Mach dir keine Sorgen, Mama. Gestern war ich um halb neun zu Hause. Es war zu kalt draußen, außerdem war meine Begleitung nicht allzu spannend. Und bitte keine übereilten Schlüsse, nur weil ich mich in Dintys Gesellschaft wohlfühle. Dinty ist anders als viele andere, und genau deshalb schätze ich ihn.«

Lächelnd legte Arne ihr den Arm um die Schultern.

»Nein, warum solltest du auch etwas Normales, Alltägliches wertschätzen? Je eigentümlicher, umso besser.«

Gullan zeigte mit dem ausgestreckten Fuß auf ihn.

»Lass Elisabeth in Ruhe! Nur weil du so ein Langweiler bist, muss deine Schwester es doch nicht ebenfalls sein!«

Arne machte auf entsetzt.

»Habt ihr das gehört? Meine Ehefrau nennt mich einen Langweiler! Dabei sind wir gerade erst ein halbes Jahr miteinander verheiratet! Kein gutes Zeichen!«

Dann beugte er sich neckisch lächelnd vor und gab Gullan ein Küsschen auf die Nasenspitze. Elisabeth musste sich zusammenreißen, um nicht einen gehässigen Kommentar zu machen.

Arne drehte sich zu ihr um.

»Wie lang bleibt Dinty eigentlich diesmal in Schweden?«

Schulterzuckend legte Elisabeth zwei Butterbrote zusammen.

»Keine Ahnung. Er reist derzeit ständig hin und her … Ich muss los – ich nehme die Brote mit, danke dafür, Mama! Ich darf die Straßenbahn nicht wieder verpassen. Nach der Arbeit komme ich vorbei, um mich umzuziehen, dann habt ihr Ruhe vor mir.«

Sie kippte den Rest Kaffee in sich hinein und eilte hinaus in den Flur. In der engen Küche hätte sie es keine Minute länger ausgehalten. Wurden allmählich alle verrückt – oder war es bloß sie selbst, mit der etwas nicht stimmte?

IRIS

»Mami, wo ist meine Mütze?«

»Im Regal, wo sie immer liegt.«

Josef sah sich verwirrt um und schüttelte den Kopf.

»Nein, da ist sie nicht. Jan hat sie weggenommen.«

Iris rief in die Küche: »Jan, hast du dir die Mütze deines Bruders genommen?

»Ich hab sie gestern in den Kochtopf geworfen, weil ich sehen wollte, ob man sie essen kann.«

Josef brüllte auf und stürzte in Richtung Küche. Iris bekam ihn gerade so am Kragen zu fassen und konnte ihn zurückhalten. Jan saß laut lachend am Küchentisch.

»Natürlich hab ich deine doofe Mütze *nicht* genommen! Was sollte ich denn damit anfangen? Ich benutze doch nicht mal meine eigene!«

Josef keuchte schwer und sah seinen kleinen Bruder finster an.

»Ich weiß genau, dass du sie genommen hast!«

Jan hob beide Hände, ehe er den Rest seines Käsebrots verdrückte. Irgendetwas in seinem lebhaften Blick veranlasste Iris dazu, Josef loszulassen und auf ihren jüngeren Sohn zuzugehen.

»Jan, was hast du mit seiner Mütze gemacht?«

Jan guckte beleidigt.

»Ich hab sie nicht genommen.«

Iris beugte sich vor und sah ihm in die Augen.

»Doch, hast du, und es wäre besser für dich, wenn du jetzt loslaufen und sie ihm wiederbringen würdest.«

Jan schüttelte nachdrücklich den Kopf und nahm erneut die Hände hoch, als könnte er so seine Unschuld beweisen.

»Jetzt sei doch nicht so dumm. Josef kommt noch zu spät zur Schule. Entweder holst du die Mütze, oder ich rufe deine Lehrerin an und erzähle ihr, dass du über die Weihnachtsferien gern ein paar zusätzliche Hausaufgaben haben willst.«

Unversehens sprang Jan auf und verschwand in der Bedienstetenkammer hinter der Küche, die sich beide Jungs teilten. Im Nu war er mit Josefs Ringelmütze zurück und kniff die Lippen zusammen. Iris legte ihm die Hand auf die Schulter.

»War das wirklich nötig? Jetzt bittest du deinen Bruder um Entschuldigung und hörst sofort auf mit solchen Faxen, die nur auf Kosten anderer gehen. Haben wir uns verstanden? Es sei denn, du freust dich schon auf ein paar Einzelstunden mit Fräulein Eklund?«

Jan machte einen Schritt nach vorn und schlug den Blick nieder.

»Entschuldigung, Josef. Das war dumm von mir.«

Josef funkelte seinen kleinen Bruder finster an.

»Sehr witzig!«

Dann schnappte er sich seine Mütze, stürmte aus der Wohnung und knallte die Tür hinter sich zu. Iris hörte noch, wie er loslief. Zu spät zur Schule zu kommen war eine seiner größten Ängste. Sie wandte sich wieder an Jan.

»Das war wirklich unnötig. Ich will gar nicht wissen, wie du reagierst, wenn jemand mit dir das Gleiche macht, obwohl du eilig zum Training musst.«

»War nur ein Spaß.«

Iris nahm seinen Teller und stellte ihn in die Spüle, ohne ihn anzusehen. Sie hörte, wie er seine Wintersachen anzog, und trat zu ihm auf den Flur, nahm ihn in die Arme und drückte ihm ein Küsschen auf die weiche Wange.

»Das darfst du mit Josef nicht machen. Du weißt doch, wie er reagiert.«

Im selben Moment bereute sie, was sie gesagt hatte, und drückte Jan fest an sich.

»Das darfst du mit niemandem machen. Du bist ein lieber Junge, das weiß ich doch.«

Jan lächelte betreten und schnappte sich seine Schulbücher, ehe auch er die Wohnung verließ und die Tür vorsichtig hinter sich zuzog. Iris war klar, dass sie ihrem jüngeren Sohn nicht zu viel Verantwortung auflasten durfte. Josef machte ihr einigen Kummer, aber das sollte Jan nicht ausbaden müssen. Doch Iris wusste, welche katastrophalen Folgen es haben konnte, wenn Josef sich aufregte. In einem fort auf Zehenspitzen um ihn herumzuschleichen und sich vor seinen Ausbrüchen in Acht zu nehmen war für sie alle anstrengend, und es war mitnichten besser geworden, seit sie nach Schweden gekommen waren. Nachts schreckte er aus seinen Alpträumen hoch, und tagsüber gab er sein Bestes, um sich in der Schule am Riemen zu reißen. Dank seiner enormen Begabung fühlte er sich an der Schule sehr wohl. Er hatte zwei Klassen überspringen dürfen, und die älteren Jungs schienen nichts gegen den deutlich jüngeren, kuriosen Mitschüler zu haben, der ihnen bei den Hausaufgaben half und Dinge erklärte, die sie nicht verstanden hatten. Der Sprachunterricht, der ihnen als Teil von Iris' Anstellung am Karlaplan 4 in Aussicht gestellt worden war, hatte Früchte getragen, und beide Jungs sprachen inzwischen fließend Schwedisch. Nur ein feines Gehör konnte mitunter den Hauch ihres fremden Akzents heraushören. Als sie noch in Estland gelebt hatten, hatte Iris sehr darauf geachtet, regelmäßig Schwedisch zu sprechen, und oft hatte sie ihnen Gutenachtgeschichten aus den Büchern vorgelesen, die sie selbst noch aus ihrer Kindheit kannte. Vermutlich hatte dies den Grundstein für ihrer beider Sprachentwicklung gelegt. Allerdings hatte Jan für seinen älteren Bruder tatsächlich große Verantwortung übernommen; Iris hatte seine Hilfe auch dringend benötigt. Und Signe war für sie wie eine zweite Mutter und kam phantastisch mit beiden aus. Obwohl Kinder streng genommen am Karlaplan verboten waren, hatten Svartström und Bremer für Jan und Josef eine Ausnahmegenehmigung erwirkt. Insbesondere Josef und Bremer saßen des Öfteren zusammen, und die fortdauernden Schachpartien schienen für beide Höhepunkte im grauen Alltag darzustellen.

Iris räumte den Flur auf und verschwand im Bad, um sich die Haare zu kämmen. Mehr schaffte sie fürs Erste nicht. Fräulein Andersson führte schließlich ein straffes Regiment und legte höchsten Wert auf Pünktlichkeit.

ELISABETH

Elisabeth eilte die Treppe hinauf. Heute wäre sie tatsächlich eine Minute zu früh bei der Arbeit. Ihre Verspätungen in der vergangenen Woche waren nicht gerade mit Nachsicht quittiert worden, und sie wusste, dass Fräulein Andersson jede einzelne genau protokollierte. Als wäre Elisabeth ein kleines Schulmädchen.

Sie stampfte sich den Schnee von den Schuhen und streifte die Fäustlinge ab, die ihr die Frau ihres Concierge zum Geburtstag gestrickt hatte. Seit der Winter Anfang November mit Wucht über sie hereingebrochen war, waren ihre dünnen Lederhandschuhe für den Arbeitsweg nicht mehr infrage gekommen. Im Radio hieß es, dass ihnen Rekord-Niedrigtemperaturen ins Haus stünden, und sie alle waren angehalten, umsichtig mit dem Koks umzugehen und Dachböden auf andere geeignete Brennstoffe abzusuchen. Die Herrmans machten sich diesbezüglich keine großen Gedanken. Elisabeths Vater hatte dafür gesorgt, dass die Birger Jarlsgatan 18 mit zusätzlichem Koks beliefert würde, weil dort überdies sowohl die Märtha-Schule als auch die Materialabteilung der Luftwaffe untergebracht waren.

Fräulein Andersson hatte erst kürzlich eine neue Direktive zu einer Zusatzmahlzeit verkündet, auf die man bei Spätschicht ein Anrecht hatte. Am Vorabend hatte Elisabeth sich keine belegten Brote geholt, sie wusste aber, dass es zwecklos wäre, jetzt im Nachhinein darauf zu pochen. Selbst wenn Fräulein Andersson weniger bärbeißig gewesen wäre, war sie weit entfernt davon, eine gute Seele zu sein – jedenfalls nicht gegenüber Elisabeth. Die Einzige, die halbwegs vernünftig mit ihr reden konnte, war Signe. Bei ihr klang Fräulein Andersson schlagartig anders, fast herzlich. Doch als sie sich jetzt zu Elisabeth umwandte, klang sie eiskalt.

»Fräulein Herrman, wie schön, dass Sie heute pünktlich sind.«

Fräulein Andersson musste mal wieder an der Tür auf sie gelauert haben. Mit einem Lächeln streifte Elisabeth sich den Mantel ab.

»Und wie immer ebenso schön, Sie zu sehen, Fräulein Andersson.«

Elisabeth blickte zum Arbeitszimmer der beiden Professoren. Bremer saß mit dem Rücken zur Tür am Prototyp jener Maschine, die er im letzten Halbjahr gemeinsam mit einigen Ingenieuren von LM Ericsson entwickelt hatte. Seit sie im Juni eine der deutschen Chiffriermaschinen, den sogenannten *G-Schreiber*, geknackt hatten, waren sie unaufhörlich damit beschäftigt gewesen, ein Dechiffriergerät zu entwickeln, das ihnen die Arbeit am Karlaplan erleichtern würde. Tag und Nacht saß Bremer mit den Ingenieuren zusammen, um einen tauglichen Prototyp zu bauen. Seine Laune war darüber – wenn das überhaupt möglich war – noch schlechter als sonst gewesen, und er schien zutiefst frustriert zu sein, wie langsam ihre Arbeit voranschritt. Im

Herbst waren diverse Ingenieure ausgetauscht worden, doch jetzt, da sie sich der Lösung zu nähern schienen, legte der Professor sogar selbst Hand an. Normalerweise war die Tür zum Büro verschlossen, daher nahm Elisabeth an, dass ihm irgendein Durchbruch gelungen und er deshalb besser gelaunt war als sonst. In der vergangenen Woche hatte er sich fürchterlich über einen Mitarbeiter aus dem zweiten Stock aufgeregt, der – Bremer zufolge – zu laut über den Boden getrampelt war. Ohne Vorwarnung war er aufgesprungen, hatte den armen Kerl angebrüllt und dann sogar einen Schuh ausgezogen und nach dem Mann geworfen. Zum Glück hatte der andere ausweichen können, so dass der Schuh lediglich von der Wand abgeprallt war.

Elisabeth hängte ihren Mantel auf und legte die Fäustlinge auf die Ablage. Sie zögerte kurz, steuerte dann jedoch die Zwischentür an, klopfte vorsichtig und trat ein. Mit einer tiefen Falte zwischen den Augenbrauen blickte Bremer auf.

»Ja? Was?«

»Ich wollte fragen, ob ich vielleicht behilflich sein kann.«

»Wenn das Fräulein Herrman die Konstruktion unseres Prototyps übernehmen könnte, wäre ich ihr sehr verbunden. Dann kann ich nämlich unterdessen einen kleinen Spaziergang machen.«

Arvid Bremer hatte so bissig geklungen wie erwartet. Sie lächelte ihn an.

»Ich möchte mich keineswegs aufspielen oder wichtigtun. Mir ist natürlich klar, dass Sie der Einzige sind, der dieser Aufgabe gewachsen ist. Aber ich dachte mir, ich könnte vielleicht die naive Schülerin spielen, der ein Lehrer auf einfache Art und Weise etwas beibringen will.«

Bremer starrte sie an.

»Und wozu sollte das gut sein? Ich weiß ja nicht, ob Sie es bemerkt haben – aber um uns herum tobt ein Krieg, und es ist von allerhöchster Wichtigkeit, dass wir den Prototyp schleunigst fertigstellen. Am besten gestern. Für alberne Spielchen habe ich keine Zeit, schönen Dank auch.«

Bremer wandte sich demonstrativ ab und kehrte ihr wieder den Rücken zu. Elisabeth räusperte sich.

»Ich bin mir im Klaren darüber, dass ich mich gerade auf sehr dünnem Eis bewege, aber diese Methode hat sich bewährt. Mein Großvater, ein ranghoher Militär, hat seine Untergebenen immer dazu gezwungen.«

Bremer sah sie finster an.

»Worauf wollen Sie hinaus?«

»Ich will Ihnen helfen. Ich habe mitbekommen, wie Sie hier sitzen, die Maschine anstarren und sie nicht einmal berühren. Wenn Sie die Methode zumindest ausprobieren, dürfen Sie mich im Anschluss immer noch ausschimpfen – vor versammelter Mannschaft. Ja, Sie dürften mich sogar fristlos kündigen. Fräulein Andersson hat bestimmt nichts dagegen.«

Es war ein billiger Trick. Elisabeth wusste genau, dass Bremer Fräulein Andersson nicht ausstehen konnte. Prompt blitzte es in seinen Augen, und er nickte knapp.

»In Ordnung. Aber erst holen Sie Kaffee. Und wenn Sie zurück sind, schließen Sie die Tür. Ich will nicht, dass jeder dieses Spektakel mit ansieht.«

Elisabeth schlug die Hacken zusammen und eilte in die kleine Kaffeeküche, wo schon Kaffee bereitstand. Eilig nahm sie sich ein paar Schluck, ehe sie einen frischen Becher befüllte und zurück ins Arbeitszimmer lief. Fräulein Andersson sah ihr mit großen Augen nach, doch Elisabeth schlug ihr die Tür vor der Nase zu.

Bremer nahm einen Schluck Kaffee und verzog das Gesicht.

»Der Geschmack macht mich wahnsinnig! Dass hier der Kaffee nicht nach normalem Kaffee schmecken kann! Also, wie lautet Ihr brillanter Plan, Fräulein Herrman?«

Elisabeth rückte mit ihrem Stuhl ein Stück näher an den Tisch heran und drückte den Rücken durch.

»Ich möchte, dass Sie, Herr Professor, mir erklären, wie diese Maschine funktioniert. Oder wie sie funktionieren *soll*. Und ich will, dass Sie sich vorstellen, ich wäre ein kleines Kind. Erklären Sie es mir in einfachen Worten und überdeutlich.«

Bremer sah sie skeptisch an.

»Das will mir nicht einleuchten. Wie sollte ein kleines Kind verstehen, wie eine so komplizierte Maschine funktioniert?«

»Geben Sie Ihr Bestes.«

Lächelnd lehnte Elisabeth sich auf ihrem Stuhl zurück. Bremer schüttelte den Kopf, nahm noch einen Schluck, stellte dann aber seinen Becher beiseite und beugte sich vor.

»Hier vor uns steht eine Maschine, mit deren Hilfe wir hoffentlich bald die verschlüsselten Nachrichten verstehen können, die die Deutschen einander schicken.« Bremer stand auf und hob eine Hand. »Der sogenannte G-Schreiber ist eine Art Fernschreibmaschine. Der Absender tippt seine Nachricht in Klarschrift in die Tastatur, die Maschine verschlüsselt sie automatisch und schickt dann ein verschlüsseltes Telegramm an einen Empfänger. Diese Maschine hier soll nun genauso automatisch die Nachricht entschlüsseln und sie ohne nennenswerte Verzögerung auf Papier ausspucken. Wir vermuten, dass der G-Schreiber ziemlich groß und sperrig ist, so dass er bislang bloß auf Schiffen und in Flugzeugen transportiert werden kann und fest montiert ist. Am Boden wäre er nicht zu gebrauchen. Dort benutzt man kleinere, tragbare Geräte.«

Elisabeth lächelte ihn aufmunternd an.

»Das klingt alles wahnsinnig spannend, aber erzählen Sie mir lieber, wie unsere Maschine das leisten soll. Muss das Gerät da nicht fürchterlich kompliziert aufgebaut sein?«

Sie konnte Bremer ansehen, dass er von ihrem Schauspiel nichts hielt, trotzdem fuhr er in übertrieben oberlehrerhaftem Ton fort: »Hier, Fräulein Herrman, sehen Sie Chiffrierwalzen in unterschiedlichen Größen. Mithilfe von Relais können diese Walzen in unzählige Stellungen gebracht werden. Gemeinsam bilden sie elektrische Schaltkreise, die dann automatisch decodieren sollen, was die Deutschen schreiben.«

»Weiß man denn genau, wie viele Walzen nötig sind? Kann man das ausrechnen, indem man den Ursprungscode kennt?«

Arvid Bremer sah aus, als würde er vor Wut gleich die

Wände hochgehen. Er atmete tief durch und versuchte es anders.

»Nein, das weiß man nicht. Aber genau das will ich gerade herausfinden. Wenn ich es wüsste, würden wir jetzt hier mit einem fertigen Prototyp sitzen.«

Er ließ sich auf seinen Stuhl fallen, verschränkte die Arme und starrte seine Maschine an.

Elisabeth räusperte sich und wollte schon die nächste Frage stellen, als Bremer unvermittelt die Hand hob. Sein Blick wurde konzentriert, dann sprang er erneut jäh von seinem Stuhl auf und wirbelte zu Elisabeth herum.

»Ich weiß nicht, wie das passieren konnte und was das hier für ein Hokuspokus ist – aber ich glaube, mit Ihren dummen Fragen haben Sie mir wirklich weitergeholfen!«

Mit diesen wenig charmanten Worten rauschte er aus dem Büro. Einen Moment später war er mit seinem Notizbuch zurück, das in seiner Manteltasche gesteckt hatte. Elisabeth stand auf und lächelte.

»Dann kehre ich jetzt an meine Arbeit zurück. Ich hoffe nur, Sie bezeichnen meine Fragen in Zukunft nicht mehr als dumm – das wäre nämlich dumm von Ihnen.«

Arvid Bremer starrte seine Maschine an. Dem Anschein nach hatte er nicht mal mehr mitbekommen, dass sie mit ihm gesprochen hatte. Elisabeth ging und zog die Tür hinter sich zu. Fräulein Andersson marschierte ihr schon entgegen, doch Elisabeth hob die Hand.

»Wenn Sie mir jetzt eine Standpauke halten, dann kündige ich auf der Stelle. Ich hatte für heute genug Schimpf und Schande.«

Iris, die soeben angekommen war, blieb abrupt an der Tür stehen. Während sie darauf wartete, was als Nächstes passierte, hängte sie vorsichtig ihren Mantel auf. Erst in der Kaffeeküche trat sie auf Elisabeth zu.

»Was ist denn vorgefallen?«

Elisabeth kippte einen halben Becher Kaffee in sich hinein.

»Ich bin gerade in Ungnade gefallen, nur weil ich freundlich sein und helfen wollte. Wenn ich irgendwann noch mal auf so eine idiotische Idee kommen sollte, dann halte mich bitte zurück.«

»Bremer?«

»Japp. Aber jetzt los, die neuen Mädchen haben jede Menge neue Nachrichten bekommen, mit denen sie nichts anfangen können. Svartström ist anscheinend den ganzen Tag unterwegs, Signe ist unpässlich und zu Hause geblieben. Die Arme, sie hat es wirklich nicht leicht.«

Iris nickte.

»Ich sehe nach ihr, wenn ich heimgehe. Die Jungs haben bis mittags Schwedischunterricht, da kann ich schnell zu ihr hochlaufen.«

Nach einer gefühlten Ewigkeit läutete es zur Mittagspause, und Elisabeth zog Iris hinter sich her zur Gastwirtschaft auf der anderen Straßenseite.

»Ich weiß nicht, was mit mir los ist, aber ich halte es dort nicht mehr aus. Es fühlt sich an, als würden wir einander nur noch auf die Nerven gehen, und nichts geht voran. Warum können wir nicht ein paar Zimmer mehr kriegen?

Wir sitzen doch jetzt schon so eng aufeinander! Und es kommen noch fünfzehn dazu – wie soll das funktionieren?«

Iris hakte sich bei Elisabeth unter und versetzte ihr einen sanften Klaps.

»Klingt, als bräuchtest du ein, zwei belegte Brote.«

»Ich könnte einen ganzen Laib verdrücken!«

Sie mussten erst Schlange stehen, ehe die kräftige Frau hinter dem Verkaufstresen sie nach ihrer Bestellung fragte.

»Was steht denn heute auf der Karte?«

»Es gibt heute Brote mit gekochtem Ei, Fleischwurst, Käse, Leberwurst oder Schinken. Letzteren würde ich aber nicht empfehlen, der sieht ziemlich trocken aus und hat auch eine komische Farbe.«

Sie kramten ihre Essenskarten hervor, und Elisabeth legte noch eine dazu, die sie in der Vorwoche bekommen hatte.

»Ich hätte gern zwei Brote mit Ei und eins mit Leberwurst.«

Die Frau lachte.

»Ganz nach meinem Geschmack! Kommt sofort.«

Iris bestellte lediglich zwei Käsebrote.

»Möchten Sie hier essen, oder soll ich alles einpacken?«

»Wir bleiben gern hier, wenn wir noch zwei Gläser Milch dazubekommen.«

Die Frau zwinkerte ihnen zu und zauberte zwei Gläser hervor.

»Was treiben Sie eigentlich drüben auf der anderen Straßenseite? Sie sind alle so gut gekleidet und höflich – ich kann mir gar nicht recht vorstellen, was Sie dort tun.«

Elisabeth wechselte einen flüchtigen Blick mit Iris und antwortete unbeschwert: »Schnöder Verwaltungskram. Wir tippen die meiste Zeit des Tages auf Maschinen ein. Na ja, außer wir sind gerade hier und betteln um Butterbrote!«

Ob die Besitzerin des Lokals die Antwort befriedigend fand, war nicht ganz klar, aber sie hakte auch nicht weiter nach. Sie brachte ihre Butterbrote und die Milch zu einem der Fenstertische.

Iris senkte die Stimme. »Hast du was von ihm gehört?«

»Wir haben uns gestern zum Abendessen getroffen, allerdings hat es in einer mittleren Katastrophe geendet, und ich bin aus dem Restaurant gestürmt.«

»Oh nein! Bist du sehr traurig?«

»Nicht im Geringsten. Ich hab dieses Elend tatsächlich nicht länger ertragen. Ich bin jung und will tun, was ich will – und in letzter Zeit hat er immer wieder kommentiert, wie ich zu leben hätte und dass ich mein Leben auf ziemlich verquere Weise an seines anpassen müsste. Dabei ist er es doch, der verheiratet ist! Es ging einfach nicht mehr, und zum Glück hab ich es schnell hinter mich gebracht. Heute Abend gehe ich mit Dinty und einigen seiner Freunde feiern.«

Iris schmunzelte.

»Da dürftest du ihn kaum vermissen.«

»Nein, auch wenn ich das anfangs geglaubt habe – dass ich Liebeskummer hätte und traurig wäre. Aber seit dem Herbst hat mir gedämmert, dass ich eher verliebt war in meine Vorstellung von ihm. Der wahre Munch ist in Wahrheit nicht halb so phantastisch.«

Sie lachten.

»Wie geht's denn mit Josef und Jan?«, erkundigte sich Elisabeth. »Sind nicht bald Weihnachtsferien?«

»Ab Ende dieser Woche. Bei Josef läuft es gut, er ist wirklich ein braver Junge. Für Jan ist es schwieriger, er wird von den Lehrern fast täglich gerüffelt. Letzte Woche wurde ich sogar zum Direktor einbestellt.«

Elisabeth verzog den Mund.

»Klingt wie ich als Schülerin …«

»Was? Du? Das kann ich mir ja *überhaupt* nicht vorstellen!«

Elisabeth musste über Iris' ironischen Gesichtsausdruck lachen.

»Ja, ja, ich war eben immer schon eine Unruhestifterin. Aber am Ende ist doch etwas aus mir geworden.«

Iris nickte.

»Weißt du, ob Signe noch mal von ihrer Familie gehört hat?«

»Keinen Mucks, seit die Mutter ihr verboten hat, Briefe an Erik zu schicken. Ist das nicht gemein?«

»Sie glauben bestimmt, so ist es am besten für alle. Das kann man ihnen nicht zum Vorwurf machen.«

»Immer so diplomatisch! Ich finde, es ist ganz fürchterlich. Sie haben Signe regelrecht verstoßen – die eigene Familie!«

Iris antwortete nicht, aber Elisabeth wusste auch so, dass Iris sich nur selten zu heiklen Themen äußerte – im Gegensatz zu ihr selbst, die ihr Herz auf der Zunge trug.

Als sie ihr Mittagessen beendet hatten, blieben sie noch

kurz an der Straße stehen und sahen in Richtung Karlaplan, wo ein riesiger Weihnachtsbaum aufgerichtet wurde. Wenn Schnee gefallen war, sah die Stadt doch gleich anders aus, und Elisabeth machte einen Schneeball und warf ihn, so weit sie nur konnte.

»Meine letzte Schneeballschlacht ist viel zu lang her! Ich sollte vielleicht mit Jan und Josef in den Humlegården-Park gehen und mal gucken, was sie draufhaben.«

Iris lachte und setzte sich in Richtung Arbeit in Bewegung.

»Sie werden begeistert sein. Aber pass bei Jan gut auf – Schneeballschlachten sind seine Spezialität!«

Grinsend klopfte Elisabeth sich den Schnee von den Händen.

SIGNE

Als Signe aufwachte, war es im Zimmer eisig, und draußen dämmerte es bereits. Verwirrt sah sie zu ihrem Wecker. Nicht mal wenn sie Fieber gehabt hatte, hatte sie so fest geschlafen. Sie musste dringend aufstehen und die Binde wechseln. Vorsichtig stemmte sie sich hoch und schleppte sich zur Toilette. Ihr Bauch tat weh, als sie sich setzte, und sie schloss die Augen. Würde das niemals aufhören? Ständig die Unsicherheit, ob sie es rechtzeitig zur Toilette schaffte oder womöglich aufgrund der Schmerzen nicht voll einsatzfähig wäre … Sie trocknete sich ab und lief in die Küche. Ihr Körper lechzte nach einer Mahlzeit, doch etwas Vernünftiges brächte sie jetzt nicht zustande. Und Kaffee würde ihr nicht schmecken, das wusste sie. Also setzte sie Teewasser auf. Zwei Butterbrote mussten ausreichen. Mit einer warmen Mahlzeit konnte sie warten, bis sie das Abendessen für Svartström herrichtete.

Der Brotlaib war trocken, tags darauf würde sie neuen Teig ansetzen müssen. Der Tee wärmte und tat gut, doch sobald sie ihn ausgetrunken und die Butterbrote verputzt hatte, wollte sie sich am liebsten wieder hinlegen. Irgendetwas stimmte nicht mit ihr, so viel war klar. Vielleicht würde der freie Tag es richten. Sie müsste sich einfach nur ausruhen – das half normalerweise immer.

Ihre Laken waren völlig zerwühlt, und erst musste sie

alles neu zurechtziehen. Mühsam stemmte sie die Matratze hoch und strich das Laken darauf glatt, klopfte ihr Kissen aus und warf die Decke ordentlich darüber.

Sie drückte den Rücken durch – und plötzlich war ihr so schwindlig, dass sie sich an der Kommode festhalten musste. Sie ließ sich auf der Bettkante nieder und hielt sich den Kopf. Dass sie umgekippt war, war ihr schon mal passiert, allerdings Jahre zuvor, als sie noch zu Hause auf dem Hof gelebt hatte. Wenn es hier und jetzt wieder geschähe, zu Hause bei Professor Svartström, würde sie ihre Anstellung riskieren, denn dem sehbehinderten Svartström wäre ein kränkliches Dienstmädchen mit Schwindelanfällen keine große Hilfe.

Sie kroch ins Bett und zog sich die Decke bis unters Kinn. Versuchte, sich zu entspannen.

Sie musste sich wieder in den Griff kriegen, und zwar schleunigst. Wenn sie ihre Anstellung aus gesundheitlichen Gründen aufgeben müsste, hätte sie wohl kaum ein Anrecht auf ein gutes Zeugnis oder eine Empfehlung. Zurück nach Hause auf den Hof konnte sie nicht, das hatte ihre Mutter vergangenen Sommer in ihrem Brief deutlich gemacht. Sie wäre dort nicht mehr willkommen. Sie konnte nirgends mehr hin.

ELISABETH

Elisabeth gab ihr Äußerstes, um die Aufgaben zu bewältigen, die sich am Vormittag auf ihrem Schreibtisch aufgetürmt hatten, und musste sich beherrschen, um vor Langeweile nicht laut aufzustöhnen. Sie wusste selbst nicht, warum, doch in den letzten zwei Wochen hatte sie das Gefühl gehabt, als würden sie im Leerlauf dastehen: Es war keinerlei neue Information eingegangen, und ihr war, als würden alle nur mehr auf Zehenspitzen umherschleichen, bis Bremer irgendwann endlich mit seiner Maschine fertig wäre. Der Rest von ihnen beschränkte sich in der Zwischenzeit darauf, alte Dechiffriertabellen anzulegen und alles so gut wie eben möglich zu entschlüsseln. Trotzdem dauerte es eine Ewigkeit, und Elisabeth hatte das Gefühl, als käme nichts auch nur annähernd Wichtiges bei ihnen an.

Mit einem Mal war vom Korridor Lärm zu hören. Dann bat Fräulein Andersson laut um Aufmerksamkeit.

»Herhören! Wie Professor Svartström versprochen hat, bekommen wir hier am Karlaplan Verstärkung von fünfzehn neuen Kolleginnen.«

Die Tür zum angrenzenden Arbeitszimmer ging auf, und Arvid Bremer stürzte heraus.

»Was ist hier los?«

Fräulein Andersson richtete sich steif auf und verschränkte die Hände hinter dem Rücken.

»Ich habe die Mädchen soeben davon in Kenntnis gesetzt, dass sie Verstärkung bekommen. Morgen fangen hier fünfzehn neue Kolleginnen an.«

Bremer starrte Andersson an.

»Hier? Sie haben doch wohl nicht vor, die auch noch hier reinzuquetschen? Es ist auch so schon zu laut und zu unruhig.«

Fräulein Anderssons Blick huschte hin und her.

»Ich würde dem Wunsch des Professors gern nachkommen, aber mein Auftrag lautet fürs Erste, dass wir hier die Tische umstellen, damit alle Platz haben.«

Bremer klang regelrecht erbost.

»Und warum zur Hölle kann ein Teil nicht im zweiten Stock sitzen? Die beiden Ingenieure, Petrén und Dahlén, bringen ohnehin nichts zustande und besetzen zu zweit eine ganze Etage. Das ist doch verrückt! Mit wem muss ich sprechen?«

Fräulein Andersson hatte rote Flecken auf den Wangen.

»Die Verantwortung hierfür trägt Professor Svartström – er hat die Rekrutinnen angefordert.«

»Svartström hat doch wohl kaum so etwas Idiotisches angeordnet! Ich gehe sofort hoch zu den Männern und erkläre ihnen, dass es an der Zeit ist zusammenzurücken. Oder warum ziehen sie nicht hoch in den Dachstuhl? Dort stört sie keine Menschenseele. Aber hier kann man sich unmöglich konzentrieren, so hektisch, wie es jetzt schon zugeht!«

Bremer stampfte an allen vorbei, und seine schweren Schritte auf der Treppe waren sogar durch die Wände zu hören. Stumm warteten sie auf die Reaktion der zwei Herren aus dem zweiten Stock. Die beiden hatten stur darauf bestanden, eine eigene Etage für sich zu haben, weil ihre Aufgaben mit denen der Frauen nicht vermischt werden dürften.

Elisabeth schmunzelte, als sie Bremers wütende Stimme vernahm. Auch wenn sie kein einziges Wort verstehen konnte, war klar, dass es keine freundliche Unterredung war. Trotzdem würde keiner der Männer Bremer widersprechen; er war für seine kurze Lunte berüchtigt. Es ging sogar das Gerücht, dass er an der Universität, wo er früher gelehrt hatte, mit den Fäusten auf einen Kollegen losgegangen war. Der Kollege war an jenem Tag angeblich mit einem ordentlichen Veilchen nach Hause gegangen.

Im Nu war Bremer wieder da und schritt mit triumphierender Miene über die Schwelle.

»Na also. Die beiden ziehen hoch auf den Dachboden, und wir müssen uns hier nicht den Platz mit den neuen Mädchen teilen. Stattdessen ziehen wir hoch in den zweiten Stock, was für alle Beteiligten das Beste sein wird. Dort gibt es eine größere Küche und ein zusätzliches Zimmer, das wir als Archiv benutzen können. Auf diese Weise müssen Sie, meine Damen, auch nicht mehr hoch- und runterlaufen, um sich neues Material zu holen. Wer hilft mir, den Schreibtisch hinaufzutragen?«

Fräulein Andersson schien drauf und dran zu sein, in Tränen auszubrechen, und Iris tätschelte ihr beruhigend den Arm.

»Das wird schon werden. Wir sind alle bemüht, Professor Bremer bei Laune zu halten. Er ist unser aller oberste Priorität.«

Andersson nickte nachdrücklich, als müsste sie sich erst selbst davon überzeugen, dass diese Rochade notwendig war.

Elisabeth eilte hinter Bremer her, und Iris folgte ihr auf dem Fuß. Er sah kurz verwirrt ins Leere und riss beide Arme hoch.

»Aber wie soll das gehen? Muss ich jetzt all meine Sachen in Kartons verpacken, was meinen Sie? Oder können wir es einfach so, wie es ist, nach oben tragen?«

Elisabeth mochte darauf nicht mal antworten. Stattdessen fing sie sofort an, all die Gegenstände und Unterlagen zusammenzupacken, die auf Arvid Bremers riesigem Schreibtisch gelegen hatten. Der unhandliche Prototyp stand außer Reichweite auf einem Tischchen am Fenster – den würden sie hochbringen, sobald sie alles andere umgezogen hätten. Oder er blieb dort am Fenster stehen. Auf keinen Fall durften sie riskieren, dass die Arbeit an der fertigen Maschine sich verzögerte.

Knapp zwei Stunden später und mit Muskelkater in Armen und Schultern konnten sie im zweiten Stock endlich tief durchatmen. Bremers Schreibtisch war in das Zimmer getragen worden, das er sich mit Professor Svartström teilen würde, und Elisabeth und Iris hatten das Zimmerchen nebenan bekommen. Im Gegensatz zum ersten Stock trennte sie hier indes nur eine Flügeltür – was ihre Nachbarschaft andererseits erleichtern würde, weil Bremer ansonsten immerzu rein- und rausrauschte. An der Unruhe war er insofern selbst nicht ganz unschuldig gewesen.

Elisabeth stemmte die Hände in die Hüften und blickte hinüber ins benachbarte Zimmer.

»Also, hier ist bestimmt nicht mehr geputzt worden, seit wir im vergangenen Sommer eingezogen sind. Aber das kennen wir ja schon, daher schlage ich vor, wir gehen es direkt an.«

Iris nickte und lief Scheuerbürsten und Seife holen, die in einer Treppenhauskammer im Erdgeschoss lagerten.

Bremer schien nicht mal zu bemerken, wie sie draußen wüteten. Er saß tief versunken an seinen Aufzeichnungen. Allerdings wirkte sein neues Arbeitszimmer geräumiger als zuvor, und Bremer sah plötzlich klein aus, wie er dort am Schreibtisch saß. Nach einigem Hin und Her war beschlossen worden, auch das schwere Gerät nach oben zu tragen, und nun stand es in Reichweite seines Erfinders – der jetzt unversehens von seinen Notizen aufblickte.

»Meine Damen, könnten Sie vielleicht nach unten laufen und ein Telefon besorgen?«

Elisabeth steckte den Kopf durch die Tür und lächelte ihn breit an.

»Der Apparat hängt hinter Ihnen an der Wand.«

Bremer sah sich verwirrt um.

»Wären Sie dann bitte so freundlich, Fräulein Herrman, und wählten für mich die Nummer der Werkstatt? Ich lese sie Ihnen laut vor.«

Bremer ratterte eine Ziffernfolge hinunter, und im nächsten Augenblick war eine Telefonistin vom Fernsprechamt zu hören, die ihren Anruf sogleich weitervermitteln wollte. Elisabeth reichte den Hörer an Bremer weiter und kehrte zu Scheuereimer und Seife zurück. Sie lächelte in sich hinein. Wann immer sie mit Professor Bremer zu tun hatte, war ihr Aufgabenbereich mit Fug und Recht als abwechslungsreich zu bezeichnen. Aber auch Svartström war nicht immer leicht zu nehmen, zumindest nicht, wenn sich der Druck erhöhte oder eilige Aufgaben anstanden.

Iris und Elisabeth arbeiteten sich einmal durch das gesamte Geschoss, bis am Abend alles angenehm nach Seife roch und es nicht mehr bei jedem Schritt unter den Schuhsohlen knirschte.

Elisabeth wischte sich die Hände an ihrer Hose trocken und warf den Putzlappen in den Eimer.

»Und jetzt mache ich Feierabend. Heute werde ich mit Dinty feiern und muss mich noch ausgehfein machen. Und ich glaube, auch du gehst allmählich nach Hause. Wir haben für heute genug geleistet.«

Iris lächelte.

»Ich beeile mich. Auch wenn die Jungs noch Unterricht haben. Da störe ich lieber nicht, ihre Lehrerin ist nämlich wahnsinnig streng.«

Elisabeth schätzte, dass sie mit der Straßenbahn länger benötigen würde, als wenn sie den kurzen Weg vom Karlaplan zur Birger Jarlsgatan 18 zu Fuß zurücklegte. Am Nachmittag hatte es weiter geschneit, und auf Straßen und Gehwegen lag frischer Pulverschnee. Festen Schrittes marschierte sie vorwärts. Sie wusste, wie trügerisch der Untergrund gegen Abend sein konnte, wenn die Temperaturen um ein paar Grad zusätzlich sanken.

Der Humlegården unter seiner weißen Schneedecke sah verlockend aus. Sie nahm sich fest vor, dort mit Jan und Josef hinzugehen. Eine ordentliche Schneeballschlacht wäre bestimmt erfrischend. Auf der herrlichen Terrasse des Cafés Floras Kulle waren nur mehr ein paar Stangen zu sehen, über die im Sommer die gestreiften Markisen hingen. Der Humlegården war immer schon Elisabeths Zuflucht gewesen – sie kannte jeden Zentimeter des Parks, auch wenn ihre Mutter sie oftmals gewarnt hatte, dort sei es nach Einbruch der Dunkelheit nicht mehr sicher.

Elisabeth bog nach rechts auf die Sturegatan ab und wäre an der Ecke zur Humlegårdsgatan um ein Haar ausgerutscht. Die Uhr unter der Lichtreklame der Handelsbank verriet ihr, dass es bereits nach halb sechs war. Sie würde sich beeilen müssen, wenn sie pünktlich fertig sein wollte.

Dinty hatte erzählt, dass sie am Abend eine größere Runde wären, er hatte jedoch nicht verraten wollen, wer die übrigen Gäste waren. Sie hoffte, dass Munch nicht ebenfalls dabei sein würde.

Als sie den Schlüssel ins Schloss schob, schlugen ihr aus der Wohnung mehrere Stimmen entgegen, und ihre Schultern sackten nach unten. Ihr wäre es lieber gewesen, Arne und Gullan wären noch nicht zu Hause.

»Oh, wie schön! Liebste Gullan, da haben wir ja schon im Sommer ein kleines Enkelchen!«

»Der Arzt meint, es kommt im Juni.«

»Wunderbar – da blüht bereits alles, und wir können mit dem Kleinen draußen sitzen!«

Elisabeth spürte, wie sich ihr Puls beschleunigte, als sie ins Wohnzimmer stürzte.

»Was habe ich da gehört? Ihr bekommt ein Baby?«

Mit Tränen in den Augen fiel sie ihrem großen Bruder um den Hals und drückte Gullan einen Kuss auf die Wange. Sie waren zusammengezuckt, als Elisabeth ohne Vorwarnung ins Zimmer gerannt war. Gullan schlang ihren Arm um Arnes Taille und lehnte sich bei ihm an.

»Mir ging es in letzter Zeit furchtbar schlecht. Ich kam kaum aus dem Bett. Ihr müsst verzeihen, wenn ich in den letzten Wochen neben mir gestanden habe. Und ich weiß, du, Betty, fandst mich besonders unerträglich!«

Elisabeth verzog das Gesicht.

»Ach was. Aber ich will ehrlich sein: Du warst eine richtige Langweilerin. Und jetzt erzähl – habt ihr euch schon für einen Namen entschieden?«

Gullan sah zu Arne, der sich räusperte, ehe er antwortete: »Wenn es ein Junge wird, soll er Åke heißen. Wird es ein Mädchen, wünscht sich Gullan, dass es Margareta heißt.«

Elisabeths Eltern wirkten leicht betroffen, wahrscheinlich weil sie damit gerechnet hatten, dass ihr Enkelkind einen traditionellen Familiennamen bekäme. Elisabeth jedoch klatschte strahlend in die Hände.

»Oh, ein kleiner Åke, wie schön! Oder eine Margareta! Beides ganz wunderbare Namen!«

Und Arne fügte eilig hinzu: »Über den Zweitnamen haben wir noch nicht gesprochen, darüber wollten wir mit euch beratschlagen.«

Elisabeths Eltern schienen sich wieder halbwegs zu entspannen.

»Es tut mir wahnsinnig leid«, sagte Elisabeth, »aber ich muss mich schleunigst umziehen. Ich habe Dinty versprochen, heute Abend seine Tischdame zu sein. Irgendein schickes Geschäftsessen im *Cecil.*«

Sie eilte hinaus, bevor jemand Einspruch erheben konnte, und schob ihre Zimmertür ins Schloss. Erleichtert darüber, dass sie ihrer Familie entkommen war, ließ sie sich auf ihr Bett fallen und holte erst einmal tief Luft. Dass Arne und Gullan ein Kind bekämen, war natürlich phantastisch. Aber das bedeutete auch, dass der Erwartungsdruck stiege, dass auch sie alsbald einen Mann fände. Von nun an würde es nur noch darum sowie um Enkelkinder gehen.

Sie stand auf und trat an ihren Kleiderschrank. Heute

Abend würde sie sich ganz besonders in Schale werfen. Sie wusste, dass Dinty sich darüber freuen würde. Er mochte es, wenn andere die Augenbrauen hochzogen, sobald sie Elisabeth mit ihm zusammen sahen.

Iris spähte durch die Tür zum Küchentisch, an dem ihre Söhne mit der Lehrerin zusammensaßen. Josef hielt seinen Stift fest in der Hand und schrieb konzentriert etwas auf, während Jan völlig in sein Buch vertieft zu sein schien. Im nächsten Moment stand die Lehrerin auf.

»Dann sind wir für heute so gut wie fertig. Ich bin wirklich beeindruckt«, wandte sie sich an Iris, »wie schnell die beiden Schwedisch lernen. Ich habe Jan eine Abenteuergeschichte mitgebracht, die ihm bestimmt gefallen wird. Zu Hause im Lesezimmer habe ich noch mehr Bücher, wenn er mag. Josef buchstabiert mittlerweile fehlerfrei und macht kaum noch Fehler bei der Beugung von Verben. Frau Lepik, Sie können stolz auf Ihre Söhne sein! In kürzester Zeit haben sie eine Sprache gemeistert, für die andere ein ganzes Leben brauchen.«

Lächelnd nickte Iris den Jungen zu.

»Habt ihr das gehört? So ein Kompliment bekommt man nicht alle Tage, da müsst ihr euch aber bedanken!«

Artig stellten sich die Jungen nebeneinander auf und verbeugten sich vor ihrer Lehrerin, die mit einem Lächeln auf den Lippen hinaus auf den Flur trat und in ihren Mantel schlüpfte. Dann senkte sie die Stimme. »Meine Empfehlung wäre, Josef zunehmend anspruchsvolle Bücher lesen zu lassen. Er braucht die Herausforderung. Jan hingegen sollte am besten alles lesen, was ihn interessiert. Er muss ein bisschen am Tempo arbeiten. Ich glaube, das könnte der Schlüssel für ihn sein – auch für die anderen Schulfächer. Derzeit vertraut er seinen eigenen Fähigkeiten noch nicht recht.«

»Danke. So machen wir es, versprochen.«

Die Lehrerin nickte zum Abschied und zog dann die Wohnungstür hinter sich zu. Iris kehrte in die Küche zurück und bedachte ihre Söhne mit einem Lächeln.

»Ihr ahnt hoffentlich, was für ein ungeheurer Luxus das ist – dass ihr eine eigene Lehrerin habt! Dafür sollten wir uns alle bei Professor Svartström bedanken.«

Jan murmelte etwas Unverständliches, wandte den konzentrierten Blick jedoch nicht von seinem Buch ab. Josef hingegen nickte ernst.

»Versprochen, Mami.«

»Vielleicht sollten wir das auch feiern? Was haltet ihr davon, wenn wir morgen in eine Buchhandlung gehen und ihr euch jeder ein eigenes Buch aussuchen dürft?«

Beide blickten sofort auf.

»Ein neues Buch?«

»Ja, jeder von euch bekommt ein neues Buch.«

Jan glühte regelrecht.

»Und wir dürfen es uns selbst aussuchen?«

Auch Josef war jetzt Feuer und Flamme.

»Ganz allein? Darf das Buch auch richtig dick sein? Ein Lexikon?«

Iris lachte.

»Morgen besuchen wir eine Buchhandlung und schauen mal, was es dort gibt. Aber dafür will ich, dass ihr euer

Zimmer aufräumt und nach dem Abendessen direkt ins Bett geht.«

Die Jungen nickten hektisch und huschten davon. Iris hörte, wie sie im Kinderzimmer aufgeregt diskutierten, welche Bücher möglicherweise infrage kämen. Ihr wurde innerlich warm, weil die zwei womöglich zum ersten Mal seit einem Jahr harmonisch miteinander umgingen. Hoffentlich würde dieser Zustand für eine Weile anhalten.

ELISABETH

Elisabeth schlich den Flur entlang. Ihre Familie nahm überhaupt nicht zur Kenntnis, dass sie wieder gehen wollte; sie waren noch immer ausschließlich mit der großen Neuigkeit beschäftigt. Elisabeth hoffte inständig, dass die auch der Grund war, warum Gullan so merkwürdig und abweisend gewesen war; andererseits konnte es durchaus daran liegen, dass sie nun eben nicht mehr Freundinnen, sondern Schwägerinnen waren und Gullan da eine klare Trennlinie ziehen wollte. Was ziemlich fies wäre, dachte Elisabeth, denn immerhin war sie es gewesen, die Arne und Gullan überhaupt erst miteinander bekannt gemacht hatte.

Wie versprochen stand Dinty schon vor der Tür. Er lächelte und bot ihr seinen Arm an.

»Der Wagen wartet schon. Schaffst du es auf diesen Absätzen bis zur anderen Straßenseite?«

»Natürlich, daran gewöhnt man sich. Aber warum denn ein Wagen? Ich dachte, wir gehen ins *Cecil*?«

»Planänderung. Wir fahren zum Bolinder-Palast.«

»Wie bitte? Hast du das entschieden? Ich war dort mal mit meiner Mutter, als ich noch klein war und ihr Handarbeitskreis dort den Sankt-Knuts-Tag gefeiert hat.«

Der Fahrer hielt ihnen die Tür auf, und Elisabeth kletterte auf die Rückbank.

»Dafür, dass du dein eigenes Automobil aufgegeben hast

und wieder auf Fahrdienste zurückgreifst, muss ich sagen, du bist wirklich ein Glückspilz, dass du jedes Mal denselben zuvorkommenden Fahrer erwischst!«

Mit einem Schmunzeln bot Dinty ihr eine Zigarette an.

»Wirklich ein bemerkenswerter Zufall. Jedes Mal, wenn ich dort anrufe, schicken sie Anton. Wir möchten bitte zum Bolinder-Palast auf Blasieholmen, Anton!«

Elisabeth nahm einen Zug und blies bedächtig Rauch aus.

»Ach, du kennst sogar seinen Namen?«

Dinty zog ebenfalls an seiner Zigarette und pustete provokant Rauch in ihre Richtung.

»Man hat eben seine Kontakte, weißt du ... Gibt's sonst etwas Neues?«

»Tja. Ich drehe wohl bald durch. Ich weiß wirklich nicht, wie ich es zu Hause noch länger ertragen soll. Heute kam ich heim, und Arne und Gullan waren schon da. Sie kriegen im Sommer ein Baby.«

»Wie schön! Das wusste ich gar nicht.«

»Was für ein Getöse! Aber verwöhnt, wie ich bin, kann ich nur daran denken, dass mein eigenes Leben umso komplizierter wird. Mama und Papa werden wie verrückt versuchen, mich endlich auch unter die Haube zu bringen. Nun ist das aber gar nicht leicht, jetzt, da sämtliche Typen einberufen werden – und diejenigen, die übrig bleiben, sind ja wohl kaum ehetauglich!«

»Wie bitte?«

Er hob empört beide Hände, und Elisabeth musste lachen.

»Du weißt, was ich meine. Und ich glaube nicht, dass ausgerechnet du nennenswertes Interesse hättest, mich zu heiraten.«

»Du wirst schon sehen: Die beruhigen sich wieder, sobald das Baby da ist.«

»Klar, trotzdem brauche ich eine eigene Wohnung. Ich rege mich über jede Kleinigkeit auf. Das hat sogar schon auf die Arbeit übergegriffen.«

»Apropos, wie läuft es denn?«

»Hervorragend, danke der Nachfrage. Vergangene Woche hatte ich einen Stenographie-Aufbaukurs, stell dir vor. Aber es reicht schon, dass jemand im Nachbarzimmer niesen muss, und bei mir steigt der Puls.«

Dinty sah sie neugierig an. Insgeheim vermutete Elisabeth, dass er längst ahnte, dass sie hinsichtlich ihrer Anstellung Märchen erzählte – wozu sie aber nun mal vertraglich verpflichtet war.

»Wunderbar. Klingt, als wärst du als Sekretärin im Luftwaffenstab hoch angesehen. Und über deine Haare regen sie sich dort nicht mehr auf?«

Elisabeth schnitt eine Grimasse.

»Nein, und es wäre mir auch egal. Aber jetzt erzähl – wen treffen wir heute Abend?«

»Geschäftskontakte aus der Schweiz und England. Mein Vater hatte ursprünglich auch anreisen wollen, aber dann ist ihm irgend so eine Cocktailparty in die Quere gekommen.«

Dintys Eltern wohnten inzwischen in New York und führten dort ein aufregendes Society-Leben. Der Vater wollte den amerikanischen Markt weiter selbst betreuen, während er Europa an seinen Sohn abgetreten hatte. Dinty hatte nichts dagegen gehabt – die Herausforderung nahm er nur zu gern an. Das Geschäft florierte zu beiden Seiten des Atlantiks. Nun in Kriegszeiten wurden derlei Handelsbeziehungen besonders kritisch beäugt, während gleichzeitig umso mehr verdeckte Interessen eine Rolle spielten. Elisabeth hatte schon vor Langem versucht, sich über Dintys Geschäfte mehr Klarheit zu verschaffen, doch nach wie vor war ihr das ganze Ausmaß der Aktivitäten seines Familienunternehmens ein Rätsel. Von Arne hatte sie mal gehört, dass Dinty bei seinen größeren Kunden zunächst kaum Vertrauen erweckt, sie dann aber nach und nach alle für sich eingenommen hatte. Das wiederum konnte Elisabeth nur zu gut verstehen: Dinty war jemand, mit dem man sich gern umgab. Er hatte das gewisse Etwas.

»Schweden hat gerade einen historischen Außenhandelsvertrag mit dem Deutschen Reich verhandelt – das betrifft uns natürlich auch. Die Folgen sind so weitreichend, dass wir uns heute schon Sorgen machen, ob wir mit den Lieferungen nachkommen.«

»Dann macht ihr Geschäfte mit Hitler?«

»Nein, nicht direkt. Aber das Abkommen hat nun mal in der Folge Auswirkungen auf eine Reihe von Akteuren. Einer davon sind wir. Wie im Übrigen die meisten anderen. Es kann heutzutage keiner mehr die Hand hochhalten und behaupten, dass seine Geschäfte mit alledem nichts zu tun haben. Aber wo zieht man die Grenze? Andererseits könnte ich auch sagen, dass wir diesen Irren das Geld aus der Tasche ziehen sollten, wann immer das möglich ist.«

Über die täglich am Karlaplan reinflatternden Nachrichten hatte Elisabeth auch in der Zeitung von dem neuen Handelsabkommen gelesen, aber keine Ahnung, was genau es für praktische Folgen hatte.

»Kannst du mir bitte ganz kurz erklären, was dieser Vertrag für Schweden bedeutet? Ich will mich nicht zu diesen wichtigen Leuten setzen und so unwissend sein, wie ich aussehe.«

Dinty lachte.

»Okay, auch wenn es ausgeschlossen ist, dass dich dort jemand für ein Dummchen hält.«

Dinty erklärte ihr in groben Zügen die Eckpunkte und Grundlagen der Vereinbarung. Trotzdem war sich Elisabeth nicht sicher, ob sie wirklich verstand, was es damit auf sich hatte. Als Dinty dann auch noch das bevorstehende Abkommen mit der Sowjetunion erwähnte, wurde es noch komplizierter.

Der Bolinder-Palast war ursprünglich eine private Residenz gewesen, ehe das Grand Hôtel es übernommen hatte. Elisabeth wusste, dass Dinty mit den Besitzern befreundet war, die oft mit seinen Eltern auf Reisen gewesen waren. Ihr Wagen hielt vor dem Haupteingang, lächelnd öffnete Anton den Schlag und nickte Dinty zu.

»Danke, Anton. Phantastisch, einen so zuverlässigen Fahrer zu haben.«

Elisabeth war sein verschwörerisches Zwinkern nicht entgangen. Sie hakte sich bei Dinty unter.

»Auch ich bedanke mich, Anton. Es war mir eine Ehre,

mit Ihnen zu fahren. Ich hoffe, dass dies nicht unsere letzte gemeinsame Fahrt war.«

Während Dinty Elisabeth die Eingangstreppe emporführte, gab er ihr mit seinem Handschuh einen Klaps.

»Betty, wenn ich dich nicht besser kennen würde, müsste ich jetzt glatt annehmen, dass du mit Anton geflirtet hast.«

Elisabeth streifte sich die Handschuhe ab und verzog den Mund.

»Ich – flirten? So etwas Dummes habe ich ja noch nie gehört!«

Sie mussten beide lachen, und Dinty half ihr aus dem Pelzmantel. Dann beugte er sich zu ihr vor und flüsterte ihr ins Ohr: »Heute Abend sind ein paar außergewöhnliche Leute eingeladen. Aber mach dir keine Gedanken, ich weiß, was ich tue!«

Elisabeth kniff die Augen zusammen und tastete nach ihrem Zigarettenetui. Dinty gab ihr Feuer. Sie nahm einen tiefen Zug und lächelte.

»Ich mache mir selten Gedanken. Besorgt zu sein liegt mir nicht.«

Dinty lächelte sie an.

»Ich weiß, meine Liebe. Deshalb passen wir zwei ja auch so gut zusammen.«

Dinty bahnte ihnen einen Weg in Richtung der großen Salons und schob die Flügeltüren zu einem Saal auf, in dem eine gewaltige Tafel eingedeckt worden war. Wie angewurzelt blieb Elisabeth stehen.

»Werden wir so viele? Was für ein Glück, dass ich Mama gesagt habe, es könnte spät werden!«

»Wir sind zu zwanzigst. Die anderen kommen in vierzig Minuten. Deinen Tischherrn kennst du bereits – Botschafter Stenström. Du erinnerst dich doch noch an ihn?«

»Natürlich, wir haben uns im letzten Frühling im *Cecil* getroffen. Als ich Munch kennengelernt habe. Ist Stenström gar nicht in Berlin?«

»Eigentlich schon, aber er ist nach Hause gekommen, um hier Weihnachten zu feiern. Mit seiner deutschen Gattin. Eine richtige Schreckschraube! Schenkel wie Baumstämme, was ihn aber nicht zu stören scheint.«

Elisabeth lachte.

»Das war gemein! Aber jetzt bin ich wirklich neugierig. Mit wem habe ich denn zur anderen Seite das Vergnügen?«

Dinty schmunzelte, nahm einen letzten Zug von seiner Zigarette und drückte sie an der gemusterten Tapete aus.

»Das, meine Liebe, wird eine Überraschung. Aber jetzt sollten wir allmählich Champagner trinken, bevor die anderen kommen, sonst schlafe ich ein, bevor der Abend überhaupt losgegangen ist! Ich habe gestern Nacht nur ein paar Stündchen geschlafen.«

Elisabeth verdrehte die Augen.

»Ich will ja nicht vorwitzig sein, aber ich habe so eine Ahnung, dass ein gewisser Chauffeur mit deinem Schlafmangel zu tun haben könnte.«

Dinty schmunzelte erneut und griff zu einer Flasche, die in einem Eiskübel bereitstand. Als er sie entkorkte, war lediglich ein leises Zischen zu hören.

»Kein Kommentar.«

Er nahm zwei Gläser zur Hand und befüllte sie, erhob seins, und Elisabeth tat es ihm gleich.

»Auf diesen Abend und viele, die folgen.«

Elisabeth hatte das vage Gefühl, dass dieser Abend ein besonderer werden könnte; gleichzeitig wusste sie, dass Dinty gern ein bisschen überdramatisch war, um sich selbst in Stimmung zu bringen. Sie trat an die Balkontüren, die sich hinaus zum Strömkajen öffnen ließen. Auf dem Eis glitzerten Schneeflocken, und Fußgänger stemmten sich in den kalten Wind. Oberleitungsbusse fuhren über die Skepps-Brücke, und ein paar Jungs standen mit Angelruten rund um ein Eisloch. Vor dem Eingang des Grand hielt ein Wagen nach dem anderen und entließ Gäste in Abendgarderobe. Aus einem Fahrzeug stiegen zwei Männer in Uniform. Elisabeth kniff die Augen zusammen. Das waren keine Schweden. Der größere der beiden hatte ein Eisernes Kreuz auf der Brust. Sie schluckte. Hoffentlich würde man ihr die plötzliche Nervosität nicht anmerken.

SIGNE

Signe wälzte sich auf die andere Seite und zog sich die Decke bis unter das Kinn. Sie fror, obwohl sie sich aus dem Garderobenschrank eine zusätzliche Wolldecke geholt hatte. Mahlende Schmerzen strahlten von ihrem Bauch aus und wurden durch den starken Druck auch nicht besser; kein gutes Zeichen. Dem Wecker zufolge war es halb sieben, und sie sollte allmählich aufstehen und für den Fall, dass Svartström heimkäme und hungrig wäre, ein Abendessen kochen. Mitunter schmeckte ihm das Essen bei seinen Verabredungen nicht, und dann wusste er es sehr zu schätzen, wenn sie ein einfaches Gericht zubereitet hatte, das er zu Abend essen konnte. Außerdem musste auch sie endlich etwas zu sich nehmen. Sie konnte nicht nur von ein paar trockenen Brotscheiben leben. So würde sie garantiert nicht gesund werden.

Sie setzte sich auf und stemmte sich vorsichtig hoch. Doch bei der geringsten Bewegung fing das Zimmer an, sich zu drehen, und sie musste sich im Schneckentempo bewegen.

Im Bad wusch sie sich und zog frische Sachen an. Dann riss sie das Laken vom Bett – darin würde sie es keine Minute länger ertragen. Sie legte frische Bettwäsche aus der Kommode heraus und hängte die Decken ins offene Fenster, um sie auszulüften. Eilig schlüpfte sie durch die Tür, damit nicht alle Wärme aus der Wohnung entwich.

Mit einem Hauch mehr Schwung als zuvor setzte sie Wasser auf und fing an, Kartoffeln zu schälen. Am besten, sie bereitete gleich mehr davon für den folgenden Abend vor. Bestimmt würde Svartström sich über Bratkartoffeln mit ein paar Wurstscheiben freuen, und den Rest würde sie tags darauf zu Kartoffelbrei verarbeiten. Ihr knurrte der Magen. Sie bräuchte selbst etwas zu essen, noch ehe sie mit dem Kochen fertig wäre. Die Speisekammer gab nicht viel her, doch dann fand sie ganz zuhinterst eine Büchse mit Sardinen in Tomatensauce. Die mussten gegen den schlimmsten Hunger genügen. Sie angelte ein Fischchen nach dem anderen heraus und belegte damit ein Stück Knäckebrot mit Butter. Dann kehrte sie an den Herd zurück, um sich am Kochtopf zu wärmen, und nahm vorsichtige kleine Bissen von ihrem Brot. Die Kartoffeln fingen im Kochwasser an zu hüpfen, und sie zog den Topf von der heißen Platte. Ansonsten war es in der Küche mucksmäuschenstill. Auf der gegenüberliegenden Seite des Hofs konnte sie sehen, wie die Nachbarn ebenfalls kochten: unter Garantie treue Hausdiener, genau wie sie selbst, vielleicht auch die Kinder der Familie; die Herrschaften selbst warteten derweil im Esszimmer und hatten sicher keine Vorstellung, wie sehr die Arbeit der Bediensteten durch die Rationierungen erschwert wurde. Hauspersonal musste gleichermaßen geizig und gewieft sein, um trotz der strengeren Auflagen überhaupt etwas auf den Tisch zu bringen. Dann wiederum hatten die meisten gut betuchten Familien genau wie Svartström »Kontakte«, die sie mit allem versorgten, was gewünscht wurde. Denn kaufen konnte man das meiste; entscheidend waren lediglich die Dicke des Portemonnaies und die eigene Moral. Im Radio war von schärferen Kontrollen der Schattenwirtschaft die Rede gewesen. Es sollte sich niemand mehr sicher führen. Die Krise mussten die Schweden nun gemeinschaftlich meistern. Das Einzige, was sie alle noch retten konnte, war das Verantwortungsgefühl der gesamten Bevölkerung.

Signe vermisste die Mahlzeiten zu Hause auf ihrem Hof, vor allem die frische Kuhmilch, den hofeigenen Käse und das Gemüse, das sie selbst angebaut hatten. Dort hatte alles viel mehr Geschmack gehabt. Andererseits gab es hier in der Stadt eine größere Auswahl an Fisch und verschiedensten Fleischsorten, die man sowohl in Aufläufen als auch für Suppen hervorragend einsetzen konnte. Svartström lobte sie oft für ihre Kreativität beim Einsatz von Lebensmitteln. Dass sie beispielsweise aus Fischkarkassen Suppe kochte – davon hatte Svartström zuvor nie gehört, aber ihm schien die Suppe zu schmecken, wann immer er sie vorgesetzt bekam.

Sobald die Kartoffeln hinreichend weich waren, goss Signe das Wasser ab und warf ein Geschirrtuch über den Topf. Obwohl es verlockend gewesen wäre, vom Wurstring richtig dicke Scheiben abzuschneiden, maß sie sie noch dünner ab als sonst. Für den Fall, dass sie so bald keine neue bekämen, wäre es sicher besser, sie geizte ein wenig damit.

Das Essen schmeckte wie beabsichtigt, und sie zwang sich, langsam zu essen und ausgiebig zu kauen, obwohl sie einen Bärenhunger hatte. Doch allein in der Küche zu sitzen machte so wenig Freude, dass sie die Mahlzeit am liebsten so schnell wie möglich hinter sich gebracht hätte. Sie vermisste es, im Kreis ihrer Familie zu sitzen und mit anderen den vergangenen Tag zu besprechen. Über Nichtigkeiten zu reden. Zu hören, was ihr Neffe Erik tagsüber gemacht hatte. Manchmal vermisste sie sogar ihren Schwager Stig; zwar nicht so, wie er es sich gewünscht hätte – dass sie sich nach ihm verzehre –, aber doch auf ganz alltägliche Weise. Sie vermisste das gemeinsame Leben auf dem Hof. Stig war für sie wie ein Bruder, von nichts anderem war je die Rede gewesen. Und Signe wusste auch, dass er sie genau so betrachtete: wie eine Schwester. Dass er um ihre Hand angehalten hatte, hatte rein praktische Gründe gehabt, aber so hatte Signe es sich nicht vorgestellt. Ebenso wenig hätte sie die große Liebe ihrer Schwester Gotty heiraten wollen. Doch in ihren dunkelsten Stunden im Morgengrauen saß der Schmerz noch immer tief: an Eriks Leben nicht mehr teilhaben und ihn nicht aufwachsen sehen zu dürfen … oder der Familie und ihrem Elternhaus nahe zu sein … All das hatte Stig ihr genommen. Er hatte seine Frau verloren und eine neue gebraucht, eine neue Mutter für Erik.

Die er bestimmt finden würde.

Nur wäre es eben nicht Signe.

ELISABETH

Elisabeth sah lächelnd zum anderen Tischende, wo Dinty saß, als Botschafter Stenström sich umwandte.

»Na, Fräulein Herrman, was halten Sie von unserem neuen Handelsabkommen?«

Elisabeth strahlte ihn an.

»Also, wenn ich es richtig mitbekommen habe, dann wird darum ein Mordstheater gemacht – aber Sie verstehen sicher, dass ich für so eine Frage die falsche Ansprechpartnerin bin.«

»Ach, und ich hatte gehört, dass Sie gescheiter sind, als Sie vorgeben.«

Elisabeth machte ein säuerliches Gesicht.

»Wirklich? Das ist ja spannend. Wer hat Ihnen denn so einen Bären aufgebunden?«

Stenström nahm einen Schluck Wein.

»Wo arbeiten Sie gleich wieder?«

»Ich tippe Berichte für den Luftwaffenstab. Stenographie ist meine Stärke.«

»Ich erinnere mich. Sie haben mal etwas von dicken Socken und Unterhemden der Rekruten erwähnt – in Zeiten wie diesen eine wichtige Tätigkeit. Wie kommt es, dass Sie dort gelandet sind?«

Elisabeth nestelte an ihrem Zigarettenetui.

»Das war eher Zufall … Mein Einflussbereich erstreckt sich auf eine kleine Kellerkammer, dort treffe ich ausschließlich auf Männer in Uniform, die große Pakete von A nach B schleppen. Aber Herr Botschafter, Sie können sich nicht vorstellen, wie viel Spannendes man dort trotzdem mitbekommt! Vergangene Woche hat ein Major mir erzählt, dass er seiner Liebsten einen Antrag machen will. Und er hat mich um Rat gefragt, welche Blumen er kaufen soll. Die Woche zuvor habe ich die Unterredung zweier Hauptmänner mit angehört, die über eine Partie Bridge plauderten, die der eine für sich entschieden und bei der er zweitausend Kronen gewonnen hatte. Ich wusste nicht mal, dass es legal ist, um so viel Geld zu spielen!«

Stenström lächelte höflich.

»Ich bin mir nicht sicher, ob Sie solchen Dingen Glauben schenken sollten. Es gibt bestimmt den einen oder anderen, der in Ihrer Anwesenheit die Wahrheit ein wenig zu seinen Gunsten beugt.«

Dann wandte sich Stenström um zu der Frau zu seiner Linken.

Mit einem leicht bitteren Nachgeschmack auf der Zunge lehnte Elisabeth sich zurück und ließ den Blick schweifen. In die Mitte der Tafel hatte man einen ausgestopften Schwan gestellt und rund um den bildschönen Vogel mehrere delikate Vasen mit weißen Lilien. Im nächsten Moment räusperte sich der Mann zu ihrer Rechten.

»Sie müssen verzeihen, dass ich Ihnen jetzt erst zu Ihrer phantastischen Garderobe gratuliere. Es nicht zu tun wäre glatt einer Straftat gleichgekommen.«

»Oberst Nordengren, nicht wahr? Danke, das ist sehr nett von Ihnen.«

»Ich habe noch nie ein so entzückendes Kleid gesehen.« Er senkte die Stimme. »Aber verraten Sie das bloß nicht meiner Tischdame, wenn sie von der Toilette zurückkommt. Sie hat mir eben erst erzählt, dass sie bei NK-Franska einen Monat gebraucht haben, um ihre Robe zu schneidern.«

Elisabeth zuckte lächelnd die Achseln.

»Von mir erfährt sie kein Wort. Aber erzählen Sie doch mal: Wo sind Sie derzeit stationiert?«

»Das darf ich leider nicht sagen. Vielleicht nur so viel: Ich kann abends in meine eigenen vier Wände zurückkehren.«

»Ah, dann Frösunda. Oder Vaxholm?«

»Vaxholm? Das wäre ja unvorstellbar … Aber sagen Sie, Fräulein, woher kennen Sie Charles Lagerman?«

»Dinty und ich sind Sandkastenfreunde. Oder vielmehr ist er mit meinem großen Bruder befreundet, aber Dinty ist viel zu nett, als dass man ihn weiter mit meinem tödlich langweiligen Bruder umgehen lassen darf.«

»Große Brüder neigen wohl dazu, langweilig zu sein …«

»Haben Sie auch Brüder?«

»Ja, zwei. Beide jünger als ich.«

Elisabeth brach in Gelächter aus.

»Oh je! Sind Sie bei der Luftwaffe oder bei der Marine?«

»Luftwaffe. Aber im Gegensatz zu gewissen anderen an diesem Tisch fliege ich auch selbst. Ich sitze doch nicht nur am Schreibtisch und gebe meinen Senf zu Flugzeugen ab, die ich nicht steuern kann!«

Elisabeth pfiff durch die Zähne.

»Hoppla. Der ging ins Schwarze. Aber ich weiß, was Sie meinen. Ich bin auch beim Luftwaffenstab, da gibt es so einige, die besser eine Versetzung beantragen sollten, wenn ich es so sagen darf.«

Als seine Tischdame zurückkehrte, stand Oberst Nordengren höflich von seinem Stuhl auf. Noch während er den Stuhl der Dame zurechtrückte, beugte er sich diskret zu Elisabeth vor.

»Auf bald! Ich schlage einen Kaffee dort drüben an den Balkontüren vor.«

Anschließend wandte er sich wieder der Dame zu, und Elisabeth hörte mit an, wie er sie höflich fragte, was sie von den neuerlichen Rationierungen halte und wie sie mit der Haushaltung klarkomme, jetzt, da alles umso strenger reglementiert sei.

Zu ihrer Linken räusperte sich Stenström.

»Darf ich fragen, wo Sie wohnen, Fräulein Herrman?«

»Oh, ich wohne noch bei meinen Eltern. Das ist wahnsinnig kommod, außerdem bin ich ein solches Gesellschaftstier, dass ich nie im Leben ertragen könnte, allein zu wohnen.«

Stenström gluckste in sich hinein.

»Das kann ich mir vorstellen. Bestimmt sind Sie eine, die in einem fort Unterhaltung braucht, damit sie bei jemandem bleiben. Wie man hört, sind ja die meisten Rotschöpfe so – hitzig und feurig ...«

Er nickte ihr vielsagend zu. Elisabeth musste sich zwingen, ihn weiter anzulächeln.

»Ach, das hat der Herr Botschafter gehört? Wie ich selbst höre, fällt es blonden Männern schwerer, Kinder zu zeugen. Das muss doch ein Ammenmärchen sein. Grässlich, wenn es wirklich stimmen sollte!«

Stenström griff zu seinem Weinglas und nahm ein paar Schlucke, ehe er sich entschuldigte und zur Toilette verschwand. Auf dem Weg beugte er sich zu seiner Gattin vor und flüsterte ihr etwas ins Ohr. Dinty hatte übertrieben, wie Elisabeth feststellte: So schlimm sah sie gar nicht aus. Eine halbe Minute nachdem er den Speisesaal verlassen hatte, stand die Frau ebenfalls auf und folgte ihm nach. Elisabeth war sich fast sicher, dass sie nicht wiederkehren würden.

Dinty sah quer über den Tisch zu ihr und hob sein Glas. Sie grinste breit und prostete in seine Richtung. Dann flüsterte sie Oberst Nordengren zu: »Wird hier denn gar kein Kaffee mehr gereicht?«

Sie konnte ihm ansehen, wie er in sich hineingrinste. Sie war sich sicher, dass er den Wortwechsel mit Botschafter Stenström mit angehört hatte.

SIGNE

Der Schlüssel im Schloss riss Signe aus dem Schlaf. Sie hatte sich mit ihrem Strickzeug aufs Bett gesetzt – sie hatte Josef neue Handschuhe versprochen –, musste dann aber eingenickt sein. Vorsichtig stemmte sie sich hoch, damit der Schwindel sie nicht übermannte. Sie strich sich die Schürze glatt und eilte hinaus auf den Flur.

»Weshalb haben Sie denn nicht geläutet?«

Signe sah Svartström leicht schwanken. Er war angetrunken. Verlegen hielt er sich am Türrahmen fest und schlurfte über die Schwelle.

»Sie müssen entschuldigen ... Ich bin ein wenig angeheitert ... und kann nicht mal den Staatsminister dafür verantwortlich machen. Es war allein meine Schuld, dass ich beim Bridge verloren habe. Aber irgendwie schafft er es doch jedes Mal! Und der Verlierer muss austrinken, wie es so schön heißt. Aber was weiß ich – vielleicht hat er mit gezinkten Karten gespielt. Wenn man nichts sieht, ist Bridge einfach verdammt nichtsnutzig ... Da bin ich vollkommen auf das Wohlwollen anderer angewiesen.«

Signe konnte den Alkohol in seinem Atem riechen, als er Hut und Mantel ablegte. Vorsichtig nahm sie ihn beim Arm.

»Ich weiß, es ist spät, aber gibt es vielleicht noch etwas zu essen? Wenn ich nichts zwischen die Zähne kriege, weiß ich nicht, ob ich den morgigen Tag überstehe.«

Signe lächelte.

»Wenn Sie sich unterdessen zur Nacht fertig machen wollen, bringe ich Ihnen ein Tablett ans Bett.«

Svartström schüttelte den Kopf.

»Nein, bitte, lassen Sie mich in der Küche Platz nehmen.«

Signe blieb jäh stehen, lächelte dann aber erneut.

»Natürlich, das geht genauso gut.«

Svartström nickte und schlüpfte in sein Zimmer. Signe hörte, wie er dort hin- und herrumorte, und hoffte inständig, er würde nicht stolpern und sich verletzen.

Sie wärmte die Wurst auf, briet die Kartoffeln an und bereitete zusätzlich ein paar Butterbrote vor. Hoffentlich merkte er nicht, dass das Brot kaum mehr genießbar war.

Vom Dienstbotendurchgang waren vorsichtige Schritte zu hören, und dann tapste Svartström im Morgenrock und mit Pantoffeln an den Füßen herein.

»Sie müssen meine unpassende Garderobe entschuldigen, Signe, aber ich fürchte, dass ich nach dem Essen ansonsten im Anzug einschlafe.«

»Ich habe schon Schlimmeres gesehen. Machen Sie sich keine Gedanken.«

Sie setzte ihm das Essen vor und stellte ein Glas daneben.

»Möchten Sie dazu ein Bier?«

»Nein, zum Teufel! Geben Sie mir ein Glas Milch … Ich hab für dieses Jahr schon genug Alkohol getrunken.«

Sie lächelten beide, und Signe schenkte den letzten Rest Milch ein. Tags darauf würde eine neue Lieferung kommen.

Svartström breitete die Arme aus.

»Könnten Sie mir nicht Gesellschaft leisten? Vielleicht mögen Sie ja auch noch etwas essen? Ich würde mich freuen.«

Svartströms Stimme klang anders als sonst. Signe schmierte zwei zusätzliche Butterbrote und setzte sich zu ihm.

»Sagen Sie, Signe … Was macht Ihnen am meisten Angst? Was in dieser Welt jagt Ihnen am meisten Angst ein?«

Eilig kaute Signe ihren Bissen und antwortete leise: »Dass wir alle sterben müssen. Dass diejenigen, die wir lieben, sterben müssen.«

Als Erstes war ihr in den Sinn gekommen, dass sie Angst davor hatte, was passieren würde, wenn ihr Leiden sich weiter verschlimmerte. Sie befürchtete, den Folgen ausgeliefert zu sein. Allerdings hätte sie das ihrem Arbeitgeber niemals erzählt, der auf die politische Lage abgezielt hatte; in diesem Zusammenhang hatten Signe Janssons Privatprobleme nichts zu suchen.

Svartström schwieg eine Weile, eher er fragte: »Und was fürchten Sie am meisten am Krieg? Die Sowjets? Die Deutschen? Amerika?«

»Die Sowjets natürlich! Die wirken so grausam … Man muss sich nur ansehen, was sie in Finnland versuchen – davor müssen wir ebenfalls Angst haben, oder etwa nicht?«

»Die Sowjetunion ist ein großer, mächtiger Feind. Aber was ist mit Deutschland? Haben Sie vor den Deutschen gar keine Angst?«

»Ich finde diesen Hitler ziemlich merkwürdig, aber ich weiß nicht, ob ich wirklich Angst vor ihm habe. Außerdem scheint er Schweden doch gut zu finden? Insofern – nein, der Mann macht mir keine Angst. Mir ist schon klar, dass er sowohl Norwegen als auch Dänemark besetzt hat, aber wenn er hier auch hätte einmarschieren wollen, wären die Deutschen längst da. Und unser König ist schließlich auch guter Dinge.«

Svartström aß das letzte Stück Wurst und kippte das halbe Glas Milch in sich hinein. Sowie er das Glas abgestellt hatte, hob er den Blick, und Signe hätte schwören können, dass er ihr in die Augen sah. Und mit einem Mal wirkte er stocknüchtern.

»Ich habe anfangs genauso gedacht wie Sie. Dass die Sowjets die größte drohende Gefahr sind. Dass das Deutsche Reich zwar kein Verbündeter ist, wir es aber auf freundschaftlich angemessenem Abstand halten können. Doch ich muss Ihnen etwas erzählen, im Vertrauen …«

Er verstummte und schien sich erst einen Ruck geben zu müssen.

»Ich glaube, ich habe mich geirrt. Das Deutsche Reich ist eine Bedrohung, nicht nur für uns hier in Schweden, sondern für die ganze Menschheit. Ich fürchte, wir haben das ganze Ausmaß des Grauens noch gar nicht erkannt. Ich fürchte, wir haben nicht einmal ansatzweise den Beginn dieser Tragödie gesehen. Wir sind – und ich selbst mit eingeschlossen – dem Irrtum aufgesessen, dass wir aus unerfindlichen Gründen verschont bleiben würden. Aber es wird niemand verschont. Was derzeit in der Welt um uns herum passiert, wird uns vielleicht nicht direkt physisch treffen, aber es wird auf uns abfärben – für alle Zeit.«

Er schlug den Blick nieder, und Signe suchte verzweifelt nach einer vernünftigen Antwort. Im nächsten Moment verspürte sie heftigen Druck im Bauch. Sie schnappte nach Luft und krallte die Finger in die Tischkante. Besorgt hob Svartström den Kopf.

»Verzeihung, es war nicht meine Absicht, Sie zu verschrecken!«

»Es ist nicht das, was Sie gesagt haben ... Ich muss zu schnell gegessen haben. Ich bin aber auch immer gierig!«

Svartström lächelte.

»Ich glaube Ihnen nicht. Aber ich verschlucke mich auch hin und wieder. Trinken Sie ein bisschen Wasser, dann geht es gleich wieder.«

Signe machte Anstalten aufzustehen, geriet jedoch aus dem Gleichgewicht; sie konnte nur noch daran denken, dass sie nicht hinfallen durfte. Wenn sie jetzt stürzte, wäre alles vorbei. Ihr Körper durfte sie nicht im Stich lassen – nicht jetzt!

Nach einer gefühlten Ewigkeit ließen die Krämpfe endlich nach. Sie hoffte, Svartström hatte nicht mitbekommen, was soeben geschehen war.

»Möchten Sie noch ein Butterbrot?«

Svartström lächelte.

»Ja danke, das wäre gut.«

Signe musste sich an der Küchenanrichte festhalten. Sie stellte einen Teller mit einem weiteren Butterbrot vor ihm auf den Tisch und war froh, als sie sich wieder setzen konnte.

Svartström nahm einen großen Bissen und fuhr ernst

fort: »Ich habe heute die streng vertrauliche Information erhalten, dass Deutschland derzeit einen massiven Angriff plant. Auf wen, wissen wir leider noch nicht. Aber dass wir hier in Schweden sicher sind, ist zu bezweifeln. Es kann durchaus sein, dass wir binnen Kurzem genau wie unsere Nachbarn besetzt werden. Ich will Sie auf gar keinen Fall verunsichern, Signe, aber ich *musste* das erzählen … irgendwem. Ich weiß einfach nicht, was ich mit dieser Information anfangen soll.«

»Ich dachte, Schweden würde dieser Tage einen neuen Handelspakt mit Deutschland schließen?«

»Das ist auch richtig, doch meinen Informationen zufolge könnte das ein Ablenkungsmanöver sein. Oder aber es handelt sich um eine Fehlinformation. Oder das Handelsabkommen bricht uns das Genick. Nichts ist mehr sicher. Ich hoffe nur noch, dass Bremer bald mit seiner Maschine fertig wird, damit wir an mehr Informationen kommen. Das darf unter gar keinen Umständen diesen Raum verlassen, verstehen Sie, Signe? Ich verlasse mich auf Sie!«

»Sie haben mein Wort. Und wem sollte ich es auch erzählen? Wer würde einem Bauernmädchen aus Roslagen glauben, das ein solches Staatsgeheimnis ausplaudert?«

Svartström schmunzelte.

»Sie sollten sich trotzdem im Klaren darüber sein, dass derzeit um jedes Detail gefeilscht wird. Jeder will alles von jedem wissen – da kann selbst der Kommentar eines Bauernmädchens bedeutsam werden. Ich will aber auch betonen, wie dankbar ich für diese nächtliche Unterredung bin. Als ich im Wagen nach Hause saß, wusste ich einfach nicht, was ich tun sollte. Ich musste mich jemandem mitteilen.«

Er stand auf und wünschte ihr eine gute Nacht. Signe stellte eilig das Geschirr zusammen, ließ es aber in der Spüle stehen. Darum würde sie sich tags darauf kümmern. Sie wollte ohnehin früher als sonst aufstehen und neuen Brotteig ansetzen. Und wenn sie es richtig verstanden hatte, würden die kommenden Tage im Karlaplan 4 ziemlich hektisch werden. Dafür musste sie ausgeruht sein. Und hoffen, dass ihr Körper sie nicht im Stich ließ.

Die Jungen waren aufgewacht, als es an der Tür geklopft hatte, und rannten verängstigt zu ihrer Mutter. Iris hatte sie gerade gebeten, wieder ins Bett zu gehen, als es erneut klopfte.

»Machen Sie sofort auf, hier ist die Polizei!«

Iris eilte hinaus auf den Flur und zog die Eingangstür einen Spaltbreit auf.

»Wie kann ich helfen?«

»Dürfen wir reinkommen?«

»Meine Söhne schlafen noch.«

Die beiden Männer ignorierten den Einwand und schoben sich an Iris vorbei. Beide hielten ihre Dienstmarken hoch.

»Vorstellen müssen wir uns ja nicht mehr.«

Iris nickte stumm in Richtung Wohnzimmer.

»Am besten setzen wir uns dort hin.«

Die Männer ließen sich auf dem Sofa nieder, und einer von ihnen beugte sich vor.

»Wir wollen Sie zum einen davon in Kenntnis setzen, dass sich unsere Annahmen hinsichtlich Karl-Fredrik Ritter bewahrheitet haben. Unser Verdacht hat sich bestätigt. Er scheint sich zur Stunde in Polen aufzuhalten und ist somit eindeutig am Leben. Außerdem haben wir erfahren, dass Ihre Schwester Kati Besuch von Freunden aus Deutschland hatte. Sind Sie mit diesen Leuten bekannt?«

»Nein, darüber haben wir nicht mal gesprochen.«

»Wie eng ist Ihr Kontakt zu Ihrer Schwester?«

»Sie ruft nicht oft an, kommt aber gelegentlich vorbei. Unser Kontakt ist zunehmend sporadisch.«

»Wie kommt's? Zwei Schwestern, die in ein anderes Land fliehen – sollten Sie nicht häufiger miteinander umgehen?«

Iris drückte den Rücken durch und verschränkte die Hände im Schoß.

»Sollte man meinen. Aber wir führen sehr unterschiedliche Leben.«

»Und Ihre Arbeit? Was können Sie uns darüber sagen?«

»Da sprechen Sie bitte mit meinem Vorgesetzten, Professor Svartström. Ich darf nicht mehr dazu sagen.«

»Wir glauben nämlich, dass es durchaus schwierig sein kann, mit vertraulichen Informationen zu arbeiten und dann keinen Mucks zu jemandem zu sagen, der einem so nahesteht wie die eigene Schwester.«

»Glauben Sie, was Sie wollen. Ich habe gegenüber dem Oberbefehlshaber eine Geheimhaltungsvereinbarung unterschrieben, und Sie dürfen sich wie gesagt gern mit Professor Svartström unterhalten – er kann Ihnen alles erläutern.«

»Schön und gut. Aber das könnten Sie ebenfalls. Wenn es sich tatsächlich so verhalten sollte, wie Sie sagen – dass Sie mit Ihrer Schwester nicht enger verkehren –, dann sollte das, was wir von Ihnen verlangen, auch nicht allzu schwierig sein. Wir möchten nur, dass Sie uns über alles informieren, was Sie über Ihre Schwester in Erfahrung bringen … und über Ritter.«

»Wie bitte? Ritter wird mich wohl kaum kontaktieren! Und meine Schwester und ich treffen uns nur noch selten.«

»Spielt keine Rolle. Wann immer Sie einander sehen, erwarten wir einen Bericht: wo Sie sich getroffen haben, worum es ging und was Ihre Schwester Ihnen erzählt hat. Wenn Sie uns diesen Gefallen tun, dann lassen wir Sie auch in Ruhe, versprochen.«

»Das haben Sie beim letzten Mal schon gesagt. Und beim vorletzten.«

»Wir verstehen natürlich, dass dies beschwerlich ist, aber um uns herum tobt der Krieg, und genau da könnten Sie uns helfen. Mehr ist nicht dabei.«

»Dann möchte ich, dass Sie bitte zuerst mit Professor Svartström reden. Nur sofern er nichts dagegen hat, kann ich tun, was Sie von mir verlangen.«

Die Männer lächelten sie an.

»Dann stören wir besser nicht länger. Wir sprechen Svartström darauf an und lassen Sie wissen, wie Sie mit uns in Kontakt treten können. Auf Wiedersehen.«

Sowie sie die Eingangstür hinter sich zugezogen hatten, sackte Iris in sich zusammen und schlug die Hände vors Gesicht. Das konnte doch nicht wahr sein! Ritter war am Leben? Ging dieser Alptraum denn nie zu Ende?

»Fräulein Herrman, Sie stehen hier allein – da muss ich Abhilfe schaffen. Darf ich Ihnen einen Drink spendieren? Ein Glas Champagner?«

»Ich dachte schon, Sie würden nie fragen! Champagner wäre furchtbar nett!«

Oberst Nordengren winkte einem Kellner, der mit zwei Gläsern wiederkehrte.

»Sie sind also berufstätig, Fräulein Herrman? Wie fühlt es sich für Sie an, sich in einer Männerwelt zu behaupten?«

Elisabeth nahm einen Zug von ihrer Zigarette und zuckte die Achseln.

»An sich ist das für mich nichts Neues. Ich habe schließlich einen Bruder, und meine Eltern haben sich immer darüber ausgelassen, dass ich meinen Mann wesentlich besser gestanden habe als er.«

Nordengren brach in Gelächter aus.

»Allein der Ausdruck! Der würde mir bei Ihnen nie in den Sinn kommen!«

Elisabeth lächelte ihn an.

»Doch, doch, warten Sie nur, bis wir uns besser kennen. Ich fluche wie ein Bierkutscher und bin überaus streitlustig. Im Luftwaffenstab ging es einmal richtig zur Sache.«

»Was? Erzählen Sie!«

»Ein paar Herren Ingenieure haben sich mal darüber beklagt, dass meine Frisur ihre Konzentration störe.«

Nordengren musste erneut lachen.

»Ich wurde zum General bestellt«, fuhr Elisabeth fort, »der mich bat, einen Friseur aufzusuchen, wenn ich meine Stelle behalten wollte. Worauf ich mich natürlich nicht einließ. Seither tippe ich langweilige Berichte für die Verwaltung. Was mir aber nichts ausmacht. Zumindest habe ich es von dort nicht weit – ich wohne schließlich im selben Haus.«

Im selben Moment dämmerte es Elisabeth, dass sie eine Dummheit begangen hatte. Sie hatte schließlich keine Ahnung, wer dieser Nordengren war und was er im Schilde führte. Es war einfältig von ihr gewesen, dass sie einfach drauflos geplappert und private Details preisgegeben hatte.

»Und Sie, Oberst Nordengren? Wie sind Ihre Lebensumstände?«

»Sie wollen wissen, ob ich verheiratet oder verlobt bin? Beides bin ich gewesen, und beides ist mittlerweile Geschichte.«

»Oh, dann sind Sie geschieden? Wie konnte das denn passieren?«

»Geschieden nicht, leider nein … Meine Ehefrau ist im vergangenen Jahr einer Blutvergiftung erlegen.«

Elisabeth schluckte trocken.

»Das tut mir leid! Es war nicht meine Absicht, unverschämt zu sein.«

»Waren Sie nicht – das konnten Sie doch nicht wissen.«

»Und Kinder?«

»Ja, wir hatten ein kleines Mädchen bekommen, das gerade ein Jahr alt war, als meine Frau starb. Sehr traurig für sie, dass sie jetzt ohne Mutter aufwachsen muss. Aber mittlerweile wohnt *meine* Mutter bei uns, und natürlich haben wir auch eine Kinderfrau, die uns unterstützt. Ansonsten wäre es mit uns wirklich den Bach runtergegangen. Was kleine Kinder angeht, bin ich vollkommen hilflos. Was macht man mit ihnen?«

Elisabeth schüttelte den Kopf.

»Fragen Sie mich nicht, ich habe keinen Schimmer. Aber mit Schulkindern scheine ich ganz gut auszukommen.«

Nordengren leerte sein Glas und gab dem Kellner zu verstehen, dass er nachschenken sollte. Dann seufzte er.

»Ich wollte die heitere Stimmung wirklich nicht trüben ... Aber was ist mit Ihnen? Ist das Fräulein Herrman schon jemandem versprochen? Ich sehe zumindest keinen Ring an Ihrem Finger.«

»Nein, bis jetzt tut sich auf diesem Gebiet noch nichts, auch wenn es Interessenten gab. Wie alt ist Ihre Tochter jetzt?«

»Gute zwei. Und bestens imstande, ihren Vater herumzukommandieren. Anscheinend habe ich ihr nichts entgegenzusetzen. Aber so soll es wohl sein. In welchem Verhältnis stehen Sie zu Ihrem Vater?«

»Genauso, ich muss immer schon unerträglich gewesen sein! Meine Tante hat einmal mit uns Weihnachten gefeiert und ließ hinterher ausrichten, dass sie niemals eigene Kinder bekommen würde. Ich war wohl ein ziemlich abschreckendes Beispiel.«

»Klingt, als würde Ihre Tante vor Charme nur so übersprühen.«

»Ja, wirklich. Ich habe sie seit zwanzig Jahren nicht mehr gesehen – um genau zu sein, seit jenem Weihnachtsfest.«

Sie lachten beide und ließen ihre Gläser neu befüllen. Er gab Elisabeth Feuer, und sie nahm einen tiefen Zug. Blies den Rauch durch die offene Balkontür. Nordengren selbst zog eine Zigarre hervor.

»Sagen Sie, kennen Sie eigentlich General Munch?«

Elisabeth zupfte sich ein Fädchen Tabak von der Zungenspitze.

»Ja, wir sind miteinander bekannt.«

»Und kennen Sie einander besser?«

»Das wäre zu viel gesagt. Aber ja, wir sind uns mehrmals begegnet.«

»Ich meine, mich zu erinnern, dass ich Sie vor einiger Zeit in seiner Gesellschaft auf der Schießbahn gesehen habe.«

»Ganz so war es nicht. Ich war dort in Dintys Gesellschaft, als ich zu einem Wettschießen herausgefordert wurde.«

»Und Sie haben gewonnen ...«

»Natürlich. Sonst hätte ich mich doch gar nicht erst darauf eingelassen.«

Wieder lachten beide.

»Trotzdem hatte ich den Eindruck, dass Sie recht vertraut miteinander waren.«

»Das hat an dem Abend vielleicht so gewirkt. Aber soweit ich weiß, ist General Munch verheiratet und hat auch vor, es zu bleiben.«

»So in etwa.«

Nordengren musterte sie aufmerksam, und Elisabeth musste sich zusammenreißen, um seinem Blick nicht auszuweichen.

»Wir sind eine Zeit lang miteinander geflogen. Oder genauer gesagt: Ich bin geflogen, während er am Boden stationiert war. Besonders seit jenem grässlichen Unfall.«

»Ja, davon habe ich gehört.«

»Er ist damals völlig unnötige Risiken eingegangen, die den Tod eines Kameraden nach sich zogen. So etwas ist unverzeihlich, und es kommt einem Wunder gleich, dass er überhaupt noch im Dienst steht. Er hätte ihn ehrlich gesagt quittieren und auf diese Weise seinen Kameraden Respekt zollen müssen. Wenn Sie mich fragen, sind Leute wie Munch das Allerletzte.«

»Das ist ein hartes Urteil. Sie sind ein mutiger Mann, wenn Sie so unverblümt über einen Vorgesetzten reden.«

Nordengren schnaubte.

»Er ist kein Vorgesetzter. Er ist ein Parasit, dessen einziger Ehrgeiz darin besteht, die soziale Leiter emporzuklettern und Privilegien zu nutznießen, die ihm nicht zustehen.«

Elisabeth kniff die Augen gegen den Rauch zusammen.

»Was für ein Glück, dass er heute nicht hier ist. Da wäre die Stimmung sicher anders gewesen.«

Nordengren schüttelte den Kopf.

»Keineswegs. In meiner Anwesenheit reißt er sich am Riemen.«

Elisabeth erhob ihr Glas, und sie sahen einander in die Augen.

»Auf diesen Abend im Zeichen der Ehrlichkeit.«

»Auf die Ehrlichkeit und auf die Wahrheit.«

Sie lächelten und wandten beide den Blick in Richtung Schloss. Der Abend war schließlich noch jung.

Dinty hielt sie am Arm zurück, als sie gerade aus Richtung Toilette kam.

»Hast du dich so heftig auf Stenström eingeschossen, dass er gegangen ist?«

Elisabeth zog eine Grimasse.

»Er meinte, mir erzählen zu müssen, dass ich ein heißblütiger Rotschopf sei, den man festketten müsste …«

Dinty sah sie verständnislos an.

»Und? Ist doch eine ganz treffende Beschreibung?«

»Stell dich nicht dumm! Es war richtig gruselig! Also habe ich Kontra gegeben und ihm erzählt, dass blonde Männer Gerüchten zufolge nicht sonderlich potent seien.«

Dinty lachte laut auf.

»Jetzt verstehe ich, warum er gegangen ist. Anscheinend hat er es obendrein hingekriegt, einen der Fabrikleiter aus der Schweiz zu verprellen. Nur gut, dass er und die Schreckschraube Reißaus genommen haben. Aber … wie finden wir denn den Obersten Nordengren?«

»An dem hab ich nichts auszusetzen. An Munch lässt er allerdings kein gutes Haar. Es scheint, als hätten die beiden noch eine Rechnung miteinander offen.«

»Das kann man wohl sagen. Nordengrens Vater war Munchs Kommandant und derjenige, der ihm die Fluglaubnis wieder entzog. Munch war zuvor mit einer nagelneuen Maschine bruchgelandet, ein Kamerad war dabei ums Leben gekommen. Schlimme Geschichte.«

»Aber warum ist Nordengren deshalb so nachtragend? Wenn es doch die Sache seines Vaters gewesen ist?«

»Der Kamerad, der gestorben ist, war von klein auf sein bester Freund. Die Sache hat damals hohe Wellen geschlagen. Unter anderem hat Munch wohl die Stirn gehabt, bei der Beerdigung aufzutauchen, wurde aber des Platzes verwiesen.«

»Verstehe. Wie gut, dass er heute nicht hier ist.«

»So intrigant bin nicht einmal ich. Wenn es aber nicht zu viel verlangt wäre, würde ich dich gern bitten, dich ein wenig um die zwei Deutschen zu kümmern – du bist die Einzige hier, die auf ihrem Niveau Deutsch sprechen kann.«

Schmunzelnd zog Elisabeth eine Augenbraue hoch.

»Wie gut soll ich denn sprechen?«

»Schuldeutsch reicht völlig aus. Wenn du sämtliche Register ziehst, verschreckst du sie am Ende noch.«

»Wunderbar. Dann bin ich vorsichtig.«

Elisabeths Sprachkenntnisse hatten Dinty – und nicht nur ihn – schon immer beeindruckt. Elisabeth hatte früher eine deutsche Gouvernante gehabt und war zeitweilig auf ein Schweizer Mädcheninternat gegangen. Sie konnte zwischen deutschen Dialekten hin- und herwechseln, wie sie es mit dem Schonischen und dem Norrländischen konnte. Überdies sprach sie Französisch und Englisch, allerdings nicht auf demselben hohen Niveau wie die deutsche Sprache.

Dinty führte sie an den Tisch der zwei Deutschen und stellte sie als Fräulein Herrman vor.

»Und das sind Generalmajor Robert Neuland und Kommandant Erich Jodl.«

Neuland lächelte Elisabeth breit an, ehe er ihr einen Kuss auf den Handrücken hauchte.

»Ach, eine Landsfrau? Herrman klingt nach einem deutschen Namen.«

»Nein, da muss ich Sie leider enttäuschen. Aber zumindest spreche ich Deutsch.«

»Trotzdem sehr angenehm.«

Neuland schlug die Fersen zusammen und verbeugte sich förmlich. Erich Jodl begnügte sich mit einem knappen Nicken und musterte sie von Kopf bis Fuß.

»Eine echte Schwedin – wie exotisch! Ihr Haar ist genauso schön wie das der verehrten Zarah Leander. Sie sind nicht zufällig verwandt?«

»Nein, auch das nicht. Aber ich hatte das große Vergnügen, Frau Leander hier in Stockholm auf der Bühne zu sehen. Woher stammen Sie beide? München?«

»Ursprünglich, ja, aber inzwischen wohnen wir in Berlin. Und reisen so oft wie nur möglich nach Stockholm. Kommandant Jodl will sich eine Schwedin zur Frau nehmen. Vielleicht haben Sie ein paar Empfehlungen?«

Sie lachten, und Dinty drückte Elisabeths Arm. Sie neigte den Kopf leicht zur Seite und lächelte.

»Erzählen Sie mal – waren Sie schon oft in Stockholm?«

»Im ausgehenden Jahr tatsächlich mehrmals im Monat. Seit wir den Auftrag haben, unsere nordischen Nachbarn auf Kurs zu halten, haben wir natürlich öfter in diesen Breiten zu tun. Aber wir haben wirklich nichts dagegen:

Es gefällt uns hier ausgesprochen gut. Und Schweden sehen wir als unsereins an.«

Elisabeth lächelte, spürte aber, wie ihr Puls sich beschleunigte.

»Zudem ist Ihr König ja mit einer von uns verheiratet«, fügte Generalmajor Neuland hinzu. »Insofern sind wir quasi Familie.«

Mit seiner klobigen Hand holte er zu einer Geste aus und zeigte Richtung Schloss.

»Und was machen Sie den lieben langen Tag? Studieren Sie vielleicht, oder haben Sie kleine Kinder, um die Sie sich kümmern?«

»Ich arbeite fürs Militär.«

»Da schau einer an, eine berufstätige Frau! Ich habe es Ihnen auf den ersten Blick angesehen, dass Sie tüchtig sind!«

»Ich habe keinen militärischen Rang, ich schreibe lediglich Berichte über Wollsocken und dergleichen – was immer unsere Wehrpflichtigen eben brauchen. Wir haben hier oben einen strengen Winter, daher habe ich einiges zu tun. Aber mehr darf ich bestimmt nicht sagen. Immerhin gehören Sie einer fremden Streitmacht an!«

»Sie brauchen sich keine Gedanken zu machen. Wir behalten Ihre Militärgeheimnisse natürlich für uns, Ehrenwort. Von uns erfährt niemand, dass Sie Berichte über Wollsocken schreiben.«

Alle lachten.

»Sie sprechen hervorragend Deutsch. Wie kommt's?«

»Wir hatten ein deutsches Kindermädchen, und unsere

Eltern haben uns hin und wieder zu Sommerkursen nach Deutschland geschickt«, improvisierte sie.

»Das muss ja aufregend gewesen sein. Wo waren Sie denn überall?«

»In Preußen, Zürich, Kiel, aber an Einzelheiten kann ich mich kaum erinnern. Wir waren Jahr für Jahr andernorts, um neue Erfahrungen zu machen. Aber einmal sind mein Bruder und ich mit dem Fahrrad quer durch Deutschland gefahren, eine phantastische Reise!«

»Ihr Bruder, arbeitet der auch für das Militär?«

»Nein, und das bedauert er sehr, aber er hat leider einen einseitigen Hörschaden, nachdem er zu oft auf der Schießbahn war. Allerdings ist er frisch verheiratet und erwartet sein erstes Kind, und er hat eine ganz angenehme Stelle im Außenministerium. Insofern hat sich alles zum Guten gewendet.«

Die beiden Herren wechselten lächelnd einen Blick. Elisabeth ahnte, dass ihre Ausführungen für sie von Interesse waren, sie wusste nur nicht, weshalb.

Sie nahm eine Zigarette heraus, und sofort bot Jodl ihr Feuer an. Sein Blick war so durchdringend, dass es sie fröstelte. Elisabeth war froh, dass sie sich für die Kaninchenfelljacke entschieden hatte.

»Elisabeth Herrman – irgendwoher kommt mir Ihr Name bekannt vor. Waren Sie in letzter Zeit auf Besuch in Deutschland?«

»Nein, zuletzt war ich im Sommer vor den Olympischen Spielen dort.«

»Das ist aber lang her! Klingt fast, als seien Sie keine große Freundin des neuen Reichs?«

Elisabeth blies eine Rauchsäule aus und verzog den Mund.

»Natürlich mag ich Deutschland – wie könnte ich dieses Land nicht mögen! Aber ich bin mir nicht sicher, ob mir Ihre neue politische Ausrichtung so gut gefällt.«

Beide erstarrten. Neuland sah sie scharf an und sagte ganz ruhig: »Das müssen Sie uns erklären. Auf welche ›Ausrichtung‹ spielen Sie an?«

»Ich bin mir recht sicher, dass derlei kluge Herren wie Sie sehr wohl verstehen, was ich meine.«

Jodl kam näher an sie heran. Sein Kopf wirkte riesig.

»Haben Sie etwas gegen unseren Führer?«

»Das wäre wohl zu viel gesagt. Schließlich bin ich ihm niemals begegnet, und er regiert nicht das Land, in dem ich lebe. Trotzdem darf ich wohl sagen, dass er nicht zu meinen Favoriten gehört.«

»Und wer wäre in Ihrer Welt ein solcher ›Favorit‹?«

»Jemand, den ich respektieren kann. Aber ich nehme an, dass wir in dieser Unterhaltung ohnehin nicht auf einen gemeinsamen Nenner kommen. Insofern lassen wir das. Morgen ist auch noch ein Tag.«

Mit einem Mal griff Neuland nach ihrem Handgelenk und packte fest zu.

»Wenn ich Sie wäre, Fräulein Herrman, wäre ich sehr, sehr vorsichtig mit dem, was ich über den Führer sage.«

Elisabeth schüttelte seine Hand ab, ging nun ihrerseits nah an ihn heran und sah ihm in die blassgrauen Augen. Auf ihren Absätzen überragte sie den untersetzten Deutschen um mehrere Zentimeter.

»Und wenn ich Sie wäre, Generalmajor Neuland, würde ich mich um ein Mundwasser bemühen und um einen Kursus, wie man sich Frauen gegenüber benimmt.«

Sie machte auf dem Absatz kehrt, drehte sich dann aber noch einmal um und lächelte die beiden an.

»Und was das Recht angeht, meine Meinung über einen führenden Politiker zu äußern, möchte ich Sie beide daran erinnern, dass Schweden noch immer eine überaus lebendige Demokratie ist. Hier darf man seine Meinung frei äußern.«

Sie rauschte aus dem Saal und stieß auf dem Weg nach draußen mit Dinty zusammen.

»Was hast du denn jetzt wieder angestellt?«

Elisabeth kochte.

»Wie konntest du mich mit diesen zwei Mistkerlen zusammenbringen? Du wusstest genau, dass das nicht gut ausgehen würde!«

Dinty grinste.

»Dafür werde ich dir für alle Zeiten dankbar sein. Du warst den ganzen Abend eine große Hilfe.«

»Ich gehe, sonst kommt es hier noch zu einem Handgemenge.«

»Du hast dein Soll erfüllt. Aber lass mich dich nach draußen begleiten und sicherstellen, dass du einen Wagen bekommst.«

Elisabeth hakte sich bei ihm unter und ließ die Abendveranstaltung hinter sich.

»Ich hätte mir nie im Leben vorgestellt, dass sie so grässlich sein könnten!«

Dinty nickte.

»Die Deutschen, die wir derzeit hier beobachten«, sagte er leise, »sind nicht diejenigen, die ich von früher kenne. Diese Menschen haben weder Benimm noch Kinderstube, ihnen geht es bloß um Macht. Und davon haben sie bereits jetzt viel zu viel.«

Elisabeth erschauderte.

»Was für Widerlinge! Aber du hast recht. Ich habe Deutschland und die Menschen, die ich dort kennengelernt habe, immer gemocht. Diese Typen dort stehen für etwas anderes.«

Allmählich dämmerte ihr, was sie zuvor gesagt hatte, als ihr Temperament mit ihr durchgegangen war, und schlagartig war ihr mulmig. Ein ungutes Gefühl machte sich in ihr breit.

Dinty versetzte ihr einen freundschaftlichen Knuff.

»Aber noch was anderes ... Da war jemand, der dringend nach Hause musste, der mich aber ausdrücklich bat, dir etwas auszurichten.«

Elisabeth schnaubte.

»Etwa Botschafter Stenström?«

Dinty lachte laut auf.

»Nein, der nicht. Aber ich ahne, dass du sehr wohl weißt, wen ich meine. Er lässt auf jeden Fall ausrichten, dass er auf eine weitere Unterhaltung mit dir hofft. Und zwar alsbald.«

»Huch? Na, wir werden sehen. Darüber muss ich erst nachdenken. Aber er war wirklich galant. Und groß – man könnte fast annehmen, dass die Luftwaffe nach Körpergröße rekrutiert.«

»Guck, da kommt dein Wagen. Ich muss wieder hoch und weiter intrigieren. Ich schwöre hoch und heilig, dass ich diesen deutschen Herren noch ein paar wilde Geschichten erzähle. Mach's gut, Schätzchen!«

Dinty hauchte ihr einen Kuss auf die Wange und eilte zurück nach drinnen.

Sobald Elisabeth sich auf die Rückbank fallen ließ, lächelte Anton sie an.

»Hatten Sie einen schönen Abend, Fräulein Herrman?«

»Ja und nein. Aber auf alle Fälle hoch spannend! Gott, was für verkorkste Männer es doch gibt!«

Anton fuhr auf die Straße.

»Oh ja, wirklich. Als Chauffeur kann ich davon ein Liedchen singen. Aber Herr Lagerman hat sich hoffentlich gut um Sie gekümmert?«

»Dinty war wie immer ein Schatz. Um ihn muss man sich keine Sorgen machen.«

Den Rest der Fahrt legten sie schweigend zurück, und Elisabeth musste sich eingestehen, dass der Räucheraal und die flambierten Garnelen an diesem Abend nicht annähernd gereicht hatten. Sie hatte einen Bärenhunger.

Elisabeth nahm zwei Stufen auf einmal und kramte noch auf der Treppe ihren Schlüssel hervor. In der Wohnung war es dunkel und mucksmäuschenstill. Sie streifte die Schuhe ab und warf sie auf ihr Bett. Riss sich die schwere Bluse vom Leib, deren Reißverschluss-Zipper ihre Haut aufgeschürft hatte. Im Gegensatz dazu fühlte sich der weiche Morgenrock himmlisch an. Sie schob die müden Füße in ihre ausgefransten Pantoffeln. Es hatte sich womöglich noch nie so schön angefühlt, nach Hause zu kommen und sich auszuziehen.

Lautlos schlich sie zur Küche, blieb dann aber wie erstarrt vor dem Wohnzimmer stehen. Draußen am nachtschwarzen Himmel leuchtete der Mond so hell, dass sie schier die Augen zusammenkneifen musste. Kein Zweifel, es war Vollmond, und Elisabeth hatte in der Zeitung vom sogenannten Supermond gelesen – das musste er sein! Sie zog sich den Morgenrock enger um den Leib und ging weiter zur Küche. An diesem Abend lag etwas Spezielles in der Luft; vielleicht hatte dieser irrsinnige Mond damit zu tun. Dass sie aufgeblasene Kerls zurechtwies, war nicht ungewöhnlich, aber die, denen sie an diesem Abend begegnet war, waren ein anderes Kaliber gewesen. Sie hatten nicht nur Gereiztheit, sondern regelrecht Boshaftigkeit ausgestrahlt.

Vorsichtig öffnete sie die Speisekammer und entdeckte zu ihrer großen Freude, dass ihre Mutter als Nachspeise Sahnetorte kredenzt hatte. Und jetzt stand die übrige Tortenhälfte vor ihr, als würde sie nach Elisabeth rufen. Sie erschauderte vor Vorfreude, als sie sich ein stattliches Stück davon abschnitt und auf einen Unterteller legte. Jetzt hieß es Daumen drücken, dass ihre Mutter für den folgenden Tag keine Gäste eingeladen hatte, denen sie die Torte vorsetzen wollte; da säße Elisabeth schön in der Tinte. Doch die Sahne wäre das Risiko wert. Mit diesem Stück Torte im Magen würde sie schlafen wie ein Murmeltier. Das hatte Elisabeth sich wohlverdient. Der Abend war anstrengend gewesen.

SIGNE

Signe wusste nicht, wie sie es schaffen sollte, aus dem Bett zu kommen. Ihr Kopf drohte zu explodieren, und der Druck im Bauch raubte ihr die Luft zum Atmen. Es war, als würde in ihr etwas nach unten und sich aus ihr hinauspressen wollen. So hatte es sich noch nie angefühlt. An die Schmerzen und Krämpfe hatte sie sich fast gewöhnt, doch das hier hatte sie nicht mehr im Griff.

Mit heftigem Schwindel und Übelkeit schleppte sie sich in die Küche und fing an, Teig zu kneten. Trotz der langsamen Bewegungen musste sie wiederholt innehalten, um erneut zu Kräften zu kommen. Als der Teig endlich fertig war, kehrte sie zurück ins Bett. Sie musste sich noch einmal hinlegen, und wenn es nur für eine halbe Stunde war.

Als sie aufwachte, stellte sie mit Schrecken fest, dass fast zwei Stunden vergangen waren. Sie schnellte aus dem Bett. Der Teig war sicherlich schon über den Rand der Schüssel gequollen – trotzdem musste sie zuerst ins Bad. Wie in einem Alptraum, in dem sie um ihr Leben rannte, stürzte sie los. Der Schwindel war inzwischen so heftig, dass sie nicht mal mehr auf der Toilette sitzen konnte, ohne sich am Waschbecken festzuhalten. Sie konnte die Tränen nicht mehr zurückhalten. Das hier würde nie vorbeigehen.

Zumindest ließ sich der Teig leicht aus der Schüssel lösen, und wenn sie die neuerliche Gärzeit ein wenig verkürzte, wäre sie nur gut eine Stunde in Verzug. Mit ein bisschen Glück schlief Svartström nach seinem gestrigen Ausflug ein bisschen länger als sonst.

ELISABETH

Die Tür zu Elisabeths Zimmer schlug so heftig auf, dass die Fensterscheiben klirrten.

»Elisabeth Teodora Herrman, was in Gottes Namen ist in dich gefahren? Welcher halbwegs wohlerzogene Mensch bei klarem Verstand isst mitten in der Nacht eine halbe Torte? Ich will eine Antwort, und zwar auf der Stelle!«

Mit loderndem Blick riss Elisabeths Mutter ihr die Decke weg. Elisabeth konnte sich nicht daran erinnern, ihre Mutter jemals so zornig erlebt zu haben. Nicht mal in ihren wildesten Phasen zu Schulzeiten hatte sie eine derartige Raserei provoziert. Erschrocken setzte Elisabeth sich auf – und bekam eine schallende Ohrfeige.

»Mama, entschuldige! Beruhige dich!«

»Ich soll mich beruhigen? Die Damen kommen heute Mittag zum Bridge. Was meinst du wohl, was ich ihnen jetzt servieren soll? Trockenen Zwieback vielleicht?«

Ihr Vater tauchte im Türrahmen auf.

»Betty, war das wirklich notwendig? Dass die Torte aus einem anderen Grund in der Speisekammer stand, als damit du sie nachts in dich hineinstopfst, ist dir wohl nicht eingefallen?«

»Und wann warst du überhaupt zu Hause? Ich habe mir um halb zwei noch ein Glas Wasser geholt, da warst du immer noch unterwegs. Ich bin deinen zweifelhaften Lebenswandel und deine verzogenen Unverschämtheiten aufrichtig leid! Wir hätten dich damals auf diese Hauswirtschaftsschule in der Schweiz schicken sollen. Inzwischen bist du ein hoffnungsloser Fall. Schämst du dich nicht?«

Elisabeth wollte schon etwas erwidern, doch als Nächstes tauchte Arne auf und stöhnte.

»Dass es mit dir aber auch immer Probleme geben muss! Ist es denn so schwer zu begreifen, dass du dir nicht einfach diese verdammte Torte einverleiben kannst? Jetzt ist Gullan auch aufgewacht. Die Arme hat die ganze Nacht kein Auge zugetan. Sie hatte schreckliches Sodbrennen.«

Elisabeth starrte ihre Familie an, die sich einhellig über ihre blöde Entscheidung echauffierte, nachts Torte zu essen. Sie holte tief Luft.

»Es tut mir unendlich leid. Das war völlig verblödet von mir. Ich verspreche dir, Mama, dass du eine neue Torte bekommst. Verzeih!«

Elisabeths Eltern verzogen sich, ohne die Entschuldigung zu kommentieren; Elisabeth wusste, dass sie sich im Lauf des Tages beruhigen würden. Arne hingegen war stehen geblieben und schnaubte weiter.

»Was ist nur los mit dir? Musst du immerzu Sachen machen, die andere in den Wahnsinn treiben? Siehst du nicht selbst, dass du dich unmöglich verhältst?«

Elisabeth sah ihren Bruder unverwandt an und wollte gerade zu einer vernichtenden Antwort anheben, als er ihr zuvorkam und die Tür zuknallte. Hellwach, gedemütigt und mit schlechtem Gewissen blieb sie auf der Bettkante sitzen. Sie würde Dinty anrufen und um Hilfe bitten müssen. Wenn jemand im Nullkommanichts trotz Rationierung eine feine Torte herbeizaubern konnte, dann er.

Sie lauschte auf weitere Geräusche aus der Wohnung. Die anderen mussten sich in die Küche gesetzt haben, um zu frühstücken. Sie selbst würde am besten schnellstmöglich die Flucht ergreifen.

Nach nur sieben Minuten und einer flüchtigen Katzenwäsche rannte sie die Treppe hinunter. Gullan hatte bei ihr angeklopft und gefragt, ob alles in Ordnung sei, und ihr versichert, dass die anderen sich bald wieder beruhigt hätten. Was sei schon eine Torte – müsse man sich darüber wirklich so aufregen? Elisabeth hatte ihre Schwägerin in den Arm genommen und war dann losgeeilt. Als sie den Innenhof durchquerte, begegnete sie dem Concierge, der sie mit einem Lächeln begrüßte und erzählte, dass zwei Herren sich am Morgen nach ihr erkundigt hätten.

»Haben sie gesagt, wie sie heißen?«

»Nein, aber es waren Deutsche.«

»In Uniform?«

»Oh ja.«

»Und was haben Sie ihnen erzählt?«

»Dass ich Ihnen ausrichten würde, dass die beiden da gewesen seien. Und dass sie gern bei Ihren Eltern vorsprechen könnten. Hier, sie haben Ihnen ihre Namen aufgeschrieben.«

Elisabeth überflog den Zettel und erschauderte. Der Concierge lächelte.

»Von der Eingangstür aus dürften Sie sie am Zugang zum *Spegeln* sehen. Sie meinten, dort würden sie auf Sie warten.«

Elisabeth überlegte kurz und sagte dann leise zu dem Concierge, den sie fast ihr Leben lang kannte: »Kommt man nicht durch Keller und Schutzraum nach draußen auf die Grev Turegatan?«

»Natürlich, aber da brauchen Sie den Zentralschlüssel.«

Sie hielt ihren Schlüsselbund hoch und lächelte.

»Herr Karlsson ... Könnten Sie mir vielleicht aushelfen?«

»Jederzeit, das wissen Sie doch. Ich habe Ihnen schon immer geholfen, seit Sie mal mit dem Kopf im Balkongeländer stecken geblieben sind. Wie alt waren Sie da gleich wieder?«

Elisabeth kicherte in sich hinein. Damals war das Geschrei groß gewesen. Arne war losgerannt, hatte um Hilfe gebrüllt und gekreischt, seine Schwester sei drauf und dran, sich zu köpfen.

»Fünf, wenn ich mich recht erinnere. Aber dank Ihnen ist damals alles gut ausgegangen. Und dank eines Eimers mit warmem Wasser und jeder Menge Schmierseife.«

Bei der Erinnerung mussten sie beide lachen und wandten sich Richtung Kellertür. Dann drehte Karlsson sich zu ihr um und sagte mit ernster Stimme: »Das sind zwei richtige Schurken, die beiden, oder?«

»Ich weiß es nicht. Ich habe sie gestern bei einem Abendessen kennengelernt. Ich hatte sie zuvor noch nie gesehen. Aber mein Eindruck war nicht sehr positiv.«

»Sind Sie ein Freund der Deutschen?«

»Nein, eben nicht. Und möglicherweise hat sie das auf den Plan gerufen.«

Sie lachten, und Karlsson schüttelte den Kopf.

»Ich muss zugeben, ich bin auch nicht sonderlich begeistert davon, was dort vor sich geht. Dieser kleine Mann mit dem Bärtchen wirkt doch recht unangenehm. Erinnert mich an meinen Lehrer in Körperertüchtigung – ein richtiger Fiesling. Ich finde nicht, dass wir hier in Schweden mit ihnen gemeinsame Sache machen sollten.«

»Nein. Hoffen wir mal, dass uns das erspart bleibt.«

Sie nickten einander einträchtig zu. Dann glitt die schwere Kellertür auf und quietschte wie eh und je. Elisabeth eilte dem überraschend flinken Concierge hinterher, der durch das Kellergewölbe huschte. Als sie und Arne noch klein gewesen waren, war dieser Keller für sie einer von vielen hoch spannenden Spielplätzen gewesen, auf dem sie mit ihren Freunden herumgestromert waren.

Schließlich kamen sie zur rückwärtigen Seite des Gebäudes und zur Grev Turegatan. Karlsson lächelte breit.

»Hierhin finden die Deutschen Sie garantiert nicht. Es gibt nicht viele, die überhaupt wissen, dass es hier noch einen Ausgang gibt. Wenn ich Sie nun allein lasse, sind Sie dann in Sicherheit? Oder soll ich Sie weiter eskortieren?«

Mit einem Lächeln streckte Elisabeth die Hand aus.

»Nein danke. Von hier aus schaffe ich es allein. Und danke, Karlsson, dass Sie mich von Neuem gerettet haben!«

»Und wenn sie zurückkommen? Die Deutschen, meine ich?«

»Dann sagen Sie ihnen, dass ich erkrankt bin und eingeliefert wurde. Sie dürften leicht zu dem Schluss kommen, dass ich in der Klapse gelandet bin.«

Karlsson hielt einen Schlüssel hoch.

»Ich schlage vor, den behalten Sie. Ich habe zu Hause noch einen Ersatzschlüssel. Für den Fall, dass so etwas noch einmal passiert, meine ich – und falls die Deutschen versuchen, besonders schlau zu sein.«

Lächelnd nahm Elisabeth den Schlüssel entgegen.

»Danke, mein lieber Karlsson, Sie sind ein Schatz! Ganz gleich ob ich mit dem Kopf im Balkongeländer feststecke oder durchgedrehte Deutsche auf den Fersen habe.«

Sie lachten erneut, und Elisabeth trat hinaus ans Tageslicht. Lautlos schob Karlsson die Tür hinter ihr zu.

Elisabeth befestigte den Schlüssel an ihrem Schlüsselbund und wandte sich in Richtung Östermalmstorg, wo sie die Östermalmshallen betrat. Direkt am Einfang befand sich ein Münzapparat. Sie kramte ein paar Münzen hervor und wählte Dintys Nummer. Es klingelte fünfmal, ehe er verschlafen ranging.

»Dinty, diese Deutschen stehen vor meiner Tür! Sie haben sich bei unserem Concierge nach mir erkundigt.«

»Ist das dein Ernst? Du meinst Neuland und Jodl?«

»Ja. Der Concierge hat mir geholfen, durch die Hintertür zur Grev Turegatan zu entkommen. Was mache ich denn jetzt? Dürfen die das überhaupt? Mich ausspionieren?«

»Hm, ich hätte nicht gedacht, dass sie so weit gehen würden. Zugegeben, das fühlt sich unbehaglich an. Aber es hat auch seine Vorteile. Anscheinend sind sie wahnsinnig neugierig, mehr über dich zu erfahren, und wundern sich, wie du so mutig sein kannst, ihnen derart die Stirn zu bieten. Dabei habe ich ihnen noch gesagt, dass sie sich nichts darauf einbilden sollten und dass du bei allen so bist.«

Sie lachten, und allmählich fiel die Nervosität von Elisabeth ab.

»Ich höre mich mal um und versuche herauszufinden, was es damit auf sich hat. Es könnte auch einfach nur ein plumper Versuch sein, sich mit dir anzufreunden.«

Elisabeth schnaubte.

»Sie werden doch wohl nicht ernsthaft glauben, dass ich solche Aufmerksamkeit schätze? Ich glaube, sie sind auf etwas anderes aus.«

»Und was?«

»Keine Ahnung. Aber wir müssen es herausfinden. Und es gibt noch eine Sache, bei der ich dich um einen Riesengefallen bitten muss ...«

»Ich tue alles für dich, Darling. Besonders nach deinem gestrigen Einsatz. Schieß los!«

»Als ich gestern nach Hause gekommen bin, habe ich versehentlich ziemlich viel Torte gegessen, weil ich einen solchen Appetit hatte. Aber nun wollte meine Mutter diese blöde Torte zu Mittag ihrer Bridge-Runde vorsetzen. Ich habe Mama noch nie so wütend erlebt. Sie hat mich sogar geohrfeigt.«

Dinty prustete vor Lachen.

»Du liebe Güte, Betty, ich sehe es richtig vor mir, wie du im Mondschein diese Torte in dich hineinschlingst! Was für eine Vorstellung! Aber klar sorge ich dafür, dass deine

Mutter ein paar Leckereien bekommt, die sie ihren Bridge-Damen vorsetzen kann. Verlass dich auf mich, und ich liefere die Sachen sogar persönlich aus, versprochen.«

»Pass bloß auf, am Ende zwingen sie dich, mit ihnen Bridge zu spielen. Die sind alle verrückt! Da wird kein Spieltag ausgelassen!«

»Ich freue mich schon darauf. Ich könnte mir kein besseres Mittagsvergnügen vorstellen.«

»Das glaube, wer will. Aber ich bin dir auf ewig dankbar, dass du mich aus dieser Klemme befreist. Meine Mutter war drauf und dran, mich umzubringen – zumindest sah sie so aus.«

»Und du wunderst dich, woher du dein Temperament hast. Es wird mir ein Vergnügen sein.«

Sie legten auf, und Elisabeth fragte sich kurz, ob sie ihre Mutter anrufen und sie vorwarnen sollte, beschloss dann aber, dass es eine nette Überraschung wäre, wenn Dinty vor ihrer Tür stünde. Ihre Eltern heiligten den Boden unter Charles Lagermans Füßen. Außerdem musste sie sich inzwischen beeilen, damit Fräulein Andersson keinen Grund hätte, sich über sie aufzuregen. Noch mehr Ärger konnte sie an diesem Morgen nicht ertragen. Sie hoffte, noch eilig in die kleine Gastwirtschaft schlüpfen und sich ein paar Brote sichern zu können. Ohne Frühstück knurrte und knatterte ihr Bauch mittlerweile wie ein alter Traktor.

SIGNE

Der Friseursalon Svalstedt befand sich in der Birger Jarlsgatan 2. Svartström hatte erzählt, dass derselbe Architekt – Ferdinand Boberg –, der den ehrwürdigen Salon eingerichtet hatte, auch das Warenhaus NK und den Regierungssitz Rosenbad entworfen hatte. Hier jedoch hatte Boberg, der wahrhaft geniale Architekt, völlig freie Hand gehabt und einen traumhaften Salon für Herren gestaltet, die auf ihr Äußeres Wert legten. Stammgäste verwahrten hier ihr persönliches Rasierzeug, und jeder zahlende Kunde wurde wie der König persönlich willkommen geheißen, selbst sonntags für vier Stunden, weil der einflussreichsten Klientel der Stadt nicht zugemutet werden konnte, dass ihre Gesichtsbehaarung außer Kontrolle geriet.

Signe, die den Professor sonst immer nur bis zur Tür brachte, sollte diesmal mit eintreten. Sie sah sich interessiert um, wurde aber jäh unterbrochen, als eine autoritäre Stimme erklang und jemand sie streng ansah.

»Jetzt kümmern *wir* uns um den Herrn Professor.«

Svartström schüttelte den Kopf.

»Sie bleibt. Ich weiß, dass hier für Frauen Zutrittsverbot herrscht, aber wir müssten heute bitte eine Ausnahme machen, weil wir es anschließend sehr eilig haben. Ich lege die Hand dafür ins Feuer, dass Fräulein Signe die Einrichtung nicht zerstört.«

Der strenge Barbier runzelte die Stirn, bedachte Signe dann aber mit einem knappen Nicken. Ausnahmsweise durfte sie bleiben.

»Aber dass mir das nicht zur Gewohnheit wird! Weibsvolk muss draußen warten. Dies hier soll für Herren eine Zuflucht vor Gerede und Spinnereien sein.«

Signe blinzelte und schlug den Blick nieder, musste jedoch in sich hineinschmunzeln, weil bei dem wichtigtuerischen Barbier selbst kaum von einer Frisur die Rede sein konnte. Rund um den schimmernd kahlen Schädel zog sich lediglich ein dünner Haarkranz.

Die Wände waren mit einem dunklen Holz verkleidet, das ihr fremdartig vorkam; ein Regal mit kleinen Fächern, in denen sich die Rasiersachen mitsamt Messingschildchen mit Namen befanden, erstreckte sich vom Boden bis zur Decke.

Signe wurde auf ein durchgesessenes Ledersofa verwiesen, vor dem mehrere Tageszeitungen und Zeitschriften lagen, zu denen sie sich nicht zu greifen traute. Doch nach dem strammen Spaziergang war es erholsam, sich setzen zu dürfen. Sie zückte ihr kleines schwarzes Notizbuch, in dem sie Rezepte notierte; irgendwas musste sie schließlich tun. Ein paar Herren traten ein, setzten sich in die Sessel neben ihr und debattierten darüber, was wohl die neuen Rationierungen im Frühling mit sich brächten. Beide waren über das angekündigte Verbot, private Automobile zu benutzen, eindeutig erbost. Sie rauchten dicke Zigarren, und der Rauch hüllte sie in dichte Wolken. Und erst jetzt schien einer von ihnen Signe zu bemerken und sah sie missbilligend an.

Nach einer knappen halben Stunde räusperte sich Svartström, und sie sprang eilig auf. Sie hatte tatsächlich einiges zustande gebracht und eine Art Speiseplan für die kommenden drei Wochen erstellt.

»Wie sehe ich aus?«

Signe lächelte.

»Sehr präsentabel.«

Svartström ließ sich von ihr aus dem Salon führen. An der Ecke zur Smålandsgatan wandte er sich zu ihr um.

»Ich muss um Verzeihung für diesen Vorfall bitten. Es war nicht meine Absicht, Sie mit derlei Dummheiten vorzuführen.«

»Ach, so etwas gibt es andersherum doch auch. Orte, an denen Männer keinen Zutritt haben. Es ist nun mal, wie es ist.«

»Mag sein. Ich finde es trotzdem albern. Sind wir nicht alle Menschen?«

In Signe machte sich ein wohliges Gefühl breit, und sie freute sich über seinen Kommentar, bedeutete er doch, dass nicht bei allen die Hoffnung verloren war.

Die Sonne schien immer noch, und Svartström schlug vor, trotz der bissigen Kälte zu Fuß zum Karlaplan zu gehen. Signe wollte nicht widersprechen, doch der Spaziergang kostete sie alle Kraft. Sie hätte sich ohrfeigen können, dass sie nichts zum Frühstück gegessen hatte, aber sie hätte keinen Bissen hinuntergekriegt. Sie fühlte sich, als wäre sie aller Energie beraubt. Die Straßen waren noch immer nicht hinreichend vom Schnee befreit worden, und mehrmals musste Signe einen Weg für Svartström bahnen, damit er überhaupt vorankam. Sie ahnte, dass ihr Arbeitgeber sich für ihr beschwerliches Vorankommen genierte, und gab ihr Bestes, um möglichst entspannt zu atmen. Es durfte ihm auf keinen Fall peinlich sein, nur weil Signe einen schlechten Tag erwischt hatte.

Als sie durch die Tür kamen, waren die anderen bereits alle da, und es herrschte fieberhaftes Treiben. Neue Mädchen mit Papierrollen liefen auf und ab. Dass sie alle ein Stockwerk hinaufgezogen waren, erwies sich als guter Entschluss, und Signe spürte augenblicklich, wie sich ihr Puls wieder beruhigte, sobald sie die freundlichen Gesichter ihrer Freundinnen vor sich sah. Dann kam Elisabeth mit einer Sorgenfalte auf der Stirn auf sie zu.

»Wie geht es dir? Du bist ganz weiß im Gesicht.«

Signe winkte kopfschüttelnd ab.

»Alles in Ordnung. Ich habe bloß schlecht geschlafen.« Sie senkte die Stimme. »Svartström war gestern auswärts essen, und ich habe kein Auge zugetan, bis er wieder zu Hause war. Da ist es spät geworden. Und ich hatte völlig vergessen, dass er noch zum Barbier wollte.«

Elisabeth schien sich mit der Erklärung nicht zufriedenzugeben.

»Ist wirklich alles in Ordnung mit dir? Ich habe dich noch nie so blass erlebt.«

»Alles gut. Ich brauche nur eine Kleinigkeit zu essen. Ich hab verschlafen und nicht gefrühstückt.«

Blitzschnell verschwand Elisabeth in der Küche und winkte Signe hinter sich her.

»Hier, ich habe heute Morgen ein zusätzliches Butterbrotpaket bekommen. Und hier ist Kaffee. Ich sorge dafür, dass dich draußen niemand vermisst.«

Signe lächelte dankbar und wickelte behutsam das Paket auf. Die Bissen schienen im Mund anzuwachsen, und sie musste sie mühsam mit Kaffee hinunterspülen. Aber zumindest ging das Schlucken besser als zuvor am Morgen. Anschließend klopfte sie sich die Krumen ab und eilte an ihren Arbeitsplatz. Im Büro nebenan saß Svartström an seinem Schreibtisch, während Bremer eine Korrektur an der Skizze des Prototyps vornahm, den sie immer noch schnellstmöglich fertigzustellen hofften. Svartström murmelte Bremer leise etwas zu, woraufhin dieser nickte und zu ihnen heraussah. Im nächsten Moment stand Svartström auf und kam, um Iris hereinzubitten.

Iris sah die anderen verunsichert an, eilte dann aber hinüber, und Svartström schloss hinter ihr die Tür. Signe und Elisabeth sahen einander an. Dass die Tür geschlossen wurde, war eher ungewöhnlich. Bestimmt ging es um etwas Ernstes. Unwillkürlich musste Signe an ihr nächtliches Gespräch zurückdenken. Die Notwendigkeit, dass Svartström endlich entscheidende Informationen zutage förderte, schien größer denn je. Möglicherweise hing die Zukunft Schwedens von ihm ab. Signe wünschte sich, sie könnte mehr tun, um ihn zu unterstützen. Es war nicht gerecht, dass diese Verantwortung auf den Schultern eines Einzigen lastete.

»Wir müssten Sie um etwas bitten, was streng vertraulich ist. Setzen Sie sich.«

Iris setzte sich Svartström und Bremer gegenüber.

»Wir nähern uns der Fertigstellung des ersten Prototyps. Sollte sich herausstellen, dass etwas nachjustiert werden muss, müssen wir mit vereinten Kräften daran arbeiten. Professor Bremer steht in ständigem Kontakt mit den Ingenieuren aus der Werkstatt, und wir haben die Produktionsseite streng im Blick – aber Weihnachten steht vor der Tür, bald bricht das neue Jahr an, und damit läuft uns zusehends die Zeit davon. Die Leute fahren nach Hause zu ihren Familien, dabei können wir uns keine Pause erlauben. Deshalb möchten wir Sie bitten, in diesen kommenden Wochen umso enger mit Professor Bremer zusammenzuarbeiten. Uns ist klar, dass Sie bereits am Anschlag arbeiten, aber Sie werden dafür kompensiert. Allerdings bedeutet dies auch, dass Sie Überstunden werden machen müssen. Wir hoffen, dass Sie sich dazu bereit erklären. Abgesehen von uns beiden scheinen Sie uns die kompetenteste Person für diese Aufgabe zu sein. Professor Bremer setzt sein volles Vertrauen in Sie. Das passiert nicht bei vielen.«

Bremer sah seinen Kollegen tadelnd an.

»Es ist doch nicht meine Schuld, dass die meisten um uns herum derart unfähig sind!«

Svartström schmunzelte.

»Iris, wären Sie bereit, uns diesen Gefallen zu tun?«

Sie schluckte trocken.

»Natürlich.«

Svartström hielt kurz inne.

»Wir verstehen natürlich, dass Sie sich Sorgen wegen Ihrer Söhne machen, aber ich verspreche Ihnen, dass Signe sich gut um sie kümmern wird. Sie bekommen bei uns ein Abendessen, so dass Sie nicht zu einer bestimmten Zeit nach Hause eilen und sich auch noch um praktische Dinge sorgen müssen.«

Iris blieb reglos sitzen, und Svartström schien sich zu fragen, warum sie noch da war.

»Sie müssen verzeihen, wenn ich Ihnen jetzt Kummer bereite ... aber ich bin erneut vom Geheimdienst aufgesucht worden.«

Svartström sprang von seinem Stuhl auf.

»Haben sie Sie wieder zur Vernehmung geholt?«

»Nein, diesmal kamen sie zu mir nach Hause.« Sie zögerte und holte tief Luft, ehe sie fortfuhr: »Sie wollen, dass ich sie über meine Schwester Kati informiere.«

»Ihre Schwester? Warum sollte sich der Geheimdienst für Ihre Schwester interessieren?«

»Weil sie Kontakte nach Deutschland hat. Sie ist mit einem deutschen Piloten verlobt.«

Svartström nickte bedächtig.

»Und was genau wollen sie wissen?«

»Das haben sie nicht gesagt.«

»Ist Ihnen wohl damit? Es ist ziemlich viel verlangt, private Dinge über die eigene Familie auszuplaudern.«

Iris holte erneut tief Luft.

»Ich helfe gern, aber ich will auch, dass sie mich dann ein für alle Mal in Frieden lassen. Sie haben überdies versprochen, sich Ihre Erlaubnis einzuholen. Sie wären in diesem Fall meine Gewährsperson.«

Svartström schob ein paar Unterlagen beiseite.

»Ich spreche mit dem Leiter des Geheimdiensts und frage ihn, wie sie sich das vorstellen. Die wissen dort doch, dass Sie hier arbeiten und was das mit sich bringt! Lassen Sie mich mal machen, ich kümmere mich darum.«

Iris bedankte sich und eilte nach draußen zu den anderen. Neugierig blickte Elisabeth ihr entgegen.

»Was war denn da los?«

»Sie wollen, dass ich Professor Bremer assistiere.«

»Als einzige Aufgabe?«

»So habe ich es verstanden.«

Elisabeth lachte.

»Dann bist du also ab sofort seine Leibeigene und darfst ohne seine Erlaubnis nicht mal mehr niesen!«

Iris verzog das Gesicht.

»Uns läuft die Zeit davon. Der Apparat muss fertig werden. Ich bin froh, wenn ich dabei behilflich sein kann.«

Elisabeth nickte, und Iris konnte ihr ansehen, dass sie den Ernst der Lage erkannt hatte. Schweigend widmeten sie sich wieder ihren Aufgaben. Womöglich würde Iris so auch nicht zur Silvesterfeier fahren können, von der Kati gesprochen hatte – ein willkommener Nebeneffekt.

Mit einem Mal rauschte Andersson mit einem Bündel Papieren an ihnen vorbei.

»Entschuldigen Sie bitte, dass ich störe, Herr Professor, aber hier kam gerade etwas Brandeiliges herein.«

Svartström winkte sie näher. Bremer nahm die Unterlagen entgegen, damit er sie Svartström vorlesen konnte.

»Danke, Fräulein Andersson.« Svartström stand auf. »Wir übernehmen. Sie können auf Ihr Stockwerk zurückkehren.«

Andersson sah leicht enttäuscht aus, zog sich dann aber eilig zurück. Svartström gab Bremer mit einer Geste zu verstehen, dass er die Tür schließen möge, und griff zum Telefon.

Die Frauen draußen verstummten, um zu hören, was drinnen gesprochen wurde. Erst sprach Svartström mit gedämpfter Stimme, doch dann wurde er laut.

»Was ist daran nicht zu verstehen? Ich muss sofort mit dem Obersten sprechen, die Krise verschärft sich!«

Dann war das Gespräch zu Ende, und im Untergeschoss fing ein Telefon an zu klingeln, während gleichzeitig Bremer aus dem Arbeitszimmer stürzte.

»Ich brauche das Material aus der kompletten vergangenen Woche – auf meinen Schreibtisch. Wer von Ihnen hat am achtzehnten Dezember gearbeitet?«

»Gestern, meinen Sie?«

»Was weiß denn ich, wann der Achtzehnte war? Ich will die Namen derer, die hier waren, als Nachrichten eingingen – und zwar sofort!«

Er schmetterte die Tür hinter sich zu. Elisabeth eilte zu den Papierbergen und griff sich den mächtigen Stapel, der sich tags zuvor aufgetürmt hatte. Dann klopfte sie vorsichtig an die Zwischentür.

»Hier ist das Material. Anwesend waren Iris und ich. Haben Sie weitere Fragen?«

Bremer sah sie finster an.

»Fräulein Iris soll sofort dazukommen. Wir haben es mit einer Notlage zu tun.«

Iris, die alles mit angehört hatte, eilte sofort nach nebenan. Bremer gab ihnen zu verstehen, dass sie das Material ausbreiten sollten.

»Es scheint, als sei eine Information zu einem neuen Manöver von hier durchgesickert. Ein Manöver, von dem wir noch nie gehört haben. Könnte es sein, dass jemand von hier aus Falschinformationen verbreitet – und wenn ja, warum? Und warum wurden uns diese Informationen nicht vorgelegt? Hat hier jemand eine kleine Nebenverdienstquelle aufgetan und verhökert Informationen, oder will uns jemand sabotieren? Das hier ist ernst, und wir müssen der Sache sofort auf den Grund gehen. Außerdem werde ich dem Geheimdienst Meldung machen müssen.«

Svartström stand auf.

»Signe«, rief er in Richtung Vorzimmer, »ich brauche Mantel und Hut. Sie begleiten mich ins Gråbo.«

SIGNE

Gråbo lautete der Spitzname für den grauen Stabssitz der Streitkräfte in der Östermalmsgatan 87, der nur ein paar Straßenzüge vom Karlaplan entfernt stand. Svartström beugte sich vor und flüsterte Bremer etwas ins Ohr, der mit einem Brummen antwortete. Signe war unterdessen hinausgeeilt, um Svartströms Mantel zu holen, und war froh, dass sie es noch geschafft hatte, Elisabeths Butterbrote zu essen.

Draußen waren die Temperaturen erneut um mehrere Grad gesunken, und Signe knöpfte sich ihren Mantel bis oben hin zu und wickelte sich den Schal enger um den Hals. Mit finsterer Miene marschierte Svartström neben ihr her. Es war klar, dass er sich nicht unterhalten wollte. Das passierte gar nicht selten. Auf dem Weg zu einer Besprechung war er oft hoch konzentriert – und umso entspannter und redseliger auf dem Rückweg. Signe gab acht, wohin sie ihre Schritte setzte. Hier und da war es unter dem Schnee gefroren. Sie kamen an der Tomte-Bäckerei vorbei, und Signe warf einen sehnsüchtigen Blick zu den Safranzöpfen, die auf dem Verkaufstresen lagen. An Safran zu kommen hatte sich als unmöglich erwiesen, und Signe träumte von der Weihnachtsbäckerei zu Hause auf dem elterlichen Hof. Beim Luciagebäck ihrer Mutter war immer allen das Wasser im Munde zusammengelaufen. Auch wenn ihre Mutter grundsätzlich eher schroffer Natur war und kaum Warmherzigkeit ausstrahlte, lag ihr das Backen im Blut. Signe hatte sogar erlebt, dass selbst außerhalb ihres Sprengels die Leute von den Hefebrötchen und Broten ihrer Mutter gehört hatten. Den hellen, luftigen Zuckerkuchen aß Signe mit am liebsten, aber beim Gedanken an die Luciaküchlein bekam sie regelrecht Heimweh, und bei der Vorstellung, Weihnachten ohne ihre Familie feiern zu müssen, wurde ihr schwer ums Herz. Sie schob die Sehnsucht beiseite, sonst würde sie bloß unglücklich werden. Sie war zu Hause nicht länger willkommen.

An der Kreuzung Skeppargatan und Östermalmsgatan standen ein paar Oberschüler und rauchten. Höflich machten sie Platz und lupften vor Svartström den Hut. Signe wandte sich über die Straße und steuerte den großen Burghof an, doch Svartström blieb stehen.

»Ich soll im Westflügel vorstellig werden. Anscheinend sind sie umgezogen, genau wie wir, als die Abteilung vergrößert wurde.«

Signe war bislang lediglich im Ostflügel gewesen und sah sich verunsichert um. Überall strömten Menschen in alle Richtungen. Sie alle trugen Papierberge vor sich her, und keiner schien von Signe und Svartström Notiz zu nehmen. Dann bedeutete ihnen ein ernst dreinblickender Herr im Wachhäuschen stehen zu bleiben.

»Die Ausweise bitte.«

Svartström schüttelte den Kopf.

»Ich habe leider keinen bei mir. Diese Besprechung war nicht geplant. Ich wurde gerade erst vor einer Viertelstunde gebeten, mich hier einzufinden.«

»Von wem?«

Svartström teilte dem Wachmann den Namen eines hohen Militärs mit. Einen Augenblick später traten zwei uniformierte Wachleute auf sie zu.

»Wir bringen Sie zu Ihrer Besprechung. Leider muss Ihre Begleiterin draußen bleiben.«

Mit einem Mal sah Svartström verwirrt aus. Signe wusste genau, dass er sich nur ungern von Fremden führen ließ. Doch dann nickte er.

»Sie müssten mir bitte helfen, weil ich nichts sehen kann. Sonst ist Fräulein Signe hier an meiner Seite, aber ich denke mal, dass ich mich auf zwei tüchtige Soldaten verlassen kann.«

Dann zückte er seine Brieftasche und drückte Signe ein Zweikronenstück in die Hand.

»Seien Sie so gut und laufen zurück zur Bäckerei, an der wir gerade vorbeigekommen sind. Warten Sie dort eine Stunde, dann kommen Sie wieder. Bestellen Sie sich eine Tasse Kaffee und etwas Süßes. Und kaufen Sie gern auch noch etwas mit Safran, was wir anschließend mit nach Hause nehmen können.«

Signe nickte und eilte aus dem Gebäude, in dem sie eindeutig nichts zu suchen hatte. Auch am Karlaplan herrschte ein strenges Regiment, aber daran hatte sie sich gewöhnt. Doch hier in dieser militärisch geprägten Umgebung fühlte sich ihr Aufenthalt schier wie Landesverrat an. Und nach allem, was Svartström erzählt hatte, war tatsächlich keiner mehr sicher. Jeder konnte Spion sein, selbst ein Bauernmädchen aus Roslagen – genau wie er gesagt hatte.

In der Bäckerei duftete es genau wie zu Hause in der Küche ihrer Mutter, wann immer sie den Teig zum Gären beiseitegestellt hatte. Signe konnte die barsche Stimme ihrer Mutter regelrecht hören, wie sie jeden Einzelnen anblaffte, die Tür geschlossen zu halten, damit der Teig nicht in sich zusammenfiel. Signe blickte sich um und musste lächeln, als sie zwei Dienstmädchen in ihrem Alter sah, die in der Schlange standen. Sie alle trugen ähnlich schlichte Mäntel, und bei genauer Betrachtung waren auch ihre Säume verschlissen und geflickt. Signe besaß ihren Mantel nunmehr seit fast zehn Jahren, und er würde noch ein wenig länger halten müssen; auf einen neuen müsste sie sicher ein Jahr lang sparen. Elisabeth hatte öfter erwähnt, dass Signe Sachen ihrer Großmutter bekommen könnte, die bei den Herrmans auf dem Dachboden hingen und niemand je vermissen würde. Doch Signe hatte abgelehnt, nicht weil sie es als Almosen empfunden hätte, sondern weil Elisabeth sich nicht genötigt fühlen sollte, teure, feine Kleidung zu verschenken. Signe kam mit dem, was sie hatte, wunderbar aus. Sie war kein Oberschichtmädchen und wollte auch nicht so tun, als ob.

Die Mädchen vor ihr in der Schlange bestellten Hefe- und Weihnachtsplätzchen. Signe fragte sich, warum sie nichts davon selbst herstellten. Als Dienstmädchen sollte man doch so einfache Dinge wie Weihnachtsplätzchen beherrschen. Trotzdem ließ sie sich nichts anmerken und lächelte bloß, als die beiden ihre Tüten entgegennahmen und mit dem gekauften Gebäck das Geschäft verließen.

»Was kann ich für Sie tun?«

»Der Herr Professor hat sich Safrangebäck gewünscht – das wären bitte zwei Safranzöpfe. Es ist ja annähernd unmöglich, heutzutage an Safran zu kommen. Und dann bekomme ich bitte noch einen Kaffee und dazu etwas Süßes …«

»Das hier sind die letzten Safranzöpfe. Ich hoffe, Sie haben genügend Marken dabei? Was soll es denn zum Kaffee sein? Heute haben wir Mille-feuilles und Prinzessinnentorte, und einige wenige Marzipankartoffeln wären noch übrig. Sie haben die Wahl.«

Die Frau hinter dem Verkaufstresen hielt ein Tablett mit den Süßwaren in die Höhe, die sie soeben aufgezählt hatte, und Signe schluckte trocken.

»Ein Stück Mille-feuille, bitte. Und eine Tasse Kaffee.«

»Sehr gern. Sie dürfen sich gern schon setzen, ich komme an Ihren Tisch.«

Signe legte das Zweikronenstück und die Lebensmittelmarken auf den Tresen und nahm ihr Wechselgeld entgegen. An einem runden Tisch am rückwärtigen Ende des Cafés ließ sie sich nieder und nahm den Hut ab. Den Mantel knöpfte sie lediglich auf. Sie war sich nicht sicher, ob es sich ziemte, ihn abzulegen.

Kaffee und Gebäck wurden serviert, und sie bekam die Tüte mit dem Safrangebäck. Der Ersatzkaffee schmeckte genauso übel, wie sie ihn gewöhnt war, aber das war ihr egal: Hier saß sie – Signe Jansson aus Roslags-Kulla – und aß in einer Konditorei Mille-feuilles! Fast schämte sie sich. Wenn jetzt jemand von zu Hause vorbeikäme, würde in der Heimat mit Entsetzen verbreitet, dass ihr wohl irgendwas zu sehr zu Kopf gestiegen wäre. Dass sie sich für etwas Besseres hielte.

Doch ob nun besser oder nicht – Signe stieß das Gäbelchen durch den rosafarbenen Guss und die Sahne. Der Blätterteig schmolz regelrecht auf der Zunge, und sie musste sich zusammenreißen, um nicht verzückt zu schmatzen. Damit sie nicht den Anschein erweckte, verfressen zu sein, ließ sie sich für jeden Bissen eine geschlagene Minute Zeit. Sie hatte sich ihr Lebtag anhören müssen, dass sie ihr Essen zu schnell verschlang, und wusste schließlich nicht, was sich für eine schicke Konditorei in der Großstadt gehörte.

Eine gute Dreiviertelstunde später setzte sie sich ihren Hut wieder auf und wandte sich in Richtung Gråbo. Auch wenn es kaum eine Minute bis zu dem grauen Militärpalast wäre, wollte sie nicht riskieren, dass Svartström auf sie warten musste. Und ihr Beschluss erwies sich als goldrichtig: Sobald sie das Tor durchquerte, stand Svartström schon vor ihr.

Sie bot ihm ihren Arm, und Seite an Seite machten sie sich auf den Weg. Signe spähte zu ihm hoch. Seine finstere Miene ließ darauf schließen, dass die Besprechung wenig erfreulich verlaufen war. Er war noch zugeknöpfter als auf dem Herweg. Dann plötzlich seufzte er tief und blieb unmittelbar vor dem Karlaplan mitten auf dem Gehweg stehen.

»Sie müssen mir versprechen, das hier für sich zu behalten, Signe … Schwören Sie es bei Ihrem Leben!«

Signe sah ihn verwundert an.

»Natürlich. Es ist meine Pflicht, über die Dinge zu schweigen, die Sie mir anvertrauen.«

Svartströms Schultern sackten nach unten, und er schloss die Augen.

»Ist irgendjemand in der Nähe?«

Signe sah sich um.

»Nein. Die Nächste ist eine Mutter mit Kinderwagen, die den Weihnachtsbaum drüben am Brunnen bewundert.«

Svartström räusperte sich und sagte dann leise: »Signe, setzen Sie mich am Karlaplan ab. Und dann gehen Sie sofort einkaufen. Kaufen Sie so viele Konserven wie nur möglich – was immer unsere Marken hergeben. Mir ist bewusst, dass es dafür Beschränkungen gibt, aber ich habe hier ein Schreiben, das mir erlaubt zu hamstern. Wir sind drauf und dran, in den Krieg einzutreten. Gehen wir also von höchster Alarmstufe aus. Wenn Sie an der Storgatan einkaufen möchten, können die von dort alles nach Hause liefern. Erklären Sie ihnen unbedingt, dass wir zu Weihnachten eine Gesellschaft mit wichtigen Gästen geben und deshalb so viele Vorräte brauchen.«

Signe schluckte trocken.

»Was genau ist denn los?«

»Mehr darf ich Ihnen nicht verraten, Signe. Aber wir müssen vorsorgen und uns bevorraten. Es könnte ein langer, harter Winter werden. Ich will nicht behaupten, dass es auf jeden Fall so kommt, aber im Augenblick ist die Lage prekär. Falls uns eine Invasion ins Haus steht, müssen wir vorbereitet sein. So lautet zumindest die Order, die ich erhalten habe – äußerste Alarmbereitschaft. Das

Essen muss für unsere komplette Arbeitsgruppe ausreichen.«

»Verstehe. Ich kümmere mich darum.«

Signe ahnte, dass er damit Professor Bremer, Iris und Elisabeth meinte.

Svartström nickte, und schweigend hielten sie auf das Gebäude am Karlaplan 4 zu. Signe brachte ihn noch bis in den Innenhof, von wo aus er sich allein zurechtfand. Er überreichte ihr das zusammengefaltete Schreiben und ein dickes Heft mit Lebensmittelmarken. Eilig schob Signe beides in ihr Portemonnaie. Ohne zu wissen, ob es wirklich nötig war, beschleunigte sie; die Styrmansgatan war in der Zwischenzeit geräumt worden, was ihr das Vorankommen erleichterte.

Zum Glück war es in dem Geschäft leer, als sie dort ankam.

»Guten Tag, Fräulein Jansson. Womit kann ich heute dienen? Hat der Herr Professor sich etwas Besonderes gewünscht?«

Signe lächelte gezwungen und zückte das Schreiben, das Svartström ihr gegeben hatte.

»Wir erwarten zu den Feiertagen Gäste von außerhalb – jede Menge wichtiger Leute, die der Herr Professor eingeladen hat.«

Der Inhaber des Lebensmittelladens überflog das Schreiben und schob sich die Brille auf der Nase hoch.

»Dann schauen wir doch, dass der Herr Professor alles bekommt, was er möchte. Wenn Sie mir zeigen, welche Büchsen es sein sollen, dann schreibe ich eine Liste. Persson soll die Einkäufe am Nachmittag zu Ihnen nach Hause fahren. Was halten Sie von Oliviersalat? Wäre das nach Ihrem Geschmack?«

Signe zählte so viele Sachen auf, dass es sich anfühlte, als würde sie nach und nach das gesamte Geschäft leer kaufen. Sie schüttelte den Kopf.

»Ich muss um Verzeihung bitten. Ich weiß doch, in welcher Lage Sie angesichts der Rationierungen sind …«

»Da machen Sie sich keine Gedanken. Mittels Ihres Schreibens bekommen wir vonseiten der Streitkräfte hierfür Ersatz, keine Sorge. Nun seien Sie doch nicht so verschämt – schlagen Sie zu, damit es reicht!«

Fast zwei Stunden nachdem sie Svartström am Karlaplan zurückgelassen hatte, stürzte Signe durch die Eingangstür an der Linnégatan, um zu Hause alles für die Lieferung vorzubereiten. Sie würde die Speisekammer leer räumen und neu sortieren müssen, damit alles Platz hätte. Und ganz gleich welchen Eindruck sie hinterlassen hatte – sie hatte ihren Auftrag ausgeführt. Sie hatte Lebensmittel eingekauft, die ihrer kleinen Arbeitsgruppe für mehrere Monate reichen würden; wenn sie damit geizte, sogar noch länger.

Sobald sie die Speisekammer ausgeräumt hatte, stellte sie fest, dass dies bei Weitem nicht reichen würde. Im Bedienstetenflur stand noch eine Wäschekommode, und Signe nahm die gemangelten, monogrammierten Tischtücher sowie ein Laken nach dem anderen heraus. Sie fragte sich, wie Svartström derlei Mengen hatte anhäufen können; die Sachen mussten seit Generationen weitervererbt worden sein. Das meiste davon konnte genauso gut auf dem Dachboden lagern, wenn sie es ordentlich verpackte.

Obwohl die Einkäufe mit dem Fahrradkarren kamen, waren mehrere Fahrten nötig. Signe hatte unterdessen den halben Wäscheschrank geleert und packte Laken und Tischtücher in die Schachteln, in denen die Lebensmittel geliefert wurden. Weil noch eine Weile neuerlich angeliefert würde, ließ sie die Eingangstür offen stehen, so dass die Waren dahinter aufgereiht werden konnten. Büchsen mit Gemüse und Obst standen ganz rechts, dann kamen die Dosensuppen. Signe hatte noch keine ruhige Minute gehabt, als sich mit einem Mal jemand vorsichtig räusperte – und Svartström mit dem Hut in der Hand im Flur stand, dicht gefolgt von Iris, die ihn heimgebracht hatte. Signe wischte sich mit dem Handrücken über die Stirn und lächelte.

»Sie müssen entschuldigen, Herr Professor. Hier ging es drunter und drüber. Aber so langsam glaube ich, dass wir alles untergebracht haben.«

Iris machte einen Schritt vor.

»Was ist denn hier los?«

Eilig erklärte Signe: »Ich habe dem Herrn Professor versprochen, die Wäsche durchzugehen – da waren zig alte Sachen, die aussortiert werden mussten. Es hat viel länger gedauert, als ich gedacht hätte!«

Iris lächelte.

»Dann überlasse ich den Herrn Professor jetzt dir. Ich habe den Jungs versprochen, dass es Erbsensuppe und Pfannkuchen gibt, und ich mache mich besser schnell auf den Weg.«

Signe hielt sie zurück.

»Ich will morgen Pfefferkuchen backen, vielleicht könnten Jan und Josef mir dabei helfen? Der Herr Professor hat außerdem erzählt, dass sie abends hier bei uns essen kommen, während ihr länger arbeiten müsst.«

»Danke, liebe Signe! Da freuen sie sich!«

Iris zog die Tür hinter sich zu, und Signe drehte sich zu Svartström um und nahm ihm den Mantel ab.

»Ich habe das meiste schon weggeräumt. Frische Lebensmittel lassen sich ja schlecht lagern, aber ich will am Wochenende einiges einkochen. Fisch kommt erst morgen, da muss ich früh zum Markt. Mehl und Graupen stehen in der Speisekammer … Da ist wirklich einiges zusammengekommen, muss ich sagen.«

»Danke Ihnen sehr. Keine Ahnung, ob wir all das tatsächlich brauchen, aber es wird derzeit stündlich wahrscheinlicher. Wir dürfen einfach nichts riskieren. Und auch wenn ich Sie nach diesem anstrengenden Tag nicht zusätzlich antreiben will … Was gibt's denn zum Abendessen?«

Signe lächelte.

»Machen Sie sich keine Sorgen. Ich habe Gemüsesuppe mit Klößchen vorbereitet. Und zum Nachtisch gibt es eingelegte Birnen mit Punschsahne.«

Svartström strahlte sie an.

»Sie wissen genau, wie Sie mein müdes Hirn wieder erfrischen! Dann setze ich mich unterdessen in die Bibliothek. Ich muss meinen Kopf mit ein wenig Musik freibekommen. Hoffentlich stört Sie das Grammophon nicht allzu sehr.«

Auch wenn Svartström erst am Vorabend versichert hatte, dass er für dieses Jahr keinen Alkohol mehr wünsche, hörte sie, wie er sich am Barwagen einen Drink einschenkte. Sie lächelte in sich hinein. Immerhin – ein gutes Zeichen. Als dann auch noch Musik erklang, blieb sie noch kurz stehen. Die Mondscheinsonate spielte er immer zu besonderen Gelegenheiten, das hatte er ihr erzählt, als sie sich einmal nach dem Stück erkundigt hatte. Damals hatte er erwähnt, dass er die Sonate erstmals anlässlich der Beerdigung seiner Mutter gehört hatte, als er gerade acht Jahre alt gewesen war.

Nachdem Svartström mit dem Abendessen fertig war und Signe das Geschirr gespült hatte, ließ sie sich am Küchentisch auf einen Stuhl fallen. Sie konnte durch die Tür hören, wie sich im Arbeitszimmer ein Telefonat ans andere reihte. Die Brote, die sie am Morgen gebacken hatte, waren eingewickelt und die Vorräte ordentlich sortiert und verstaut. Sie stützte den Kopf auf beide Hände und schloss die Augen. Als sie am Morgen aufgewacht war, hatte sie nicht zu hoffen gewagt, dass sie diesen Tag überstehen sollte – einen Tag, der sich schließlich als noch viel anstrengender erwiesen hatte als jeder zuvor. Es war nur gut, dass sie nicht schon am Morgen geahnt hatte, was noch auf sie zukommen würde, sonst hätte sie es unter Garantie nicht aus dem Bett geschafft. Doch mit der Erkenntnis, wie ernst die Lage plötzlich zu werden drohte, hatte sie fast schon Urkräfte in sich mobilisiert. Mit heimlicher Freude stellte sie fest, dass sie zu viel mehr imstande war, als sie geglaubt hatte.

Es war einfach nicht der richtige Zeitpunkt, um sich in sein Kämmerlein zurückzuziehen und in Selbstmitleid zu versinken – zumindest nicht für Signe.

Trotzdem machte ihr zu schaffen, was passieren würde, wenn es ihr körperlich noch schlechter ginge. Wo sollte sie sich hinwenden? Ihre Cousine Lena wohnte mit Mann und Kindern zur Miete bei einer Dame auf Kungsholmen, wo für mehr Gäste leider kein Platz war. Möglicherweise konnte sie mit den Frauen von der Heilsarmee sprechen, die ein Heim für gefallene Mädchen führten; vielleicht hätten sie dort einen Übernachtungsplatz für sie, falls es schlimmer würde – nur bis sie wieder auf den Beinen wäre … Signe würde sich dort hinschleppen und mit der Vorsteherin sprechen, die sie schon einmal getroffen hatte, als sie ihre allererste Nacht in Stockholm verbracht hatte. Von den Bewohnerinnen war sie damals aufs Herzliche empfangen worden. Allerdings hieße das auch, dass sie sich bei Svartström außer der Reihe freinehmen müsste; sie würde ihm eine Notlüge auftischen müssen. Denn wenn der Tag schließlich käme, an dem sie nicht mehr die Kraft hätte zu arbeiten, würde sie von jetzt auf gleich verschwinden. Sonst würde der Professor noch glauben, dass sie um Mitleid heischte, und das wollte sie nicht. Es wäre nicht seine Schuld, wenn sie so krank würde, dass sie ihren Verpflichtungen nicht nachkommen könnte …

Ein zögerliches Räuspern riss sie aus den Gedanken.

»Entschuldigung, wenn ich störe, Signe. Sie sind nach diesem Tag bestimmt sehr erschöpft. Trotzdem habe ich mich gefragt, ob Sie sich vorstellen könnten, mir noch ein paar Kapitel vorzulesen? Ich muss auf andere Gedanken kommen. Natürlich nur, wenn Sie nicht schon zu müde sind.«

Signe stand auf.

»Aber natürlich, Herr Professor. Ich will nur schnell meine Schürze loswerden. Ich habe mich bekleckert und will nicht, dass Ihre feinen Möbel etwas abkriegen. Wenn Sie mir ein paar Minuten geben könnten? Und möchten Sie vielleicht einen Tee trinken, während ich Ihnen vorlese?«

»Sehr gerne. Danke, Signe, das ist wirklich phantastisch.«

Svartström kehrte in die Bibliothek zurück, und Signe hielt sich am Küchentisch fest. Sie hoffte inständig, dass sie die Buchstaben klar vor sich sehen würde.

ELISABETH

Elisabeth hatte den Umweg über den Narvavägen gewählt und kämpfte sich gegen den eisigen Wind am Strandvägen voran, ehe sie endlich in die Birger Jarlsgatan einbog. Sie hatte freiwillig Überstunden gemacht, weil ihr klar war, dass ihre Mutter sich nach dem Torten-Fauxpas umso eher wieder beruhigt hätte, je später Elisabeth nach Hause käme. Sie hoffte inständig, dass Dinty sein Versprechen eingelöst und eine Ersatztorte vorbeigebracht hatte.

Bevor sie die Grev Turegatan überquerte, wurde sie langsamer und versuchte, durch den immer dichter fallenden Schnee etwas zu sehen. Die beiden Deutschen, die bei ihr zu Hause aufgetaucht waren, waren ihr den ganzen Tag lang nicht aus dem Kopf gegangen. Als sie Svartström von dem Vorfall berichtet hatte, hatte der ihn so ernst genommen, dass er sofort den Geheimdienst informieren wollte. Elisabeth war froh, dass sie ihr Herz hatte erleichtern können; das Ganze hatte sie zutiefst verunsichert. Ganz gleich was die beiden mit ihrem Besuch beabsichtigt hatten – ihr war der Schrecken ordentlich in die Glieder gefahren. Doch nun war ihr Viertel verwaist, und nicht einmal vor dem *Spegeln* standen Leute. Schnell lief sie zur Eingangstür der Nummer 18 und zog sie umgehend hinter sich zu. Auf der Treppe nahm sie wie immer zwei Stufen auf einmal und näherte sich gerade keuchend der Wohnungstür, als sie aus dem Stockwerk darüber plötzlich ein Geräusch hörte. Dort ging eine Tür auf, dann war ein Flüstern zu hören. Elisabeth blieb wie angewurzelt stehen. Dann ging die Tür wieder zu. Die Stimmen verstummten. Im nächsten Augenblick gingen die Lichter aus, und im Treppenhaus war es stockfinster. Sie zwang sich, stehen zu bleiben, auch wenn ihr das Herz bis zum Hals schlug. Wenn irgendwer im Stockwerk darüber ebenso still dastand – warum gab dieser Jemand sich nicht zu erkennen? Kurzerhand stürzte Elisabeth auf den Lichtschalter zu, schob im selben Moment den Schlüssel ins Schloss und warf die Tür hinter sich zu. Völlig außer Atem lehnte sie sich mit dem Rücken gegen die Tür und versuchte, sich zu beruhigen.

Beim wohlbekannten Duft der Pfeife ihres Vaters war der bange Moment im Treppenhaus sofort vergessen. Aus dem Salon hörte sie ihre Mutter rufen: »Betty, bist du das?«

Elisabeth streifte sich den Mantel von den Schultern und trat ein. Dinty saß breit grinsend auf dem Sofa, im Sessel neben dem prasselnden Kamin saß ihr Vater. Dinty breitete beide Arme aus.

»Betty, meine Liebe, wo warst du denn? Wir dachten, du wärst zum Abendessen wieder daheim!«

Ihre Mutter tätschelte Dintys Knie.

»Jetzt sei nicht albern. Wir wussten doch, dass es spät werden könnte. Aber du ahnst nicht, was Charles mitgebracht hat – zwei riesige Torten und so viel Gebäck, dass wir das ganze Haus hätten einladen können!«

Dinty grinste. Elisabeth setzte sich auf die Armlehne ihres Vaters.

»Dann ist mein Ausrutscher vergessen?«

Ihre Mutter zuckte mit den Schultern.

»Eigentlich dürfte ich mich für so etwas Schändliches nicht bestechen lassen, aber diesmal lass ich es dir noch mal durchgehen. Ich habe Charles versprochen, einen Schlussstrich unter die Sache zu ziehen.«

Ihr Vater lachte.

»Du hattest den Köder doch schon geschluckt, als er vor der Tür aufgetaucht ist! So schwer kann es also nicht gewesen sein.«

Elisabeth lächelte erleichtert.

»Hast du auch Bridge gespielt?«

Dinty nickte nachdrücklich.

»Natürlich, aber es war ein Debakel. Was ihr Bridge-Spiel angeht, ist mit den Damen wirklich nicht zu spaßen. Meine Güte, waren die verbissen! Ich hatte keine Chance.«

Ihre Mutter schmunzelte vergnügt, und Elisabeth zwinkerte Dinty zu. Die Bridge-Damen hatten vermutlich jede Sekunde genossen; ihre Mutter hatte ihnen allen noch viel bessere Unterhaltung bieten können als sonst.

Sie stemmte sich hoch.

»Wir haben dein Abendessen warm gehalten. Ich mache dir ein Tablett fertig, dann kannst du hier mit uns essen. Du hast einen langen Arbeitstag hinter dir. Charles, sind wir nicht gesegnet, dass Betty imstande ist, so hart zu arbeiten? Ich bin auf unser fleißiges Bienchen unglaublich stolz.«

Dinty blickte Elisabeth vielsagend an.

»Wie viele Wollsocken hast du denn heute aufgeschrieben?«

»Tausende! Und die sind bitter nötig, angeblich wird dieser Winter noch härter.«

Elisabeth war nicht wohl dabei, ihre engsten Vertrauten belügen zu müssen. Aber sie hatte keine Wahl, so waren nun mal die Regeln für sie alle im Karlaplan 4. Da war sie keine Ausnahme.

Ihre Mutter kehrte mit einem Tablett zurück – Rinderbraten mit Sahnesauce und Preiselbeergelee sowie ein Marzipantörtchen mit einer Kirsche auf dem Sahnehäubchen. Elisabeth lächelte dankbar.

»Danke, liebe Mama, und noch mal Entschuldigung! Ich verspreche hoch und heilig, dass ich nachts nie wieder Torte esse.«

Alle lachten, und ihr Vater legte zwei Holzscheite nach. Elisabeth nippte an ihrem Rotwein und schmunzelte in sich hinein. Nach so einem ereignisreichen Tag war es zu Hause doch ziemlich gemütlich.

SIGNE

Als Svartström tags darauf verkündete, dass er abends in Ålsten mit dem Staatsminister »zum Bridge« verabredet sei, schoss Signe spontan durch den Kopf, dass irgendjemand am Ende doch die Hand über sie hielt. Es war Samstag und somit ein kurzer Tag am Karlaplan, und Signe hatte das Gefühl, dass die Stunden im Vergleich zum Vortag nur so dahinrasten. Im Handumdrehen war Feierabend, und sie hatte frei – denn mit den Jungen Pfefferkuchen zu backen betrachtete sie als reines Vergnügen.

Den Teig hatte sie am Vorabend vorbereitet, und die Jungs klingelten pünktlich an ihrer Tür. Sie hatten gerötete Wangen, nachdem sie draußen im Hof einen Schneemann gebaut hatten. Signe hatte ihnen eine Möhre für die Nase mitgegeben. Unter strenger Anleitung wuschen sie sich die Hände, während Signe selbst bereits das Backbrett hervorholte und jedem von ihnen einen Teigklumpen hinlegte. Dann lächelte sie.

»Heute machen wir es ganz anders, als ich es immer gemacht habe, wenn wir zu Hause auf dem Hof gebacken haben.«

»Wie hast du es denn immer gemacht?«

»Ich hab immer den halben Teig roh aufgegessen. Zur Strafe durfte ich dann mit Bauchschmerzen ins Bett. Jeder von euch sticht mindestens zwanzig verschiedene Förmchen aus – und was am Ende noch übrig ist, dürft ihr vernaschen. Verstanden?«

Josef sah seinen Bruder misstrauisch an.

»Jan, da darfst du aber nicht nur die kleinen Förmchen benutzen.«

Jan antwortete nicht, aber sie konnten ihm ansehen, dass er sich ertappt fühlte.

In andächtiger Stille walzten sie ihre Teigklumpen aus und setzten hoch konzentriert ihre Plätzchenformen hinein. Signe stellte das Radio an. Es lief ein Weihnachtslied von Alice Tegnér. Lächelnd zerzauste sie Jan das Haar. Josefs Zungenspitze schob sich in den Mundwinkel, als er versuchte, die dünn ausgestochenen Formen aufs Backblech zu legen, ohne dass eine der Figuren Arm oder Bein einbüßte. Jan rempelte ihn an, gerade als er das letzte Schweinchen aufs Blech legte, und Josef kreischte auf.

»Hör sofort auf damit! Jetzt ist das Schwein kaputt! Blödmann!«

Sofort ging das Gerangel los, und Signe musste beidhändig dazwischengehen, um sie zu trennen.

»Jetzt ist Schluss, Jungs, jetzt beruhigen wir uns mal wieder. Ein Pfefferkuchenschwein ist zwar nicht die Welt, aber das war auch nicht nett von dir, dass du deinen Bruder auf diese Weise ärgern musstest.«

Grummelnd ließen sie sich wieder auf ihren Stühlen nieder und funkelten einander finster an. Keine fünf Minuten später waren sie wieder völlig in das Ausstechen neuer Formen vertieft.

Signe lächelte in sich hinein. Genau so hatten sich ihre

Brüder verhalten, als sie noch klein gewesen waren. Trotz Zank und Streit waren sie immer schnell wieder bereit gewesen, einander zu verzeihen. Ihr wurde ganz warm ums Herz.

Pfefferkuchenduft breitete sich in der ganzen Wohnung aus, und Signe hoffte, dass Professor Svartström, der in seinem Arbeitszimmer Musik hörte, sich von ihrer Weihnachtsbäckerei nicht gestört fühlte. Er hatte in der vergangenen Woche einen erschöpften Eindruck gemacht.

Die Schmerzen hatten im Laufe des Tages zwar nachgelassen, aber sie wusste, dass es über Nacht wieder schlimmer würde. In weiser Voraussicht war sie in der Apotheke gewesen und hatte sich einen kleinen Vorrat des bitteren Pulvers gekauft. Die Frau Apothekerin, die sie bedient hatte, hatte beim Abkassieren freundlich gelächelt und sie leise gefragt: »Sind Ihre Beschwerden so schlimm?«

Signe hatte beschämt genickt und zu ihrem Verdruss bemerkt, dass ihr bei der freundlichen Nachfrage die Tränen kamen.

»Ja, und sie werden immer schlimmer.«

»Sie sollten zum Arzt gehen. Ich habe gelesen, dass es dafür Abhilfe gibt.«

Signe schüttelte den Kopf.

»Ach, meine Mutter hat das Gleiche ... Ich glaube nicht, dass man da was machen kann. So hat jeder sein Päckchen zu tragen. Ich darf mich gar nicht beklagen.«

Die Frau Apothekerin packte das Pulver ein und lächelte erneut.

»Dann gute Besserung.«

Signe hatte Svartström noch zur Tür gebracht, und er hatte sie darum gebeten, nicht wach zu bleiben und auf ihn zu warten. Er hatte ernst gewirkt.

»Sie müssen sich ausruhen. Versprechen Sie mir, dass Sie sich erholen.«

Insgeheim fragte sich Signe, ob jemand ihm erzählt hatte, dass sie blass gewesen war. Trotzdem antwortete sie heiter: »Versprochen. Aber ein paar Butterbrote und ein Glas Milch stelle ich Ihnen auf ein Tablett.«

Svartström lächelte in ihre Richtung, ehe er in den Aufzug stieg. Der Wagen war bereits vorgefahren.

Signe riss sich die Strümpfe von den Füßen und wärmte Wasser auf dem Herd. Sie wollte sich ein schnelles Bad gönnen, auch wenn es nicht zu einer vollen Wanne reichen würde. Aber allein bei der Vorstellung, sich ins warme Wasser gleiten zu lassen, entspannte sie sich schon ein wenig.

Sie schrubbte sich ordentlich sauber und feilte Finger- und Fußnägel. Dann frottierte sie sich mit Druck und in kreisenden Bewegungen das Gesicht. Als sie sich anschließend ins Wasser niederließ, seufzte sie wohlig auf. Sie blieb in der Wanne liegen, bis sie vor Kälte erschauderte. Eilig trocknete sie sich ab und schlüpfte in ihren Morgenrock. Dann ging sie hinüber in ihre Kammer, um sich saubere Sachen anzuziehen. Elisabeth hatte sie zu sich eingeladen, weil sie am Abend allein wäre. Außerdem hatte sie etwas von einem Kleid erzählt, das sie anlässlich des bevorstehenden Jahreswechsels für Signe aussuchen müssten – was

Signe aber nicht ernst genommen hatte. Zwar hatte Svartström angemerkt, dass er sowohl für sich selbst als auch für Signe eine Silvesterveranstaltung zugesagt hatte, weil er wollte, dass Signe ihn an dem Abend begleitete, doch das hatte Signe nicht so verstanden, als müsste auch sie selbst sich feierlich anziehen und wie eine Primadonna umherstolzieren, als gehörte sie zu den geladenen Gästen. Denn ganz gleich was sie trüge: Alle würden ihr ansehen, von welchem Schlag sie war. Dass sie ein einfaches Dienstmädchen war, würde niemandem entgehen.

Signe versicherte sich, dass beide Schlösser verriegelt waren, und warf die Schlüssel in ihre Handtasche.

Draußen auf der Straße biss ihr die eisige Kälte in die frisch frottierten Wangen, und sie zog ihren Schal zurecht, um ihr Gesicht zu schützen. Mit langen Schritten marschierte sie die Linnégatan entlang, bog dann aber nach links in die Storgatan ab, wo der Wind nicht ganz so scharf pfiff. Sie kam am Östermalmstorg vorbei, wo sich diverse festlich gekleidete Leute vor dem Folkan-Theater die Arme um die Leiber schlangen. Den Plakaten zufolge würde heute Abend eine Revue mit Karl Gerhard gegeben. Seine jüngste Vorstellung hatte in einem mittleren Aufruhr geendet, weil er anscheinend Witze über Adolf Hitler gerissen hatte. Signe bog nach links auf die Grev Turegatan ein und begegnete weiteren dick vermummten Menschen, die auf dem Weg ins Theater zu sein schienen.

Vor dem *Spegeln* hatte sich eine Schlange bis hinaus auf die Straße gebildet, und Signe musste sich zwischen den fröhlichen Kinogängern hindurchschlängeln. Sie hatte es nie jemandem erzählt – aber sie war tatsächlich noch nie im Kino gewesen. Dem Missionsverbund zufolge, in dessen Glauben Signe aufgewachsen war, waren Kinos Sündenpfuhle, weil die Jugendlichen, die ins Kino gingen, sich angeblich bloß im Schutz der Dunkelheit mit ihren Liebsten vergnügen wollten. Der Missionsverbund hatte hinsichtlich der anwachsenden Jugendbewegung so seine Ansichten, beispielsweise zum Schminken, was Signe nie im Leben ausprobiert hatte. Oder zum Fluchen. Auch Alkohol gehörte zu den Dingen, für die man eigentlich in der Hölle landete, doch diesbezüglich hatte Signe sich Mut gefasst und fand es sogar richtig nett, hier und da einen Schluck Sherry oder ein Glas Wein zu trinken. Sie war auch schon auf ein Glas Champagner eingeladen worden, aber der hatte ihr so unglaublich gut geschmeckt, dass es ihr Angst gemacht hatte. Wenn sie öfter Zugang zu Champagner hätte, würde aus ihr eine Suffnase werden, da war Signe sich sicher. Umso besser, dass ihr Champagner kaum je zur Verfügung stand.

Vor Elisabeths Tür standen zwei Herren in dicken Mänteln und schienen auf jemanden zu warten. Signe lächelte sie betreten an, als sie an ihnen vorbeimusste, um hineinzukommen. Sie rauchten beide Zigarre und brummten bloß etwas, als sie sich an ihnen vorbeischob. Doch noch ehe die Tür ins Schloss fiel, hörte Signe sie leise miteinander sprechen. Auf Deutsch. Sie wusste nicht, ob sie es richtig verstanden hatte, aber es hatte in etwa geklungen wie »Fräulein auflehnen«.

»Auflehnen«? Signe wiederholte das Wort wieder und

immer wieder, hatte aber keinen blassen Schimmer, was es bedeuten mochte. »Fräulein« – das kannte sie. Bestimmt hatten sie bloß einen Kommentar zu einem vorübereilenden Mädchen gemacht.

Signe lief die Treppe hinauf und klingelte. Im Handumdrehen war Elisabeth an der Tür. Sie sah aufgeregt aus.

»Oh, das wird so nett! Ich bin jetzt schon nervöser als sonst an Heiligabend!«

»›Auflehner‹? Weißt du, was das heißt? Das ist doch deutsch, oder?«

Elisabeth runzelte die Stirn.

»Meinst du ›auflehnen‹?«

»Genau! Das war's!«

»Man lehnt sich gegen etwas auf. Man leistet Widerstand.« Elisabeth nahm ihr den Mantel ab und hängte ihn in die Garderobe. »Wo hast du denn das aufgeschnappt?«

»Da standen zwei Deutsche vor der Tür und sagten irgendwas in der Art von ›Fräulein auflehnen‹.«

Elisabeth erstarrte.

»Sicher, dass das Deutsche waren?«

»Bombensicher.«

»Wie sahen sie aus?«

»Oh, das ist ein bisschen viel verlangt ... Sie hatten graue Mäntel an und rauchten beide Zigarre. Aber sie haben brav Platz gemacht, als ich an ihnen vorbeimusste.«

Elisabeth nickte.

»Ich habe die beiden vorgestern bei einer Abendveranstaltung kennengelernt. Die waren richtig unangenehm. Und dann standen sie plötzlich gestern Morgen da, als ich zur Arbeit wollte. Sie haben den Concierge gefragt, ob ich hier wohne – echt gruselig.«

»Was sagst du da? Was, wenn sie dir zum Karlaplan gefolgt sind? Was, wenn es die beiden sind, die herausgefunden haben, womit wir arbeiten, und es ausgeplaudert haben?«

Elisabeth schüttelte den Kopf.

»Nein, sie wissen nicht, wo ich arbeite. Außerdem habe ich mich mithilfe des Concierge zur Grev Turegatan hinausschleichen können. Karlsson ist einfach ein Pfundskerl! Trotzdem finde ich, das alles wird allmählich unangenehm. Wer am Karlaplan könnte so wichtige Informationen verraten haben? Und wem? Dass wir in unserer Mitte einen Verräter haben … Wenn die beiden nicht von mir ablassen, muss ich Svartström um Hilfe bitten. Aber was den Verräter angeht? Ich finde schon, dass bei uns einige dubiose Personen arbeiten. Diese ganzen Neuen, die vergangene Woche angefangen haben – die kennen wir nicht. Von Dahlén und Petrén war ich noch nie begeistert, ganz zu schweigen von Fräulein Andersson – die wird ja schon rot im Gesicht, wenn sie mich nur sieht.«

»Stimmt, keiner von ihnen ist wirklich sympathisch. Aber ich wüsste nicht, ob ich sie wirklich der Spionage bezichtigen wollte … Ist von denen überhaupt jemand so clever im Kopf, dass er so etwas durchziehen könnte?«

»Nein, da hast du recht. Aber jetzt zieh deinen Mantel wieder an! Wir müssen hoch auf den Dachboden, und dort ist es kälter als in Sibirien. Es pfeift nur so durch die Balken!«

Artig lief Signe Elisabeth nach, die wie der Blitz die

Treppe hinaufeilte. Außer Atem erreichten sie den Dachboden, und Elisabeth zückte einen großen, rostigen Schlüssel. Die Stahltür quietschte, und mit einem Mal senkte Elisabeth die Stimme.

»Glaub jetzt nicht, dass ich paranoid werde – aber als ich gestern nach der Arbeit spät nach Hause kam, hätte ich schwören können, dass hier jemand stand und lauschte.«

Sie tastete nach dem Seil für das Licht und machte ein paar Schritte tiefer in den Raum hinein. An einem Ständer hingen ordentlich eingemottete Kleider. Elisabeth zog sie nacheinander hervor – und eins war schöner als das andere. In dem vollen Dachboden standen überdies Truhen, zwei verschlissene Sofas, die neu gepolstert werden mussten, und jede Menge altes Spielzeug. Eine Porzellanpuppe schien sie finster anzusehen, und Signe wandte sich ab. Es roch streng nach Mottenkugeln. In einem Regal standen ordentlich aufgereiht an die zwanzig Paar Schuhe.

Signe schüttelte den Kopf.

»Aber wir können doch nicht einfach eins der Kleider deiner Mutter nehmen!«

Elisabeth seufzte.

»Erstens sind es die Kleider meiner *Großmutter*, die meine Mutter nicht mit der Kneifzange anfassen würde. Außerdem hat sie sie mir schon vor langer Zeit vererbt. Ich habe vor, eins der alten Kleider mit ein paar einfachen Stichen in etwas Angemesseneres, einen Hauch Moderneres zu verwandeln. Gott, was für komische Sachen die Leute früher getragen haben! Aber schau mal, an genau so etwas hatte ich gedacht!«

Elisabeth hielt ein Etuikleid aus Goldlamé mit leicht drapiertem Ärmelansatz hoch. Signe starrte es an.

»Bist du verrückt geworden? Darin sehe ich aus wie eine Konservendose!«

Elisabeth lachte laut auf.

»Gar nicht wahr! Das steht dir phantastisch, du wirst schon sehen! Und dann das hier – das hatte meine Großmutter mal an Weihnachten an, als Großvater noch gelebt hat.«

Diesmal hielt sie ein dunkelblaues Modell mit aufgenähten Strasssteinen hoch.

»Bitte, Elisabeth … Ich bin doch keine Anziehpuppe! Mit so einem Kleid blamiere ich mich nur. Ich wäre das Spektakel des Abends.«

Elisabeth schien ihr gar nicht zuzuhören, sondern nahm ein weiteres Kleid von der Kleiderstange, das ebenso auffällig und prunkvoll war wie das vorige. Sie nickte aufmunternd.

»Und Schuhe? Wie sieht's aus – du hast kleine Füße, oder?«

Signe verzog das Gesicht.

»Leider nein … Ich fürchte, ich habe so dicke Gelenke, dass ich große Schuhe brauche. Mindestens Größe vierzig.«

»Perfekt! Dann leihst du dir welche von mir. Ich habe Größe einundvierzig – aber das verrätst du niemandem! Ich gestehe maximal neununddreißigeinhalb. Wenn meine zu groß für dich sind, dann stopfen wir ein bisschen Papier in die Spitze. Schließt du hinter mir ab? Dann nehme ich die Kleider.«

Unten in der Wohnung war es schummrig geworden, und Elisabeth schaltete mehrere Lampen auf vergoldeten Standfüßen an. Dann lächelte sie Signe an.

»Mama und Papa sind nicht vor Sonntag zurück. Wir haben die ganze Wohnung für uns. Arne und Gullan sind bei ihren Verwandten in Flen. Das sollten wir feiern! Immerhin ist Samstag, und du hast sonntags doch frei, oder nicht? Was hatte Svartström heute Abend überhaupt vor?«

»Er wollte zum Bridge raus nach Bromma. Schon wieder! Dort fährt er inzwischen zweimal die Woche hin. Allerdings habe ich den leisen Verdacht, dass sie dort nicht nur Bridge spielen.«

»Tja, man fragt sich wirklich, was sie dort treiben … Erzählt er manchmal vom Staatsminister? Es fällt mir wirklich nicht leicht zu verstehen, wie die beiden so gut befreundet sein können.«

»Er sagt keinen Mucks, aber wie würde es auch aussehen, wenn er mit mir über solche wichtigen Sachen plaudern würde?«

Signe hoffte, dass es nicht klang, als würde sie übertreiben, aber Elisabeth grinste lediglich breit und gab ihr dann einen leichten Knuff.

»Ich weiß, dass er dir vertraut – insofern hätte es mich kein bisschen verwundert.«

»Nach seinen Bridge-Abenden ist er immer wahnsinnig müde. Und er isst sämtliche Butterbrote, die ich ihm für die Nacht rauslege.«

»Oh ja, feuchtfröhliche Bridge-Abende fordern ihren Tribut. Das ist bei Papa genauso – er stopft immer alles

Mögliche in sich hinein, wenn er nachts heimkommt. Aber apropos, bei all dem Gerede habe ich Hunger gekriegt. Komm, wir essen etwas und genehmigen uns einen kleinen Sherry. Ich kann auch mal nachsehen, ob Papa noch irgendwo Wein hat.«

»Aber nicht viel, sonst wird mir noch schwindlig.«

»Du brauchst ein paar Schlückchen, damit ich dich in diese Kleider hier packen darf. Ich weiß, du wirst mich dafür hassen, aber ich will, dass du ein paarmal vor mir auf- und abläufst.«

Signe schüttelte den Kopf.

»Nie im Leben! Es gibt Grenzen dessen, wozu du mich überreden kannst.«

»Aber Signe, du musst diese Kleider doch anziehen und ausprobieren, ob sie gut sitzen! Um sich schön anzuziehen, muss man seine eigene Passform kennen. Also dann – runter mit deinen Sachen! Ich drehe mich auch weg.«

Signe seufzte.

»Du wirst mir mit dem Reißverschluss helfen müssen.«

»Warte, erst hole ich uns einen Sherry, mit dem wir uns stärken. So was hier kann man doch nicht auf nüchternen Magen machen. Setz dich, bis ich wieder da bin!«

Dankbar ließ Signe sich auf dem weichen Bett nieder und sah sich in dem hübsch eingerichteten Zimmer um. Ein großer, goldgerahmter Spiegel hing neben dem Kleiderschrank, der Kleider in modischsten Schnitten enthielt, wie Signe wusste; Elisabeth war eine echte Mode-Ikone, auch wenn sie jedes Mal, wenn Signe das sagte, vehement abwinkte.

Signe steckte eine Locke, die sich aus ihrer Haarspange

gelöst hatte, wieder fest. Seit dem vergangenen Sommer war sie nicht mehr sie selbst gewesen und hatte schlecht gegessen, so dass sie um die Taille schmaler geworden war; manchmal mochte sie gar nichts anderes essen als Brühe, und so recht hatte sich ihr einstiger Appetit immer noch nicht wieder eingestellt. Solange sie denken konnte, war sie mit ihrer Figur unzufrieden gewesen. Sie war so ganz anders als Gotty gebaut, die immer rank und schlank gewesen war. Signe hatte den breiten Körperbau und die kurzen, dicken Beine ihrer Mutter geerbt – und den spindelförmigen Oberleib mit viel zu üppigen Brüsten. Ihre Mutter hatte sie dafür immer bemitleidet, aber auch gesagt, dass sie eben andere Dinge unterstreichen müsse, um die Makel zu kompensieren.

Signe strich über das Kleid, das Elisabeth aufs Bett geworfen hatte. Es war schier unvorstellbar, dass sie – Signe aus Roslags-Kulla – in dieser todschicken Wohnung in der Innenstadt saß und sich für eine Silvesterfeier ein Abendkleid aussuchen sollte. Was immer das für eine Feier wäre. Signe hatte sich immer noch nicht getraut, sich danach zu erkundigen.

Elisabeth kam ins Zimmer gerauscht und hielt breit grinsend zwei Gläser Sherry hoch.

»So, nach dem Sherry musste ich erst einmal suchen, jemand hat ihn in der Speisekammer ganz zuhinterst versteckt. Ich glaube, das war Mama, die Angst hat, dass ihn sich sonst die Haushälterin stibitzt. Das hat sie letzten Winter gemacht. Also, welches willst du zuerst anprobieren? Bitte das Goldene!«

Signe stand auf und drehte sich um, damit Elisabeth ihr den Reißverschluss aufziehen konnte.

»Oh, der klemmt ... Aber Signe, wie mager du geworden bist! Du bist ja nur noch Haut und Knochen!«

Signe bedeckte sich mit ihrem Kleid.

»Mager ist ja wohl Ansichtssache ... Aber ich habe in letzter Zeit wirklich kaum noch Appetit.«

»Lass dich ansehen!«

Elisabeth stellte sich vor Signe, die sich weigerte, das Kleid beiseitezulegen. Unbekleidet vor einem anderen Menschen zu stehen fühlte sich unangenehm an.

»Hier, nimm das Goldkleid. Aber so schmal, wie du in der Taille geworden bist, werden wir das ordentlich umnähen müssen!«

Signe wusste, dass Elisabeth dazu neigte zu übertreiben, aber als sie sich das Kleid überstreifte und vor den Spiegel trat, konnte sie selbst kaum glauben, wie sehr es an ihr hinabhing. Sie erkannte ihren einst so stämmigen Leib selbst kaum noch wieder.

»Signe, siehst du überhaupt, wie schön du bist?« Elisabeth zupfte die Puffärmel zurecht und raffte den Stoff über der Hüfte. »Du siehst aus wie eine Prinzessin!«

»Jetzt sei schon still! Ich sehe genauso alltäglich aus wie immer schon.«

Elisabeth ließ von ihr ab, eilte zu ihrem Schreibtisch und zog eine seidengefütterte Schatulle aus der Schublade.

»Hier, das alte Diadem meiner Großmutter – das gehört zum Kleid.«

Ehe Signe gegen noch mehr Tamtam Einspruch erheben

konnte, hatte Elisabeth ihr das Diadem auf den Scheitel gedrückt. Sofort schmiegten sich ihre Locken um ihr Gesicht.

»Ich lasse dich die anderen Kleider gar nicht erst anprobieren. Signe, du siehst phantastisch aus! Jetzt fehlen nur noch die Schuhe. Du wirst sämtlichen Männern den Kopf verdrehen, wenn sie dich so sehen!«

»Jetzt hör endlich auf! Ich will niemandem den Kopf verdrehen. Das wird nicht passieren. Bitte, zwing mich nicht auch noch, auf hohen Absätzen zu gehen, das kann ich nicht!«

Elisabeth ignorierte sie und kam mit einem Paar smaragdgrüner Seidenpumps mit aufgestickten Steinchen wieder – und mit Absätzen, die hoch waren wie Milchkannen.

»Nein, nichts da! Du bist ja verrückt geworden! Wie in aller Welt soll ich denn darauf herumlaufen? Und was sagt der Herr Professor? Der braucht mich doch, damit ich ihn führe. Ich kann ihm nicht helfen, wenn ich auf solchen Stelzen laufen soll.«

»Ach, stell dich nicht so an! Ich kümmere mich um den Professor. Das hier wird ein Silvesterabend, den keiner von uns je vergessen wird. Also, zieh die Schuhe an!«

Widerwillig schlüpfte Signe in die kühlen Schuhe und merkte sofort, wie sie leicht erzitterte. Dass sie sich je auf solche Verrücktheiten einließe, hätte sie nie zu träumen gewagt. Am Ende würden die Leute noch denken, sie hielte sich für etwas Besseres! Andererseits fühlten sich die schönen Seidenschuhe am Fuß nicht annähernd so schlimm an, wie sie ausgesehen hatten. Die Innenseite war wunderbar weich, und ihr Fuß hatte darin Platz.

Elisabeth klatschte in die Hände.

»Und jetzt stoßen wir auf dieses zur Neige gehende Jahr an und auf das, was kommen wird!«

Signe nippte an dem süßen Drink und stieß dann mit Elisabeth an, brachte aber nur ein Flüstern zustande.

»Danke!«

ELISABETH

Elisabeth zog zweimal lang an ihrer Zigarette und blies Rauchringe aus.

»Ist das schwierig?«

Elisabeth schüttelte lächelnd den Kopf.

»Überhaupt nicht. Aber ich hab auch länger geübt. Ich habe heimlich geraucht, seit ich vierzehn war. Einmal hätte mich die Schuldirektorin fast dabei erwischt – eine fürchterliche Schreckschraube! Sie hat mit einem ausziehbaren Stock auf uns eingeschlagen. Uff, wie habe ich die gehasst! Angeblich ist sie später von einer Straßenbahn überfahren worden. Hoffentlich ist das wahr!«

»Jetzt bist du gemein. Sie wollte doch nur für Ordnung sorgen.«

»Dafür muss man doch keine Kinder verdreschen! Aber was sollen wir uns zu essen machen? Oder genauer: Was willst du uns zu essen machen? Ich bin in Hauswirtschaft immer fast durchgefallen. Damals hieß es, ich wäre in der Küche zu nichts zu gebrauchen.«

Beide gluckten, und Signe stand auf, um den Inhalt der Vorratskammer und des gut gefüllten Kühlschranks zu sichten. Sie hatte schon zuvor gewusst, dass Elisabeths Familie Zugang zu jeder Menge Luxusgütern hatte, die Normalsterbliche seit den verschärften Rationierungen nicht mehr zu Gesicht bekommen hatten. Aber es wäre unfein gewesen zu fragen, wo sie all die Sachen herbekamen. Und zu einer ordentlichen Mahlzeit würde sie auch nicht Nein sagen. Seit den Pfefferkuchen zum Frühstück hatte sie nichts mehr zu sich genommen. Sie fand ein stattliches Stück Schinken und ein großes Päckchen Butter.

»Was hältst du von Schinkenröllchen mit angeschwitzten Zwiebeln und Preiselbeeren?«

Elisabeth sah sie mit großen Augen an.

»Sind die nicht furchtbar schwer zuzubereiten?«

»Im Gegenteil. Wenn du die Kartoffeln schälst, dann kümmere ich mich um den Rest. Darf ich mir die Schürze dort nehmen?«

Elisabeth schälte die Kartoffeln mit großer Genauigkeit und war sichtlich froh, eine Aufgabe bekommen zu haben, die sie schaffen konnte. Stolz zeigte sie die ordentlichen Kartoffeln her. Signe lächelte sie an.

»Sehr schön, die können wir jetzt dämpfen. Gib mir einen Topf und einen Durchschlag.«

Sobald die Kartoffeln auf dem Herd standen, durfte Elisabeth den Tisch decken, während Signe den Schinken würfelte. Die Zwiebel schnitt sie ebenfalls in kleine Würfel und ließ unterdessen Butter in der Pfanne schmelzen, passte aber auf, dass sie nicht verbrannte. Sobald die Kartoffeln fertig waren, stampfte Signe sie in einer Schüssel, gab zwei Eier und die angeschwitzten Zwiebeln sowie die Schinkenwürfel dazu. Als alles gut durchgemischt war, formte sie die Masse zu zwei Röllchen, die sie in Paniermehl wendete. Anschließend kamen die Röllchen in die Pfanne, wo sie mit einem zusätzlichen Stück Butter goldbraun brieten. Signe war es ein bisschen peinlich, dass sie so viel Butter verwendet hatte, doch Elisabeth winkte bloß ab. Im Hause Herrman war genug Butter da, so dass noch welche übrig blieb.

»Was meinst du? Dazu würde doch ein kleines Bier gut schmecken?«

Elisabeth stellte ein Schälchen mit Preiselbeeren auf den Tisch und goss Bier in zwei Gläser, die sofort beschlugen.

»Ach, wie ich mich auf den Frühling freue! Ich finde den Winter ganz schrecklich. Man hält sich nur drinnen auf und weiß nichts Lustiges mit sich anzufangen. Ich rege mich die ganze Zeit nur über Gullan auf, die ständig zu Hause herumsitzt und altklug und langweilig ist. Ich erkenne sie gar nicht mehr wieder. Wir waren so gut miteinander befreundet, aber inzwischen finde ich sie einfach nur noch verwöhnt und quengelig. Mit der Verlobung hat es angefangen – zuvor war sie immer so lustig gewesen. Was wir für einen Unsinn ausgeheckt haben! Inzwischen scheint sie sich nur noch für den Haushalt und ihre Stickarbeiten begeistern zu können. Ich weiß gar nicht, wie mein Bruder das aushält. Klar, wenn man ein Kind erwartet, verändert man sich, aber doch innerhalb gewisser Grenzen, verdammt!«

Signe lächelte.

»Das wird schon wieder, du wirst sehen. Ich finde, Gullan und du, ihr habt nicht viel gemeinsam. Sie ist irgendwie unsicher. Vielleicht machst du sie ja nervös, jetzt, da ihr eine Familie seid.«

»Blödsinn. Wir sind doch Freundinnen. Und ich habe Arne und Gullan miteinander bekannt gemacht.«

»Klar, aber Freundinnen zu sein ist eine Sache, auf einmal zur Familie zu gehören eine ganz andere. Ich kann verstehen, dass Gullan unsicher ist, weil sie sich in eure Familie einfügen muss. Sie hat immerhin selbst keinen so feinen Hintergrund.«

»Nein, aber ich war davon ausgegangen, dass wir über dieses Thema hinweg wären. Sie war doch auch früher ständig hier, und wir waren immer zusammen feiern. Aber sowie sie und Arne ein Paar geworden waren, hat sich alles verändert.«

»Genau das meine ich doch – die Vorzeichen sind jetzt andere. Für Gullan. Vielleicht nicht für dich, aber für sie.«

Mit einem Seufzer schüttelte Elisabeth den Kopf.

»Wahrscheinlich hast du recht, ja. Aber warum muss immer alles so kompliziert sein? Wie geht es dir überhaupt? Vermisst du deine Familie?«

»Ich vermisse Erik. Und meine Eltern. Meinen Bruder Henning. Ich habe ihnen eine Weihnachtskarte geschickt, aber nichts weiter von ihnen gehört. So ist es nun mal.«

Signe stocherte in ihren Preiselbeeren herum und machte sich über das zweite Röllchen her, obwohl sie längst satt war. Elisabeth lächelte.

»Ich könnte Dutzende davon essen! Die sind einfach fabelhaft. Warst du immer schon so gut beim Kochen?«

»Ganz sicher nicht. Meine Mutter hat mich an den Herd gezwungen. Sie war sich sicher, dass ich keine allzu guten Heiratschancen hätte, daher hat sie schon früh darauf hingewirkt, dass ich mal als Hausmädchen arbeite – das sei meine einzige Chance.«

»Wie kam sie denn darauf?«

»Sie hat es nicht böse gemeint. Aber meine Schwester Gotty war schon als kleines Mädchen bildhübsch und hat Jungs um sich geschart. Dann kam es zu jenem schrecklichen Tag ... und Stig ist allein mit Erik zurückgeblieben.«

»Vermisst du deine Schwester?«

Signe senkte den Blick.

»Jeden Tag. Ich denke morgens an sie, sobald ich aufwache, und abends, bevor ich einschlafe. Wir waren beste Freundinnen. Zwischen uns fiel nie ein böses Wort. Ich kann mich nur an ein einziges Mal erinnern, als wir in Streit geraten sind – da hatte Gotty den Schokoladenkuchen aufgegessen, den ich zum Geburtstag bekommen hatte. Unsere Mutter meinte, ich solle mich nicht aufregen, es sei ohnehin besser für mich, wenn ich nicht so viel Süßes esse, und da hatte sie sicher recht. Gotty hingegen war groß und schlank, genau wie du.«

»Aber dein Geburtstagsgeschenk hätte sie trotzdem nicht anrühren dürfen.«

Sie lachten beide, und Signe zuckte die Achseln.

»Was ist schon ein Schokoladenkuchen? Sie musste sterben und kann ihren Jungen nicht aufwachsen sehen, während ich weiterleben durfte. Vielleicht hätte ich damals an ihrer Stelle gehen sollen – ist es nicht eine Sünde, sich Gottes Willen entgegenzusetzen?«

»Aber Signe, so was darfst du nicht sagen! Du hast überlebt, weil du stark warst. Ob es Gottes Wille war oder nicht, spielt doch keine Rolle. Dein Schicksal war, dass du weiterleben durftest. Aber ich finde es auch ungeheuer ungerecht, dass deine Schwester sterben musste.«

Signe blinzelte die Tränen weg.

»Entschuldige, das war albern von mir. Aber sobald ich an zu Hause denke, werde ich traurig.«

Elisabeth beugte sich vor und nahm Signes Hand.

»Das ist doch normal.«

Signe zückte ihr Taschentuch und schnäuzte sich so lautstark, dass Elisabeth zusammenzuckte, woraufhin beide lachen mussten.

»Entschuldigung, dass ich so bin ... sentimental und dumm. Das geht hoffentlich irgendwann vorbei.«

Elisabeth blinzelte.

»Bist du sehr traurig, dass du selbst keine Kinder hast?«

Signe schluckte und sah aus dem Fenster. Draußen hatte es wieder angefangen zu schneien.

»Ich weiß es nicht. Wahrscheinlich ist das nicht mal überraschend. Ich bin vielleicht nicht zur Mutter bestimmt ...«

SIGNE

Als Signe am Sonntagmorgen aufwachte, schreckte sie zunächst zusammen, weil sie fürchtete, verschlafen zu haben. Dann fiel ihr Blick auf den Wecker. Es war erst halb sieben, und ihr Puls beruhigte sich wieder. Sie konnte sich nicht erinnern, Svartström heimkommen gehört zu haben, und als sie die Küche betrat, standen die Butterbrote, die sie ihm rausgestellt hatte, immer noch da. Allerdings hing sein Mantel in der Garderobe, insofern musste er doch heimgekommen sein.

Signe bereitete das Frühstück vor und stellte für den Professor alles auf ein separates Tablett. Sie hatte beschlossen, am Vormittag auszugehen, ihre Cousine zu besuchen und sie um Rat zu fragen. Lena hatte erwähnt, dass sie immer schon vor dem Gottesdienst vor Ort war. In der Kirche der Heilsarmee – dem sogenannten Tempel – wurden wie in allen anderen Gemeinden auch Gottesdienste gefeiert. Signe hatte kein Gotteshaus mehr betreten, seit sie ihre Familie verlassen hatte, und auch wenn es schmerzte – sie war sich nicht mehr sicher, ob sie noch einen Gott hatte. Oder ob sie sich ihm noch verbunden fühlte. Genau das hatte ihre Schwester ihr mal anvertraut, kurz nachdem sie mit Erik schwanger geworden war. Im Nachhinein hatte Signe oft darüber nachgedacht, welches Vertrauen sie genossen und ob nicht vielleicht gerade das ihre Schwester das Leben gekostet hatte.

Inzwischen – ohne ihre Familie und die Kirche, die in ihrem Leben so zentral gewesen war – fühlte sie sich diesbezüglich verunsichert. Auch hier empfand sie eine Art Trauer, genau wie an jenem Tag, als sie ihrer Familie den Rücken hatte kehren müssen.

Der Gemeindesitz der Heilsarmee lag nur ein paar Straßen vom Gråbo an der Östermalmsgatan. Signe ging schneller, um nicht zu frieren. Sie hatte ihre Wollstrumpfhose vergessen, und es pfiff eisig durch ihren Rock.

Lena stand schon vor dem Eingang und wartete wie versprochen.

»Du liebe Güte, Signe, du hast dich aber verändert! Was ist denn mit dir passiert? Du bist ja ganz mager geworden!«

Lena traten Tränen in die Augen, und mit einem Mal dämmerte Signe, dass man ihr anscheinend ansehen konnte, dass es ihr nicht gut ging.

»Ich weiß auch nicht, woran es liegt, aber es wird immer schlimmer. Ich kann kaum noch arbeiten.«

Lena zog sie an sich und nahm sie fest in den Arm. Sowie sie die Wärme der Cousine spürte, fing Signe an, heftig zu schluchzen. Das Leid der vergangenen Monate und die Unsicherheit brachen schier aus ihr heraus, und sie konnte gar nicht mehr an sich halten.

»Signe, du musst zum Arzt! Du brauchst Hilfe!«

Signe schüttelte den Kopf.

»Nein, das wird schon wieder, da bin ich mir sicher. Meine Mutter hat das gleiche Leiden, sie sagt, es liegt in der Familie, und man kann nun mal nichts dagegen tun.

Trotzdem fürchte ich, ich kann nicht bleiben, wo ich jetzt bin. Ich muss irgendwo unterschlüpfen, bis es wieder besser wird.«

»Hast du mit deinem Arbeitgeber noch gar nicht gesprochen?«

»Nicht doch! Ich kann den Herrn Professor damit nicht belasten! Professor Svartström ist ein sehr wichtiger Mann, mit dem kann ich über solche Nichtigkeiten nicht reden. Er braucht eine Haushälterin, die mehr schafft als ich – und da ist es besser, wenn er sich alsbald nach einer neuen umsieht. Ich weiß schließlich nicht, wie lange es dauert, bis ich wieder vollends bei Kräften bin.«

»Wie kannst du dir sicher sein, dass es das gleiche Leiden ist wie bei deiner Mutter?«

»Weil es ihr immer genauso ging. Sie lag ebenfalls in ihrer Kammer, mitunter monatelang, und kam nicht aus dem Bett. Irgendwann wurde es besser, und sie war wieder ganz die Alte.«

Lena seufzte.

»Bei uns kannst du nicht unterschlüpfen; als unser Jüngstes zur Welt kam, waren wir drauf und dran, die Wohnung zu verlieren. Unsere Vermieterin ist in einem fort verärgert, weil die Kinder Krach machen, und sobald sie sich auch nur dem Garten nähern, geht sie auf die Kinder los. Aber wie wäre es mit dem Frauenhaus? Vielleicht bekommst du dort ein vorübergehendes Obdach.«

»Ich bezahle auch dafür, ich habe gut zweihundert Kronen gespart.«

»Ich rede mit ihnen, wir gehen gleich nach dem Gottesdienst hin. Aber jetzt müssen wir rein, sonst werden die Kleinen unruhig.«

Signe konnte sich später kaum an die Predigt erinnern, nur dass sie sich zusammenreißen musste, um nicht einzuschlafen. Ihre Frömmigkeit litt, je länger sie dort saß.

Anschließend hakte Lena sie beherzt bei sich unter und führte sie zu der Unterkunft, in der Signe ihre erste Nacht in der Stadt verbracht hatte, unmittelbar bevor sie sich bei Svartström vorgestellt hatte. Obwohl seither gerade mal ein gutes halbes Jahr vergangen war, fühlte es sich an, als wäre es in einem anderen Leben gewesen. Sie war froh, dass Lena sie begleitete. Es war ein beruhigendes Gefühl, jemand Vertrauten an ihrer Seite zu haben.

Die Vorsteherin saß in ihrem Arbeitszimmer und lächelte, als sie eintraten.

»Sie erinnern sich sicherlich noch an meine Cousine Signe, die vor einiger Zeit hier übernachten durfte?«

»Natürlich, ein sehr erfreulicher Besuch! Die Mädchen haben noch lange von Ihnen gesprochen. Sie haben immer gehofft, dass Sie mal vorbeikommen und Hallo sagen würden.«

Beschämt schlug Signe die Augen nieder.

»Ich muss um Verzeihung bitten, aber mir fehlte die Zeit … Mein Arbeitgeber ist recht anspruchsvoll.«

»Das verstehe ich. Ich wollte damit auch nur sagen, dass Sie hier trotz des kurzen Aufenthalts viele Freunde gefunden haben. Womit kann ich Ihnen diesmal dienen?«

Lena machte einen Schritt nach vorn.

»Signe ist erkrankt und wird ihren Dienst bei Professor Svartström kaum weiter erfüllen können. Sie weigert sich, zum Arzt zu gehen, und behauptet, sie würde schon wieder gesund, wenn sie sich nur ausruhen dürfte.«

Signe nickte.

»Ich habe das Leiden meiner Mutter geerbt. Sie war auch eine Weile bettlägerig, ist dann aber wieder gesund geworden.«

Die Vorsteherin runzelte die Stirn.

»Und Sie sind sich sicher, dass es das gleiche Leiden ist wie bei Ihrer Mutter?«

»Ein Frauenleiden, ja. Und es ist gleichermaßen beschwerlich. Ich will nur noch ins Bett und mich von allem zurückziehen. Aber wenn ich nicht arbeiten kann, kann ich nicht beim Herrn Professor bleiben. Anschließend, wenn es mir besser geht, kann ich mir ja eine neue Stelle suchen.«

»Haben Sie schon mit Ihrem Arbeitgeber gesprochen?«

Signe schüttelte den Kopf.

»Nein, das hätte sich nicht geziemt. Er ist alleinstehend und weiß über Frauenleiden nicht Bescheid. Lieber würde ich tot umfallen, als ihm zu erzählen, worum es geht.«

»Verstehe. Aber könnten Sie denn hier mithelfen, wenn Sie hier einziehen würden? Die anderen Mädchen müssen schließlich auch tun, was immer sie können. So sind hier die Regeln.«

Signe nickte.

»Natürlich. Ich will gern mithelfen, wann immer sich eine Gelegenheit bietet. Aber ich kann nicht länger die Verantwortung für einen Blinden tragen, der mich auf eine Weise beansprucht, wie es der Professor nun mal tut.«

»Sie sind hier jederzeit willkommen, wenn es nötig ist.

Wir haben immer ein Bett für Sie frei. Ihnen ist klar, dass Sie im Schlafsaal mit den anderen schlafen müssen?«

»Ich verspreche, niemandem zur Last zu fallen.«

»Sie befolgen dieselben Regeln und bekommen die gleichen Pflichten auferlegt, auch wenn Sie sich nicht in die gleiche Lage gebracht haben wie die anderen.«

»Verstehe. Das macht mir nichts aus. Ich tue alles, was Sie von mir verlangen, versprochen.«

Die Vorsteherin musterte sie eine Weile.

»Und Ihre Familie? Können Sie nicht nach Hause zurückkehren?«

Lena räusperte sich.

»Signes Schwester ist gestorben, und Signe hat sich um deren Sohn gekümmert. Als der Witwer dann um ihre Hand anhielt, lehnte sie ab und musste den Hof verlassen. Wenn Sie mich fragen, war das nicht richtig. Niemand sollte sich genötigt sehen, den Mann der toten Schwester zu heiraten. Zumindest hätte ich das nie von ihr verlangt.«

Die Vorsteherin nickte.

»Dann sind Sie zu Hause nicht mehr willkommen. Hier schon – und ich freue mich, Sie hier empfangen zu dürfen. Wir helfen einander, im Großen wie im Kleinen. Ich bin stolz auf unsere Mädchen, sie haben alle ein gutes Herz.«

Signe war es schrecklich peinlich, trotzdem flossen erneut die Tränen, und verschämt wischte sie sich mit dem Handrücken über das Gesicht. Dann bedankten und verabschiedeten sie sich.

Draußen auf der Straße hatte der Wind aufgefrischt, und Lena zog sie enger an sich.

»Meine liebe Signe, ich muss nach Hause ... Die Familie wartet, und Petrus wird unleidig, wenn ich nicht rechtzeitig mit dem Essen fertig werde. Ich hoffe, dir geht es bald besser!«

Binnen Sekunden war Lena im Schneetreiben verschwunden, und Signe blieb allein zurück. Dort inmitten des heulenden Windes fragte sie sich erstmals ernsthaft, ob sie sich womöglich doch falsch entschieden hatte. Ob sie Stigs Antrag trotz allem hätte annehmen sollen. Dann hätte sie jetzt nicht in der Kälte gestanden, ohne Dach über dem Kopf, ohne Familie. Vor einem Heim für gefallene Frauen, dem einzigen Ort, an dem sie noch willkommen war. Weil ihr Körper nicht mal mehr imstande war, einfachste Arbeiten zu verrichten. Signe wusste nicht, ob es der Schnee war, der auf ihren Wangen schmolz, oder ob ihr erneut Tränen gekommen waren. Langsam machte sie sich auf den Heimweg – zurück zu dem Ort, an dem sie für immer zu bleiben gehofft hatte. Den sie jedoch bald verlassen müsste. Genau wie alles andere in ihrem Leben.

Den übrigen Sonntag verbrachte Signe in ihrer Kammer, lag auf dem Bett und regte sich nicht. Sie schaffte es nicht einmal, sich zum Essen aufzuraffen, auch wenn sie genau wusste, wie nötig es wäre. Doch sie hatte dazu keine Energie mehr. Stattdessen nahm sie das letzte bisschen Kraft zusammen und schrieb einen Abschiedsbrief. Mit zitternden Fingern nahm sie einen Briefbogen zur Hand, der noch übrig war, und fing an zu schreiben.

Verehrter Herr Professor,

schweren Herzens muss ich heute meine Anstellung kündigen. Mit meiner körperlichen Verfassung steht es nicht zum Besten, und ich darf Ihnen nicht mit Unzulänglichkeiten zur Last fallen. Sie brauchen eine Haushälterin, die Ihnen Gewissheit garantieren kann und die ihren Lohn wert ist. Ich überlasse den letzten Monatslohn Ihnen, weil ich Ihnen nun Probleme verursache. All dies tut mir sehr leid. Ich war immer sehr froh, für Sie arbeiten zu dürfen. Sie, Herr Professor, sind ein wichtiger Mann, und ich bin dankbar, dass ich Ihnen zu Diensten sein durfte.

Bitte verzeihen Sie mir! Signe

PS*: Ich habe Mittag- und Abendessen für zwei Tage vorbereitet und in die Speisekammer gestellt.*

Sie ließ ihren Tränen freien Lauf. Es war fast, als würden sie an diesem Tag gar nicht mehr aufhören zu fließen. Sie las den Brief noch zweimal durch, ehe sie ihn zusammenfaltete und in einen Umschlag schob. Auf den Umschlag schrieb sie »an Professor Svartström«. Am Neujahrsmorgen würde sie ihn auf sein Frühstückstablett legen. Da würde er ohnehin lang schlafen und gar nicht mitbekommen, dass sie gegangen wäre. Dass er Hilfe benötigen würde, um ihre Zeilen zu lesen, konnte sie leider nicht ändern.

Sie durfte nur nicht vergessen, auch einen Brief an Iris zu schreiben und sich dafür zu entschuldigen, dass sie ihr mit den Jungen nicht mehr helfen konnte.

IRIS

Iris setzte sich auf die Bettkante und strich den Kleiderstoff glatt. Das Kleid, das Kati ihr mitgebracht hatte, würde nun doch nicht zur Anwendung kommen – und darüber verspürte Iris nichts als Erleichterung. Als Svartström sie gebeten hatte, über Silvester Sonderschichten zu arbeiten, hatte sie innerlich jubiliert. Bremer brauchte ein zweites Augenpaar, und sie war nur zu gern behilflich, während sie gleichzeitig eine Ausrede hatte, nicht zur Silvesterfeier gehen zu müssen, die mit allerhöchster Wahrscheinlichkeit nur zu Konflikten geführt hätte. Jan und Josef saßen in der Küche und spielten mit den Zinnsoldaten, die sie zu Weihnachten von Professor Bremer bekommen hatten. Iris hoffte, dass die Jungen die Nacht durchschlafen würden, während sie selbst Nachtschicht arbeitete; sie hatte keine Ahnung, wie Josef reagieren würde, wenn er aufwachte und feststellte, dass sie nicht da war.

Iris klappte ihr Schmuckkästchen auf. Ihren glatten Trauring trug sie täglich, doch die Perlen, die sie zum achtzehnten Geburtstag von ihren Eltern bekommen hatte, hatte sie seit ihrer Flucht nicht mehr angelegt. Nervös strich sie darüber und fragte sich, ob sie sich je trauen würde, sie wieder zu tragen. Irgendwie fühlte sie sich damit fast wie verkleidet; die Ohrringe, die sie zu Hause zu fast jedem Fest angelegt hatte, fühlten sich in ihrer neuen Heimat mit einem Mal unpassend an.

Seit Kati einige Wochen zuvor bei ihr vor der Tür gestanden hatte, hatte sich ihr Verhältnis verändert; früher hatten die Schwestern über ihre unterschiedlichen Lebensentwürfe hinwegsehen können, doch seit den Vorwürfen, die Kati ihr wegen Karl-Fredrik Ritter gemacht hatte, verstand Iris ihre Schwester kaum mehr. Und sie bereute zutiefst, dass sie ihr verraten hatte, wer Jans leiblicher Vater war.

Bei den zahlreichen langen Vernehmungen, die Iris beim Geheimdienst über sich ergehen lassen musste, waren sie wiederholt auf ihre Beziehung zu Kati und den wahren Grund für deren Schwedenaufenthalt zu sprechen gekommen. Dass Kati nicht hinreichend hatte erklären können, wie es sich mit ihrer Anreise in einem Privatflugzeug verhalten hatte, war einer der Punkte, die wiederholt angemahnt worden waren. Doch Iris konnte nicht mehr dazu sagen. Kati und ihre Tätigkeiten waren für die Sicherheitsbehörden ebenso sehr ein Mysterium wie für Iris selbst. Erst auf Druck vonseiten des militärischen Nachrichtendiensts und mittels Professor Svartströms Kontakten hatte der Geheimdienst irgendwann von Iris abgelassen. Svartström zufolge arbeiteten die beiden Dienste strikt getrennt voneinander, und es war keine Seltenheit, dass sie einander Informationen vorenthielten. Die Institutionen verfolgten ihre jeweils eigenen Interessen, und mitunter waren diese eben nicht vereinbar. Trotzdem hatten die Wochen, in denen Iris wiederholt verhört worden war, an ihr gezehrt. Sie schlief seit Kriegsausbruch schlecht und inzwischen noch schlechter und war schon froh, wenn sie mal eine Nacht durchschlafen konnte, ohne von Alpträumen geplagt zu werden und schweißgebadet aufzuwachen.

Nur wenn ihre Söhne bei ihr im Bett lagen, schlief sie ruhiger. Allerdings wusste sie, dass es der Erziehung nicht zuträglich war, wenn sie im Bett der Mutter schliefen. Auf Dauer tat dies keinem von ihnen gut.

Signe trug ein Kopftuch über dem Haar, und Iris lächelte sie an.

»Darf man dort wirklich mit Kopftuch kommen? Ich sehe aus, als käme ich direkt vom Melken.«

Iris lachte.

»Natürlich! Deine neue Frisur steht dir aber gut. Dass du solche Locken hast!«

»Ja ... keine Ahnung. Meist sind sie einfach nur widerspenstig. Sie sind schwer zu bändigen.«

Signe zupfte sich ihr Kleid zurecht, das auf ihrer zarten Haut schimmerte. Iris tätschelte ihr die Wange.

»Du siehst toll aus. Mach dir keine Gedanken. Es sind so viele Leute geladen, dass kaum jemand dich bemerken wird.«

»Ach, ich wünschte mir, ich könnte zu Hause bleiben. Ich könnte den Jungen Gesellschaft leisten, und sie müssten nicht alleine schlafen.«

Iris nahm sie fest in den Arm.

»Du wirst schon sehen, sobald du da bist, wird es dir gefallen. Und vergiss nicht, meine Schwester von mir zu grüßen. Sie freut sich schon darauf, dich wiederzusehen.«

Als der Professor hinzutrat, verstummten sie. Signe blinzelte Iris dankbar zu.

ELISABETH

Elisabeth zog sich die letzte Papillote aus dem Haar. Auch wenn sie mit den Wickeln auf dem Kopf nicht gut schlafen konnte, hielten die Locken immerhin für den Rest der Woche.

Dinty hatte versprochen, sie um kurz vor fünf mit seinem im Voraus bestellten Wagen abzuholen. Sein eigenes Automobil hatte er Anfang Dezember einlagern müssen. Fahrten mit Privatfahrzeugen waren verboten, und obwohl Elisabeth den Verdacht hatte, dass Dinty durchaus zu den wenigen gehörte, die jene strengeren Auflagen hätten umgehen können, wollte er anscheinend nicht unnötig Aufmerksamkeit erregen. Dass er und seine Familie vermögend waren, ließ er lieber unerwähnt. Die Eltern, die mittlerweile in den USA lebten, waren aus demselben Grund viele Jahre zuvor aus Schweden zunächst in die Schweiz umgesiedelt. Elisabeth wusste, dass Arne ihm geholfen hatte, über Freunde mit einem Vermögensverwalter der Enskilda-Bank in Kontakt zu kommen. Dintys Familie gehörte zu den vermögendsten in ganz Europa, und Dinty hatte Arne einmal anvertraut, dass er ständig besorgt war, nicht verantwortungsvoll genug mit seinem bedeutenden Erbe umzugehen.

Zu Elisabeths Verwunderung klingelte es bereits an der Tür, als sie gerade den Reißverschluss in ihrem Rücken geschlossen hatte.

Dinty stand mit einer Tasche und einer Flasche Champagner auf der Schwelle. Er musterte sie von Kopf bis Fuß und pfiff durch die Zähne.

»Eins muss ich sagen: Du gehst aufs Ganze. Die Kerls heute Abend werden sich allesamt unglücklich machen. Und obendrein duftest du gut!«

»Du übertreibst, wie immer. Aber egal. Ich liebe deine Komplimente. Ich dachte, wir sehen uns später unten?«

»Der Fahrer meinte, er würde sich um eine Dreiviertelstunde verspäten, und da dachte ich mir, wir könnten den vergnüglichen Teil doch genauso gut hier bei dir zu Hause einläuten. Außerdem wollte ich sichergehen, dass unsere deutschen Freunde dich nicht belästigen.«

»Hast du mit ihnen gesprochen?«

»Nein, aber ich glaube, du solltest damit rechnen, dass auch sie heute Abend anwesend sind. Sie sind mit den Gastgebern gut bekannt.«

Elisabeth stöhnte.

»Herr im Himmel … Wer bitte schön ist mit solchen Knallköpfen freiwillig befreundet? Ich verstehe einfach nicht, was sich die Leute denken!«

»Viele finden, was im neuen Deutschen Reich vor sich geht, durchaus beeindruckend und sind neugierig, wohin die Reise geht. Ich gebe gern zu, das bin ich auch – neugierig. Nur leider bin ich ebenso davon überzeugt, dass es eigentlich nur in die Binsen gehen kann. Aber womöglich könnte es lehrreich sein, an der Seitenlinie zu stehen und zuzusehen, wie alles schiefgeht. Denn es wird schiefgehen, früher oder später.«

»Ich wäre mir da nicht so sicher. Allmählich ist mir bei der Sache mulmig. Allein dass sie sich derart ungeniert vor unserem Haus postieren – dass sie der Ansicht sind, sie hätten das Recht, mir auf den Pelz zu rücken!«

Schmunzelnd zündete er sich eine Zigarette an und nickte dann in Richtung Küche.

»Ich hole uns zwei Champagnergläser, während du dich ausgehfein machst. Aber ich weiß, was du meinst. Und ich bin ganz deiner Meinung. Dass sie sich hier vor der Tür herumdrücken, ist schon sehr merkwürdig. Aber ich nehme an, bis der Abend ausklingt, haben wir eine Erklärung dafür.«

Dinty verschwand in der Küche, und Elisabeth beeilte sich, ein letztes Mal ihre Frisur zu richten. Ihr weinrotes Seidenkleid mit den langen, eng anliegenden Ärmeln war schier bis zum Bauchnabel ausgeschnitten. Was immer sie darunter trüge, würde sich sichtbar abzeichnen. Zu Anfang würde sie noch das kurze Kaninchenfelljäckchen darüber tragen, doch sobald getanzt würde, würde sie es ablegen.

Aus dem Wohnzimmer hörte sie, wie Dinty die Flasche entkorkte und nach ihr rief: »Bist du bald fertig?«

Sie legte ein allerletztes Mal Hand an ihre Frisur und bescheinigte sich, dass der Lidschatten ihr diesmal besonders gut gelungen war.

Dinty drückte ihr ein Glas Champagner in die Hand und erhob seins. »Auf das neue Jahr!«

Feierlich stießen sie miteinander an. Elisabeth schmeckte sofort, dass dies kein billiger Champagner war.

»Also, haben wir in letzter Zeit noch Kontakt mit General Carl Munch gehabt?«

Elisabeth verzog das Gesicht.

»Kein Wort, seit ich ihm im *Cecil* den Laufpass gegeben habe. Aber mir soll es recht sein, ich vermisse ihn kein bisschen. Es war irgendwann gar nicht mehr zu übersehen, wie sterbenslangweilig er war. Er hat kaum je etwas Unterhaltsames erzählt, meist hat er bloß auf alles geschimpft ... Wie hält er es nur mit sich selbst aus?«

Dinty lachte.

»Munch war aber nun auch noch nie dafür bekannt, ein Spaßvogel zu sein!«

»Genau meine Rede. Anscheinend ist seine Frau ein echter Drache. Kreischt und macht Szenen, sogar vor Publikum. Dabei habe ich sie immer bewundert und sogar ihre Fotos aus den Wochenzeitschriften ausgeschnitten, weil sie so elegant aussah! Hast du sie je kennengelernt?«

»Wir sind uns ein paarmal begegnet. Sie sieht wirklich gut aus, aber auch sie sprüht nicht gerade vor Charme. Unvorstellbar, dass sie mal mit diesem Professor verheiratet war! Er soll ja sehr sympathisch sein.«

Elisabeth zuckte mit den Schultern.

»Ja, hab ich auch gehört.«

»Wo wir schon von Bewunderern reden – hat dieser Nordengren sich noch einmal bei dir gemeldet?«

»Den hatte ich schon ganz vergessen! Aber jetzt, da du ihn erwähnst ... Der war echt schick! Dass große Männer aber auch immer so nett sein müssen!«

Dinty grinste breit.

»Da widerspreche ich nicht.«

Sie lachten beide. Elisabeth zog an ihrer Zigarette und blies den sich kringelnden Rauch in Richtung Fenster.

»Aber apropos Bewunderer – ich habe einen Vorschlag. Was hältst du davon, wenn wir heiraten?«

Elisabeth verschluckte sich fast und sah Dinty belustigt an.

»Wie bitte? Hast du mir gerade einen Antrag gemacht?«

Dinty zündete sich die nächste Zigarette an und sah sie ernst an.

»Du kennst meinen Lebensstil, und ich kenne deinen. Du bist auf deine persönlichen Freiheiten und deine Unabhängigkeit bedacht, aber deine Eltern werden dich noch enterben, wenn du nicht heiratest, so wie es die Kirche verlangt. Oder anders: Sie werden es nicht zulassen, dass du irgendwann ohne einen Mann deine eigenen vier Wände bewohnst. Meine Eltern stellen solche Ansprüche an mich nicht, aber sie würden durchaus ruhiger schlafen, wenn auf einem Papier stünde, dass ich ein Mädchen aus gutem Hause geheiratet hätte. Das Leben würde so doch für alle Beteiligten leichter. Auf Festen und bei Gesellschaften werden weniger Fragen gestellt. Ich könnte dir im Gegenzug eine eigene Wohnung kaufen und dir eine Apanage zahlen. Zusammen mit deinem Erbe und deinem Arbeitslohn hättest du ein üppiges Auskommen. Oder wie die Amerikaner sagen: ›*It's a win win!*‹«

Elisabeth nahm einen tiefen Zug und nickte bedächtig.

»Das würde tatsächlich all meine Probleme lösen. Ich werde zu Hause nämlich noch verrückt. Warte … Hast du mit Arne darüber gesprochen? Hat er dir das vorgeschlagen? Oder hast du dir das mit Mama und Papa ausgedacht, als du beim Bridge hier warst?«

Dinty schüttelte lächelnd den Kopf.

»Nein, das habe ich allein ausgeheckt. Und de facto war ich so frei und habe schon nach einer passenden Wohnung gesucht.«

»Wie bitte? Das kannst du nicht machen! Einfach so vorpreschen! Ich muss doch erst darüber nachdenken. Und Mama und Papa werden bestimmt misstrauisch.«

»Das glaube ich nicht. Deine Eltern küssen den Boden, auf dem ich gehe – und das beruht auf Gegenseitigkeit. Sie sind wahnsinnig klug und gesellig, und ich mag sie sehr gern. Natürlich gibt es einen Haken an der ganzen Sache – und zwar für den Fall, dass du jemanden kennenlernst und dich verliebst. Jemand, der dich heiraten und vielleicht Kinder haben will.«

Elisabeth lachte.

»So wie es derzeit aussieht, besteht diesbezüglich kein Risiko. Aber wenn es so wäre, dann lassen wir uns eben scheiden. Genau wie Munchs Frau sich von Svartström hat scheiden lassen. So einfach ist das. Natürlich nach einer gewissen Bedenkzeit, darüber müssten wir uns dann einig werden. Also, spuck's aus – wo liegt diese Wohnung?«

Dinty grinste und zupfte sich ein Fädchen Tabak von der Zungenspitze.

»Sie ist größer als diese hier und liegt im dritten Stock mit Blick auf den Humlegården und das Café Floras Kulle. Sturegatan Nummer 32.«

»Ach, das kenne ich! Ein Klassenkamerad aus der Vorschule hat dort gewohnt. Aber das klingt doch, als wäre die Wohnung deutlich zu groß. Ich gebe mich auch mit viel weniger zufrieden. Und du musst sie mir auch nicht kaufen, das kann ich von Großvaters Erbe bestreiten.«

»Nein, so ist es viel besser! Wir müssen standesgemäß wohnen, wenn unser Arrangement glaubwürdig sein soll. Die Wohnung hat zwei Eingänge und lässt sich im Übrigen ziemlich gut teilen – und wir haben das ganze Geschoss für uns allein. Durch den Kücheneingang käme man in eine geräumige Dreizimmerwohnung mit einem großen Salon. Dein Teil wäre noch viel größer und soll ja auch nach außen unser gemeinsames Heim darstellen. So kann ich in der kleineren Wohnung unterschlüpfen, wenn ich in Stockholm bin, ohne dass wir einander privat in die Quere kommen. Auf diese Weise habe ich mein kleines Pied-à-Terre, während wir gleichzeitig alle glauben machen, dass wir ein glückliches Eheleben führen. Denk darüber nach. Ich selbst könnte mir nichts Besseres vorstellen, als mit dir verheiratet zu sein. Mit Stockholms hübschestem Rotschopf!«

Elisabeth grinste und trank den letzten Schluck, ehe sie ihm ihr Glas erneut hinstreckte.

»Vielleicht gar keine dumme Idee. Ich denke darüber nach, Ehrenwort. Aber wie macht man so etwas? Heiraten wir dann vor dem Standesamt?«

»Das wäre sicher das Einfachste. Und dann können wir natürlich ein rauschendes Fest in unserer neuen Wohnung feiern. Sofern deine Eltern nicht ausrasten, weil sie um die große Hochzeitsgesellschaft gebracht werden?«

»Vermutlich ... Aber das werden wir ihnen schon ausreden. Solange Mama findet, dass die Wohnung schick genug ist, wird sie sich damit zufriedengeben. Dein Name hilft natürlich auch, die Enttäuschung zu mildern. Sie wird außer sich sein, wenn sie das ihren Freundinnen erzählen kann! Was glaubst du, was deine Eltern dazu sagen?«

»Sie werden überglücklich sein, dass ich eine so gute Partie gemacht habe. Auch wenn sie meine Veranlagung im Grunde kennen, wird eben nicht laut darüber geredet. Nicht mal unter uns. Ich wäre jedenfalls überaus dankbar, wenn du wirklich darüber nachdenken könntest. Wir wären so ein hübsches Paar! Außerdem würde ich ein Vermögen dafür geben zu sehen, wie Munch aus der Wäsche guckt, wenn wir die Verlobung bekannt geben. Irgendwas sagt mir, dass er ziemlich sauer sein wird.«

Elisabeth lachte. Bei der Vorstellung wurde ihr innerlich ganz warm. Vielleicht gab es ja doch eine Möglichkeit, wie sie ihr ganz eigenes Leben leben könnte, genau so, wie sie es sich ausmalte – zumal in Geheimabsprache mit Dinty, einem ihrer Lieblingsmenschen.

Beschwingt stießen sie miteinander an. Das hier klang nach dem Grundstein für etwas ungeheuer Spannendes.

SIGNE

Die Autofahrt würde hoffentlich nicht länger als ein paar Stunden dauern. Allerdings hatte der Fahrer vorsichtig geplant für den Fall, dass es weiteren Neuschnee gäbe. Professor Svartström, der auf dem Beifahrersitz saß, sah verkniffen aus, und Signe meinte eine gewisse Nervosität an ihrem sonst so entspannten Arbeitgeber zu verspüren. Von Elisabeth hatte sie gehört, dass Svartströms Ex-Frau, Vivian von Geijer, ebenfalls zu der Silvesterfeier kommen sollte – zusammen mit ihrem neuen Mann, Carl Munch. Signe fragte sich, wie die Begegnung mit Kati verlaufen würde; das Letzte, was Iris von ihr gehört hatte, war, dass auch Heinrich, Katis deutscher Pilot, und weitere Landsmänner eingeladen waren. Sie versuchte, nicht genauer darüber nachzudenken, wohin das führen mochte.

Stattdessen konzentrierte Signe sich auf die Straße vor ihnen, damit ihr nicht übel wurde. Und sie schob sämtliche Alarmsignale ihres Körpers – den zunehmenden Schmerz und die Krämpfe – weit von sich weg.

Vor ihnen tauchte Yxtaholm auf – unverhofft wie ein Wildschwein, das aus dem Wald getrieben worden war. Im Handumdrehen konnten sie das gesamte Anwesen sehen, und Signe versuchte, ihren Puls zu beruhigen, der sofort in die Höhe geschnellt war. Es war nicht richtig und nicht gerecht, dass sie hier sein musste – jemand wie sie gehörte nicht in derlei Salons. Jedenfalls nicht als geladener Gast. Es wurde nicht besser, als sie bemerkte, dass ihr normalerweise so ausgeglichener Dienstherr genauso nervös zu sein schien wie sie. Professor Svartström biss die Zähne zusammen, und seine Finger trommelten unruhig auf seinen Oberschenkel. Dann drehte er sich zu ihr um.

»Sie müssen sich keine Gedanken machen. Es wird schon alles gut gehen.«

Doch sein Versuch, sie zu beruhigen, war vergebens. Stattdessen klammerte sie sich daran fest, was sie sich schon die ganze vergangene Woche eingeredet hatte: dass niemand sie, die unansehnliche Begleiterin, überhaupt zur Kenntnis nehmen würde. Dort wäre es unter Garantie voll mit todschicken, weltgewandten Leuten, auf die man sich konzentrieren würde. Signe würde ihr Bestes geben, sich unsichtbar zu machen, in der Menge und mit der Tapete zu verschmelzen.

IRIS

Iris hatte das Abendessen für die Jungs bereitgestellt und ihnen klare Anweisungen gegeben, wie lange sie es aufwärmen sollten. Jan war derjenige, der sich mit dem Kochen besser auskannte, also bekam er noch ein paar zusätzliche Ermahnungen für den Umgang mit dem Herd zu hören. Josef war indessen tief versunken in das Nachschlagewerk, das er sich in der Buchhandlung ausgesucht hatte. Es war wunderbar gewesen, die beiden mit großen Augen zwischen den Bücherstapeln umherzuwandern sehen. Als sie den Heimweg angetreten hatten – jeder mit seinem eigenen, in Papier eingeschlagenen Buch –, waren sie schier rührend dankbar gewesen.

Bremer hatte in der vorangegangenen Nacht auf dem Boden geschlafen, und Iris hoffte, dass er in der Zwischenzeit nach Hause gegangen wäre und sich umgezogen hätte. So eng zusammenzuarbeiten war nicht ganz leicht, wenn ein Beteiligter seine persönliche Hygiene derart vernachlässigte.

Zu ihrer großen Erleichterung hatte er sich sowohl umgezogen als auch frisch rasiert. Ohne von den Unterlagen aufzublicken, murmelte er einen Gruß, und Iris setzte sich leise an ihren Schreibtisch. In der Etage unter ihnen saßen zehn Mädchen, die frenetisch auf ihre Maschinen eintippten und neues Material für Iris' Analysen aufklebten. Iris nahm sich den ersten Bogen und kniff die Augen zusammen, als sie auf den winzigen Text hinabblickte. Er stammte noch aus der letzten Frühschicht, die bis kurz nach Mittag ging.

SIGNE

Yxtaholm wirkte auf den ersten Blick leicht in die Jahre gekommen – allerdings auch nur, bis man näher heranging. Da erkannte der geneigte Betrachter, dass sich hinter der aufwendigen Detailarbeit hohe Handwerkskunst verbarg. Das Personal, das sie willkommen hieß, verhielt sich diskret und schien die Order erhalten zu haben, auf die Signe gehofft hatte. Sie würde sich im Hintergrund halten können und um gar keinen Preis auffällig werden.

Die gestärkten Kragen zeugten davon, dass ihre Dienstherren hohe Ansprüche stellten, womöglich besonders an diesem Silvesterabend. Signe gab sich alle Mühe, sich nicht allzu neugierig umzublicken, aber es fiel ihr schwer, dem Impuls zu widerstehen, sich nach all den feinen Leuten umzudrehen, die durch die Salons flanierten. Professor Svartström hatte sie gebeten, sich an seiner Seite zu halten; er hatte gelächelt und ihr zugeraunt, dass er sehr wohl wisse, dass sie sich ansonsten bei der ersten Gelegenheit aus dem Staub machen werde.

»Aber was soll ich denn sagen, wenn ich mich vorstellen muss?«

»Überlassen Sie das einfach mir. Und keine Widerrede – Sie haben doch nicht vergessen, dass Sie in meinem Leben eine ganz wesentliche Rolle spielen?«

In diesem Moment hätte Signe schwören können, dass

Svartström alles andere als blind war, weil er sie dabei direkt anzusehen schien. Beschämt wandte sie sich ab und versuchte, möglichst gerade zu stehen.

»Iris hat mir erzählt, dass Sie heute Abend bezaubernd aussehen«, flüsterte Svartström ihr zu. »Ich bin froh, dass Sie heute meine Begleiterin sind.«

Signe hätte am liebsten geschnaubt, weil dieses Arrangement ihr solches Unbehagen bereitete. Zudem war es unschicklich, dass ein Mann in Svartströms Position mit Komplimenten und Schmeicheleien herumalberte, obwohl doch allen Beteiligten nur zu klar war, aus welchem Grund Signe sich zu diesem Spektakel genötigt sah.

Ein rundlicher Mann mit Glatze und in einem Kilt hielt mit ausgebreiteten Armen lachend auf sie zu.

»Das ist der Gastgeber«, flüsterte Svartström, »Baltzar von Dahlheim. Sein Lachen ist unverkennbar.«

»Schau an! Wen haben wir denn da – Professor Svartström! Ich muss augenblicklich meine liebe Frau rufen, damit sie einen der klügsten Köpfe Schwedens willkommen heißen kann. Maud, wärst du so gut? Unser Ehrengast ist eben gekommen!« Lächelnd wandte sich Baltzar von Dahlheim wieder an Svartström. »Sie müssen meine Frau entschuldigen, sie hatte in den vergangenen Tagen eine Menge zu tun. Wir haben zahlreiche Gäste aus Deutschland, die auf dem Flugplatz unten am See gelandet sind. Aber da, da kommt sie! Liebste Maud, darf ich dir Professor Nils Svartström vorstellen, über den wir beim Mittagessen gesprochen haben?«

Eine Frau Mitte vierzig näherte sich von der anderen Seite des Salons, und Signe musste sich zusammenreißen, um nicht aufzukeuchen. Sie war zierlich wie eine Elfe – und genauso bewegte sie sich auch. Blondes Haar fiel ihr schimmernd über die Schultern und war wie bei einem echten Filmstar zu prächtigen Locken gedreht worden. Ihr dünnes Crêpeseidenkleid umspielte sie wie eine Wolke aus Silber. Um ihre blassgrauen Augen hatte sie dunkle Wimperntusche aufgetragen, die in starkem Kontrast zu der blassen Haut stand und ihre überirdische Ausstrahlung zusätzlich unterstrich. Sie strahlte erst Professor Svartström an und wandte sich dann an Signe.

»Und wer hat die Ehre, den werten Herrn zu begleiten?«

Signe setzte zwar zu einer Antwort an, brachte aber keinen Ton heraus. Doch Svartström hielt sein Versprechen.

»Darf ich vorstellen: Fräulein Jansson, seit einiger Zeit meine rechte Hand und derart hochgeschätzte Mitarbeiterin, dass ich gar nicht mehr auf sie verzichten will.«

Maud von Dahlheim streckte Signe die schlanke, langgliedrige Hand entgegen, zwinkerte und flüsterte: »Wenn mein Mann mich so schmeichelhaft vorstellen würde – ich wäre eine glückliche Frau!«

Alle lachten. Signe hoffte, dass sie natürlich klang. Noch nie im Leben hatte sie sich so verschreckt gefühlt.

»Aber was stehen wir hier herum und setzen Staub an? Champagner!«

Aus heiterem Himmel tauchte Iris' Schwester auf. Sicheren, eleganten Schrittes hielt sie quer durch den Salon auf sie zu und fiel Signe um den Hals.

»Signe, Schätzchen! Du hast Maud schon kennengelernt? Ich habe ihr schon von dir erzählt! Signe ist eine enge Freundin meiner Schwester Iris – sie wohnen sogar im selben Haus! So schade, dass meine Schwester nicht ebenfalls kommen konnte, dabei hatte ich mich schon so auf sie gefreut!«

Signe nickte Maud zu, ehe sie Kati antwortete: »Sie ist zu Hause leider unabkömmlich.«

Maud hakte Signe bei sich unter und winkte dann einem Kellner.

»Kommen Sie, wir brauchen ein Glas Champagner. Aber erzählen Sie doch mal, Fräulein Jansson, ist Ihre Arbeit denn spannend? Ich bin so neugierig! Ich glaube ja beispielsweise, dass ich ein echter Zugewinn für die Arbeitswelt wäre. Mein Mann sieht das anders. Er findet, dass ich, was logisches Denken angeht, eine völlige Katastrophe bin. Obwohl ich in der Schule richtig gut war! Aber egal – jetzt gibt es Schampus, damit wir endlich darauf anstoßen können, dass Sie alle hier sind. Nutzen wir die Gelegenheit, ehe gleich der große Gästeansturm kommt!«

Wie auf Kommando kam im selben Moment ein größeres Grüppchen an. Maud van Dahlheim ließ von Signe ab und rauschte weiter. Signe atmete tief aus und zwang sich, die Schultern zu entspannen. Svartström beugte sich zu ihr herunter.

»Maud ist das, was wir gemeinhin eine Society-Löwin nennen. Trotzdem finde ich, sie ist recht charmant.« Er senkte die Stimme. »Auf jeden Fall charmanter als ihr nüchterner Gatte.«

Svartström lächelte, und Signe tat es ihm gleich.

Ein Stück entfernt entdeckte sie Kati wieder, die Iris wirklich ähnlich sah, auch wenn Signe der Ansicht war, dass beide bei aller Ähnlichkeit eine grundverschiedene Ausstrahlung hatten. Katis Gestenreichtum war so ganz anders als Iris' ruhige Körpersprache; Iris hatte ihr zudem erzählt, dass zwischen ihnen fast zehn Jahre lagen. Kati war für ihre Eltern eine handfeste Überraschung gewesen. Sie waren beide schon über vierzig gewesen, als das Nesthäkchen zur Welt gekommen war. Signe fragte sich, ob das einen Einfluss hatte – die Jüngste einer größeren Geschwisterschar zu sein. Ihre eigene Schwester Gotty war ebenfalls die Jüngste gewesen, allerdings hatte das keinerlei Einfluss gehabt. Sie war nicht mehr und nicht minder wert gewesen als alle anderen. Bei Kati verhielt es sich anders: Sie schien sich eindeutig für etwas Feineres zu halten.

Jemand kreischte auf, woraufhin lautes Gelächter zu hören war. Signe drehte sich um. Es hatte geklungen, als hätte jemand eine Opernbühne betreten oder würde Theater spielen. Im selben Moment rauschte die Schauspielerin Vivian von Geijer in den Salon, dicht gefolgt von zwei Frauen im selben Alter. Alle drei waren schlank und hochgewachsen, hatten schimmerndes Haar, das ganz ähnlich frisiert war wie das der Gastgeberin. Ihre Kleider funkelten. Signe argwöhnte, dass sie zusammengenommen ebenso viel gekostet haben dürften, wie der gesamte Hof zu Hause in Roslags-Kulla wert war. Dann blieb Vivian mitten im Salon wie angewurzelt stehen – und stürzte im nächsten Moment auf sie zu und kreischte erneut, diesmal allerdings in einem anderen Tonfall. Mit Mühe konnte Signe ihr gerade so ausweichen, als sich Vivian Svartström auch schon an den Hals warf und ihn mit Küssen überhäufte.

»Mein Liebster, du bist es wirklich! Nils, Darling, wie geht es dir? Wie viele Jahre haben wir uns nicht mehr gesehen? Peggy und Karin – das hier ist Nils Svartström, mein Ex-Mann. Professor, sollte ich vielleicht hinzufügen, er ist ganz furchtbar gescheit! Im Gegensatz zu mir!« Sie lachte laut auf.

Man stellte sich einander vor, und Signe versuchte, unauffällig ein paar Schritte nach hinten auszuweichen. Im selben Augenblick schien Vivian von Geijer Witterung aufzunehmen. Sie starrte Signe an und zeigte mit einem scharfen, langen Fingernagel in ihre Richtung.

»Und wer ist das?«

Svartström räusperte sich.

»Mir fällt das Sehen ja bekanntermaßen schwer, aber ich nehme an, du meinst Signe Jansson, seit geraumer Zeit meine rechte Hand und Mitarbeiterin in meiner Abteilung beim Militär.«

Vivian blickte verwirrt drein.

»Wie spannend ... aber doch sonst nicht dein Stil? Dass du privat mit Mitarbeitern umgehst. Das hast du früher immer verabscheut.«

Svartström lächelte.

»Seither hat sich einiges verändert. Und selbst, Vivian? Wie geht es dir? Was macht die Karriere?«

Vivian schnaubte.

»Unverschämt – das ist ja, als hättest du mich gefragt, ob ich müde wäre. Tja, mit der Karriere ist es vorbei. Allerdings haben wir zwei artige Kinder, die tun, was Mama von ihnen verlangt. Aber hört mal, Mädels, wollen wir uns nicht mehr Champagner besorgen?«

Vivian rauschte ebenso schnell davon, wie sie gekommen war, und Signe atmete erleichtert aus. Sie stellte sich neben Svartström, der ihr verbittert zuraunte: »Das hätten wir überstanden. Jetzt lässt sie uns hoffentlich in Ruhe. Ich muss für ihre Unhöflichkeit um Verzeihung bitten. Sie ist wirklich ein Kapitel für sich.«

Erneut gesellte sich Kati zu ihnen und seufzte.

»Ich hatte so sehr gehofft, Iris wäre ebenfalls hier – da hätte sie meine frisch aus Deutschland eingeflogenen Freunde kennengelernt. Sie sind oben im ersten Stock, samt und sonders wahnsinnig stramme Kerls!«

Mit diesen Worten verschwand Kati über die protzige Treppe nach oben, an deren Fuß ein einladendes Feuer loderte. Wieder seufzte Signe erleichtert auf. Irgendetwas an Kati verunsicherte sie – und das, obwohl sie Iris' Schwester war. Iris, die Signe als enge Freundin betrachtete.

Ein Kellner brachte frischen Champagner.

Svartström wandte sich zu Signe um und erhob sein Glas.

»Auf Sie, Signe, die Sie es ertragen, mich auf all diese merkwürdigen Abenteuer und Ausflüge zu begleiten. Sie sind sehr tapfer und geduldig mit mir. Dafür bin ich Ihnen sehr, sehr dankbar.«

Sowie sie miteinander anstießen, musste Signe feststellen, dass der Champagner leicht abgestanden schmeckte und auch nicht richtig gekühlt war; dann wiederum sollte sie mit dem Alkohol noch viel vorsichtiger umgehen als ohnehin schon. Bei dieser Veranstaltung musste sie ihre Sinne beisammenhalten.

Von oben kam eine größere Gruppe die Treppe herunter. Mit großen Augen sah Signe dem uniformierten Trupp entgegen. Ihre Stimmen dröhnten über das Geschnatter der übrigen Gäste hinweg. Dass sie Deutsch sprachen, war nicht zu überhören.

»Da kommen sie«, flüsterte Svartström ihr zu. »Und es klingt, als wären es nicht wenige!«

Signe antwortete so leise, dass sie fast nicht zu hören war: »Sie sind zu zehnt.«

Sie konnte den Blick gar nicht von den Deutschen abwenden. Dann blieb einer von ihnen stehen, und der Rest der Gruppe tat es ihm gleich.

»Freunde, ich will euch eine überaus bezaubernde Dame vorstellen – Kati.«

Die Männer hoben zu wohlwollendem Gemurmel an, und Kati warf sich dem Mann an den Hals. Er gab ihr einen Kuss und breitete die Arme aus.

»Kati ist meine Verlobte, die ich hoffentlich bald zur Frau nehmen darf. Aber unterdessen ist die Marschrichtung noch eine andere: Der Führer will, dass wir warten, bis das Unternehmen Rotbart erfolgreich abgewickelt wurde. Aber dann – meine Güte, dann wird gefeiert, das sage ich euch!«

Signe zwang sich, den Blick abzuwenden, und Svartström flüsterte: »Das muss der Zukünftige von Iris' Schwester sein. Heinrich. Er hat ›Rotbart‹ gesagt – wären Sie so gut und merkten sich das für den Fall, dass ich es vergesse? Ich glaube, dass wir gerade etwas Vertrauliches aufgeschnappt haben.«

Signe verschlug die mit einem Mal ernste Stimmung schier die Sprache, und kaum hörbar antwortete sie: »Natürlich.«

Die Deutschen lärmten weiter und erhoben die Gläser, als Katis Verlobter einen Toast aussprach. Signe konnte beim besten Willen nicht nachvollziehen, was Kati an diesen Leuten fand. Wie konnten zwei junge Frauen aus ein und demselben Elternhaus so unterschiedliche Lebensentwürfe haben?

Svartström legte ihr seine Hand auf den Arm, und sie zuckte zusammen.

»Ich müsste Sie bitten, mir zu helfen, ein Telefon zu finden. Ich glaube, wir sollten Verstärkung anfordern, die sich mit ansieht, was hier vor sich geht. Oder vielleicht gibt es hier ja schon jemanden, den wir um Hilfe bitten könnten.«

»In dem kleinen Durchgang zum Flur stand ein Telefon …«

Svartström folgte Signe in Richtung Flur, wo zwei Dienstmädchen bereitstanden, um neue Gäste in Empfang zu nehmen.

Svartström lächelte sie an.

»Bitte verzeihen Sie, aber wir müssten uns ganz kurz das Telefon leihen.«

»Natürlich, der Herr.«

Die Mädchen verwiesen ihn an den Tisch, auf dem das Telefon stand, und zogen sich wieder zurück. Svartström winkte Signe näher.

»Könnten Sie achtgeben, dass niemand vorbeikommt?«

Signe spürte, wie ihr Herz augenblicklich schneller schlug.

Sie stellte sich in die Tür und ließ den Blick schweifen. Niemand schien bemerkt zu haben, dass sie sich aus der Gesellschaft entfernt hatten. Die Deutschen hatten sich inzwischen unter die anderen Gäste gemischt und stellten sich reihum vor. Im Hintergrund hörte sie, wie Svartström leise etwas sagte, was sie nicht recht deuten konnte; offenbar bediente er sich einer Tarnsprache, womöglich weil er damit rechnen musste, dass der Anruf abgehört wurde. Sie nötigte sich zu ein paar tiefen Atemzügen und versuchte, sich eine Erklärung zurechtzulegen, falls jemand sie fragte, warum sie hier stand. Allerdings wäre das gar nicht nötig gewesen. Im Nu war Svartström zurück, und sie gesellten sich wieder zu den anderen Gästen, ohne dass jemand bemerkt hätte, was in der Zwischenzeit geschehen war.

ELISABETH

Elisabeth ließ sich von Dinty die Tür aufmachen und krabbelte von der Rückbank. Sie war während der Fahrt eingeschlafen und fror. Zweimal hatte der Wagen stehen bleiben müssen, so dass sie spät dran waren. Dinty hatte sie beruhigt und gesagt, dass es mit dem Essen nicht losginge, ehe alle Gäste an ihrem Plätz säßen. Das Gastgeberpaar hatte im Vorfeld mitteilen lassen, dass auch Freunde aus Deutschland einfliegen würden – trotz des widrigen Wetters. Dinty hatte nur säuerlich darauf erwidert: »Als hätte das die Deutschen je am Fliegen gehindert.« Der jüngste Bombenangriff auf London vom 29. Dezember war schließlich auch trotz hartnäckigen dichten Nebels über Dover durchgeführt worden. Die deutsche Luftwaffe hatte angeblich weite Teile Londons in Schutt und Asche gelegt, und mehr als dreitausend Menschen waren gestorben. Den Zeitungen zufolge wurden neunzehn Kirchen zerstört. Dinty erhielt Informationen von seinem Vater in New York, der wiederum in direktem Kontakt mit den englischen Behörden stand. Er hatte Elisabeth erzählt, dass mehrere Londoner Freunde in ein Hotel geflüchtet waren, das man mit zusätzlichen Stahlstreben angriffssicher ausgebaut hatte. Die Engländer folgten der Empfehlung ihres Premiers Churchill: *»Business as usual«*. Selbst Post wurde soweit möglich weiter ausgetragen. Milchflaschen, die früher auf den Vordertreppen der Häuser gestanden hatten, standen auch jetzt wieder dort, und die Leute gingen weiter in Pubs, auch wenn dort mittlerweile mehr Frauen ein- und ausgingen, weil die Männer einberufen worden waren.

Elisabeth erschauderte und zog sich den Pelz enger um den Leib. Fast wäre sie mit einer Gartenkerze kollidiert, hätte Dinty ihr nicht im letzten Moment die rettende Hand gereicht. Er blieb vor dem Eingang kurz stehen und sah sie lächelnd an.

»Was meinst du, sollen wir unsere bevorstehende Hochzeit heute auf dieser Bühne verkünden?«

Elisabeth nahm eine Zigarette heraus und blinzelte ihn an, während sie gleichzeitig einen langen Zug nahm.

»Ich sehe dir doch an, dass du etwas ausgeheckt hast. Schieß los!«

»Dort drinnen befinden sich mehrere deutsche Kontakte, die für unser Exportgeschäft wichtig werden könnten – aber vor allem glaube ich, dass sich die Nachricht rasend schnell verbreiten würde, wenn wir hier eine große Sache daraus machten. Außerdem wäre ein Heiratsantrag an Silvester doch nicht so ungewöhnlich?«

Elisabeth verzog den Mund und zog an ihrer Zigarette.

»Ich bin mir nicht sicher … Irgendwie habe ich das Gefühl, wir sollten erst mit Mama und Papa sprechen. Die beiden fühlen sich vielleicht überfahren, wenn sie nicht die Ersten sind, die es erfahren …«

»Wenn du auf Ehrlichkeit hinauswillst … Mit deinen Eltern habe ich schon gesprochen.«

Sie verpasste ihm einen Klaps, woraufhin er sie bloß amüsiert ansah.

»Wusst ich's doch, dass da was im Busch war, als du über Mittag geblieben warst! Warum hast du denn nichts gesagt?«

Dinty blies Rauch in den Himmel.

»Weil ich dir die Gelegenheit geben wollte, erst über alles nachzudenken. Immerhin gehst du mit meinem Vorschlag eine Verpflichtung ein. Natürlich können wir diese Verpflichtung auf lange Sicht auflösen, aber ein paar Jährchen müssten wir uns schon an unser Arrangement halten.«

»Ja, das hab ich verstanden. Aber vergiss nicht, dass auch ich meine Freiheiten will, selbst wenn sie eingeschränkt sein sollten, weil wir auf dem Papier verheiratet sind. Aber ich will beispielsweise die Kontrolle über meine Finanzen – und darüber, was ich wann unternehmen kann. Außerdem glaube ich, dass es gewisse Bewunderer auf den Plan ruft, wenn sie sehen, dass ich zumindest dem Anschein nach vergeben bin.«

Sie grinste, und Dinty drückte ihr einen Kuss auf die Wange.

»Denk weiter nach und gib mir ein Zeichen, sobald du findest, dass es heute Abend passt. Dass daraus ein richtiges Spektakel würde, ist jedenfalls sicher.«

Mit diesem Hintergedanken fühlte Elisabeth sich nach dem Nickerchen im Auto gleich umso wacher und regelrecht belebt. Die Türen schwangen auf, und von drinnen schlug ihnen das Gemurmel der festlich gekleideten Gäste mit ihren Champagnergläsern und Zigaretten in Mundstücken entgegen.

»Dann mal los«, sagte sie zu Dinty. »Lass mich deine Frau werden!«

Sie lachten beide auf, und sobald sie ihre Mäntel abgegeben hatten, legte er ihr seine Hand um die Taille. Dann beugte er sich zu ihr herunter.

»Das wird ein voller Erfolg!«

Auch wenn es Zufall war, verstummte im selben Moment, da sie den Salon betraten, die Musik, und Gastgeberin Maud von Dahlheim und ihr rundlicher Mann schlugen den Gong.

»Na, wer kommt denn da? Stockholms größter Schwerenöter, Dinty Lagerman! In Begleitung von Elisabeth Herrman, deren Eltern geradezu entzückend sind! Das Beste kommt ja bekanntlich zum Schluss – in diesem Sinne: Herzlich willkommen! Und Dinty, mein Freund, erweist du mir die Ehre und führst mich an den Tisch? Darauf einen Toast, meine lieben Gäste, auf diesen letzten Abend im Jahre 1940! Skål!«

Die Gäste prosteten ihr zu. Elisabeth ließ den Blick schweifen – bis er an Munch hängenblieb. Er war kreideweiß im Gesicht, und mit einem Mal wusste Elisabeth auch, warum. Neben ihm stand seine Frau, die einst so bejubelte Vivian von Geijer. Und es bestand nicht der mindeste Zweifel, dass sie genau wusste, was vor sich ging. Sie starrte Elisabeth an, kippte den Rest ihres Drinks in sich hinein, ließ ihren Gatten stehen und tauchte zwischen den anderen Gästen unter. Elisabeth seufzte; es war sonnenklar, wie das hier ausgehen würde. Dann sagte eine vertraute Stimme hinter ihr: »Gott, bin ich froh, dass du da bist! Du darfst mich jetzt nicht im Stich lassen, hörst du?«

Elisabeth wirbelte herum. Vor ihr stand eine völlig verschüchterte Signe – in Goldlamé und auf den hohen Schuhen, die sie ihr selbst aufgezwungen hatte. Das Haar lag mithilfe des Diadems bildschön um ihr Gesicht, und auf den blassen Wangen breitete sich eine kleidsame Röte aus.

»Signe, du siehst wunderschön aus!«

Signe schüttelte den Kopf.

»Ich werde bloß angestarrt ...«

Im selben Moment entdeckte Elisabeth, dass die beiden Deutschen auf sie zukamen. Aus der entgegengesetzten Richtung kam Dinty angeschossen.

»Meine Freunde, welche Ehre, Sie hier wiederzusehen! Ich nehme an, Sie können sich noch an Fräulein Herrman erinnern, die ebenfalls bei meiner Abendveranstaltung war? Generalmajor Robert Neuland und Kommandant Erich Jodl – Elisabeth Herrman.«

Die beiden Männer lächelten gemessen und wandten sich an Elisabeth.

»Natürlich können wir uns noch gut an Fräulein Herrman erinnern. So gut sogar, dass wir unterdessen versucht haben, mit ihr in Kontakt zu treten – leider ohne Erfolg. Könnte es sein, Fräulein, dass Sie uns aus dem Weg gegangen sind?«

Elisabeth streifte Dinty mit dem Blick, ehe sie lächelnd

antwortete: »Aus dem Weg gegangen? Das klingt ja fast paranoid! Nein, allerdings war ich schwer beschäftigt mit Haushaltsangelegenheiten und anderen Dingen, die vor Weihnachten geplant werden wollten.«

Dinty trat zwischen sie und nahm Elisabeths Hand.

»Was Fräulein Herrman unerwähnt gelassen hat, sind die Planungen in einer ganz anderen Sache. Wir werden nämlich heiraten.«

Neuland und Jodl starrten ihn an. Dann besannen sie sich und blickten wohlwollend drein.

»Gratulation! Das sind ja schöne Nachrichten! Da ist es nur zu verständlich, dass Fräulein Herrman vollauf beschäftigt war.«

Dinty grinste breit.

»Und das heißt natürlich auch, dass Fräulein Herrman ihre Erwerbstätigkeit einstellen kann. Ich will schließlich nicht, dass meine Zukünftige sich für ihr täglich Brot abrackern muss. Nicht wahr, meine Liebste?«

Elisabeth verzog den Mund.

»Und der Ring? Ich sehe keinen Ring am Finger des Fräuleins.«

Dinty nickte.

»Gut erkannt. Die Sendung aus der Schweiz hat sich verspätet. Was ich für meine Verlobte im Sinn hatte, war in Stockholm leider nicht zu bekommen.«

Die beiden Deutschen gackerten.

»Verständlich! Richtige Diamanten kauft man in der Schweiz. Aber dann gratulieren wir noch mal und hoffen, zu der großen Feierlichkeit eingeladen zu werden.«

Neuland und Jodl gaben Dinty die Hand, verneigten sich vor Elisabeth und machten dann in Richtung Gastgeberin kehrt.

»Was sollte das denn?«, fauchte Elisabeth. »Ich gebe doch meine Arbeit nicht auf!«

Dinty schlang ihr den Arm um die Taille.

»Das weiß ich doch. Aber das war nun mal die einzige Information, die sie halbwegs interessiert hat und die uns jetzt zugutekommt. Als meine Frau bist du natürlich weiter für sie interessant, aber auf andere Weise. Sie betrachten dich nicht mehr als jemanden, der für die Streitkräfte arbeitet. Trotzdem können sie sich immer noch vorstellen, dass du für sie nützlich sein könntest, und aus Unternehmersicht ist dies keineswegs nachteilig.«

Elisabeth runzelte die Stirn.

»Aber was in aller Welt interessiert sie daran, wie viele Wollsocken die Luftwaffe bestellt und einlagert?«

Dinty musste schmunzeln.

»Selbst die allerwinzigste Information kann zu Kriegszeiten bedeutsam sein, nur dass du es weißt.«

Elisabeth zuckte mit den Schultern. Sie fragte sich, wie viel Dinty sich bereits über ihre tatsächliche Arbeit im Karlaplan 4 zusammengereimt hatte – auch wenn sie immer gehofft hatte, dass sie mit ihren naiven Antworten überzeugend geklungen hatte.

Er beugte sich zu ihr herab und sagte mit gedämpfter Stimme: »Außerdem liegen sie richtig in ihrer Annahme, dass du eine Frau mit nie versiegenden Kontakten bist – und das in einer Stadt, in der sie selbst keine haben.«

Elisabeth sah ihn misstrauisch an.

»Was macht dich da so sicher?«

»Ich weiß, wie sie vorgehen. Sie picken sich weltgewandte Damen mit einem großen Freundeskreis heraus. Du bist nicht die Erste, an deren Fersen sie sich heften. Lass uns einfach vorsichtig sein und unsere Karten geschickt ausspielen. Was diese Männer angeht, ist der Schlüssel nämlich, sie nicht wissen zu lassen, welches das wahre Standbein ist. Auf diese Weise hält man alles schön im Gleichgewicht.«

Elisabeth nickte bedächtig.

»Ich gebe mir alle Mühe. Dabei will ich ihnen in Wahrheit doch bloß den Schädel einschlagen!«

Dinty lachte und legte den Arm um sie.

»Ich weiß, liebste Betty. Wer will das nicht.«

Mit einem nervösen Gesichtsausdruck trat Signe auf sie zu.

»Svartström ist soeben neben eine Deutsche gesetzt worden, die mit einem Feldmarschall verheiratet ist. Ich selbst soll anscheinend neben einem gewissen Botschafter Stenström sitzen. Weißt du, wer das ist? Sieht er gut aus?«

Elisabeth drückte Signes Arm.

»Botschafter Stenström ist ein Idiot. Er mag freundlich daherreden, aber gut aussehen – nein, das kann man nicht behaupten. Wenn ich mich recht entsinne, stammt seine Mutter von Ländereien im deutschen Hinterland, und der Vater war Arbeiter in einem Stahlwerk in Bergslagen. Stenström ist ein Arbeiterkind, das sich hochgearbeitet hat.«

Signe schnappte nach Luft.

»Wie schrecklich, da wird er furchtbar enttäuscht sein, dass er neben einem Landei wie mir gelandet ist.«

Elisabeth verzog das Gesicht.

»Ich habe bei dem Abendessen vor Weihnachten, von dem ich dir erzählt habe, neben ihm gesessen«, sagte sie leise, »als die Deutschen mich angesprochen haben. Stenström hasst mich wie die Pest. Du kommst ganz bestimmt besser mit ihm klar. Bei mir geht er sofort in die Defensive. Sei einfach auf der Hut, man darf ihm nicht trauen.«

SIGNE

Signe trat auf den hohen Schuhen von einem Bein aufs andere. Die Schuhe quetschten ihr die Zehen zusammen, außerdem musste sie zur Toilette, doch dafür war jetzt nicht der richtige Zeitpunkt. Elisabeth drückte sanft ihre Hand.

»Dein Tischherr zieht dir den Stuhl vor, und mach dir wegen des Bestecks keine Gedanken: Arbeite dich einfach von außen nach innen. Signe, keine Bange, es wird alles gut!«

Signe sah ihre Freundin skeptisch an, wusste aber, dass sie keine andere Wahl hatte. Sosehr sie es sich wünschte – es gab kein Zurück.

»Ich für meinen Teil habe auch meinen gerechten Anteil Ungemach. Hast du gesehen, dass Munch da ist? Mit seiner Frau?«

»Ja, sie hat sich direkt auf mich eingeschossen und war ziemlich unverschämt. Ich glaube, sie ist schon betrunken.«

»Ich habe munkeln hören, dass sie ihren Alkoholkonsum nicht unter Kontrolle hat … Aber nun, wir werden sehen, wie der Abend verläuft. Ich sitze auf der anderen Seite des Tisches, falls etwas sein sollte.«

Kaum dass Elisabeth sich verabschiedet hatte, hörte Signe ein Räuspern.

»Guten Abend. Wenn ich es recht verstehe, darf ich Fräulein Jansson an den Tisch begleiten?«

Signe drehte sich um. Das musste Stenström sein. Sie gab ihm die Hand.

»Ja, das stimmt … Guten Abend.«

Signe wurde an ihren Platz eskortiert und gab ihr Bestes, um auf den hohen Absätzen nicht ins Taumeln zu geraten. Was für eine dämliche Erfindung – wer immer darauf gekommen war, war nie einer ausgebüxten Färse nachgelaufen oder einem Pferd, das im Graben gelandet war! Botschafter Stenström zog ihren Stuhl unter dem Tisch hervor. Sobald sie beide Platz genommen hatten, wandte er sich zu ihr um.

»Hat das Fräulein auch eine Berufsbezeichnung?«

»Ich bin Haushälterin bei Professor Svartström.« Stenström sah sie verwirrt an, und Signe sah sich genötigt hinzuzufügen: »Und ich assistiere ihm bei der Arbeit für das Militär. Der Professor ist sehbehindert und braucht daher meine Unterstützung.«

Der Botschafter verzog leicht den Mund.

»Ist ja nett, dass man Personal an den Tisch bittet … Ich dachte, der Platz für Bedienstete sei in der Küche?«

Signe schluckte trocken und schloss für einen Moment die Augen. Es war zu erwarten gewesen, dass der angesehene Botschafter es als Schmach betrachtete, neben einem Dienstmädchen sitzen zu müssen. Sie faltete die Hände im Schoß und schlug den Blick nieder. Ihnen gegenüber setzte sich eine Dame mit modischem Pagenschnitt und einem Kleid, das ihre schlanke Figur umschmeichelte. Sie nahm eine Zigarette und hielt Signe ihr Etui hin.

»Möchtest du? Ich rauche bei jeder Gelegenheit … Und

bitte sieh mir nach, dass ich auf das förmliche Sie keine Lust habe. Ich heiße Valentina, aber alle sagen Valle. Und wie heißt du?«

»Signe. Signe Jansson.«

»Signe – schöner Name! Und wer seid ihr?«

Valentina nickte Botschafter Stenström zu, der die freimütige Frau, die mit ihrer Zigarette in seine Richtung fuchtelte, abschätzig ansah.

»Zufällig bin ich jemand, für den sich die förmliche Anrede eher geziemt. Botschafter Stenström mein Name. Entsendet nach Berlin. Und Ihr Name war …?«

»Mein Name ist Valentina af Kleve, aber ich werde Valle genannt.«

»Darf man fragen, mit wem Frau Kleve verheiratet ist?«

»Verheiratet? Ich bin nicht verheiratet. Kleve ist mein Mädchenname. In dieser Abendgesellschaft hier sind nicht alle soziale Emporkömmlinge. Einige haben einen eigenen feinen Namen, an dem sie sich festklammern können.« Valentina sah Stenström geringschätzig an und wandte sich wieder an Signe. »Signe, erzähl – wie bist du hier gelandet? Denn wenn du verzeihst: Es macht fast den Eindruck, als würdest du hier nicht richtig hingehören. Und bitte versteh das als Kompliment! In diesem Saal sind ansonsten bloß aufgeblasene Irre versammelt.«

Vielsagend sah Valentina zu Botschafter Stenström, und Signe lächelte sie dankbar an.

»Da liegst du ganz richtig … Ich bin Haushälterin bei Professor Svartström. Und seine rechte Hand. Und zudem angestellt bei den Streitkräften.«

»Oh, wie spannend! Botschafter Stenström, welche Ehre, dass Sie neben jemandem sitzen dürfen, der bedeutsame Arbeit macht. Und wie schön, Signe, dass du mit Nille Svartström zusammenarbeitest! Wir kennen einander von klein auf.«

Signe hatte so eine Ahnung, dass Valentina mitbekommen hatte, was Stenström gleich anfangs zu ihr gesagt hatte. Der Mann beugte sich vor.

»Ich weiß, wer Sie sind. Ich habe Ihre Texte gelesen. Und ich will klarstellen, dass ich mit Ihren Ansichten nicht sympathisiere. Frauenquatsch!« Er schnaubte. »Anderen Frauen solche Flöhe ins Ohr zu setzen – über Selbstständigkeit und anderen Blödsinn! Was glauben Sie wohl, wie so eine Gesellschaft aussehen würde? In der Frauen zu denselben Bedingungen wie Männer arbeiten würden? Wer sollte sich da bitte schön um die Kinder kümmern?«

Valentina lächelte, nahm einen tiefen Zug von ihrer Zigarette und sah Signe an.

»Der Herr Botschafter spricht davon, dass ich Artikel zum Thema Frauenbewegung schreibe. Nun ist er mit seinen Ansichten nicht allein; viele halten meine Vorstellungen für eher kontrovers. Was meinst du, Signe, was ist deine Position in der Gleichstellungsdebatte?«

Signe schluckte und spähte verstohlen zu Stenström. Er schien innerlich zu kochen. Sein Gesicht war brandrot, und seine Atmung hatte sich beschleunigt.

»Ich habe Ihre Artikel ebenfalls gelesen und finde sie sehr interessant. Tatsächlich hat mein Arbeitgeber, der Professor, sie mir vorgelegt und gefragt, was ich von der Sache halte. Ich lese ihm laut vor, weil er nicht sehen kann.«

»Interessant. Also, erzähl schon, was hältst du davon?«

Signe holte tief Luft.

»In Zeiten des Umbruchs, wie ihn ein Weltkrieg mit sich bringt, eröffnen sich uns Frauen Möglichkeiten, Verantwortung zu übernehmen und auch hinsichtlich einer Erwerbsarbeit die Flügel auszubreiten. Ich empfinde meine Arbeit als bereichernd und lehrreich und habe persönlich schon immer gern gearbeitet und für mich selbst gesorgt. Mehr Frauen auf dem Arbeitsmarkt dürfte doch dazu führen, dass sich auch die Gesellschaft im Ganzen weiterentwickelt. Und zwar nicht nur bezüglich Tätigkeiten wie meiner, sondern weit darüber hinaus. Man sehe sich nur die Lottabewegung an – welches Engagement sich da entwickelt hat! Wir Frauen wollen ebenfalls Verantwortung übernehmen. Und sie sollte auch nicht allein auf den Schultern der Männer ruhen. Geteilte Lasten sind halbe Lasten – so sehe ich es.«

Signe verstummte. Valentina af Kleve drückte ihre Zigarette aus und zündete sich sofort eine neue an. Dann stützte sie sich auf die Ellbogen auf und lächelte Signe breit an.

»Ich wusste, dass in dir etwas steckt! Und ich kann mir nur zu gut vorstellen, wie Nille dich bittet, ihm vorzulesen, und dann nach deiner Meinung fragt. Aber zurück zu Botschafter Stenström: Was halten Sie von Signes Analyse?«

»Analyse? Von der Analyse eines Hausmädchens? Soweit ich es sehe, sollte eine Hausangestellte tun, wofür sie bezahlt wird, während ich tue, wofür ich bezahlt werde. Ich würde niemals Bedienstete mit derlei Ansichten akzeptieren –

ebenso wenig wie ich es gutheißen könnte, dass meine Frau derlei Überzeugungen hätte. Aber Ihnen die Gefahren aufzuzeigen, die solche Lockerungen nach sich zögen, wäre wohl vergebens. Wir sind zu nachgiebig in diesem Land, ganz im Gegenteil zu Deutschland! Dort regiert man mit eiserner Hand – und zweifelsohne mit Erfolg, oder nicht? Deutsch sein und Sieger sein, das sind Synonyme. Wir sollten uns an ihnen ein Beispiel nehmen – an einer Führung, die aufsässige Frauen mit radikalen Ansichten nicht toleriert.«

Valentina af Kleve wollte gerade zu einer Antwort anheben, als sich am entlegenen Ende des Saals eine Stimme erhob.

»Ich hab läuten hören, dass sie in der Stadt meinem Ehemann nachsetzt. Wo sitzt sie? Elisabeth Herrman – melden Sie sich!«

Vivian von Geijer war aufgesprungen und hielt ihr leeres Champagnerglas in die Höhe. Sie schwankte leicht, hielt sich an der Schulter ihres Tischherrn fest und fand das Gleichgewicht wieder. Elisabeth saß kerzengerade da, zuckte jedoch bloß die Achseln und winkte der Frau lächelnd zu. Vivian zeigte auf sie, genau wie sie auf Signe gezeigt hatte, und verzog den Mund.

»Schön, endlich ein Gesicht dazu vor sich zu sehen! Warum stoßen wir nicht darauf an? Ein Hoch auf das Gör, das nicht weiß, was meins ist und was seins. Ein Hoch auf Elisabeth Herrman!«

Die gesamte Gesellschaft war verstummt und saß wie versteinert da. Dann stand auch Dinty auf und breitete die Arme aus.

»Ich war immer ein großer Bewunderer von Vivian von Geijers Schauspielkunst und bin es noch heute. Welchen phantastischen Auftritt sie uns eben geboten hat! Die faszinierende Interpretation einer volltrunkenen Alkoholikerin. Ein Hoch auf die Kunst!«

Alle brachen in Gelächter aus. Vivian sah aus, als wollte sie direkt zum Gegenangriff übergehen, als Carl Munch auf sie zustürzte und seine Frau aus dem Salon zerrte. Gemurmel wurde laut, und auf ein Zeichen der Gastgeberin eilte das Personal herbei, um die Champagnergläser aufzufüllen. Die Gastgeberin erhob sich und stellte sich neben ihren Tischherrn.

»Mein lieber Dinty, auf dich kann man sich verlassen, du weißt wirklich mit jeder Lage umzugehen. Deshalb lieben wir dich auch so sehr. Und daher bin ich umso erfreuter zu erfahren, was mir ein Vögelchen gerade gezwitschert hat … Verehrte Gäste, Dinty Lagerman hat zur Feier des Tages seiner Liebsten, Elisabeth Herrman, einen Heiratsantrag gemacht. Ich könnte mir für diesen letzten Tag des Jahres keine schönere Nachricht vorstellen. Erheben wir unsere Gläser darauf und auf die Frischverlobten! Ein vierfaches Hoch auf Fräulein Herrman und Dinty! Hoch!«

Die Gästeschar ließ die Verlobten hochleben, und Signe versuchte, möglichst natürlich zu lächeln – ihrer Verblüffung Ausdruck zu verleihen wäre dem Anlass nicht angemessen gewesen. Dann fing sie Elisabeths Blick auf, die ihr spitzbübisches Lächeln aufgelegt hatte und Signe zuzwinkerte. Sie führte eindeutig etwas im Schilde.

Den Rest des Abendessens verbrachte Signe schweigend. Botschafter Stenström hatte sich von ihr weggedreht und widmete seine Aufmerksamkeit der deutschen Frau an seiner anderen Seite. Valentina af Kleve diskutierte angeregt mit ihrem Tischherrn über Politik, und Signe war froh, dass sie sich nicht beteiligen musste. Ihre freimütigen Äußerungen hatten sie Kraft gekostet, und sie fühlte sich zusehends ermattet. Sie war erschöpft und bekam nicht mal den Bruchteil der Mahlzeit in sich hinein. Als Vorspeise hatte es Falsche Schildkrötensuppe gegeben, zum zweiten Gang Spargel an Weißweinsauce und zum dritten Zander aus dem Hjälmaren; das Dessert, das soeben aufgetragen wurde, war ein Glace au four, das umwerfend aussah. Signe versuchte, winzige Bissen zu essen, legte aber schließlich ihr Besteck beiseite. Die Bauchschmerzen hatten zugenommen, und es fühlte sich von Neuem an, als würde ihr Unterleib nach unten gepresst. Sie würde schleunigst die Toilette aufsuchen müssen, um ihr Pulver einzunehmen. Schweiß perlte auf ihrer Stirn. Sie stand auf, hielt sich an der Tischkante fest – doch es half nichts. Der Saal um sie herum fing an zu kreiseln, Wände und Decke wechselten die Plätze, und das Letzte, was sie vor sich sah, ehe sie die Besinnung verlor, war Botschafter Stenström, der angewidert auf seine Tischdame hinabblickte und fauchte: »Was kann man anderes erwarten, wenn man eine Hausangestellte an eine Tafel lädt?«

Als Signe wieder zu sich kam, lag sie in einem Bad mit rot gefärbten Kacheln, in dem es eher nach der Schlachtbank ihres Vaters kurz vor Weihnachten aussah; zitternd versuchte sie, sich hochzustemmen, doch bei der geringsten Bewegung fing um sie herum alles an, sich zu drehen. Sie bekam den Badewannenrand zu fassen und hielt sich daran fest. Draußen waren eilige Schritte zu hören.

»Signe, bist du wieder ansprechbar? Du darfst dich nicht bewegen! Bleib liegen!«

Als sie Elisabeths Stimme erkannte, stiegen ihr Tränen in die Augen, und sie stieß einen gedämpften Ruf aus. Ihre Freundin schlüpfte durch die Tür und riss bei dem Anblick entsetzt die Augen auf. Ohne ein weiteres Wort zu verlieren, griff sie nach einem Handtuch und legte es unter Signes Kopf. Dann nahm sie Signes Hand und fühlte nach dem Puls.

»Svartström hat einen Arzt gerufen.«

Signe wollte schon protestieren, schaffte es aber nicht. Ihr Mund war wie zugeklebt.

Was anschließend geschah, bekam sie nur mehr bruchstückhaft mit. Elisabeths sorgenvolle Stimme vermischte sich mit der von Svartström.

Sosehr sie dagegen ankämpfte, dämmerte Signe erneut weg.

Als sie erneut zu sich kam, beugte sich ein kleiner Mann mit Prinz-Eisenherz-Frisur über sie. Er hatte sich die Brille hinab auf die Nasenspitze geschoben.

»Man hat mir gesagt, Sie heißen Signe ... Wie lange liegen Sie schon hier?«

Signe versuchte zu antworten, schaffte es aber nicht. Der Mann nahm ihre Hand, um wie zuvor Elisabeth ihren Puls zu befühlen, während er Signe gleichzeitig mit dem Stethoskop abhörte.

»Sie haben viel Blut verloren und dürfen sich nicht bewegen. Haben Sie kürzlich entbunden?«

Nur mit Mühe konnte Signe den Kopf schütteln, und der Arzt legte ihr eine Hand auf den Unterbauch.

»Haben Sie dieses Gebrechen schon länger?«

Signe blinzelte zur Antwort, und als der Arzt ihr daraufhin fester auf den Bauch drückte, wurde ihr schwarz vor Augen. Sie spürte, wie etwas aus ihr hinauswogte und sich bis hinab zu den Knien warm über ihre Beine ergoss. Der Arzt sprang auf und sah Signe entsetzt an.

»Ich rufe einen Krankentransport. Sie müssen sofort operiert werden!«

Er rief nach Elisabeth und erkundigte sich ernst nach Signes Allgemeinzustand.

»Ist sie eine ehrbare Frau? Ich brauche Ihre ehrliche Einschätzung, weil eine solche Operation mit großen Risiken verbunden ist und sie sich eventuell infizieren könnte ...«

Elisabeth schüttelte vehement den Kopf.

»Signe ist kein gefallenes Mädchen! Aber ist sie in diesem Zustand überhaupt transportfähig? Gibt es denn keinen Rettungswagen?«

Der Arzt schnaubte.

»Rettungswagen? Gute Frau, die wenigen, die wir noch haben, stehen für Männer bereit, die im Krieg ernsthaft verletzt werden.«

Elisabeth grollte ihn finster an: »Was wir hier vor uns haben, ist eine sterbende Frau, die es verdient zu überleben.

Und dieser ›Zustand‹ ist nichts, wofür sich eine Frau freiwillig entscheidet. Als Arzt sollten Sie das wissen!«

Mehr hörte Signe nicht mehr.

Als der Krankentransporter losfuhr, rasten Bilder an ihr vorüber. Die meisten Rettungswagen des Landes waren für die Rekruten reserviert; der Transporter, in dem sie jetzt lag, war kaum mehr als ein normales Taxi mit einer Liege. Der Fahrer indessen war freundlich und sah kräftig aus. Er erinnerte sie an ihren Vater. Er hatte ihr die Wange getätschelt, bevor er die Tür geschlossen hatte. Signe hoffte nur, dass ihr bald wärmer würde; sie konnte kaum noch ihre Beine spüren.

Sobald der Fahrer den Motor angelassen hatte, hatte er sich zu ihr umgedreht. »Bis nach Stockholm liegt ein langer Weg vor uns – und die Straßen sind nicht überall schneefrei. Versuchen Sie, ganz still dazuliegen. Sie bewegen sich besser nicht, bis wir da sind.«

Dann war der Wagen angefahren, und sie hatte die Augen zugemacht und sich gezwungen, ruhig zu atmen. Sie meinte, Erik vor sich zu sehen, der neben dem Pflug stand und vor Vergnügen in die Hände klatschte, als sie ihm erlaubte, die Zügel zu nehmen. Erik, der sich im Flur heulend nach ihr ausstreckte und sie anflehte, nicht zu gehen. Das letzte Bild stammte von jenem warmen Sommertag, an dem sie Erik mit an den See genommen hatte und mit ihm hinüber zu Märtas Insel Alskär gerudert war. Märta war lächelnd und mit offenen Armen auf sie zugelaufen.

»Sie nach Stockholm zu bringen ist doch wahnsinnig! Sie verblutet, noch ehe sie dort ist!«

Kopfschüttelnd ließ Svartström sich neben Elisabeth auf der Rückbank nieder. Dinty saß vorn bei Anton, der mit einem Kavalierstart losfuhr und dem Krankentransporter hinterherraste.

Dinty drehte sich nach hinten um.

»Der Arzt sagt, ihre einzige Chance ist die Operation im Karolinska-Krankenhaus. Nur dort können sie eine solche Behandlung durchführen. Nicht alle sind mit Frauenleiden vertraut.«

»Wie konnte das schon so lange gehen, ohne dass ich davon wusste?«, knurrte Svartström. »Sie müssen doch über Signes Zustand Bescheid gewusst haben!«

Er wandte sich zu Elisabeth um, die kopfschüttelnd antwortete: »Sie hat weder zu mir noch zu Iris je etwas gesagt. Ich weiß nur, dass sie manchmal Schmerzen hatte, aber mehr war da nicht. Ich glaube, sie hatte schreckliche Angst … und hat sich geschämt.«

Den Rest der Fahrt nach Stockholm verbrachten sie schweigend.

Unterwegs musste Anton zweimal halten und Holzgas nachfüllen sowie die Stoßstange von Schnee befreien. Es war inzwischen schon kurz nach Mitternacht, doch keiner von ihnen sagte etwas. Den Jahreswechsel auch nur zu kommentieren hätte sich vollends abwegig angefühlt.

Als sie vor dem Krankenhaus vorfuhren, war es fast drei Uhr nachts. Draußen war keine Menschenseele zu sehen. Svartström sah schrecklich aus; er zog sich das Halstuch enger.

»Sie müssten bitte in Erfahrung bringen, wo sie liegt – ich will mit einem der Ärzte reden.«

Elisabeth und Dinty eilten vorweg durch die Eingangstür. Keine Minute später war Elisabeth wieder da und teilte ihm atemlos mit: »Die gynäkologische Abteilung liegt auf der rückwärtigen Seite. Sie meinten, wir sollen dort klingeln, und die Nachtschwester lässt uns ein. Der Wachtmeister hat leider keinen Schlüssel für den dortigen Trakt.«

Elisabeth gab die Richtung vor. Dann schloss auch Dinty wieder zu ihnen auf. Er hatte Anton noch gebeten, den Wagen zu parken und auf weitere Informationen zu warten. Als sie das Gebäude umrundet hatten, stand dort ein Übersichtsplan, und Elisabeth zeigte auf eine erleuchtete Eingangstür.

»Dort muss es sein.«

Sie drückte die Klingel, und von ferne war ein gedämpftes Surren zu hören. Eine gute Minute später klingelte sie erneut. Im selben Moment sahen sie eine Schwester mit strengem Blick die Treppe herunterlaufen.

»Wie kann ich helfen?«

»Unsere Freundin Signe Jansson wird hier derzeit notoperiert. Man hat uns gesagt, wir sollen uns hier melden.«

»Wir lassen keine Besucher auf die Station. Bei schwierigen Operationen besteht ein zu großes Infektionsrisiko. Weshalb ist Ihre Freundin eingeliefert worden?«

»Das wissen wir nicht. Sie ist ohnmächtig geworden und hat stark geblutet.«

Die Schwester schüttelte den Kopf.

»Ich kann Ihnen leider nicht helfen. Sprechen Sie zu normalen Zeiten im Krankenhaus vor wie alle anderen auch.«

Svartström machte einen Schritt vor.

»Verzeihen Sie, ich weiß natürlich, dass Sie Ihre Vorschriften haben. Ich bin Professor Nils Svartström und arbeite fürs Verteidigungsministerium. Uns ist zugesichert worden, über den Verlauf der Operation informiert zu werden. Signe Jansson ist beim Militär beschäftigt, und von ihrem Wohlbefinden hängt teils die Sicherheit unseres Landes ab. Signe Jansson führt kriegsrelevante Tätigkeiten aus.«

Die Schwester blinzelte und sah aus, als müsste sie erst überlegen, ob Svartström wirklich die Wahrheit gesagt hatte. Nach ein paar Sekunden Bedenkzeit erwiderte sie: »Ich spreche mit dem Oberarzt und sehe mal, was wir tun können. Warten Sie bitte so lange hier an der Tür.«

Dann verschwand sie, und Elisabeth legte ihre Hand auf Svartströms Arm.

»Danke, Herr Professor. Das war phantastisch.«

Svartström nickte. Er sah aus, als würden ihm jeden Moment die Tränen kommen.

»War doch selbstverständlich … Signe ist uns allen sehr wichtig.«

Er schluckte und schlug die Augen nieder. Stumm standen sie beieinander, bis die Schwester zurückkam.

»Der Herr Professor und eine Begleitperson dürfen gern bleiben. Alle anderen muss ich bitten zu gehen.«

Elisabeth nickte.

»Danke.«

Sie verabschiedeten sich von Dinty, und Elisabeth bot Svartström ihren Arm. Gemeinsam folgten sie der Krankenschwester, die sie zu einem Wartezimmer mit einem Sofa brachte. Eine Karaffe Wasser stand dort schon bereit. Svartström wandte sich an die Schwester.

»Ich möchte mit dem behandelnden Arzt sprechen, sofort.«

»Sie operieren noch, aber ich sage Bescheid, sobald sie fertig sind. Das könnte allerdings dauern. Der Zustand Ihrer Freundin ist ernst.«

Mit diesen Worten zog sie die Tür hinter sich zu.

Svartström atmete tief durch und setzte sich. Elisabeth legte ihm ihre Hand auf die Schulter.

»Signe schafft das, Sie werden schon sehen. Niemand von uns ist so stark wie sie.«

Svartström schüttelte den Kopf.

»Was hilft es denn, wenn sie stark ist? Wenn man verblutet, dann verblutet man nun mal. Ich verstehe nur nicht, wie uns allen entgehen konnte, dass sie so krank war!«

»Eben weil sie stark ist – Signe ist nicht dazu gemacht, zu klagen und selbstmitleidig zu sein.«

Svartström blickte leer vor sich hin.

»Wie ich sie in letzter Zeit angetrieben habe ... Es war so viel zu tun, und ich war in Gedanken bei so viel anderem! Da muss sie doch schon am Krückstock gegangen sein!«

»Ich habe sie erst letzte Woche gefragt, als sie ein bisschen blass war … Da hatte sie schlecht geschlafen und nichts gefrühstückt. Sollten wir die Familie informieren?«

Svartström zuckte mit den Schultern.

»Vermutlich. Aber warten wir noch ein bisschen, ich will erst noch mit dem Arzt sprechen.«

Elisabeth ließ sich gegen die Lehne sinken und versuchte, ihr Pelzjäckchen enger um den Leib zu ziehen. Ihr glitzerndes Abendkleid war dem ausgekühlten Wartezimmer nicht gewachsen.

Plötzlich ging die Tür auf, und ein Arzt nickte ihnen knapp zu.

»Sind Sie wegen Signe Jansson hier?«

Svartström nickte.

»Ja. Hat sie überlebt?«

Der Mann im weißen Kittel zögerte und holte erst tief Luft, bevor er antwortete. »Sie schwebt immer noch in Lebensgefahr. Sie hat wahnsinnig viel Blut verloren und scheint auch schon länger blutarm gewesen zu sein. Fürs Erste kann ich Ihnen nicht mehr sagen. Wir tun alles, was in unserer Macht steht, aber …«

»Das reicht nicht! Was kann daran bitte so schwer sein? Sie retten ihr Leben, nichts anderes ist akzeptabel! Wir arbeiten für die Landesverteidigung, und Signe wird dringend gebraucht! Muss ich erst den Oberbefehlshaber herzitieren, damit Sie den Ernst der Lage begreifen? Signe Jansson *muss* überleben!«

Der Arzt schlug den Blick nieder und schob die Hände in die Taschen. Dann sah er wieder auf und Svartström direkt ins Gesicht.

»Meine Aufgabe als Arzt ist es, Menschenleben zu retten. Ich hoffe sehr, dass Sie darauf vertrauen, dass ich mein Äußerstes tue. Genau wie ich darauf baue, dass Sie bei der Landesverteidigung Ihr Äußerstes tun, um unser Land vor Feinden zu beschützen. Aber genau wie Sie weiß ich eben auch, dass wir nicht über alles die Kontrolle haben. Die Operation ist immer noch nicht beendet, wir hoffen, dass wir die Blutungen noch stillen können, aber selbst wenn uns das gelingt, ist noch lange nicht klar, ob Signe überleben wird. Lassen Sie mich also jetzt wieder zurück an die Arbeit gehen. Ich halte Sie auf dem Laufenden – sobald ich mehr weiß. Und ich schicke die Nachtschwester mit etwas zu essen. Auf Wiedersehen.«

Der Arzt verließ das Zimmer, und Svartström entschlüpfte ein Schluchzer. Er ballte die Faust und presste sie sich an die Lippen. Seine Fingerknöchel waren weiß. Elisabeth legte ihm die Hand auf die Schulter.

»Wir können nur weiter hoffen, dass Signe es schafft. Ich glaube, dass alles zu einem Zweck geschieht, und bin mir sicher, dass sie noch für größere Dinge geschaffen ist. Sie wird gebraucht …«

Svartström antwortete nicht. Doch Elisabeth sah, dass ihm Tränen übers Gesicht liefen. Sie biss sich so fest in die Lippe, dass erst der Geschmack ihres Blutes sie davon abbrachte.

Eine Weile später brachte die Schwester Tee und Butterbrote. Sie bewegte sich annähernd lautlos und nickte nur, als sie das Tablett abstellte. Elisabeth nahm sich ein Käsebrot. Es schmeckte nicht schlecht, trotzdem brachte sie kaum einen Bissen hinunter. Sie konnte doch nicht mit einem Käsebrot dasitzen, während Signe mit dem Tod rang ... Svartström rührte sich nicht und starrte nur weiter blind geradeaus. Elisabeth fragte sich, wie es wohl in seinem Kopf aussah, seit er selbst nicht mehr sehen konnte.

Sie musste eingenickt sein, weil sie aufschreckte, als die Tür erneut aufging. Der Arzt zog seine Haube vom Kopf und nickte zum Gruß.

»Wir konnten die Blutung stoppen, aber wir können nach wie vor nicht sagen, ob sie sich nach dem Eingriff wieder erholt.«

Svartström sprang auf.

»Was für einen Eingriff haben Sie vorgenommen?«

»Wir mussten eine Hysterektomie vornehmen, das heißt ...«

»Ich weiß, was eine Hysterektomie ist.«

Der Arzt blinzelte.

»Wir hatten keine Wahl, anders hätte sie keine Chance mehr gehabt. Die gute Nachricht ist, dass die übrigen Organe bewahrt werden konnten, so dass sie nicht unmittelbar in die Menopause eintritt.«

Elisabeth runzelte die Stirn.

»Hysterek... Meno...? Könnten Sie mir bitte erklären, was damit gemeint ist?«

»Eine Hysterektomie ist die Entfernung der Gebärmutter.«

Elisabeth keuchte auf und spürte, wie ihr die Tränen kamen.

»Das ist ja furchtbar! Da kann sie ja keine Kinder bekommen!«

Der Arzt nickte.

»Wir sind schon froh, dass wir die Blutung überhaupt stillen konnten. Fräulein Jansson hatte drei faustgroße Myome an der Gebärmutter, da konnten wir nichts anderes tun. An der Gebärmutter selbst können wir nicht operieren, wir können sie lediglich entfernen. Die übrigen inneren Geschlechtsorgane konnten hingegen bewahrt werden, so dass sie nicht vor der Zeit in den Wechsel kommt.«

Elisabeth konnte gar nicht mehr aufhören zu weinen. Sie schüttelte den Kopf.

»Was sind denn Myome?«

»Muskelgeschwülste, die sowohl außerhalb als auch innerhalb der weiblichen Organe wachsen.«

»Ist das so was wie Krebs?«

»Nein. Myome sind weder giftig noch tödlich, allerdings können sie starke Blutungen verursachen, wie es bei Signe der Fall war. Aber diese Blutungen können wiederum mitunter tödlich enden.«

Elisabeth schüttelte wieder den Kopf.

»Aber wo hat sie diese Myome denn her?«

»In den meisten Fällen, mit denen wir zu tun bekommen, sind sie erblich bedingt – da hat die Mutter oder die Schwester ein ähnliches Leiden. Signe kann nichts dafür, und manche Frauen trifft es schwerer als andere, ohne dass man es je erklären könnte.«

»Und warum wissen Sie immer noch nicht, ob sie durchkommt?«

»Weil Signe sehr, sehr viel Blut verloren hat und wir noch nicht sicher sind, ob ihr Körper es schafft, sich davon wieder zu erholen.«

Svartström räusperte sich.

»Und wann wissen Sie es?«

»In den kommenden Stunden vermutlich. Bis dahin können wir nichts weiter tun, als zu warten – und zu beten, dass sie stark genug ist und wieder zu Kräften kommt. Allerdings muss ich auch gleich eine Warnung aussprechen: Auch sofern Signe sich wieder erholt, wird sie eine lange Genesungszeit brauchen. Bis der Körper wieder voll funktionsfähig ist, dauert es eine ganze Weile. Sie wird mehrere Monate lang das Bett hüten müssen, und zwar ohne jeglichen Kontakt nach außen. Aufgrund des enormen Infektionsrisikos ist eine Isolation unabdingbar.«

Svartström holte tief Luft.

»Wir wollen nur, dass sie überlebt. Das ist das Einzige, was zählt.«

Der Arzt nickte und ließ sie wieder allein. Svartström sackte in sich zusammen und schlug die Hände vor das Gesicht.

»Das ist alles meine Schuld! Ich hätte bemerken müssen, dass etwas mit ihr nicht stimmte! Ich hätte auf meine innere Stimme hören müssen! Ich hatte so eine Ahnung, dass sie erschöpfter war als sonst, dachte aber in meiner Einfältigkeit, dass ihr langweilig sein könnte. Dass ich sie mit all meinen Bitten und Aufgaben langweilen würde. Ich habe zu viel von ihr verlangt.«

Elisabeth nahm seine Hände.

»Entschuldigen Sie, Herr Professor – aber damit ist jetzt Schluss. Dass wir uns dafür die Schuld geben, dass Signe hier gelandet ist, führt doch zu nichts. Nichts von alledem ist unsere Schuld, aber wir müssen jetzt ebenfalls stark sein. Wir müssen Signe durch diese Zeit hindurchhelfen!«

»Sie haben recht, Elisabeth. Ich muss mit dem Selbstmitleid aufhören. Das hilft Signe nicht weiter.«

Eine Weile saßen sie stumm beieinander. Elisabeth spürte, wie sie wiederholt einnickte und beim leisesten Geräusch wieder aufschreckte. Um kurz vor sechs zwang sie sich, das restliche Butterbrot aufzuessen, und trank ihren kalten Tee. Svartström hatte die Augen geschlossen und den Kopf in den Nacken gelegt. Dann war draußen auf dem Flur ein Geräusch zu hören, und die Tür ging auf.

Die Schwester kam herein. Und sie lächelte.

»Es sieht ganz danach aus, als wäre Signe stark wie ein Ochse. Es geht ihr schon jetzt sehr viel besser.«

Elisabeth sprang auf, während Svartström verwirrt und verschlafen den Kopf drehte.

»Ist das wahr? Sie wird wieder gesund?«

»Der Arzt hat eben mit ihr sprechen können. Er hat erzählt, dass er von der Entwicklung beeindruckt ist. Sie soll jetzt erst einmal richtig wach werden, aber er lässt ausrichten, dass es vielversprechend aussieht. Allerdings bittet er auch darum, dass Sie jetzt heimfahren. Wir brauchen dieses Zimmer für Notfälle. Und wie ich weiß, hat der Herr

Doktor Sie darüber in Kenntnis gesetzt, dass wir keinerlei Besuch gestatten. Die Patientin darf keinem Risiko ausgesetzt werden. Möchten Sie, dass ich Ihnen einen Wagen kommen lasse?«

Sie bedankten sich und standen auf. Elisabeth hakte Svartström bei sich unter, und langsam schlenderten sie in Richtung Ausgang. Dort stand bereits ihr Wagen bereit, und sie stiegen hinten ein. Svartström zog ein Taschentuch hervor und schnäuzte sich lautstark, dann räusperte er sich.

»Ich bin Ihnen überaus dankbar, Fräulein Herrman, dass Sie mitgekommen sind. Allein wäre die Wartezeit schwer zu ertragen gewesen.«

Elisabeth lächelte.

»Aber selbstredend. Signe liegt mir sehr am Herzen.«

»Ja, Signe ist uns allen sehr wichtig.« Dann wandte er sich an den Fahrer. »Entschuldigung … Sie möchten wahrscheinlich wissen, wo wir hinwollen? Ich möchte zum Karlaplan 4, aber ich glaube, die junge Dame will womöglich vorher schon aussteigen?«

»Birger Jarlsgatan 18, bitte. Aber ich kann auch am Svampen aussteigen, von dort wäre es für Sie kein Umweg.«

Als Elisabeth zu Hause an der Birger Jarlsgatan durch die Eingangstür schlüpfte, schaffte sie es nicht mal mehr, sich nach spionierenden Männern umzusehen. Schwankend auf ihren hohen Absätzen machte sie die Wohnungstür auf und schob sie erleichtert hinter sich ins Schloss. Nach diesem ereignisreichen Silvesterabend nach Hause zu kommen war wunderbar; nachdem das Jahr auf so dramatische Weise zu Ende gegangen war, blieb zu hoffen, dass das neue Jahr ruhiger anfangen würde. Mehr Drama konnte doch kein Mensch ertragen.

Die Wohnung war dunkel und ausgekühlt; sie streifte sich das Kleid ab und griff nach ihrem Flanellnachthemd, das sie zu Weihnachten von ihrer Mutter bekommen hatte, warf sich ihren Morgenrock über und tapste in die Küche. In der Speisekammer standen zwei Flaschen Milch, von denen sie sich eine nahm. Sie goss die Hälfte in einen Topf und stellte den Herd an. Dann rührte sie Kakao und Zucker in die Milch, schnitt sich drei extrabreite Scheiben vom Brotlaib, belegte sie mit Käse und setzte sich an den Tisch. In warmen Kakao getunkte Käsebrote – die hatte sie seit Schulzeiten nicht mehr gegessen! Trotzdem war es ihr ein bisschen peinlich, wie sie dort saß und sich bekleckerte, während Signe mutterseelenallein im Krankenhaus lag …

Je mehr sie im Magen hatte, umso mehr schlug die Müdigkeit zu. Sie kehrte zurück in ihr Zimmer und warf sich aufs Bett. In Nachthemd und Morgenrock zog sie sich die Decke über den Kopf und schlief augenblicklich ein.

Sie wurde erst wieder wach, als das Telefon unaufhörlich schrill klingelte. Sie sprang aus dem Bett und tastete nach dem Gürtel des Morgenrocks. Fluchend rannte sie zum Telefon und ging keuchend ran: »Sechzig einundvierzig einundsechzig?«

»Fräulein Herrman, Sie müssen sofort zur Arbeit kommen!«

Fräulein Andersson klang ebenso streng wie immer, und Elisabeth stöhnte auf.

»Wie viel Uhr ist es überhaupt?«

»Spielt keine Rolle – Sie sind aufgefordert, sich sofort hier einzufinden. Im Übrigen ist es zwanzig nach elf.«

Elisabeth knallte den Hörer auf die Gabel und strauchelte zurück in ihr Zimmer. Immerhin vier Stunden Schlaf hatte sie abbekommen. Am liebsten hätte sie im Krankenhaus angerufen, aber dort wollte sie nicht unnötig stören. Eilig verschwand sie im Bad und brachte sich hektisch in Ordnung. Draußen vor dem Fenster schien die Sonne, auch wenn das Thermometer unbarmherzige minus zehn Grad anzeigte. Sie schlüpfte in ihre lange Wollunterhose, obgleich die juckte, griff sich die dicksten Socken und stopfte sie in ihre Schuhe. Unter den dicken Wollpullover passten zwei Unterhemden. In den wenigen Minuten, die sie gebraucht hatte, um sich anzuziehen, hatte die Sonne sich hinter die Wolken geschoben, und es hatte erneut angefangen zu schneien. Missmutig fragte sich Elisabeth, wie viel Schnee in diesem Winter noch fallen wollte; ihr Magen knurrte, und erst wollte sie schon ohne Frühstück aufbrechen, besann sich dann aber eines Besseren. Ohne einen Happen im Magen würde sie sich kaum in die Arbeit stürzen können. Da würde sie irgendwann in die Knie gehen. Allein seit dem vergangenen Sommer hatte sie – unfreiwillig – vier Kilo abgenommen. Kilos, die ihr jetzt fehlten, weil sie ausgerechnet dort verschwunden waren, wo sie gern kurviger gewesen wäre.

Beherzt stellte sie sich an den Herd und rührte Grieß in Kochwasser. Ein paar Löffel Butter, dazu Zimtzucker – und sie schlang den warmen Brei in sich hinein. Dann schmierte sie sich noch zwei Butterbrote, die sie mitnehmen würde.

Elisabeth klopfte sich den Schnee ab, der sich auf dem kurzen Weg von der Straßenbahn auf ihre Schultern gelegt hatte.

Sie eilte durch den Innenhof und lief die Treppe hoch.

Als sie durch die Tür trat und den restlichen Schnee von den Schuhen trampelte, sahen alle auf. Fräulein Andersson stürzte mit besorgtem Blick auf sie zu.

»Sie haben angerufen … Was ist denn los? Es klang dringend.«

»Vergessen Sie meinen Anruf. Es ist etwas mit Signe, das Krankenhaus hat sich gemeldet. Es ist ernst.«

Fräulein Andersson entschlüpfte ein Schluchzer, und sie rannte in Richtung Toilette.

Elisabeth starrte die anderen an.

»Was ist passiert? Wo ist Iris?«

Statt zu antworten, starrten alle bloß auf ihre Unterlagen. Elisabeth hämmerte an die Toilettentür.

»Fräulein Andersson, sagen Sie mir, was passiert ist!«

Von drinnen waren gedämpfte Schluchzer und dann ein Schnäuzen zu hören.

»Iris ist zu Hause bei ihren Kindern und wartet auf Professor Svartström.«

»Und wo ist der?«

»Das weiß kein Mensch.«

»Aber bei Signe ist niemand?«

Elisabeth wartete die Antwort gar nicht erst ab. Sie marschierte ins Arbeitszimmer und nickte Arvid Bremer knapp zu, der über seinen Unterlagen grübelte.

»Ich muss mir Ihr Telefon leihen, um mir einen Wagen zu rufen.«

Bremer blickte auf. Ihm standen die Haare zu Berge. Hinter seinem Ohr klemmte ein Bleistift.

»Ein Wagen? Sie sind doch eben erst gekommen?«

Elisabeth spürte, wie ihr die Wut in die Wangen stieg. Sie war drauf und dran, dem mitleidlosen Professor eine Ohrfeige zu verpassen. Sie starrte ihn finster an, und dann brach es aus ihr heraus: »Nicht dass es Sie etwas anginge, aber gerade hat das Krankenhaus angerufen. Irgendwer muss dorthin! Signes Zustand hat sich verschlechtert!«

Elisabeth sah, wie Bremers Ausdruck sich schlagartig veränderte.

»Ist es schlimm?«

»Sehr schlimm.«

Bremers Ärger angesichts der Störung schlug um in Sorge. Er entriss Elisabeth den Telefonhörer und brüllte die Telefonistin an: »Hier Professor Bremer. Wir brauchen sofort einen Wagen zum Karlaplan 4. Ich muss ins Karolinska-Krankenhaus. Es geht um Leben und Tod!«

Zu ihrer Verwunderung griff Bremer nach Mantel und Hut.

»Ich komme mit«, verkündete er mit ernster Miene. »Signe braucht uns.«

SIGNE

Signe hörte Stimmen in unmittelbarer Nähe. Eine warme Hand berührte ihre Wange.

»Signe? Sehen Sie mich? Wir müssen wissen, ob Sie bei Bewusstsein sind.«

Sie schlug die Augen auf und sah ein Gesicht hinter einer Maske. Sie blinzelte und versuchte, etwas zu sagen – vergebens. Doch die Augen über der Maske lächelten.

»Danke, Signe, das reicht schon. Und jetzt sehen Sie mir ins Gesicht, während ich rückwärts zähle. Schlafen Sie nicht wieder ein. Ich halte die ganze Zeit Ihre Hand.«

Die Stimme zu der warmen Hand zählte von zehn zurück, doch schon bei sieben war Signe weg. Allerdings konnte sie hören, wie die ruhige Stimme mit einem Mal alarmiert klang und um sie herum Dinge schepperten.

ELISABETH

Zurück in dem kleinen Wartezimmer, in dem sie die Nacht verbracht hatte, lief Elisabeth in einem fort auf und ab. Professor Bremer saß dort, wo zuvor Svartström gesessen hatte, und sah gleichermaßen besorgt aus. Die Schwester, die sie eingelassen hatte, steckte den Kopf durch die Tür.

»Der Zustand von Fräulein Jansson hat sich rapide verschlechtert, sie musste erneut operiert werden. Sie ist in einem kritischen Zustand, aber der Arzt hat mich gebeten, Ihnen zu sagen, dass Sie wieder nach Hause fahren sollen. Wir tun für die Patientin alle unser Bestes, und Sie sind an anderer Stelle sicher nützlicher.«

Elisabeth schüttelte den Kopf.

»Nur wenn wir zwei Telefonnummern hinterlassen können und Sie uns versprechen, beide anzurufen, sobald die Lage noch schlechter wird.« Elisabeth kramte Papier und Stift aus ihrer Tasche. »Versprechen Sie es mir?«

Dann brach sie in Tränen aus, und die Schwester nickte.

»Wir rufen an.«

Dann zog sie sich wieder zurück, und Elisabeth sah zu Bremer.

»Fräulein Andersson hat heute Vormittag angerufen. Worum ging es da?«

Bremer sprang von seinem Stuhl auf. Er sah gehetzt aus.

»Wir haben den Prototyp fertiggestellt und müssen Testläufe durchführen. Wir fahren sofort zurück. Svartström ist vermutlich schon vor Ort. Er wollte an oberster Stelle Bericht erstatten.«

Sie nahmen die Straßenbahn zurück zum Karlaplan. Keiner von ihnen sagte ein Wort.

Svartström und Iris waren beide im Büro, als sie ankamen. Iris hatte vom Weinen gerötete Augen, und Svartströms Gesicht war von Erschöpfung gezeichnet. Er drehte sich zu Elisabeth um.

»Wie geht es ihr?«

Kopfschüttelnd schlüpfte Elisabeth aus ihrem Mantel. »Ihr Zustand hat sich verschlechtert, und sie muss erneut operiert werden.«

Svartström sah verwirrt aus.

»Und ich dachte, die erste OP sei gut verlaufen und ihr Zustand stabil?« Er nahm sie zur Seite und zog einen Umschlag aus seiner Tasche. »Ich glaube, diesen Brief hat Signe mir geschrieben. Wären Sie so gut und würden ihn mir vorlesen?«

Elisabeth überflog den Brief erst, ehe sie ihn laut vorlas. Dass Signe derart hohe Ansprüche an sich selbst stellte, dass sie gedacht hatte, sie würde ihm nicht mehr behilflich sein können … Svartström sah mitgenommen aus.

Bremer, der kurz im unteren Stockwerk geblieben war, kehrte wieder und rief nun alle Anwesenden im Arbeitszimmer zusammen.

»Wie Sie alle wissen, haben wir unaufhörlich daran gearbeitet, eine Dechiffriermaschine zu entwickeln, die wir dem deutschen G-Schreiber entgegensetzen können. Gestern Abend, als die meisten von Ihnen den Jahreswechsel gefeiert haben dürften, waren Iris und ich hier zugange, und auch Fräulein Andersson hatte sich bereit erklärt, den Silvesterabend hier zu verbringen. Ich darf Ihnen mitteilen, dass wir es vollbracht haben – jetzt müssen wir nur noch sicherstellen, dass unser Apparat reibungslos funktioniert. Ich möchte, dass Sie alle die Ergebnisse genau kontrollieren und zusammentragen.«

Aufgaben wurden verteilt, und dann warteten alle gespannt darauf, wie Bremer die Maschine im Gang setzte.

Sie spuckte schmale Papierstreifen aus, die genau wie die abgefangenen deutschen Telegramme auf Papierbogen geklebt wurden.

Einige Stunden später eilte Iris mit einem der Bogen in Bremers Zimmer.

»Ich habe folgende Nachrichten empfangen – und sie sind korrekt decodiert! Die Maschine funktioniert!«

Bremer sprang auf und starrte Iris kurz an. Dann stieß er einen solchen Schrei aus, dass alle von ihren Stühlen aufsprangen und Svartström ihn anherrschen musste, leise zu sein.

»Das hört man bis draußen! Die Leute wittern noch Unrat und fragen sich, was hier vor sich geht!«

Dann klingelte inmitten der Aufregung das Telefon, und alle erstarrten. Fräulein Andersson nahm den Anruf entgegen.

»Ja, er ist anwesend ... einen Augenblick.« Sie wandte sich an Svartström und drückte ihm den Hörer in die Hand. »Das Krankenhaus.«

Während Svartström den Hörer ans Ohr hob, starrten ihn alle stumm an. Eine Weile hörte er bloß wortlos zu. Niemand im Raum wagte es, auch nur einen Mucks zu machen. Dann sagte er schließlich: »Das heißt, wir können aufatmen?« Und nach ein paar Sekunden: »Danke, Herr Doktor. Ich weiß es sehr zu schätzen, dass Sie sich die Zeit genommen haben, mich zu informieren.«

Bedächtig reichte er den Hörer zurück an Fräulein Andersson und holte tief Luft.

»Signe ist außer Lebensgefahr. Die Operation war erfolgreich.«

Augenblicklich brachen alle in Jubel aus, und Svartström strahlte über das ganze Gesicht.

»Dem Himmel sei Dank! Aber jetzt gehen wir wieder zurück an die Arbeit. Uns steht einiges bevor. Außerdem wird im Laufe des Tages eine Liste von oberster Stelle kommen – mit einer Reihe von Begriffen und Phrasen, auf die wir besonderes achten sollen. Elisabeth, wenn Sie bitte dafür sorgen könnten, dass jeder auf Stockwerk eins und zwei diese Liste vor sich hat? Das wäre gut. Wir dürfen keine Zeit mehr verlieren.«

SIGNE

Signe lauschte auf Schritte vom Flur, aber abgesehen vom Wind, der vor dem Fenster pfiff, schien es auf der ganzen Station still zu sein. Draußen schneite es heftig, und sie fragte sich, wie es wohl auf den Straßen aussah. Der Arzt hatte zu ihr gesagt, dass er noch nicht wisse, wann sie nach Hause fahren dürfe. Sie fragte sich, wie Svartström ohne sie klarkam. Und ob er sehr böse auf sie war, nachdem er ihren Brief gelesen hatte.

Elisabeth, die zwar nicht zu ihr ans Krankenbett kommen durfte, war trotzdem Tag für Tag da gewesen: Sie hatte durch das Fenster in der Tür gewinkt und hochgehalten, was immer sie mitgebracht hatte: einmal eine Blume, dann Zeitungen. Tags zuvor hatte sie die Deutschbücher mitgebracht, um die Signe sie gebeten hatte. Die hatte sie sich im letzten Sommer geliehen und fleißig gelernt. Jetzt und hier würde sie umso mehr Zeit dafür aufbringen können. Elisabeth hatte sogar zwei deutsche Märchenbücher dazugelegt – die Gebrüder Grimm. Signe hatte zwar keine Ahnung, wie sie je einen zusammenhängenden Text verstehen sollte, aber sie hatte sich vorgenommen, die Wörter in ihrem Wörterbuch nachzuschlagen, das sie zum Geburtstag bekommen hatte. Ihr Rücken tat weh und brannte vom vielen Liegen, und behutsam, damit die Wundnähte nicht aufgingen, änderte sie ihre

Position. Auf der Seite konnte sie nicht liegen, da spannte es zu sehr.

Eine Krankenschwester trat mit einem Tablett ein. Sie lächelte und stellte das Tablett auf dem Tisch am Fenster ab. Sie hatte es gut, fand Signe, in diesem Krankenzimmer, das für wesentlich mehr Patientinnen groß genug gewesen wäre.

»Hallo, Fräulein Jansson, Zeit fürs Mittagessen. Haben wir endlich wieder Appetit?«

»Oh ja. Ich freue mich jedes Mal wahnsinnig auf das Essen, das ich hier bekomme – aber dann kriege ich kaum etwas hinunter.«

Die Krankenschwester lächelte, nahm die Warmhalteglocke herunter, und auf dem Teller lagen ein Stück Blutwurst mit Preiselbeeren und ein kleines Häuflein geriebener Möhren.

»Geben Sie Ihr Bestes, und trinken Sie unbedingt den Orangensaft. Der Herr Doktor sagt, dass Ihre Eisenwerte zu niedrig sind, aber zusammen mit der Blutwurst kriegen Sie das, was Sie brauchen. Und wenn Sie artig sind, bekommen Sie vielleicht anschließend noch ein Stück Käsekuchen!«

Signe stiegen Tränen in die Augen. Alle waren so unendlich freundlich zu ihr.

Es war beschämend, dass sie nur daliegen konnte und sich bedienen lassen musste; es fühlte sich schlichtweg verkehrt für sie an: als wäre sie ein vornehmes Fräulein auf Pensionsurlaub, die bloß herumlag und faulenzte.

»Sie müssen sich aufsetzen. Aber warten Sie, ich helfe Ihnen dabei. Unter gar keinen Umständen dürfen Sie das allein versuchen. Haben wir uns verstanden? Nicht mal, wenn Sie das Gefühl haben, es ginge Ihnen schon besser. Das hat der Arzt strengstens verboten.«

Signe schaffte die halbe Mahlzeit, und allein das erwies sich als Qual. Die aufrechte Position verlangte ihr einiges ab, und sobald sie sich wieder hinlegen durfte, fielen ihr sofort die Augen zu. Als sie wieder aufwachte, war es draußen dämmrig und im Zimmer kühl geworden. Obwohl sie zusätzliche Decken bekommen hatte, fror sie an den Füßen, und sie vermisste ihre Wärmflasche. Eine Weile blieb sie noch liegen, dann streckte sie sich nach einem der Bücher aus, die Svartström Elisabeth mitgegeben hatte. Langsam arbeitete sie sich durch den ersten Satz: *Während er schläft, wächst sein roter Bart um den felsigen Tisch, auf den er sein Kinn gelegt hat.*

Signe starrte zur Decke und versuchte, sich ins Gedächtnis zu rufen, was die einzelnen Wörter bedeuteten. Sie fing ganz vorn an. *Während.* Das kannte sie. *Schläft* kam von ›schlafen‹. *Wächst* klang wie das schwedische Wort für ›Gewächs‹ – und *rot* war das schwedische Wort für ›Wurzel‹. Sollte das Märchen wirklich von einer Wurzel handeln?

Signe kicherte in sich hinein und seufzte dann; das hier war eindeutig zu schwierig für sie, und es war niemand da, den sie hätte fragen können.

Im nächsten Moment klopfte es vorsichtig an der Tür, und die Krankenschwester, die immer nachts arbeitete, steckte den Kopf herein.

»Ich habe gehört, dass Sie beim Mittagessen brav waren und Ihnen ein Stück Käsekuchen versprochen wurde. Vielleicht mit einem Klecks Marmelade?«

»Oh, Sie Engel! Aber ich bin immer noch pappsatt.«

»Sie müssen den Kuchen ja nicht sofort essen. Ich stelle ihn auf Ihren Nachttisch. Essen Sie ihn, wann immer Ihnen der Sinn danach steht. Es ist wichtig, dass Sie viel zu sich nehmen, sonst bleiben Sie noch bis Mittsommer hier! Aber was sehe ich da? Sie lesen? Was ist das für eine Sprache? Das sieht kompliziert aus.«

»Deutsch, aber es funktioniert nicht. Ich habe im Sommer mit einem Erstklässler-Kurs angefangen, aber seither bin ich nicht weit gekommen. Ich dachte, ich könnte es mal mit einem Märchenbuch versuchen, aber da habe ich mich überschätzt.«

»Mich dürfen Sie da auch nicht fragen. Ich kann kein Wort Ausländisch. Ich komme ja kaum mit dem Schwedischen klar!«

»Da sind wir wohl in der gleichen Lage. Ich hätte gar nicht erst mit etwas anfangen sollen, wovon ich doch nichts verstehe.«

Sie lächelten einander einträchtig zu, und Signe hoffte, dass das Stück Käsekuchen nicht allzu groß wäre. So still, wie sie Tag für Tag dalag, wollte sich ihr Appetit einfach nicht einstellen. Trotzdem war die Vorstellung, Essen verkommen zu lassen, für sie unerträglich.

»Der Arzt hat gesagt, dass Sie morgen einen kleinen Spaziergang machen dürfen. Dass es bestimmt guttut, wenn Sie sich die Beine vertreten. Bitten Sie jemanden hinzu, wenn Sie sich allein unsicher fühlen.«

»Danke. Ich komme bestimmt wunderbar klar.«

Kaum dass der Käsekuchen auf dem Nachttisch stand, nickte Signe ein. Sie hätte die Augen keine Sekunde länger offen halten, geschweige denn sich aufrichten können.

Von einem Windzug wachte sie wieder auf. Eine neue Krankenschwester hatte das Fenster aufgerissen und sah Signe streng an.

»Heute ist es endlich an der Zeit, dass Sie auf die Beine kommen. Der Arzt hat gesagt, dass Sie einen Spaziergang machen sollen. Und wir müssen das Bett abziehen. Möchten Sie vor oder nach dem Spaziergang frühstücken?«

»Gerne hinterher.«

Leicht verwirrt fragte sich Signe, was sie zu ihrem Spaziergang tragen sollte. Sollte sie nach draußen gehen? Dann klopfte jemand leise an, und die freundliche Schwester aus der vergangenen Nacht schaute herein.

»Ich will Ihnen für heute nur schnell viel Glück wünschen. Ich gehe jetzt heim und bin abends wieder da.«

Signe zupfte an ihrem Krankenhauskittel.

»Wo soll ich überhaupt hinspazieren? Und was soll ich mir anziehen?«

Die Schwester schmunzelte.

»Ziehen Sie sich bloß den Morgenrock über. Sie werden nur ein paar Runden über die Flure ziehen. Anschließend ist Visite.«

Signe blinzelte.

»Der Arzt kommt hierher?«

»Doktor Qvist möchte wissen, ob Sie Fortschritte machen.«

»Werde ich dann entlassen?«

»Sind Sie wahnsinnig? Das dauert noch! Aber darüber sprechen Sie besser mit dem Arzt.«

Sie winkte zum Abschied und zog die Tür wieder zu. Mühsam legte Signe ihren Morgenrock an und band einen Knoten über der Hüfte – vorsichtig, um nicht eine der Wundnähte zu berühren. Dann setzte sie sich auf die Bettkante und wartete auf Schwester Gerda. Auch wenn ihre Füße in Pantoffeln steckten, fühlten sich ihre Zehen eisig an. Sie fragte sich, wie kalt es wohl draußen war und wie viel es inzwischen geschneit hatte. Ob Professor Svartström wohl mit ihren Eltern Kontakt aufgenommen hatte? Wussten sie, dass Signe im Krankenhaus lag? Wussten sie, dass es auf Messers Schneide gestanden hatte?

Die Tür ging auf, Schwester Gerda marschierte herein und forderte Signe auf aufzustehen.

»Los, wir haben nicht den ganzen Tag Zeit!«

Signe stemmte sich hoch, genau wie man es ihr beigebracht hatte: indem sie erst die Hände aufsetzte und dann alle Kraft in die Beine legte. Sobald sie den ersten Schritt gemacht hatte, stellte sie beunruhigt fest, wie es in ihr pochte und pulsierte. Sie schluckte trocken.

»Entschuldigung, ich will wirklich keine Mühe machen – aber die Wundnaht pocht … Könnte sie aufgegangen sein?«

Mit einem unüberhörbaren Seufzer knotete Gerda Signes Morgenrock auf und begutachtete den bandagierten Bauch.

»Nein, zumindest nässt da nichts. Achten Sie einfach nicht weiter darauf, sonst machen Sie sich nur verrückt.

Sie gehen jetzt zehnmal den Flur hoch und wieder runter – und dann kommen Sie zu mir und erstatten Bericht. Brauchen Sie einen Stock?«

Signe schüttelte den Kopf und arbeitete sich vorsichtig über den kalten Boden vorwärts. Hinter sich konnte sie hören, wie Schwester Gerda die Hilfsschwester antrieb, sich beim Putzen von Signes Zimmer zu beeilen.

Der Flur fühlte sich unendlich lang an, und am entlegenen Ende wurde das Pulsieren so heftig, dass sie sich an der Wand abstützen musste. Sie zwang sich, ruhig zu atmen, und rief sich Gerdas Ermahnung ins Gedächtnis, nicht allzu sehr darüber nachzudenken. Sie wollte ja auch nicht wehleidig wirken.

Sie hatte keine Vorstellung, wie lange sie für den Rückweg brauchte – bestimmt eine halbe Stunde. Schweiß lief ihr über den Rücken. Vor ihrem Zimmer stand ein Hocker, und kurz überlegte sie, ob sie sich setzen sollte, um wieder zu Kräften zu kommen. Als sie gerade darauf zusteuerte, hörte sie von hinten eine strenge Stimme.

»Was sind das denn für Dummheiten? Wer hat dem Fräulein Jansson erlaubt, ihr Zimmer zu verlassen? Sie gehen sofort zurück! Wo ist Schwester Gerda? Hat hier denn niemand die Aufsicht?«

Erschrocken sah Signe Oberarzt Qvist auf sie zukommen.

»Habe ich nicht ausdrücklich gesagt, dass sie sich unter gar keinen Umständen bewegen darf, bevor ich sie untersucht habe? Sehen Sie nicht, dass sie Fieber hat? Fräulein Jansson, legen Sie sich sofort wieder hin! Und Schwester Gerda, holen Sie meine Tasche!«

Dankbar ließ Signe sich aufs Bett sinken und spürte, wie sie langsam einnickte. Die Wundnaht pulsierte immer noch heftig und schien schier den Verband zu sprengen. Mit einem Mal hörte sie um sich herum ein Stimmgewirr und hektische Schritte.

Als sie wieder aufwachte, stand Doktor Qvist an ihrem Bett, studierte ein paar Unterlagen und sah dann über den Rand seiner Brille.

»Sie haben uns einen ordentlichen Schrecken eingejagt. Aber es sieht ganz so aus, als hätten wir das Fieber unter Kontrolle gekriegt. Die Naht war aufgegangen, allerdings nur oberflächlich. Wie geht es Ihnen jetzt?«

»Entschuldigen Sie, Herr Doktor, aber ich bin wahnsinnig durstig.«

Die Nachtschwester eilte mit einem Becher auf sie zu und ermahnte Signe, nur kleine Schlückchen zu trinken.

Doktor Qvist räusperte sich.

»Wir hatten noch nicht die Gelegenheit, miteinander zu sprechen, aber ich sehe keinen anderen Weg, als jetzt direkt mit der Tür ins Haus zu fallen: Sie sind aufgrund mehrerer großer Myome notoperiert worden, und wir mussten Ihre Gebärmutter entfernen. Wie Sie wissen, bedeutet dies, dass Sie keine Kinder mehr bekommen können. Andererseits entgehen Sie auf diese Weise Ihren monatlichen Beschwerden, die sicher schmerzhaft und anstrengend gewesen sein müssen.«

Signe schluckte schwer. Diese Nachricht musste sie erst mal verdauen. Sie nahm noch einen Schluck Wasser.

»Die Organe, die die weiblichen Sexualhormone produzieren, sind indes noch vorhanden, insofern treten Sie nicht vor der Zeit in den Wechsel ein. Für viele Frauen ist das ein schwerer Schlag – aber Ihnen bleibt das erspart. Wenn ich es recht verstanden habe, sind Sie unverheiratet, insofern ist es ja nicht weiter tragisch … die Gebärmutter, meine ich. Im Übrigen muss ich um Verzeihung bitten für das Missverständnis, das dazu geführt hat, dass Sie aufgefordert wurden, sich zu bewegen. Ihr Krankenblatt ist mit dem einer anderen Patientin aus der Abteilung verwechselt worden. Das ist sehr unangenehm – da hat Schwester Gerda nicht richtig hingeguckt. So etwas wird nicht wieder vorkommen, versprochen. Sie müssten bitte mindestens eine weitere Woche das Bett hüten, dann erfolgt die nächste Untersuchung. Die Schwestern haben notiert, dass Sie schlecht essen. Es ist allerdings wichtig, dass Sie etwas zu sich nehmen, auch wenn sich der Appetit noch nicht wieder eingestellt hat – Ihr Körper braucht die Energie, um zu heilen. Ich nehme an, Professor Svartström möchte Sie schleunigst wieder zurück. Gute Haushälterinnen wachsen schließlich nicht an Bäumen. Er hat schon dreimal persönlich angerufen, um sicherzustellen, dass es Ihnen gut geht. Haben Sie Fragen?«

Signe brachte keinen Mucks heraus. Lächelnd richtete Doktor Qvist sich auf.

»Jetzt ruhen Sie sich weiter aus. Ich bitte die Nachtschwester um Ihr Abendessen.«

Als er gegangen war, wurde es still im Zimmer, und Signe sah aus dem Fenster. Dicke Schneeflocken wirbelten gegen die Scheibe und schmolzen.

Wie Sie wissen, bedeutet dies, dass Sie keine Kinder mehr bekommen können.

Sie schluckte trocken und schloss die Augen. Sah das lächelnde Gesicht ihrer Schwester Gotty vor sich. Gotty, die sich fast geschämt hatte zu erzählen, dass es ihr so leichtgefallen sei, schwanger zu werden, dass es wahrscheinlich gereicht hätte, wenn sie an einem Herrenfahrrad vorbeigegangen wäre. Dann war sie trotzdem gestorben – im Krankenhaus, direkt nach Eriks Geburt. Und nun lag Signe selbst im Krankenhaus und würde nie eigene Kinder bekommen. Aber sie lebte. Wie unterschiedlich es für sie beide gekommen war. Und wer war sie bitte, hier zu liegen und sich selbst zu bemitleiden, während Gotty nicht mehr am Leben war und ihren kleinen Sohn in den Arm nehmen konnte? Wütend wischte sie sich die Tränen von den Wangen und biss sich auf die Lippe, um den Schmerz umzuleiten.

ELISABETH

Elisabeth überquerte die Artillerigatan und bog in die Östermalmsgatan ein. Gråbo, der graue Sitz der obersten militärischen Führung, ragte vor ihr auf wie ein riesenhaftes, bedrohliches Wildschwein. Elisabeth war dort mit Professor Svartström verabredet. Er wartete bereits vor dem Eingang.

»Verzeihung, dass ich zu spät bin …«

»Dann mal hurtig. Ich fürchte, sie erwarten uns schon.«

Sie eilten durch den Haupteingang, hinter dem zwei Wachen in Uniform Svartström zunickten und sie zu einem Treppenaufgang verwiesen. Svartström steuerte den Flur zur Rechten an, und Elisabeth hatte ihre liebe Mühe, mit ihm Schritt zu halten. Sie knöpfte ihren Mantel auf und nahm ihren Schal ab, um nicht vollends ins Schwitzen zu geraten.

»Professor Svartström.« Ein hünenhafter Mann von etwa sechzig Jahren nickte Elisabeth förmlich zu. »Und ich nehme an, Sie sind Fräulein Herrman?«

»Ja, das ist richtig. Elisabeth Teodora Herrman.«

»Sehr schön. Die anderen sind bereits da.«

Sie betraten ein Besprechungszimmer mit Konferenztisch; drei Obersten saßen dort schon bereit. Elisabeth konnte sich nicht erinnern, auch nur einen von ihnen schon mal gesehen zu haben, obgleich sie früher für den Luftwaffenstab gearbeitet hatte.

»Fräulein Herrman, setzen Sie sich bitte dort ans Tischende. Möchten Sie etwas trinken? Kaffee? Ein Glas Wasser?«

»Ein Wasser, danke.«

Sie schlüpfte aus ihrem Mantel und hoffte nur, dass das langärmlige schwarze Kleid für den Anlass angemessen wäre. Sie hatte zwischen dem Kleid und einer Hose geschwankt.

»Dann möchten wir Sie nun bitten, uns zu erzählen, weshalb Sie um dieses Treffen gebeten haben.«

Elisabeth nahm einen Schluck Wasser und räusperte sich.

»Wie Sie wissen, arbeite ich derzeit im Karlaplan 4 unter anderem für Professor Svartström. Davor war ich ein knappes Jahr lang Sekretärin im Luftwaffenstab. Vor einiger Zeit habe ich einer Abendgesellschaft beigewohnt, die mein Verlobter, Charles Lagerman, im Grand Hôtel ausgerichtet hat. Es waren auch zwei deutsche Militärs zugegen – ein Kommandant Jodl und Generalmajor Neuland. Die beiden haben sich im Großen und Ganzen unmöglich verhalten, woraufhin ich vermutlich nicht sehr charmant reagiert habe … Am darauffolgenden Morgen musste ich feststellen, dass dieselben zwei Herren vor meiner Tür warteten und bereits den Concierge nach mir befragt hatten. Ich wohne in der Birger Jarlsgatan 18 – im selben Haus, in dem auch die Materialabteilung der Luftwaffe und die Märtha-Schule untergebracht sind.«

»Wie haben Sie reagiert?«

Elisabeth holte tief Luft.

»Ich habe den Concierge gebeten, mich durch einen zweiten Ausgang zur Grev Turegatan hinauszulassen. Als ich später am Abend nach Hause kam, nahm ich erneut einen Umweg, um sicherzustellen, dass mich niemand verfolgte. Ich habe die beiden erst wiedergesehen, als sie am Silvesterabend dieselbe Feier auf Gut Yxtaholm besuchten wie mein Verlobter und ich. Dort sind sie erneut an mich herangetreten. Mein Verlobter Dinty – Charles Lagerman – hat den Verdacht, dass sie versuchen, mich anzuwerben.«

»Wir kennen Ihren Verlobten. Ich bin mit seinem Vater gut befreundet. Und Ihr Verlobter hat recht – genau so arbeiten sie. Allerdings versuchen sie sonst eher, Leute zu umgarnen, was in Ihrem Fall schiefgegangen zu sein scheint. Abgesehen davon sind wir Ihnen dankbar für Ihre Wachsamkeit und sehen Ihren Besuch hier als große Chance.«

»Wie habe ich das zu verstehen?«

»Sie könnten sich vermeintlich anwerben lassen und dann rückmelden, was sie von Ihnen verlangen. Mit Ihrer Hilfe könnten wir irreführende Informationen lancieren, die sie aufs Glatteis führen, statt sie weiterzubringen.«

»Sie meinen, ich soll als eine Art Doppelagentin fungieren?«

»Das klingt wie ein Ausdruck aus einem Groschenroman, wenn Sie mich fragen … Nennen wir Sie unsere verdeckte Informantin.«

Elisabeth lächelte.

»Verstehe.«

Der Oberst nickte Svartström zu.

»Am einfachsten ist es sicher, wenn Sie, Herr Professor, weiter unsere Kontaktperson sind, mit der wir kommunizieren. So ist es weniger verdächtig. Trotzdem müssten wir Sie, Fräulein Herrman, um persönlich verfasste, detaillierte Berichte bitten. Und seien Sie auf der Hut. Es sind mitunter nichtigste Kleinigkeiten, die sich als wesentlich erweisen. Und natürlich hilft es uns auch zu erfahren, mit wem die beiden in welcher Form umgehen.«

»Natürlich.«

»Wir möchten zudem darauf hinweisen, dass unsere Abteilung zur Gänze dem militärischen Nachrichtendienst untersteht und mit dem nationalen Geheimdienst nichts zu tun hat. Es handelt sich hierbei um zwei separate Institutionen mit unterschiedlicher Zielsetzung. Nur damit Sie sich nicht wundern, sofern Sie auch von dortiger Seite kontaktiert werden; in diesem Fall dürfen Sie Ihren Auftrag unter gar keinen Umständen offenlegen, sondern kontaktieren uns bitte zwecks weiterer Instruktionen. So weit verstanden?«

»Jawohl, Herr Oberst.«

»Dann sind wir für heute fertig.«

Elisabeth knöpfte ihren Mantel zu und legte sich ihren Schal um. Svartström war zu einer zweiten Besprechung im selben Gebäudeflügel weitergezogen, während sie selbst zum Karlaplan zurückkehren sollte. Was gerade geschehen war und was diese Unterredung nach sich ziehen würde, war ihr noch nicht vollends klar; doch mit diesem Verlauf hatte sie nicht gerechnet. Ganz gleich, wie sie es genannt hatten – und ob nun Groschenroman oder nicht: Sie sollte als Doppelagentin fungieren. Und in Elisabeths Welt bedeutete eine solche Tätigkeit ein enormes Risiko. Ein Risiko, das sie den Kopf kosten konnte.

SIGNE

Am siebten Tag nach ihrem Fieberanfall fühlte sich Signe, als würde sie in einer neuen Welt erwachen: Es war eine ganze Woche vergangen, ohne dass es ihr richtig bewusst gewesen wäre. Wie im Halbschlaf war sie zwischen Traum und Wirklichkeit hin- und hergewechselt. Doch plötzlich fand sie wieder Geschmack an Essen, und die Tränen versiegten allmählich. Nach dem Frühstück bat sie von sich aus, hinaus auf den Flur gehen zu dürfen, sollte dann aber doch erst auf die Visite von Doktor Qvist warten.

Sowie der Arzt ihr Zimmer betrat, teilte er ihr mit, dass er in Eile sei und in den OP müsse, wickelte dann aber vorsichtig ihren Verband ab und musterte die Narbe, stand auf und nickte zufrieden.

»Es geht aufwärts. Machen Sie heute einen kleinen Spaziergang, aber nehmen Sie einen Gehstock als Stütze. Und nicht länger als dreißig Minuten, verstanden?«

Letzteres war an Schwester Gerda gerichtet, die den Blick niederschlug und nickte. Bevor er ging, wandte er sich noch einmal an Signe.

»Und nachdem ich Sie nun aus dem Bett lasse und Sie sich bewegen dürfen, müssen Sie mir auch versprechen, besser zu essen. Können wir uns darauf einigen?«

Lächelnd nickte sie ihm zu.

»Ich verspreche es.«

Schwester Gerda stellte ihr das Frühstückstablett hin, und zu Signes großer Freude gab es Reisbrei mit Zimt und Zucker. Daneben stand ein Kännchen mit frischer Vollmilch.

»Oh, danke, Schwester! Jetzt verhätscheln Sie mich aber.«

Gerda antwortete nicht, aber Signe meinte, ein verschämtes Lächeln zu erkennen. Es gehe aufwärts, hatte der Arzt gesagt – und dann auch noch Reisbrei! Vielleicht war da ja doch ein Licht am Ende des Tunnels. Vielleicht, ganz vielleicht würde sie schon bald entlassen werden.

Nach dem Frühstück warf sie sich ihren Morgenrock über und knotete vorsichtig den Gürtel fest, schob die Füße in die Pantoffeln und ging zur Tür. Draußen auf dem Flur wurden soeben die Frühstückstabletts eingesammelt, und das Geschirr landete klappernd auf mehreren Rollwagen. Direkt hinter ihrer Tür lehnten mehrere Stöcke. Sie nahm sich einen und machte sich auf den Weg zum anderen Ende des Flurs. Mit behutsamen Schritten arbeitete sie sich vor und ermahnte sich, tief zu atmen. Die Narbe spannte nicht mehr annähernd so sehr wie bei ihrem letzten Versuch, und sie hatte das Gefühl, sich um einiges besser auf ihren Körper verlassen zu können.

Nach drei Runden blieb Signe stehen und lehnte sich an den Türrahmen. Die Vorstellung, wieder in ihr Zimmer zurückzukehren, kam ihr wenig verlockend vor. Dort fiel ihr allmählich die Decke auf den Kopf. Auf halber Höhe des Flurs hatte sie einen Aufenthaltsraum entdeckt, der in den vergangenen Wochen aufgrund der Infektionsgefahr für sie tabu gewesen war. Jetzt hielt sie darauf zu und spähte hinein. Zwei gepolsterte Sofas standen um einen schmucklosen Tisch herum. Am Fenster standen zwei Sessel mit Fußhocker und im Regal ein Radio. In einem der Sessel saß eine Frau, die in eine Zeitung versunken zu sein schien. Sie hatte langgliedrige, schlanke Finger und rot lackierte Nägel. Ihr Alter war schwer zu schätzen, aber Signe vermutete, dass sie eher vierzig als dreißig war. Sobald Signe den Raum betrat, ließ die Frau ihre Zeitung sinken und blickte ihr streng entgegen.

»Wer bist du denn?«

Signe warf einen Blick über die Schulter, weil sie der festen Überzeugung war, dass jemand anderes gemeint war.

»Guck nicht so verschreckt! Ich fresse dich nicht. Lieber vernasche ich Männer, sofern sie gut aussehen. Wie heißt du? Ich hab dich hier noch nie gesehen.«

Sie legte die Zeitung in den Schoß. Es war Valentina af Kleve. Signe lächelte sie schüchtern an.

»Ich bin seit gut zwei Wochen hier. Allerdings war ich zunächst isoliert. Wir haben uns an Silvester kennengelernt.«

Es dauerte einen Moment, ehe sich auf Valentina af Kleves Gesicht ein Lächeln breitmachte.

»Signe! Signe Jansson! Auf Yxtaholm gab es kein anderes Thema mehr als deinen dramatischen Abgang! Für ein Mädchen wie du, muss ich sagen, hast du dir deine Bühne ziemlich gut ausgesucht. Aber Isolation? Doch nicht etwa Syphilis?«

Signe errötete und kicherte verlegen.

»Nein, Gott bewahre … oder … Verzeihung, ich hoffe, Sie haben nicht …«

Valentina af Kleve brach in Gelächter aus.

»So schlimm ist es um mich auch wieder nicht bestellt! Zumindest *noch* nicht. Aber es ist nicht sonderlich gut ausgegangen, als ich eine private Sache eigenmächtig habe beheben wollen … wenn du verstehst. Also, Signe Jansson, erzähl schon – was war mit dir los? Es sah schauderhaft aus, als du bei der Silvesterfeier zusammengebrochen bist. Auch wenn dein unmöglicher Tischherr, den ich lieber gar nicht beim Namen nennen will, zunächst behauptet hat, du wärst bloß betrunken. Aber Nille Svartström hat ihm den Kopf prompt zurechtgerückt. Da wären fast die Fäuste geflogen! Aber das war auch das Einzige, was an diesem Abend noch gefehlt hätte. Himmel, was für ein Drama!«

Signe begriff kaum, was die Frau soeben gesagt hatte, aber nun schien es nur so aus ihr herauszusprudeln, so dass Signe ihr kaum folgen konnte.

»Ich hatte Myome und musste operiert werden.«

»Myome? An der Gebärmutter?«

»Ja, so haben sie es mir erklärt. Anscheinend sind das Muskelgeschwüre …«

Valentina runzelte die Stirn.

»Heißt das, sie mussten dir alles rausnehmen? Und dass du jetzt keine Gebärmutter mehr hast?«

Signe räusperte sich.

»Anscheinend.«

»Aber du hast bestimmt Kinder und deshalb kein Problem damit?«

Signe spürte, wie ihr erneut die Röte ins Gesicht stieg und ihr plötzlich Tränen kamen. Peinlich berührt versuchte sie, sie wegzublinzeln.

»Nein, ich habe keine Kinder.«

Valentina af Kleve legte die Zeitung beiseite. Ihr Gesichtsausdruck veränderte sich.

»Tut mir leid – das war unsensibel von mir. Verzeih! Du bist bestimmt traurig.«

Signe zuckte mit den Schultern.

»Ich weiß nicht ... Dann wiederum habe ich ohnehin nie damit gerechnet, dass ich mal heirate ... Es hat für mich nicht sollen sein.«

»Das ist doch Blödsinn! Du machst einen ganz hinreißenden Eindruck. Aber setz dich doch, damit ich meinen Fauxpas wiedergutmachen kann. Ich bin nicht immer so unsensibel, ich bin einfach nur so ungeduldig, weil ich hier festsitze ... Bitte, nimm doch Platz. Vielleicht dürfen wir ja zusammen zu Mittag essen, wenn wir Schwester Gerda nett darum bitten? Ich habe in meinem Zimmer Schokolade, die wir zum Kaffee naschen können.«

Schwester Gerda wirkte seit dem Missverständnis von vor einigen Tagen fast unterwürfig und erklärte sich ohne zu murren bereit, für die Fräuleins Kleve und Jansson zwei Mittagessenstabletts aufzutischen. Signe war es ein wenig peinlich, und sie fühlte sich unbeholfen, wie sie mit einer Decke auf den Knien gegenüber dem Fräulein af Kleve auf dem Sofa saß und sich bedienen lassen sollte.

»Was wir wohl heute bekommen? Was hältst du von dem Essen, das sie hier servieren?«

»Es ist gut. Allerdings hatte ich bislang kaum Appetit. Es ist mir richtig unangenehm, wie wenig ich hinunterbekommen habe.«

»Na, zumindest bist du nicht so verwöhnt. Ich hab täglich gemeckert … außer wenn es Blutwurst gab. Trotzdem habe ich kaum etwas gegessen. Ich bin aber auch keine große Esserin. Ich rauche lieber … Nur dass man das hier nicht darf. Der Arzt hat mir einen Vortrag gehalten, dass Rauchen hier strengstens verboten ist.« Valentina af Kleve spähte in Richtung Flur und flüsterte: »Aber ich habe einen Balkon entdeckt, auf den ich mich schleiche – noch haben sie mich nicht erwischt!« Triumphierend schwenkte sie ihr Zigarettenetui und grinste breit. »Aber ich nehme an, du rauchst nicht, oder? Wie hieß gleich wieder die Familie, bei der du angestellt bist?«

»Ich bin Haushälterin bei Professor Svartström.«

»Bei Nille Svartström! Natürlich, so war es! Mein Kurzzeitgedächtnis … Außerdem hab ich an jenem Silvesterabend einiges getrunken, daran liegt es vielleicht auch. Gott, wie klein die Welt ist! Aber erzähl, wie geht es ihm? Er ist ja erblindet, und dann hat seine junge Frau ihn verlassen. Ein Skandal ohne Gleichen! Ganz Stockholm hat einen Sommer lang über nichts anderes mehr gesprochen. Seid ihr an Silvester der Ex-Frau begegnet? Nicht dass ihr Auftritt irgendjemandem entgangen wäre …«

»Wir haben uns nur kurz gegrüßt. Aber ehrlich gesagt weiß ich nicht viel über sie. Sie ist sicher hinreißend …«

»Hinreißend? Also, dafür ist dieser Drache eher nicht bekannt … Allerdings ist sie bildhübsch und bei Feierlichkeiten voll in ihrem Element. Immer die Letzte, die geht. Angeblich sieht sie ihre Kinder kaum, sondern überlässt den Alltag ihren Bediensteten. Und dann ist da natürlich ihr neuer Mann, ein gewisser General Munch – ein furchtbarer Langweiler. Selbstgefällig und arrogant. Was für eine traurige Kombination! Sie hätte es eindeutig besser gehabt, wenn sie bei Nille geblieben wäre. Der ist jedenfalls alles andere als langweilig. Schrecklich, dass er sein Augenlicht verloren hat. Er hat immer so gern gelesen! Und getanzt, keiner kann tanzen wie Nille! Du musst mir versprechen, dass du ihn von mir grüßt. Was macht er zurzeit? Ist er immer noch an der Uni?«

»Er arbeitet für die Streitkräfte.«

Valentina nickte.

»Na klar, da ist seine Kompetenz in Zeiten wie diesen bestimmt bitter nötig. Mathematische Begabung ist im Augenblick ja sehr gefragt.«

Signe hoffte, sie würde keine weiteren Fragen beantworten müssen, weil ihr spontan keine überzeugenden Lügen eingefallen wären. Als ihr Mittagessen gebracht wurde, war sie zutiefst erleichtert.

»Guck nur, Kartoffelpuffer mit Speck und Preiselbeeren!«

Valentina af Kleve sah entsetzt auf ihr Tablett hinab und lächelte gequält.

»Da schau einer an, Kartoffelpuffer … Die habe ich seit der Vorschule nicht mehr gegessen.«

Schwester Gerda bedachte sie mit einem strengen Blick, und Signe versuchte, sich gerade aufzusetzen.

Valentina stocherte geistesabwesend in ihren Preiselbeeren, legte dann aber ihr Besteck beiseite.

»Ich freue mich so darauf, hier rauszukommen und wieder ein normales Leben zu führen. Zu rauchen, wann immer ich will, und einen Sherry zu trinken, wenn es mir passt. Was machst du, wenn du freihast?«

»Ich habe nur einen Abend pro Woche frei, da wasche ich Wäsche und bereite die folgende Woche vor. Mehr schaffe ich oft nicht. Manchmal gehe ich spazieren, aber meist bleibe ich einfach zu Hause.«

»Signe, du musst mehr unternehmen! So geht das doch nicht.«

Signe lächelte.

»Du klingst schon wie meine Freundin Elisabeth. Aber sie ist auch ganz anders als ich.«

»Wie ist es eigentlich, für Svartström zu arbeiten? Benimmt sich Nille auch anständig?«

»Aber natürlich. Professor Svartström ist ungeheuer freundlich und verständnisvoll. Ich mag es bei ihm sehr.«

»Und du gehst wirklich nie tanzen oder ins Kino?«

Signe schüttelte den Kopf.

»So bin ich nicht erzogen worden. Zu Hause durfte ich derlei Sachen nicht. Außerdem käme ich nie auf die Idee, tanzen zu gehen, weil ich hoffnungslos unmusikalisch bin. Ich kann ja kaum ein Kirchenlied fehlerlos mitsingen.«

»Wer kann das schon? Bloß Pfarrer und Schulfräuleins.

Als ich so alt war wie du, war ganz Europa mein Tanzparkett. Es gibt nichts Besseres!«

»Puh, ich kriege nichts mehr runter … Ich verstehe das nicht. Ich habe doch sonst immer einen guten Appetit gehabt.«

»Ich weiß genau, was du meinst. Aber vielleicht kann ich dich dazu überreden, mir auf eine Zigarette Gesellschaft zu leisten? Wir könnten erst in mein Zimmer schleichen und uns eine Praline genehmigen.«

Mit einem Mal fühlte sich Signe, als würde ihr alle Luft ausgehen.

»Sie müssen entschuldigen, aber ich bin plötzlich furchtbar erschöpft … Ich glaube, ich muss mich für eine Weile hinlegen. Bitte verzeihen Sie … Morgen bin ich bestimmt wacher.«

Valentina winkte ab und lächelte.

»Mach dir meinetwegen keine Gedanken. Ruh dich gut aus. Es wäre auf jeden Fall schön, sich weiter mit dir zu unterhalten. Komm morgen wieder, und wir setzen unser Gespräch fort!«

Signe wollte schon aufstehen, hielt dann aber inne.

»Darf ich eine unverschämte Frage stellen? Sprechen Sie eigentlich Deutsch?«

Valentina lächelte.

»Ja, sogar relativ fließend. Warum?«

»Ich habe versucht, ein Märchen der Gebrüder Grimm zu lesen, bin aber schon beim ersten Satz stecken geblieben. Wäre es möglich, dass Sie mir irgendwann damit helfen könnten?«

»Selbstverständlich! Ich freue mich darauf, deine Deutschlehrerin zu sein. Meine Lehrerin damals war fürchterlich, aber das waren die meisten Lehrerinnen zu meiner Zeit.«

Signe lächelte.

»Danke, ich komme darauf zurück!«

Signe setzte ihr Tablett auf dem Fußhocker ab und stemmte sich mühsam hoch. Ihr Zimmer, das sich keine Stunde zuvor fast klaustrophobisch angefühlt hatte, war wieder ihre sichere Zuflucht. Erleichtert ließ sie sich aufs Bett fallen und deckte sich zu. Der Spaziergang und ihre Unterhaltung hatten ihr alle Kraft geraubt. Sie hoffte inständig, dass ihre Mitpatientin sie jetzt nicht für unendlich langweilig hielt – oder zu forsch. Aber mit dem Deutschen ein paar Fortschritte zu machen würde ihrem Krankenhausaufenthalt zumindest einen Sinn verleihen.

ELISABETH

Professor Bremer zog sein Sakko aus und knöpfte den obersten Hemdenknopf auf. Elisabeth musste sich zusammenreißen, um ihn nicht für seine mangelnde Körperhygiene zu tadeln. Die Kombination aus Überstunden, die sie seit Tagen machten, und der ausbleibenden Gelegenheit, sich frische Kleidung anzuziehen, sorgte dafür, dass sein Körpergeruch inzwischen penetrant war. Mit einem Mal hielt er inne und schnüffelte. Kopfschüttelnd wandte er sich an Elisabeth.

»Ich stinke … weiß aber nicht, ob ich es nach Hause schaffe …«

Elisabeth klaubte einen Haufen Papierstreifen zusammen und trat an den großen Schreibtisch.

»Sie schaffen es nach Hause, ziehen sich etwas Frisches an und schlafen ein paar Stunden. Ich bleibe über Nacht hier, und Svartström kommt in aller Herrgottsfrüh – und ich verspreche, sobald etwas Wichtiges reinkommt, rufe ich an.«

»Und Iris? Ist sie nach Hause gegangen?«

»Sie musste sich um ihre Jungs kümmern. Sie war seit letzter Woche keinen einzigen Abend daheim. Solange es aufseiten der Deutschen ruhig zu sein scheint, können wir alle mal durchatmen.«

Seit Bremer die Maschine fertiggestellt hatte, die G-Schreiber-Nachrichten automatisch decodierte, hatte im Karlaplan 4 rege Betriebsamkeit geherrscht. Eine Schicht war auf die andere gefolgt, und die Sortierung der Nachrichten, die eingingen, war enorm zeitaufwendig gewesen. Svartström sah erschöpfter aus denn je, war aber seit ein paar Tagen zumindest wieder besser gelaunt. Alle waren froh gewesen zu hören, dass Signe wieder auf den Beinen war. Elisabeth war täglich im Krankenhaus. Sogar als Besuch noch verboten gewesen war, hatte sie Signe zumindest zeigen wollen, dass sie in der Nähe war. Durch das kleine Fensterchen hatten sie einander zuwinken können, und Elisabeth hatte dafür gesorgt, dass Signe ein paar Sachen bekommen hatte, die ihr den langen Aufenthalt ein wenig erleichterten. Sie hätte selbst nicht in deren Lage stecken wollen.

Es war kurz nach zehn Uhr, und bislang war der Abend ruhig verlaufen. In Deutschland schien man die Füße stillzuhalten; immerhin drohte der Winter noch härter zu werden. Bestimmt würden die deutschen Angriffe umso heftiger werden, sobald das Eis wieder geschmolzen wäre und die Thermometer stiegen. In Stockholm waren es mittlerweile minus zwanzig Grad – und nachts noch kälter. Aber auch in anderen Teilen Europas galt dieser Winter als kältester seit der Jahrhundertwende.

Aus dem unteren Stockwerk hörte Elisabeth Geräusche und lief auf die Treppe zu. Die neuen Mädchen, die rekrutiert worden waren, hatten gleich in den ersten Wochen anstrengende Schichten absolviert. Svartström hatte kürzlich verkündet, dass noch weitere fünfzehn hinzukämen, auch wenn keiner von ihnen recht wusste, wo man die noch unterbringen sollte.

Derzeit saßen sieben Kolleginnen an ihren Plätzen und sichteten eingehende Nachrichten; gegenüber saßen fünf weitere, die alles ordentlich sortierten. Als sie Elisabeth eintreten sahen, blickten sie kurz auf, widmeten sich dann aber gleich wieder ihrer Arbeit. Ab Tag eins war der Unterschied zwischen den Kolleginnen im ersten und zweiten Stockwerk klar gewesen: Oben saßen die erfahreneren Kräfte. Elisabeth sah sich noch kurz um und kehrte dann in den zweiten Stock zurück, als sie plötzlich ein Rascheln aus der Garderobenkammer hörte. Vorsichtig ging sie näher, als mit einem Mal die Tür aufschlug und Petrén und Fräulein Andersson hervortaumelten. Elisabeth schrie auf.

»Was machen Sie denn da – rennen hier rum und erschrecken die Leute!«

Fräulein Andersson zog sich den Blusenkragen zurecht, während Petrén sich die Haare glatt strich.

Elisabeth schnaubte und murmelte ich sich hinein: »Und benehmen sich wie in einem besseren Edvard-Persson-Film.«

Beide huschten hinaus, und Elisabeth blieb allein zurück. Sie sah nach, ob in der Zwischenzeit Nachrichten eingegangen waren, doch in der letzten halben Stunde war nichts weiter passiert. In der Kaffeeküche nahm sie sich die zweite Hälfte ihres Butterbrotpakets vor, wickelte die Brote aus und setzte sich. Es würde eine der kälteren Nächte werden, und sie war froh, dass sie sich eine lange Unterhose und zusätzlich warme Socken angezogen hatte. Das Feuer im Kachelofen war ausgegangen, und auch wenn er bei Kälte gern qualmte, strahlte er immer noch eine behagliche Wärme aus. Sie holte Holz aus der Abstellkammer und legte Scheite und zerknüllte Zeitung nach, so dass es schnell wieder brannte. Dann rückte sie ihren Stuhl näher an den Ofen heran.

Eine Stunde verstrich, ohne dass auch nur ein Mucks zu hören gewesen wäre. Sie stellte Kaffee auf und nahm sich einen Becher. Um nicht einzuschlafen, holte sie sich einen Stapel Papiere, die sie Korrektur lesen würde. Eine weitere knappe Stunde verging, als es draußen plötzlich anfing zu rattern: In schneller Folge gingen neun Telegramme ein, so dass sie kaum nachkam, die Herkunft auszumachen. Sie griff nach dem Dechiffrierschlüssel, den Bremer ihr aufgeschrieben hatte, und war froh, dass die Deutschen ihren Schlüssel seit dem Vortag nicht umgestellt hatten. In der ersten Nachricht war von einem mitternächtlichen Treffen in Oslo die Rede, zu dem auch jemand aus Dänemark gebeten wurde; die nächsten drei Nachrichten enthielten ähnliche Anweisungen. Dann hielt Elisabeth inne. Hatte sie richtig gelesen?

Herr Rothbart – rief ich laut – du bist
Ein altes Fabelwesen.
Geh', leg' dich schlafen, wir werden uns
Auch ohne dich erlösen.

Die nächste Nachricht war mindestens ebenso verwirrend:

Das Beste wäre, du bliebest zu Haus
Hier in dem alten Kiffhäuser -
Bedenk' ich die Sache ganz genau,
So brauchen wir gar keinen Kaiser.

Sie las sich die entschlüsselten Nachrichten noch einmal durch und legte die Papierstreifen nachdenklich beiseite; warum in aller Welt hatte jemand deutsche Gedichte an die Kameraden in Oslo geschickt? War das bloß ein Scherz? Oder waren dies die einleitenden Worte einer Rede, die jemand an das Volk richten wollte? Elisabeth nahm einen letzten Schluck Kaffee, atmete durch und rief Svartström an.

Bremer standen zwar die Haare zu Berge, aber er hatte sich umgezogen, und er roch sogar nach Seife und Rasierwasser. Elisabeth schmunzelte.

»Sie sehen aus wie ein neuer Mensch! Dann hat Svartström Sie informiert? Ich hab doch gesagt, Sie sollen schlafen.«

»Er kommt mit Iris mit dem Taxi. Wo sind die Nachrichten?«

Elisabeth hatte in der Zwischenzeit die Streifen aufgeklebt, und Bremer beugte sich darüber. Im selben Moment ratterten weitere Nachrichten ein, und Elisabeth eilte zur Dechiffriermaschine. Vier neue Mitteilungen, diesmal aus Oslo nach Berlin. Sie setzte den Dechiffrierschlüssel an und übersetzte: »›Heute Abend sieht man Frau Holle Brot backen‹ und ›Rienzi bringt uns voran‹.« Elisabeth musste lachen. »Was für ein Blödsinn! Was soll das denn heißen?«

Sie trug Bremer die Nachrichten von Neuem laut vor und starrte auf die früheren Telegramme.

Er runzelte die Stirn.

»Was haben Sie gerade … Können Sie das noch mal vorlesen?«

Elisabeth tat wie geheißen, und Bremer schüttelte den Kopf.

»Ich verstehe einfach nicht, warum sie in diesen Rätseln sprechen. Heißt das, sie wissen, dass wir ihre Nachrichten entschlüsseln können?«

Svartström kam herein, dicht gefolgt von Iris. Beide zitterten wie Espenlaub, und Elisabeth eilte zum Kachelofen, um mehr Holz nachzulegen. Svartström, der seinen Schal lieber anbehalten wollte, lächelte dankbar, als sie mit zwei Tassen Kaffee wiederkam.

»Was haben wir herausgefunden?«

Iris nippte an ihrem Kaffee. Elisabeth konnte ihr ansehen, dass sie hellwach war. Auch wenn sie beide nicht die ganze Nacht geschlafen hatten, waren es zumindest ein paar Stunden gewesen. Elisabeth las die decodierten Nachrichten erneut laut vor. Svartström knurrte in sich hinein.

»Die Brüder Grimm und Wagner – Deutschland *in nuce*. Die germanische Mythologie ist eins von Hitlers Steckenpferden. Wir haben an Silvester die Deutschen von Rotbart reden hören, und wir konnten bisherigen Nachrichten entnehmen, dass sie ein Manöver planen, das sie Barbarossa nennen – was der italienische Name für Rotbart wäre.«

Bremer riss die Arme hoch.

»Aber was hat das zu bedeuten?«

Svartström ließ sich auf Elisabeths Stuhl nieder und nahm noch einen Schluck Kaffee.

»Ich habe keine Ahnung. Aber genau das müssen wir jetzt herausfinden.«

Iris setzte sich auf die Tischkante.

»Wissen sie, dass wir ihren Code geknackt haben?«

»Es weist derzeit nichts darauf hin. Obwohl sie bestimmt ahnen, dass wir Teile ihrer Kommunikation entschlüsseln konnten. Aber damit rechnet im Krieg jeder. Nein, ich glaube, dass dies der Tarnname einer bevorstehenden Militäraktion ist. Vielleicht haben wir Glück und verstehen, wer genau damit gemeint sein könnte – wir müssen nur zuordnen, wer Barbarossa, wer Frau Holle und wer Rienzi ist. Der Rotbart ist leicht, das wäre Russland.«

Iris stieß sich von der Tischkante ab, nahm das Dokument zur Hand und überflog es erneut.

»Frau Holle ... Handelt das Märchen nicht von einem Mädchen, das in einen Brunnen klettern muss, um seine Spindel heraufzuholen? Und dann trifft sie auf Frau Holle, die das Mädchen dafür belohnt, dass sie allerlei mühsame Arbeiten verrichtet? Ich würde sagen, Frau Holle symbolisiert Deutschland und das Dritte Reich.«

Alle verstummten, und Svartström nickte.

»Russland ... Hitler will die Sowjetunion angreifen. Nur wie Rienzi da hineinpasst, kann ich mir nicht erklären.«

Mit einem Mal sprang Bremer auf und nickte nachdrücklich.

»Nein, nein – Rienzi hat auch gar keine Bedeutung! Die Oper soll einfach der Inspiration dienen. Aber alle drei Werke, die wir identifiziert haben, haben ihren Ursprung in der germanischen Mythologie. Verstehe, wer will, warum eine moderne Nation sich mit altnordischem Humbug beschäftigt. An die Asen der Edda glaubt doch wohl bitte kein Mensch?«

Svartström schob seine Unterlagen zusammen und marschierte in Richtung Arbeitszimmer, blieb aber auf halber Strecke stehen.

»Wir rechnen also in allernächster Zeit mit dem Einmarsch in der Sowjetunion. Ich muss sofort mit der obersten Führungsebene sprechen. Bitte stellen Sie sicher, dass jede Nachricht, die ab sofort eingeht, von allen in diesem Raum gegengeprüft wird. Uns darf nichts, rein gar nichts mehr entgehen.«

Er machte die Tür hinter sich zu. Nach ein paar Minuten war er wieder da.

»Anscheinend war für den fünfzehnten Mai eine Invasion geplant, aber irgendwas hat sie zur Eile gedrängt; möglicherweise musste der Einmarsch in Griechenland priorisiert werden. Das heißt, für uns gilt jetzt höchste Alarmstufe. Das Manöver kann jeden Augenblick grünes Licht kriegen, da müssen wir auf alles gefasst sein. Ich denke, Sie verstehen den Ernst der Lage. Wenn es wirklich so weit kommt, ist die Wahrscheinlichkeit groß, dass Schweden auf die eine oder andere Weise in die Sache mit hineingezogen wird.«

Schweigend kehrten sie an ihre Plätze zurück. Iris schloss die Augen und versuchte, ihren Puls zu beruhigen. Trotzdem konnte sie nur noch an eines denken: wohin sie diesmal mit ihren Söhnen würde flüchten können. Wenn die Russen kämen, wüsste sie nicht mehr, wohin. Zum ersten Mal seit Langem musste Iris an Karl-Fredrik Ritter denken. Wenn er wirklich am Leben war, wie es schien, wäre er womöglich der Einzige, der sie und die Jungen retten könnte. Dann dachte sie an Kati, wo immer die gerade steckte. Vielleicht hätte Iris deren Koffer doch öffnen sollen. Vielleicht hatte er etwas enthalten, was ihr hätte weiterhelfen können.

SIGNE

Als Signe in den Aufenthaltsraum kam, blickte Valentina af Kleve auf. Auf ihrem Schoß ruhte eine Schreibmaschine, die kaum größer war als eine Handtasche. Signe musterte sie fasziniert.

»Ist das eine Schreibmaschine? So eine kleine habe ich ja noch nie gesehen!«

Valle lächelte.

»Das ist eine Reiseschreibmaschine, die ich überallhin mitnehmen kann. Sie ist ein bisschen klapprig, nimmt aber nicht viel Platz weg.«

»Ich verstehe gar nicht, wie man so schnell tippen kann. Wie machst du das?«

»Hast du es schon mal probiert? Das muss man bloß üben. Und wissen, wo man die Finger hinsetzt.«

»Warum sind die Buchstaben denn nicht alphabetisch sortiert?«

Valentina lachte.

»Das ist tatsächlich eine gute Frage! Und ich kann sie dir nicht mal beantworten. Aber du darfst sie dir gern leihen und üben. Ich will mich ohnehin gleich hinausschleichen und ein bisschen spazieren gehen.«

Signe schüttelte den Kopf.

»Nee … nicht dass ich noch etwas kaputt mache.«

»Mach dir keine Gedanken. Diese Maschine hat einen

flammenden Krieg und hohe See überlebt. So schnell geht sie nicht kaputt! Aber ich zeige dir, wo man die Finger hinsetzt. Versuch, sie genau dort zu halten und wirklich alle Finger zu benutzen. Sonst machst du es wie mein Vater, der sein Leben lang nur mit den Zeigefingern getippt hat, was ziemlich lustig aussah. Und es ging furchtbar langsam.«

Behutsam nahm Signe Platz, und Valentina stellte ihr die rote Maschine auf die Oberschenkel. Signe tat wie geheißen und versuchte, die Fingerkuppen über die Tasten zu halten, die Valentina ihr nannte.

»Von dieser Fingerstellung geht alles andere aus. Versuch mal, jemandem einen Brief zu schreiben – ich lese auch nicht heimlich mit. In einer halben Stunde bin ich wieder da.«

Signe saß von Kopf bis Fuß angespannt da, starrte auf die Tasten hinab und versuchte, nach und nach sämtliche Buchstaben anzuschlagen. Nach zehn Minuten hatte sie sage und schreibe zwei Zeilen zustande gebracht. Sie musste über sich selbst lachen. Wie albern es aussehen musste, wie sie mit ihren gespreizten Fingern dasaß!

ELISABETH

Elisabeth hatte ihren Eltern eine Nachricht hinterlassen: Sie müsse Nachtschicht arbeiten und wolle daher tags darauf ausschlafen. Trotzdem klopfte es laut an ihrer Zimmertür, und ihre Mutter trat ein.

»Und wann hat das werte Fräulein vor, uns über seine Pläne zu informieren? Papa und ich warten jetzt schon eine Ewigkeit darauf, dass ihr uns endlich erzählt, was ihr vorhabt.«

Elisabeth sah sich verwirrt um und stemmte sich mühsam hoch.

»Mama, bitte, es ist acht Uhr, ich bin gerade erst vor zwei Stunden ins Bett gekommen …«

»Das ist mir völlig egal, weil ich nämlich von *unseren Freunden* erfahren musste, dass ihr allen Ernstes zig Sachen vorhabt, ohne auch nur ein einziges Mal mit uns zu reden! Es wäre doch wirklich nett gewesen, so etwas von der eigenen Tochter und ihrem Zukünftigen zu erfahren und nicht aus dem Freundeskreis!«

Elisabeth stöhnte.

»Bitte, liebe Mama, wir haben überhaupt nichts Wildes geplant. Ich weiß auch nicht, woher eure Freunde das haben. Wir heiraten nicht groß. Und ich erzähle dir auch gleich, warum.«

Ihre Mutter sah sie mit großen Augen an.

»Bist du etwa schwanger?«

Elisabeth stöhnte.

»Nein, wirklich nicht. Aber ich erzähle dir alles, sobald ich auf der Toilette war. Und wenn du mich schon so dringend nach nur zwei Stunden Schlaf wecken musst, dann darfst du mir gern auch ein Frühstück vorsetzen. Weil ich nämlich ahne, dass das hier keine paar Stunden warten kann, oder?«

Ihre Mutter schnaubte, und Elisabeth huschte ins Bad.

Eine Viertelstunde später saß sie bei einem Becher Tee und belegten Broten ihren Eltern gegenüber.

»Es ist folgendermaßen: Dinty und ich finden beide, dass es derzeit unpassend wäre, wenn wir jetzt ein rauschendes Fest für zig Leute ausrichteten. Die Welt steht in Flammen, und in Zeiten der Knappheit, während es anderen so schlecht geht, wäre eine große Hochzeit wirklich nicht angemessen. Auf jeden Fall keine traditionelle Hochzeitsgesellschaft, die ihr euch sicher gewünscht hättet. Stattdessen – und das war Dintys Idee – heiraten wir im Standesamt, und das große Fest, eine große Cocktailparty, holen wir später nach.«

Ihre Mutter schnaubte in sich hinein.

»Eine Cocktailparty? Und wo sollte die eurer Meinung nach stattfinden?«

»In unserer neuen Wohnung?«

Die Reaktion ihrer Mutter entsprach genau dem, was Elisabeth sich ausgerechnet hatte.

»In eurer Wohnung? Wovon redest du?«

Elisabeth lächelte.

»Dinty hat eine phantastische Wohnung in der Sturegatan 32 gekauft. Sie soll modernisiert und muss dann natürlich noch eingerichtet werden. Ich darf mir die Möbel aussuchen! Wir dachten, um unser neues gemeinsames Heim zu feiern, wäre das doch sehr passend? Aber das muss bis zum Sommer warten. Früher werden wir sicher nicht fertig. Dintys Familie will ja auch dabei sein. Und natürlich werden all eure wichtigsten Freunde eingeladen. Bei der Verwandtschaft bin ich mir nicht so sicher …«

»Elisabeth! Das ist ein Anlass, bei dem die Familie nicht außen vor bleiben darf! Aber lass gut sein. Natürlich richten dein Vater und ich das Fest aus.«

Elisabeth schüttelte den Kopf und nahm einen Bissen von ihrem Brot.

»Das wird Dinty nicht zulassen. Er hat ohnehin das Gefühl, er bringt euch um ein großes Ereignis, und lässt euch deshalb sicher nicht für die Party aufkommen. Aber ihr könnt mir mein Kleid spendieren. Und ein weiteres für das Standesamt.«

Die Miene ihrer Mutter hellte sich auf.

»Dann dürfen wir trotz allem ein klein bisschen beitragen. Aber eine standesamtliche Hochzeit – macht man das wirklich so?«

Elisabeth zuckte mit den Schultern.

»Dinty ist ein moderner Mann mit einer modernen Familie. Was mir nur recht ist, trotzdem hoffe ich, dass ihr euch für uns freuen könnt.«

Ihr Vater beugte sich vor.

»Natürlich, natürlich! Wir mögen Dinty wahnsinnig

gern. Er ist ein toller Kerl und jemand, auf den man sich verlassen kann.«

Elisabeth lächelte und nahm sich noch ein Butterbrot. Es war genau so gelaufen, wie sie es sich vorgestellt hatte. Sie stand auf.

»Und jetzt entschuldigt mich bitte, aber ich muss noch ein paar Stunden schlafen. Um zwölf muss ich wieder zur Arbeit.«

Bevor sie ihr widersprechen konnten, verschwand sie, warf sich auf ihr Bett und deckte sich wieder zu.

Die Betriebsamkeit am Karlaplan nahm umso mehr zu, je besser die neue Dechiffriermaschine funktionierte. LM Ericsson hatte die ganze Zeit über in engem Kontakt mit Bremer gestanden, so dass die Arbeit immer geschmeidiger lief. Während im ersten Monat nur der Prototyp zur Verfügung gestanden hatte, waren nach wenigen Wochen sage und schreibe fünf Maschinen hergestellt worden. Die zahlreichen Neuen in der Abteilung waren fleißig bei der Arbeit, und die routinierteren Kolleginnen aus dem zweiten Stock analysierten die Nachrichten fast wie am Fließband.

Elisabeth spazierte auch weiterhin jeden Tag zum Krankenhaus, um Signe mit kleinen Mitbringseln zu versorgen. Auch wenn es oft gar nicht nötig gewesen wäre und ihr wertvolle Zeit raubte, genoss Elisabeth die täglichen Ausflüge. So bekam sie ein bisschen Bewegung an der frischen Luft und konnte auf dem Weg über dies und das nachdenken. Die zusehends hektischen Schichten am Karlaplan forderten ihren Tribut. Der Hauptgrund war doch, dass sie

Signe vermisste. Ihre kluge, vernünftige Freundin, die dort tapfer das Krankenbett hütete. Der Krankenschwester zufolge, die Elisabeth normalerweise einließ, war immer noch nicht abzusehen, wie lange Signe dortbleiben musste; womöglich noch mehrere Wochen. Weil Signe über eine längere Zeit unter Blutarmut gelitten hatte und ihre Werte so schlecht waren, dauerte die Genesung ein wenig länger. Trotzdem hoffte Elisabeth, dass Signe bald wieder auf den Beinen wäre, nun da der Frühling kam und damit auch höhere Temperaturen. Immerhin unternahm sie inzwischen bei Sonnenschein mit einer Mitpatientin kleine Spaziergänge durch den Krankenhauspark.

Der militärische Nachrichtendienst hatte von Elisabeth unterdessen nichts weiter eingefordert. Svartström hatte dort nachdrücklich darum gebeten, Elisabeth nicht unvorsichtigerweise einzusetzen, weil sie am Karlaplan weiter unverzichtbar war. Sie hatten sich mit Aufträgen für Elisabeth daher zurückgehalten, aber es würde sicher nicht mehr lange dauern, bis sie ihre Kontakte nutzen müssten.

Tatsächlich hatte Elisabeth schon genug damit zu tun, die Arbeit am Karlaplan zu bewältigen, und weil Dinty zusammen mit seinem Vater weiter kreuz und quer durch Europa reiste, passierte im Übrigen nur wenig; zu wissen, dass sie alsbald nur ein paar Straßen von ihren Eltern entfernt in ihre eigene Traumwohnung ziehen würde, entspannte die Lage zu Hause erheblich. Gullan hatte – genau wie Arne – umso bessere Laune, je runder ihr Bauch wurde. Elisabeths Eltern freuten sich nach wie vor, dass sie Dinty zum Schwiegersohn bekämen, und sprachen liebend gern davon, welch leuchtende Zukunft ihrer Tochter in einer so fabelhaften Familie bevorstand und dass sie sich nie wieder Sorgen zu machen brauchte.

Elisabeth konnte nicht richtig nachvollziehen, warum sich ihre Eltern so sehr um finanzielle Sicherheit scherten, aber vielleicht hatte sie da leicht reden: Sie hatte sich nie darüber Gedanken machen müssen, Miete zu bezahlen oder Essen auf den Tisch zu bekommen.

Mitunter tauchte Munch in ihrer Nähe auf, aber eine Begegnung wurde daraus nie. Dinty zufolge waren mehrere von Munchs Freunden nach dem unerfreulichen Vorkommnis am Silvesterabend auf Abstand von ihm gegangen. Schließlich wolle niemand eine ungesicherte Handgranate in seiner Nähe, wie Dinty sich ausgedrückt hatte. In ihren schwächeren Momenten tat Elisabeth ihr einstiger Flirt leid, aber derlei Regungen hielten nie lange an. Munch hatte seine Wahl getroffen und sollte nun auch dafür geradestehen, genau wie sein Umfeld.

SIGNE

Signe saß auf ihrem Bett. Der federleichte Brief wog schwer in ihrer Hand, und sie wusste nicht, woher sie den Mut nehmen sollte, ihn zu öffnen. Elisabeth hatte ihn ihr tags zuvor vorbeigebracht, doch Signe hatte ihn bislang auf ihrem Nachttisch liegen gelassen. Schwester Gerda hatte gelächelt und gefragt, ob es gute Nachrichten von zu Hause gebe, doch Signe war klar gewesen, was immer in dem Brief stünde, wäre nichts, worüber sie sich freuen könnte. Ihr Vater hätte nie unnötigerweise geschrieben.

Sie schluckte, griff nach einem Stift und riss damit den Umschlag auf. Die Briefmarke war sichtlich in Eile aufgeklebt worden: Sie saß schief, genau wie der Poststempel. Signe faltete den Briefbogen auf. In zittriger Schrift stand darauf geschrieben:

Liebe Signe! Wir auf dem Hof sind alle tief betrübt, weil Mutter vergangene Woche verstorben ist. Wir sind außer uns und betrauern sie sehr. Die Beerdigung wird in ein paar Wochen stattfinden, und sie ist auch der Grund, warum ich Dir schreibe. Wir sind gemeinsam zu dem Schluss gekommen, dass es trotz allem besser ist, wenn Du nicht nach Hause kommst. Es wäre sowohl für Erik als auch für Stig zu schmerzhaft, und das ist das Letzte, was wir wollen. Wir sind alle auch so schon

traurig genug. Ich hoffe, Du kannst das verstehen. Wir müssen unser Bestes tun, damit es weitergehen kann.
Vater

Signe spürte, wie sie ins Schwanken geriet, und hielt sich an der Bettkante fest. Dann stürzte sie ins Bad und schaffte es gerade so, sich das Haar zurückzuhalten, ehe sie auch schon ihr Frühstück erbrach. Kurzatmig ließ sie sich auf den Boden sinken. In ihren Ohren surrte es wie in einem Bienenstock, und sie hielt sie sich zu.

»Signe? Signe? Was ist passiert?«

Schwester Gerda kam herein, dicht gefolgt vom Oberarzt. Signe ließ sich hochhelfen und zum Bett führen. Der Brief war zu Boden gesegelt; sie schloss die Augen und stieß mit zitternder Stimme hervor: »Bitte, ich muss jemanden sehen …«

Dann bekam sie nur noch mit, wie der Arzt sie mit dem Stethoskop abhörte und die Schwester ihren Blutdruck maß. Das Einzige, was Signe vor sich sah, war das Gesicht ihrer Mutter an jenem Tag im letzten Frühsommer. Und sie hörte, was ihre Mutter zum Abschied gesagt hatte: »Wenn du jetzt gehst, dann kannst du dir sicher sein, dass wir dich nicht zurücknehmen.«

Ihre Mutter hatte recht behalten.

»Signe? Sie haben Besuch.«

Schwester Gerda tätschelte ihr lächelnd die Wange. Signe kämpfte sich aus dem Dämmerschlaf. In der Tür stand Elisabeth. Unwillkürlich schluchzte sie auf und schlug beide Hände vors Gesicht. Elisabeth trat auf sie zu und setzte sich auf die Bettkante.

»Liebe Signe, du ahnst nicht, wie sehr wir dich vermisst haben!«

Signe presste ihr Gesicht ins Kissen und spürte, wie Elisabeth ihr den Rücken streichelte.

»Alles wird gut. Alles wird gut.«

Es dauerte mehrere Minuten, ehe Signe es schaffte, sich aufzusetzen. Sie sah zu Elisabeth.

»Mein Vater hat mir geschrieben, dass meine Mutter gestorben ist.«

Elisabeth nickte.

»Ich weiß, die Schwester hat es mir schon erzählt. Sie haben den Brief auf dem Fußboden gefunden und mich angerufen. Es tut mir so leid!«

Signe schüttelte den Kopf.

»Sie wollen, dass ich nicht zur Beerdigung komme. Ich bin nicht mal mehr bei der Beerdigung meiner eigenen Mutter willkommen … Ist das gerecht?«

Elisabeth nahm Signes Hand.

»Sie glauben, dass sie das Beste tun. Ich kann es dir nicht anders erklären, als dass sie es nicht besser wissen …«

Signe nickte und nahm ein Taschentuch von ihr entgegen.

»Und vielleicht haben sie recht. Ich habe dort wohl wirklich nichts mehr zu suchen.«

Elisabeth antwortete erst nach einer Weile.

»Vielleicht richten wir einfach unsere eigene Zeremonie

aus. Damit du trotz allem trauern kannst. Wo soll sie denn beerdigt werden?«

»In Roslags-Kulla.«

»Dann fahren wir dorthin, sobald sie sie beerdigt haben und zum Leichenschmaus weitergezogen sind. Ich kümmere mich um einen Wagen.«

»Aber wenn uns jemand sieht?«

»Du hättest ihren Beschluss doch trotz allem respektiert und wärst nicht bei der Beerdigung erschienen. Aber niemand kann dir verbieten, deine eigene Mutter zu betrauern – und die Kirche steht allen offen. Du hast ein Recht darauf, von ihr Abschied zu nehmen.«

Signe streckte sich nach dem Glas Orangensaft aus, das man ihr hingestellt hatte.

»Kämst du denn mit?«

Elisabeth nickte.

»Selbstverständlich. Du bist nicht allein, ich bin für dich da. Wir alle. Professor Svartström macht sich solche Sorgen um dich, dass er kaum noch etwas isst. Er steht komplett neben sich, seit du ins Krankenhaus musstest. Ich weiß nicht, wie oft er schon hier angerufen hat und von deinem Arzt wissen wollte, wie es dir geht. Er kümmert sich sehr – und nicht nur als dein Arbeitgeber. Du bist ihm sehr wichtig.«

Signe errötete und schlug den Blick nieder.

»Ach, dass ich das hier veranstalte, erschwert ihm sicher den Alltag.«

»Du hast gar nichts veranstaltet. Keiner kann etwas dafür, wenn er krank wird! Erst recht nicht, wenn es etwas so Ernstes ist. Signe, wir waren alle außer uns vor Sorge. Du bist uns allen ans Herz gewachsen.«

Signe schniefte erneut, und selbst Elisabeth musste sich ein paar Tränen aus dem Gesicht wischen.

»Ich habe mit dem Arzt gesprochen, und es sieht ganz danach aus, als dürftest du bald wieder heim. Svartström kommt am Nachmittag her, er will unter vier Augen mit dir sprechen.«

»Oh Himmel, ausgerechnet jetzt, da ich wieder unpässlich bin und hier im Nachthemd sitzen muss!«

»Du bist im Krankenhaus. Und Nachthemd hin oder her – er sieht doch ohnehin nicht, was du anhast.«

Beide mussten lachen.

»Da hast du natürlich recht.«

Schwester Gerda klopfte vorsichtig an.

»Entschuldigen Sie, wenn ich während Ihres lieben Besuchs stören muss, aber Sie müssen jetzt leider Schluss machen. Das Mittagessen wird gleich serviert, und anschließend ist Visite. Aber Ihre Freundin darf gern morgen wiederkommen. Jetzt, da das Besuchsverbot aufgehoben ist, tut es Ihnen nur gut, wenn eine Freundin kommt und Sie aufheitert.«

Elisabeth stand auf und versprach, tags darauf wiederzukommen. Sie strich Signe über die Wange.

»Mach dir keine Gedanken. Es wird wirklich alles gut.«

Signe musste sich zusammenreißen, um die heutige Portion Blutwurst hinunterzukriegen. Doch diesmal lag es daran, dass sie nervös war. Was in aller Welt wollte Svartström mit ihr besprechen? Wie unziemlich, dass er sich ihretwegen mit solchen Privatangelegenheiten beschäftigen musste. Es war schließlich nicht seine Aufgabe, sich um ihr Wohlbefinden zu kümmern. Es hätte ihn nicht runterziehen dürfen – er hatte doch so viel Wichtiges zu tun!

Elisabeth sah, wie Fräulein Andersson über den Innenhof eilte. Petrén folgte ihr auf dem Fuß. Sie nickte zum Gruß, doch die beiden schienen sie gar nicht bemerkt zu haben.

Leicht außer Atem kam Elisabeth im zweiten Stock an, wo Bremer bereits über seinen Unterlagen brütete und Iris sich über Papiere beugte. Sie blickte auf, als Elisabeth eintrat.

»Oh, gut, dass du kommst, wir haben gerade eine merkwürdige Meldung hereingekriegt. Sie stammt aus dem Garnisonshaus am Karlavägen und ging nach Berlin – nur dass der Absender nicht passt … Ich glaube, du verstehst gleich, warum wir so irritiert sind.«

Iris hielt ihr den Bogen hin.

»Schweden bereit zur Zusammenarbeit und Transiterlaubnis. Garantiere Kollaboration. MvG General Carl Munch.«

Elisabeth ließ das Blatt sinken.

»Und was glauben wir, was mit Transit gemeint ist?«

Iris dachte kurz nach.

»Waffen? Truppen?«

»Kann das ein Versehen sein? Oder jemand, der Munch ans Messer liefern will?«

Iris schüttelte den Kopf.

»Svartström hat gerade mit zwei Maulwürfen gesprochen, und ihnen zufolge weiß immer noch keiner, dass wir die Nachrichten entschlüsseln können.«

»Was hält Svartström davon?«

»Er will es sofort melden. Das Problem ist nur, dass der Geheimdienst nichts von unserer Arbeit weiß. Um es dort also an oberster Stelle zu melden, muss er verheimlichen, womit wir arbeiten.«

»Und der Nachrichtendienst der Streitkräfte?«

»Der hat beschlossen, jemanden auf Munch und seine Frau anzusetzen. Allerdings kommt da erschwerend hinzu, dass sie zuvor ausgerechnet mit Svartström verheiratet war, der die Information geliefert hat.«

Elisabeth nickte.

»Wo steckt er gerade?«

»In der Sibyllegatan 49.«

Sibyllegatan 49 war seit Kurzem Sitz des Geheimdiensts, der inzwischen von Svartströms altem Schulfreund Ture Hagberg geleitet wurde.

Elisabeth ließ sich auf einen Stuhl sinken. Hieß das, dass die deutschen »Annäherungsversuche« ursprünglich von Munch initiiert worden waren? Und dass sie so dumm gewesen war und mit einem Landesverräter geflirtet hatte? Sie sah zum Fenster, durch das die Frühlingssonne hereinschien. Bei ihren ersten Begegnungen hatte Munch wiederholt versucht, sie sowohl hinsichtlich ihrer Deutschkenntnisse als auch im Umgang mit Schusswaffen herauszufordern. Das war ihr unangenehm gewesen, hatte sie später jedoch nicht mehr allzu sehr gestört. Hätte jemand sie gefragt, hätte sie inzwischen gelacht bei der Vorstellung, dass ausgerechnet Munch listig genug sein sollte, eine feindliche Macht mit Informationen zu versorgen. Schlimm genug, dass er es geschafft hatte, bis zum Rang eines Generals aufzusteigen. Andererseits genoss er nicht gerade die Unterstützung seiner Truppe oder den Respekt seiner Kollegen. Sie hatte mitnichten vergessen, wie Oberst Nordengren seine Missachtung gegenüber einem General ausgedrückt hatte, der sein Flugzeug nicht beherrschte und andere in Lebensgefahr brachte. Aber konnte das vielleicht der wahre Grund für Munchs rücksichtsloses Verhalten gewesen sein – dass er für seine Heimat so wenig Respekt aufbrachte, dass er sogar die Bestätigung anderer Länder brauchte, die ihrerseits seine Schwäche zu ihrem Vorteil ausnutzten?

Elisabeth legte das Blatt Papier beiseite und ging ihren Mantel aufhängen. Natürlich konnte man Munch vorwerfen, sowohl rücksichtslos als auch auf Bestätigung aus zu sein, aber so war auch sie selbst gewesen. In einer derartig heiklen Lage, in der die Welt sich befand, vor allem wenn man mit so wichtigen Aufgaben betraut war wie Elisabeth, durfte man sich nicht mit Banalitäten und primitivem Gehabe aufhalten. Sie betrachtete es als Warnung und nahm sich vor, ab sofort ihren Verstand einzusetzen. Übereilte Impulsentscheidungen konnten wesentlich mehr Menschen ins Verderben stürzen als nur sie allein.

Mit dieser Einsicht machte Elisabeth sich an die Arbeit. Jetzt galt es, die Ärmel hochzukrempeln und ihrer Pflicht nachzukommen.

SIGNE

Signe hatte sich einen Kittel angezogen und ein zusätzliches Paar Socken in die Pantoffeln gestopft. Valentina af Kleve würde endlich aus dem Krankenhaus entlassen werden, und sie wollten ein letztes Mal miteinander zu Abend essen. Valentina saß schon an ihrem Platz am Fenster. Noch während Signe mit behutsamen Schritten auf sie zuhielt, konnte sie sehen, dass etwas nicht stimmte.

»Meine Liebe, was ist denn los?«

Valentina brach in Tränen aus, genau wie Signe wenige Stunden zuvor.

»Entschuldigung ... Ich hatte gehofft, ich würde es schaffen, ohne zu heulen ...«

»Du darfst heute nach Hause! Was ist daran so schlimm?«

»Der Arzt war gerade bei mir. Sie haben etwas herausgefunden ...« Valentina schnäuzte sich und ballte die Faust. Dann räusperte sie sich. »Ich habe dir doch erzählt, dass ich hier bin, weil ich eine gewisse Angelegenheit in die eigenen Hände genommen habe – mit katastrophalen Folgen ...«

Signe sah sie verständnislos an.

»Ich dachte, es wäre glimpflich ausgegangen und die Infektion wäre endlich abgeklungen? Du siehst gesund und erholt aus – du wirst sehen, es wird schon werden! Was hat denn der Arzt gesagt?«

Valentina starrte auf ihre Hände hinab. Dann hob sie den Blick.

»Ich bin immer noch schwanger. Und zwar in fortgeschrittenem Stadium.«

Signe schreckte zusammen und blinzelte. Das musste sie erst einmal sacken lassen.

»Ich bin ein schrecklicher Mensch, sitze hier und heule wegen einer Sache, die du nie haben wirst … Es ist so ungerecht! Und falsch!

Signe setzte sich zu ihr.

»Wann soll es denn …«

»Im Juni. Rund um Mittsommer.«

»Oh, das ist ja schon bald! Aber der Juni ist ein schöner Monat. Da kann man schön draußen sitzen …«

Sie verstummte, und Valentina schnäuzte sich erneut.

»Ich werde eine grässliche Mutter! Ich kann das nicht. Ich bin nicht geschaffen dafür, auf irgendeinen Knirps Rücksicht zu nehmen. Ich bin gewohnt zu tun, was mich interessiert und was mir gerade einfällt.«

Signe antwortete nicht.

»Wie soll ich denn weiterarbeiten? Ich habe doch ohnehin Schwierigkeiten, mich inspirieren zu lassen und mich dann darauf zu konzentrieren. Wie soll das gehen, wenn ein Kind meine Aufmerksamkeit braucht? Ich nehme an, ich könnte ein Kindermädchen anstellen – trotzdem … all die Verpflichtungen, die damit einhergehen …«

Signe holte tief Luft.

»Weißt du, ich finde ja, dass du ein toller Mensch mit phantastischen Eigenschaften und einem scharfen Verstand bist.

Aber ich finde auch, dass du dich gerade verhältst wie ein verzogenes Gör, das es nicht besser weiß. Natürlich ist es ein Schock, natürlich fällt es dir schwer zu verstehen, wie dir das passieren konnte. Aber jetzt hör dir die Alternative an. Ich habe keine Gebärmutter mehr. Und vermutlich auch keine Anstellung, weil ich nicht mehr robust genug bin, um meine Arbeit zu verrichten. Damit ist auch meine Wohnung Geschichte – und ich habe keine Familie mehr, zu der ich zurückkehren könnte. Heute Morgen habe ich einen Brief von meinem Vater gekriegt, in dem steht, dass meine Mutter gestorben ist und der Rest der Familie mich bei der Beerdigung nicht dabeihaben will. Dass du hier jetzt sitzt und heulst, nur weil ein neues Leben in dir heranwächst, finde ich ganz schön beschämend. Es gibt doch wohl Schlimmeres als ein Kind. Außerdem bist du wohlhabend und kannst es dir leisten, dem Kind ein gutes Zuhause zu bieten. Dass wir Frauen über unseren Körper nicht frei bestimmen können, ist ganz fürchterlich, aber wenn wir schon mal in diesem Boot sitzen, dann heißt es jetzt rudern. Rudern und Schnabel halten.«

Mit diesen Worten marschierte Signe aus dem Salon. Sie kochte vor Wut und versuchte, ihre Atmung wieder unter Kontrolle zu kriegen. Sie konnte sich nicht erinnern, wann sie zuletzt so mit einem anderen Erwachsenen gesprochen hatte.

Eine Viertelstunde später klopfte es an ihrer Tür, und Valentina af Kleve kam mit Signes Essenstablett herein.

»Verzeih mir, Signe. Ich war eine Idiotin!«

»Ach was. Was ich zu dir gesagt habe, war eine Unverschämtheit.«

»Vielleicht teilweise … Aber das habe ich gebraucht. Ich werde nie wieder über etwas jammern, worüber die meisten anderen glücklich wären. Auf jeden Fall in meiner Lage – die ich nicht mal von einem Mann abhängig bin, um klarzukommen. Ich verspreche dir, ich nehme mir an dir ein Beispiel, Signe. Ich rudere und halte fortan den Schnabel.«

Sie stellte das Tablett ab, beugte sich zu Signe vor und nahm sie in den Arm.

»Ich fahre jetzt nach Hause. Aber ich habe dir meine Telefonnummer und meine Adresse aufgeschrieben. Melde dich, meine Tür steht dir jederzeit offen.«

Und dann war sie weg. Signe dachte kurz darüber nach, ihr nachzulaufen, setzte sich dann aber stattdessen ans Fenster und zog das Tablett auf die Oberschenkel. Das gebratene Hühnchen mit Bratkartoffeln und milder Pilzsauce schmeckte tadellos. Auch wenn ihr einstiger Appetit noch nicht vollends zurück war, freute sich Signe zumindest darüber, dass es ihr wieder schmeckte. An einem Tag wie diesem erwartete sie auch gar nicht mehr.

Erneut klopfte es zaghaft an der Tür. Sie rechnete damit, dass Valentina etwas vergessen hatte, und stand deshalb auch nicht auf. Doch anstelle von Valentina trat Professor Svartström ein. Bleich und abgezehrt, mit eingefallenen Wangen und auch sonst fast gebeugt – ein gebrochener Mann.

»Signe? Bin ich im richtigen Zimmer?«

Signe sprang auf. Sie war froh, dass er ihre Tränen nicht sehen konnte.

»Ja, hier sind Sie richtig. Ich bin hier.«

Ohne darüber nachzudenken, fiel sie ihm um den Hals, und er drückte sie an sich.

»Signe«, murmelte er, »meine liebe Signe ... Die Schwester hat gesagt, ich darf nicht lange bleiben, aber Sie werden bald nach Hause entlassen.«

»Ja, mal sehen ...«

»Signe, Elisabeth hat mir den Brief vorgelesen, den Sie mir geschrieben haben. Sprechen wir nicht mehr davon. Natürlich sind Sie weiter nützlich! Ich glaube, Sie wissen gar nicht, wie sehr. Ich ahne, dass diese Sache Sie sehr mitgenommen hat. Wir waren alle außer uns, und ich mache mir schlimme Vorwürfe, dass ich nicht eher bemerkt habe, wie schlecht es Ihnen ging.«

Signe wollte schon protestieren, doch der Professor schüttelte den Kopf.

»Ich muss das jetzt loswerden. Es hat mich Tag und Nacht gequält. Sie haben wie ein ganzer Trupp gearbeitet, obwohl Sie nicht voll bei Kräften waren. Ich habe eine neue Haushälterin eingestellt – Frida. Sie ist fleißig und hält Ordnung, kann allerdings nicht gut kochen, aber man kann nicht alles haben. Sie wissen, wie es um mich bestellt ist. Ich komme alleine nicht klar. Ich möchte Ihnen deshalb vorschlagen, Signe, dass Sie bleiben – allerdings als meine Sekretärin. Sie müssten mich zu meinen Besprechungen begleiten und sowohl meinen Arbeitsplatz als auch private Angelegenheiten in Ordnung halten. Frida bleibt auf ihrer Stelle, und Sie ziehen ins Gästezimmer am Ende des Flurs. Dort haben Sie mehr Platz und ein eigenes Bad. Ich will keine Widerworte hören. Ich kann nicht riskieren, eine so wichtige Person zu verlieren, wie Sie es für mich sind.«

Signe schüttelte den Kopf.

»Das kommt nicht infrage. Wenn ich bei Ihnen bleibe, dann mit allen Pflichten, genau wie früher.«

»Nein, ich lasse nicht länger zu, dass Sie sich mit Dingen abgeben, die stattdessen auch Frida übernehmen kann. Und Sie wollen ihr doch nicht die Anstellung streitig machen? Sie hat zwei kleine Kinder.« Svartström lächelte selbstzufrieden. »Ich wusste, dass dieser Trick Sie überzeugen würde.«

»Aber ich kann keine Sekretärin sein! Ich kann weder auf der Maschine schreiben noch stenographieren.«

»Ich habe eine ältere Dame damit beauftragt, Ihnen alles beizubringen. Angeblich ist sie sehr streng, aber die Beste. Hat gute dreißig Jahre für den Luftwaffenstab gearbeitet. Sie beherrschen die Rechtschreibung und haben Ihr mathematisches Talent ja schon unter Beweis gestellt.«

Signe holte tief Luft.

»Ich weiß zu schätzen, dass Sie mir etwas Gutes tun wollen und auf diese Weise eine Lösung gefunden haben. Aber lassen Sie mich einen Gegenvorschlag machen. Überlassen Sie die Küche mir, und Frida darf sich um alles andere kümmern. Und ich möchte auch nicht, dass sie getrennt von ihren Kindern wohnen muss. Wenn sie nicht kochen muss, sind ihre Arbeitstage nicht so lang. Kochen ist für mich keine Last, sondern macht mir Spaß – natürlich nur sofern Sie es mit meinen Mahlzeiten aushalten …«

Svartström lächelte wieder.

»Ich liebe Ihre Mahlzeiten! Sieht man das nicht? Seit Sie nicht mehr da sind, bin ich nur noch Haut und Knochen. Sie müssen zurückkommen!«

Er schien ihr direkt in die Augen zu sehen, auch wenn Signe natürlich wusste, dass dies unmöglich war. Ihre Wangen erröteten, und sie räusperte sich.

»Dann machen wir es gern so. Dass Sie das für mich tun, ist wirklich sehr freundlich.«

»Ich wünschte mir, Sie wüssten, dass ich Ihnen damit keinen Gefallen tun will – Sie sind ganz wesentlich mit dafür verantwortlich, wie ich meine Aufgaben meistern kann. Ich brauche Sie, Signe – mehr, als Sie glauben.«

Er verstummte.

»Danke, dass Sie eigens gekommen sind.«

Sie hielt ihm den Arm hin und begleitete ihn noch hinaus auf den Flur. Bevor er die Abteilung verließ, wandte er sich erneut zu ihr um und zog sie an sich.

»Kommen Sie bald nach Hause, Signe.«

Dann drehte er sich um und ging, und Signe war nicht imstande, sich vom Fleck zu rühren.

»Betty, Liebes, wir müssen los! Dein Vater wartet schon.«

Elisabeth schob sich eine Locke zurecht und legte sich den neuen Mantel über den Arm.

»Das schau sich einer an – wie hübsch du bist! Dinty muss sich nach dir verzehren.«

»Bestimmt! Aber er hat immer noch viel um die Ohren, und für uns ist das kein Problem. Wir wissen ja, was wir aneinander haben.«

Ihre Mutter tätschelte ihr den Arm.

»Ich bin so stolz, dass du dies alles so entspannt hinnimmst. Kein Hauch Nervosität wie bei den meisten anderen Bräuten. Übrigens haben Cavengrens sich gemeldet, sie haben von der Verlobung erfahren und wollten sofort gratulieren.«

»Mama, ich lade die Cavengrens nicht ein.«

»Ich hab doch gar nichts gesagt?«

»Die Cavengrens sind Nazis. Und er betrinkt sich bei jeder Gelegenheit und wird unangenehm. Gegen *sie* hab ich eigentlich nichts, aber den Mann ertrage ich nicht!«

»Bitte, Elisabeth, du redest über zwei unserer besten Freunde. An Georg ist nichts verkehrt. Er wird manchmal vielleicht ein bisschen laut ...«

Elisabeths Vater stand bereits ungeduldig an der Tür und schüttelte missbilligend den Kopf, als sie auf ihn zueilten.

»Warum dauert bei euch immer alles so lange? Ich stehe hier schon seit zwanzig Minuten. Was habt ihr denn noch gemacht?«

Elisabeth lächelte und gab ihrem Vater ein Küsschen auf die Wange.

»Es war allein meine Schuld. Ich konnte mich nicht entscheiden, welches Kleid ich anziehen sollte. Verzeih, es war nicht nett von uns, dich warten zu lassen.«

Ihr Vater murmelte etwas in sich hinein. Dann überquerten sie die Birger Jarlsgatan. Er drehte sich zu ihnen um.

»Ich habe Arne gefragt, ob sie noch vorbeikommen wollen, bevor sie ins Theater gehen, aber sie wussten nicht, ob sie es schaffen. Elisabeth, hast du etwas Neues von Dinty gehört?«

»Er hat angerufen und erzählt, dass er eine neue Bestellung von einer Schweizer Fabrik reingekriegt hat. Da war er natürlich hocherfreut. Sein Vater ist wieder zurück in New York, während Dinty noch ein, zwei Wochen dortbleiben muss, um sämtliche Details zu klären. Anscheinend ist es ein großer Deal, der sie über Jahre gut beschäftigen wird.«

»Das klingt gut. Je mehr in trockenen Tüchern ist, ehe ihr heiratet und eine Familie gründet, umso besser.«

Bei der Vorstellung, wie viele Jahre sie sich nun Fragen nach Nachwuchs würde anhören müssen, verzog Elisabeth das Gesicht. Dinty und sie müssten sich etwas zurechtlegen, was sie ihren Familien auftischen könnten. Signe hatte sie auch schon gefragt, ob sie sich darauf freue, Mutter zu werden, doch Elisabeth hatte nur geantwortet, das Thema werde ganz bestimmt nicht akut, ehe der Krieg zu Ende wäre. Was noch Jahre dauern konnte. Eine ähnliche Antwort würden wohl auch ihre Eltern zu hören bekommen.

Ihr Vater hielt die Tür für sie auf, und sie betraten das voll besetzte *Cecil*. Es war fast, als hätte ganz Stockholm während des strengen Winters Winterschlaf gehalten und wäre jetzt, da endlich Frühling war, zum Leben wiedererwacht. Die Kellner gaben ihr Bestes, die Speisen zu servieren, und jeder einzelne Tisch war belegt.

»Entschuldigung, wir haben für drei reserviert – auf Herrman.«

»Natürlich, Herr Herrman. Ihr Tisch wird gleich frei. Darf ich Sie, während Sie noch kurz warten, auf einen Drink an die Bar einladen?«

Elisabeths Vater blickte zufrieden drein.

»Sehr gern.«

Der Kellner lächelte und führte sie an den Tresen, wo ein Barkeeper bereitstand.

»Worauf dürfen wir Sie einladen? Champagner für die Damen? Und für den Herrn vielleicht ein trockener Martini?«

Sein Vorschlag wurde begeistert angenommen. Elisabeths Mutter ließ den Blick schweifen.

»Wenn man bedenkt, dass in dieser Welt ein Krieg tobt … Und hier amüsieren sich die Leute, als wäre nichts geschehen! Trotzdem ist es phantastisch, dass wir uns inmitten aller Unsicherheit doch über etwas freuen können.«

Elisabeth lächelte.

»Ja, das ist wirklich phantastisch.«

Im selben Augenblick blieb ihr Blick an ihm hängen. Carl Munch sah direkt zu ihr her und schien sie schon eine Weile anzustarren. Seine Wangen sahen eingefallen aus, und er war blasser, als sie ihn in Erinnerung hatte.

»Entschuldigt mich, da ist jemand, den ich begrüßen sollte.«

Neugierig sahen ihre Eltern ihr nach. Munch sah nicht glücklich aus und verzog den Mund, als sie sich näherte.

»Na, wenn das nicht das Fräulein Herrman ist? Was habe ich getan, um Ihre Aufmerksamkeit zu verdienen?«

Sie zuckte mit den Schultern.

»Ich dachte, es gehört zum guten Ton, zumindest Hallo zu sagen, wenn man ein bekanntes Gesicht entdeckt.«

Munch sah sie misstrauisch an.

»Ach ja? Wenn Sie mich fragen, sehe ich keinen Grund, warum wir so tun sollten, als wären wir gut befreundet. Ich glaube, Sie kehren besser wieder zu Ihrer Gesellschaft zurück.«

»Ich bitte wirklich um Verzeihung, wenn mein Versuch, höflich zu sein, nicht wertgeschätzt wird. Adieu.«

»Ach, bevor Sie gehen … Stimmt dieses irrsinnige Gerücht, dass Sie sich mit Stockholms zwielichtigstem Schwerenöter verlobt haben?«

Elisabeth lächelte.

»Aber sicher. Nun, gleich und gleich gesellt sich gern – genau wie in Ihrem Fall, General Munch. Sie und Ihre Frau scheinen ja eine glückliche Ehe zu führen. Sie hat am Silvesterabend wirklich bleibenden Eindruck hinterlassen.«

Sie machte auf dem Absatz kehrt und ging zurück zu ihren Eltern, die sie überrascht ansahen.

»Was war das denn?«

Elisabeth nippte an ihrem Champagner und bedachte Munch mit einem breiten Lächeln, das dieser mitnichten erwiderte.

»Ach, nur der Versuch, nett zu jemandem zu sein, der das gar nicht verdient. Aber wer könnte es ihm verübeln … Er ist Vivian von Geijers Ehemann.«

Ihre Mutter machte große Augen.

»Oh, die sich auf Yxtaholm so unmöglich gemacht hat? Was für ein Drama! Dabei war sie doch mal eine so hoch geschätzte Schauspielerin. Und bildschön! Ja, da versteht man, warum er so griesgrämig schaut. Seit der Feier werden die beiden anscheinend gemieden. Keiner will mehr das Risiko eingehen und sie einladen. So kann es gehen …«

Elisabeth nahm noch einen Schluck und lächelte ihre Eltern an.

»Jetzt wäre etwas zu essen gut. Ich bin völlig ausgehungert!«

Ihr Vater legte ihr seinen Arm um die Schultern.

»Aber liebe Betty, das warst du schon immer. Hungrig oder aufbrausend.«

Sie lachten, und Elisabeth verspürte eine große Dankbarkeit für ihre Eltern. Ganz gleich wie anstrengend die beiden sein konnten – sie waren stets für sie da gewesen und ihr Fels in der Brandung. Nicht alle waren so gesegnet. Sie bedachte Munch mit einem letzten Blick und fragte sich, ob er wohl ahnte, dass andere von seinem Doppelspiel wussten.

SIGNE

Signe hatte ihren Mantel schon an und die Handtasche auf dem Schoß. Elisabeth war mit frischer Kleidung gekommen und bei ihrem Anblick außer sich gewesen.

»Du liebe Güte, wie mager du geworden bist! Man sieht schon die Rippen!«

Signe hatte ihr Bestes gegeben, um wie geheißen zu essen, aber es reichte noch lange nicht. Sie konnte sich selbst kaum daran erinnern, wann sie zuletzt so dünn gewesen war, nicht mal als junges Mädchen.

Sie wartete auf den Arzt, der ihre Entlassungspapiere bringen würde. Die hatte er ihr schon seit Wochen versprochen, doch dann war der Zeitpunkt aufgrund ihrer schlechten Eisenwerte wiederholt aufgeschoben worden. Nun kam er über den Flur zu ihr gehetzt und nickte knapp. Sie folgte ihm in sein Sprechzimmer und setzte sich auf den Besucherstuhl. Ein loser Faden löste sich aus dem Stuhlbezug. Der Arzt ging aufmerksam ihr Krankenblatt durch und sah dann auf.

»Tja, Fräulein Jansson, ist es endlich so weit? Kann ich mich darauf verlassen, dass Sie meinen Empfehlungen folgen?«

Sie nickte.

»Ja, Herr Doktor.«

»Ich hoffe, dass Ihnen der Ernst der Lage bewusst ist und Sie auch weiterhin achtsam sind, damit Sie vollends gesund werden. Schwere Arbeiten sind tabu. Haben Sie schon mit Ihrem Arbeitgeber gesprochen?«

»Ja, Professor Svartström kennt die Bedingungen. Er ist so freundlich und behält mich trotzdem bei sich. Das hätte er nicht zu tun brauchen.«

Der Arzt murrte in sich hinein.

»Tja, gutes Personal ist nicht leicht zu finden. Aber dann kann ich mich darauf verlassen, dass Sie auf sich achtgeben?«

»Ja, Herr Doktor.«

Er unterschrieb das Krankenblatt und stand von seinem Schreibtisch auf. Signe nickte und knickste, ehe sie den Raum verließ. Auf dem Flur wartete Schwester Gerda mit Signes Tasche.

»Professor Svartström hat einen Wagen geschickt. Ich helfe Ihnen mit der Tasche.«

Signe folgte ihr die Treppe hinunter und in Richtung Ausgang, den sie in all der Zeit nicht ein einziges Mal durchschritten hatte. Dass sie seit Silvester hier war, war schier unbegreiflich. Draußen schien die Sonne. Als sie hinaustraten, blickte Signe gen Himmel und spürte die Wärme. Auf der anderen Straßenseite spross frisches Gras, und die Birken schlugen bereits aus. Sie war monatelang hier gewesen – eine Ewigkeit. Schwester Gerda drückte dem Fahrer Signes Tasche in die Hand. Signe lächelte und spürte zu ihrem Verdruss, dass ihr die Tränen kamen. Sie wischte sie mit dem Handrücken weg.

»Entschuldigen Sie, ich bin es gar nicht mehr gewöhnt, im Freien zu sein!«

Gerda tätschelte lächelnd Signes Hand.

»Daran werden Sie sich im Nu gewöhnt haben. Aber versprechen Sie mir, dass Sie es langsam angehen. Der Herr Doktor hat Ihnen erklärt, was Sie tun dürfen und was nicht?«

Signe nickte.

»Ich habe ihm schwören müssen, auf mich achtzugeben.«

Sie rutschte auf die Rückbank des Wagens, der Fahrer warf die Tür zu, stieg ein und fuhr los. Schwester Gerda winkte ihr hinterher. Signe schluchzte und zwang sich dann, nach vorn zu blicken. Es war an der Zeit, dieses Kapitel hinter sich zu lassen.

Der Wagen fuhr die Linnégatan hinauf, blieb direkt vor der Eingangstür stehen, und sofort stürzte Elisabeth auf sie zu.

»Oh, Signe! Du ahnst nicht, wie sehr wir diesen Augenblick herbeigesehnt haben!«

Vorsichtig stieg Signe aus, und Elisabeth schlang den Arm um ihre Freundin.

»Wir haben dich so sehr vermisst! Svartström ist den ganzen Tag schon ganz kribbelig – er freut sich riesig, dass du wieder da bist.«

Signe spürte, wie ihr die Hitze in die Wangen stieg. Hoffentlich sah man es ihr nicht an.

»Ach, ihr sollt doch nicht so einen Rummel machen! Es ist doch nichts dabei …«

Elisabeth griff sich Signes Tasche und schob die Tür auf.

»Doch, weil du uns wichtig bist!«

Sie nahmen den Aufzug nach oben, und Elisabeth war so aufgedreht, dass sie kaum stillstehen konnte. Als sie durch die Wohnungstür traten, wartete bereits ein Empfangskomitee, bei dem Signe schier zusammenzuckte: Iris und ihre Söhne, die Sträußchen aus Blausternen und Buschwindröschen für sie gepflückt hatten. Professor Bremer, der sie mit kerzengeradem Rücken breit lächelnd ansah. Dann machte Professor Svartström einen Schritt nach vorn. Er hatte einen neuen Anzug an und sah aus, als käme er frisch vom Barbier.

»Willkommen zu Hause, Signe. Ein vierfaches Hoch – sie lebe hoch! Hoch! Hoch!«

Der herzliche Empfang überwältigte sie. Ihr kamen die Tränen, und sie wusste gar nicht, was sie mit sich anfangen sollte. Dass sie hier alle versammelt waren – nur ihretwegen – und sie hochleben ließen … Sie konnte gar nicht mehr aufhören zu weinen und zog eilig ein Taschentuch hervor. Dann brachte sie zittrig heraus: »Ich bin so froh, wieder hier zu sein! Trotzdem müsst ihr entschuldigen, ich fühle mich gerade leicht unpässlich … Darf ich mich kurz zurückziehen?«

Sie schluchzte, eilte in die Küche und von dort in ihre alte Kammer, die kleine Zuflucht, die seit Monaten leer gestanden hatte. Dankbar ließ sie sich auf das schmale Bett sinken und schlug beide Hände vor das Gesicht. Sie war von Gefühlen regelrecht übermannt.

Nach einer Weile klopfte es leise an der Tür, und Iris steckte den Kopf herein.

»Darf ich?«

Signe nickte, und Iris setzte sich neben sie auf die Bettkante.

»Die Jungs haben dich vermisst, weißt du? Sie haben jeden Abend beim Zubettgehen nach dir gefragt. Wir haben uns alle solche Sorgen gemacht!«

Signe blinzelte und musste erneut schluchzen.

»Ich habe mich so gefreut, als ich euren Brief bekommen habe, auch wenn es sich ein bisschen albern anfühlte, dass ihr überhaupt hattet schreiben müssen, obwohl ich gar nicht weit weg war. Die beiden haben mit dem Schreiben solche Fortschritte gemacht!«

Iris lächelte.

»Ja, auch wenn Josef mit dem Rotstift ziemlich streng war, als Jan an der Reihe war. Er ist sehr pingelig, was Rechtschreibung angeht.«

Sie mussten beide lachen. Dann sah Iris sie ernst an.

»Geht es dir wieder gut? Ich habe gehört, was du durchmachen musstest.«

Signe nickte.

»Es war mir hauptsächlich ganz furchtbar peinlich, dass es so einen Aufruhr gegeben hat. Aber ich hab nicht geahnt, wie schlimm es um mich stand. Ich denke da an deine Schwester und all diese vornehmen Leute …«

Iris schnaubte.

»Derentwegen braucht man sich doch keine Gedanken zu machen. Was meine Schwester angeht: Die habe ich nicht mehr zu Gesicht bekommen. Kein Mucks, kein Brief, kein Anruf – ich habe versucht herauszufinden, wo sie steckt, aber sie ist wie vom Erdboden verschluckt.«

»Vielleicht ist sie mit ihrem Verlobten nach Deutschland zurückgekehrt?«

»Vermutlich. Aber auch da hätte sie doch Bescheid geben können. Es ist schon sehr merkwürdig.«

»Und keine Nachrichten aus Estland?«

»Leider nein. Aber ich bin fast dankbar dafür. Es fühlt sich mit der Zeit leichter an.«

Sie sprachen beide nicht aus, was auf der Hand lag, sondern sahen einander bloß einvernehmlich an. Dann blickte Signe sich plötzlich um.

»Wo sind denn meine Sachen?«

Iris lächelte.

»Wir haben eine Überraschung für dich. Bist du bereit?«

Signe holte tief Luft.

»Ich weiß nicht, wie viel mehr Trubel ich ertragen kann. Das hier ist schon ergreifend genug.«

Iris hakte sie bei sich unter.

»Das Nächste erträgst du auch.«

Sie zog Signe aus der kleinen Kammer und durch die Küche. Die anderen hatten sich im Salon versammelt und blickten ihr feierlich entgegen.

Svartström sah nervös aus, zupfte an seiner Krawatte und strich sich über das frisch geschnittene Haar.

»Also, Signe ... Wir sind alle sehr froh, dass Sie wieder zu Hause sind. Aber uns hat ein Vögelchen gezwitschert, dass Sie in Ihrer Zeit im Krankenhaus neue Dinge gelernt haben. Daher waren wir uns alle einig, dass Sie ein neues Zimmer in diesem Haus verdienen. Kommen Sie!«

Er nickte den anderen auffordernd zu, und gemeinsam

gingen sie hinaus auf den Flur. Dort schob er die Tür zum hinteren Gästezimmer auf und winkte Signe hinein.

Eine nagelneue Schreibmaschine stand auf einem wunderschönen Schreibtisch am Fenster. Das kleine Gästezimmer war dreimal so groß wie ihre alte Kammer und hatte Fenster in zwei Richtungen. Das Bett war breiter, frisch bezogen, und darauf lag ein Bettüberwurf.

Der Kleiderschrank war riesig. Signes schlichte Kleidung war ordentlich hineingehängt worden. Ein echter Teppich lag am Boden, und Iris teilte ihr überdies mit, dass sie ihr helfen würde, Gardinen auszusuchen.

Signe war peinlich berührt. Sie alle hatten einen solchen Aufwand betrieben, um sie zu Hause willkommen zu heißen. Trotzdem fand sie ihr neues Zimmer wunderschön. Das angeschlossene Bad mit Waschbecken hatte eine Tapete mit hellblauen Blümchen, die Signe an die Wiese mit den Vergissmeinnicht hinter ihrer heimischen Scheune erinnerten. Ein eigenes Bad – es war so herrlich, dass sie es gar nicht fassen konnte. Stumm sah sie sich um. Erst nach einer Weile hatte sie ihre Sprache wiedergefunden.

»Dieses Zimmer ist eines vornehmen Fräuleins würdig!«

Svartström lächelte.

»Dann sind Sie hier ja goldrichtig!«

Der Arzt hatte sie ausdrücklich ermahnt, in den folgenden Monaten nicht ihrer alten Arbeit nachzugehen. Das bedeutete andererseits, dass der Sekretärinnenkurs im ansonsten monotonen Alltag eine willkommene Abwechslung darstellte. Jeden Morgen ging Signe mit Svartström zum Karlaplan 4 und von dort weiter in die Floragatan, wo Frau Pihl in ihren vier Wänden Stunden gab. Weil Signe Einzelstunden hatte, war der Unterricht ungeheuer intensiv. In der ersten Woche hatte Signe bereits gelernt, wo sich welche Taste auf der Tastatur befand. Als Nächstes arbeitete sie unter einer Art Deckel, der ihr den Blick auf die Tasten verstellte, um an ihrer Schnelligkeit zu arbeiten. In der Mittagspause spazierte sie gern in den Humlegården, wo sie mit einem Butterbrot auf einer Bank saß. Nachmittags war Stenographie dran. Signe hatte das Gefühl, keinen richtigen Zugang dazu zu finden, und musste bei bestimmten Zeichen wiederholt nachfragen. Ihre Blutwerte waren immer noch nicht normal, so dass sie oft müde war. Um vier Uhr war Schluss, da lief sie zurück an den Karlaplan, um Svartström abzuholen. Manchmal, wenn Svartström noch mit Besprechungen im Gråbo beschäftigt war, besuchte Signe das Frauenhaus an der Grev Turegatan, das praktisch zwischen Floragatan und Gråbo lag. Sie wollte dort ihrer Dankbarkeit Ausdruck verleihen, weil sie dort hätte unterschlüpfen dürfen, als sie nicht weitergewusst hatte. Das würde sie ihnen dort niemals vergessen. Abends war Svartström oft weiter beschäftigt, aber wo immer möglich, verrichtete er seine Arbeit im heimischen Arbeitszimmer. Bremer hielt am Karlaplan die Stellung, und die beiden standen in engem Kontakt.

Die neue Haushälterin war zu Anfang ein wenig nachlässig und vergesslich gewesen, doch Signe hatte ihr wo immer möglich unter die Arme gegriffen. In einem schwarzen Büchlein schrieb sie für Frida auf, was Tag für Tag anstand, und nach einem Monat hatte Frida sich in ihre Rolle hineingefunden. Signe fand, dass sie ihre Aufgaben zusehends sorgfältig erledigte.

Reglos saß sie auf dem Bett. Sie konnte sich nicht dazu durchringen aufzustehen. Elisabeth klopfte vorsichtig an.

»Anton ist vorgefahren. Kann ich dir noch bei irgendetwas helfen?«

Signe schüttelte den Kopf und stemmte sich langsam hoch.

»Alles gut.«

Elisabeth hatte das schwarze Kleid mitgebracht, das Signe bei der Beerdigung ihrer Schwester getragen hatte. Es saß nicht mehr gut, war viel zu weit und sah aus wie ein Sack. Doch Elisabeth hatte überdies einen Schal mitgebracht, mit dem es besser ging; die alten Schuhe hätten geputzt werden müssen, aber dafür hatte sie keine Zeit mehr gehabt.

Elisabeth nahm sie beim Arm.

»Hast du gefrühstückt?«

Signe schüttelte den Kopf.

»Ich hab nichts runtergekriegt.«

Sie hatte die ganze Nacht wach gelegen und versucht, sich vorzustellen, wie die Beerdigung vonstattengehen würde. Ein ums andere Mal hatte sie versucht zu verstehen, warum ihre Familie beschlossen hatte, dass sie bei der Bestattung ihrer eigenen Mutter nicht dabei sein sollte. Es war ihr nicht gelungen. Es war schlichtweg nicht zu verstehen.

Anton, ihr Fahrer, öffnete den Schlag, und sie setzten sich auf die Rückbank. Elisabeth legte ihre Hand auf die von Signe. Dann saßen sie schweigend nebeneinander. Die Fahrt mit dem Wagen dauerte gut anderthalb Stunden. Als sie am Naturhistorischen Reichsmuseum vorüberfuhren, musste Signe schwer schlucken. Sie war seit einem Jahr nicht mehr zu Hause gewesen, und mit jedem Meter, den sie zurücklegten, wuchs ihre Nervosität.

Der Brief lag sorgsam gefaltet in ihrer Tasche. Sie fragte sich, ob ihre Mutter vor ihrem Tod mit dem Beschluss der anderen betraut gewesen war. Vielleicht war es ja sogar ihr Wunsch gewesen, dass Signe nicht dazukäme? Tränen brannten ihr in den Augen, und sie kramte nach ihrem Taschentuch. Kurz vor der Ausfahrt nach Vaxholm räusperte sich Elisabeth.

»Hast du deinem Vater eigentlich je geantwortet?«

»Nein, das konnte ich nicht.«

Sie schluchzte, und Elisabeth nahm erneut ihre Hand. Schweigend setzten sie die Fahrt fort.

Als sie an Åkersberga vorbeikamen, nötigte Signe sich zu langen, tiefen Atemzügen. Sie sah auf die Uhr. Inzwischen musste die Beerdigung vorbei sein, der Sarg lag jetzt in der Erde. Sie fragte sich, wer ihn getragen hatte. Ob ihr Vater dazugehört hatte oder nebenhergelaufen war.

Eine gute halbe Stunde später sah sie plötzlich die Kirche vor sich. Das rote Holzgebäude schien aus dem Nichts aufgetaucht zu sein. Auf den Anblick war Signe nicht vorbereitet.

»Ich weiß nicht, ob ich das schaffe …«

Elisabeth nahm ihre Hand und sah ihr in die Augen.

»Wir schaffen das. Ich bin die ganze Zeit bei dir.«

Signe sah ihre Freundin dankbar an. Ihr liefen die Tränen über das Gesicht, und sie wollte ihnen nicht mal mehr Einhalt gebieten. Gemeinsam stiegen sie aus, und Elisabeth bat Anton, an der Mauer zu parken und auf ihre Rückkehr zu warten. Signe sah sich beunruhigt um, doch der Friedhof lag verwaist vor ihnen.

Über einen schmalen Schotterweg hielten sie auf den Eingang zu. Signe trat vorsichtig durch das Tor, und Elisabeth folgte ihr nach. Die Kirche war leer; kaum vorstellbar, dass hier erst wenige Momente zuvor eine Trauergemeinde gesessen hatte. Signe lief den Mittelgang entlang, als sie plötzlich ein Räuspern vernahm.

»Liebe Signe! Ich hatte gehofft, dass du kommen würdest.«

Erschrocken sah sie dem Pfarrer entgegen, der auf sie zulief, und schüttelte den Kopf.

»Sie dürfen niemandem erzählen, dass ich hier war! Vater hat mir einen Brief geschrieben und darum gebeten, dass ich mich fernhalte.«

Der Pfarrer nickte.

»Ich weiß, und ich habe Ihrem Vater gesagt, wie unpassend ich das fand. Aber Sie kennen ihn ja, er ist ein sturer Esel. Kommen Sie, ich kümmere mich um Sie – und wie schön, dass Sie eine Freundin mitgebracht haben! In Augenblicken wie diesen sind gute Freunde Gold wert.«

Elisabeth streckte ihm die Hand entgegen.

»Elisabeth Herrman.«

Der Pfarrer nahm ihre Hand und nickte in Richtung der vorderen Bänke.

»Setzen Sie sich. Ich bin gleich wieder da.«

Signe und Elisabeth ließen sich auf die Kirchenbank sinken, und Signe schluckte trocken. Draußen schien die Sonne, doch hier in der Kirche war es kalt. Sie zuckte zusammen, als sie plötzlich den Pfarrer von der Kanzel sagen hörte: »Liebe Schwestern, die sich heute hier versammelt haben, um von einer geliebten Mutter Abschied zu nehmen. Wenn ein uns nahestehender Mensch überraschend stirbt, hören wir gern, dass Gott jene zu sich holt, die er am meisten liebt. Trotzdem ist es etwas anderes, wenn man die eigene Mutter verliert. Eine Mutter kann man nicht ersetzen – und nie vergessen. Erinnern wir uns also an Signes Mutter: eine Frau, deren Kinder ich in die christliche Gemeinde aufnehmen durfte und deren jüngste Tochter ich bereits unter die Erde bringen musste. Eine Frau, die jetzt von ihrer ganzen Familie betrauert wird, weil sie allen so viel bedeutet hat.«

Durch den Tränenschleier hindurch konnte Signe die Kanzel kaum noch erkennen. Elisabeth streichelte die ganze Zeit behutsam ihre Hand.

Über den Kiesweg kam der Pfarrer auf sie zu.

»Ich hoffe, Signe, du hast auf deine Art Abschied nehmen können. Wir alle haben ein Recht darauf.«

»Danke, das war sehr freundlich, dass Sie mich hier zugelassen haben.«

»Meine Tür steht dir immer offen. Das habe ich Gott an dem Tag deiner Taufe versprochen. Unter dem Dach der

Kirche sind wir alle Kinder. Und ich will auch, dass du weißt, dass deine Mutter dich sehr geliebt hat. Du hast ihr viel bedeutet.«

Signe schüttelte den Kopf.

»Das ist sehr nett, aber ich weiß, dass ich meine Mutter sehr verärgert habe, als ich nach Stockholm zog.«

Der Pfarrer machte einen Schritt auf sie zu und nahm Signes Hände.

»Deine Mutter war damals hier, um mit mir zu reden, kurz nachdem du abgereist warst. Sie war tieftraurig und erzählte mir, wie enttäuscht sie war – allerdings nicht von dir, Signe. Sondern von sich selbst. Weil sie es nicht fertiggebracht hatte, dir den Rücken zu stärken. Deine Mutter war sehr stolz auf dich und darauf, dass du in Stockholm eine Anstellung gefunden hast. Deine Mutter hat viel von dir gehalten, auch wenn sie es nicht hat zeigen können.«

Signe schluchzte, und der Pfarrer ließ ihre Hände los.

»Ich bringe dich jetzt zu ihrer letzten Ruhestätte. Sie hat einen wunderschönen, leicht versteckten Platz bekommen, von dem man den Blick über die Wiesen schweifen lassen kann.«

Er durchquerte den Friedhof und hielt auf ein frisches Grab zu. Signe umklammerte Elisabeths Hand und hielt die Augen eine Weile geschlossen, ehe sie sie langsam wieder aufschlug. Der Pfarrer lächelte.

»Ich lasse dich mit deiner Freundin allein. Die anderen warten beim Leichenschmaus auf mich.«

Der Pfarrer entfernte sich, und Signe blieb allein mit Elisabeth zurück. Sie starrte das offene Grab an, das noch nicht wieder aufgeschüttet worden war. Der Sarg war dunkel. Zuoberst lag ein Sträußchen mit Maiglöckchen, den Lieblingsblumen ihrer Mutter. Unaufhörlich flossen die Tränen, und fast schien die Zeit stillzustehen. Als die beiden Frauen zu guter Letzt kehrtmachten, hatte der Wind sich gelegt, und Signe sah ein letztes Mal zurück. Fast lautlos flüsterte sie: »Auf Wiedersehen, Mutter.«

Anfangs hatte sie sich nicht einmal getraut, die neue Schreibmaschine anzufassen, doch Svartström hatte sie wiederholt dazu ermuntert, abends ein wenig zu üben. Signe hatte einen Stapel Papier bekommen und ein Fläschchen mit weißer Farbe, mit der man Fehler abdecken konnte.

Eines Abends, nachdem sie nach dem Essen Geschirr gespült hatte, hatte Svartström erwähnt, dass er gleich ein vertrauliches Telefonat mit dem Staatsminister führen würde, woraufhin Signe sich an ihren Schreibtisch gesetzt hatte. Draußen vor dem Fenster schien noch immer die Sonne, und die Temperaturen waren tagsüber über zehn Grad plus gestiegen. Iris und Elisabeth hatten in den vergangenen Wochen Doppelschichten gearbeitet, und am Karlaplan 4 war es hektisch zugegangen. Die Zeitungen hatten über den Selbstmord der Schriftstellerin Karin Boye berichtet, und Signe hatte einen Kloß im Magen gehabt; derart verzweifelt zu sein, dass man nicht mehr leben wollte, fühlte sich fremd für sie an, erst recht seit ihrem Krankenhausaufenthalt. Die tief sitzende Angst, sich nicht mehr auf ihren Körper verlassen zu können, hatte Spuren bei ihr hinterlassen. Svartström hatte vorgeschlagen, Signe sollte darüber Tagebuch schreiben, als Übung – und weil Signe mit Worten gut umgehen konnte und eine bildhafte Art zu erzählen hatte. Sie ahnte insgeheim, dass das blöde Schmeichelei war. Trotzdem fand sie die Idee, Tagebuch zu führen, nicht völlig abwegig. Ihre Mutter hatte seit dem Tag ihrer Hochzeit das Gleiche getan. Signe hatte sich oft überlegt, in deren Zimmer zu schleichen und die Schilderungen ihrer Mutter zu lesen, sich aber nie getraut. Jetzt, da ihre Mutter nicht mehr lebte, hätte Signe alles gegeben, um wenigstens einen kleinen Einblick in deren Gedankenwelt zu erhaschen.

Signe spannte ein Blatt Papier in die Schreibmaschine ein und legte die Finger auf die Tasten, so wie Frau Pihl es ihr beigebracht hatte. Zuoberst schrieb sie:

Stockholm, den 15. Mai 1941

Heute Morgen hat es geregnet, doch am Nachmittag ist der Himmel aufgerissen. Die Kinder kamen mit ihren Rädern in den Humlegården, und auf dem Heimweg bin ich ein Weilchen geblieben, um die Blausterne rund um Floras Kulle zu betrachten. Professor Svartström fand meine Erbsensuppe, in die ich ein extra Stück Speck eingekocht hatte, ungewöhnlich gut. Die Pfannkuchen waren ebenfalls schmackhaft – mit selbst angerührter Preiselbeersahne.

Nach dem Abendessen fuhr Svartström zum Staatsminister. Es war die Rede von einem Treffen mit einem gewissen Karl Schnurre von der deutschen Botschaft. Ich habe den

Eindruck, Schnurre ist nicht gern gesehen. Am Karlaplan sind Nachrichten eingegangen, in denen ein großes Manöver angedeutet wird, aber aus unerfindlichen Gründen scheint es ins Stocken geraten zu sein – soweit ich es verstanden habe, aufgrund eines Problems in Griechenland. Aber das mag ich missverstanden haben, der Professor hat so vieles erzählt, als er wieder daheim war, nur war ich nach dem langen Tag müde und konnte nicht mehr aufmerksam zuhören.

Morgen muss ich wieder ins Krankenhaus, weil sie sehen wollen, ob sich meine Eisenwerte endlich gebessert haben. Auch wenn ich es mich kaum zu schreiben traue, ist es ein Segen, dass ich meine Periode nicht mehr bekomme. Mehr morgen.

Signe las noch einmal alles durch und verzog das Gesicht. Das war doch albern. Trotzdem nahm sie das Blatt heraus und legte es in ihre Schreibtischschublade.

ELISABETH

Elisabeth schleppte sich die letzten Stufen empor und gönnte sich erst einmal ein paar tiefe Atemzüge, ehe sie die Tür aufmachte. Die Doppelschichten der letzten Wochen forderten spürbar ihren Tribut, und die wenigen Stunden Schlaf, die sie bekam, waren unruhig. Die erhöhte Arbeitsbelastung galt für sie alle, die so viel Erfahrung hatten wie Iris und sie. Iris tat ihr Bestes, um ihre Schichten zu bewältigen, trotzdem hatte Elisabeth ein paar Schichten für sie übernommen, damit Iris zu Hause bei ihren Söhnen sein konnte. Josef war, seit seine Mutter immer häufiger außer Haus war, umso introvertierter geworden, während bei Jan das Gegenteil der Fall war: Iris hatte von zahlreichen Telefonaten mit seiner Lehrerin berichtet, derzufolge sich Jan nicht in die Klassengemeinschaft einfügen wollte.

Elisabeth streifte ihren Mantel ab. In den letzten Wochen war es endlich Sommer geworden. Auch wenn zu Anfang Juni noch nicht von Sommerwärme die Rede sein konnte, war es zumindest endlich milder.

Es war kurz nach sieben Uhr, und Elisabeth ging schnell die Nachrichten durch, die während der Nacht eingegangen waren; sie selbst war um kurz vor eins nach Hause gegangen, und die letzten Tage und Nächte waren beunruhigend still gewesen. Mit einem Mal fing die Maschine neben ihr an zu rattern, und Elisabeth las mit, was sie ausspuckte: »Unternehmen Barbarossa. 22. Juni. Nord, Mitte, Süd.«

Sie starrte den Papierstreifen an und stürmte dann hinüber zum Arbeitszimmer. Bei Arvid Bremers Anblick, der mit seinem Hemd als Kissen am Boden lag, zuckte sie zusammen. Verschlafen setzte der Professor sich auf und starrte Elisabeth an.

»Was ist los?«

Elisabeth hielt den Papierstreifen hoch.

»Die Deutschen haben ein neues Datum für ihr Unternehmen Barbarossa geschickt. Es ist der 22. Juni.«

Bremer kratzte sich am Kopf.

»Können wir diesmal ganz sicher sein? Das Gleiche hatten sie Anfang Mai schon einmal geschickt.«

»Sicher können wir nie sein, aber ich muss Svartström benachrichtigen. Er soll herkommen.«

Sie trat ans Telefon, und nach nur einem Klingeln antwortete Svartström verschlafen.

»Ja, ja, schon unterwegs.«

Die strenge Auflage, nichts Wesentliches übers Telefon zu verlautbaren, weil sie fürchteten, abgehört zu werden, zwang Svartström dazu, zwischen zahlreichen Adressen hin- und herzueilen. Elisabeth hörte, wie der Apparat auf ihrem Schreibtisch erneut zu rattern begann, und eilte dorthin zurück.

Den restlichen Morgen wurden ihre Geräte ohne Unterlass von Kommandos und Ordern unterschiedlicher militärischer Einsätze in ganz Europa überschwemmt. Um kurz nach zehn kam Iris Elisabeth zu Hilfe, und das nächste

Mal, als Elisabeth auf die Uhr sah, war es lange nach Mittag. Sie mussten sich mit Kaffee begnügen, aber solange ihre Nerven zum Zerreißen angespannt waren, beschwerte sich niemand darüber.

Mittwoch, den 18. Juni 1941

Sobald der Wecker klingelte, dachte ich erst, ich wäre zurück im Krankenhaus. Die Sonne schien am klarblauen Himmel, und als ich das Fenster aufmachte, war der Wind lau, obwohl es noch früh am Morgen war. Svartström hat sich gestern Abend zum Frühstück Grießbrei gewünscht, wie immer, wenn ihm ein anstrengender Tag bevorsteht. Der Professor findet, Grießbrei beruhigt den Magen. Das Telefon klingelte ohne Unterlass, und er bekam kaum etwas in sich hinein, ehe wir auch schon aufbrechen mussten. Der Wagen, der uns holen kam, fuhr schnell und musste wiederholt scharf abbremsen. Der Professor bat den Fahrer sogar, sich zu zügeln, als wir uns der Kungsgatan näherten.

Vor dem Riksdagshuset blühen die Blumenrabatten. Ich kann es gar nicht fassen, dass derlei Blumen mitten in der Stadt gedeihen. Wir wurden in einen großen Saal mit Gemälden gebeten, wo wir warten sollten. Der Professor erklärte mir, dass auf den Gemälden frühere Regierungsmitglieder abgebildet seien. Als wir hereingerufen wurden, sollte ich neben dem Professor am Tisch Platz nehmen. Außer mir waren sonst nur Männer bei der Besprechung anwesend – nicht einmal eine Sekretärin, die Protokoll führte. Der Staatsminister war angeblich noch im Königlichen Schloss. An seiner Stelle sprach Außenminister Christian Günther. Wenn ich es richtig sehe, ist Günther anders als die übrigen neuen Regierungsvertreter. Ich meine, ich hätte es an der Art und Weise erkennen können, wie die anderen ihn ansprechen. Was Svartström von ihm hält, ist schwer zu sagen, er lässt nur den nötigsten Austausch zu.

Am Nachmittag hatte Svartström ein Treffen im Gråbo, und erneut durfte ich meine Fähigkeiten praktizieren. Von den beiden neuen Aufgaben fällt mir die Stenographie wesentlich schwerer, auch wenn Svartström sich sehr zufrieden äußert, und ich wage zu hoffen, dass die Schnelligkeit sich noch einstellt.

Vom Gråbo aus gingen wir zu Fuß den kurzen Weg zur Sibyllegatan 49, allerdings sollte ich dort vor dem Sitzungssaal warten. Ich nutzte die Zeit, um mein Gekritzel aus der vorigen Sitzung ins Reine zu schreiben. Auf dem Heimweg erwähnte Svartström, dass sein Bridge-Abend mit dem Staatsminister trotz allem stattfinden werde, und um kurz vor 18 Uhr wurde er mit dem Wagen aufgelesen. Daraufhin setzte ich neuen Teig an. Die Laibe aus der Vorwoche sind bereits weg. Während der Teig gärte, konnte ich darüber hinaus zwei Sorten Plätzchen backen. Die Schachbretter sind besser geworden, die Marmeladenplätzchen leider ein wenig zu trocken, weil ich weniger Butter benutzt habe.

Um Viertel nach eins kam Svartström nach Hause und hatte anscheinend verloren, weil er wie eine ganze Cognac-Flasche roch.

ELISABETH

Elisabeth sprang auf ihr Fahrrad und zupfte ihr Kleid zurecht. Dann strampelte sie eilig die Kommendörsgatan entlang – sie war froh, in den kommenden Tagen freizuhaben. Svartström hatte ihnen einen Ausgleich für die langen Schichten in Aussicht gestellt, und nun stand ihr eine ganze Urlaubswoche bevor. Urlaub – ein Wort, von dem sie wenige Jahre zuvor nie geglaubt hätte, dass es in ihrem Leben eine Rolle spielen würde. Doch als arbeitende Frau war Urlaub ein göttlicher Luxus, den sie inzwischen zu schätzen wusste. Arne und Gullan hatten erzählt, dass sie von nun an in der Stadt bleiben wollten, weil das Baby jederzeit kommen konnte. Gullan hatte Elisabeth anvertraut, dass sie nervös und auch ein bisschen traurig war, weil sie in der Stadt bleiben mussten, obwohl es doch ausgerechnet jetzt endlich warm wurde.

Elisabeths Eltern wollten Freunde in Sandhamn besuchen, die zu ihrem jährlichen Sommerfest geladen hatten. Elisabeth freute sich schon darauf, Signe und Svartström auf Skarpo zu besuchen, wohin er sie, Iris und Bremer eingeladen hatte. Sie hatte Svartström versprochen, Hustenbonbons mitzubringen, bog schlingernd links in die Nybrogatan ein und hielt auf die Östermalmshallen zu. Sie stellte ihr Fahrrad vor dem Eingang ab und wollte gerade die Markthalle betreten, als sich ihr jemand lächelnd in den Weg stellte.

»Oberst Nordengren, haben Sie mich erschreckt! Herr im Himmel!«

Nordengren lachte.

»Kaum zu glauben, dass das Fräulein Herrman so schreckhaft sein soll ... Ich habe schon länger auf eine Begegnung gehofft, aber Sie spontan in der Stadt abzupassen war schwieriger als gedacht.«

»Ach, das erzählen Sie doch allen Frauen, denen Sie den Schreck ihres Lebens einjagen wollen!«

Mit einem Mal sah Nordengren ernst aus.

»Ich wollte Sie etwas fragen. An jenem Abend, als wir uns kennengelernt haben, hatte ich das Gefühl, uns würde etwas Besonderes verbinden. Dann vor einigen Wochen machte das Gerücht die Runde, dass Sie sich mit Charles Lagerman verlobt hätten. Stimmt das? Und war meine Einschätzung wirklich so falsch?«

»Ihre Einschätzung war nicht falsch, Oberst Nordengren. Auch ich hatte das Gefühl, dass wir uns sehr vertraut waren. Aber es stimmt obendrein, dass Dinty am Silvesterabend um meine Hand angehalten hat.«

»Und Sie haben Ja gesagt?«

»Ja.«

Nordengren breitete lächelnd die Arme aus.

»Dann war ich zu spät ... wie immer! Ich scheine einfach kein Glück in der Liebe zu haben. Aber ich muss schon sagen, Ihre Verlobung hat mich überrascht. Ich hatte immer den Eindruck, Dinty sei ... nun ... anders.«

Er sah ihr in die Augen, und sie zwinkerte.

»Das glaube ich nicht, dass Sie Pech in der Liebe haben.

Sie müssen nur geduldig sein. Früher oder später fügt sich alles zusammen.«

»Sogar was Sie betrifft?«

»Vielleicht sogar das. Wer weiß?«

Nordengren lupfte seinen Hut und verneigte sich.

»Dann warte ich, bis meine Stunde geschlagen hat. Ich habe nämlich das starke Gefühl, dass Sie die Wartezeit wert sind. Und ich … Ich habe es nicht eilig. Dann auf ein Wiedersehen, Fräulein Herrman.«

»Auf Wiedersehen.«

Sie blieb noch kurz stehen und sah ihm nach, wie er die Nybrogatan entlangging. Er war – wenn das denn möglich war – noch größer, als sie ihn in Erinnerung gehabt hatte. Und sein Lächeln war charmanter gewesen denn je. Sie seufzte leise auf und setzte sich in Bewegung. Oberst Nordengren würde sie unter Garantie in den kommenden Nächten in ihren Träumen heimsuchen. Und sie hatte nichts dagegen.

SIGNE

Donnerstag, den 19. Juni 1941

Das Telefon klingelte schon um halb sechs in der Früh. Ich selbst war schon wach, weil ich bei offenem Fenster geschlafen hatte und die Vögel so wild gezwitschert hatten, dass ich unmöglich hätte weiterschlafen können. Es war, als läge etwas Spezielles in der Luft – kaum zu glauben, dass der Sommer jetzt wirklich da ist.

Bremer hatte eine frühe Meldung auf den Tisch bekommen, und Svartström mahnte sofort zur Eile. Ein Wagen holte uns ab, und wir fuhren zum Hauptbahnhof. Dort an einem Tisch saß der Staatsminister mit einer Tasse Kaffee und ein paar Butterbroten – wie ein beliebiger Mitbürger. Meine Finger zitterten, als ich den Stift zur Hand nahm, und es war nicht leicht, mir in Anwesenheit dieses Mannes all die stenographischen Kürzel ins Gedächtnis zu rufen. Ich traue mich gar nicht niederzuschreiben, was bei dem Treffen gesagt wurde. Aber ich bin froh, dass derart kluge Menschen unser Land regieren. Svartström war aufgewühlt, aber beherrscht, als wir anschließend weiter zum Karlaplan eilten. Während des kurzen Marsches bat er mich, meine Aufzeichnungen ins Reine zu schreiben, sobald wir dort wären. Wir lösten Elisabeth und Bremer ab, die die Nacht durchgearbeitet hatten und beide mitgenommen aussahen. Iris kam kurz nach uns an. Den restlichen Tag herrschte große Anspannung; Bremer schrie Fräulein Andersson an, und Petrén kippte seinen Kaffee über einer Menge Unterlagen aus.

Am Nachmittag wurden wir erneut von einem Wagen abgeholt, und diesmal fuhren wir zur deutschen Botschaft. Ich musste gute Miene machen, während Svartström Karl Schnurre vorgestellt wurde, dessen Namen ich ja nun bereits kannte.

Was besprochen wurde, darf ich nicht wiedergeben, aber es war auf jeden Fall ergebnislos für beide Seiten. Nach der Besprechung wurden wir auf ein Abendessen ins Grand Hôtel in Saltsjöbaden eingeladen, doch Svartström lehnte rundheraus ab.

Eine Sache, die mir nicht aus dem Kopf gehen will, war Schnurres Anmerkung: »Es wäre noch untertrieben, das schwedische Nein zur Transitvereinbarung unhöflich zu nennen. Unser Führer dürfte es als Hoffnung von schwedischer Seite auffassen, dass Deutschland den Bolschewismus besser nicht zurückschlägt.«

Auf dem Heimweg erklärte mir Svartström, dass man beunruhigt sei, die Absage an Deutschland könne dazu führen, dass Schweden und Finnland auf entgegengesetzten Seiten landen würden – was vonseiten der Schweden als absurd empfunden würde. Trotzdem war der Professor beunruhigt und meinte, der Transit sei nicht mit strikter Neutralität vereinbar.

»Er ist eine ungewöhnlich unangenehme Person, dieser Karl Schnurre«, sagte er dann, »herablassend und widerlich nett zu gleichen Teilen.«

Zum Abendessen kochte ich Kartoffeln und servierte den Hering dazu, den ich in der vorangegangenen Woche eingelegt hatte. Als zweiten Gang bekam der Professor Schweineschnitzel mit geklärter Butter. Kaum dass er fertig war, rief der Staatsminister wieder an, und der Professor wurde erneut abgeholt. Er sah müde aus. Er meinte noch, ich solle nicht auf ihn warten, also ging ich ins Bett, stellte ihm aber noch ein paar Butterbrote auf ein Tablett.

Ich machte um kurz nach elf das Licht aus. Draußen war es immer noch hell.

* * *

Freitag, den 20. Juni 1941

Die Vögel haben schon um zwei Uhr nachts angefangen zu zwitschern, so dass ich kaum ein Auge zugemacht habe. Ungefähr zur selben Zeit kam Svartström nach Hause, und ich glaube, er blieb noch eine Weile wach und machte sich Aufzeichnungen, ehe er sich schlafen legte. Beim Frühstück bat er mich, das Radio anzustellen, und wir hörten uns eine Sondersendung an. Goebbels hatte sich an sein Volk gewandt, und im schwedischen Radio konnten wir uns seine Rede über die bevorstehende Invasion anhören. Das Unternehmen Barbarossa solle eine Militäraktion historischen Ausmaßes werden – und Goebbels bat Gott um dessen Beistand im Kampf.

Svartström saß verkniffen da und rührte seinen Brei kaum an. Er bat um ein Kopfschmerzpulver und erklärte, dass der Staatsminister auf gleich zwei Absacker bestanden hatte.

Man könne ihm schlecht etwas abschlagen, dem Minister. Der Professor sagte auch, dass dies der gewaltigste Kriegsausbruch denn je sei und man sofort die Regierung einberufen müsse – allerdings nur diejenigen, die noch in der Stadt seien. Von der Mobilmachung dürfe sonst niemand erfahren. Mir war schlagartig schlecht. Der Ernst der Lage war mir zuvor nicht annähernd bewusst gewesen, und selbst ich hatte nun Schwierigkeiten, etwas hinunterzukriegen.

Ein Wagen holte uns ab, und zu meiner großen Überraschung sollten wir zum Königlichen Schloss gebracht werden. Der Professor muss mir mein Entsetzen angesehen haben und sagte eilig, dass wir nicht den König treffen, sondern lediglich für den Staatsminister ansprechbar sein sollten, der dorthin einbestellt worden sei.

Im Schloss war ich so nervös, dass ich gar nicht richtig mitbekam, wie es um uns herum aussah oder wer dort auf uns wartete. Ich hatte Schwierigkeiten, meinen Block ruhig zu halten, und meine Hand zitterte, als ich versuchte, alles mitzuschreiben.

Direkt im Anschluss wurden wir weiter an den Reichstag verwiesen, wo sich die halbe Regierung eingefunden hatte. Andere waren bereits mit ihren Familien zu ihren Sommerhäusern gefahren, um Mittsommer zu feiern. Christian Günther leitete die Sitzung ein, und was er zu berichten wusste, schockierte die anderen. Er setzte sie zunächst über die deutschen Forderungen ins Bild und erzählte dann, dass der schwedische König mit Abdankung gedroht habe, falls die Regierung einen gegenteiligen Beschluss fassen sollte – und dem Staatsminister zufolge meinte er es ernst. Alles Weitere kann ich kaum noch entziffern, weil ich ebenso wie die anderen im Saal völlig erschüttert war. Kann unser König wirklich so etwas gesagt haben? Ich weiß nicht mehr, was ich glauben soll – aber damit war ich wie gesagt nicht allein.

Svartström lehnte den angebotenen Wagen ab, und stattdessen gingen wir zu Fuß nach Hause. Der Professor wirkte verzagt und ließ die ganze Zeit über den Kopf hängen. Ich sprach ihn lieber gar nicht an. Stattdessen betrachtete ich unsere bildschöne Hauptstadt. Überall waren Jugendliche in Sommerkleidung und mit Picknickkörben auf ihren Rädern unterwegs. Krieg hin oder her – der Sommer ist da.

Ich schaffte es nicht einmal mehr, ein Abendessen herzurichten, als erneut das Telefon klingelte und Svartström ins Hotel Reisen gerufen wurde, wo der Staatsminister mit Christian Günther zu Abend aß. Er war wirklich nicht zu beneiden. Der Abend sollte mit einer Partie Bridge bei einem gewissen Kollberg abgeschlossen werden, doch diesmal gelang es Svartström, sich vor den Absackern zu verabschieden, so dass er kurz nach Mitternacht wieder zu Hause war.

Ich selbst brachte kaum meine Dickmilch hinunter, bevor ich ins Bett fiel. Der arme Svartström – dass er so viel leisten muss!

* * *

Samstag, den 21. Juni 1941

Der Morgen begrüßte uns mit strahlendem Wetter, genau wie schon an den vorherigen Tagen, und ich wünschte mir einen Moment lang, zurück auf unserem Hof zu sein. Dort wären wir mit den Fahrrädern an den See gefahren und eine Runde schwimmen gegangen. Das fehlt mir sehr.

Svartström bat mich, ein Bad vorzubereiten, ehe er bloß einen Kaffee im Stehen trank. Er sah schlimm aus, und ich hätte ihm gern irgendetwas gesagt, was ihn aufgeheitert hätte, auch wenn ich insgeheim weiß, dass es vergebens gewesen wäre. Als er aus dem Badezimmer kam, teilte er mir mit, dass die Regierung um zehn Uhr zusammentreten werde, ich aber nicht dabei sein müsse. Was dort besprochen werde, dürfe ohnehin den Raum nicht verlassen. Dann überraschte er mich, indem er sagte: »Liebe Signe, ich weiß, es waren hektische Tage, und den Ernst hätte ich Ihnen gerne erspart. Aber wenn Sie so gut wären und für ein paar freie Tage auf dem Land packen würden, wäre ich Ihnen sehr dankbar. Ich schlage vor, dass wir uns, sobald die heutigen Verpflichtungen ausgestanden sind, in mein Sommerhaus draußen auf Skarpö begeben und den Dingen ihren Lauf lassen. Die Welt ist ohnehin aus den Fugen, und nach der heutigen Besprechung werde ich nicht mehr gebraucht. Morgen werden die Deutschen quer durch unser Land marschieren, und unser Stolz ist dahin. Versuchen wir doch stattdessen hinzunehmen, was wir ohnehin nicht beeinflussen können.«

Genau so habe ich es in Erinnerung – weil ich so erleichtert war, auch wenn ich es nicht hätte sein dürfen. Es ist fast, als könnte der Professor bisweilen meine Gedanken lesen. Ich weiß nicht, wie er das macht. Aber nichts hätte mich glücklicher machen können als die Aussicht, für ein paar Tage aus der Stadt rauszukommen und um mich he-

rum das Meer und die Natur zu sehen. Ich freue mich darauf, erstmals nach Skarpö zu kommen – es ist ein Lichtblick in dieser düsteren Zeit. Und ich glaube, er hat es ganz genauso empfunden.

EPILOG

Signe stieg aus dem Wagen, sobald sie vor dem weiß gestrichenen Tor gehalten hatten, das dringend einen neuen Anstrich gebraucht hätte. Am Zaun entlang standen Fliederbüsche, deren verblühte Zweige immer noch dufteten. Der Fahrer half ihnen mit dem Gepäck und den Kisten voller Vorräte, die Signe sorgsam zusammengepackt hatte. Svartström hatte ihr mitgeteilt, dass er sich zehn Tage freigenommen hatte, die sie hier auf Skarpö verbringen würden.

Sie griff zu ihrer Tasche, nachdem Svartström ihr streng mitgeteilt hatte, dass der Fahrer den kompletten Rest tragen würde. Dann blieb sie kurz am Tor stehen und atmete den süßen Fliederduft ein. Svartström lächelte in ihre Richtung.

»Ist der Flieder nicht toll? Mein Großvater hat ihn gepflanzt, als sie das Haus gebaut haben. Als ich klein war, hat Großmutter mir verraten, dass man die Blüten essen kann. Ich fand das immer speziell! Ich war jeden Sommer hier – vom ersten bis zum letzten Ferientag. Diese endlosen Sommer …«

Er legte die Hand aufs Tor und schob es vorsichtig auf. Signe folgte ihm über den schmalen Kiesweg hinauf zu dem weißen Holzhaus. Auch das Haus selbst musste frisch gestrichen werden, trotzdem konnte Signe sich an den herrlichen geschnitzten Details gar nicht sattsehen. Svartström lief um die Ecke – und Signe keuchte auf. Zur Vorderseite war ein Wintergarten angebaut worden, von dem man aufs Wasser blickte. Bis zum Ufer erstreckte sich eine Wiese voller Blumen. Am Bootssteg lag ein schlichter Kahn vertäut.

»Das ist ja atemberaubend!«

Svartström nickte.

»Ja, das stimmt. In den letzten Jahren habe ich es nicht ertragen, hier zu sein. Ich hatte immer geglaubt, eines Tages würden hier meine Kinder aufwachsen, doch dieser Traum war mit meiner Scheidung geplatzt. Ich will Sie nicht verschrecken, Signe, aber seit Sie bei mir angefangen haben, ist in mir etwas aufgekeimt: die Lust, endlich wieder schöne Dinge zu erleben. Deshalb habe ich den Verwalter hier auf der Insel gebeten, nach dem Haus zu sehen, und er hat sich den Winter über darum gekümmert. Ich hoffe, er hat es anständig gemacht. Er hat auch versprochen, das Boot aus dem Schuppen zu holen. Liegt es am Steg?«

»Ja.«

»Dann ist es jetzt an der Zeit, dass wir hineingehen und sehen, was uns dort erwartet. Hier gibt es keinen Strom, aber wir haben eine Wasserpumpe. Die Frau des Verwalters war hier und hat geputzt und die Betten frisch bezogen. Sie will den Sommer über jeden Morgen vorbeikommen. Die beiden haben Rinder und Hühner und versorgen uns mit frischer Milch und Eiern zum Frühstück.«

Neugierig folgte Signe ihm die Treppe hinauf und beäugte jede noch so geringe Bewegung, als er die Tür mit dem alten

Schlüssel aufschloss. Es war ihr peinlich, als sie beim Eintreten einen kleinen Quietscher ausstieß. Der Wintergarten badete im Abendlicht, das auf ausgebleichte, blau gemusterte Möbel fiel. Ein weiches Sofa und zwei große Sessel standen um einen Rattantisch herum. Im rückwärtigen Teil stand ein weißer Esstisch mit Platz für acht Leute.

»Sie dürfen gern einen Hausrundgang machen, während ich den Fahrer anweise, wo er das Gepäck hinstellen soll.«

Wie in Trance machte Signe ein paar Schritte in das Haus hinein. Sie war noch nie an einem derart magischen, schönen Ort gewesen. Im vergangenen Jahr hatte sie einige prächtige Häuser und Anwesen zu Gesicht bekommen, sogar das Schloss – aber dies hier war ein Paradies anderer Art. Ein Sommertraum.

Nach dem Abendessen spülte Signe das Geschirr an dem kleinen Spülbecken. Sie war hinaus in den Garten geeilt und hatte drei Sträußchen gepflückt und sie in jeweils passende Vasen gestellt. Die Sonne ging allmählich unter, und Svartström saß in einem der Sessel. Auf den ersten Blick hätte man meinen können, dass er die Aussicht genoss – und vielleicht war es wirklich so. Seine Erinnerung an die Aussicht.

Signe trocknete sich die Hände ab und hängte die Schürze auf. Das Zimmer, in dem sie schlafen sollte, war mit einer hinreißenden Blümchentapete verziert. Das Bett war mit gemangelter, blassrosa gestreifter Bettwäsche bezogen. Sie schämte sich, dass sie hier residieren sollte wie ein feines Fräulein, riss sich dann aber zusammen. Sie würde ihre

Herkunft ja doch nie vergessen und dass sie in Wahrheit ein einfaches Mädchen aus Roslags-Kulla war.

Svartström lächelte ihr entgegen, als sie in den Wintergarten trat.

»Möchten Sie einen Cognac?«

»Sehr gern. Und es wäre mir eine große Freude, wenn Sie mir dabei Gesellschaft leisteten und sich selbst ein Glas Sherry oder einen Likör nähmen. So haben wir es in den Sommern meiner Kindheit gemacht – hier auf dem Land sind wir mit unseren Bediensteten immer sehr viel enger umgegangen als in der Stadt.«

Signe schenkte ihm ein Glas Cognac ein und beäugte misstrauisch die Likörflasche. Svartström musste gespürt haben, dass sie zögerte.

»Sie haben doch schon zuvor Sherry getrunken – der Likör ist ein wenig süßer und dickflüssiger. Ich glaube, Sie werden ihn mögen!«

Vorsichtig goss sich Signe einen Likör ein und setzte sich in den zweiten Sessel.

»So, und dann habe ich hier noch ein neues Buch, das Ihnen gefallen dürfte. Auf jeden Fall wird es eine Menge Fragen aufwerfen. Ich habe es über die Jahre mehrmals gelesen, wäre aber froh, wenn Sie so lieb wären, es mir erneut vorzulesen.«

»Natürlich.«

Sie nahm ihm das Buch aus der Hand.

Das ernsthafte Spiel von Hjalmar Söderberg.

»Kennen Sie Hjalmar Söderberg?«

»Nein, nicht wirklich … Ich weiß allerdings, dass er ein viel beachteter Mann ist.«

»Er wird in diesem Land kontrovers diskutiert, aber ganz abgesehen davon hat er eine große Leserschaft. Es gibt sicher einige Werke, die andere für stärker halten als dieses, aber ich bin von diesem Buch schier besessen. Außerdem ist Söderberg mit meinem Vater zur Schule gegangen. Anscheinend war er schon damals sehr eigensinnig. Aber fangen wir an. Ich hoffe, es stört Sie nicht, wenn ich mir eine Zigarre anzünde?«

Signe räusperte sich und hob an, laut zu lesen: »›Lydia badete am liebsten allein …‹«

DANKSAGUNG

Ein großes Dankeschön an alle, die dieses Manuskript mit kritischem Blick durchgesehen haben: Chefkurator des Armee-Museums Thomas Roth, Ethnologin Ulla Brück, Gerd Palmér, Lars Blomquist, Barbara Faulkner, Carola Faulkner, Åke Rudberg und Theresa Westerström. Fehler und Missverständnisse in diesem Buch habe ich allein zu verantworten.

Unschätzbar bei der Arbeit an diesem Buch waren darüber hinaus Teresa Knochenhauer und Åsa Lindström vom Verlag Ester Bonnier sowie meine Lektorin Olivia Demant. Großer Dank gilt überdies meinem Agenten Philip Sane, der dafür sorgt, dass Signe, Iris und Elisabeth auch außerhalb Schwedens neue Leserinnen und Leser finden.

Stefanie Jaksch

Über das Helle

Radikale Zuversicht in herausfordernden Zeiten

Für SRA

Inhalt

3 Uhr: Dunkel

Nur ein bisschen noch. Fünf Minuten. Drei Minuten. Eine vielleicht? *Vorbei,* seufze ich in die Kissen und kneife meine Augenlider noch einmal trotzig wie ein Kind zusammen, bevor ich aufgebe. Ich starre in die Nacht, in den lichtlosen Raum über mir, nichts ist zu hören außer dem leisen Luftholen und unrhythmischen Schnarchen des Wolfs, mit dem ich seit einigen Jahren zusammenlebe. In unserem Schlafzimmer gibt es keine Uhr, aber mein Körper braucht auch keine, um zu wissen, dass es eigentlich zu früh ist, um aufzustehen. Was ich ebenfalls weiß: dass ich, einmal wach, nicht mehr in den Schlaf finden werde, dass mein Gehirn nun anspringt. Dass es mich geweckt hat, weil seit gestern Abend zu viele Baustellen in mir arbeiten. Weil ich wieder einmal nicht dafür gesorgt habe, vor dem Zubettgehen ein bisschen Ruhe einzuplanen, zu lange noch erst auf meinen Laptop gestarrt, dann doch noch schnell einen Blick aufs Smartphone gewagt habe – und natürlich prompt hängen geblieben bin an einigen Desaster-News, die sich in meine Träume geschlichen haben. Im Aufwachen sind mir die Erinnerungen daran realer als der Rest der Welt, der nur unscharf und in Graustufen an mich heranschwappt.

Keinen Schlaf finden zu können, verdunkelt für mich alles, besonders aber mein Gemüt, und ist – hält der Zustand länger als ein paar Tage an – mit einer

eigenartigen Versagensangst verbunden. Warum ich? Warum fällt mir das vermeintlich Einfachste zurzeit nicht leichter? Wut gesellt sich dazu, eine der manchmal dunkelsten Empfindungen, auch und vor allem dem Wolf an meiner Seite gegenüber. Was erlaubt er sich eigentlich, so ohne Probleme in den Schlaf zu finden, einen eigenen Rhythmus zu haben, der ihm erlaubt, sich hinzulegen und sofort in tiefen Schlummer zu fallen? Als wäre Schlaf ein Hochleistungssport, den man beherrscht oder eben nicht.

Die längste Zeit, die ein Mensch offiziell dokumentiert ohne Schlaf verbracht hat, beträgt 264 Stunden, das sind elf Tage, und bis heute hält diesen zweifelhaften Rekord aus dem Jahr 1965 der damals 17-jährige Randy Gardner aus San Diego, USA. Aus einem Grund, der sich mir nicht erschließt, hat ein Brite aus Penzance im Jahr 2007 einen weiteren Weltrekordversuch gestartet, den er per Video dokumentierte. Er überbot Gardners Leistung um zwei Stunden, darf sich aber bis heute nicht über die Nennung als Rekordhalter freuen, da die Kategorie „Längste Zeit ohne Schlaf" im *Guinness-Buch der Rekorde* schon längst nicht mehr existiert: „aus gesundheitlichen Bedenken".[1] Das ist auch von jemandem ohne medizinisches Vorwissen nicht von der Hand zu weisen, wurde aber auch wissenschaftlich belegt: Denn in Laborversuchen, bei denen man Mäuse wachhielt und weckte, sobald sie einschliefen, starben die Versuchstiere nach durchschnittlich sieben Tagen. Vermutlicher Grund dafür: multiples Organversagen.[2] Wie ich da so liege,

frage ich mich, wie lange ich es wohl aushalten könnte ohne Schlaf, vermutlich keine 48 Stunden. Mir läuft bei dem Gedanken ein Schauer über den Rücken. Ich kenne mich, innerhalb weniger Tage ohne meine normale Dosis Schlaf von sieben bis acht Stunden pro Nacht werde ich zu einem kränklichen, weinerlichen Etwas, bin unkonzentriert, breche schnell in Tränen aus und glaube, dass die Welt dem Untergang nahe ist. Ich finde mich selbst lächerlich, wie ich mir das so überlege, im Warmen, in der Sicherheit meiner Wohnung, in einem insgesamt recht aufgeräumten Leben.

Ja, ich habe eine Phase des beruflichen Komplettumbruchs hinter mir, habe mir manche Sicherheiten selbst unter den Füßen weggezogen in einem Mix aus Vertrauen und Wagemut. Und sicher, die letzten Jahre mit Pandemie, näher an uns heranrückenden Kriegen und sich immer stärker radikalisierender Weltpolitik sind nicht spurlos an mir vorübergegangen. Wie auch, wenn erstmals Menschen rund um den Globus gleichzeitig in eine grundlegende Verunsicherung geworfen waren und es immer noch sind – eine Verunsicherung, die wir nicht mehr von uns weghalten können. Weil sie uns plötzlich ganz direkt betrifft. Nicht nur wegen Corona. Wir haben in den letzten Jahrzehnten in einer erstaunlich sicheren Blase gelebt. Doch die Folgen des Klimawandels werden in den letzten Jahren auch in Europa mit Dürreperioden, Hitzerekorden und Unwettern in bisher unbekanntem Ausmaß spürbar, während ganze Länder in anderen Regionen der Erde schon seit langer Zeit unter den Auswirkun-

gen der Klimakrise leiden. Auswirkungen, die auch auf das Konto der Industrienationen gehen. Auf einmal können auch wir uns nicht mehr sicher fühlen oder uns zurückziehen auf ein „Ach, zu uns kommt das schon nicht". Es ist alles zu uns gekommen: das Virus, die Angst, die Einsamkeit, die Verletzlichkeit, der Tod. Und auch die Erkenntnis: Wir Menschen sind nur bedingt solidarisch.

Ich erinnere in diesem Zusammenhang an die allwöchentlichen Demonstrationen der „Querdenker:innen" und Corona-Maßnahmengegner:innen in ganz Europa – eine Petrischale gefüllt mit einer reaktionären, von Wut und Hass getriebenen Soße, in der es sich ‚besorgte Bürger:innen' nicht nehmen ließen, mit Rechtsradikalen zu marschieren. Ich erinnere mich an meinen Unglauben, an meinen mir ebenfalls gerecht vorkommenden Zorn auf Menschen, die ich nicht mehr verstand und die mich wohl umgekehrt auch nicht verstanden.

Und auch der Krieg steht wieder vor unseren Toren. Ich lebe in Wien, das sind gerade einmal 1000 Kilometer Luftlinie bis Kiew – für jeden Sommerurlaub nehmen wir gern größere Entfernungen in Kauf. Während ich hier liege und nachdenke über all die Gründe, warum ich nicht schlafen kann, kämpfen Menschen in der Ukraine um ihr Leben. Und nicht nur dort: „Bewaffnete Konflikte", wie es so seltsam verharmlosend heißt, gibt es zahllose überall auf der Welt. Und von den allerwenigsten wissen wir wirklich: So sind über 2,5 Millionen Menschen aus Nige-

ria auf der Flucht vor der Terrorgruppe Boko Haram. Im Sudan tobt seit 2023 ein Krieg, der das Land an die Grenzen des Zusammenbruchs gebracht hat, die Hälfte der rund 47 Millionen Einwohner:innen ist arbeitslos. Und in Kolumbien sind in über 50 (!) Jahren bewaffnetem Konflikt zwischen wechselnden Regierungen und Guerilla rund 450 000 Menschen getötet worden – die meisten davon Zivilist:innen. Diese Liste könnte ich noch lange weiterführen, aber sie hilft nicht, das Leid der Menschen begreiflich oder gar spürbar zu machen. Aber dennoch: Sie ist wichtig, um nicht zu vergessen, dass die Verunsicherung, die wir Europäer:innen seit einigen Jahren spüren, in anderen Teilen der Welt schon lange alltäglich ist – und weitaus schlimmere Ausmaße annimmt.

In vielen Teilen der Welt leiden Menschen Hunger, werden ihre Grundrechte mit Füßen getreten, müssen Frauen, queere Personen, solche mit anderer Hautfarbe oder anderem Glauben um ihre Unversehrtheit fürchten, sitzen Journalist:innen und unliebsame Regimegegner:innen für kritische Berichterstattung in Isolationshaft oder werden dort „weißer Folter" unterzogen: Schlafdeprivation, rund um die Uhr dem Licht ausgesetzt.

Ich setze mich auf und bin wütend, auf mich, weil ich mir wieder einmal selbst auf den Leim gegangen bin. Weil ich mein Gedankenkarussell nicht rechtzeitig gestoppt habe, und noch viel mehr, weil ich klein beigegeben habe und mich in die Negativspirale, die wir alle kennen, hineingedreht habe. Ich bin wütend,

weil es so viel schwerer scheint, so viel mehr Energie braucht, sich dem Hellen zuzuwenden, als sich von Negativität verschlingen zu lassen. Es reicht. Es muss doch einen Mittelweg geben zwischen übertriebenem (Zweck-)Optimismus und selbstmitleidigem Pathos.

Ich steige vorsichtig aus dem Bett, der Wolf brummt undeutlich etwas vor sich hin, bevor er sich umdreht und weiterschläft, während ich auf Zehenspitzen ins Arbeitszimmer schleiche, die dunklen Gedanken abzuschütteln versuche und mich auf das Jetzt zu besinnen.

Das Jetzt, wie sieht es aus, frage ich mich, während ich mich langsam auf meinem Bürostuhl drehe. Seit ich denken kann, bin ich Frühaufsteherin, meine produktivste Zeit des Tages ist sein Anbruch, wenn (fast) alles noch schläft, sich vor dem Fenster noch keine Autolawinen durch die Stadt wälzen, wenn die meisten Wohnungen noch nicht von Lichterschein erhellt sind, wenn die Nacht noch ihre Ausläufer verteidigt. Ich habe es mir zur Gewohnheit gemacht, im Dunkeln zu sitzen und einfach nur zu schauen, dabei den ein oder anderen Gedanken kommen und gehen zu lassen, Gedanken zum sich anbahnenden Tag, Gedanken zu alten und neuen unbeantworteten Fragen, Gedanken, die mich manchmal schrecken und manchmal ermutigen. Für die erste, vorsichtige Phase der Wachheit schalte ich kein Licht ein, lasse mich viel lieber noch von der Dunkelheit umhüllen, empfinde sie als tröstlich, wie eine Decke, die mich wärmt und mir

vorläufige Gleichgültigkeit gegenüber allen Bemühungen schenkt, die wir mit einem erfolgreichen Tag verbinden. Die Abwesenheit von Licht signalisiert mir in diesen Stunden: Du musst nichts, nimm dir noch Zeit, bleib noch ein Weilchen, das Zeichen, das Tagwerk zu beginnen, ist noch nicht gekommen (oder ich habe es übersehen).

Dieser paradiesische Zustand ändert sich schlagartig, sobald sich der erste Silberstreif am Horizont blicken lässt. Nichts verheißt uns, zumindest uns erfolgsgetriebenen Mitteleuropäer:innen, Geschäftigkeit oder ist uns so sehr Gebot, endlich mit dem Tun zu beginnen, den Müßiggang sausen zu lassen, wie der Anfang eines neuen Tages. *Carpe diem!*, schallt es uns, die wir unsere eigenen Motivationstrainer:innen sind, immer wieder entgegen, sitz nicht auf der faulen Haut, mach etwas aus dem Tag, aus dem Monat, dem Jahr, deinem Leben! Daran lässt sich nichts ändern, Lebewesen sind nun einmal so gepolt, auch Pflanzen recken sich gottergeben dem Licht entgegen. In Ländern, die dem Polarkreis näherliegen, tut man sich im Sommer mitunter schwer, Schlaf zu finden; wenn die Sonne nicht untergeht, muss zu fast gewaltsamen Verdunkelungsmethoden gegriffen werden. Denn wer nicht schläft, muss etwas tun.

„Mehr Licht!“, so will es die Legende, war Goethes letzte Forderung auf dem Sterbebett,[3] und auch wenn ich bezweifle, dass es ausgerechnet diese zwei Worte waren, die dem Dichtergenie entfuhren, bevor er sein Lebenslicht aushauchte, so verstehe ich doch

den Zweck ihrer mythischen Überhöhung: Auch wenn wir noch so viel geschafft haben, auch wenn wir noch so erfolgreich sind, es gibt wohl kaum einen Menschen, der trotz aller Mühsal die Möglichkeit, einen weiteren Tag zu erleben, ausschlagen würde. Mehr Licht, mehr Möglichkeiten, mehr Beweise für die eigene Existenz – und vor allem ihre Gewichtigkeit, ihre Relevanz, ihre Wirkmächtigkeit. Denn die im Dunkeln sieht man nicht; gesehen werden wollen wir aber alle, zumindest solange wir keinen ‚Dreck am Stecken' oder sinistre Absichten haben – das ist aber eine ganz andere Geschichte, und ihre Protagonist:innen bevorzugen aus anderen Gründen als ich die Dunkelheit. Dass ich mich im lichtlosen Raum ab und an sehr wohl fühle, heißt aber nicht, dass ich ihn generell bevorzuge oder frei von Geltungsdrang bin; wir alle streben letztendlich dem Hellen entgegen, und ich möchte glauben, das ist in den meisten Fällen auch gut so.

Einen guten Freund von mir, Norbert Trawöger, kann man mit Fug und Recht als die Inkarnation des Frohsinns, des Optimismus und des Strebens Richtung Licht beschreiben. Der Flötist, Anton-Bruckner-Spezialist und bekennende Luftikus ist maßgeblich dafür verantwortlich, dass ich nun hier sitze, im nächtlichen Noch-Nicht meines Arbeitszimmers, und meinen Gedanken rund um Licht und Dunkel freien Lauf lasse. Seine Abschiedsformel „Alles Helle dir!", mit der er gerne Gespräche, Briefe und Nachrichten beendet, traf mich beim ersten Mal unvor-

bereitet. Ein „Tschüss“, ein „Servus“, ein „Bis dann“ ist man gewohnt; ein „Freu mich auf nächstes Mal“ ist meist das Höchste der Gefühle im Alltagsstress, das wir erwarten können oder zu hören bekommen. Ein „Alles Gute dir“ hören wir selten, meist nur zu besonderen Anlässen, und dann nur als Floskel. Als mir aber erstmals das sehr bewusst gesetzte „Alles Helle dir“ auf meinem Smartphone entgegenleuchtete, musste ich innehalten. Es dauerte tatsächlich ein paar Sekunden, bis ich diesen kurzen Satz erfasst und eingeordnet hatte, und auch dann noch blieb die Wendung den ganzen Tag über bei mir und entfaltete erst über die Zeit ihre ganze Palette an Bedeutungen, Möglichkeiten, Spielräumen.

Ich bin jedes Mal wieder berührt von dieser ganz und gar freudvollen, optimistischen Herangehensweise an einen Abschied, die mir vermittelt, dass auf der anderen Seite der Kommunikation jemand ist, der mir nur Gutes wünscht. Daraufhin mit etwas beschwingterem Schritt des eigenen Weges zu gehen, ist die fast unabänderliche Folge, eine Art self-fulfilling prophecy.

Die drei Worte „Alles Helle dir“ lassen mich innehalten, lösen ein stutzendes Wundern, stille Freude und angenehme Angefasstheit in mir aus. Vielleicht, weil ich mich erkannt gefühlt habe? Denn ich bin, trotz gelegentlicher Verzweiflungsmomente, eine unverbesserliche Optimistin. Und eventuell sogar ein wenig ertappt? Ich mag zwar keine unsagbaren Reichtümer mein Eigen nennen, aber ich habe es wohl

dennoch recht glücklich getroffen. In eine klassisch mittelständische Familie geboren, in eine Zeit prosperierender Wirtschaft, in einem Land, in dem mir – weiblich, heterosexuell, *weiß* – erst einmal viele Türen offenstehen.

Muss, darf, soll man mir also mehr Glück, mehr Helles wünschen? Verdiene ich das überhaupt? Missverstehen Sie mich bitte nicht: Ich bin mir dessen bewusst, dass ich diese Zeilen schreibe, während Millionen Menschen keine Garantie auf körperliche wie psychische Unversehrtheit haben, für die Dunkelheit nichts Tröstliches hat, für die Helligkeit auch das Aufflammen von Geschossen und Raketen bedeutet und damit lebensbedrohlich ist. Kriege toben, Pandemien sind keine Horrorszenarien mehr, sondern erlebte Wirklichkeit, rechte Parteien greifen mit menschenverachtenden Ideologien überall nach der Macht, hetzen gegen alle, die nicht in ihr Weltbild passen. Und ich möchte trotzdem über das Helle reden? Ja, will ich. Weil es das Helle ja gibt, ungeachtet der oft entmutigenden Weltlage. Und weil das eben mein Weg ist, mich mit all dem auseinanderzusetzen, den ich gerne mit allen, die offene Augen, Ohren und Herzen haben, gehe.

Die hat Nerven, höre ich Sie murmeln – und ich kann es nachvollziehen. Sicher steht es jedem zu, meine Gedanken als intellektuelles Geschwafel abzutun, als Beschäftigungstherapie für eine Privilegierte, die sich in zumindest relativer Sicherheit wiegen darf. Das kann und werde ich Ihnen nicht verübeln. Und

dennoch suche ich so wie alle anderen auch immer wieder nach Trost, nach Halt in einer Welt, die mir manchmal wie eine abschüssige Rampe vorkommt, die wir alle entlangstolpern; auch meine Realität ist brüchig, durchzogen von Sorgen, von Verlusten und Herausforderungen. „Ich brauche Trost", nennt es Gabriele von Arnim. „Ein Gefühl, das mich wärmt, behütet, mich sichert in mir. Weil mich angeht, was mich erschreckt."[4]

Nicht selten ergreift mich die blanke Wut beim Lesen der Nachrichten, so sehr, dass ich nachts keinen Schlaf finde oder mitten am Tag in Tränen ausbreche, weil systemischer Machtmissbrauch und Unterdrückungsmechanismen, Kapitalismus und Misogynie, Falschinformationen und Hassreden stets über die guten Meldungen triumphieren wollen. Skandal und Häme stechen Besonnenheit und Sorgfalt öfters aus, als uns allen lieb sein kann und sollte. Und natürlich gehe auch ich dieser Kakophonie des Negativen, des Dunklen immer wieder auf den Leim, auch wenn ich versuche, mich dagegen zu wappnen. Es bedarf Energie und bewusster Suche nach dem Positiven, dem Mutmachenden, dem Schönen.

Mich dem Hellen zuzuwenden, trotzig hoffnungsvoll, ist eine von vielen Formen meines persönlichen Widerstands – und vielleicht sogar dessen Rückgrat. Etwas in mir weigert sich beständig, dem Dunklen das Feld zu überlassen, will sich nicht beugen, nicht klein beigeben in der Vielstimmigkeit des Weltwahnsinns, will Menschen nicht verloren geben. Das heißt nicht,

dass ich hell erleuchteten Räumen oder vermeintlich strahlenden Vorbildern bedingungslos vertraue. Eine solche Naivität erlaubt mir mein Alter nicht (mehr). Und ja, natürlich weiß ich, dass es das Licht nicht ohne das Dunkel gibt.

Das erscheint bestechend einfach und ist es doch nicht, denke ich mir, während ich in die Küche gehe, ohne das Licht anknipsen zu müssen. Denn der kurze Weg hierher ist in meinen Körper eingeschrieben, hunderte, vielleicht tausende Male in den letzten Jahren gegangen, die Entfernungen zwischen den Räumen und die Position der Möbel längst eingeprägt. Nur der Bildschirm meines Smartphones, das mich wie fast überallhin begleitet, leuchtet mir bläulich entgegen und präsentiert mir die ersten Schlagzeilen des neuen Tages oder vielleicht die letzten dieser Nacht. Ich blinzle in Richtung der Baustellenlaterne, die den Hinterhof seit einigen Wochen in gleißendes Licht taucht, selbst um diese nachtschlafende Unzeit.

Also auch hier keine wirkliche Dunkelheit, natürlich nicht, in diesem städtischen Ballungsraum. Das Erleben absoluter Dunkelheit ist mittlerweile derart selten, dass es inzwischen sogar touristisch beworbene Orte gibt, an denen es absolut keine menschengemachten Lichtquellen gibt. Solche *Dark-Sky-Gebiete* und *Sternenparks* garantieren in Deutschland aktuell einen atemberaubenden Blick gen Himmel, erst vollständige Lichtlosigkeit macht es möglich, die Sterne und manchmal sogar die Milchstraße in ihrer ganzen Pracht zu sehen. Dass man sich dafür an abgeschie-

dene Plätze begeben muss, lässt uns schnell vergessen, dass die Elektrifizierung – zumindest in unseren Breitengraden – oft noch nicht einmal 100 Jahre zurückliegt.

Ich setze mich an den Küchentisch, das Licht von draußen wirft einen harten Schlagschatten ins Zimmer. In unseren Breitengraden, das sagt sich so leicht. Doch wir sind nicht das Maß aller Dinge, wir Menschen in Wien, Österreich, Europa, in unserer relativen Sicherheit, in unserem relativen Wohlstand. Kaum eine Ressource ist global paritätisch oder gar gerecht verteilt, Licht, Helles, Hoffnung machen dabei keine Ausnahme. Je länger ich darüber nachdenke, desto unruhiger werde ich, sobald ich tiefer tauche, dorthin, wo das Licht nicht mehr hinreicht, führen mich die Tatsachen unweigerlich zu Themen wie Verteilungsgerechtigkeit, Globalisierung, Kolonialismus, Klassismus. Mir wird klar: Es wird nicht ganz so leicht, über das Helle zu schreiben, wie ich mir das vorgestellt habe. Aber ich will, und ich muss, und ich fordere, dass alles ans Licht kommt, was sich versteckt, dass wir dort anpacken, wo es schmerzt, dass wir die Scheinwerfer dorthin richten, wo Handlungsbedarf ist.

Ich atme ein, ich atme aus, ein bisschen Zeit bleibt mir, bleibt uns noch, bis sich der Ort, an dem ich leben darf, dank der Erdrotation aus dem Kernschatten der Nacht herausdreht, ein paar Stunden sind es noch bis Sonnenaufgang, bis zur Helligkeit, bis zum Ende der Schatten.

4 Uhr: Sehen

Für einen Moment das Licht anzuschalten, kann ein schmerzvoller Prozess sein, besonders dann, wenn die Augen sich von einem Moment auf den anderen auf eine komplett andere Helligkeit einstellen müssen. Ich vergesse das gerne, und so ächze ich beinahe jeden Morgen genervt auf, wenn ich das erste Mal kurz eine Lampe anschalte, weil ich zum Beispiel meine Brille suche, die ich wieder nicht an ihren angestammten Platz gelegt habe, und ich, kurzsichtig wie ich bin, im Dunkeln noch weniger erkenne. Umso irritierender ist es, wie viel dunkler man seine Umgebung wahrnimmt, sobald die Lichtquelle wieder erlischt. Wo vorher zumindest Schemen und leichte Nuancen erkennbar waren, herrscht plötzlich undurchdringliches Schwarz, bis sich die Augen wieder daran gewöhnt haben.

Ich merke, ich will darin einen größeren Zusammenhang sehen, eine größere Tragweite. Wie oft haben wir das Glück, dass uns jemand den Mantel der Selbsttäuschung entreißt? Dass jemand uns mit einem kleinen Halbsatz zum Beispiel unsere Privilegiertheit, unsere Scheinheiligkeit, unsere Verdrängungsmechanismen vor Augen führt? Sie uns wie einen Spiegel vorhält, in dem wir uns selbst bis zur Unkenntlichkeit verstellt scheinen?

Egal, ob die kleine Notlüge dem Partner gegenüber, das unbedacht ausgesprochene und verlet-

zende Vorurteil, das wir gern als Ironie tarnen, oder eine echte Lebenslüge – alles, was dem Dunkel, dem Unwissen, dem Verdrängten entzogen und ans Licht gezerrt wird, tut erst einmal weh. „Genau hinschauen ist nicht immer lustig, aber (...) es ist unvermeidlich (...). Wer als Künstler die Augen zudrückt, ist (...) ganz und gar fehl am Platz.“[1], so die Autorin und Fotografin Valerie Fritsch, und ich würde diese Worte in einem Anflug von Radikalität auf uns alle ausweiten wollen, auch mir zur Aufgabe machen. Denn was kann ich von anderen fordern, das ich nicht mir selbst ebenso auferlege?

Natürlich wird auch andersherum ein Schuh daraus – nicht alles, was aus dem Dunklen ins Helle befördert wird, muss per se schlecht sein. Weil wir unsere unschönen Eigenschaften gerne beiseiteschieben, braucht es das Zutun und die Ermutigung anderer, sich auf ungewohnte Art zu exponieren und Seiten an sich und anderen zu entdecken, die einen vielleicht sogar selbst überraschen. Dass andere mit leuchtendem Beispiel vorangehen, kann Signalwirkung haben – man denke nur an den Beginn der deutschlandweiten Demonstrationen, die als Reaktion auf die Recherchen des Journalist:innen-Kollektivs *Correctiv* zu einem Geheimtreffen rechtsradikaler Vereinigungen entstand. Ausgangspunkt war eine Demonstration am 15. Januar 2024 in Essen, zu der nur etwa 500 Personen erwartet wurden, zu der aber schließlich rund 6700 Menschen kamen. Kurz darauf gingen millionenfach Bürger:innen in zig gro-

ßen und kleinen Städten gegen die menschenverachtende Politik der AfD, gegen Rechtsradikalismus und Hass auf die Straße.

Wer es eine Nummer kleiner haben möchte: Es muss nicht immer gleich ein Flächenbrand aus einem kleinen Funken werden. Manchmal reicht es schon, wenn im privaten Kreis jemand zum richtigen Zeitpunkt eine Ermutigung ausspricht. Die dazu führt, sich beispielsweise ehrenamtlich zu engagieren, die uns einen neuen Weg einschlagen lässt, die etwas in uns erweckt, dem wir nachgehen wollen. Oder dass wir eben einmal nicht schweigen, wenn die immer gleichen Mechanismen beim Familientreffen greifen; dass wir rassistische oder frauenfeindliche „Witze" einmal nicht mehr tolerieren. Das mag im ersten Moment unangenehm für alle sein, aber mit ein wenig Offenheit kommt vielleicht sogar eine überraschende Auseinandersetzung in Gang.

Am Anfang war nicht das Licht

Wenn mir Licht also zum Leitgedanken werden soll, will ich wenigstens ein bisschen mehr darüber wissen. *Licht,* denke ich, *Licht, was heißt das, wann sagen wir das, was bedeutet uns Licht? Licht,* frage ich also, und das Wörterbuch fragt zurück: *Licht oder licht?* Bleiben wir beim Substantiv, das zunächst einmal die menschlich wahrnehmbare Intensität der jeweils herrschenden Helligkeit bezeichnet, darüber hinaus auch die

Quelle eben dieser Helligkeit, sei es nun eine Kerze oder ein Scheinwerfer, Tageslicht oder Grubenlampen. In der Mehrzahl verwenden wir den Begriff ‚Lichter' jedoch im verwandten, aber doch ein wenig anderen Kontext: Die *Lichter der Großstadt* oder *Lichter am Himmel* kennzeichnen die Fähigkeit von Leuchtkörpern, über weite Strecken nicht an Strahlkraft zu verlieren; wenn etwas *mit Lichtern versehen* ist, meint dies gemeinhin, dass Akzente gesetzt wurden, zum Beispiel die Lichtreflexionen durch schimmernde Gegenstände, aber auch im übertragenen Sinn bei der Interpretation einer Komposition durch eine:n Musiker:in und deren individuelle Betonung ausgewählter Passagen. High-Lights, wenn Sie so wollen.

Was womöglich weniger bekannt ist: Berichtet jemand von den *Lichtern eines Rehs oder eines Fuchses*, so sind damit die Augen eben dieser Wildtiere gemeint. Das erinnert mich daran, dass die alten Griechen davon ausgingen, dass beim Sehen Lichtanteile nicht etwa auf unsere Augen treffen und uns damit erkennen lassen, was vor uns liegt, sondern umgekehrt davon überzeugt waren, dass es unsere Augen sind, die Strahlen aussenden, die unsere Umgebung und Gegenstände abtasten – und uns damit zu klarer Sicht verhelfen, uns Farben erkennen und Dinge identifizieren lassen. Die Wissenschaft hat diesen Irrtum längst aufgedeckt, und das ausgehend vom arabischen Raum, der für einige Jahrhunderte eine Vorreiterrolle im Bereich der Optik eingenommen hat. Zentrale Figur war der als Alhazen bekannte Forscher Abu

Ali al-Hasan ibn Al-Haitham, der in einfachen Versuchsanordnungen bewies, dass Licht von Gegenständen abstrahlt und uns erst dieses Phänomen die Welt wahrnehmen lässt. Ebenso formulierte er bereits die Gesetze der Lichtbrechung und -reflexion und baute eine Art Camera obscura, bevor Johannes Kepler diesen Begriff im Jahr 1604 erstmals prägte.

Auch wenn die antike Idee des *Augenlichts* lange schon widerlegt ist: Mich rührt diese Vorstellung auf seltsame Art, ja, sie scheint mir nicht einmal sehr abwegig. Denn Hand aufs Herz: Vermessen wir nicht immer noch alles um uns herum, gerade auch andere Menschen, erst einmal *nach Augenschein*, verlassen wir uns nicht auch auf das, was wir sehen, nicht auf das, was wir verifizieren können, schätzen und verschätzen uns tastend bei Entfernungen, Gefahrenpotenzialen und Sympathien?

Das Adjektiv ‚licht' wiederum ist dem Wort ‚hell' sehr nahe; beide teilen sich die offensichtlichen Bedeutungen *von Licht erfüllt* und *sich im Farbton mehr oder weniger intensiv dem Weiß annähernd*, bewegen sich dann allerdings etwas voneinander weg.[2]

Während ‚licht' vor allem räumlich gemeint ist – wir kennen es von der *Lichtung im Wald*, wo keine Bäume stehen, oder grämen uns ob der *lichter werdenden Haarpracht* –, kann ‚hell' mit deutlich mehr metaphorischen Bedeutungen aufwarten. So ist jemand, den wir als *helles Köpfchen* bezeichnen, ein uns klug scheinender Mensch. Wir geraten in *helle Aufregung*, wenn wir uns über alle Maßen freuen. Und wir sagen,

etwas tritt *in hellen Scharen* auf, wenn wir eine große, unüberschaubare Menge meinen. Im übertragenen Sinn nehmen wir nicht nur ungetrübte Wasser, sondern auch klare Verhältnisse als hell wahr und versichern uns damit, dass wir bis auf den Grund einer Sache sehen, uns sicher sein können, womit wir es zu tun haben. Nicht ganz zufällig daher, will ich meinen, aber umso passender ist der englische Begriff für die Epoche der Aufklärung, ‚enlightenment' – und auch im Französischen hat das Licht als Symbol für die Aufklärung mit dem Begriff ‚les lumières', in der wörtlichen Übersetzung *die Lichter*, Einzug gehalten. Man hoffte also vor allem auf eine Erhellung des Geisteslebens.

Für einen Moment kommt mir der Anfang des Johannes-Evangeliums in den Sinn: „Am Anfang war das Wort, und das Wort war bei Gott, und das Wort war Gott. (...) In ihm war das Leben und das Leben war das Licht für die Menschen." Nichts liegt mir ferner, als die Bibel *wörtlich* zu nehmen, aber doch *beim Wort* – dass Leben und Licht hier gleichgesetzt werden, ergibt durchaus Sinn. Ohne Licht kein Leben, keine Energie, keine Evolution – daran ist nicht zu rütteln. Ohne Licht wäre Photosynthese unmöglich, Sauerstoff wäre Mangelware und alle Lebewesen inklusive uns Menschen damit schnell Geschichte.

Der deutsche Sprachgebrauch ist durchzogen von Metaphern und Redewendungen rund um das Licht, um das Helle. *Mir dämmert*, dass etwas komplexer ist als gedacht; *mir geht ein Licht auf*, wenn ich

etwas recherchiere und Zusammenhänge erkenne; jemand lacht und meint, ein gemeinsamer Bekannter sei *nicht die hellste Kerze im Leuchter* (Triple-Metapher!). Viele meiner Freundinnen stellen gerne mal *ihr Licht unter den Scheffel*. Wir verabscheuen *Blender*, verehren *Lichtgestalten*, schimpfen über *Armleuchter*. Wir *führen andere manchmal hinters Licht*, wollen aber Regelverstöße *ans Licht bringen* und befürchten *Verdunkelungsgefahr*, wenn Beweise für eine Tatsache oder im Rahmen einer Strafsache vernichtet werden sollen.

Und auch der Gegensatz zwischen dem Hellen und dem Dunklen zieht sich wie ein roter Faden durch alle Bereiche unserer Wahrnehmung – aus demselben Grund, aus dem es so viele Licht-Metaphern gibt: Licht ist der zentrale und grundlegende Bestandteil allen Lebens auf der Erde. Es hat erwiesenermaßen enormen Einfluss auf unsere körperliche wie mentale Gesundheit und bestimmt unseren Tagesablauf, je nachdem, wo wir wohnen. Licht sorgt dafür, dass wir uns sicher fühlen, wenn wir nach Einbruch der Dunkelheit unterwegs sind, gleichzeitig aber trägt Beleuchtung dazu bei, die Lichtverschmutzung global jedes Jahr um 6 % zu erhöhen – die USA sind traurige Spitzenreiter mit über 10 % zusätzlichen Lichtquellen jährlich.[3] Licht ist also keineswegs immer etwas Gutes. Zu viel Helligkeit durch nächtliche Beleuchtung hat weitreichende Folgen für Menschen, Tiere und Pflanzen: Schlafstörungen, Depressionen, Artensterben nachtaktiver Spezies, besonders von Insek-

ten, und Gefährdung ganzer Ökosysteme sind nur einige davon.

Ich sehe vom Wohnzimmerfenster aus auf eine von Laternen erhellte Straße hinaus, direkt neben dem Fenster blinkt eine Leuchtschrift mit Wackelkontakt und taucht mich in unregelmäßigen Abständen in grünliches Licht. *Was weiß ich wirklich über Licht*, frage ich mich, *wann wurde es von einem Wunder zum Gebrauchsgegenstand*?

Egal, ob wir in der Menschheitsgeschichte weit zurückblicken, um herauszufinden, wann wir begannen, das Feuer und damit auch Licht und Wärme zu domestizieren, ob wir Schöpfungsmythen Glauben schenken wollen oder uns den Beginn unseres Universums wissenschaftlich erklären: Erst einmal *tappten wir im Dunkeln* – und das nicht nur im übertragenen Sinn. So wie ich gerade, auf dem Weg ins Badezimmer, auf dem ich mir wieder einmal die große Zehe am Türstock anhaue und unterdrückt fluche. *Es ist schön, wenn der Schmerz nachlässt*, würde mein immer zu Scherzen aufgelegter Vater nun sagen, aber mich beschleicht die Ahnung, dass die Entdeckung des Hellen, des Lichts nicht immer nur von Freude, sondern auch von Mühsal durchdrungen und von Angst genährt war.

„Die Geschichte der Menschheit ist auch die Geschichte des Kampfes gegen die Dunkelheit“[4], so der Physiker und Publizist Ulrich Kilian, der unser Bemühen, die Dunkelheit zurückzudrängen, mit

unserer Sehnsucht nach Angstfreiheit in Verbindung bringt. Für unsere steinzeitlichen Vorfahren muss es wohl ein Befreiungsschlag gewesen sein, als Feuer etwa durch einen Blitzschlag oder durch Dürre plötzlich nicht mehr nur eine mitunter todbringende Naturkatastrophe war, der man hilflos ausgeliefert war, sondern mit der (vielleicht) zufälligen Entdeckung des Feuermachens und der Eindämmung der Flammen zu einem stetig glosenden Zufluchtsort vor wilden Tieren und der Nacht wurde.

Wissenschaftler:innen gehen davon aus, dass die Hoheit über das Feuer vor etwa zwei Millionen Jahren und die Entwicklung fester Feuerstellen vor etwa 300 000 Jahren ein Quantensprung in unserer Evolution war: Eine These, bekannt als ‚Social-Brain-Theorie', geht davon aus, dass erst die Zusammenkünfte an einer wärmenden, zentralen Anlaufstelle dazu geführt haben, dass Informationen ausgetauscht, Geschichten erzählt wurden und vielleicht sogar gemeinsames Feiern stattgefunden haben.[5] Größeres Hirn, größere Hirngespinste also – und damit der Drang zu mehr Wissen, mehr Verständnis, mehr Erkenntnis.

Wer nun meint, mit dem Feuer wäre die Menschheit schnellen Schrittes gen LED-Licht unterwegs gewesen, irrt. Denn erst im 19. Jahrhundert sollte die Elektrifizierung und damit auch die Möglichkeit, ganze Städte, aber auch individuelle Eigenheime zu erleuchten, wirklich in größerem Stil einsetzen – bis dahin mussten Materialien wie Kienspan,

Pech, Fackeln, Bienenwachs, Rindertalg oder andere geruchsintensive Öle und mitunter auch gefährliche Rohstoffe herhalten, um Licht zu spenden. Zwar gab es immer wieder einige Versuche, elektrisches Licht zu erzeugen, doch die große Wende läutete erst die Lichtgestalt Thomas Alva Edison ein. Seine Glühlampe brannte im Gegensatz zu allen oft nur kurzlebigen Varianten rund 40 Stunden lang. Damit war der Grundstein gelegt, um elektrische Beleuchtung massentauglich zu machen. Doch trotz dieses vielversprechenden Anfangs war schnell klar, dass Licht – wie so vieles andere auch – eine Frage von Klasse und Vermögen war: Noch einige Jahrzehnte lang hatten lediglich wohlhabende Personen und elitäre Schichten Zugriff auf elektrisches Licht – und auch der Unterschied zwischen Stadt und Land war eklatant. Metropolen wie Berlin, Paris und etliche andere europäische Städte lieferten sich bald eine Art Wettlauf, wer mit größter Helligkeit durch Illumination punkten konnte. Ländliche Gegenden hatten hingegen das Nachsehen – so dauerte es zum Beispiel in Deutschland bis in die späten 1950er-Jahre, bis wirklich flächendeckend Elektrizität für alle verfügbar war.

Misstrauen gegenüber der plötzlichen Helligkeit war vielerorts wie bei so ziemlich jeder bahnbrechenden Neuerung an der Tagesordnung. Ein Paradebeispiel dafür findet sich in Oberösterreich. Linz ging 1897 „an den Strom“, das benachbarte Urfahr jedoch lehnte – nicht als einziger Ort – elektrisches

Licht aus Kostengründen ab. Noch 1906 weigerte man sich in Lembach, den „unerhörten Luxus des elektrischen Lichtes durch Beiträge zu unterstützen“[6]. Es ging hierbei, wohlgemerkt, um Licht für das Schulhaus. Die Ironie, dass man dieses generell ‚erhellter‘ zu verlassen trachtet, als man es betreten hat, ist mir durchaus bewusst. Mit seiner bekannten Skepsis war der österreichische Landstrich aber bei Weitem nicht allein. Gefürchtet wurde neben mehr Überwachungsmöglichkeiten für die Exekutive unter anderem auch das genaue Gegenteil: dass die Lichter der Großstädte der Lasterhaftigkeit Vorschub leisten könnten. Vergnügungsviertel mit die Nacht erleuchtender Werbung entstanden und kündeten für alle sichtbar von der Verderbtheit, die in den Städten auf unbescholtene, ehrbare Bürger:innen lauerte. Ob damals jemand ahnen konnte, dass wir uns inzwischen, zumindest in Industrieländern, manchmal nach weniger Licht – Stichwort Lichtverschmutzung – im tatsächlichen wie übertragenen Sinn sehnen und uns teilweise trotzdem freiwillig zu gläsernen Menschen machen lassen würden? Der Widerspruch in unserem Verhältnis zum Licht hat sich zwar verschoben, ist aber offenbar noch immer vorhanden.

Doch der Triumph des Hellen war trotz aller Unkenrufe und Skepsis nicht aufzuhalten: Von Neonreklamen und Leuchtschriften war es nicht mehr allzu weit bis zu LED-Lampen, die ihren Siegeszug mit ihrer Erfindung im Jahr 1962 mit Rasanz antraten. Rund 85 % der Leuchtmittel basieren inzwischen auf die-

ser Technik, die deutlich energieeffizienter ist als die herkömmlichen Glühlampen, denen ein EU-Beschluss vom 13. September 2009 ein jähes Ende bereitete.

Globale Helligkeit

Das alles, wird mir klar, gilt vor allem für den europäischen Raum, der mal wieder die Nase vorn hat im globalen Fortschrittsringen – oft auf Kosten anderer Staaten und sogar ganzer Kontinente. Weltweit sieht es mit Zugang zu Elektrizität und damit auch zu Licht mitunter düster aus. Bis 2030 soll laut Sustainable Development Goal 7 (kurz SDG7) der Vereinten Nationen „access to affordable, reliable, sustainable and modern energy for all"[7], also *der Zugang zu leistbarer, verlässlicher, nachhaltiger und moderner Energie für alle*, gewährleistet sein. Auch wenn sich einiges getan hat: Laut erster Erhebungen im Jahr 2010 lebten damals noch unfassbare 1,2 Milliarden Menschen ohne stabile Stromversorgung. 2022 hat sich die Zahl auf etwa 580 Millionen in etwa halbiert. Im aktuellsten Bericht aus dem Jahr 2023 gibt man sich vorsichtig, was die geplante Vollversorgung im gesetzten Zeitrahmen angeht. Sowohl die COVID-19-Pandemie als auch der Krieg in der Ukraine haben die allgemeinen Bemühungen besonders in vulnerablen Ländern verlangsamt und den Fokus auf die Sicherung eigener Energiereserven und -gewinnung in Europa verschoben. Bestes Beispiel dafür sind einige

afrikanische Länder, auf denen nun die Hoffnungen der großen Industrienationen ruhen. Sie fragen sich jetzt vielleicht: *Was hat der Ukraine-Krieg mit Energie aus Afrika und dem Zugang zu Strom – und damit Licht – für alle zu tun?*[8]

Der Zusammenhang ist komplex, hat aber viele Konsequenzen: Viele Subsahara-Staaten verfügen über signifikante Gasreservoirs, deren Erschließung mit dem Versiegen des Gasflusses aus russischen Pipelines plötzlich für Europa und die USA eine ganz andere Dringlichkeit hat als vor Kriegsbeginn im Februar 2022. Auf der Suche nach neuen Handelspartnern verstärkt u. a. Deutschland seine Bemühungen, sich mit Ländern wie dem Senegal handelseinig zu werden oder durch Investitionen und Förderungen im Bereich Flüssiggas die Produktionsleistung drastisch zu erhöhen: „Olaf Scholz bot dem Staat deswegen finanzielle Unterstützung an, um seine jährliche Förderkapazität auf mindestens 10 Millionen Tonnen zu erhöhen. Senegal hofft, durch das Gasprojekt zwischen 2023 und 2025 bis zu 1,4 Milliarden Euro einzunehmen, und als ob er noch im Amt sein wolle, wenn der erwartete Geldregen kommt, versucht Senegals Präsident Macky Sall bereits eine Verfassungsänderung vorzubereiten, die ihm eine dritte Amtszeit ermöglichen würde.“[9] Wirtschaftliche Entwicklung als Steigbügelhalter zu persönlicher Machtsicherung und damit wohl auch privater Bereicherung? Das gilt nicht nur für den senegalesischen Präsidenten, sondern vermutlich auch für den deutschen Bundeskanz-

ler, wenn man dadurch die eigene Haut rettet und den Wähler:innen in Deutschland glaubhaft versichert werden kann, dass ihre Wohnungen im Winter warm bleiben werden und die Gasvorräte gesichert sind. Dabei ist der deutsche Kanzler einer von vielen, die sich bald um die Rohstoffe auf afrikanischem Boden balgen werden: Neben Italien, das schon jetzt eine signifikante Menge an Flüssiggas aus Algerien bezieht, stehen u. a. Frankreich, die USA oder Australien Schlange, um sich die beste Startposition zu sichern.[10]

Ich seufze kurz; die ehemaligen Kolonialmächte sehen ihre alten Pfründe also – wie vorhersehbar – wieder als Selbstbedienungsladen, auch wenn sie dieses Mal wenigstens dafür zahlen. Solche Befürchtungen hegen auch Klimaschützer wie Mohamed Adow, Gründer und Direktor der in Nairobi ansässigen Denkfabrik Power Shift Africa: „Wir können nicht zulassen, dass Afrika, das die gesamte durch fossile Brennstoffe angetriebene Industrialisierung verpasst hat, jetzt zum Opfer von kurzsichtigen, egoistischen, kolonialistischen Interessen, insbesondere von Europa, wird."[11] Bei aller wirtschaftlichen Hoffnung, die manche hochrangigen Politker:innen oder Wirtschaftsvertreter:innen aufgrund multipler globaler Krisen und der dadurch rasant gestiegenen Nachfrage nach Rohstoffen wie Flüssiggas für den afrikanischen Kontinent hegen: Ebenso kritisch beharren Aktivist:innen auf der Gefahr eines ‚grünen Kolonia-

lismus' – also dem hemmungslosen und unregulierten Abbau von Rohstoffen in Ländern des Globalen Südens zum Export auf den Weltmarkt. Denn neben Flüssiggas ist Afrika auch reich an anderen Bodenschätzen wie Kobalt oder Lithium, die für die Energiewende im Bau von z. B. Solaranlagen unerlässlich sind. Industrienationen wiederholen also die Mechanismen der Kolonialzeit – unter dem Banner des Umweltschutzes und der Bekämpfung des Klimawandels, während den Bewohner:innen die Deals ihrer Regierungen kaum zugutekommen. Das liegt daran, „dass die Großprojekte in Afrika speziell auf den Exportmarkt ausgerichtet sind. Nur ein Bruchteil der neuen Infrastruktur soll den Bedürfnissen des lokalen Marktes dienen. Umweltzerstörung und Armut in der unmittelbaren Umgebung dieser Bauvorhaben werden als Folge dieses ‚grünen Kolonialismus' noch schlimmere Ausmaße annehmen"[12], so Roland Ngam, Project Manager for Climate Justice der Rosa-Luxemburg-Stiftung in Südafrika. Ein eindringliches Beispiel dafür ist die Republik Kongo, wo große Flächen Regenwald abgeholzt und Moore, die riesige Mengen an Kohlendioxid binden, trockengelegt werden sollen – und deren Freisetzung unabsehbare Folgen für die gesamte Region hätte.[13]

Der Ukraine-Krieg wirkt sich also über viele Umwege auf Menschen in Afrika aus: Weil ‚der Westen' kein Gas aus Russland mehr beziehen kann, ohne damit finanzielle Unterstützung und damit Unterstützung zur Ermordung abertausender Ukrainer:innen

zu leisten, muss er sich nach neuen, idealerweise günstigen Energiequellen umsehen, die er in afrikanischen Ländern entdeckt – diese werden ausgebeutet, ohne den dort ansässigen Menschen eine auch nur ansatzweise angemessene Gegenleistung zu erbringen.

Die traurige Wahrheit ist: Während alle schon gierig die Hände ausstrecken nach den wertvollen Bodenschätzen Afrikas, sind nach wie vor hunderte Millionen Menschen nicht einmal rudimentär mit Strom und damit auch nicht mit Licht versorgt.

Nigeria, Äthiopien und die Demokratische Republik Kongo sind laut Energy Progress Report 2023 die drei Länder, in deren Stromversorgung die größten Lücken klaffen. Und das hat verheerende Konsequenzen, nicht nur für die Dinge, an die wir womöglich im Zusammenhang mit Strom zuallererst denken – Energie für unsere Computer und Handys, unsere Kühlschränke, Heizungen und Warmwasseraufbereitung. Ohne Strom leben zu müssen, kann lebensgefährlich sein – und das nicht ausschließlich aufgrund von Gewaltverbrechen, die sich im Dunkeln problemloser begehen lassen. In Gebieten ohne Elektrizität ist die Todesrate durch Unfälle und Krankheiten erschreckend hoch: Unsichere Leuchtmittel wie Petroleumlampen oder Kerzen „fordern jedes Jahr 1,5 Millionen Todesopfer, entweder durch Atemwegserkrankungen oder Feuer".[14] Es ist nicht ganz ohne Ironie, dass diese Meldung Teil einer Presseaussendung zum ‚Internationalen Jahr des Lichts 2015' des Unternehmens Philips war, dessen Erfolg mit Lampenproduktion in

einer niederländischen Gemeinde begann und inzwischen rund 75 000 Beschäftigte weltweit hat – und damit die Aufmerksamkeit für diesen Umstand wohl vor allem aufgrund der Marktmacht des Lichtgiganten gesichert war.

Inzwischen gibt es einige Initiativen, subventioniert u. a. von der Weltbank, der African Minigrid Developers Association und Unternehmen aus der Privatwirtschaft, die sich für die fortschreitende Elektrifizierung des Subsahara-Raumes einsetzen, wo teilweise bis zu 86 % der Haushalte, besonders in ländlichen Gegenden, keinen Zugang zu Strom haben.[15]

Die Lösung heißt: Off-Grids oder Mini-Grids. Das sind, vereinfacht gesagt, kleine bis mittlere Solaranlagen, die Orten ohne Anbindung an das offizielle, staatliche Stromnetz, das in vielen Ländern zudem sehr störungsanfällig ist, relativ unkompliziert, nachhaltig, sicher und vor allem leistbar den Zugang zu Elektrizität sichern sollen.[16] Mit der Förderung dieser Mini-Grids wird endlich auch für die Einwohner:innen jene Energiequelle nutzbar gemacht, über die nicht elektrifizierte Gegenden vielfach im Übermaß verfügen: Sonnenlicht. Zum Vergleich: Sind in Europa durchschnittlich 2,7 bis 3,3 Kilowattstunden pro Tag in der Erzeugung möglich, sind es in Subsahara-Ländern wie Kamerun zwischen 3,3 bis 5,7 Kilowattstunden. Das weckt Begehrlichkeiten – nach einer weiteren Rohstoffquelle aus Afrika.[17]

Immer wieder gab und gibt es Pläne, in der Sahara große Sonnenparks zu errichten. Mit Hilfe der Pho-

tovoltaik soll ‚grüner Wasserstoff', ohne den laut Expert:innen die viel beschworene Energiewende nicht zu schaffen ist, produziert und in rauen Mengen exportiert werden. *Desertec* hieß das erste Projekt aus dem Jahr 2008, für das eine 300 mal 300 Kilometer große Fläche in der Sahara Energie für den gesamten Planeten Erde erzeugen sollte – und buchstäblich im Sand verlief, als sich Geldgeber:innen zurückzogen und aufgrund der Entwicklungen des Arabischen Frühlings auch nicht mehr zurückkehrten. In der Zwischenzeit ist in Marokko die bisher größte Photovoltaikanlage der Welt entstanden, weitere Großprojekte mit Investor:innen aus aller Welt sind in Planung, wie zum Beispiel in Namibia, wo der kleine Küstenort Lüderitz, ehemals Startpunkt der deutschen Kolonie Deutsch-Südwestafrika, zum Exporthafen für grünen Wasserstoff werden soll.

Je tiefer ich grabe, desto mehr und gleichzeitig weniger macht alles Sinn. Das deutsche Bundesforschungsministerium präsentierte 2021 eine Potenzialanalyse mit dem Claim „Afrika könnte Energieversorger der Welt werden" – und versicherte ebenso: „Es ist möglich, Westafrikas örtlichen Energiebedarf zu decken – ohne den Energiebedarf für die Produktion von Grünem Wasserstoff erheblich einzuschränken."[18] Interessant jedenfalls, dass die Deckung des Bedarfs der produzierenden Länder fast wie eine Fußnote behandelt wird.

Die Menschen vor Ort setzen jedenfalls große Hoffnungen in die für den Export gedachte Energiege-

winnung – gerade auch im Hinblick auf eine stabile Stromversorgung der eigenen Bevölkerung. Angolas Energieminister João Baptista Borges hat die Zeichen der Zeit erkannt und weist darauf hin, dass weitreichende Bauvorhaben – sei es für Solar-, Wind- oder Wasserkraftwerke – nicht umsonst zu haben seien: „Wer LNG (Flüssiggas) haben will, muss auch investieren."[19] Die Startpositionen sind dieses Mal besser als je zuvor für Staaten wie Namibia, Nigeria, Tschad oder Benin: Sie wissen um ihr Potenzial, sind willens, alles auf die Karte der erneuerbaren Energien zu setzen – und sich nicht über den Tisch ziehen zu lassen. Mit Licht ist also durchaus Staat zu machen – wenn die Gegenleistung stimmt.

Mir schwirrt der Kopf bei all diesen Informationen, die mir in dieser Verbindung bisher nicht klar waren in meiner sicheren Blase, und das leicht flaue Gefühl in meinem Magen hat sich eher verschlimmert als verbessert. Ich sammle mich ein wenig und widme mich der Frage: *Was sehen wir überhaupt, wenn wir Licht sehen?*

Eine Frage der Wahrnehmung

Man kann viel von mir behaupten; dass ich in der Schule ein Naturwissenschafts-Ass war, gehört nicht dazu. Noch heute treibt mir die Erinnerung an die Abiturprüfung in Mathematik, bei der mir der Lehrer beim Austeilen der Aufgaben zuraunte: „Jaksch,

das ist für Sie nicht zu schaffen", den kalten Schweiß auf die Stirn. Auch im Physikunterricht wollte nichts fruchten. Nicht die besten Voraussetzungen, um sich mit der Beschaffenheit des Lichts auseinanderzusetzen. Etwas Trost finde ich in den Worten des Physikers Markolf Niemz: „Wir können uns nicht vorstellen, was das Licht ist, und ich glaube sogar, den Grund dafür gefunden zu haben, denn Licht breitet sich mit Lichtgeschwindigkeit aus, und wir Menschen können aufgrund unserer Masse niemals so schnell sein wie das Licht. Das heißt, wir können niemals begreifen, was Licht ist. Wie können wir etwas begreifen, dessen wir nicht habhaft werden können?" [20]

Für einen Moment blitzt eine weitere Erinnerung an meine Schulzeit auf, Schaubilder aus der Optik, abgeleitete Lichtstrahlen, Einfalls- und Ausfallswinkel, Lichtbrechung – und mir wird auf einmal klar, warum mich der Gedanke an Licht nicht loslässt: Es folgt zwar seinen eigenen Regeln, reagiert aber mit allen Oberflächen, Elementen, ja sogar Gasen. Licht, lese ich nach, ist „der sichtbare Teil des elektromagnetischen Spektrums"[21] – und Helligkeit die damit verbundene, meist subjektive Wahrnehmung von dessen Intensität. So weit, so gut, aber ehrlich gesagt kann ich mir darunter nichts vorstellen, es will sich kein Bild vor meinem inneren Auge zusammensetzen. Womit ich absurderweise gar nicht mal so falsch liege, denn tatsächlich sehen wir alles, was uns umgibt, nur deshalb, weil Licht mit unserer Umwelt reagiert, aber

Licht selbst, so verstehe ich es als Laiin, sehen wir im Grunde gar nicht.

Licht ohne ein Gegenüber ist also gar kein Licht, und ich muss lächeln beim Gedanken daran, dass es sich mit uns Menschen auch so verhält. Begeisterung, Nächstenliebe, Empathie, Widerstand – sie alle werden erst im Kontakt sichtbar, wenn wir sie mit jemandem teilen oder jemandem zuteilwerden lassen. Ich glaube, die Analogie geht sogar noch weiter: Je nachdem, worauf Licht trifft, reagiert es mit seinem und auf sein Gegenüber und sorgt dadurch zum Beispiel dafür, dass wir Dinge unter Wasser verzerrt wahrnehmen oder lässt Dinge, die sich in weiter Entfernung befinden, durch weniger Farbsättigung manchmal unscharf oder mit Blaustich erscheinen. Manche Anteile schenkt das Licht sogar her, wenn es auf einen Gegenstand trifft – und bestimmte Wellenlängen von ihm absorbiert werden. So erscheint uns zum Beispiel Gras grün, weil nur die Wellenlängen, die wir als Grün wahrnehmen, reflektiert werden; alle anderen Wellenlängen werden verschluckt.

Das menschliche Auge nimmt nur einen bestimmten Teil der Wellenlängen wahr, aus denen sich Licht zusammensetzt – und dieser Teil fächert sich im Bereich zwischen etwa 380 (Violett) bis etwa 780 Nanometern (Rot) in die sogenannten Spektralfarben auf. Abgesehen davon, dass zumindest das selbst solch unbegabten Menschen wie mir noch aus dem Physikunterricht in Erinnerung ist, kennen die meisten diese

Farben dank ihrer Anordnung in einem Regenbogen, dem das Phänomen der Lichtbrechung zugrunde liegt. Das ist übrigens auch der Grund, warum uns die Sonne am Mittagshimmel fast weiß erscheint – es sammeln sich alle Spektralfarben in ihr und das wiederum ergibt ... ja, nun, Weiß. Für strahlendes Himmelblau und romantisches Abendrot ist ebenfalls die Lichtbrechung zuständig, indem Lichtwellen auf Gasmoleküle in der Atmosphäre treffen; im Zusammenspiel mit der Lichtstreuung überwiegt dabei tagsüber deutlich der kurzwellige blaue Lichtanteil, der langwellige rote Teil übernimmt am Abend das Regiment und sorgt für spektakuläre Lichteffekte, die verliebte Pärchen rund um den Globus in Verzückung geraten lassen.

Übrigens sind Menschen, wenn es um das Sehen geht, wieder einmal nicht das Maß aller Dinge. Als Säugetiere mit der Fähigkeit, Rot, Grün und Blau zu sehen, sind wir eher die Ausnahme im Tierreich. So können die meisten Insektenarten, viele Reptilien und zahlreiche andere Tierarten UV-Licht wahrnehmen. Bienen zum Beispiel sehen die Welt völlig anders als wir – dank ihrer Fähigkeit, ultraviolette Strahlung zu sehen, erscheinen ihnen Blüten in einem starken Hell-Dunkel-Kontrast. Dieser lässt für sie das Zentrum, an dem sie die Pollen finden und sammeln, deutlich zu Tage treten. Einige Schlangen wiederum können mit dem sogenannten ‚Grubenorgan' Infrarot wahrnehmen – einer Membran, die sie befähigt, auch in der

Nacht dreidimensionale Wärmemuster von Lebewesen wahrzunehmen.

Wie so oft gilt auch hier: Nur weil wir etwas nicht sehen können, heißt das nicht, dass es nicht existiert oder keine Auswirkungen auf uns hätte. So kann intensive UV-Strahlung unsere Gesundheit nachhaltig schädigen; von Augenentzündungen über Sonnenbrand bis zu Krebserkrankungen reicht die Bandbreite der möglichen Folgen. Infrarote Strahlung hingegen genießt einen weit besseren Ruf, kommt in der Behandlung von Entzündungen zum Einsatz und wirkt in Form von Wärme nachweislich stärkend auf unser Immunsystem. Beides sehe ich in Kindheitserinnerungen an mir vorbeiziehen: das ungeliebte Eincremen im Italienurlaub, um meine empfindliche Haut vor der Sonne zu schützen, ebenso wie meine Mutter, die im Winter immer wieder einmal an unserem Esstisch vor einer Infrarotlampe saß, um Verspannungen zu bearbeiten oder einfach ein bisschen Wärme und gute Laune in der dunklen Jahreszeit zu tanken.

Im Übrigen hat Licht eine mir sehr sympathische Eigenschaft, die schon so manche Wissenschaftler:in beinahe um den Verstand gebracht und zu leidenschaftlichen Diskussionen verleitet hat. Über lange Zeit ging man davon aus, dass Licht – wie wir eben schon erfahren haben – eine Welle ist. So weit, so gut, könnte man annehmen, hätte sich nicht herausgestellt, dass Licht in bestimmten Szenarien wie ein Teilchen reagiert. Die Frage, die die Wissenschaft lang in Atem hielt, war also: *Teilchen oder Welle – Licht, was bist du?*

Die wunderbare Wahrheit, durch zahlreiche Experimente nachgewiesen: Licht hat sich dazu entschieden, sich nicht entscheiden zu müssen, und ist sicherheitshalber einfach beides. Was ich daran mag? Dass damit eine unserer Lebensgrundlagen stolz und selbstbewusst sagt: Ich bin nicht das Eine oder das Andere. Ich bin einfach beides. Wenn sogar das Licht entspannt der Binarität und der Eindeutigkeit, an der sich viele immer noch so stur festklammern, entsagen kann, warum tun wir Menschen uns so schrecklich schwer damit?

Eines der Spiele, die ich als Kind mit meiner Großmutter, bei der ich oft übernachtet habe, am Morgen im Bett endlos wiederholen konnte, war ‚Ich sehe was, was du nicht siehst', und noch heute funktioniert das mit kleinen Kindern ganz wunderbar. „Ich sehe was, was du nicht siehst, und das ist ... gelb", ruft eine:r der Spielenden, und die anderen müssen erraten, um welchen Gegenstand es dabei geht. Dabei kann es schon mal zu Verwirrung kommen: Was, wenn das, was ich als gelb interpretiere, für mein Gegenüber schon grün ist oder vielleicht orange? Wer hat dann recht? Beide? Niemand?

Gut zu beobachten war dieser Effekt bei einem Foto, das sich im Jahr 2015 wie ein Lauffeuer in sämtlichen sozialen Netzwerken verbreitete und zu leidenschaftlichen Diskussionen führte: Zu sehen war auf dem Foto ein Kleid, das breite Querstreifen hatte – und diese waren Anlass zu endlosen, erstaunlich leiden-

schaftlichen Streitereien im Netz. War das Kleid nun gold-weiß oder blau-schwarz? Der Hashtag *#TheDress* ging innerhalb kürzester Zeit viral, poppte minütlich bis zu 11 000 Mal allein auf Twitter auf, berühmte Persönlichkeiten wie Justin Bieber, Lady Gaga oder Julianne Moore schalteten sich ein – und selbst Neurowissenschaftler:innen standen vor dem Rätsel, warum die Wahrnehmung der Betrachter:innen so fundamental auseinanderging und, wie die Washington Post etwas überdramatisch schrieb, gar zu einem „Drama, das die Welt spaltete“,[22] wurde.

Erklärungsversuche gab es eine ganze Menge, und die meisten waren letztendlich nur bedingt belastbar. Eine der aussichtsreichsten Erklärungen stammt von dem Neurowissenschaftler Pascal Wallisch, der dem Hype zunächst nichts abgewinnen konnte, dann aber selbst erlebte, dass sich seine Frau und er nicht auf die Farbigkeit des Kleids einigen konnten. In einer groß angelegten Studie versuchte er, dem Ganzen auf den Grund zu gehen und kam zu dem Schluss: Wir sehen Dinge nicht so, wie sie sind – denn unser Gehirn zieht seine eigenen Schlüsse. In diesem Fall war die Lichtquelle des Fotos nicht eindeutig zu identifizieren, und so kam es darauf an, was einzelne Personen als Voraussetzungen annahmen. Des Rätsels Lösung: Damit wir etwas zum Beispiel als Gelb wahrnehmen, filtert unser Gehirn alle Blauanteile heraus; auf unserer Netzhaut treffen nur noch rote und grüne Anteile des Lichts ein – und lassen uns zum Beispiel Zitronen als gelb wahrnehmen. Wer nun also dachte, das

Kleid sei bei Tageslicht, aber im Schatten aufgenommen, war der Meinung, die Streifen seien in Weiß und Gold gehalten, da die Lichtsituation im Gehirn als extrem blau getönt wahrgenommen wurde; wessen Gehirn aber davon ausging, dass das Kleid von Kunstlicht beschienen wurde, das hohe Gelbanteile hat, war fest in dem Glauben, die Farben Schwarz und Blau zu sehen.[23]

Ein Kleid wird so zu einem Paradebeispiel dafür, dass wir zwar die gleichen Dinge sehen, unsere Gehirne sie aber nicht auf die gleiche Art und Weise verarbeiten und damit auch anders interpretieren – die Umstände und das Umfeld im Moment der Wahrnehmung haben also ebenso wie unsere Erfahrungen einen großen Anteil daran, wie wir die Welt wahrnehmen. Von einem Kleidungsstück auf den gesamten Erdball zu schließen, kommt Ihnen ein wenig hochgegriffen vor? Nehmen wir allein den Einstieg in dieses Buch: Ich habe Ihnen eingangs jede Menge Themen aufgezwungen, die mich umtreiben, und ich habe ebenso recht unverblümt zu verstehen gegeben, dass die Gesamtlage der Welt nicht unbedingt dazu angetan ist, dass wir uns alle voller Hoffnung in jeden neuen Tag stürzen. Sie mögen mir sogar insgeheim beigepflichtet oder unbewusst mit dem Kopf genickt haben, ja, die Welt ist schlecht und sie wird immer schlechter – so meinen wir zumindest, auch wenn es nicht der Wahrheit entspricht.

Hier wird es interessant – denn einige Studien zeigen, dass das nicht ganz so ist, wie wir glauben, und

dass wir viel mehr Irrglauben aufsitzen und Fakten viel verzerrter abgespeichert haben, als sie Schwarz auf Weiß nachzulesen sind.

Dass wir mit Annahmen über viele Fragen erstaunlich falsch liegen, davon kann Bobby Duffy ein Lied singen. Der Leiter des Meinungsforschungsinstituts Ipsos beschäftigt sich seit Jahren mit dem Phänomen, dass wir viele Dinge für wahr halten, die bei genauer Betrachtung nicht standhalten können. Nach unserer Einschätzung zu Themen wie Migration, Armut oder Sexualverhalten befragt, liegen wir trotz aller vermeintlicher Aufgeklärtheit meist weit von der richtigen Antwort entfernt. So fragte Duffy unter anderem in einer breit angelegten Studie die Versuchsteilnehmer:innen, wie hoch sie den Prozentsatz an Immigranten in ihrem jeweiligen Land einschätzen. Durchschnittlich gaben die Befragten den Prozentsatz mit 28 % an; der tatsächliche Anteil lag deutlich darunter, bei 12 %. Auch bei der Rate an Arbeitslosigkeit gingen Schätzung und Tatsachen (im Jahr 2016) weit auseinander: Durchschnittlich dachten die Teilnehmer:innen, dass etwa 34 % der Bevölkerung arbeitslos seien, dabei waren es lediglich 7 %.[24] Duffy zeigt sich regelmäßig verwundert bis schockiert, wie wenig wir eigentlich wissen – und was diese tiefgreifenden Missverständnisse zu solch fundamentalen Themen für uns als Individuen sowie ganze Gesellschaften bedeuten.

Ganz im Einklang mit Duffys Beobachtungen plädierte auch der inzwischen verstorbene Arzt und

Gesundheitsexperte Hans Rosling für ein Zeitalter der Factfulness, in dem wir unseren Irrtümern auf die Spur kommen. Rosling stellt fest, dass wir oftmals ‚Megatrugschlüssen' aufsitzen – und dabei fühle ich mich mal wieder sehr ertappt: Er argumentiert, dass unsere Einschätzungen in vielen Bereichen auf vorgefertigte Meinungen beruhen, die unser Urteilsvermögen beeinträchtigen oder uns zu Fehlannahmen verleiten. Für grundlegend hält er dabei die ‚Idee der Kluft' – also die weit verbreitete Vorstellung, dass es ein ‚Wir' und ein ‚Sie' gibt, ein ‚Wir' und ‚die Anderen', bei dem Letztere im Vergleich meist schlechter abschneiden.

Ich gehe unruhig im Wohnzimmer auf und ab, während Autoscheinwerfer für ein paar Sekunden die Nacht im Vorbeifahren erhellen. Meine doch im Kern erboste Brandrede auf koloniale Ausbeutung von Ländern, die ‚wir' als Industrienation immer noch als entwicklungsbedürftig sehen, ob sie das in Wirklichkeit sind oder nicht – war das auch eine dieser komplett fehlgeleiteten Überzeugungen, die ich als bare Münze genommen, mir selbst geglaubt habe? Habe ich damit im Grunde auch nur wieder Vorurteile verstärkt, *armer Süden, reicher Norden*, wenn tatsächlich die Menschen in anderen Ländern ebenso tagtäglich ihren Aufgaben, ihren Beschäftigungen, ihrem Leben nachgehen. Das, auch wenn es anders aussieht als meines, deswegen nicht schlechter sein, geschweige denn zu Mitleid bei mir führen muss? Wer bin ich, dass ich annehme, dass zum Beispiel in dem

bereits erwähnten Küstenort Lüderitz alle Einwohner:innen gegen die Investitionen aus Ländern wie Deutschland sind? Dass meine Wahrnehmung in diesem und vielen anderen Fällen die ‚richtige', gerechte, einzig vertretbare ist? Das ist sie sicher nicht, und vielleicht drifte ich hier in selbstgerechte Gewässer ab, die die eigene Verletzlichkeit und Angefasstheit zu wichtig nimmt und dabei auch noch mit gefährlichem Halbwissen hantiert. Und dennoch glaube ich, dass Schweigen nicht die Lösung ist – ich aber auch keine Hilfestellung von Menschen erwarten kann, die diskriminiert werden. Warum, das beschreibt die Schriftstellerin Reni Eddo-Lodge anschaulich am Beispiel des Rassismus: „... Rassismus ist ein weißes Problem. Er offenbart die Ängste, die Scheinheiligkeit und die doppelten Standards des Weißseins. Es ist ein Problem in der Psyche des Weißseins, und Weiße haben die Verantwortung, es zu lösen."[25] Und sie hat Recht. Zu leicht werden die Forderungen von verschiedensten Gruppen – seien es People of Color, Queers oder Indigene – als reine Identitätspolitik abgetan, „ein Begriff, mit dem die Mächtigen heute den Widerstand der strukturell Benachteiligten beschreiben"[26], als hilfloser Versuch, die Verantwortung von sich selbst wegzuschieben.

Emotionale Gutmenschen?

Ist das alles zu weinerlich, zu sensibel? Empathisch, mitfühlend, ‚offenherzig' im besten Sinn zu sein, halte ich nach wie vor für positive, auf der hellen Seite der Gefühlsskala angesiedelte Eigenschaften. Das wird mitunter jedoch in Zweifel gezogen – in den Medien, der Politik, den sozialen Medien. „Die Sensibilisierung der Gesellschaft ist, unbestreitbar, ein wesentlicher Faktor zivilisatorischen Fortschritts. Plurale, hochkomplexe, ausdifferenzierte Gesellschaften sind (...) fundamental angewiesen auf Individuen, die eigene wie fremde Belange sensibel wahrzunehmen vermögen. Doch erleben wir gerade, wie just diese konstruktive Kraft der Sensibilität in Destruktivität umzuschlagen droht: Anstatt zu verbinden, trennt uns die Empfindlichkeit"[27], schreibt Svenja Flaßpöhler. Komplexität ist natürlich für uns alle eine Herausforderung – aber kein Hinderungsgrund, empathisch und tolerant miteinander umzugehen. Dass sich das leichter sagt als tut, ist mir schmerzlich bewusst. Ich fühle mich durch Flaßpöhlers Worte an so manche Diskussion in meinem Freundes- oder auch Familienkreis erinnert. Wie oft habe ich in den vergangenen Jahren schnell eingeschnappt reagiert, wenn jemand eine andere Sichtweise vertreten hat als ich? Wie oft habe ich mich angegriffen gefühlt, weil mein Gegenüber – genau wie ich – auf seiner Weltsicht beharrt hat? Wie oft kam mir eine Ansicht überholt, ignorant, verbissen, überaltert vor, ohne dass ich in Betracht

gezogen habe, dass die andere Person eine andere Lebenswelt hat als ich?

Dass ich mich das frage, ist natürlich vor allem eins: pathetisch. Und die Sache ist, dass ich pathetisch sein *kann* und *darf* – und damit meistens auch noch ernst genommen werde, was für viele Menschen keine Selbstverständlichkeit ist: „Macht es einen Unterschied, ob eine Frau ihre Gefühlswelt mit der Welt teilt oder ein Mann? Eine Schwarze oder eine *weiße* Frau? Eine Schwarze oder *weiße* Frau, die obdachlos ist, die im Rollstuhl sitzt, die Alleinerzieherin ist? Ja, ja und ja."[28] Die Antwort darauf, wer gehört wird, wenn Unmut, Wut, Ungerechtigkeit, Diskriminierungserfahrungen geteilt werden, ist unangenehm für jemanden wie mich, weil mir, auch wenn mir als Frau so manche Räume versperrt sind, verhältnismäßig viele Türen offenstehen. Mir ist bewusst, dass ich keine Insel bin, dass ich eingebunden bin in multiple Kontexte, ich aber aus meiner Blase auch oft nicht herauskomme. Ich versuche Tag für Tag, offen zu sein und zu bleiben für multiperspektivische Diskurse, Herangehensweisen, Erfahrungshorizonte, und weiß doch, dass ich noch viel mehr tun könnte. Dennoch ist mir klar, dass ich am Ende nur für mich sprechen kann, mit größtmöglicher Offenheit, Empathie und dem Willen zu Verständnis für andere, für deren Sorgen, Nöte, Ängste, Freuden, Herausforderungen. Ich kann nicht für andere sprechen – und sollte es auch nicht –, aber ich kann für deren Rechte, deren Repräsentation und deren Recht auf Unversehrtheit auf die Barrika-

den gehen, kann *mit* anderen über den Status quo und meine Hoffnungen für die Zukunft reden, nicht *über* andere. Und ich hoffe, dass ich die Momente erkenne, in denen ich am besten einfach nur die Klappe halten und das Feld den anderen überlassen sollte, deren Stimme wichtiger ist als meine. Vielleicht ist es das, was fehlt – immer wieder hinter sich selbst zurückzutreten, damit andere sich den Raum nehmen können, der ihnen zusteht, aber oft von anderen eingenommen und manchmal sogar bewusst blockiert wird. Ist es utopisch, so zu denken? Ist es naiv, an das Gute zu glauben – aber wer wären wir oder zu wem würden wir, wenn wir das nicht mehr täten?

Dass wir grundsätzlich in einer Welt leben, die sich hin zum Guten entwickelt, davon ist Rutger Bregman, der einige Bestseller geschrieben hat, fest überzeugt. In *Utopien für Realisten* konstatiert er: „Lebten im Jahr 1820 noch 84 Prozent der Weltbevölkerung in extremer Armut, so war dieser Anteil bis 1981 auf 44 Prozent gesunken, und knapp vier Jahrzehnte später liegt er unter 10 Prozent."[29] Dazu passt auch seine optimistische Weltsicht, die er nachdrücklich vertritt und die sicherlich Balsam auf die geschundenen Seelen seiner treuen Gefolgschaft ist, die weiter glauben möchte, dass wir alle *Im Grunde gut* sind, wie uns sein Buch mit demselben Titel verspricht. Und das ist in einer oft düster anmutenden Welt ein willkommener Lichtblick. Bregman positioniert sich in Kontrast zur Fassadentheorie, die besagt, dass uns allein die Sozialisation

als leicht zu durchdringende Membran davon abhält, Böses zu tun: „Moral sei nur eine brüchige Kruste, eine Fassade, hinter der sich der humane Ego-Shooter verbirgt."[30] Uns wird gern suggeriert, dass während Notlagen, die in den Medien schnell Auflage machen, stets das Schlechteste im Menschen zum Vorschein kommt. Bregman stellt sich entschieden gegen diese ganz offensichtlich falsche Behauptung: „In Notsituationen kommt das Beste im Menschen zum Vorschein. Ich kenne keine andere soziologische Erkenntnis, die gleichermaßen sicher belegt ist und dennoch gänzlich ignoriert wird. Das Bild, das in den Medien gezeichnet wird, ist dem, was nach der Katastrophe geschieht, diametral entgegengesetzt."[31] Er bezieht sich dabei unter anderem auf den Hurrikan Katrina, der im Jahr 2005 eine unfassbare Spur der Zerstörung in New Orleans hinterließ – und klar machte, wie überfordert Politiker:innen, Hilfskräfte und Katastrophenmanagement waren. 1800 Menschen verloren ihr Leben. Als Zufluchtsort für bis zu 30 000 Schutzsuchende diente der Caesars Superdome, ein Baseballstadion im Herzen der Stadt. Schnell machten Nachrichten die Runde von furchtbaren Zuständen im Stadion, das fünf Tage lang nicht evakuiert wurde; von Morden, Vergewaltigungen, marodierenden Plündertrupps wurde berichtet, und von über 200 Toten, die sich dort gestapelt haben sollen. Die meisten Berichte aus dem Superdome konnten nicht bestätigt werden – von den sechs Menschen, deren Tod während ihrer Zeit dort eintrat, starben vier an natürlichen Ursa-

chen, eine Person an einer Drogenüberdosis und eine weitere Person beging Selbstmord.[32]

Was in der Darstellung der Ereignisse oft unerwähnt bleibt, aber zur Verzerrung der Tatsachen beitragen mag: Die überwältigende Mehrheit der von Katrina Betroffenen und derer, die im Superdome Schutz suchten, waren Schwarze Amerikaner:innen – die meisten der darüber berichtenden Journalist:innen jedoch waren *weiß*. Die Bilder, die ununterbrochen über die Bildschirme flimmerten, zeigten in überwältigender Mehrheit Schwarze Menschen und PoC. In New Orleans hat sich ein Riss aufgetan zwischen dem, was Menschen vor Ort erlebt haben, und der Art und Weise, wie währenddessen und nachher darüber berichtet wurde, was unmittelbare Auswirkungen auf die Betroffenen hatte und hat. Denn es war ein Diskurs, der rassistisch und klassistisch geführt wurde, der eine ganze Stadt zu einem Gefängnis machte, weil das Bild eines rechtsfreien Raums Hilfskräfte und Polizei von Einsätzen abhielt und deren Einwohner:innen ohne jede faktische Grundlage kriminalisierte. Dabei zeichnen die Tatsachen ein völlig anderes Bild: „The majority in Katrina took care of each other, went to great lengths to rescue each other (...) and were generally humane and resourceful. A minority that included the most powerful believed they were preventing barbarism while they embodied it“[33], so Rebecca Solnit, eine US-amerikanische Autorin und Kulturhistorikerin. *Die Mehrheit der Menschen, die die Katrina-Katastro-*

phe erleben musste, tat also alles, was in ihrer Macht lag, um anderen zu helfen. Lediglich eine Minderheit, die sich aus den Privilegiertesten zusammensetzte, war der Meinung, sie würden barbarische Handlungen verhindern, nicht sehend, dass sie selbst es waren, die den meisten Schaden anrichteten. Was wir daraus mitnehmen können? Dass Menschen sich in Zeiten der Not tatsächlich lieber helfen, als sich Böses zu wollen, wir aber gern bereit sind, das Schlechteste voneinander anzunehmen. Und dass eher *über* Menschen als *mit* ihnen geredet wird.

Die Medien nutzen dies zu ihren Gunsten: Unsere Aufmerksamkeitsökonomie ist so beschaffen, dass das Besondere, das Akute, das Schlechte uns grundsätzlich mehr anzieht als die guten Nachrichten – entsprechend liefern uns die Medien genau diese Informationen, auch wenn manche Medien wie zum Beispiel *ZEIT ONLINE* inzwischen Newsletter u. ä. gegründet haben, die uns einmal wöchentlich explizit mit guten Meldungen versorgen, die etwas Leichtigkeit und Optimismus in unseren Alltag bringen wollen. Andere, meist junge Medienhäuser, entziehen sich dem generellen Druck, eine Meldung nach der nächsten in den allgemeinen Nachrichtenwirbel zu entsenden, indem sie auf Entschleunigung setzen, wie zum Beispiel Community-basierte Plattformen wie das investigative Medium *DOSSIER*, das Nachrichtenmagazin *tag eins* oder die inklusive Redaktion *andererseits*. Sie alle setzen auf Klasse statt Masse, erhalten direkte finanzielle Unterstützung von Abonnent:innen

und veröffentlichen in regelmäßigen Abständen lange, tiefgehend recherchierte Reportagen, die sich abseits des tagesaktuellen Medienrummels behaupten können.

Unser durchschnittlicher Medienkonsum aber sieht anders aus. Unsere Feeds bestehen meist nicht aus sorgsam kuratierten Stories mit Mehrwert, die lange nachhallen, sondern sind vielmehr aufmerksamkeitsheischende Durchlauferhitzer, die uns zuspammen mit Nachrichten zu neuesten kriegerischen Auseinandersetzungen, Mordfällen, Inflation, Hass im Netz und Politikversagen. Sie verleiten zum berühmt-berüchtigten Doomscrolling, dem endlosen Konsumieren von Katastrophennachrichten. Wenn wir rund um die Uhr von Hiobsbotschaften umgeben sind, weil das Sensationelle in der Logik der Medienhäuser uns mehr in den Bann zieht als die eine gute Nachricht des Tages, dann macht das auch etwas mit uns: „Wenn wir ständig gezeigt bekommen, dass die Welt schlecht ist und wir daran nichts ändern können, dann glauben wir es irgendwann auch."[34]

Vorsichtig knipse ich die kleine Lampe, die neben meiner Couch steht, an – denn plötzlich habe ich das Bedürfnis zu überprüfen, ob das Licht tatsächlich angeht. Ich blinzle gegen den Widerschein an, und wieder beschleicht mich ein mulmiges Gefühl: für wie selbstverständlich ich vieles halte; wie sehr ich glauben darf, dass ich versorgt bin, dass mein Wohlstand von Dauer ist. Dass ich noch glauben darf,

dass füreinander einstehen nicht die Ausnahme ist, dass Mitgefühl und Teilnahme an den Sorgen und Nöten, aber auch an der Freude anderer eine bestärkende Grundlage für das Zusammenleben von so vielen unterschiedlichen Menschen ist. *Glauben dürfen*, denke ich noch einmal. Glauben dürfen heißt auch, sich entscheiden zu können. Was für ein unglaubliches Glück das ist. Also: Woran glaube ich wirklich?

5 Uhr: Glauben

Mit einem Ächzen stehe ich auf, aus dem Augenwinkel nehme ich einen kleinen Gegenstand wahr, den ich lange nicht mehr beachtet habe: Auf einer Vitrine steht allerlei Krimskrams, den ich über die Zeit angesammelt habe. Darunter auch eine leicht angegilbte Kerze, die ein als Jesus verkleideter, halb nackter Schauspieler ziert, der sich gerade eine Zigarette ansteckt. Sie entstand als Werbemaßnahme für ein Theaterstück, dessen Titel mir längst entfallen ist, und als Verantwortliche für Marketing und Öffentlichkeitsarbeit war sie eines der Highlights meiner Laufbahn am Theater.

Beinahe 20 Jahre lang zieht diese Kerze jedes Mal mit um, wenn ein neues Zuhause auf mich wartet, und sie ist meine letzte Begleiterin aus einer Zeit, in der ich mich an mich selbst vor allem traurig erinnere, in der es mir einfach nicht gelungen ist, das Helle, Gute, Positive zu sehen, und ich oft verzweifelt war. Als es schwer war, morgens aufzustehen, ich weinend unter der Dusche stand, weinend zur Arbeit fuhr und manchmal heimlich während der Arbeit weinte, wenn es zu viel wurde. Ich arbeitete in einer Stadt, in der ich mich nicht einmal ansatzweise wohlfühlte, an einem Theater in einer Anstellung, die mich aushöhlte. In den ersten Monaten nahm ich zwölf Kilo ab, und erst sehr viel später, im Frühjahr 2024, als die NDR-Dokumentation *Gegen das Schweigen* über Machtmissbrauch am Theater und beim Film große Wellen

schlug, verstand ich vollends, dass es ein Arbeitsumfeld war, das toxisch war – und ich dem System in meinen ersten Arbeitsjahren wenig bis nichts entgegenzusetzen hatte außer dem Gefühl, dass etwas nicht stimmte. Gaslighting, Mobbing, Geringschätzung – all das passierte anderen, nicht mir, glaubte ich, und wenn Arbeitsabläufe, die immer in Ordnung gewesen waren, plötzlich willkürlich als falsch und dumm deklariert wurden, war das sicher meine Schuld, mein persönliches Versagen – so dachte ich. Es ist ein paar wenigen solidarischen Kolleg:innen zu verdanken – und einem russischen Therapeuten mit zweifelhaften Deutschkenntnissen, aber viel Humor, der mir in einem Akutzentrum zugelost wurde –, dass ich damals einen Weg gefunden habe, nicht zu verzweifeln und zu erkennen: Du bist nicht das Problem; zumindest nicht du allein.

Ich nehme die Kerze von der Vitrine. Ein einziges Mal habe ich sie angezündet, vor vielen Jahren, mit der Absicht, sie ganz herunterbrennen zu lassen, zweieinhalb Jahre unglückliches Leben abzufackeln. Über das Herz gebracht habe ich es dann doch nicht. Angesengt ist sie ein passenderes Sinnbild für mein in Schieflage geratenes Bild von einer ganzen Industrie und den Abschied von einer Vorstellung, der ich wie wohl jede·r andere an und manchmal nachhänge: dass die Gruppe mich als Individuum schützen wird. Ich wollte glauben, zu einer Gemeinschaft (oder auch verschiedenen Gemeinschaften) zu gehören, die mir Zusammengehörigkeit und Sicherheit bietet.

Toxische Wahlverwandtschaften

„Allein ist der Mensch oft harmlos. In der Gruppe hingegen entwickelt er besondere Kräfte. Gruppen können etwas Magisches haben. Und manchmal etwas Monströses.",[1] so die Journalistin und Autorin Solmaz Khorsand in ihrem Buch *untertan*, in dem sie sich intensiv mit unserem Willen, uns zu unterwerfen, beschäftigt. Und genau da liegt die Krux: Wir alle haben eine intrinsische Motivation, uns Gruppen anzuschließen – sei es die Familie, ein Freundeskreis, ein Verein mit dem gleichen Interesse oder die verschworene Belegschaft des Unternehmens, für das wir arbeiten. Gruppenerlebnisse können uns bestärken, Höhenflüge bescheren und uns unbesiegbar fühlen lassen; dann stehen wir auf der Sonnenseite des Lebens.

Genauso aber treffen uns ihre Sanktionen, wenn wir die offiziellen wie inoffiziellen Regeln nicht einhalten. Kaum etwas tut so weh wie der Ausschluss aus einer Gemeinschaft. Das wissen schon die Jüngsten unter uns, wenn sie im Sportunterricht als Letzte übrigbleiben bei der Wahl in die beiden gegeneinander antretenden Teams. Oder wenn sich ein:e Freund:in – womöglich auch noch ohne Erklärung – abwendet und eine neue verschworene Achse entsteht, zu der man keinen Zugang mehr hat. Die Angst vor Ächtung sitzt tief und hat vor allem ein Ziel: Die Gruppe schlagkräftig halten, dem Ziel ergeben, das ein ‚Alpha' vorgibt, an das alle anderen glauben – und ihm im Idealfall blind folgen.

Dieses Denken macht auch vor der Arbeitswelt nicht Halt. In Zeiten von Start-ups und Selbstoptimierung fällt häufig der Satz: ‚Es ist so schön! Wir sind wie eine Familie!' Nach 25 Jahren Arbeitsleben in unterschiedlichen Festanstellungen möchte ich allen Bewerber:innen dieser Welt zurufen: Wenn euch das als Vorteil und Qualität des Unternehmens verkauft werden soll, nehmt die Beine in die Hand und rennt.

Zum einen heißt Familie noch lange nicht, dass alles glatt läuft (Familienfeiern! Weihnachten! Erbstreitigkeiten!), zum anderen ist eine Firma schlicht und einfach keine Familie: „Gute Vorgesetzte fördern ihre Leute – aber nicht aus Liebe, sondern aus unternehmerischem Interesse. Gute Führungskräfte befeuern die Leistung ihres Teams – aber nicht für die menschliche Weiterentwicklung oder das innere Wachstum."[2] Aus reinem Altruismus und Nächstenliebe handeln Vorgesetzte also selten, auch wenn es in Betrieben mit vermeintlich flachen Hierarchien und vielen lustigen Benefits so scheinen mag. Das gemeinsame Ziel eines gut eingespielten und gut geführten Teams ist demnach auch nicht, ständig privat aufeinander zu glucken und sich beim Feierabenddrink das aktuelle Liebesleid zu klagen, sondern wirtschaftlich zu arbeiten, Umsatzziele zu erreichen und damit den Weiterbestand der Firma oder der Institution zu sichern. Wer nicht dazu passt, wer nicht abliefert, Regeln zu sehr in Frage stellt oder sich zu oft dem gemeinsamen Mittagessen verweigert, hat auf Dauer schlechte Karten und muss sich nach einer anderen

Beschäftigung, nach einer neuen Ersatzfamilie umsehen. Weil das wehtut und der Job für viele nicht nur irgendein Arbeitsplatz, sondern auch Berufung ist, die die eigene Persönlichkeit definiert, wird – wenn auch oft unter Lästern, Wehklagen oder Frust – am Job festgehalten. Umso mehr, wenn die globale wirtschaftliche Lage eine deutliche Schlagseite hat und vor allem Unsicherheit auf Freelancer wartet.

Aber das ist nicht alles – sich im wohligen Dämmerzustand eines familiären Umfelds zu wähnen, schwächt auch in rechtlicher Hinsicht die Belange der Angestellten: „Während vor 15 Jahren noch etwa die Hälfte der Beschäftigten durch einen Betriebsrat vertreten wurde, sind es heute nur noch 40 Prozent."[3] Soll heißen: Wenn man sich sowieso in freundschaftlicher Zuneigung verbunden ist, können Probleme einfach im Vier-Augen-Gespräch aus der Welt geschafft werden – bei strukturellen Problemen und Herausforderungen ein eher schwieriger Ansatz.

Also glauben wir doch oft gern an die Rechtschaffenheit unserer Arbeitgeber:innen, an die hehren Absichten hinter ihren Zielen und an die Loyalität der Kolleg:innen. In vielen Industrien, die traditionell Niedriglohnsektoren sind, werden der Zusammenhalt und damit auch das gemeinsame Ertragen absurder Arbeitsverhältnisse zur Devise, ja fast schon zum Wettbewerb. Mehr als einmal habe ich selbst erlebt, wie übermüdete Kolleg:innen sich am Morgen mit ‚Wer hat am längsten gearbeitet?'-Vergleichen zu übertrumpfen suchten oder ich ein schlechtes Gewis-

sen hatte, wenn ich nach 12-Stunden-Tagen bereits um halb acht Uhr abends nach Hause ging.

Heute kommt mir das so unsinnig wie peinlich vor, besonders in dem Bewusstsein, dass es eine Vielzahl von prekären Beschäftigungs- und Abhängigkeitsverhältnissen gibt, in denen ein Arbeitszeiten-Schwanzvergleich gar nicht erst zur Debatte steht; wer in der Kunst- und Kultur-Blase arbeitet, tut dies oft aus Idealismus und der vielbeschworenen Leidenschaft oder der fehlgeleiteten Annahme, man mache ‚sein Hobby zum Beruf'. Das sind Antriebe, die man sich leisten können muss – und viele können das nicht. Kaum jemand an der Supermarktkasse, in Pflegeberufen, in großen Logistikzentren oder in Reinigungsfirmen wird sich gegenseitig stolz erzählen, wie viele Überstunden sie schon wieder gemacht hätten, aber dass es ja ‚für die gute Sache' sei. Denn die Wenigsten haben die Wahl oder die Herrschaft über die eigene Arbeitszeit. Ein ‚Ach, das mache ich dann morgen, da passt es besser' hat dort keinen Platz, und ausbeuterische Arbeitsbedingungen werden aus Angst davor, gar keinen Job zu haben, in Kauf genommen.

Ausbruch ist also oft zwecklos – wer vorzeitig desertiert, einen eigenen Willen hat oder manche Umstände nicht mehr mittragen will, dem wird unmissverständlich zu verstehen gegeben, dass es mit einem neuen Job in der eigenen Branche wohl nicht so gut aussieht – man kennt sich ja schließlich. Es braucht schon einen besonders stark ausgeprägten Kompass, eine Art inneres Licht, das einem in solchen

Momenten den Weg weist und zur eigenen Entscheidung stehen lässt. Das ist nicht leicht und ich verurteile niemanden, der:die es vorzieht, diese Form des Alleinseins nicht erfahren zu wollen, denn genau das ist es erst einmal, was sich einstellt, wenn man aus der Gruppe ausschert: Einsamkeit. Denn so verlockend es ist, den Vorgesetzten alles vor die Füße zu knallen, einen filmreifen Exit hinzulegen: Sich danach neu ausrichten, sich um eine andere Anstellung kümmern und Unsicherheit aushalten zu müssen, ist nicht für jede:n eine erstrebenswerte oder überhaupt machbare Aussicht, noch dazu in Zeiten globaler Umwälzungen.

Dreimal in meinem Leben habe ich diesen Schritt trotzdem getan, ohne eine Folgebeschäftigung zu haben, und ich gebe unumwunden zu, dass es viel Überwindung und Nerven (auch meines Umfelds) gekostet hat. Sehr oft hörte ich in diesen Situationen, dass ich ‚sehr mutig' sei, aber ich meine, mit Mut hatte das relativ wenig zu tun. Zum einen war jeweils ein Leidensdruck erreicht, der meine Gesundheit erheblich beeinträchtigte – und zum anderen hatte ich auch deswegen die Freiheit, aus einem sicheren Job herauszutreten, weil ich mir in den Jahren zuvor jeweils ein kleines Polster ansparen hatte können, das mir etwas Luft zum Atmen verschaffte und die Versagensängste und Lebensunterhaltsfragen zumindest fürs Erste minimierte. Das ist eine privilegierte Position und bis zu einem gewissen Grad vielleicht sogar Gratismut, dessen bin ich mir bewusst. Ich habe keine Kinder zu versorgen, keine Hypotheken abzuzahlen,

bin also relativ frei in meinen Entscheidungen. Wer schlimmstenfalls weich fällt, schläft besser.

Toxische Abhängigkeitsverhältnisse, die Kolleg:innen als falsch verstandene Familie, finanzielle Sicherheit als Voraussetzung – all das hinter sich lassen zu können: Das ist die eine Sache. Die andere: Eine Identifizierung mit dem eigenen Beruf, ihn quasi als Berufung zu sehen, ist das Credo der postmodernen, postindustriellen Gesellschaft, in der ‚Do what you love', ‚Tu, was dich glücklich macht' zur obersten Prämisse wird. Die lange Zeit vor allem britischen und US-amerikanische „You can make it if you really want"-Attitüde, also: ‚Jede:r mit ausreichend Willen kann es schaffen', geht damit Hand in Hand und hinterlässt ausgebrannte Individuen, die *es* unbedingt schaffen wollen und Selbstverwirklichung vor die klassische Erfüllung eines überschaubaren Arbeitspensums setzen. Aber was genau wollen wir denn eigentlich so unbedingt schaffen? Denke ich an meine Zeit an Theatern oder in Verlagshäusern zurück sowie an viele Gespräche mit Kolleg:innen, so fallen sehr oft Sätze wie ‚Ich bin so müde, aber es ist halt trotzdem der beste Job der Welt!'. Die eigene Work-Life-Balance schlägt oft in eine Richtung aus: in die des Jobs, nicht in die des Lebens.

Tatsächlich beinhalten wiederkehrende Aussagen in vielen Berufszweigen immer beide Seiten derselben Medaille: Wir emsigen Arbeitsbienchen sehen in dem, was wir tun, eine sinnvolle, der Gesellschaft zuträgliche Unternehmung, aber gleichzeitig wissen wir,

dass wir chronisch unterbezahlt sind (‚Die Branche gibt halt nicht mehr her!'), dass Chef:innen oft keine ausgebildeten Führungskräfte sind (‚Ich bin halt nach und nach in diese Position gerutscht.') und viele Überstunden unsere persönliche Hingabe sind an unser Tagwerk, für das sich all unsere Mühen lohnen. Daran wollen wir glauben – und nehmen dafür Einbußen in Kauf: „Wenn Leidenschaft oder Hingabe das ist, was allein zählt, dann tritt die Bezahlung oder Pensionsvorsorge in den Hintergrund. (...) Ist man unzufrieden mit seiner Arbeit, liegt es in der eigenen Verantwortung. Scheitern und Missstände gelten dann als persönliches Versagen, nicht als Systemfehler."[4]

Wo Selbstverwirklichung zum obersten Postulat wird, lassen sich in der Hinwendung zur Arbeit fast religiöse Züge ausmachen.

Ich bewundere jedenfalls alle Menschen, die einen U-Turn oder zumindest eine Neukalibrierung ihres Lebens vorgenommen haben, die sich trauen, aus zumindest einer ihrer angestammten Gruppen auszuscheren. In den USA gibt es dafür im Arbeitsleben sogar einen Begriff: *The Great Resignation*, die große Kündigungswelle. Allein im Jahr 2021 verließen über 30 Millionen Amerikaner:innen ihre Anstellungen, der Trend ging auf hohem Niveau weiter und ist längst auf den Rest der Welt übergeschwappt, auch wenn er sich durch die global angespannte wirtschaftliche Lage etwas verlangsamt hat.[5] Menschen, die gehen, Menschen, die etwas anders machen wollen, tun dies

aus verschiedenen Gründen: aus Verzweiflung, aus Unzufriedenheit, aber auch, und das halte ich sowohl für zentral als auch erstaunlich resilient, weil sie daran glauben, dass doch noch etwas anderes auf sie wartet oder sie etwas finden werden, was sie überzeugt, etwas, das sie inspiriert, ihrem Tun Sinn verleiht, sie im wahrsten Sinne des Wortes beglückt.

Sicher kann man immer argumentieren, dass Glück für jede:n anders aussieht und dass Glück nicht das tägliche Brot finanziert. Das ist wahr; genauso aber ist es richtig, sich nicht abzufinden, sich nicht zufrieden zu geben mit Umständen, die das eigene Licht dimmen, denn: „Es ist eine freudlose Gegenwart, wenn wir nicht darauf hoffen dürfen, dass die Zukunft besser sein wird.“[6]

More money, fewer problems

Was dieses Bessere eventuell sein könnte, würden wahrscheinlich so einige mit ‚Geld‘ beantworten. Kaum etwas, über dessen Beschaffenheit und tatsächliche Wirkungsweise wir im Grunde so wenig wissen, ist für uns ein größerer Heilsbringer und verspricht uns so viel Sicherheit wie ein bequemes Polster auf dem Bankkonto. Gleichzeitig sind wir in einer Gesellschaft, die auf Meritokratie und Kapitalismus beruht, davon überzeugt, dass vor allem den Tüchtigen Glück in Form von Reichtum zusteht – dieser Gedanke schlägt in dieselbe Kerbe wie die Idee davon,

dass man Reichtümer anhäufen kann, wenn man nur fleißig arbeitet. Geld verschenken, und das auch noch staatlich finanziert, so wird meistens geunkt, kann nicht die Lösung sein, dann lägen alle nur noch auf der faulen Haut. Denn auch wenn sich Sozialstaaten dazu verpflichten, durch finanzielle Unterstützung in Notlagen für ihre Bürger:innen zu sorgen, greift doch kaum etwas so gut wie die Erzählung vieler Politiker:innen über diejenigen, die eben diesen Sozialstaat ausnutzen und ‚in der sozialen Hängematte liegen'.

Was mich, die solchen mieselsüchtigen Vorurteilen aus Prinzip misstraut, besonders freut: Die Zahlen sprechen eine andere Sprache. Mehrere Experimente und Studien beweisen, dass das Gegenteil eintritt, zum Beispiel in der kleinen Stadt Dauphin in Kanada, wo Anfang der 1970er-Jahre das Programm namens MINCOME (kurz für *minimal income*) unter Präsident Pierre Trudeau startete. Dort erhielten die etwa 10 000 Einwohner:innen über vier Jahre hinweg monatlich 100 Kanadische Dollar. Auf das Jahr gerechnet entsprechen die insgesamt 1200 kanadischen Dollar heute in etwa 5600 Euro. Es wurde kein Unterschied nach Einkommen gemacht, jedoch wurden pro dazuverdientem Dollar 50 Cents der Fördersumme abgezogen. Die Ironie der Geschichte ist es, dass die Aufzeichnungen nach dem Ende des Programms – mit dem Regierungswechsel im Jahr 1979 wurde entschieden, dass MINCOME zu kostspielig war – für lange Zeit in der Versenkung verschwanden. Erst in den frühen 2000er-Jahren begann eine

Wissenschaftlerin mit dem passenden Namen Evelyn Forget, nach den Daten zu suchen und wurde in einer Lagerhalle fündig, wo insgesamt 18 000 Seiten an Aufzeichnungen ungelesen ihrer Entdeckung harrten.

Was Forgets penible Auswertungen zu Tage förderte, ist durchaus bemerkenswert: In Dauphin verbesserte sich der allgemeine Gesundheitszustand der Bevölkerung – körperlich wie mental – deutlich, die Anzahl der Krankenhausaufenthalte verringerte sich um 8,5 %. Doch damit nicht genug: Der befürchtete Rückgang an geleisteten Arbeitsstunden trat nicht ein. Dass etwas weniger als vorher gearbeitet wurde, ließ sich vor allem darauf zurückführen, dass es sich manche Mütter endlich leisten konnten, Elternzeit zu nehmen, oder Studierende ihre Ausbildung zielstrebiger verfolgen konnten, indem sie nicht mehr nebenher arbeiten mussten. Investiert wurde nicht nur in klassische Konsumgüter, sondern auch in Hilfsmittel wie ein Auto oder eine Schreibmaschine, die die Chancen der Einwohner:innen auf einen besser bezahlten Job deutlich anhoben.[7] Ein Aspekt zeigt deutlich die emanzipatorische Wirkung, die das zusätzliche Einkommen hatte: Es wurde zum Beispiel anhand einer Kontrollgruppe in einem anderen Ort die Geburtenrate untersucht. Vor MINCOME war es deutlich wahrscheinlicher, dass junge Frauen unter 25 in Dauphin Kinder bekamen als in der Kontrollgruppe. Nach MINCOME war es andersherum – die Frauen der Kontrollgruppe bekamen früher Kinder.

Nachforschungen zeigten, dass die Frauen lieber länger in der Schule blieben – nun, da sie es sich leisten konnten.[8] Für rechtskonservative Parteien ist dieser erfreuliche Effekt vermutlich Wasser auf die Mühlen ihrer ‚Kinder, Küche, Kirche'-Parolen – wo kämen wir hin, wenn Frauen ihr Recht auf Bildung auf einmal deutlich häufiger ausschöpften?

Doch nicht nur bedingungsloses, dauerhaftes Grundeinkommen kann die Lebenswirklichkeit der mit plötzlichem Geldsegen Bedachten verändern. Sogar Einmalzahlungen haben das Potenzial, ein Leben grundlegend zu verändern. Rutger Bregman berichtet von einer Aktion, bei der 13 Obdachlose in London einen Betrag von 3000 Pfund ausgezahlt bekamen, anstatt sie weiterhin mit Essensmarken und anderen derartigen Vergünstigungen zu versorgen. Das überraschende Ergebnis: Keiner der 13 Männer gab das Geld mit vollen Händen aus, im Gegenteil. Nach einem Jahr hatten die Teilnehmer des Versuchs im Durchschnitt 800 Pfund ausgegeben und den Rest gespart. Keiner hatte das Geld wild verprasst, sondern in Ausbildung, Kaution für eine Wohnung oder andere lebensnotwendige Güter investiert.

Ähnliches haben Studienleiter:innen überall auf der Welt zu berichten. Sobald tatsächlich Geld in die Hand genommen wird, um Armut zu bekämpfen, und das nicht zweckgebunden „von oben" verordnet, tritt derselbe Effekt ein. Wenn den Armutsbetroffenen selbst die Entscheidungshoheit darüber

gegeben wird, was sie am nötigsten brauchen und wie sie das Geld am sinnvollsten einsetzen wollen, wird es endlich so verwendet, dass es den Betroffenen wirklich nutzt.

Damit das möglich ist, ist eine andere Voraussetzung notwendig, die ich bereits angesprochen habe: dass Forscher:innen und vor allem auch Regierungen nicht vom Schlechtesten im Menschen ausgehen und sie grundsätzlich als mündig verstehen – als interessiert daran, ein würdevolles Leben führen zu können und echte Teilhabe an der Gesellschaft zu haben, unabhängig von Konto- oder Bildungsstand. Am Ende ist es das Teuerste, gar nichts zu tun oder immer weiter zu betonen, dass viele Menschen in der vielbeschworenen sozialen Hängematte liegen, wie die Armutsaktivistin Daniela Brodesser betont: „Ökonomisch gesehen kommt uns die Nicht-Bekämpfung von Armut als Gesellschaft wesentlich teurer, als sie zu bekämpfen. Aber es wird eben immer nur in Regierungsperioden gedacht und nicht in Generationen."[9] Auch wenn Geld angeblich den Charakter verdirbt und besondere Schlaumeier gern mit Weisheiten wie ‚Geld kann man nicht essen!' daherkommen: Für viele Menschen machen eben auch kleinere Beträge einen enormen Unterschied und können den Weg aus der Verzweiflung zumindest erleichtern.

Dass das überhaupt funktioniert, ist einer so einfachen wie komplizierten Tatsache zu verdanken: Wir *glauben* an Geld. „Schulden werden zirkulationsfähig, weil wir daran glauben, dass es sie gibt und dass sie

etwas wert sind. Sie versprechen einen zukünftigen Geldwert. An Geld glauben wir auf der Welt wie an kaum etwas anderes“[10], so auch Marlene Engelhorn, die aktuell wohl prominenteste Millionärin zumindest Europas, die einen Großteil ihres Erbes in einer Initiative namens ‚Der Gute Rat‘ mittels eines Bürger:innen-Rats umverteilen ließ. Die zur Verfügung gestellten 25 Millionen Euro wurden von den 50 Ratsmitgliedern auf 77 Initiativen aufgeteilt.

Wir vertrauen darauf, dass eine Metallmünze oder ein Stückchen Papier einen Wert hat, den wir ihm zuordnen – und dass wir dafür etwas erwerben können. Im Idealfall winkt uns, wenn wir uns nur genug anstrengen, sogar Reichtum und damit einhergehende Glückseligkeit. Zumindest wird uns das in kapitalistischen Gesellschaften rund um die Uhr eingetrichtert: Das Streben nach Zufriedenheit geht fast immer einher mit einem Kontostand, der uns nachts ruhig schlafen lässt.

Dabei blenden wir gerne aus, dass unsere Art, mit Geld umzugehen, nicht nur mit unserem Glauben daran, sondern sogar erstaunlich eng mit *religiösen* Glaubensfragen zusammenhängt. „Ihr könnt nicht Gott dienen und dem Mammon“, soll Jesus Christus einmal gesagt haben, also Gott und dem Besitz oder Vermögen. Aber wir beweisen immer wieder, dass es durchaus geht: indem wir Geld einen gottähnlichen Status verleihen. Die Verbindung ist nicht ganz von der Hand zu weisen. Auf die Spitze treibt es Christoph Türcke, ein deutscher Philosoph, der

sich in einem Vortrag gleich zu der Annahme aufschwang, dass unser gesamter Geldverkehr auf Religion beruht. Er erzählt dabei von der Geschichte des Geldes als einer Geschichte der Schuld, die Menschen Gott gegenüber zu begleichen haben – und die zuerst durch Opfer-, dann durch Metallgaben beglichen werden sollten. Türckes Schlussfolgerung, warum wir Geld niemals abschaffen können: „Weil wir die Schuld nicht abschaffen können (...). Dazu sei nur ein Gott in der Lage. Solange wir mit Geld hantieren, werden wir also den Glauben an Gott nicht überwinden."[11] So gesehen *geben* wir Geld nicht nur Gottstatus, sondern *hat* Geld Gottstatus.

Ich sehe nach unten und stelle überrascht fest, dass ich die Kerze immer noch umklammert halte. Behutsam stelle ich sie ab, lösche das Licht, setze mich in meinen Lesesessel und fixiere für eine Weile ein Fenster auf der anderen Straßenseite, wo gerade das Licht angegangen ist.

Glauben, reloaded

Es war nicht geplant, aber es zeichnet sich ab: Wenn ich über das Helle schreiben will, dann komme ich an Glauben, Licht und der Verbindung zwischen den beiden nicht vorbei. So bezeichnet sich zum Beispiel Jesus selbst im Johannes-Evangelium als ‚Licht der Welt'; im Judentum wird das achttägige Lichterfest

Chanukka begangen; Buddhist:innen feiern am Ende der Regenzeit Feste, bei denen sie Millionen von Kerzen auf dem Wasser treiben lassen; im Hinduismus steht das Lichterfest Divali ganz im Zeichen der Vertreibung des Bösen. Und fast überall steht Licht im religiösen Sinn für Erleuchtung, Erlösung und Vergebung.

Ein Rumpeln schreckt mich auf, es zieht sich mit Getöse durch das Haus. Es dauert einen Moment, bis ich begreife, dass es die Müllabfuhr ist, das Blinken des Mülllasters zieht orange Kreise durch das Wohnzimmer. Dass das jeden Mittwoch passiert, könnte ich wissen, aber ich bin dennoch immer wieder davon überrascht.

Ich werde vergesslicher, und je mehr mir entwischt, desto mehr verstehe ich auch, wie viel ich nicht weiß und nie wissen werde. ‚Wer nichts weiß, muss alles glauben', ist ein Satz, der der Schriftstellerin Marie von Ebner-Eschenbach zugeschrieben wird, und ich frage mich: Wollen wir auch deshalb glauben, brauchen wir Menschen deswegen Religionen, weil sie uns manche Denkübung abnehmen? Oder ist das nun wieder eines meiner Vorurteile und kurzsichtigen Urteile? Schließlich beobachte ich in meinem Umfeld gläubige Freund:innen und Bekannte unterschiedlichster Konfessionen, für die ihr Glaube eine durchaus plausible Richtschnur in ihrem Leben ist; die weniger mit exzessivem Kirchgang und Beten zu tun hat, als mit einer Vorstellung davon, wie ein friedfertiges, empathisches und unterstützendes Miteinander aussehen kann.

Mein Verhältnis zur katholischen Kirche, die zumindest in einem kleinen fränkischen Dorf in den 1980er-Jahren noch unter sehr rigider Führung eines berühmt-berüchtigten Pfarrers stand, ist nicht das allerbeste. Umso wohltuender sind daher nachdenkliche Worte wie die des Kirchentheologen Hubert Wolf, der konstatiert: „Religion hat immer eine weltkritische Funktion. Sie muss aber auch selbstkritisch sein. (...) Aufgeklärte Vernunft und katholischer Glaube müssen einander keineswegs widersprechen (...). Es gibt kein verdammtes Licht, weder der Vernunft noch der Offenbarung."[12] Zwei Worte haben es mir hier angetan. Zum einen die Offenbarung; sie ist im religiösen Sinn recht eng gefasst, als eine „in vielen Religionen geglaubte Mitteilung religiöser Wahrheiten durch Gott"[13]. Sehr viel näher ist den meisten Menschen wohl die Bedeutung einer Offenbarung als Bekenntnis, eines Zugebens von etwas, was bisher im Verborgenen lag, oder einer plötzlichen Erkenntnis – es wird also etwas oder jemand der Dämmerung des Unwissens entzogen und für einen selbst und andere kenntlich gemacht. Zum anderen mag ich die Verbindung der beiden Worte ‚verdammtes Licht'. Sie lassen mich spüren, dass es uns oft eben nicht zupasskommt, wenn Dinge, die bisher im Verborgenen schlummerten, ins unerbittliche Helle gezerrt werden – was gerade für die katholische Kirche, die viel wiedergutzumachen hat an ihren Schutzbefohlenen, exemplarisch gilt.

Dass Licht aber im Falle einer Erkenntnis, noch dazu einer religiösen, immer eine Rolle spielt, ist kein

Zufall – es eignet sich einfach zu gut, um Wissenszugewinn metaphorisch darzustellen. Nicht umsonst ist eine der ältesten Erzählungen über unsere Wahrnehmung das Platonsche Höhlengleichnis, das uns vor Augen führt, dass wir grundsätzlich eine Neigung dazu haben, das für uns Sichtbare, das Offensichtliche für bare Münze zu nehmen – und uns eine Wahrheit hinter den Dingen erst einmal erarbeiten müssen, mitunter mit zusammengekniffenen und tränenden Augen dem Licht der Wahrheit entgegensehend.

Aus demselben Grund ist es nicht verwunderlich, dass auch die Epoche der Aufklärung untrennbar mit dem Licht verbunden ist und dabei ganz auf das Potenzial der menschlichen Vernunft setzt. Der weltbekannte Kantsche Imperativ, nur nach derjenigen Maxime zu handeln, von der wir auch wollen würden, dass sie Gesetz werde, ist Zeugnis dieses veränderten Welt- und Menschenverständnisses und setzt die Bereitschaft voraus, sich der Konsequenzen eigener Handlungen, Haltungen und Herausforderungen auf sich, unsere Umwelt und Mitmenschen gewahr zu sein. Die katholische Kirche jedoch stand der Aufklärung stets mit Skepsis, oft auch mit unverhohlener Abneigung gegenüber, einige Päpste bezeichneten sie gar als Ketzerei – und das, obwohl der Kantsche Imperativ gerade dem Katholizismus sehr nahesteht. Ich wage zu mutmaßen, dass die Gründe für diese Ablehnung auch hier Machtansprüche waren, die man zu verlieren fürchtete, sollten sich Bürger:innen auf einmal massenweise ihres Verstandes bedienen, um sich

aus der vorgegebenen und sicherlich oft auch bequemen Unmündigkeit zu befreien. *Bediene dich deines Verstandes!* – Nicht die beliebteste Phrase für konservative Kirchenvertreter:innen, für die eine göttliche Entität das Alpha und Omega darstellt.

Ich bin römisch-katholisch getauft und inzwischen aus der Kirche ausgetreten, aber ich erinnere mich an den Religionsunterricht, der meist von durchaus fragwürdigen Lehrpersonen gestaltet wurde. Da gab es den erzkonservativen Gemeindepfarrer, der schon meine Mutter unterrichtet hatte und Kinder vor aller Augen schon mal an den Haaren aus den Kirchenbänken zerrte, wenn er dachte, sie sollten weiter vorn sitzen. Da gab es enthusiastisch singende Gitarren-Ladies („Ins Wasser fällt ein Stein"), mit denen wir als Kinder sämtliche Lieder christlicher Gesangsbücher hoch- und runterspielten. Und da gab es den Religionslehrer, der im Unterricht eigenartige Bekehrungsfilme zeigte und davon erzählte, dass er seinen Hund lieber eigenhändig erschossen hatte, anstatt die Kosten für die ärztlich überwachte Einschläferung zu zahlen. Sie alle interpretierten ihre Rolle als Vermittler:innen von Nächstenliebe recht eigenwillig. Dass ich der Kirche als Institution daher schon früh kritisch gegenüberstand, auch wenn ich die klassischen Stationen Erstkommunion und Firmung durchlief (Gruppenzwang!), nimmt wohl nicht Wunder.

Und dennoch: Die Sehnsucht nach einer Instanz, die mir die Verantwortung abnimmt, nach einer gro-

ßen Erzählung, in die ich mich ab und zu legen kann wie in eine flauschige Hängematte, ist groß. Aber nicht nur das – ich verfolge durchaus mit Bewunderung Menschen in meinem Umfeld, die sich in den Dienst von etwas Größerem gestellt haben, dabei ihrem Glauben aber nicht vorbehaltlos gegenüberstehen und ihn nicht als unfehlbar betrachten. „Glaube und Zweifel sind wie zwei Seiten einer Münze. (...) ich finde, Glaube muss immer hinterfragbar sein“[14], schreibt Mira Ungewitter, Pastorin einer Wiener Freikirche, die sich klar als Feministin positioniert und ihre Gemeinde auch gegen Widerstand aus der eigenen Kirche z. B. für queere Personen öffnet und von ihren Überzeugungen und Haltungen nicht zurückweicht. Wäre meine Beziehung zur Kirche, zum Glauben anders verlaufen, hätte es Pastorinnen (wie sie) auch in der katholischen Kirche gegeben? Wenn mir ein Bild vermittelt worden wäre, das nicht nur von alten Männern in Talaren und einem strafenden, weißbärtigen, oft zornigen Gott bevölkert gewesen wäre?

Was habe ich mich geärgert, was habe ich mich durch Kommunions- und Firmunterricht gequält, Bibelstellen wälzend, vom Gemeindepfarrer mit hoch erhobenem Finger auf Fehler hingewiesen, im Beichtstuhl einmal monatlich um Vergebung für meine Sünden bittend, mich immer leicht gruselnd und danach zur Strafe in der Kirchenbank kniend sinnlos und, ohne dass ich irgendetwas gefühlt hätte, drei Ave Maria betend. Und mich dabei immer mehr dem

kirchlichen Umfeld entfremdend – es ist sicherlich nicht nur mir so ergangen. Dabei hätte es vielleicht einen Ausweg gegeben: Ich lese, seit ich denken kann. Selbst als ich im Kindergarten war, so versichern mir meine Eltern glaubhaft, habe ich zumindest so getan, als könne ich lesen. Ich war neugierig, ich wollte wissen – und das wäre ja schon die halbe Miete.

Licht zieht sich wie eine glühende Spur durch die Bibel, und Licht ist auch das Erste, was Gott in der Schöpfungsgeschichte in die Welt bringt. Vieles davon habe ich als Kind oder Jugendliche gelesen, lesen müssen, und ich kann mich nicht erinnern, dass damals viel Zeit darauf verwendet wurde, uns den Text als das näherzubringen, was er nun mal ist: ein Gleichnis, ein Versuch, uns die Welt zu erklären – und dabei auf Sprache zurückgreift. Es braucht keinen Universitätsabschluss in Literatur- oder Religionswissenschaft, um eine Übersetzung in den Alltag zu wagen. Wie in vielen anderen Mythen, Geschichten, Erzählungen steht auch hier das Licht für Leben, für Wissen und, so meine ich, für Geborgenheit in einer Welt, die uns feindlich gesinnt sein kann oder uns immer wieder kalt, grau, öd und einsam vorkommen mag.

Gelesen als solches, überkommt mich ein seltsames Gefühl. Meine Meinung zur katholischen Kirche – und zu Religionen im Allgemeinen – ist nach wie vor keine besonders gute; zu schwer wiegen für mich all die oft unaufgearbeiteten Missbrauchsskandale, das Festhalten an alten Glaubenssätzen, die eigen-

artige Männerbündlerei, die weitgehende Ablehnung der gleichgeschlechtlichen Ehe, die jahrtausendelange Benachteiligung und Auslöschung von Frauen, der endlose missionarische Eifer, mit dem blutige Kriegszüge gerechtfertigt wurden, bei denen man den Ungläubigen das Licht des Glaubens bringen wollte, von vielen Einzelfällen wie dem Protz-Bischof von Limburg ganz abgesehen. Aber natürlich ist die Kirche viel mehr als ihre grausame Geschichte und teils auch noch grausame Gegenwart.

Und dennoch weiß ich, dass viele Menschen, auch in meinem Umfeld, Trost und Halt finden in ihrer Gemeinde, in ihrem Glauben – der sich von religiöser Praxis fundamental unterscheiden, ja sogar ohne sie existieren kann, ohne dass er Schaden nimmt. „Es gibt sicherlich auch Menschen, die glauben, ohne zu wissen, dass sie glauben", tröstet mich Ungewitter. „Wenn man in der Lage ist, neugierig und faszinationsbereit zu sein, dann ist das ja bereits eine offene Tür."[15]

Wäre das eine Möglichkeit: sich selbst gar nicht bewusst zu sein, an etwas zu glauben? Und es ist ja nicht so, als wäre ich gänzlich ohne Glauben. Ich zum Beispiel glaube fest an das Zuhören, ich glaube an Empathie, ich glaube an die Menschlichkeit in jeder noch so furchtbaren Situation, ich glaube an die Kraft des Gemeinsamen. Schwer vorstellbar, dass mir das jemand komplett austreiben könnte.

Einen schönen Gedanken finde ich bei dem Theologen Eugen Drewermann: „(...) der Mann aus Nazaret

kam nicht, um eine neue Religion zu gründen, um eine neue Institution einzurichten, er kam, um unser Leben zu ändern – von Angst zu Vertrauen, von Gewalt zu Güte, vom Verurteilen zum Verstehen."[16] So gesehen ist das Thema Glaube sogar für Agnostiker:innen zu verkraften und erscheint in einem durchaus modernen Licht. Die Geschichte Jesu ist in ihrem Kern eine klassische Heldenreise aus dem Dunkel ins Helle – bis hin zur Auferstehung, dem Entrinnen aus der finalen Schwärze des Todes: dem Leben, dem Vertrauen in andere und sich selbst entgegen.

Ob ich mir zumindest das als Gedanken mitnehmen kann? Ob mir das innere Ruhe verschaffen kann, an der ich mich festhalten kann, wenn die Welt um mich wieder einmal in Krisen unterzugehen scheint? Gerade als ich eine neue Sicherheit in mir sich regen spüre, leuchtet mein Smartphone auf und schickt mir einen News-Alert: Donald Trump hat in einer Umfrage zur nächsten Präsidentschaftswahl gerade Joe Biden überholt. Mir ist danach, mein Handy quer durch den Raum und gegen die Wand zu schmeißen, eventuell auch noch ein wenig darauf herumzutrampeln. Es gibt Momente, da fehlen mir jegliche göttliche Ruhe und Optimismus.

Moderne Lichtgestalten

Manchmal fällt es mir schwer, all die Eindrücke und mich zornig zurücklassenden Nachrichten auszuhalten, die auf mich einprasseln, auf uns alle einprasseln. Noch schwerer fällt es mir dann, etwas Positives zu finden, das mich ein bisschen entlastet oder mir tatsächlich Trost spendet; auch ich bin eben nicht davor gefeit, mich in das Netz negativer Nachrichten einspinnen zu lassen. Manche gönnen sich dann zur Beruhigung ihrer Nerven vielleicht ein Stück Schokoladentorte oder ein Glas Wein, andere gehen joggen oder tanzen, weil es Glückshormone in ihnen freisetzt. Unsere Methoden, dem irdischen Jammertal etwas Gutes abzugewinnen, sind höchst unterschiedlich. Ich verrate Ihnen nun meine, und ich bin niemandem gram, der:die nun laut lachen muss: Ich denke dann an Keanu Reeves.

Es gibt jede Menge selbsternannte und von anderen als solche akzeptierte Idole. Ich neige nicht übermäßig zu Fantum, nur ein paar wenige Bands verfolge ich mehr oder weniger leidenschaftlich seit meiner Teenagerzeit; eine Weile war ich zwar süchtig nach Klatschblättern, um mir die nie versiegenden, erfundenen News über Stars und Sternchen wöchentlich als Ausgleich zu langen Arbeitstagen zu gönnen, aber es gab keine Berühmtheiten, denen ich neugierig oder akribisch gefolgt wäre. Und auch bei Keanu Reeves ist es nicht so, dass ich ihn ständig googeln würde – was auch gar nicht geht, da der Mann offensichtlich

ein so überaus normales, unaufgeregtes Leben führt, wenn er sich nicht gerade für einen neuen Actionfilm durch europäische Großstädte prügelt, dass er kaum in den Nachrichten auftaucht. Man weiß über ihn so gut wie nichts, dafür wird umso mehr spekuliert.

Was sich als Allgemeinwissen durchgesetzt hat, ist, dass Reeves ein sehr zurückhaltender Zeitgenosse ist, der mit seinen 60 Lebensjahren kaum noch etwas falsch machen kann. Jede seiner nicht immer geistreichen Äußerungen wird auf Meme-Potenzial untersucht, auf jedem Kontinent posten Fans Selfies mit ihm, die er stets freundlich gewährt. Dass er seit einigen Jahren eine Frau datet, die kein Star ist und auch noch seiner Altersklasse entspricht, weiß inzwischen der halbe Erdball und gerät ob all dieser Normalität in Verzückung. Dass der Schauspieler regelmäßig Teile seines Honorars an Filmcrews spendet, wenn er der Meinung ist, dass sie zu wenig verdienen, dass er für die anderen Passagiere eines notgelandeten Flugs, an dessen Bord er sich befand, einen Transfer organisiert und bezahlt hat. Dass er auf die Frage, was geschieht, wenn wir sterben, geantwortet hat: „I know that the ones who love us will miss us."[17] Und damit sogar den nie um einen Witz verlegenen Talkshow-Host Stephen Colbert kurz sprachlos gemacht hat. Passend dazu erlangte das ‚Sad Keanu'-Meme im Jahr 2010 – ein Foto, auf dem er auf einer Parkbank sitzend ein Sandwich isst und in Gedanken versunken ist – sofortigen Kultstatus.

Ich weiß nicht so genau, warum, aber mich beruhigt es ungemein, ein wenig rührt es mich sogar, dass es bei all dem Affenzirkus, der uns umgibt, möglich ist, dass ein von Millionen angehimmelter Filmstar so offensichtlich auf dem Boden geblieben ist und sich seine Menschlichkeit und ein gewisses Maß an Naivität bewahrt hat. Sein Lebenslauf ist nicht ungebrochen, Reeves hat Menschen an Krankheiten und Drogen verloren, Karriereknicks hinnehmen und beißenden Spott für manche Rollen und seine leicht steife Art zu agieren ertragen müssen, und wird, wenn man Interviews Glauben schenken darf, immer wieder einmal von Selbstzweifeln heimgesucht. Am Ende bleibt er ein Rätsel: „He himself is his own medium, deconstructed by strangers, reconstructed by strangers, and for over three decades fans, critics, and journalists who know nothing about his delightfully private life have attempted to stabilize his identity, sexual and otherwise, through inference, projection, and speculation."[18] Ich glaube an solche Menschen, an solche unperfekten Lebensläufe mehr als an überdimensionierte, gleißend helle Lichtgestalten.

Jetzt können Sie sich zu Recht fragen, was daran so mitteilenswert ist, dass ich den Menschen, für den ich Keanu Reeves halte, hier überhaupt so viel Raum bekommt. Dann frage ich Sie ganz unverblümt: Wer ist es bei Ihnen? Haben Sie nicht auch eine Person, die Sie in Wirklichkeit gar nicht kennen, aber die Ihnen trotzdem Kraft oder Hoffnung gibt? Deren Musik Sie

in dunklen Stunden auflegen, deren Bücher Sie lesen, wenn Sie Trost brauchen, oder deren Gedanken Sie aufrichten?

Eine parasoziale Beziehung führen nennt sich dieses Phänomen, wenn es sich um eine Interaktion handelt, die stets einseitig bleibt, bleiben muss, meist zwischen einem Star, jedenfalls aber einer unerreichbaren Person und einem Fan (da wir bei Keanu Reeves sind, es gibt inzwischen sogar ein Buch über Online-Dating-Betrug mit dem klingenden Titel *Keanu Reeves is not in love with you*, zu Deutsch *Keanu Reeves ist nicht in dich verliebt*).

Befeuert wird diese hingebungsvolle Beschäftigung mit uns im Grunde Unbekannten durch die sozialen Medien, die uns glauben machen, dass wir einen direkten Einblick in das Leben von Stars und Sternchen erhalten, auch wenn uns im tiefsten Inneren klar ist, dass die Inhalte, die wir auf unseren selbst im Dunklen noch leuchtenden Smartphones und Tablets zu sehen bekommen, streng kuratiert sind. Barack Obama bodysurfend am Strand, Taylor Swift bei der Geburtstagsfeier mit anderen Berühmtheiten – die undurchdringliche Mauer zwischen Celebrity und Normalo, die Stars lange unerreichbar machte, ist vermeintlich brüchig geworden. Und mit der Entwicklung von Influencer:innen-Personae, die rund um die Uhr online zu sein scheinen und uns mit einem nicht versiegenden Content-Fluss versorgen, sind wir in ein Zeitalter eingetreten, in dem fast jede:r die 15 Minu-

ten Ruhm erleben kann, die uns Andy Warhol so vollmundig angepriesen hatte.

Eine etwas anders gestaltete Verbindung, die mich beschäftigt, besonders hier im Dunklen, unterhalten wir zu Politiker:innen. Ich nenne dieses Verhältnis gern eine ‚parasoziale Irritation'. An die Rechtschaffenheit von Politiker:innen – oder ihre von einer Traube an Berater:innen erschaffenen Repräsentation in den Medien – zu glauben, ist notwendig, wenn wir sie als unsere Volksvertreter:innen einsetzen wollen. Genau das kann mitunter aber eine unschöne Rutschpartie sein, besonders dann, wenn manche Anwärter:innen auf ein Regierungsamt dank schlauer Marketing-Strateg:innen und ausgeklügelt simplen und plakativen Kampagnen von ihren Unterstützer:innen in einen quasi messianischen Status erhoben werden. Enttäuschungen sind dabei vorprogrammiert, so geschehen bei der viel versprechenden Lichtgestalt Sebastian Kurz, dessen Leuchtkraft in den vergangenen Jahren seit seinen mehr oder weniger erzwungenen zwei Rück- und Zur-Seite-Tritten 2019 und 2021 stark an Intensität und Anziehungskraft eingebüßt hat, auch wenn alles so schön begann: „Die Politik des wie eine Mischung aus Schwiegersohn und Heilsbringer auftretenden Sebastian Kurz ist schwer zu fassen, ein Robin Hood der oberen Zehntausend, der seine Parolen wie Litaneien beim Rosenkranzbeten wiederholt."[19]

Einst als politisches Wunderkind gelobt und groß geworden unter den Fittichen Michael Spindeleggers, von den ÖVP-Parteigranden zum Kanzlerkandidaten und von den Wähler:innen zum jüngsten Kanzler Österreichs befördert, entzauberte sich der als ‚Alpen-Messias' gehandelte Aufsteiger von selbst, aber nicht, ohne vorher als Prototyp eines neuen Politiker-Typus gefeiert wie kritisiert zu werden: „Barack Obama, Emmanuel Macron, Matteo Renzi, Justin Trudeau, Christian Lindner oder eben Sebastian Kurz – das sind allesamt Politiker, die ein zu sich selbst gekommenes Marketing verkörpern. Sie sind ‚Konzepte des Wünschenswerten'."[20] Wünschenswertes hin oder her, das Team um Sebastian Kurz trieb mit ihm verbundene Erlöserphantasien recht ungeniert auf die Spitze. Wahlplakate, die den ‚Alt-Kanzler' 2019 im Wahlkampf nach Ibiza-Gate mit dramatischer Beleuchtung in Szene setzten und redundant verkündeten: „Wer Kurz will, muss Kurz wählen!", waren das Eine; das Andere waren überdimensionierte Wahlveranstaltungen in Türkis, die mitunter wie sektenartige Messen anmuteten. Getoppt wurde das Ganze nur noch dadurch, dass der Kanzlerkandidat im Juni 2019 bei einer Veranstaltung von Awakening Europe, einer radikalen christlichen Gruppierung, auftrat, bei der die rund 10 000 Besucher:innen für den Politiker beteten. Der Gründer der Bewegung, Ben Fitzgerald, ist der Auffassung, „dass die Zukunft der Nationen von Europa durch radikal Glaubende verändert wird, die frei leben und Jesus mutig bekannt machen".[21] Viele

Skandale und Prozesse später stellte sich heraus, dass Kurz wohl doch nicht die Rettung Europas sein würde, aber für einen eigenartigen Moment lang schien die Verquickung von religiösem Eifer und konservativem Streben nach Machterhalt, dem jedes Mittel recht ist, wie eine logische Entwicklung, die die USA seit einiger Zeit erschreckend vorführen.

Comebacks sind nicht nur in den USA, sondern weltweit der Stoff, aus dem die Träume sind, in manchen Fällen leider auch die Albträume. Kaum etwas ist spannender für die Öffentlichkeit als in Ungnade gefallene Persönlichkeiten, die sich wieder ins Rampenlicht zurückkämpfen. Zu jeder packenden Heldenreise gehört eine Phase des Strauchelns, die den finalen Triumph umso lohnender macht. Zum Schrecken vieler erlebt ausgerechnet Donald Trump im US-Wahlkampf seinen zweiten politischen Frühling. ‚Mr. Locker Room Talk' – der sich rühmte, er könne auf der 5th Avenue in New York jemanden erschießen und er hätte keine Konsequenzen zu fürchten; der maßgeblich die ohnehin schon wütenden Massen aufwiegelte, die am 6. Januar 2021 zum Sturm aufs Kapitol in Washington aufbrachen, und zuletzt in einem Anflug von seltener Bescheidenheit bei einer Rede meinte, er sei ja nur die zweitbekannteste Person nach Jesus Christus und sich in einem Werbevideo als von Gott Gesandter stilisierte („Und am 14. Juni 1946 schaute Gott auf sein geplantes Paradies und sagte: Ich brauche einen Kümmerer. Also gab uns der Allmächtige Trump."[22]) – als Lichtgestalt zu bezeich-

nen, mag gewagt erscheinen. Dennoch ist er für viele nach wie vor ein Heilsbringer und wird von seinen Anhänger:innen geradezu wie ein Heiliger verehrt. Dabei lässt sich die Erzählung, dass Trump vor allem bei den Abgehängten, den Enttäuschten, den Radikalen und Bigotten beliebt ist, längst nicht mehr halten: „Etwa ein Drittel sind Frauen, auch auffallend viele Jugendliche sind dabei. Viele erwecken den Eindruck, sich gar nicht besonders für Politik zu interessieren. Im Vordergrund stehen das Gemeinschaftserlebnis und der Unterhaltungswert; man hätte genauso gut an ein Pop-Konzert oder einen Sportanlass gehen können."[23] Der Vergleich mit einem popkulturellen Ereignis mag auf den ersten Blick befremden, aber Trump ist tatsächlich ein geborener Entertainer; er weiß, was die Massen, die zu seinen Veranstaltungen pilgern, hören wollen, und er liefert es ihnen bereitwillig mit einer Mischung aus Großmaulig- und Selbstherrlichkeit. Sein Erfolg fußt, so der Politikwissenschaftler Francis Fukuyama, unter anderem auf seiner Megalothymia – seinem Wunsch, „von anderen als überlegen betrachtet zu werden".[24] Er ist damit nicht der Einzige – Politikerdarsteller:innen, wie der seit Dezember 2023 amtierende, argentinische Präsident Javier Milei, die dröhnend und Kettensägen schwingend die politische Arena betreten und erkannt haben, dass Show heute alles ist und damit über vieles hinweggetäuscht werden kann, werden erstaunlich oft in hohe Ämter gewählt. Dabei bringt Mileis Anarchokapitalismus das Land schon wenige Monate nach seinem

Amtsantritt an den Rand des Zusammenbruchs – die Inflation überrollt vor allem die Ärmsten, Preise für öffentliche Verkehrsmittel haben sich in den vergangenen Monaten verzehnfacht, der Armutsindex verzeichnet einen Anstieg von 44,7 auf 57,4 %.[25] Aber ähnlich wie in den USA wird auch in Argentinien mit göttlichen Vergleichen operiert; eine wichtige Rolle dabei spielt Mileis Schwester Karina Milei, die nur ‚El Jefe', ‚der Boss' genannt wird und über die der Präsident selbst sagt: „Sie ist Moses, ich bin nur der Verkünder."[26]

Zurück zu Trump: Es lässt sich nicht verhehlen, dass er seine glühendste Gefolgschaft unter evangelikalen Christen hat, die ihn tatsächlich als ‚Werkzeug Gottes' sehen – besonders auch durch das Einlösen eines Versprechens, das schon viele Präsidenten gegeben, aber nicht eingelöst haben: das bundesweite Recht auf Abtreibung mit Hilfe des Supreme Court, dessen Entscheidungsmacht Trump mit dem Einsatz von drei konservativen Richtern auf lange Zeit geprägt hat, zu kippen.[27] Nationalismus verschmilzt hier mit christlichem Fundamentalismus zu einer gefährlichen Bewegung, die sich stolz Christlicher Nationalismus nennt, aber mit dem Christentum weniger am Hut hat, als die Bezeichnung glauben macht: „Christlicher Nationalismus muss vielmehr als kulturelles Phänomen verstanden werden, das (...) in erster Linie eine politische, keine rein religiöse Bewegung ist. (...) Ihr Ziel ist sehr weltlicher Natur: Es geht um Macht, und zwar in erster Linie um politische Macht."[28] Wähler-

schwund hat Donald Trump bisher lediglich unter nicht-religiösen Amerikaner:innen zu verbuchen; seine Chancen, wieder ins Weiße Haus einzuziehen, stehen für den zigfach angeklagten republikanischen Kandidaten erstaunlich gut.

Die einzige Gefahr, so glauben aktuell manche Medien und gar nicht so wenige Menschen in den USA, für die Wiederwahl eines mehrfach angeklagten Kandidaten, der teilweise sogar von den Vorwahlen ausgeschlossen werden sollte, droht Trump von einer unerwarteten Seite: aus der Pop-Musik, und zwar von einer jungen Frau – was gar nicht verwunderlich ist. Das heilige Dreigestirn der internationalen Musikszene lautet aktuell Beyoncé, Adele und – Taylor Swift. Besonders um Letztere hat in den letzten Jahren ein beispielloser Hype eingesetzt. Was auch immer das tagesaktuelle Problem ist, Swift wird es schon richten, so ihre Anhänger:innen, die sich ‚Swifties' nennen. Wo auch immer die junge Frau auftaucht, ist Gekreische nicht weit – aber Stars wie sie stehen für mehr als nur ein Idol. Alle drei bereits genannten Frauen, ebenso wie weitere Megastars wie Miley Cyrus oder Billie Eilish, stehen für moderne, feministische, selbstbestimmte Frauen, die sich so weit wie möglich emanzipiert haben von den Fesseln des Show Business und das Spiel nach ihren eigenen Regeln spielen – oder zumindest so wirken, als ob sie niemandem mehr gefallen und sich nicht mehr alles gefallen lassen müssten. Wir Normalsterblichen sehen ja nur, was im Scheinwerferlicht passiert.

Die Marktmacht der Divas der Popmusik jedenfalls ist enorm. Über eine Milliarde US-Dollar spielte Taylor Swifts The Eras-Tour weltweit ein, gefolgt von Beyoncé, die beeindruckende 580 Millionen US-Dollar umgesetzt hat. Und das hat Folgen: Die Glamour-Ladies sind auch politisch nicht zu unterschätzen. Während sich Beyoncé bei der Wahl 2020 für Biden stark machte und damit Trump verärgerte, ist es dieses Mal Taylor Swift, die teilweise sogar als ‚Königsmacherin' gehandelt wird: „The voting bloc that could decide the US election: Swifties"[29] titelt zum Beispiel *The Guardian*, obwohl die Sängerin sich bisher einer tatsächlichen Wahlempfehlung enthalten hat. Potenzial hätte sie: Laut Schätzungen würden 18 Prozent der Wahlberechtigten einer Empfehlung von Swift folgen.

Von Super Bowl bis Präsidentschaftswahl – es ist nicht leicht, dieser Tage Taylor Swift zu sein. So viele Hoffnungen, so viele Projektionen: So manche rechte Verschwörungstheoretiker:in glaubt, dass die Biden-Regierung die Pop-Sängerin steuert, um Wähler:innenstimmen von Trump abzuziehen; und nicht mal American Football ist mehr vor Argwohn sicher. Da Swift aktuell Travis Kelce, einen Spieler der Kansas City Chiefs, die 2024 den Super Bowl gewannen, datet, wittern viele auch hier Schiebung und Betrug von höchster Stelle. Dass der rechte keifende Online-Mob das nicht unkommentiert lassen kann, ist klar: Von Fake Porn mit Swift bis hin zu Morddrohungen schlägt ihr wie so vielen Frauen, die eine prominente

Stellung in der Öffentlichkeit einnehmen, neben fast unendlicher Zuneigung ihrer Fans auch viel Hass entgegen. Dabei spielt nicht nur ihre von vielen erhoffte, von vielen anderen verteufelte demokratische Haltung eine Rolle, sondern eine ganz andere Tatsache: Die 34-Jährige ist seit März 2024 offiziell Milliardärin.[30] Was bei den meisten männlichen Stars wohl eher Grund für ungeteilte Bewunderung wäre, ist es bei einer jungen Frau nicht. Stattdessen nimmt man ihr den Erfolg übel, der ein ganz anderes Thema eröffnet: Es geht nicht nur um eine Neid-, sondern wohl auch um die Klassenfrage bzw. den gerade in den USA massiven Unterschied zwischen Arm und Reich, der die Nation mehr und mehr auseinandertreibt und die Parteien einander voller Wut im Bauch gegenüberstehenlässt.[31]

Was ist das, frage ich mich, als es draußen noch einmal rumpelt, dieses Mal aber weiter weg, was uns so unversöhnlich macht heutzutage, was lässt uns nicht mehr zueinander finden? Urteile auch ich oft zu schnell, bilde auch ich mir meine Meinung nur in meiner eigenen Bubble und sitze auch ich daher immer wieder Falschmeldungen auf, die mich aufwiegeln, und lasse ich mir Angst machen von clever gebautem Kampagnen-Journalismus? Die ehrliche Antwort auf all diese Fragen lautet: Natürlich ist das so. Und das beunruhigt mich mehr, als ich zugeben will. Ich bin kein Hasenfuß, aber die Häufigkeit, in der in Diskussionen über politische, gesellschaftliche Ent-

wicklungen im Bekannten- und Freundeskreis Sätze wie ‚Ich habe langsam wirklich Angst' fallen, kriecht auch mir immer mehr in die Knochen. Zeit, sich einer unangenehmen Frage zu stellen: Wofür fürchte ich mich eigentlich?

6 Uhr: Fürchten

„Fear is the mind-killer“, heißt es in dem Sci-Fi-Klassiker *Dune* von Frank Herbert aus dem Jahr 1965, wenn der sich seines Heldentums noch unbewusste Paul Atreides einer schmerzhaften Prüfung stellen muss. *Angst tötet deinen Geist*, würde ich das ins Deutsche übertragen, und auch wenn ich vieles in den Romanen Herberts aus heutiger Sicht problematisch finde, so ist zumindest das ein Satz, dem ich viel abgewinnen kann.

Ich war nie ein besonders ängstlicher Mensch. Weder quälen mich besonders oft Albträume, noch habe ich Angst vor dem Fliegen oder denke ich sofort in Horrorszenarien, wenn etwas nicht ganz so läuft, wie ich es mir ursprünglich ausgemalt habe. Ich google keine Krankheitssymptome, wenn mein Hals kratzt, und ich weiß, dass ich mich finanziell alleine über Wasser halten kann. Aktuell habe ich ein gutes Auskommen und einen wunderbaren Kreis an Menschen, die ich Freund:innen nennen kann, lebe in einer liebevollen Partnerschaft in einem Land, in einer Stadt, in der ich mich sehr sicher fühlen darf.

Trotzdem fühlt es sich manchmal an, als ob eine eiskalte Hand meinen Rücken entlangfährt, ich spüre dann für einen Moment, eine Stunde, einen Tag übermäßige Traurigkeit oder Überforderung, die selbst dann, wenn sie sich wieder verzogen hat, noch eine ganze Weile nachhallt. Ich fürchte die Angst nicht,

denke sogar, dass sie immer wieder notwendig ist, um uns etwas zu signalisieren, uns auf etwas aufmerksam zu machen, was uns schaden könnte – aber dennoch frage ich mich: Warum eigentlich?

Im Bann der Einsamkeit

Meine Eltern erzählen heute noch gern mit leichtem Stöhnen davon, dass ich bereits als Baby nicht einschlafen wollte, dass sie mich stundenlang auf ihren Armen im Haus herumtragen mussten, ich aber jedes Mal, wenn sie versuchten, mich abzulegen, sie wieder hellwach anstrahlte oder verzweifelt losweinte. Ich habe keine Ahnung, was mich damals davon abhielt, in den Schlaf zu finden, aber ich weiß, dass ich später als Kind immer wieder Probleme damit hatte, einzuschlafen, wenn niemand außer mir in meinem Kinderzimmer war. Ich hatte nie das Gefühl, dass gleich Monster unter meinem Bett hervorspringen könnten, aber allein sein mochte ich trotzdem nicht. Es war wichtig, dass ich eine Person neben mir spüren konnte, ich wollte die Gewissheit haben, dass jemand auf mich aufpasste. Und ich dachte damals, wenn ich meinen Arm um meine Mutter, meinen Vater, manchmal auch meine Großmutter, die immer mal wieder auf mich aufpasste, legte, so würde ich aufwachen, sobald die Person versuchte, sich aus dem Bett zu stehlen. Aber egal wie sehr ich meinen Arm beim Einschlafen um jemanden neben mir geschlungen hatte,

in der Nacht schreckte ich doch immer wieder aus dem Schlaf, nur um zu erkennen, dass die Matratze neben mir leer war.

Verlassen werden, meine ich, ist eine unserer Urängste – von einer Gruppe getrennt werden, die Familie oder den Partner oder die Partnerin verlieren, Freund:innen, die sich abwenden. Allein auf weiter Flur zu stehen, ohne ein Netzwerk aus Menschen, die einem wohlgesinnt sind, stelle ich mir ultimativ furchteinflößend vor. Das hat nicht nur damit zu tun, akut nicht allein sein zu wollen oder zu können, sondern es geht vielmehr um unser grundlegendes Bedürfnis nach Sicherheit und Geborgenheit, die uns nur ein solches Netzwerk bieten kann. In einem solchen Kontext kann Alleinsein aber sehr wohl auch Positives haben. Ich habe in unterschiedlichsten Phasen meines Lebens viel Zeit mit mir verbracht und daran manchmal gelitten, oft auch Gewinn daraus gezogen. Grundsätzlich zu wissen, wer man ist, ohne die ganze Zeit nach links oder rechts zu schielen, ob andere es nicht doch besser oder schlechter haben als man selbst, und daraus den eigenen Wert zu konstruieren, ist eine Sache, die sich lohnt zu erkunden.

„Sich selbst genügen zu wollen und zu können, bedeutet daher kein isoliertes Dasein als Eremit, abgeschottet von den anderen, desinteressiert an allem, was um einen herum passiert. (...) Es bedeutet, sich seiner Autonomie bewusst zu sein und sie zu entwickeln. Sich in der Fähigkeit zu üben, nicht immer Teil

eines kleinen oder großen ‚Wir' sein zu müssen"[1], sagt zum Beispiel Solmaz Khorsand.

Dass besonders Frauen, die allein durch die Welt gehen, dabei viel eher als bemitleidenswert gelten als Männer, dürfte bekannt sein; zu lange halten sich schon die ‚Fisch ohne Fahrrad'-Vergleiche an Stammtischen und im Freundeskreis. Dem setzt die Autorin Katja Kullmann einen neuen Begriff entgegen, der mir sehr sympathisch ist: „Die Singuläre Frau" nennt sie allein lebende Frauen wie sich selbst, die sich aus freien Stücken dazu entschlossen haben und damit auch keine Minderwertigkeitskomplexe oder Unvollkommenheitsängste verbinden, ganz im Gegenteil: „Erst seit ich nicht mehr Teil eines Paares bin, gab es kaum noch einen Tag, in dem ich mich alleingelassen fühlte."[2] Zwar lebe ich seit einigen Jahren wieder in einer festen und sehr bereichernden Partnerschaft, aber ich kann Kullmanns Gedanken dennoch sehr gut nachvollziehen, und ich kann bestätigen, dass ich in meiner Single-Zeit viele Frauen traf, denen es ebenso ging, die sich frei und glücklich fühlten. Ich frage mich, ob meine Großmutter, die bereits mit 48 Jahren Witwe wurde und nie wieder eine wirklich langfristige Partnerschaft einging, eine dieser Singulären Frauen ist – vielleicht auch, ohne sich dessen bewusst zu sein, dass sie keine Hälfte eines Ganzen war, sondern eine Macht, die kaum jemand stoppen kann, wenn sie ihre Unabhängigkeit voll und ganz annimmt.

Wenn Alleinsein eine bewusste Entscheidung ist, hat es also etwas durchaus Positives. Wird es jedoch

zu einem ungewollten Dauerzustand, wirft es einen derartig auf sich selbst zurück, dass die Frage, wer man eigentlich ist, durchaus essenzielle Dimensionen annehmen kann. Zu wissen, dass es im Umfeld Menschen gibt, die Zeug:innen dessen waren und sind, was wir erleben, die uns begleiten, auch über längere Zeit, ist eine unglaublich wichtige Rückversicherung. Das klingt erst einmal recht einfach, ist es aber bei genauerer Betrachtung ganz und gar nicht. Alleinsein ist eine der schwersten Übungen – aber oft unumgänglich für viele Prozesse, unter anderem einen künstlerischen. „Schreiben ist eine so furchtbar einsame Angelegenheit", seufzte letztens eine befreundete Autorin, als ich mit ihr auf einen Kaffee ging und vorsichtig wissen wollte, ob sie sich im Laufe des Nachdenkens und Verschriftlichens ihrer Gedanken auch so abgekoppelt von der Umwelt fühlt wie ich, die ich mich noch gar nicht Autorin nennen traue. Ich war sehr erleichtert, als sie bejahte – denn es zeigte mir, dass ich in meinem gefühlten Alleinsein gar nicht so alleine war.

Die Wucht der Einsamkeit traf mich dennoch, und sie traf mich unvorbereitet, obwohl ich nicht oft wirklich allein bin. Selten habe ich mich so komplett verloren gefühlt wie in den Wochen und Monaten an meinem Schreibtisch, Berge von genialen Büchern um mich, und ich fragte mich, was mich geritten hatte, selbst etwas zwischen Buchdeckel pressen zu wollen. *Die Furcht vor der eigenen Courage*, dachte ich erst, stieß dann aber auf ein Zitat von Ingmar Berg-

man, der sich gern in die Abgeschiedenheit zurückzog, ja zurückziehen musste: „Here, in my solitude, I have the feeling that I contain too much humanity."[3]

Hier, in meiner selbstgewählten Einsamkeit, habe ich das Gefühl, dass ich zu viel Menschheit in mir trage, so übersetze ich mir diesen Satz, der mich erschauern lässt. Wahrscheinlich tragen wir alle mehr als uns selbst in uns; wir alle haben eine Vorgeschichte, wir haben Eltern, Großeltern, Freund:innen, Kolleg:innen, Verbündete; und wenn wir uns selbst nicht komplett entfremdet sind, fühlen wir mit ihnen, spüren wir Schmerz wie Freude anderer Menschen.

Ich denke, dass diese Verbindung zu unseren Mitmenschen essenziell ist. Und auch wenn ich selbst Phasen hatte, in denen ich allein lebte: Echte, zumindest lang anhaltende Einsamkeit ist mir fremd, und die Vorstellung, niemanden zu haben, an den ich mich in der Not wenden kann, meine Gefühle, Erlebnisse, Sorgen mit niemandem teilen zu können, löst innerhalb weniger Sekunden eine Reaktion in mir aus, die man nur als Angst benennen kann: Mein Magen meldet sich mit leichter Übelkeit, meine Hände sind auf einmal feucht und eine große Unruhe nimmt Besitz von mir. Denn mir wird schlagartig klar, wie viele Menschen genau jetzt mit existenzieller, ja lebensbedrohlicher Einsamkeit umgehen müssen. Meine Gedanken wandern unter anderem zu inhaftierten Aktivist:innen überall auf der Welt, die Einzel- und Isolationshaft sowie ‚Weiße Folter', also ständig künstlichem Licht ausgesetzt zu sein, erleben müssen. „Das Gefängnis

hat mich viel gelehrt", sagt die iranische, preisgekrönte Filmemacherin Mahnaz Mohammadi, die in ihrer Heimat schon mehrmals inhaftiert wurde, „denn durch die totale Isolation, durch die Folter wird dir deine Identität genommen, du verlierst dich selbst."[4] Diese Art der Einsamkeit ist für mich schlicht und einfach nicht vorstellbar.

Die Einsamkeit, die zum Beispiel in Europa herrscht, ist eine andere. Die Gesellschaft, in der wir leben, in der ich qua Geburt leben *darf*, hat kollektiv eine große Umwälzung erfahren; sie ist aktuell geprägt von der grundsätzlichen Verunsicherung durch Pandemie und näher rückende Kriege, die völlig unerwartet Themen wie Vereinsamung, Ressourcenknappheit und Inflation nicht mehr zu weit entfernten Gerüchten, sondern zu reellen Alltagssorgen machen.

Nach ihren größten Ängsten befragt, gaben 65 % der 2400 Teilnehmenden einer Studie an, dass die gestiegenen Lebenshaltungskosten ihnen Sorge bereiteten, dicht gefolgt von 60 %, die befürchteten, dass Wohnraum nicht mehr leistbar sein wird. Um ganze 11 Prozentpunkte auf 56 % stieg die Sorge, dass der Staat durch Geflüchtete überfordert sein könne, und richtete sich damit auf Platz 4 der größten Ängste ein – und ganz neu in den Top 10 fanden sich 2023 auf Platz 8 Bedenken rund um eine Spaltung der Gesellschaft, die 50 % aller Befragten kommen sehen oder glauben, dass sie schon stattgefunden hat.[5]

Besonders unter Kindern und Jugendlichen haben – auch wenn genau dieser Fakt immer wieder

abgestritten wird – die psychischen Erkrankungen und vor allem Angststörungen seit der Corona-Pandemie erheblich zugenommen: Es „wurden ein Drittel mehr Mädchen zwischen 15 und 17 Jahren mit einer Angststörung in Kliniken behandelt als 2019. Bundesweit hochgerechnet waren das rund 6900 Mädchen – ein neuer Höchststand“[6] in Deutschland. Dem gegenüber stehen immer wieder Zahlen, die belegen, dass 2022 insgesamt weniger Jugendliche in Spitälern behandelt wurden als in Prä-Corona-Zeiten – was aber eher mit weitaus weniger während der Pandemie zur Verfügung stehenden Kapazitäten begründet werden kann.

In einem ersten Bericht zeigen die Forschungsergebnisse, dass die Vereinzelung der Menschen durchaus nicht nur unsere Privatangelegenheit ist: Es überrascht nicht, dass bestimmte Gruppen stärker unter dem Alleinsein leiden als andere – so werden u. a. Arbeits- und Erwerbslose, Menschen mit Migrationshintergrund oder Fluchterfahrung und Alleinerziehende weitaus öfter als Betroffene von Einsamkeit angeführt. Keine Teilhabe an Gruppenprozessen zu haben und sich nicht in gesellschaftliche Kontexte eingebunden zu fühlen – oder tatsächlich von ihnen ausgeschlossen zu sein –, hat wiederum direkte Auswirkungen auf unser Zusammenleben als Gemeinschaft. In der statistischen Auswertung ergibt sich: All jene, die sich als einsam empfinden, bleiben zum Beispiel mit höherer Wahrscheinlichkeit Wahlen fern oder sind physisch wie psychisch für Krankheiten anfäl-

liger. Außerdem leistet soziale Isolation der Entwicklung von radikalem Gedankengut Vorschub, wie die Studie *Extrem einsam* zeigt. Viele politische Gruppierungen und Parteien, die am rechten Rand auf Menschenfang gehen, wissen das und haben verhältnismäßig leichtes Spiel mit denjenigen, die sich allein und von der Welt vergessen wähnen: „Es besteht also die Sehnsucht nach Kontakt und Gemeinschaft, nach Stabilisierung des eigenen Selbst. (...) An dieser Stelle können populistische oder rechtsextreme Angebote einhaken und Menschen in ihrem Wunsch nach sozialer Anerkennung abholen."[7] Angst kann uns anfällig machen für vermeintlich schnelle, einfache Lösungen. Doch wer und was ist eigentlich dafür verantwortlich, dass wir uns ängstigen?

Im Maschinenraum der Angst

„Das Frei-Sein von Angst ist nicht das Leben ohne Furcht, sondern der im Durchgehen durch die Angst erlebte Reflexionsprozess. Man fürchtet sich ‚vor' etwas, aber man ‚hat' Angst"[8], stellt die Kriegsberichterstatterin Petra Ramsauer fest, die Angst in allen Facetten erlebt hat und ihr immer wieder in ihrer Arbeit begegnet – ob am eigenen Leib oder durch den Austausch mit Menschen, die in Kriegsgebieten zuhause sind oder Kriege überlebt haben.

Frei von Angst ist kaum jemand in meinem Bekanntenkreis, aber ich habe ein paar Freund:innen, die

weniger Angst verspüren als früher; fast immer sind das Menschen, die eine andere Person über lange Zeit in den Tod begleitet oder die selbst lebensbedrohliche Krankheiten und Situationen überstanden haben. Klassische Alltagsprobleme, die mich manchmal überfordern, kosten diese lieben Menschen oft nur ein Schulterzucken – sie hatten schon längst *bigger fish to fry*. Dennoch nehme ich mit: Angst gehört zu unserem Leben dazu, sie ist ein wichtiger Teil unserer emotionalen Landkarte und auf Augenhöhe mit anderen mächtigen Wegweisern wie Mut, Freude, Wut oder Liebe. Das ist nicht selbstverständlich in einer Welt, in der die Maxime *Den Mutigen gehört die Welt!* immer noch immense Schlagkraft hat – und Hasenfüße als Verlierer:innen gelten. Und verlieren, das wissen wir alle, will niemand.

Diesen Umstand nutzen so einige aus – besonders gilt dies für die politische Radikalisierung, die sich in den vergangenen Jahren immer weiter zuspitzt. Die ‚Abgehängten', die ‚Verlierer:innen', die ‚Hoffnungslosen': Sie alle sind leichte Beute für die Versprechungen von populistischer Politik, deren Vertreter:innen gern mit Polemik, Falschaussagen und vor allem auch Angst operieren – oder den Wähler:innen zumindest einreden wollen, dass sie Angst haben sollten. Angst vor Überfremdung, Angst vor den Linken, Angst vor grünen Gutmenschen, Angst vor dem Verschwinden des Schnitzels, das sowohl Alice Weidel von der AfD sich nicht nehmen lassen will als auch

für ÖVP-Landwirtschaftsminister Norbert Totschnig als alternativlos gilt. Die Bandbreite an möglichen Panikmomenten reicht von existenziell bis albern, ist aber natürlich nicht alleine den rechtskonservativen Parteigänger:innen vorbehalten. Denn oft liegt Ängsten ökonomische Unsicherheit zugrunde, wie Politikwissenschaftler Philip Manow nachweist: „In Nordeuropa dominieren generell rechtspopulistische Bewegungen, weil es sich hier um exportorientierte Ökonomien mit vergleichsweise großzügig ausgebauten Sozialsystemen handelt; wer populistisch wählt, will die Teilhabe an diesen Sozialsystemen für sich und seinesgleichen absichern und gegen andere, also Migranten, verteidigen. In Südeuropa hingegen, wo der Sozialstaat bei weitem nicht so ausgebaut ist, herrschen linkspopulistische Bewegungen vor, die nicht gegen Migranten protestieren, sondern gegen ‚Neoliberalismus' und ‚Austerität'."[9] Das ist insofern spannend, als ich an mir selbst feststelle, dass mir, wie man vermutlich merkt, die extreme Rechte deutlich mehr Angst macht als linke Ausformungen anti-demokratischer Bewegungen. Denn natürlich ist mein Weltbild auch von meinem Umfeld, meiner Bubble beeinflusst. Alles eine Frage der Perspektive also, aber in beiden Fällen eng verknüpft mit dem Aufbau eines Feindbilds, das lange belastbar und tragfähig ist.

Kaum jemand weiß das momentan besser und wirksamer zu bespielen als Herbert Kickl, Parteiobmann der Freiheitlichen Partei in Österreich und deren Mastermind und Chefstratege seit ihrem ers-

ten steilen Aufstieg unter Jörg Haider. In Umfragen zur Nationalratswahl, die 2024 ansteht, stellt die Partei mit rund 30 % stabil die stärkste Kraft. Und das, obwohl sich Kickl schon seit Monaten eines ausgewiesenen ‚Nazi-Jargons' bedient, sich selbst in seinen dröhnend-ätzenden Wahlkampfreden in Bierzelten zum ‚Volkskanzler' stilisiert, als der sich auch Adolf Hitler sah, und sich erfolgreich als Hoffnung für alle, die des ‚Systems' und der ‚Systempolitiker' überdrüssig sind, präsentiert. Fast vergessen ist bei all dem die enge Bindung der FPÖ an das kriegstreibende Russland und Kickls offen zelebrierte Bewunderung für den diktatorisch anmutenden ungarischen Staatschef Viktor Orbán. Seine Siegessicherheit ist gelinde gesagt verstörend, wie der Journalist Liam Hoare in einem Artikel für *Politico* festhält – und dabei gleich eine dunkle Zukunft für Österreich heraufziehen sieht, da *es kaum Widerstand gegen die FPÖ gebe und das ganze Land schlafwandlerisch einem Sieg der weit rechts angesiedelten Partei entgegengehe*: „It <the speech> had the pregnant energy of a party facing little meaningful resistance as it seeks victory in this year's forthcoming parliamentary elections, and with it, a return to power. Austria is sleepwalking toward a far-right victory."[10]

In Österreich sowie in vielen anderen Ländern, die einen harten Rechtsschwenk bereits hingelegt haben oder dazu ansetzen, sehen Forscher:innen die Vereinzelung und Vereinsamung durchaus auch als Treiber für die Hinwendung zu populistischen Narrativen,

die fast immer auch eine Art ‚Volkskörper' erzählen: „Menschen, die wenig bis keine qualitativ hochwertigen Beziehungen haben und sich als einsam bezeichnen, haben eher die Tendenz dazu, sich politisch am Rand als in der Mitte zu verorten. (...) Populistische Narrative schaffen Feindbilder – und ein gemeinsamer Feind verbindet. Gleichzeitig vermitteln auch Rufe wie ‚Wir sind das Volk' das Gefühl von Gruppenzugehörigkeit."[11]

Eine Parallele ist recht offensichtlich: Während der Corona-Pandemie zogen fast jeden Samstag zigtausende Menschen in Wien durch die Straßen, lautstark ihrer Verweigerung gegenüber Maßnahmen zur Eindämmung des Virus Ausdruck verleihend; im ganzen deutschsprachigen Sprachraum hielt der Ruf „Wir sind das Volk!" Einzug. Als gebürtige Fränkin habe ich den Mauerfall und die Wiedervereinigung von Ost und West im zarten Alter von zehn Jahren miterlebt. Und auch wenn ich noch nicht so ganz zuordnen konnte, was da vor sich ging, war mir doch bewusst, dass meine fassungslosen Eltern vor dem Fernseher gerade Zeug:innen einer fundamentalen Umwälzung wurden. Die Euphorie und Verzauberung des *Wind of Change*, den die Rockband *Scorpions* zur Hymne des Mauerfalls machte, und des hoffnungsvoll-fordernden „Wir sind das Volk!"-Rufs wehte in diesen Tagen durch ganz Deutschland. Von Verzauberung war im Herbst 2021 während der aggressiven Gangart der Masse an Menschen, die von Impfgegner:innen über besorgte Bürger:innen bis Vertreter:innen rechtsra-

dikaler Gruppierungen reichte, jedoch nichts mehr zu spüren. Die Übernahme und Pervertierung des Wende-Claims entsetzte mich, die Bereitschaft, wissenschaftliche Erkenntnisse, auch wenn diese sich im Lauf der Zeit verändern, als Scharlatanerie abzutun, erschreckte mich; so sehr, dass ich bei einer Demonstration für Frauenrechte mit dem Titel *Take Back the Streets*, die im März 2021 unter meinem damaligen Bürofenster vorbeiführte, in Tränen ausbrach – vor Freude und Erleichterung. Denn in den Wochen zuvor waren vor allem aufgebrachte Menschen voller Wut hier vorbeimarschiert, und zum ersten Mal seit einer ganzen Weile sah ich eine Ansammlung an freudigen, tanzenden, singenden Menschen, die für etwas einstanden, womit ich mich identifizieren konnte. Da war sie wieder, auch auf meiner Seite: die Suche nach Gleichgesinnten, nach einer Gruppe, nach Geborgenheit.

Dabei liegt das Ablehnen von Aussagen, die nicht unserem Weltbild entsprechen, anscheinend in unserer Natur, schreibt die Psychologin Heidi Kastner: „Jede relevante neue Information, die wir erfassen, hat prinzipiell die Macht, bisherige Gewissheiten zu zerstören und scheinbar solide Fundamente unseres Weltbilds zu erschüttern, was einen nicht unbedingt angenehmen oder erstrebenswerten Zustand darstellen muss und wohl nur von Menschen mit ausgeprägtem Respekt vor wissenschaftlichen Ergebnissen (...) ohne inneren Widerstand akzeptiert wird. Alle anderen versuchen zumeist, ihre Basisüberzeugungen zu

erhalten, indem gegenläufige Fakten als irrelevant abgetan, schlicht ignoriert oder als Lüge abgetan werden."[12] Es ist nicht so, als verstünde ich das nicht und als würde es mir nicht auch oft so gehen. Auch ich lasse manchmal nur ungern sicher geglaubte Überzeugungen los – aber mit meinem Verständnis für rechtskonservative bis -radikale Haltungen und Verschwörungstheorien ist es dennoch nicht allzu weit her.

Mich versetzt die Aussicht, bald in einem Land zu leben, in dem der Wahlsieg für eine offen rechtsradikale Partei zum Greifen nah ist, die Frauen zurück an den Herd wünscht (und Schlimmeres), die den Klimawandel nicht als eine der größten Herausforderungen begreift (oder ihn sogar leugnet) und Menschen anderer Herkunft strategisch abwerten und zum Feindbild erklären, tatsächlich in einen Zustand der Prä-Angst. Auch dass die ÖVP sich entschlossen hat, ihren Wahlkampf mit dem Claim ‚Tradition statt Multikulti' zu starten, und Susanne Raab, ÖVP-Bundesministerin für Frauen, Familie, Jugend und Integration, mit einer Expert:innenkommission die Richtlinien für eine ‚Leitkultur' erarbeitet, lässt bei mir alle Alarmglocken schrillen.

Mehr als sonst treibt mich die Frage um, was ich als Einzelperson dem vermeintlich Unumgänglichen entgegensetzen kann. Als deutsche Staatsbürgerin habe ich, ebenso wie alle anderen Einwohner:innen ohne österreichische Staatsbürgerschaft, in Österreich kein Wahlrecht jenseits der Gemeindewahlen;

ich sehe lediglich jedes Mal bang zu, wenn die ersten Hochrechnungen anstehen, ohne einen Teil beigetragen, ohne wenigstens meine Stimme abgegeben zu haben. In besonders wilden Momenten träume ich davon, eine Plattform zu gründen, die sich im Widerstand übt, die denen eine Stimme gibt, die unter den Auswirkungen einer nationalistischen Regierung besonders leiden werden; einen Raum, in dem offener, echter, ehrlicher, empathischer Austausch möglich ist, ohne dass sofort Troll-Armeen ausrücken, um die ‚Gutmenschen' in ihre Schranken zu verweisen. Denn all den Hass-Nachrichten, die sich gegen alle wenden, die ihre Stimme erheben, die ihre Meinungen öffentlich vertreten, liegt ja ein perfides Ziel zugrunde: die attackierten Menschen zum Schweigen zu bringen. Kaum etwas ist als Mittel dafür so wirkungsvoll wie Angst – um die eigene Sicherheit, das Wohlergehen der Liebsten, in extremen Fällen sogar um das eigene Leben –, und es bedarf eines starken Rückhalts und eines eng geknüpften Netzwerks, um sich nicht mundtot machen zu lassen.

Dabei hat Angst ja durchaus auch ihre gute Seite: Sie hält uns wachsam, wie auch die Schriftstellerin Olivija Sudjic schreibt: „Manchmal scheint mich die Angst von der Realität zu entfremden, dann wiederum verbindet sie mich noch mehr mit ihr. Während ich ab einer bestimmten Intensität alles tun würde, um sie zu stoppen, weiß ich auch, dass ich manchmal das Gefühl habe, in einen sonst unzugänglichen

Modus der Aufmerksamkeit eingedrungen zu sein. Dies veranlasst mich nicht nur, über die Folgen meines Handelns nachzudenken, sondern sorgt auch für eine gesteigerte Wahrnehmung, die für eine Autorin unerlässlich zu sein scheint."[13] Angst entfacht in uns Menschen einen Urinstinkt, der mit dem Reaktionsschema Fight-or-Flight beantwortet wird. Innerhalb von Sekundenbruchteilen entscheidet unser Körper, wie er in Stresssituationen handelt, und pumpt große Mengen an Adrenalin durch unser Nervensystem, so dass wir augenblicklich leistungsfähiger werden. Gedacht ist das allerdings nur für einen sehr überschaubaren Zeitrahmen; sobald die bedrohliche Situation aufgelöst ist, normalisiert sich auch unser Adrenalinspiegel.

Wie also kommen wir dazu, dass immer häufiger Generalisierungen wie ‚Politik der Angst', ‚Gesellschaft der Angst' und viele andere solch großformatiger Gefühlsbeschleuniger verkündet werden? Warum habe auch ich immer wieder das Gefühl, in einer ständigen Habachtstellung zu leben? Weder lauert mir in der Stadt, in der ich lebe, ein wildes Tier auf, noch ist mein Alltag gespickt mit waghalsigen Tätigkeiten. Mein Smartphone blinkt auf, und es ist keine neue Meldung über eine wie auch immer geartete Katastrophe, sondern ein Update zu meiner Screentime: Durchschnittlich sechs Stunden habe ich laut meiner Tracker-App täglich online verbracht, und dabei ist die Zeit, die ich am Laptop sitze und im Internet recherchiere, arbeite, mich in seinen Weiten und Untiefen

verirre, noch gar nicht eingerechnet. Sechs Stunden also, die ich pro Tag mit Apps, Emails, News-Checks und Messenger-Diensten verbringe, in erleuchtete Displays starre, mich ärgere, mich freue, Neues entdecke. Wenn ich davon ausgehe, dass sehr viele Menschen ähnlich viel Zeit in digitalen Sphären verbringen wie ich, drängt sich ein Verdacht auf: Wir sehen gezwungenermaßen viel mehr, als wir glauben zu sehen. Und noch viel mehr sehen wir Dinge, die wir gar nicht sehen wollten – wie oft schon jemand zu mir sagte ‚Das hätte ich jetzt lieber nicht gewusst', kann ich kaum noch zählen. Und das, dessen bin ich überzeugt, ist ein Schlüssel zur Angst.

Die Einseitigkeit des Wissens

Ein kurzes Experiment: Ich öffne den Browser auf meinem Smartphone und scrolle mich durch die Startseiten einiger Nachrichtenportale. Innerhalb weniger Minuten sehe ich dabei u. a. folgende Überschriften, die um meine Aufmerksamkeit buhlen: „Gibt es in Favoriten (ein Wiener Stadtbezirk) zu wenig Polizei?", „Geiselnahme: Polizei räumt 150 Wohnungen"[14], „Wir müssen uns auf die Bedrohungslage einstellen. Alles andere wäre naiv"[15], „Putin's next escalation is coming"[16]. So könnte ich endlos weitermachen, denn genau das ist die Liste an schlechten Nachrichten: endlos. Ich widerstehe mit Mühe dem Impuls, jede vermeintliche Hiobsbotschaft anzuklicken und wei-

terzulesen. Das ist das, was ich bewusst steuern kann. Es ist gleichzeitig aber auch nur ein kleiner Teil dessen, was auf meine Wahrnehmung einprasselt.

Wir nehmen tagein, tagaus unzählige Eindrücke und Informationen auf, die wir nur unbewusst mitbekommen – weil wir sonst schlicht und einfach überfordert wären. Bis zu zehn Millionen Einzelinformationen verarbeiten wir pro Sekunde.[17] Daher kümmert sich unser Gehirn darum, die anbrandende Flut an Daten zu ordnen und nur die seiner Ansicht nach relevanten Nachrichten zu uns durchdringen zu lassen: „Wahrnehmung erzeugt also keine genaue Eins-zu-eins-Abbildung unserer Umwelt. Vielmehr scheint es darum zu gehen, eine Repräsentation zu erzeugen, die sich auf verhaltens- und damit überlebensrelevante Informationen konzentriert".[18] Dennoch ‚wissen' wir mehr als jemals zuvor – durch News-Alerts, soziale Medien und Messenger-Apps verbreiten sich Informationen global wie ein Lauffeuer und beeinflussen uns auf vielen Ebenen. Je nach Umfeld oder Bubble, in der wir uns befinden, bekommen wir Informationen schon mundgerecht und thematisch zu uns passend in verdaubaren und perfide auf uns abgestimmten Einheiten vorgesetzt – jede Anfrage in unserer Search History, jeder Klick, jede Reaktion, jedes Like auf Instagram bis Twitter wird registriert, analysiert und weiterverarbeitet – voll automatisiert und ohne dass wir es noch bewusst wahrnehmen. Dem Zufall ist kaum noch etwas überlassen, geschickt werden wir alle von einer Info zur nächsten, von einem

Video zum nächsten, von einer Werbung zur nächsten geleitet, die uns in unseren oft vorgefassten Meinungen bestätigen und uns versichern, dass wir auf der ‚richtigen' Seite stehen.

Haben wir unter diesen Umständen überhaupt eine Chance, Dinge nicht zu wissen, sie im Dunkeln zu lassen? Es gibt erstaunlich viele Menschen, auch in meinem Umfeld, die offen zugeben, ihren Medienkonsum drastisch eingeschränkt zu haben, besonders in Bezug auf bewaffnete Konflikte wie den Krieg in der Ukraine oder in Gaza, auch Pandemie- und Klimawandel-Nachrichten gehören zu den ungeliebten Themen, die man sich lieber erspart.

Ein Lied davon singen kann die Journalistin Ronja von Wurmb-Seibel, die mit *Wie wir die Welt sehen* eine sehr liebevolle Abrechnung mit unserer Art, Medien zu konsumieren, aber auch damit, wie Medienmacher:innen ihre Stories angehen, geschrieben hat. Als Reporterin war sie an einem Punkt in ihrer Karriere, an dem sie zweifelte: „Was macht es mit uns, wenn wir uns ohne Unterlass mit Katastrophen, Gewalt und Zerstörung konfrontieren? Es beeinflusst, wen wir hassen, wen wir lieben."[19] Wurmb-Seibel machte sich deshalb auf die Suche: Sie wollte Schicksale, Geschichten, Meldungen anders erzählen, wollte ihrer Überzeugung folgen, dass es einen Lichtblick in fast allem gibt und nicht nur komplizierte, unlösbare, verzweifelte Fälle. Worauf sie stieß: *Solution Journalism*, „rigorous reporting about how people are trying to solve problems and what we can learn from their suc-

cesses and failures."[20] Journalist:innen aus aller Welt haben sich dieser Art von Journalismus verschrieben, die nicht die nächste neue Katastrophe in den Fokus nimmt, sondern ganz bewusst nach Menschen, Initiativen, Bewegungen sucht, die bereits an Lösungen bekannter Probleme arbeiten und deren Arbeit als Blaupause für Nachahmer:innen in die Welt getragen wird. Denn wenn es schon solch positive Ansätze gibt, warum sich nicht daran orientieren? Denn die klassische Berichterstattung, die Wurmb-Seibel durch die sehr einfache, plakative Formel „Scheiße plus X" definiert, liefert uns nie ein vollständiges Bild, um eine Sache richtig zu verstehen.[21]

Eine Sache richtig verstehen: ein Unterfangen, das erst einmal wie eine Selbstverständlichkeit klingt, aber in der Umsetzung gar nicht so einfach ist. Mehrere Seiten einer Sache zu sehen und vor allem sehen zu wollen, kostet Zeit, erfordert Auseinandersetzung und rüttelt an unseren verinnerlichten Überzeugungen. Lohnend ist es dennoch allemal, wenn uns unser neu gefundenes Wissen dafür einen etwas optimistischeren Blick auf die Welt ermöglicht.

Ich fürchte, unsere Kapazität, Wissen anzuhäufen, ist oft begrenzt, und damit meine ich nicht allein das Volumen unserer ‚Erinnerungs-Speicherkraft'. Was ich wissen kann, was ich wissen will, um welches Wissen ich mich bemühe, ist stark abhängig von meinen Lebensumständen, wo ich geboren bin, welche Ressourcen mir zugänglich sind, ob ich einer marginali-

sierten Gruppe angehöre oder nicht. Meine Lebenswelt unterscheidet sich fundamental von den meisten anderen Menschen – und ob ich das will oder nicht, es hat Auswirkungen auf meinen Wissensstand. Noch dazu ist die Möglichkeit, mich überhaupt von Wissen abzuwenden, zu entscheiden, welche Informationen ich erhalten will oder nicht, eine enorm privilegierte, wenn ich sowohl theoretisch als auch praktisch jederzeit und überall Zugang dazu habe.

Denn etwa 250 Millionen Kinder weltweit haben aktuell keine Möglichkeit, eine Schule zu besuchen – der Anstieg um sechs Millionen Kinder seit 2021, die von Bildungsmöglichkeiten abgeschnitten sind, erklärt sich durch den Ausschluss von Mädchen aus dem Schulbetrieb in Afghanistan seit der Machtübernahme der Taliban;[22] eine Grundschulausbildung erhalten weltweit gesehen immerhin 87 % aller Kinder, eine weiterführende Schule besuchen allerdings nur noch 58 %. Und das hat direkte Auswirkungen auf die weiteren Chancen im Leben, denn auch wenn die Alphabetisierung voranschreitet, sind immer noch 13 % der Weltbevölkerung des Lesens und Schreibens nicht mächtig – die Diskrepanz zwischen Frauen (17 %) und Männern (10 %) ist deutlich.[23] Kinder müssen sogar um ihr Leben fürchten, wenn es um Bildung geht: Schüler:innen werden zu lebenden Zielen. In Ländern, in denen Krieg herrscht oder Terroristen die Oberhand haben, werden sie auf dem Schulweg attackiert oder entführt, Lehrende sowie Schutzbefohlene sind täglich Opfer von Angriffen: „On average,

six attacks on education or incidents of military use occurred each day.“[24]

Man möchte glauben, dass solche Zahlen und Fakten uns grundsätzlich demütig machen würden und wir, denen fast unerschöpfliche Ressourcen zur Verfügung stehen, dankbar wären für all die Errungenschaften, die es uns ermöglichen, auf unfassbar viele Inhalte zuzugreifen. Nicht nur, weil das ein menschliches Bedürfnis ist, sondern auch, weil Horizonterweiterung unweigerlich damit verbunden ist, dass wir uns selbst besser im Verhältnis zu anderen sehen können; sich darüber klar zu sein, wer man ist, was die eigenen Glaubenssätze sind und wie sie uns jeden Tag beeinflussen und empfänglich oder skeptisch machen gegenüber neu hinzukommendem Wissen. Warum also sitzen wir dennoch oft Fake News auf – und warum wollen wir manche Wahrheiten lieber nicht wissen?

‚Sapere aude!‘, also ‚Wage es, weise zu sein!‘, ist einer der Schlachtrufe der Aufklärung und eng verknüpft mit deren Vordenker und Poster-Boy Immanuel Kant – der übrigens nachweislich Antisemit und Frauenhasser war. Folgen wir dennoch diesem Leitspruch, sollten wir uns dann nicht, statt uns von Wissen abzukoppeln, unseres Verstandes bedienen? Ja und nein, meint die Philosophin Marie-Luisa Frick. Die Aufforderung an uns als Individuen, uns zu allem selbst eine Meinung zu bilden, und unsere Überzeugung, dass das auch unser gutes Recht ist, sieht sie kritisch, was mich ein bisschen aufatmen lässt. Denn auch wenn wir den-

ken, dass wir mündige Bürger:innen sind, haben wir trotzdem viele blinde Flecken, was unser Wissen und unsere Wahrnehmung angeht, und zum Teil sicherlich auch die ein oder andere haarsträubend falsche Überzeugung. Das hat weniger mit bösem Willen zu tun, sondern viel mehr mit der Tatsache, dass wir uns gern in unseren Annahmen bestätigt sehen – besonders dann, wenn auch andere Menschen in unserer Umgebung diese ebenfalls glauben und verstärken. Dafür gibt es sogar einen Begriff: ‚Bandwagon-Effekt'. Soll heißen: Wir glauben schneller Informationen, die andere in unserem Umfeld für richtig halten.[25] Eng damit verbunden ist die sogenannte ‚cognitive bias', die uns dazu verleitet, Nachrichten eher Glauben zu schenken, die mit unseren schon vorhandenen Informationen übereinstimmen. Selbst die Wissenschaft hat da oft schlechte Karten, da vielen nicht klar ist, welcher Mechanismus ihr zugrunde liegt: „Wissenschaft zeigt nicht, was wahr ist und was falsch. Wissenschaft schließt, anhand von Evidenz, was am wahrscheinlichsten wahr sein könnte. Damit ist Unsicherheit ein inhärenter Teil von Wissenschaft. Es kann sein, dass wichtige Hinweise nicht bekannt sind. Es kann immer einen Zufallsbefund geben oder einen methodischen Fehler."[26] Hinzu kommt, dass viele Teilbereiche der Wissenschaft hochkomplex sind und daher für alle, die keine Expert:innen auf dem jeweiligen Gebiet sind – also für die allermeisten von uns –, weniger Sicherheit als eher Zweifel hervorrufen.[27] Dass diese Mischung aus Überforderung und Volatilität mitunter

zu haarsträubenden Ergebnissen führt, gab es während der Corona-Pandemie mehrfach zu bestaunen. Nachdem die Wissenschaft je nach Wissensstand ihre Annahmen immer wieder anpassen musste und auch die Regierungen dementsprechend volatil Entscheidungen treffen mussten, es aber nicht schafften, das den Menschen überzeugend und nachvollziehbar zu erklären, trieben Verschwörungs- und Selbstmedikationstheorien die seltsamsten Blüten; Wissenschaftler:innen wurden verhöhnt, beschimpft und bedroht. Zwei bereits genannte Herren bekommen an dieser Stelle einen kurzen Cameo-Auftritt: Während Herbert Kickl mit Ivermectin wenigstens noch als Heilmittel ein Medikament empfahl, das auf dem Markt zugelassen war – wenn auch als Entwurmungsmittel –, griff Donald Trump zu härteren Mitteln und schlug gleich das Injizieren von Desinfektionsmittel und die Behandlung mit hoher UV-Strahlung vor. In Folge sah sich die Katastrophenschutzbehörde des Bundesstaats Washington genötigt, auszurücken und die Bevölkerung darauf hinzuweisen, dass das Desinfektionsmittel *unter keinen Umständen* injiziert oder getrunken werden darf, und auch das Bundesamt für Strahlenschutz hatte seine liebe Not, von hoher UV-Strahlung abzuraten.

Selbst denken ist also mit Vorsicht zu genießen – denn die Frage ist zuvorderst erst einmal, ob wir überhaupt selbst denken oder ‚es uns denkt': „Als soziale Wesen entwickeln wir uns innerhalb von Kulturen des Den-

kens, sind umgeben von Beispielen und Vorbildern, gewöhnen uns an das, was wir kennen, und imitieren unwillkürlich, was wir sehen. Kurz: Das ‚Selbst' im Denken sind immer auch die anderen."[28] Da haben wir es wieder: Niemand ist eine Insel, wir entkommen unserer Umwelt nicht – das ist einerseits gut so, sollte uns aber auch dazu anhalten, immer wieder zu überprüfen, woher unsere Überzeugungen kommen – Elternhaus, Freundeskreis, grundsätzliche politische Prägung, Medien? Wem wir Glauben schenken, ist essenziell: „Die entscheidende Frage lautet dann nicht mehr: Kann ich mir in einer Sachfrage selbst ein Urteil bilden – selten oder nur mit enormem Aufwand –, sondern: Wie kann ich mir darüber ein Urteil bilden, wie diejenigen ihre Urteile bilden, auf deren Expertise ich angewiesen bin bzw. denen ich Vertrauen schenken möchte?"[29] Mündigkeit heißt in diesem Kontext also bei weitem nicht nur, Quellen zu prüfen und sich dessen im Klaren zu sein, was man liest, hört oder sieht, sondern darüber hinaus auch die Vertrauenswürdigkeit der Person, der wir glauben, nicht als gegeben hinzunehmen. Das ist anstrengend, das ist nicht bequem, oft in der Flut der Informationen mitten in unseren stressigen Alltagen schlicht und ergreifend auch nicht machbar, aber es ist ein integraler Bestandteil unserer Realität, die von Fake News, Desinformation und populistischen Slogans durchzogen ist.

Wie dennoch mündig sein in einer immer komplexer werdenden Welt? In einem ersten Schritt bedeu-

tet es wohl vor allem, sich selbst nicht als Maß aller Dinge zu sehen, sondern die eigenen Glaubensmechanismen immer und immer wieder zu hinterfragen und sich selbst in Frage zu stellen. „Selbstdenker ist nicht derjenige, der bequem in seinem eigenen Baum der Erkenntnis sitzt, sondern derjenige, der an diesem Baum auch hin und wieder kräftig rüttelt"[30], verpackt es Marie-Luisa Frick in ein sehr einleuchtendes Bild. Wer sich dem öffnen will, braucht ein paar Werkzeuge, die dabei helfen, Unsicherheit, andere Meinungen oder Lebenswelten auszuhalten und als ebenso rechtmäßig anzuerkennen. Und es macht mehr Arbeit, wenn man mit dieser Haltung durch die Welt geht.

Weil sie Frauen sind

„Stirb du Hure!", „Schleich dich du linksversiffte Fotze!", „Du widerliches Stück Dreck gehörst gefickt bis du den Mund hältst!"[31]

Zugegeben, das ist nichts für Zartbesaitete, aber so beginnt ein offener Brief von acht in Österreich lebenden Frauen, u. a. Natascha Strobl, Veronika Bohrn Mena, Nicola Werdenigg und Barbara Prainsack. Ihr Aufruf zu besserem Schutz vor Hass im Netz und seinen oft gewalttätigen Folgen in der Realität, der überproportional häufig und intensiv Frauen trifft, folgte auf eine beispiellose Hetzkampagne gegen die Journalistin Alexandra Föderl-Schmid, die ausgelöst wurde durch einen vermeintlichen Plagiatsverdacht, befeu-

ert von Ex-BILD-Chef und nun Kopf der Plattform NiUS, Julian Reichelt. Laut Selbstauskunft „versteht (niemand) die Lebensrealität, den Alltag, die Freuden und Sorgen, die Nöte und Hoffnungen der Mehrheit der Menschen in unserem Land besser als NiUS. Uns kümmert, was die Menschen kümmert."[32] Ich zucke einen Moment zusammen, weil mich die Formulierung „Uns kümmert, was die Menschen kümmert" sofort an Gabriele von Arnims „Weil mich angeht, was mich erschreckt"[33] erinnert, und Schrecken für mich dieser Tage sehr oft damit zu tun hat, wie auf der ganzen Welt die Rechte von Frauen mit Füßen getreten werden. Föderl-Schmid jedenfalls galt einen Tag lang als vermisst, wurde aber schließlich gefunden; dennoch war genug Zeit, dass sich in ihrer Abwesenheit nicht nur besorgte Kolleg:innen für sie aussprachen, sondern sie und alle, die für sie Partei ergriffen, auch noch mit Häme überschüttet und angegriffen wurden.

Misogynie, also Frauenhass, ist kein schönes, kein angenehmes Thema, aber es ist ein dringliches. Dass in den letzten Jahren eine kaum mehr überschaubare Anzahl an Büchern, Artikeln, Dossiers und Studien zu dem Thema erschienen sind, ist kein Zufall oder Effekthascherei, sondern ein Zeichen dafür, dass es notwendig ist. Es vergeht kein Tag, an dem Frauen nicht aufs Unflätigste, oft unter Gewalt- und Morddrohung, angegangen werden, um sie einzuschüchtern und zum Schweigen zu bringen – überall auf der Welt. Das Alarmierende: Es sind keine Einzelfälle, wie dann gern argumentiert wird, sondern es ist Ausdruck

eines systemimmanenten Hasses auf Frauen und ihre Unabhängigkeit, ihre Mündigkeit, der sich seit einigen Jahren mit ungeahnter Wucht Bahn bricht. Sehr oft werden diesbezüglich Warnungen in den Wind geschlagen, die Männer, die sich mit expliziten Hass-Postings an einzelne Frauen wenden, werden häufig als einsame, benachteiligte Kerle wahrgenommen, als arme Verwirrte, die eben mal kurz ihrer Wut Luft machen wollen. Die Erfahrung zeigt: Das ist ein fataler Fehlschluss.

„Seit fast einem Jahrzehnt schicken mir Männer täglich Nachrichten (...). Sie beschreiben genaustens, welche Waffen sie benutzen würden, um meinen Körper aufzuschlitzen und mich auszuweiden. Sie bezeichnen mich als schleichendes Gift. Sie skizzieren Bilder davon, wie sie vor meinem Haus warten, und erzählen mir, welchen Serienmörder sie bevorzugt nachahmen würden, um mein Leben zu beenden“[34], schreibt Laura Bates, die seit vielen Jahren in der sogenannten ‚Mannosphäre‘ forscht, auf Plattformen und Foren im Netz, wo sich der Hass auf Frauen entlädt und Männer unter sich bleiben. Dort loggt sie sich unter falscher Identität ein, um zu verstehen, wie u. a. sich selbst als solche bezeichnende ‚Incels‘ (kurz für *involuntary celibate*, also unfreiwillig zölibatär), die Bewegung MGTOW (gesprochen ‚MIGTAU‘, kurz für *men going their own way*) oder Pick-Up Artists (im Deutschen verharmlosend als ‚Verführungskünstler‘ bezeichnet) handeln und sich organisieren – und welchen Einfluss sie auf die Gesellschaft und vor allem

Jugendliche haben. Der Impact ist durchaus erschreckend, wie Bates bei einer Tour durch Schulen erfahren muss, als sie mit den immer gleichen Fragen von Teenager-Jungs konfrontiert wird: „Warum sollten wir zuhören, wenn Frauen doch über Vergewaltigung logen? Feminismus sei eine männerhassende Verschwörung (...). Männer seien tatsächlich öfter Opfer von häuslicher Gewalt als Frauen. Der Gender-Pay-Gap sei ein Mythos.“[35] Als diese Anwürfe gehäuft auftraten, fragte Bates nach: Woher kamen diese Ansichten? Die Antwort war immer dieselbe: Die befragten jungen Männer waren alle online unterwegs – und stießen dort auf frauenverachtende Influencer, denen sie begeistert folgten.

Das Erschreckende: Niemand muss lange suchen, um auf offen vorgetragene Hasspredigten gegen Frauen zu stoßen. Auf TikTok und anderen sozialen Plattformen gibt es jede Menge Accounts wie die des erzkonservativen Mega-Influencers und emeritierten Psychologie-Professors Jordan Peterson oder des inzwischen u. a. wegen Menschenhandels und Vergewaltigung angeklagten Andrew Tate, die frei zugänglich sind und Spuren hinterlassen: „Man denkt an versteckte Ecken des Internets, aber diese Rabbit Holes gibt es überall, die sind erstmal gar nicht dunkel und gar nicht versteckt. Die sind eher das Gegenteil, das Rabbit Hole kommt eher zu den Usern als die User zum Rabbit Hole.“[36]

Schuld an allem – von der eigenen Sexlosigkeit über die verhasste #metoo-Bewegung bis hin zum

Anzweifeln der Gleichwertigkeit aller Geschlechter – sind in den Augen dieser Menschen: Frauen. Frauen, die Männern nicht den Platz einräumen, der ihnen vermeintlich zusteht, die vermeintlich opportunistisch handeln, und die alle nur darauf aus seien, sich ein gutaussehendes, möglichst erfolgreiches und vermögendes ‚Alphamännchen' zu krallen. Incels selbst haben in ihrem Weltbild also selbst stets das Nachsehen, da sie sich meist selbst als wenig attraktiv bis geradeheraus hässlich bezeichnen, sich gegenseitig in ihrem Versagen bestätigen und mitunter dazu raten, sich doch am besten umzubringen, weil ihnen Frauen und die Gesellschaft sowieso niemals den Respekt entgegenbringen würden, den sie verdienen – und für den größtmöglichen Effekt dabei auch andere zu töten.

„Go ER!", liest man in Incel-Foren tausendfach, also werde zum Attentäter Elliott Rodger, einem 22 Jahre jungen Mann, der an der Santa Barbara Universität bei seinem Amoklauf sechs Menschen getötet und 14 teils schwer verletzt hat. Er wird in Incel-Kreisen wie ein Heiliger verehrt. In einem Video, das bis heute online einzusehen ist, ist seine letzte Botschaft: „If I can't have you, girls, I will destroy you."[37] *Wenn ich euch nicht haben kann, Mädels, werde ich euch zerstören.*

Sicherlich gibt es jetzt einige, die nun denken: Aber das ist ja nicht die Mehrheit, das kann man nicht ernst nehmen. Und selbst wenn: Das sind sicher nur verlorene Individuen, die in ihrem Leben viel Schlimmes erfahren haben. Julia Ebner, eine Wissenschaftlerin,

die zu Radikalisierungstendenzen forscht, unterstreicht dies: „(...) sogar die radikalsten Individuen, die mir begegnet sind, haben emotionale Geschichten, die es wert sind, angehört zu werden. (...) jener Incel, der Gewalt gegen Frauen gelobt hatte, war gleichzeitig ein tief verletztes, verunsichertes Individuum, das nach Sicherheit, Liebe und Zugehörigkeit in seinem Leben suchte."[38] Doch Ebner seziert in ihrem Buch *Massenradikalisierung* sehr genau und durchaus furchteinflößend, dass es oftmals nicht ‚nur' bei frauenfeindlicher Gesinnung bleibt. Gerade die Incel-Bewegung hat eine hohe Überschneidung mit der konservativen Rechten, träumt von einem generellen politischen Umsturz und ist überdurchschnittlich gewaltbereit. Wer also glaubt, dass Frauenhass vor allem in diesen geschützten Echokammern stattfindet, irrt. Dort äußert sich lediglich die radikalisierte Form einer strukturellen Misogynie, die heute weit salonfähiger ist als noch vor einigen Jahren – was sich schon allein darin zeigt, dass solche Räume vollkommen problemlos öffentlich existieren können. „Zu begreifen, dass der Hass auf Frauen nicht in einem Vakuum existiert, sondern fest verwurzelt ist in den kulturellen Normen der Mainstream-Gesellschaft, ist das Gebot der Stunde"[39], so Ebner.

Ich bin 1979 in Deutschland geboren; das bedeutet, als ich auf die Welt kam, waren Abtreibungen gerade einmal seit ein paar Jahren straffrei; legal sind sie bis heute nicht. Frauen benötigten in meinem Heimat-

land erst seit zwei Jahren vor meiner Geburt keine Einwilligung ihres Ehemannes mehr, wenn sie einem Beruf nachgehen wollten. Erst im Jahr 1992 wurde Vergewaltigung in der Ehe zumindest ein Anzeige-, erst ab 2004 (!) auch ein Offizialdelikt, d. h. der Staat hat die Verantwortung, eine Vergewaltigung als strafbare Handlung zu verfolgen – unabhängig davon, ob die vergewaltigte Person Anzeige erstattet oder nicht. Selbst wenn das vermutlich viele wissen, werde ich dennoch nie müde, das zu betonen. Auch deswegen, weil ich sehr lange Zeit in dem Glauben gelebt habe, dass feministische Errungenschaften – wie alle anderen Fortschritte auch – ganz selbstverständlich sind, mir aber in meinen späten Dreißigern klar wurde, wie brüchig diese vermeintlichen Sicherheiten tatsächlich sind, und dass es gerade einmal meine bisherige Lebensspanne umfasst, die einige dieser Regelungen gelten. Wenn ich bedenke, wie kurz mir meine 45 Lebensjahre oft vorkommen, wird mir klar, wie viel sich innerhalb weniger Jahre getan hat – und wie schnell es wieder in Frage gestellt werden kann.

Eines der prominentesten Beispiele ist der Fall Roe vs. Wade in den USA. Im Jahr 1973 fiel dabei die Grundsatzentscheidung des Obersten Gerichtshofes, dass Frauen das Recht haben, über Fortführung oder Abbruch einer Schwangerschaft selbst zu entscheiden. 2022 wurde diese Entscheidung von einem konservativ umgebauten Supreme Court aufgehoben; seitdem darf jeder Bundesstaat aufgrund einer fehlenden Bundesgesetzgebung wieder selbst entschei-

den, wie mit dem Abtreibungsrecht verfahren werden soll. Die Folge: „Menschen sehen sich gezwungen, Tausende von Kilometern für eine Abtreibungsbehandlung zurückzulegen, und es wird gezielt ein Klima der Angst geschaffen, welches Frauen, Mädchen und Menschen, die schwanger werden können, davon abhält, eine legale Abtreibungsbehandlung zu finden“[40], so Tarah Demant, Nation Director of Programs bei Amnesty International USA. Doch nicht immer braucht es den Blick über den ‚großen Teich‘, damit einem bang wird: Erst 2023 entbrannte im österreichischen Bundesland Vorarlberg eine Debatte um Schwangerschaftsabbrüche, da Benedikt Hostenkamp, der einzige Arzt, der diese im ‚Ländle‘ durchführte, mit über 70 Jahren in Pension gehen wollte und eine Nachfolge gesucht wurde. Erbitterte Diskussionen folgten, zeitweise stand sogar die Möglichkeit, die geltende Fristenlösung überhaupt noch in Vorarlberg umsetzen zu können, auf der Kippe. Am Ende konnte man sich dazu durchringen, Schwangerschaftsabbrüche doch im Landeskrankenhaus Bregenz möglich zu machen, natürlich nicht ohne das Bekenntnis des ÖVP-Landeshauptmanns Markus Wallner, dass „ihm persönlich der Schutz des Lebens besonders wichtig und alles zu unternehmen sei, dass in Vorarlberg ein ‚Ja zum Kind‘ ermöglicht werde“.[41]

Abgesehen davon, dass niemand ein ‚Ja zum Kind‘ verhindern will, packt mich bei solchen Meldungen regelmäßig die Wut. Denn wir alle leben in einer Welt, die eindeutig auf die Bedürfnisse und den Machter-

halt von Männern ausgelegt ist. Es muss nicht erst zu Gefahr für Leib und Leben kommen, aber ich weiß aus eigener Erfahrung, wie aufreibend es ist, sich für seine Überzeugungen zu engagieren und sie selbstbewusst nach außen zu vertreten. Dabei kämpft man nicht nur gegen patriarchale Strukturen im Außen, sondern auch im Innen. Was uns umgibt, wie wir aufwachsen, mit welchen Geschichten man uns versorgt, internalisieren wir – so auch Frauenhass und Überzeugungen, die aus dem patriarchalen System stammen, in dem wir leben. Besonders bedenklich ist dabei, dass auch Frauen andere Frauen oft bewerten, beurteilen, auf persönliche Entscheidungen mit einer hochgezogenen Augenbraue oder offener Feindseligkeit reagieren. Kinder bekommen oder keine Kinder bekommen; wie Kinder versorgt werden; stillen oder nicht stillen; arbeiten gehen oder nicht arbeiten gehen; als Single leben oder in einer Partnerschaft – es gibt einfach kein Thema, bei dem keine wilden Diskussionen losbrächen, vor allem auch zwischen Frauen, die sich oft unversöhnlich gegenüberstehen.

Kaum eine Frau, die ich kenne, kommt ohne internalisierte Glaubenssätze wie ‚Ich bin zu laut', ‚Ich bin zu viel', ‚Ich sage besser nichts, es nervt nur, wenn ich jetzt Ansprüche stelle' oder ‚Da habe ich wohl zu viel gewollt' aus. Wir bringen uns teilweise selbst zum Schweigen oder denken gleich prophylaktisch darüber nach, ob etwas, das wir äußern, uns in Schwierigkeiten bringen könnte oder eine vermeintliche Unannehmlichkeit für andere wäre. „Ein langjähriger Freund und

älterer Kollege (...) meinte, ich müsse aufpassen, dass dies kein ‚biestiges' Buch werde"[42], schreibt Rebekka Endler in der Einleitung zu *Das Patriarchat der Dinge*, und fühlt sich wohl doch dazu verpflichtet, hinterherzuschieben: „Die Wut, die zu diesem Buch geführt hat, habe ich (...) nicht zensiert, sondern vor meinen Karren gespannt. Aber gleichzeitig habe ich versucht, das fragile männliche Ego mitzudenken und Nasen mit Vorsicht zu brechen."[43] Nur keine Welle machen, immer alle möglichen Reaktionen mitdenken: Einmal möchte ich erleben, dass sich Männer darüber im gleichen Ausmaß Gedanken machen müssen wie Frauen. Ich selbst habe einmal ein Buch zweier Autoren, das ich rezensieren sollte und das ich handwerklich nicht gut gemacht fand, nur sehr vorsichtig kritisiert, weil es darin um den Penis ging und dieser Körperteil erfahrungsgemäß ein Quell großer Unsicherheiten sein kann – und ich auf gar keinen Fall den Eindruck erwecken wollte, ich sei als alte Emanze nur wieder darauf aus, mich über das ja sehr reale Ungemach von Männern zu echauffieren.

Erst vor kurzem sagte ein Bekannter zu mir: „Ich will ja wirklich niemandem etwas Böses, aber wenn ich unterwegs bin und ich einer Frau nette Blicke zuwerfe oder ihr ein Kompliment mache, werde ich oft angeschaut, als ob sie mich angreifen wollen." Als ich ihm darauf erwiderte, dass ich nicht glaube, dass das irgendeine Frau wollen würde, dass ich aber durchaus bestätigen kann, dass ich nicht in jeder Lebenslage darauf erpicht bin, dass mir irgendein fremder

Typ seine Meinung zu meinem Erscheinungsbild aufdrängt, erntete ich vor allem Unverständnis. Männliche Egos nicht zu verletzen, ist für Frauen ein lebenslanger Eiertanz – und das in dem Wissen, dass mindestens einmal in unserem Leben ein Drittel von uns sexueller, psychischer und physischer Gewalt ausgesetzt sein wird. Ich schreibe hier so selbstverständlich ‚wir'. Natürlich sind an Lebensumstände, Klassenzugehörigkeit, Bildungsgrad, Herkunft unterschiedlichste Startvoraussetzungen gebunden; und dennoch fühle ich mich Frauen auf eine Art verbunden, die einfach da ist und die ich nicht wegleugnen oder übergehen kann. Erfolge von Freundinnen freuen mich so sehr, als wären es meine; ihr Leid macht mich dünnhäutig, und sogar Schicksale von mir Unbekannten lassen mich sehr gerührt zurück. Gleichzeitig kämpfe auch ich gegen unschöne Gefühle an, gegen die ich nicht komplett gewappnet bin. Es gibt Momente, in denen ich mich frage: Warum hat sie den Job bekommen und nicht ich? Was ist an ihr jetzt so besonders? Oder, der Klassiker: So würde ich ja nicht auf die Straße gehen, was denkt sie sich dabei nur? Neid, Ungerechtigkeit, Genervtheit sind mir nicht fremd – ich habe sie genauso internalisiert wie wir alle, die wir in diesem patriarchalen System leben –, aber ich versuche dagegen anzuleben, so gut ich kann. Je älter ich werde, desto mehr verstehe ich, dass wir in einer Welt leben, die nicht für uns gemacht ist, in der unsere Erfahrungswelten, unsere Bedürfnisse, unsere Träume immer noch weniger relevant

sind, auch wenn uns noch so oft erzählt wird und wir uns auch gern selbst erzählen, dass das nicht so ist.

Ja, wir sind deutlich weiter als vor 20, 50 oder 100 Jahren – das zu leugnen wäre ebenso blödsinnig wie die immer noch weit verbreitete und sich hartnäckig haltende Annahme, dass wir alle gleichberechtigt sind. Bis heute gibt es bei jeder Gewalt- oder Bluttat gegen Frauen verlässlich jemanden, der oder die nachher krakeelt, dass sie ja eine Xanthippe, eine Nervensäge oder eine unmögliche Person sei, ‚Der Arme stand ja immer unter ihrer Fuchtel' oder ‚Vielleicht wäre mir da auch mal die Hand ausgerutscht'.

Unzählige Male habe ich solche und ähnliche Sätze in Zeitungen lesen, in Unterhaltungen hören müssen, doch heute muss ich nur noch eines: Sagen, dass es mir reicht. Dass ich diesen ganzen misogynen Scheiß nicht mehr mitmache, dass ich es nicht mehr stumm mitansehe, wenn solcher Mist verzapft wird, sondern dagegen angehe. Und endlich einen Begriff dafür gefunden habe, nämlich den der ‚Feminist Killjoy'. Eine ‚feministische Nervensäge' also, eine Bezeichnung, die Sara Ahmed erfunden hat und der sie mit ihrem Buch *The Feminist Killjoy Handbook* ein bestärkendes Denkmal gesetzt hat. Wenn Sie wissen wollen, ob Sie auch zu dieser unangenehmen Spezies gehören, dann habe ich einen kleinen Auszug für Sie: „Do you refuse to laugh at jokes you find offensive? Have you been called divisive when you point out a division? … Do you just have to open your mouth for eyes to start

rolling? (...) If you answered yes to any or all of these questions, you too might be a feminist killjoy."[44] Soll heißen: *Wenn Sie auch nicht mehr lachen bei widerlichen Witzen, wenn Sie zum Problem gemacht werden, wenn Sie ein Problem ansprechen, oder Leute anfangen, mit den Augen zu rollen, wenn Sie reden – dann, herzlichen Glückwunsch, sind Sie auch eine feministische Spaßbremse.*

Wo ist denn in dem Ganzen nun der Lichtblick, wo ist das Helle zu finden in dieser Sache, fragen Sie sich jetzt vielleicht. Nun, ich gebe zu, dass ich gerade jetzt, wo ich darüber schreibe, wieder wütend bin. Ich werde sehr leicht wütend, es geht sogar immer leichter, je älter ich werde, manchmal fühle ich mich wie ein Haufen Reisig, und schon der kleinste Funke genügt, um mich lichterloh lodern zu lassen und ganze Schneisen in Wälder zu brennen. Ich bin überzeugt, das ist ein Lichtblick. Dass ich mir selbst diese Wut erlaube, obwohl ich weiß, dass sie anderen und auch mir unangenehm ist, und sich immer zum angeblich schlechtesten Zeitpunkt Bahn bricht.

Was mich hoffen lässt, was mich begeistert, sind die Generationen, die nach mir, nach uns kommen. Ich sehe mit großer Faszination eine ganz andere Offenheit, Sicherheit und Selbstverständlichkeit im Umgang mit vielen Themen, die ich mir über die Jahrzehnte mühsam erarbeitet habe und mir nach wie vor erarbeiten muss. Ich halte das für den normalen und durchaus beglückenden Lauf der Dinge, jetzt, wo meine

Sturm- und Drangzeit definitiv vorbei ist, auch wenn ich mir manchmal noch einbilde, mit zwanzig Jahre jüngeren Leuten mithalten zu können (ich kann es natürlich nicht). Und es nervt mich auch nicht, mich ständig mit den Fragen, Forderungen und Sorgen der Jüngeren zu beschäftigen; im Gegenteil, ich halte es für unumgänglich; wenn man die Ohren aufsperrt, sagen sie einem schon, was sie wollen, wie sie die Welt sehen, wie sie ihr Leben gestalten wollen, damit es ihnen gut erscheint. Das macht mir Mut, das macht mich immer wieder, trotz aller Sorgen, zuversichtlich. Ist Zuversicht ein Gefühl? Vielleicht mache ich sie einfach dazu, hier, in meinem dunklen Kämmerlein, und lasse einfach alles in mich und durch mich hindurchströmen. Ohne Angst, aber mit größtmöglicher Offenheit.

7 Uhr: Fühlen

Während sich nach und nach immer mehr Farbnuancen in meine Umgebung schleichen – ein bisschen Blau hier, ein bisschen Rot dort, untrügliche Zeichen dafür, dass sich die Nacht dem Ende entgegenneigt –, bleibt es im Vorraum meiner Wohnung dunkel, als die Glühbirne in der Deckenlampe ihren Geist aufgibt. Ein paar Mal bewege ich den Schalter hin und her, kurz begriffsstutzig, vielleicht auch ein bisschen trotzig. Für einen Moment habe ich das leise, fast seufzende Geräusch alter Glühbirnen im Ohr, wenn der Draht endgültig durchbrannte, dieses kleine Zischen und das sanfte Klackern, wenn man die Birne aus der Windung schraubte und sie schüttelte, das Ohr nah an das Glas haltend, um die losen Enden des Drahts gegen die Wände streifen zu hören. Mir kommt in den Sinn, dass unser Hören dem Sehen um ein Weites voraus ist, er erwacht lang vor allen anderen Sinnen bereits in der 22. Schwangerschaftswoche noch im Bauch der Mutter. Das Sehen kommt erst nach unserer Geburt dazu, und auch dann erst nach und nach, bis wir Entfernungen richtig einschätzen und Menschen nicht mehr nur nach Geruch oder Gehör erkennen.

Immer noch im Dunkeln stehend, kommen mir auf einmal die Tränen, und obwohl mich niemand sehen kann – ich stehe hier ja schließlich alleine herum –, wird mir ganz heiß. Tränen sind mir immer

ein bisschen peinlich, sie sind wie das Rotwerden zum ungünstigsten Zeitpunkt, ein Ausdruck des Berührt- und Angefasstseins, etwas hat uns bewegt, verletzt, gefreut und im Zuviel des Gefühls gehen die Schleusen auf und spülen etwas aus uns heraus, von dem wir manchmal selbst nicht ganz genau wissen, was es denn nun eigentlich ist. Mir passiert es in den letzten Monaten immer öfter, dass ich Gefühle nicht in mir behalten kann; ich war noch nie ein Rätsel für andere, ich weiß gar nicht, wie oft Kolleg:innen, Freund:innen oder Verwandte zu mir meinten, ich solle ein bisschen aufpassen, man sehe mir einfach jede Regung an. Und es stimmt: Es ist mir fast unmöglich, zu verbergen, was ich gerade denke. Das gilt vor allem im beruflichen Kontext als ein großes Manko, wo Rationalität, Profitdenken und Ehrgeiz als harte Währungen gelten. Die längste Zeit habe ich damit gehadert, warum ich es nicht schaffe, ein Pokerface zu bewahren, wenn mir Leute dumm kommen, wenn mein Gegenüber hanebüchene Dinge behauptet, wenn etwas ungewollt komisch ist, wenn ich oder jemand anders gemansplaint wurde. Ich bin kein unhöflicher Mensch, ich weiß mich natürlich an all die Gepflogenheiten und Regeln zu halten, die wir gesellschaftlich mögen und tolerieren. Aber ich weigere mich, so zu tun, als wäre nichts, als könnten wir alle immer händchenhaltend zu beruhigend-optimistischer Musik über weichgezeichnete Blumenwiesen hüpfen.

Aber vor die Wahl gestellt, ob ich alles fühlen will oder gar nichts, würde ich mich dennoch, ohne auch

nur eine Mikrosekunde mit der Wimper zu zucken, jedes Mal dafür entscheiden, alles zu fühlen. Warum? Weil ich meinen Gefühlen vertraue, weil ich weiß, dass mein Bauch immer recht hat. Emotionen sind ein unschätzbarer Ratgeber dafür, wie wir zu den Informationen, die uns umgeben, stehen, was sie mit uns machen und wie wir uns unsere Welt bauen. Sie gehören nur uns, niemand anderer fühlt dasselbe wie ich, wie Sie, wie irgendjemand, und diese Unmöglichkeit des kompletten Sich-Einfühlens in eine andere Person und deren Beschaffenheit beschäftigt mich. Eine Annäherung ist zu schaffen, meine ich, wenn wir eine:n Partner:in, Freund:in oder Kolleg:in eine Weile kennen, deren Eigenheiten, Vorlieben, Sorgen oder die vielleicht schon zu oft zitierten Triggerpunkte. Aber voll und ganz verstehen, was den oder die andere bewegt? Wohl nicht.

Aber weil ich eben oft ein offenes Buch für alle bin, habe ich beschlossen, die Fähigkeit, viel zu fühlen, sehr viel ungefiltert durch mich durchrauschen zu lassen, als Stärke und als zu mir gehörig zu sehen; als einen Grundton, auf den ich gestimmt bin und den ich nicht ändern kann und wohl auch nicht ändern will. Ich weiß das alles und kann damit umgehen. Aber was genau geschieht nun in mir, an diesem kühlgrauen Morgen, dass mich in genau diesem Moment eine so große Gefühlsmelange anspringt? Etwas stört, etwas stört mich, und ich kann es noch nicht in Worte fassen.

Die süße Macht des Aufhörens

Wir leben alle gern in einem störungsfreien Raum, am besten lichtdurchflutet und voller Zuversicht. Dennoch möchte ich eine Lanze brechen für die Momente, in denen etwas leicht aus der Bahn läuft, in denen sich eine Möglichkeit eines anderen Lebens auftut, einer anderen, parallel verlaufenden Zukunft, und ich möchte eine Lanze brechen für die Störenfriede, die sich trauen, etwas anders anzugehen als bisher, eine Ungerechtigkeit nicht mehr hinzunehmen, die uns auf Ungereimtheiten hinweisen. Denn, so die Schriftstellerin Esther Kinsky, „so ungebeten sie auch sind, sie hinterlassen Spuren (...), die im Gedächtnis bleiben und in Erinnerung eingreifen, die die eigene Bequemlichkeit und Zufriedenheit augenblickslang borstig, kratzig und eng erscheinen lassen".[1]

Borstig, kratzig, eng – zumindest fühlt es sich zu Beginn oft so an, wenn eine Abzweigung nicht an einen Ort führt, den man erwartet hat. Das ist kein schönes Gefühl, es ist verunsichernd, es ist unangenehm und schlicht und einfach anstrengend. Ich erinnere mich an eine Störung aus meiner Kindheit, die mich bis heute begleitet, aber mir damals etwas Essenzielles vor Augen geführt hat, auch wenn ich es nicht sofort begriffen habe.

Ich besuchte ein musisches Gymnasium, in dem das Erlernen von Instrumenten sowie der Kunstunterricht viel Zeit einnahmen. Ich entschied mich nicht für das naheliegende Klavier, sondern für die Querflöte.

Noch heute liebe ich dieses Instrument, auch wenn ich kaum noch spiele, und wenn, bin ich traurig und frustriert, weil ohne Übung nun einmal nicht viel zu holen ist. Der Moment, der vieles für mich änderte, war mein letztes öffentliches Vorspiel im Abiturjahrgang. Seit Wochen hatte ich mich mit einem Stück abgemüht, das ich nie so ganz meistern konnte, es war mein ‚Angststück' – die Wahl war von meiner Flötenlehrerin getroffen worden. Ich hatte irrsinnige Panik, denn nur ein einziges Mal während aller Proben, während allen Übens hatte ich die schlimmste Stelle, an der ich nach einer Pause mit einem viergestrichenen C wieder zur Klavierbegleitung einsteigen musste, gemeistert, dann nie wieder.

Sie erwarten nun vielleicht eine dieser triumphalen Geschichten, in denen die Heldin im entscheidenden Moment über sich hinauswächst und alles, was vorher schwerfiel, plötzlich ganz einfach ist. Was soll ich sagen: Schon in dem Augenblick, in dem ich vor die Zuhörer:innen trat, wusste ich, dass das nichts werden würde mit dem Vorspiel und mir. Meine Lehrerin saß als Klavierbegleitung am Flügel unserer Schulaula und nickte mir aufmunternd zu; doch schon als ich begann, merkte ich, dass wirklich gar nichts stimmte. Will man einen reinen Ton beim Spielen einer Querflöte erzielen, liegt im Grunde alles am ‚Ansatz', also der Art und Weise, wie die Lippenmuskeln zusammenspielen, um die Öffnung an der Flöte im richtigen Winkel zu treffen. Schon der erste Ton, den ich irgendwie schaffte zu erzeugen, hörte sich falsch an.

Egal um welche Profession es sich handelt, ich bin überzeugt, dass jede:r sofort weiß, wenn man nicht im Einklang mit sich, mit seinem Instrument, mit seinem Werkzeug, mit seinem Körper ist, und ich – ich wusste es auch. Ein bisschen jämmerlich kämpfte ich mich durch die erste Hälfte des Stücks, mein Rücken bereits schweißnass, die Töne gerade so herauspressend mit reiner Willenskraft. Bis das viergestrichene C kam – und nichts mehr ging. Es war, als wisse ich von einer Sekunde auf die andere nicht mehr, wie ich irgendeinen Ton zustandebringen sollte, aber meine Lehrerin ließ nicht nach, ermunterte mich immer weiter, es nochmal und nochmal und nochmal zu versuchen, was für mich, je länger das Schauspiel sich zog, einer Tortur gleichkam. Ich konnte nicht, und ich wollte auch nicht, und ich sah an den Gesichtern der Anwesenden, dass auch sie litten.

Bis ich etwas tat, worauf ich heute noch stolz bin: Gegen den Willen meiner Lehrerin setzte ich die Flöte ab, packte meine Noten zusammen, verbeugte mich und verließ die Bühne mitten im Stück. Nie wieder würde ich mit der Flöte auftreten, und auch privat spielte ich nach diesem Abend sehr lange nicht mehr, nicht einmal zum Vergnügen. Ich war wütend auf meine Lehrerin, und während ich mich an diesen Abend erinnere, spüre ich, dass ich es im Grunde immer noch bin: auf ihr Unverständnis, auf den Zwang, dieses Stück spielen zu müssen, auf ihre komplett unempathische Art, mit mir und meinen Bedürfnissen als ihre Schülerin umzugehen. Was mich

aber bis heute freut, sind meine überraschende Klarheit und mein Mut, dem Ganzen ein Ende zu machen und mir zu erlauben, von der Bühne zu gehen, natürlich beschämt, aber dennoch innerlich hocherhobenen Hauptes. Ich war 18 Jahre alt, und es war das erste Mal, dass ich mir ganz bewusst erlaubt hatte, nicht mehr mitzumachen, auf mein Wohlergehen zu hören und daraus eine Konsequenz zu ziehen: Du darfst gehen, du musst nichts bis zum bitteren Ende aussitzen, wenn du das nicht willst.

Um das zu erkennen, braucht es Zeit, und oft wollen wir nicht so recht loslassen, wenn wir auch nur eine ansatzweise Chance sehen, dass sich doch noch alles zum Guten wenden oder zumindest in eine andere Richtung entwickeln könnte. Annie Duke, ihres Zeichens ehemalige Profi-Poker-Spielerin, kennt dieses Gefühl nur zu gut. Unwissenheit, sagt sie, „treibt die meisten Spieler zum Weitermachen, statt ihre Verluste zu begrenzen, denn wenn sie dabeibleiben, wahren sie sich immer noch eine gewisse Hoffnung auf den Gewinn. Wenn sie stattdessen passen, ist das die *Garantie* dafür, dass sie einen Pot verlieren und damit jede Chance, das gerade eingesetzte Geld zurückzuerhalten“.[2]

Und genau das ist der Punkt: Wenn wir beschließen zu gehen, aufzuhören, einen Job oder eine Beziehung zu verlassen, können wir nur im Rückblick auf das, was war, entscheiden – und müssen darauf vertrauen, dass unsere Entscheidung für uns am Ende ‚richtig‘ sein wird. Ebenso ist angeraten, seinen Frieden damit

zu machen, dass wir mitunter nicht mehr erfahren werden, wie die Sache tatsächlich ausgegangen wäre. Etwas zu beenden, heißt auch immer, mit der Frage ‚Was wäre gewesen, wenn …' leben zu können und zu wollen. Manche ebenso möglichen Wege werden wir niemals beschreiten können, und mit der Entscheidung für eine Option nehmen wir in Kauf, dass das Wissen über die anderen Möglichkeiten zumindest zu einem gewissen Grad im Dunkeln bleiben wird. Dass das alles andere als einfach ist, liegt auf der Hand: „Die wohl stärkste Art der Angst ist die vor dem Unbekannten. Das liegt an der Funktionsweise unseres Gehirns: Es ist im Wesentlichen damit beschäftigt, Vorhersagen zu treffen. So sorgt es für ein Verhalten, das uns am Leben hält. Laufen die Vorhersagen aufgrund von Unsicherheit ins Leere, stresst uns das und kann im Extremfall zu einem Gefühl des Kontrollverlusts führen."[3] Was aber, wenn der Kontrollverlust nicht nur negativ gesehen wird, sondern als Chance? Oder wir erkennen, dass im Kontrollverlust möglicherweise sogar eine ganz eigene, neue Art der Selbstermächtigung, des Selbstbewusstseins auf uns wartet, das uns Kontrolle anders denken lässt?

Wir alle sind auf Sicherheit gepolt, und in Zeiten grundlegender Verunsicherung ist das keine überraschende Entwicklung. Dinge ändern sich die ganze Zeit, und nichts bestätigt mich darin so sehr wie der Blick in den Spiegel. Seltsamerweise erwarte ich dabei immer noch ein Gegenüber, das deutlich jünger ist als

das, das mich zurück anblickt, mit einer Mischung aus Irritation und Neugier. Dabei bin ich, das will noch nicht ganz in mein Hirn, inzwischen eine Frau Mitte vierzig, in deren Haare sich einige graue Strähnen geschlichen und in deren Gesicht sich deutlich mehr Falten eingegraben haben als noch vor einigen Jahren. Erst kürzlich saß ich mit ein paar Freundinnen zusammen, die alle in etwa mein Jahrgang sind. Wir alle genießen auf eine erstaunlich entspannte Weise unser gemeinsames Älterwerden, und Kontrollverlust spielt dabei eine nicht zu unterschätzende Rolle. Denn lange Zeit ist es mir so ergangen, wie es Sophie Fritz in ihrem Buch *Toxische Weiblichkeit* beschreibt: „Ich bin unglaublich gut darin, mich selbst alleinzulassen. Ich denke an all die Male, in denen ich meinen Körper benutzt habe, um einem Mann zu gefallen, um einem Bild zu entsprechen, das ich für begehrenswert hielt (...). Ich tröstete mich nicht, blieb nicht bei meinen Schmerzen, dem Ziehen in der Brust, dem Brennen in der Vagina.“[4] Ich kenne vieles von dem, woran sie sich abarbeitet: das Immer-gefallen-Wollen, das oft gegen die eigene Meinung agieren, das sich selbst unter Freundinnen oft nicht ganz die Wahrheit sagen können, weil wir nicht anecken wollen, nicht mal bei den Menschen, denen wir vertrauen. Wir kontrollieren als ‚gute Mädchen‘, wie Fritz es nennt, seit unserer Kindheit unser Verhalten und Erscheinungsbild, biegen es so zurecht, wie wir glauben, sein zu müssen, und ich kenne kaum eine Frau, die frei davon wäre.

Dennoch dreht sich das ab einem bestimmten Zeitpunkt, und ich glaube, es ist kein Zufall, dass dieser zusammenfällt mit dem Moment, in dem man – zumindest als Frau – gesellschaftlich weniger wahrgenommen wird. Vermutlich ist das derselbe Moment, in dem zum Beispiel Schauspielerinnen verstehen, dass sie in einem Alter, in dem sie sich noch mitten im Leben wähnen, auf einmal nur noch Mutterrollen und bald darauf Großmutter-Rollen angeboten bekommen. ‚Unsichtbar' zu werden, das ist die Erfahrung, die viele Frauen machen, wenn sie sich der Menopause nähern. Das ist zunächst einmal irritierend, da wir alle – Männer sind explizit mitgemeint – in einer patriarchal aufgebauten Gesellschaft aufwachsen, ihren Regeln entsprechen wollen und darauf konditioniert sind, gefallen zu wollen, gefallen zu müssen, nicht unangenehm aufzufallen und vor allem: unsere ‚Fuckability', unsere ‚Fickbarkeit', eine besonders heiße Währung auf dem Markt der Eitelkeiten, so lange wie möglich aufrechtzuerhalten.

Es gibt unzählige Accounts in den sozialen Medien, in denen uns Menschen jenseits der 60 als Vorbilder gelten, denen man ‚ihr Alter nicht ansieht', die noch mit deutlich Jüngeren konkurrieren können und dafür meist ein sehr aufwendiges Programm absolvieren, um den Alterungsprozess möglichst lange hinauszuzögern – denn von aufhalten kann ja in Wahrheit keine Rede sein. Auf die Spitze treibt es aktuell der Millionär Bryan Johnson, der seit Jahren alles daran setzt, seinen Mitvierziger-Körper wieder in den Zustand

eines 18-Jährigen zurückzuversetzen – und dafür ein 30-köpfiges Expert:innen-Team um sich schart, das all seine Körperfunktionen rund um die Uhr misst. Übrigens stößt man auch bei diesem Mann, der auf der Suche nach dem Heiligen Gral und damit dem ewigen Leben ist, wie so oft auf Erlöser-Metaphorik: „Es ist mehr als nur ein Scherz, wenn ich sage, dass Jesus Christus mein Hauptkonkurrent ist. Schließlich war er es, der uns den Tod als unsere letzte Bestimmung eingeredet hat. Ich dagegen sage: Der Tod ist ein technisches Problem, das sich lösen lässt."[5]

Am besten also gar nicht mehr sterben und damit das finale Aufhören komplett abschaffen? Was faszinierend klingen mag, stellt sich als nichts anderes als ein Spleen der Superreichen heraus, denn wer sonst hat die Ressourcen und die Zeit, sich nur noch dem eigenen Wohlergehen und der Selbstoptimierung zu widmen? „Weil ich Milliardär bin, werde ich Zugang zu einer besseren Gesundheitsversorgung haben [...]. Ich werde sicherlich um die 160 Jahre alt werden und Teil einer neuen Klasse von, gewissermaßen, unsterblichen Overlords sein", ließ der ehemalige Präsident von Facebook, Sean Parker, bereits vor einigen Jahren wissen,[6] offensichtlich der Meinung, dass ein Ende für Superreiche wie ihn nicht mehr zwingend mitgedacht werden muss. Spannend also, dass die meisten Menschen, die sich mit dem Konzept des ewigen Lebens auseinandersetzen, immer auch zur reichsten Gesellschaftsschicht gehören – ich schätze, wer einem zeitfressenden Ertragsjob nachgehen muss,

hat schlicht keine Zeit, um sich über solche Fragen Gedanken zu machen. Stellt sich nur noch die Frage nach der Macht, die sich noch stärker zugunsten besonders reicher, wenn schon nicht unsterblicher, dennoch vergleichsweise sehr viel länger lebender Menschen verschiebt: „Wer immer mehr Reichtum anhäufen und über extrem lange Zeiträume hinweg immer mehr Macht erlangen kann, wird damit Einfluss auf die Welt und damit auch auf das Leben der Mehrheit der Menschen nehmen.“[7] Als wären Vermögen und damit auch Macht und Einflussmöglichkeiten nicht ohnehin schon unverhältnismäßig verteilt.

Nach letzten Erhebungen halten es Expert:innen für möglich, dass bis zu 2000 Milliarden an Vermögen auf 237 Einzelvermögen fallen. Um das in Relation zu setzen: „(D)as ist das Vier- bis Fünffache des (deutschen) Bundeshaushaltes, um den in den vergangenen Tagen so gerungen wurde. Legt man die Etats des laufenden Jahres zugrunde, so könnte der Bund mit dieser Summe 84 Jahre lang das Bürgergeld finanzieren, bis zum Jahr 2047 die Rentenkasse bezuschussen, die nächsten 70 Jahre seine Ausgaben für Geflüchtete und Asyl bestreiten oder – das würde vielleicht die FDP freuen – fast 80 Prozent der Staatsschuld tilgen.“[8] Der oft flapsig dahergesagte Satz ‚Das Geld wäre ja da!‘ ist also nichts als die Wahrheit. Und wir streiten noch über höhere Steuern für Überreiche? Auch global gesehen kommt immer mehr ins Rutschen. Kurz vor dem Start des Weltwirtschaftsforums in Davos im Januar 2024 gab Oxfam in einer Studie bekannt,

dass der tiefe Graben zwischen Arm und Reich mit erstaunlicher Geschwindigkeit weiter aufgeht. Demnach ist das Vermögen der fünf reichsten Menschen der Welt – nebenbei erwähnt: allesamt Männer – seit 2020 etwa um das Doppelte angestiegen. Gleichzeitig wurden die Ärmsten der Armen – hier reden wir von circa fünf Milliarden Menschen, etwa zwei Drittel der Weltbevölkerung – noch ärmer.[9] Ich frage deshalb ernsthaft mit Blick auf die Unsterblichkeitsexperimente der Oligarchen und Neureichen: Wollen sie nun also am liebsten gar nicht mehr abtreten?

Ein Hummer kommt mir in den Sinn, ein eigenartiges Tier, das noch dazu als teure Delikatesse gilt und dem Menschen immer noch barbarisch den Garaus machen, indem sie es lebend kochen. Landet ein Hummer nicht im Küchentopf eines Sternelokals, ist er eines der wenigen Lebewesen, das das Potenzial hätte, ewig zu leben. Tatsächlich verfügen Hummer über ein Enzym, das Zellalterung unterbindet – die größte aller Krebsarten erneuert all ihre Zellen immer wieder neu, so dass die Tiere nicht altern wie die meisten anderen Arten und auch wir Menschen. Was ihn dann daran hindert, bis in alle Ewigkeit durch die Meere zu grundeln? Tatsächlich kostet ihn – in freier Wildbahn in durchaus hohem Alter – sein Exoskelett, also sein Panzer das Leben. Da der Hummer sein ganzes Leben lang stetig wächst, muss er in regelmäßigen Abständen seinen Panzer abwerfen und es wächst ein neuer – eine Zeit von ein paar Wochen, in der der

Hummer höchst verwundbar ist. Und genau dieser Panzer ist es, der ihm irgendwann zum Verhängnis wird, da er nur bis zu einem gewissen Zeitpunkt mitwächst. Endet das Wachstum des Panzers, bleibt der Hummer in ihm eingeschlossen – und früher oder später wird das Exoskelett notwendigerweise brüchig. Durch Risse im Panzer dringen Bakterien oder Parasiten ein, die schließlich zum Tod des Hummers führen.[10] Etwas an dieser Geschichte macht mich schon wieder ganz gefühlig – ich kann nicht anders, als in dem Krabbentier auch sehr Menschliches zu sehen in unseren Bestrebungen nach dem Nicht-Ende, in unseren vielfachen Häutungen im Laufe unseres Lebens. All das macht uns – den Schalentieren ähnlich – verwundbar und dünnhäutig, bis hin zu der bedrückenden Erkenntnis: Wenn uns etwas zu klein, zu eng, zu wenig geworden ist, ist es an der Zeit, weiterzuziehen. Dass all das aber auch zu Ende geht, ein Ablaufdatum hat, ist wohl eine der erschreckendsten Realisationen überhaupt.

Nun sind wir aber keine Hummer, also frage ich mich dann doch, wozu all unser wahnwitziges Streben gut sein soll, was wir uns davon versprechen – denn so fatalistisch das klingen mag: Die Endlichkeit unseres Seins halte ich – und ich hoffe, viele andere auch – für bestimmend und letztendlich sinnstiftend *in* unserem und *für* unser Leben. Wir würden wohl weit weniger Projekte in Angriff nehmen, wüssten wir, dass wir uns über ein Ende keine Gedanken machen müssen. Wenig Sinn hingegen macht für mich

das endlose, mühselige und oft vergebliche Streben nach zumindest fragwürdigen Idealen, sei es überirdische Schönheit, ewige Jugend, finanzieller Erfolg oder überdurchschnittliche Intelligenz. Sich daher im bewussten Innehalten und vor allem im Loslassen zu üben, halte ich für unverzichtbar. Wir können nichts mitnehmen, wenn es Zeit ist, abzutreten, also warum allem irdischen Tand so unglaublich viel Bedeutung zumessen? Warum alles in die Kategorien ‚nützlich' und ‚nutzlos' einteilen, warum alles auf Verwertbarkeit, Skalierbarkeit und maximale Gewinnoptimierung abklopfen?

Ich bin es leid, unendlich leid, so wie viele meiner Freundinnen, die mit dem Älterwerden auch eine Art gelassene Radikalität entwickeln. Nichts muss mehr sofort passieren, nichts muss unbedingt sein – das ist eine Sicht auf die Dinge, die sich zumindest erst ganz langsam in mein Leben schleicht. Höher, schneller, weiter war jahrzehntelang meine Devise, und es ging ja auch: Physisch wie psychisch schienen mir kaum Grenzen gesetzt. Pausen, durchatmen, Stille: Mangelware. Nicht nur, dass das Mitte vierzig nicht mehr so funktioniert wie ehemals, ich will es auch gar nicht mehr. Und wenn ich meinen Bekannten und Freund:innen zuhöre, dann wollen sie es auch nicht. Natürlich wundern wir uns alle über unsere Falten, die langsam abnehmende Leistungsfähigkeit, und als Frau spüre ich tatsächlich eine fundamentale Veränderung, die sich in Vorbereitung der Wechseljahre in mir abzuspielen beginnt. Manchmal macht

mich das für einen Tag oder auch nur eine Stunde wütend, wenn ich spüre, wo meine neuen Grenzen sind. Ich ziehe keinen Mehr- oder Selbstwert mehr daraus, einen Superlativ nach dem anderen zu jagen, und ich bin besonders wütend auf mich selbst, wenn ich mir zu viel zugemutet oder aufgehalst habe. Auch hier spüre ich nun nach und nach: Ich darf aufhören, meinen Körper über alle Maßen zu traktieren; ich darf Dinge nicht schaffen, ich darf meine Aufmerksamkeit fokussieren und nicht mehr auf vielen Hochzeiten gleichzeitig tanzen. Und vor allem: Ich darf das, was nicht mehr passt, abstreifen wie einen zu eng gewordenen Anzug, in den man sich doch noch ein letztes Mal zu quetschen versucht oder sich unter Entbehrungen wieder hineinhungert.

Ich möchte also das Aufhören zu einer meiner Maximen machen, und das muss nicht heißen, dass ich radikal und unter lautem Schimpfen allem den Rücken kehre, was mir nicht passt. Aber ich sehe nicht mehr ein, warum ich meine Zeit mit Menschen, Arbeit, Diskussionen verbringen soll, die mir weder guttun noch einen Erkenntnisgewinn oder eine Horizonterweiterung bringen. Stattdessen definiere ich das Aufhören auch als Loslassen von alten, manchmal schädlichen Glaubenssätzen, von Erwartungen anderer und eigener unrealistischer Maximen. Ich könnte hier nun endlos lange eine Liste bereitstellen, was ich schon alles zurückgelassen habe, aber im Grunde gibt es vor allem eine Überzeugung, die ich lange für wahr gehal-

ten habe, die mich oft in Verzweiflung gestürzt hat und die nun endlich, endlich bröckelt: Es ist die völlig irrsinnige und fehlgeleitete Annahme, alles alleine schaffen zu müssen.

Ich bin eine von denen, ich gebe es offen zu. Kein Glaubenssatz ist mir näher und bringt mich regelmäßiger zur Verzweiflung als dieser: Ich schaffe das schon alleine, ich beweise es allen. Das führt schon mal dazu, dass ich übernächtigt und überarbeitet heulend in der Küche stehe, heulend vor allem aus Wut über mich selbst und meine Blödigkeit, weil ich dachte: Das geht sich schon alles aus, wie man es in Österreich so entspannt und mit leichter Verachtung für Zeitpläne, straffe Organisation und verbindliche Zusagen sagt – und dann geht es sich eben doch nicht aus. Oder zumindest nicht entspannt. Selten fühle ich mich unfähiger, einsamer, dunkler gestimmt als in solchen Momenten, geradezu selbstgeißelnd frage ich dann aber nicht um Hilfe, obwohl ich weiß, dass es genug Menschen gäbe, die mir nur zu gern ihre Hände reichen. Wenn ich nur fragen würde. Stattdessen krieche ich auf allen Vieren daher, bevor ich zugebe, dass ich mal etwas nicht schaffe, egal ob beruflich oder privat. Wenn unter Missachtung der eigenen Grenzen doch alles funktioniert hat, muss ich mir ganz bewusst sagen: Das war schlicht und einfach nicht cool, es ging dir nicht gut, mach das nicht noch einmal so – nur um es nach einer Weile doch wieder so kommen zu lassen. Wie paradox ist das eigentlich?

In Schwesterlichkeit verbunden

Dabei bin ich nicht mehr allein, seit ich vier Jahre alt bin – denn im Oktober 1983 kam meine Schwester auf die Welt, meine kleine Schwester, die wohl immer meine kleine Schwester bleiben wird, egal wie alt wir beide werden. Wie wohl bei vielen Geschwisterpaaren ist es auch bei uns so, dass wir uns, auch wenn wir im gleichen Elternhaus aufgewachsen sind, sehr unterschiedlich entwickelt haben, unseren ebenso unterschiedlichen Interessen gemäß. Lange Zeit wurden wir von kaum jemandem als Schwestern wahrgenommen, sehr oft haben wir beide den Satz ‚Ach, ihr seid Schwestern, das hätte ich jetzt aber nicht gedacht!' gehört und mit den Augen gerollt, weil wir zumindest ahnten, was gemeint war. Auf den ersten Blick mag das stimmen, wer nur kurz hinsieht, erblickt zwei Frauen, die rein optisch nicht weiter auseinanderliegen könnten: Ich mit kurzen dunklen Haaren, Brille, ‚wie der Papa', meine Schwester zierlich, mit langen blonden Haaren, ohne Brille, ‚wie die Mama'. Ich glaube, wir sind beide in dem Glauben aufgewachsen, dass wir nichts gemein haben; je älter wir jedoch werden, desto klarer wird uns beiden, dass diese Geschichte, die wir uns und die uns andere erzählt haben, nicht so ganz stimmt. In Fotos erkenne ich immer wieder und immer mehr Anteile von mir in ihr, ein Lachen, ein Blick, und am Telefon kommt mir ab und an eine spezielle Stimmlage sehr bekannt vor. Am Ende ist es so: Auch über die Jahre oder die Entfernung hinweg,

meine Schwester bleibt meine Schwester. Ich muss nicht in allem mit ihr einer Meinung sein, aber wenn es hart auf hart kommt, sind wir unverbrüchlich und ohne Frage an der Seite der anderen. Egal wie selten wir uns mitunter sehen, verbindet uns ein unsichtbares Band, das uns, dessen bin ich mir sicher, unser Leben lang erhalten bleiben wird. Und ich glaube, dass dieses Band nicht allein darauf beruht, dass wir Schwestern sind – sondern auf einer grundsätzlichen Solidarität zwischen und für Frauen.

Es ist wohl kein Zufall, dass das Konzept der Schwesterlichkeit als Pendant und manchmal auch Gegensatz zur vielbeschworenen Brüderlichkeit aktuell wieder an Bedeutung gewinnt. „Alle Menschen werden Brüder", schallt es uns in der *Ode an die Freude* von Beethoven entgegen, „brüderlich mit Herz und Hand" streben wir in der deutschen Nationalhymne der Einigkeit entgegen, Frankreich beschwört nach wie vor „Gleichheit, Freiheit, Brüderlichkeit", und in Österreich haben sich die „großen Töchter" neben den „großen Söhnen" erst 2012 ihren Platz in der Bundeshymne erkämpft und müssen ihn immer wieder gegen Anwürfe und Rülpser von ‚Volks-Rock-n-Rollern' und anderen selbsternannten Moralaposteln verteidigen.

„Wenn ich Brüderlichkeit höre, fühle ich mich nicht angesprochen",[11] sagt Julia Korbik sehr entschieden, die sich in ihrem Buch *Schwestern* mit der Schwesterlichkeit als politischer Kraft auseinandersetzt und damit mit dem Konzept der Brüderlich-

keit, das ja, so das alte Lied, immer ‚alle mitmeint'. Wie das Amen in der Kirche gerieren sich sofort die Hüter:innen der heiligen deutschen Sprachreinheit als Kassandra, wenn das generische Maskulinum bedroht ist: ‚Verhunzt' werde die Sprache, redeten wir auf einmal nur noch im Femininum, und ‚Was ist mit den Männern?' fragen empörte NotAllMen-Aktivisten in den Resonanzraum hinein, der sowieso schon immer ihnen gehört. Korbik setzt dem Ganzen noch die Krone auf, wenn sie in einem Interview lachend sagt: „Ich habe beim Schreiben sehr wenig an die Männer gedacht."

Unerhört – aber nicht rund um die Uhr an Männer und ihre Befindlichkeiten zu denken, heißt ja nicht, sie zu missachten oder sie nicht als Verbündete an Bord holen zu wollen – denn am Ende geht es den Verfechter:innen der Schwesterlichkeit vor allem um eines: eine gute, gerechte Welt für alle. Und zwar wirklich alle. Schwesternschaft ist kein exklusiver Zirkel – oder sollte es zumindest nicht sein –, der nur einer bestimmten Gruppe zugänglich ist, sondern allen, unabhängig von Klasse, Geschlecht, Herkunft: „Schwesterlichkeit ist nicht einfach Brüderlichkeit in weiblich, denn ihr Ziel ist nicht Einheitlichkeit. Sie ist kein enthusiastisches ‚Wir Frauen' oder ‚Eine für alle, alle für eine', sondern ein politischer Kampfbegriff."[12] Echte Solidarität untereinander ist immer inklusiv, immer wachsam für die Bedürfnisse anderer und hält auch Pluralismus aus – und dass verschiedene Menschen voneinander abweichende Ansichten haben.

Interessanterweise wird an den Feminismus als Bewegung, dem Schwesterlichkeit zugrunde liegt, von vornherein andere Maßstäbe angesetzt als an andere Bewegungen. Korbik konstatiert, dass „vom Feminismus grundsätzlich mehr Einigkeit erwartet wird als von anderen sozialen Bewegungen. Was einigermaßen seltsam ist, denn gerade in progressiven, linken Bewegungen wird Meinungsvielfalt und einer lebendigen Diskussionskultur viel Wert beigemessen."[13] Viele Debatten hängen sich heute gern an der Zersplitterung des Feminismus auf; zu viele Partikularinteressen gebe es inzwischen, einen -ismus für jede einzelne Person, und das Gerangel und Gestreite zwischen den Generationen täte sein Übriges dazu, dass die feministischen, schwesterlichen Agenden ins Hintertreffen geraten. Als ob Frauen nicht dazu fähig wären, Spannungen, Diskussionen oder Streit auszuhalten. Und natürlich bin ich mir dessen bewusst, dass Zerstrittenheit, Spannungen und Intoleranz innerhalb einer Bewegung nach außen nicht gut aussehen und die einen abschrecken oder die anderen ihr Heil in der Flucht suchen lassen. Auch werde ich niemanden dazu zwingen können, eine Vielstimmigkeit konträrer Meinungen auszuhalten. Aber ich denke doch, dass Platz für alle ist, die ihren Weg und ihren Platz im Feminismus finden wollen. Denn das ist ja der Kern des Feminismus: jede:n so sein zu lassen, wie er oder sie möchte. Ich komme nicht umhin, mich zu fragen: Steckt hinter alle dem nicht auch die Erwartungshaltung – und ich mache mich dessen ab und an auch

schuldig –, dass alle Frauen sich vertragen, sich in Konsens üben sollten? Dass das ja niemand gut finden kann, wenn es so viele Ausprägungen, Widersprüche und Reibungspunkte gibt? Ich glaube, hinter solchen Überlegungen stehen patriarchal durchdrungene Überzeugungen, die wir alle mit der Muttermilch inhalieren: dass Frauen diejenigen sind, die sich sorgen, die Care-Arbeit leisten, denen Empathie, Aufopferung und Zurückstehen hinter den Ambitionen anderer eingeschrieben ist. Dass Streit, Wut, Auseinandersetzung eher unerwünscht sind, weil sie immer noch als ‚unweiblich' gelten. Gibt es also Unstimmigkeiten zwischen Frauen, greift sofort das Klischee der ‚Stutenbissigkeit', der Missgunst zwischen Frauen – ein perfekter Double Bind, der in keinster Weise etwas mit Inhalten zu tun hat, sondern rein auf Geschlechternormen basiert.

Schwesterlichkeit jedenfalls kann eine unglaubliche Sprengkraft entwickeln, wie zum Beispiel der Wahlkampf in Belarus im Jahr 2020 eindrucksvoll gezeigt hat. „I want a president who is a housewife, a cleaner, a teacher, a nurse, a midwife. Unemployed, a pensioner, childless, a mother of five, a single parent. A woman who loves a woman. A president who wears a skirt, trousers, a sweat suit", konstatiert die Künstlerin Marina Naprushkina in einem Werk aus dem Jahr 2023, und ich verstehe sie gut. Auch ich will genau das, *eine Präsidentin, die eben auch Hausfrau, Putzfrau, Lehrerin, eine Hebamme, eine Mutter, eine Rentnerin und so viel mehr sein kann*. Mitten im belarusischen

Wahlkampf jedenfalls übernahm Swetlana Tichanowskaja die Kandidatur ihres Ehemanns, der gegen den seit fast 30 Jahren alleinherrschenden Lukaschenko angetreten, dafür verhaftet und zu 18 Jahren Gefängnis verurteilt worden war. Ihr schlossen sich die zwei Frauen Maria Kalesnikava und Veronika Tsepkalo an, ebenfalls als Vertretung für ihre Partner, die an einer Kandidatur gehindert wurden, und traten zu dritt unter dem Slogan „Wir lieben. Wir werden es schaffen. Wir werden siegen." an. Unerschrocken, nicht aus der Politik kommend und mit Worten, die ob ihrer Klarheit aufhorchen ließen, scharten die Drei schnell eine ernstzunehmende Gefolgschaft um sich – und das, obwohl Präsident Lukaschenko mehr als einmal ausrichten ließ, Frauen in der Politik hätten sowieso keine Chance, da das Land nicht – und in seinen Augen vermutlich niemals – bereit sei für eine weibliche Präsidentin und Regierung. Abgesehen davon wäre Tichanowskaja, ‚das arme Ding', dem Druck, den ein hohes Amt mit sich bringe, sowieso nicht gewachsen. „Ich bin nicht in die Politik gegangen wegen der Macht, sondern wegen der Gerechtigkeit"[14], beteuerte Tichanowskaja unbeirrt immer wieder – und die Wähler:innen glaubten ihr. Fast 60 000 kamen nach Minsk, um dort einer Kundgebung der plötzlich doch aussichtsreichen Kandidatin zuzuhören. Für einige Zeit wehte ein neuer Wind durch Belarus, viele berichten auch heute noch, dass Aufbruchstimmung in dem Land herrschte, das sich seit drei Jahrzehnten im Klammergriff Lukaschenkos befin-

det, der quasi als Alleinherrscher regiert, selbst eine Marionette Wladimir Putins ist und Wahlbeobachter:innen die Einreise verweigert.

Auch wenn die Auftritte der drei Frauen geradezu ikonisch waren – als Symbole für ihren Widerstand und ihre politische Agenda formten sie immer wieder ein Herz, eine Faust und ein Victory-Zeichen – und von einer Welle der Sympathie, Solidarität und Sehnsucht nach dem Umsturz eines korrupten Systems getragen wurden, endete die Wahl wie vorhergesagt mit einer überwältigenden Mehrheit für Lukaschenko. Tichanowskaja und ihre Bewegung kamen – zumindest nach offiziellen Zahlen – auf gerade einmal 10 % der Stimmen in einer offensichtlich manipulierten Wahl. Sie selbst lebt inzwischen im Exil in Vilnius, wo sie nach wie vor an die Idee einer Revolution gegen das bestehende Regime glaubt. Ihre Mitstreiterin Maria Kalesnikava wurde am 7. September 2020, wie so viele Oppositionelle, festgenommen und ein Jahr später wegen ‚Gefährdung der staatlichen Sicherheit' zu einer elfjährigen Haftstrafe verurteilt, die sie in der berüchtigten Strafkolonie N4 für Frauen in Homiel verbüßt – womit das Lukaschenko-Regime auf brutale Art bestätigt, dass diese Frauen eben doch das Zeug hatten, einem ganzen Regime gefährlich zu werden, weshalb sie vorbeugend wegsperrt und mundtot gemacht wurden.

Auch wenn das Wagnis, sich gegen einen Diktator zu stellen, übergroß erscheint und man sich hinterher fragen kann, ob es das alles wert war, so zie-

hen doch viele Belarusinnen große Kraft aus den Anstrengungen Einzelner. Die Autorin Olga Shparaga, die selbst im Exil in Berlin lebt, um einer Verhaftung in ihrer Heimat zu entgehen, ist sich jedenfalls sicher, dass das Einstehen der drei Frauen für ihre Werte, für die Freiheit der belarusischen Bevölkerung Folgen hat, die weit über die Zeit des aktiven Wahlkampfs 2020 hinausgehen: „Unter der Oberfläche gehen die Proteste weiter – im Modus friedlicher Partisanentaktik. Die Solidarität der Gesellschaft ist ungebrochen. Hätten sich die belarussischen Bürger der Lukaschenko-Diktatur gefügt, die im Jahr 2020 ihr wahres Gesicht gezeigt hat, müsste der Staat nicht jeden Tag mit scharfen Kontrollen und harten Repressionen im ganzen Land gegen sie vorgehen."[15] Sie ist ebenfalls davon überzeugt, dass die Hoffnung, die sich mit Tichanowskajas Kandidatur breit machte, ein Zeichen von Schwesterlichkeit war, die sich auch in den Protesten, die nach der Wahl losbrachen, widerspiegelte: „Im gemeinsamen Kampf gegen das Regime schlossen sie sich zur Dreierspitze zusammen. Das war eine wichtige Form des Empowerments, viele Frauen aus unterschiedlichen Milieus hatten nun endlich weibliche Vorbilder bekommen."[16]

Doch politische Repräsentanz von Frauen allein ist noch nicht der Hebel, der wahre Veränderung anstößt – wie viele Studien zeigen, geht es vor allem darum, dass es in der Gesamtbevölkerung einen bestimmten Prozentsatz geben muss, die von einer Sache überzeugt sind, damit Wandel möglich wird,

damit ein sozialer Kipp-Punkt erreicht wird. Gerade wenn es um Agenden geht, die Frauen betreffen, ist kaum etwas ohne eine breit angelegte feministische Bewegung zu erreichen. „Feministische Bewegungen sind der entscheidende Faktor – und oft auch der einzige –, der Veränderung in Bezug auf Frauen- und damit Menschenrechte bringt. (...) Eine starke Frauenbewegung ist (...) folglich viel wichtiger für solche Veränderungen als beispielsweise nationaler Wohlstand, linke Parteien oder die Präsenz von Frauen in der Regierung."[17] Egal ob es um die Durchsetzung des Rechts auf Abtreibung in Argentinien ging, das 2019 endlich gesetzlich verankert wurde (und durch den aktuellen Präsidenten wieder in Frage gestellt wird), ob im Iran couragierte, todesmutige Frauen nach dem Tod der 22-jährigen Jina Mahsa Amini gegen ein brutales autoritäres Regime auf die Straße gehen, sich Frauen in Südkorea in der 4B-Bewegung aufgrund der grassierenden häuslichen Gewalt gegen Frauen Männern komplett verweigern: Es sind in überwältigender Zahl Frauen, die mit Rückgrat, Überzeugung und Wagemut als Anführer:innen große gesellschaftliche Umstürze und Protestwellen lostreten, am Leben erhalten und dafür Repressalien, Haft, Gewalt und Folter in Kauf nehmen.

All das geht weit über Scharmützel hinaus, die immer wieder und überall geführt werden und wohl auch geführt werden müssen. Egal, wo man hinsieht, werden essenzielle Werte, Rechte und Mitmenschlichkeit in Frage gestellt, und es gilt daher, laut zu

werden und sich für eine offene Gesellschaft, in der wirklich alle Menschen Schwestern werden können, einzusetzen. „Und genau dafür braucht es eine solidarische Klammer“, sagt Autorin und Politikwissenschaftlerin Natascha Strobl, die für ihre klare Haltung im Netz schon unzählige Male mit Hass, Häme und Drohungen überschüttet wurde. „Eine Klammer im Einvernehmen, dass man aus verschiedenen Richtungen an derselben Sache arbeitet. Eine Klammer in dem Wissen, dass man sich nicht in allem einig ist und in Detailfragen unterschiedliche Ansätze verfolgt.“[18]

Genau daran glaube ich stur: an eine Klammer, die uns alle beinhaltet, wenn wir das wollen. An eine Klammer, die uns über alle Zeit, Länder, Herkunft, Geschlechter miteinander verbindet. Eine Klammer, die eine Handreichung sein kann, wenn wir es zulassen. Eine Klammer, die von uns verlangt, dass wir zuhören.

Die schwierigste Übung

„Ich geh dich suchen“, sagt die Schildkröte Kassiopeia in Michael Endes Kinderbuch-Klassiker *Momo* zu der gleichnamigen Protagonistin. Momo ist ein rätselhaftes Mädchen, das alleine in einem Amphitheater lebt und die Menschen vor den grauen Herren retten muss, die allen die Zeit stehlen. Sie hat vor allem eine herausragende Eigenschaft: Sie kann zuhören wie keine andere. „Das ist doch nichts Besonde-

res, wird nun vielleicht mancher Leser sagen, zuhören kann doch jeder. Aber das ist ein Irrtum. Wirklich zuhören können nur ganz wenige Menschen."[19]

Sie können jetzt lachen, weil ich den Platz in diesem Buch bisher genutzt habe, um sehr viel von mir zu erzählen, von Dingen, die mich beschäftigen, mich aufregen oder inspirieren. Aber eigentlich ist das Zentrum meiner Arbeit etwas anderes: das Zuhören. Und ich bin eine leidenschaftliche Zuhörerin. Nicht, weil ich nichts zu sagen hätte, aber weil es ein essenzieller Teil meiner DNA ist, dass ich erst einmal verstehen will, was mein Gegenüber umtreibt, was den Menschen bewegt, mit dem ich spreche, und was sich an Zwischentönen einschleicht. Ich arbeite tagein, tagaus mit Worten und mit vielen Autor:innen, und einer der schönsten Teile meiner Arbeit sind Konzeptionsgespräche. Der eigentliche *magic trick*, den ich dabei anwende, ist, genau den Moment zu erwischen, in dem sich – von dem oder der Sprecher:in oft unbemerkt – offenbart, was seine oder ihre wirkliche Intention ist. Ich weiß nicht, warum es so ist, aber diese Nischenbegabung ist meine: Ich weiß ganz genau, wann etwas stimmig ist, wann eine Idee plötzlich zu einem Vorhaben wird, das umsetzbar ist und Sinn macht; es ist, als würden, nur für mich hörbar, ein paar Bolzen einrasten, mit einem ganz eigenen Sound, und wenn sie einmal ineinandergreifen, gibt es kein Zurück mehr. Sehr oft sind Menschen dann überrascht, dass ich etwas so ganz anderes gehört habe als das, was sie mir erzählt haben, aber wenn wir meinen Vorschlag

dann miteinander durchdenken, fällt fast immer der Satz: Genau so habe ich es *eigentlich* gemeint.

Das klingt jetzt alles nach Selbstbeweihräucherung, und das ist es natürlich auch ein wenig. Aber tatsächlich ist das mein Geländer, an dem ich mich durchs Leben hangle: das konzentrierte, zugewandte, interessierte, neugierige, optimistische Zuhören.

„Das Auge führt den Menschen in die Welt, das Ohr führt die Welt in den Menschen“[20], so sagte einst der Mediziner und Biologe Lorenz Oken. Das bedeutet vor allem auch: Zuhören ist ein Hinter-sich-selbst-Zurücktreten, ein Still-Werden, ein Platz-Machen für andere. Es bedeutet auch, Pausen und Stille zwischen dem Gesagten, zwischen Fragen und Antworten auszuhalten, der anderen Person Raum zu lassen und vor allem auch Zeit zu geben, sich gewahr zu werden, was sie eigentlich sagen möchte. Und genau das scheint mir die schwerste Übung von allen zu sein. Wenn ich zuhöre, stelle ich mich nicht selbst, sondern die andere Person ins Zentrum, nehme die eigenen Befindlichkeiten für eine Weile mal nicht so ernst und öffne stattdessen einen Raum, meine Aufmerksamkeit und auch mein Leben für die Bedürfnisse, Freuden, Sorgen, Interessen unserer Mitmenschen. Zuhören erfordert das Wissen, dass ich selbst, mit all meinen Überzeugungen, Glaubenssätzen und Fragen, nicht der Nabel, sondern nur ein winzig kleiner Teil der Welt bin. Essenziell dabei sind der Mut und die Größe, über den eigenen Tellerrand hinaus-

zusehen und sich anderen Lebensrealitäten auszusetzen, anstatt sie, wie dieser Tage so oft Praxis, lieber niederzubrüllen oder sich entnervt abzuwenden. Zuhören ist die Kunst, den oder die Gesprächspartner:in ernst zu nehmen – und grundsätzlich als potenziell weise anzunehmen, egal, ob es um persönliche, politische oder gesellschaftliche Ansichten geht. Das verlangt Offenheit, Neugier, Freude an Neuem, auch wenn es nicht mit meinen Überzeugungen übereinstimmt. Klingt anstrengend? Ist es auch: Laut Studien an der Harvard Universität werden beim Erzählen von Geschichten, die uns widerfahren sind, also im Selbstdarsteller:innen-Modus, in unserem Gehirn die Areale aktiviert, die auch bei Nahrung, Geld oder Sex aktiv sind – die eben bei Bedürfnisbefriedigung anspringen und uns ein Wohlgefühl verleihen. Weitaus komplexer und vor allem ermüdender ist die gegenteilige Tätigkeit, das Zuhören: Es ist mitunter harte Arbeit.[21]

Eine Initiative, die sich das Zuhören und das daraus entstehende ‚gute Gespräch' zur Aufgabe gemacht hat, ist das *Plaudernetz* in Wien. Täglich von 10 bis 22 Uhr bringt das *Plaudernetz* am Telefon Menschen zusammen, wenn man auf der Suche nach jemandem ist, der oder die einfach einmal zuhört und mit einer fremden Person in ein gutes Gespräch einsteigen möchte. Anonymität ist dabei oberstes Gebot – es geht rein um die kurze, zugewandte Begegnung; stellt sich heraus, dass es um größere Probleme geht, leiten die Freiwilligen die Anrufenden an professionelle Begleitung bei Krisen weiter.

Im Übrigen halten sich laut Umfragen 96 % aller Erwachsenen für gute Zuhörer:innen – und gleichzeitig denken fast alle, dass ihnen niemand zuhört.[22] Der Sprung zu den bereits erwähnten Querdenker:innen, besorgten Bürger:innen und Online-Trollen ist ein kleiner: ‚Mir hört niemand zu' und ‚Man darf ja nichts mehr sagen' sind Geschwister im Geiste, Totschlagargumente, die Diskussionen im Keim ersticken und alles andere im Sinn haben als ein Miteinander, in dem echter Austausch stattfinden kann. Dabei dürfen fast alle fast alles sagen – die Bandbreite an Beleidigungen, Bedrohungen und unflätigem Geschimpfe online ist allgegenwärtig, und weder wird AfD- oder FPÖ- noch Vertreter:innen anderer rechtskonservativer Parteien oder solch megalomanischen Persönlichkeiten wie Elon Musk oder Mark Zuckerberg das Wort entzogen oder der Mund verboten, im Gegenteil: Jede noch so absurde Äußerung ist es wert, dass darüber berichtet wird, wie zum Beispiel die Diskussion der beiden letztgenannten Herren auf der Plattform X, bei der sie sich gegenseitig zum Cage Fight, also einem Boxkampf in einem Käfig, herausforderten und mit dem jeweiligen Fitness-Stand prahlten. Es mag niemanden überraschen, dass der tatsächliche Kampf nie stattfand. Zuhören mussten den beiden überreichen Gockeln trotzdem jede Menge Menschen, da selbst seriöse Medien jeden Tweet genüsslich ausschlachteten und man dem Ganzen kaum entkommen konnte. Und ich es nun ja auch wiederkäue …

Solche Einlassungen sind das exakte Gegenteil dessen, was durch Gespräche auf Augenhöhe und aktives Zuhören geschieht: Niemand war im Fall Musk/Zuckerberg an Erkenntnisgewinn interessiert. Dabei geht es doch genau darum, wenn ich mir schon die Mühe mache, mich mit einer Person zu verständigen: um die Erweiterung meines Kosmos. Ich habe das große Glück, bei Veranstaltungen immer wieder moderieren zu dürfen und Autor:innen meine Fragen zu stellen, die sich mir beim Lesen ihrer Werke gestellt haben. Und am Ende des Abends ist es das Ziel, dass alle Beteiligten – die Befragten, die Veranstalter:innen, das Publikum und auch ich – mit einem Mehr an Wissen, Wundern und auch einem Wohlgefühl die Veranstaltung verlassen. Ich trete in solchen Situationen nicht an, um mein persönliches Wissen zu demonstrieren, sondern um meine Gesprächspartner:innen in ihrer Ganzheit zu erfassen und Brücken zwischen ihnen und den Zuhörer:innen zu bauen, über die wir gemeinsam gehen können, um einer Wahrheit, die wir für ein paar Stunden miteinander teilen, näherzukommen – und das macht uns automatisch weniger fremd miteinander. In einem Interview bestätigt der Diplomat Gregor Schusterschitz, dass ein gewisser Wohlfühl-Faktor auch für seine Arbeit – in der es per definitionem darum geht, Menschen zusammenzubringen – unabdingbar ist. „Ein Diplomat ist nur dann ein guter Diplomat, wenn die Menschen ihn mögen. Es geht darum, positive Beziehungen zwischen Menschen herzustellen. Dann kann ich auch besser verhandeln.“[23]

Egal, ob ich von stinkreichen Streithammeln, Moderationen oder diplomatischen Verwicklungen erzähle, gilt für all diese Situationen: Hier sprechen Menschen von sich und miteinander, die es gewohnt sind, dass man ihnen zuhört, die davon ausgehen dürfen, dass ihr Wort Gewicht hat. Doch nicht allen wird dieses Privileg zuteil – aus sehr unterschiedlichen Gründen.

Schaue ich mir meine Heimat Deutschland an, so weiß ich aus eigener Erfahrung, dass es eine ganze Generation gab und gibt – zu der meine Großeltern gehörten und gehören –, die als ‚Generation des Schweigens' bezeichnet wird. Es ist die Generation der Kriegskinder, die nicht nur die Erfahrungen des Zweiten Weltkriegs als kollektives Trauma teilen, sondern auch in einer Gesellschaft aufgewachsen sind, die ihnen mitgab, dass es unziemlich ist, über eigene Wünsche, Ambitionen und Ängste zu reden. Erschwerend kommt hinzu, dass Traumata als solche meist über lange Zeit gar nicht als solche wahrgenommen werden, wie die Historikerin Susanne Bode ausführt: „In Deutschland, so kam es mir vor, hatte man sich stillschweigend darauf geeinigt, dass die Kinder des Krieges gut davongekommen waren. (...) An Kriegserinnerungen war noch heranzukommen, aber die Frage nach den Kriegsfolgen wurde so gut wie nie beantwortet. Am häufigsten hörte ich Sätze wie ‚Andere haben es schlimmer gehabt', ‚Es hat uns nicht geschadet' oder ‚Das war für uns normal'."[24] Ähnliches bekam ich von meinem Großva-

ter auch zu hören – wenn er überhaupt auf Fragen antwortete, die wir Enkelinnen ihm rund um seine Erlebnisse in den Kriegsjahren stellten, und ich kann mich nicht daran erinnern, dass er uns jemals wirklich einen Einblick in sein Seelenleben gab. Dennoch befällt gerade diese Generation oft in den letzten Lebensjahren noch das Bedürfnis, sich einiges von der Seele zu reden, bestätigt auch die Wiener Therapeutin Sandra Teml-Wall: „Menschen jenseits der 80 Jahre sind nicht gewohnt, etwas gefragt zu werden. Erst mit Aufkommen der Psychotherapie ist eine Interessenskultur entstanden, die auch fragt: Wer bist du? Wie geht es dir?“[25]

Gänzlich anders stellt sich die Möglichkeit des Sprechens, das tatsächlich gehört wird, für viele Menschen dar, die zu marginalisierten Gruppen gehören. Gesellschaften basieren auf Strukturen, die bestimmte Menschen in den Vordergrund rücken, wodurch andere das Nachsehen haben – oder deren Sprechen gar als Affront, Störung und als weniger wert gilt. Die Autorin Kübra Gümüşay, die fließend Türkisch, Arabisch, Deutsch und Englisch spricht, beschreibt ihre Erfahrungen damit so: „Obwohl ich, schon bevor ich in die Schule kam, Türkisch lesen und schreiben und Arabisch lesen und rezitieren konnte, interessierte das in der Schule und auch woanders niemanden. Wie es wohl gewesen wäre, wenn Menschen diese Mehrsprachigkeit als das erkannt hätten, was sie ist: ein kostbarer Schatz, eine Bereicherung der Gesellschaft?“[26] Als eine Bereicherung angesehen werden – zumindest

im deutschsprachigen Raum – Sprachen wie Englisch, Französisch, Spanisch. Andere Sprachen schinden meist nicht nur weit weniger Eindruck, sondern stellen generell eher ein Hindernis als ein Asset dar. Die Forderung ‚In der Schule wird Deutsch gesprochen!' ist allgegenwärtig – bezieht sich aber vor allem auf Sprachen wie Türkisch, Arabisch, Rumänisch, Kroatisch. Das Land Niederösterreich, auch sonst nie verlegen um ausgrenzende Initiativen, strengte 2023 eine Verordnung an, dass in Schulen auch während der Pause Deutsch als Sprache Pflicht zu sein habe. Das spricht Kindern die Möglichkeit ab, in ihrer eigenen Sprache miteinander zu kommunizieren – und macht ihnen klar, dass ihre Art aufzuwachsen nicht willkommen ist und sie einen zentralen Teil ihrer Identität verleugnen müssen. Denn kaum etwas formt uns so sehr wie unsere Sprache und die Art und Weise, wie wir Dinge mit ihr ausdrücken. Unsere Sprache legt Zeugnis darüber ab, wie wir die Welt wahrnehmen, in welche Kontexte und Koordinatensysteme wir eingebettet sind. Die traurige Ironie solcher Sprachverbote: Im Grunde steckt hinter ihnen die Angst, ausgeschlossen zu sein – ein Gefühl, das Menschen, die einer Sprache nicht mächtig sind, die als Amtssprache anerkannt ist, aus ihrem Alltag schmerzlich kennen. Ali Dönmez, Logopäde in Wiener Neustadt, der selbst bis zu seinem dritten Lebensjahr nur Türkisch sprach, sieht die Auswirkungen, die Sprachver- und -gebote auf Kinder haben. Er beschreibt den Fall eines achtjährigen Mädchens, das verstummte – es stellte sich

heraus, dass ihr gesagt worden war, sie dürfe in der Schule nur Deutsch sprechen. „Wenn Kinder in einer Sprache noch nicht handlungsfähig sind und ich ihnen das einzige Werkzeug, mit dem sie kommunizieren können, unterbinde, nehme ich ihnen jegliche Bewegungsfreiheit."[27] Diese Geringschätzung der eigenen Muttersprache hat für viele Folgen bis ins Erwachsenenalter – und ist oft auch verknüpft mit Vorstellungen und Vorurteilen über die Sprechenden.

Kübra Gümüşay ist inzwischen eine, die den Spieß umgedreht hat, die sich von einer, wie sie es formuliert, ‚Benannten' zu einer ‚Benennenden' entwickelt hat. Die sich die Deutungsmacht über ihr Leben zurückholt. Viele Jahre, so sagt sie über sich, habe sie den Anforderungen der Mehrheitsgesellschaft Folge geleistet, habe versucht, ihre Kultur zu erklären, bis sie begriffen habe, dass sie das so nicht mehr leisten kann und will. Nicht mehr diejenige sein wird, die geduldig erklärt, wie das denn zusammenginge: Kopftuch, Islam und Emanzipation. „Ich bin eine von denen, die diese Inspektionen jahrelang über sich ergehen ließ. Und ich bin eine von denen geworden, die so vermessen sind, unaufgefordert zu sprechen, Glaswände sichtbar zu machen, ihre Gefangenschaft zu benennen und zu beenden."[28] Gümüşay hat sich damit gegen ein nur scheinbares Zuhören gewehrt, sich darüber erhoben – und fordert nun echtes Zuhören ein, indem sie bestimmt, worüber sie spricht und worüber nicht.

Worte haben Gewicht, aber noch viel wichtiger ist immer noch, wer sie von sich gibt. Wer den Raum, die Bühne, die Öffentlichkeit beansprucht – und beanspruchen kann und darf. Und am Ende ist all das nichts, wenn es niemanden gibt, an den sich die Worte richten können. Ohne Zuhörer:innen findet ein Sprechakt ebenso lediglich als Einbahnstraße statt, wie wenn die Sprechenden vor allem sich selbst gern reden hören. Wo wir schon dabei sind: Natürlich gefällt mir nicht immer, was andere zu sagen haben, aber vergessen wir nicht: Zuhören bedeutet nicht gleichzeitig zustimmen, so wenig wie etwas zu verstehen automatisch in Verständnis für alles mündet. *It's still a long way to go*, schätze ich, für einen Moment in meiner zweitliebsten Sprache, dem Englischen, das manche Stimmungen für mich so viel besser trifft als meine Muttersprache Deutsch. Mir ist klar, wie mühsam es ist, sich der Welt auszusetzen, sich all den Meinungen, Indoktrinierungen und Shitstorms zu stellen, die uns mal mehr, mal weniger entgegenwehen. Aber das ändert nichts daran, dass die Fähigkeit des Zuhörens ein zutiefst demokratischer Akt ist, dass wir alle gehört werden wollen, und dass wir auf alle anderen hören sollten, auch wenn es wehtut, auch wenn es unangenehm ist, weil wir schmerzhafte Wahrheiten erkennen. *Ich geh dich suchen*, denke ich mit den Worten von Momos Schildkröte – und glaube, dass wir alle auf der Suche sind. Nach einem Weg, uns verständlich zu machen, nach Menschen, die uns ohne Vorurteile zuhören und mit denen

wir das Gefühl haben, auf der hellen Seite stehen zu können.

Die Schönheit des Dazwischens

Die Nacht neigt sich endgültig dem Ende entgegen, und ich wundere mich immer wieder, dass es ab einem bestimmten Moment am Morgen diesen speziellen *point of no return* gibt: Auf einmal geht alles ganz schnell, gerade noch waren die Straßenlampen an und navigierten Auto- und Fahrradfahrer mit Licht durch die Stadt, und auf einmal legt sich nur noch ein leichter Grauschleier für ein paar wenige Minuten über den anbrechenden Tag. Es ist eine eigentümliche Zwischenwelt, in der noch alles möglich ist, in der der Tag noch das Potenzial für beides hat: das Positive wie das Negative. Dazwischen: Grau.

Die Farbe Grau ist eines der Stiefkinder der Farbwelt und wird im deutschen Sprachraum gern mit den Bedeutungen ‚unauffällig, unattraktiv' aufgeladen. Denken Sie zum Beispiel an die sprichwörtliche ‚graue Maus' – meist eine Frau, die ein Dasein außerhalb der Aufmerksamkeit fristet und wenig begehrt, dafür in Hollywood-Produktionen ein gern genutzter Plottwist, wenn aus dem Mauerblümchen auf einmal eine wunderschöne, farbenfrohe Rose wird. Grau sein will erst einmal niemand, sich grau fühlen verheißt selten etwas Gutes; sich in einem Zwischen-

raum zu befinden ist selten angenehm, wir haben es gern eindeutig, ob gleißend hell oder undurchdringlich dunkel – beides scheint uns spannender als der Kompromiss des Zwischendrin, des Unentschiedenen, der Mischform. Tun wir dieser unbunten Nicht-Farbe damit aber womöglich unrecht? Es gibt immer wieder Versuche ihrer Rehabilitation: „Ganz besonders spannend bei dieser Farbe ist, dass sie eben eine Nicht-Farbe ist und eine Farbe. Dass sie eine Abwesenheit darstellt, eine Negation. Und gleichzeitig eine Qualität, eine Anwesenheit, eine Fülle, und dass sie ein Modus sein kann oder eine Seinsform"[29], so Gregor Wedekind vom Institut für Kunstgeschichte der Universität Mainz. Die vornehmlichste Funktion der Farbe Grau ist es jedoch – begibt man sich auf eine Reise durch die Kunstgeschichte –, anderen Farben umso stärkeren Ausdruck zu verleihen. Ist Grau also der Zwischenraum, der Ton zwischen Hell und Dunkel, der Steigbügelhalter aller anderen Farben? Ich glaube nicht. Auch wenn wir Grau kaum oder manchmal sogar negativ wahrnehmen, hat es doch einen ganz eigenen Wert, so wie viele vermeintlich unscheinbare Dinge, die uns als ein Dazwischen scheinen, aber doch wertvoll sind. Wie eine Pause in einem Musikstück – denn eine Pause ist niemals nichts, sie ist ein ganz bewusst gesetzter Leerraum, in dem etwas nachklingen, in dem Luft geholt werden darf, manchmal ganz kurz, manchmal länger. Und manchmal, wie in John Cages weltberühmtem Stück *4'33*. Das Besondere daran: Für vier Minuten und 33

Sekunden spielen die jeweiligen Interpret:innen keine einzige Note, sondern verharren in Stille, dürfen aber selbst entscheiden, ob und wie sie sich bewegen wollen. Wir hören natürlich nicht nichts während dieser viereinhalb Minuten, ganz im Gegenteil. Im Nichtklang der Instrumente werden Nebengeräusche, das Räuspern oder Atmen des Publikums, ein Fußscharren, ein Knacken im Gebäude auf einmal überdeutlich. Cage schenkt uns allen damit die Möglichkeit zu verstehen, was wir hören, wenn es vermeintlich nichts zu hören gibt oder eben nicht das, was wir erwarten. Und am allerwenigsten sind wir im Gewusel des Alltags auf die Abwesenheit von Geschäftigkeit, Lautstärke und Stress eingestellt. Während der vielen Lockdowns zu Corona-Hochzeiten dürfte uns das allen besonders aufgefallen sein. Einfach mal nichts tun, einfach nur ... sein? Gar nicht so einfach.

Nichts zu tun zu haben, ist ein Zustand, der in dem System, in dem wir leben, wenig Raum hat. Das wurde mir erst vor ein paar Tagen wieder klar, als ich wie so oft durch Wien hetzte, zuvor einen Termin vergessen hatte und für einen zweiten auch schon zu spät dran war. Ich hatte mir den Tag zu vollgepackt, ein Meeting jagte das nächste. Wofür keine Zeit blieb: Verschnaufpausen zwischen den Besprechungen, und schon gar nicht dafür, die Ergebnisse aller Unterredungen sacken zu lassen und einen realistischen, schaffbaren Zeitplan daraus zu destillieren. Stattdessen rannte und rannte ich weiter, nur um

am Wochenende in komaartigen Schlaf zu fallen, aus dem ich am liebsten erst Wochen später wieder aufgewacht wäre. Und ich fragte mich: Was war da schiefgelaufen, dass mich dieses Gefühl immer wieder einholte? Warum fühlte ich mich rund um die Uhr müde, überarbeitet und dennoch so, als versagte ich ständig? Warum hielt ich leere Zeit so schlecht aus und hatte sofort ein schlechtes Gewissen, wenn ich mal einen Nachmittag lang nichts tat? Und vor allem: Warum kam mir Untätigkeit sehr schnell sehr dunkel und trist vor?

„Ein leerer Raum ist für eine Europäerin, der die Möbel darin fehlen, nutzlos, für einen Japaner, der das Potenzial des leeren Raumes für Schlafen, Essen, Arbeiten mitdenkt, wunderbar. (...) Wir entdecken nach und nach, dass verschiedene Kulturen Dinge verschieden sehen. Denn es kommt nicht nur darauf an, *was* wir wahrnehmen, sondern, *wie* wir es deuten“[30], meint Fleur Sakura Wöss und hat dafür auch ein Beispiel aus dem Japanischen: das Wort *ma* für Zwischenraum. Dieser Zwischenraum ist für Japaner:innen vielgestaltig und mehrdeutig, da er sich auf vieles beziehen kann: von Pausen in der Musik über den Abstand zwischen Menschen bis hin zu dem Zeitraum, in dem wir keiner Beschäftigung nachgehen. Das Schriftzeichen selbst setzt sich aus zwei Teilen zusammen, die getrennt voneinander ‚Tor‘ und ‚Sonne‘ bezeichnen – in der Anordnung sieht es tatsächlich so aus, als würde die Sonne durch ein Tor scheinen. Dass der Zwischenraum mächtig sein kann, kann man

schon im *Tao Te King* des chinesischen Philosophen Laotse finden. „Dreißig Speichen vereinen sich in der Nabe des Rades. Doch erst die Leere in der Mitte lässt das Rad sich drehen. Aus Lehm werden Gefäße geformt. Doch erst die Leere gibt dem Gefäß einen Sinn."[31] Da ist sie wieder, die Pause, die uns Raum für Inspiration, für Atem und Leichtigkeit schafft.

Genau so geht es auch unserem Gehirn – ohne Ruhepausen, ohne die Möglichkeit, in den Leerlauf zu schalten, findet keine Verarbeitung statt. Tun wir nichts, ist es aber nicht so, als fahre unser Gehirn all seine Aktivität komplett herunter – stattdessen springt ein System an, das inzwischen als ‚Default Mode Network (DMN)' bekannt ist. Anhand von Messungen konnte nachgewiesen werden, dass diese Gehirnregion weniger aktiv ist, wenn wir akut mit Problemlösungen beschäftigt sind, aber anspringt, wenn wir mit unseren Aufgaben fertig sind und uns zum Beispiel unseren Tagträumen widmen oder unsere Gedanken ohne konkretes Ziel wandern lassen. Forscher:innen gehen davon aus, dass das DMN in den Zeiten, die wir für das Bauen von Luftschlössern und Zukunftsvisionen nutzen, Schwerstarbeit leistet, die aber für unsere Auffassung von uns selbst als Person grundlegend ist: „Unser Gefühl, ein einheitliches Ich in der Zeit zu sein, könnte demnach eng damit zusammenhängen, dass wir tagträumend ständig an unserer Identität stricken: Wie war das damals, wie habe ich das empfunden, was könnte ich morgen tun?"[32] Unser Gehirn sorgt durch die Kommunikation im Hinter-

grund dafür, dass wir die Erfahrungen, die wir im linearen Verlauf unserer Lebenszeit machen, in einen sinnvollen Zusammenhang bringen und wir uns dadurch eine Identität bauen können, die in sich stimmig ist, und wir uns als eine Person erleben, die ihrer Identität nach handelt. Das ist einer der Grundpfeiler für ein Gefühl der existenziellen Sicherheit, das wir alle brauchen: zu wissen, wer man eigentlich ist, im Einklang mit sich selbst zu sein. Sich in einem Transitraum zu befinden, im Halbdunkel, im Limbo, sei es physisch oder psychisch, ist immer eine Belastung, die selbst die optimistischste Seele zumindest zeitweise verschattet.

Schatten müssen aber nicht immer zwangsläufig etwas Schlechtes bedeuten. Natürlich verbindet man sie zuerst und instinktiv mit Traurigkeit oder zumindest gedämpfter Stimmung. Jedoch können das Zwielicht, der Zwischenraum oder Zwischentöne auch angenehm und sogar identitätsstiftend sein. Tanizaki Jun'ichirō, einer der einflussreichsten japanischen Autoren des 20. Jahrhunderts, würde das wohl vehement bejahen und auf die identitätsstiftenden Lichtverhältnisse in der japanischen Architektur verweisen. In seinen ebenso weisen wie vergnüglichen Einlassungen, die unter dem Titel *Lob des Schattens* weltberühmt wurden, weist er unter anderem darauf hin, wie besessen andere Kulturen davon sind, dass alles bis auf den letzten Winkel hell ausgeleuchtet ist. „Muss man sich wirklich in einem Ausmaß um einen

Ort kümmern, der die Ausscheidungen des Körpers aufnehmen soll?", fragt er leicht irritiert beim Gedanken an europäische Sanitäranlagen, die ihn offensichtlich das Fürchten lehren. „Es macht sich besser, solche Orte in ein verschwommenes Halblicht zu tauchen und den Grenzbereich, von dem an es sauber oder weniger sauber wird, im Unklaren zu lassen."[33] Dazu passt, dass im asiatischen Raum dem allzu Hellen grundsätzlich zumindest mit Skepsis begegnet wird. So wird man sich schwertun, in Haushalten auf Hochglanz poliertes Besteck oder sonstige Waren zu finden, die wir in Europa nur glänzend geputzt kennen: Wasserkessel, Töpfe, Tassen – sie alle werden in Japan erst dann wirklich geschätzt, wenn sie ‚shou tse' aufweisen, den sogenannten ‚Handglanz' also, der sich erst einstellt, wenn ein Gegenstand durch viele Hände gegangen ist und sich seine Oberfläche aufgrund der ständigen Nutzung eingetrübt hat. Ob die Architektur von Wohnhäusern, die Kunst von Keramikgeschirr und Lackarbeiten, die erst im Zwielicht und im Zusammenspiel aus Licht und Dunkel ihre wahre Schönheit entfalten – Jun'ichirō nimmt deutlich die unterschiedliche Herangehensweise wahr, die Ostasiat:innen von anderen, ‚westlichen' Gesellschaften unterscheidet: „(...) wenn es an Licht fehlt, sei's drum – dann vertiefen wir uns eben in die Dunkelheit und entdecken darin eine ihr eigene Schönheit. Demgegenüber sind die aktiven Menschen des Westens ständig auf der Suche nach besseren Verhältnissen. Von der Kerze zur Lampe, von der Lampe zum

Gaslicht, vom Gaslicht zum elektrischen Licht fortschreitend, streben sie unablässig nach Helligkeit und mühen sich ab, selbst den geringfügigsten Schatten zu verscheuchen."[34] Jun'ichirō fürchtet also nicht so sehr das Dunkle, sondern zu viel Helligkeit, die seiner Meinung nach die asiatische Kultur verdrängt, weil sich diese mehr und mehr der westlichen mit ihren Leuchtreklamen, hell erleuchteten Straßen und allgemeinen Überbelichtung zuwende.

Sich ganz bewusst dem Dunkel auszusetzen, ist aufgrund dessen in Europa keineswegs so einfach möglich. Nicht immer können wir uns aussuchen, ob das Licht verlöscht oder die Helligkeit uns treu bleibt. Dieser Gedanke löst, zugegeben, erst einmal ein gewisses Unbehagen aus – der Wunsch, immer auf der Sonnenseite des Lebens zu stehen, ist so alt wie die Menschheit. Doch nicht immer ist in Dunkelheit oder Zwielicht getaucht zu sein etwas Negatives – Sie wissen ja jetzt, dass ich gerne morgens in der noch lichtlosen Wohnung sitze und meinen Gedanken nachhänge.

Eines der wenigen Ereignisse, bei denen Menschen rund um den Globus das Verschwinden von Licht, das sie selbst nicht beeinflussen können, tatsächlich als etwas Besonderes und fast Mythisches empfinden, ist das Phänomen der Sonnenfinsternis. Am 8. April 2024 war es wieder so weit: In den USA und in Mexiko war mit etwas Glück eine vollkommene Sonnenfinsternis zu erleben, bei der sich der Mond vor die Sonne schiebt und für einige Minuten den Tag verdunkelt.

Etwa zwei- bis fünfmal pro Jahr finden zumindest partielle Verdunkelungen über den Globus verteilt statt, komplette Sonnenfinsternisse allerdings sind eher rar gesät – für Österreich beispielsweise rechnet man erst wieder im Jahr 2081 mit einer.

War das Verschwinden der Sonne früher Auslöser von Ängsten bis hin zu Panik, hat sich dieses solare Event inzwischen zu einem echten Markt ausgewachsen. Selbsternannte ‚Sonnenfinsternis-Jäger:innen' reisen um die ganze Welt, um den Zauber, der von der verdeckten Sonne ausgeht, immer und immer wieder erleben zu dürfen, weil es *uralte, tief in uns verwurzelte Reaktionen in ihnen auslöst, ein tiefes Staunen, das gleichzeitig Angst einflößend und überwältigend ist.* „You do have kind of a primal reaction to it. I think I could almost feel in my body that something was very strange, but intellectually I knew that it was exciting. It's like both sides of awe – the fearful kind and the wonder-and-astonishment kind", beschreibt es die Journalistin Marina Koren in einer Podcast-Folge von *The Atlantic*. Es ist das Gefühl, dass etwas geschieht, das größer ist als man selbst, eine Erfahrung, die alle Sinne erfasst. Ein Star unter jenen, die Eklipsen folgen, ist der ehemalige Astrophysiker Fred Espenak. Er hat bereits 25 Sonnenfinsternisse über den ganzen Globus verteilt erlebt und bestätigt Korens Erlebnis: „No descriptions come close to what it's actually like. It was my first close encounter with what I call awe, true awe, where you feel insignificant and part of something much greater that you don't completely

understand."[35] *Demut vor etwas Größerem als man selbst also, etwas so Großem, dass das Ich bedeutungslos wird.* Ein schöner, tröstlicher Gedanke.

Doch es ist nicht nur reine Unterhaltung oder der Thrill, noch einmal und noch einmal die Sonne hinter dem Mond verschwinden zu sehen, die für viele eine Tür zu einer größeren Dimension eröffnet – sondern auch die Auseinandersetzung mit der eigenen Vergänglichkeit. „An eclipse is many things, but one of them is a measure of time. During the last eclipse, my youngest kid was in elementary school. Now he's thinking about college. And in 2045, which is when we'll see the next total eclipse of this scope and scale in the U.S., he will be nearing 40, which is impossible to contemplate"[36], rechnet die Moderatorin des Podcasts Hanna Rosin nach, und ich höre ihrer Stimme ein leichtes Zittern an beim Gedanken an die Vorstellung, *ihr Sohn sei in 20 Jahren Mitte vierzig*. Über 20 Jahre sind es, bis der Erdtrabant und die Sonne wieder so unterwegs sind, dass man in den USA Zeug:in des Spektakels werden kann. 20 Jahre – eine Zeitspanne, in der so viel Unvorhergesehenes geschehen kann, dass allein das Gedankenexperiment einen ein bisschen schwindlig macht. Allein die Vorstellung, dass zum Beispiel die eigenen Kinder dann in der Mitte ihres Lebens stehen oder, wie der bereits pensionierte Astrophysiker Fred Espenak sagt, man nicht davon ausgehen kann, dann noch am Leben zu sein, lässt eine gewisse Ehrfurcht vor der Endlichkeit unserer Existenz aufkommen.

Ich atme ein, ich atme aus bei diesem Gedanken. *Die Mitte des Lebens*, wiederhole ich, und verstehe, dass ich die Hälfte meiner Zeit auf der Erde aller Wahrscheinlichkeit erreicht oder vielleicht auch schon hinter mir habe. Und ich beginne erst jetzt ansatzweise zu verstehen, dass alles mit allem zusammenhängt, dass wir alle in ein enges unsichtbares Netz eingewoben sind, das uns verbindet und uns füreinander verantwortlich macht. Ich stehe auf, gehe zum Fenster und höre Fred am Ende der Podcastfolge zu Moderatorin Hanna Rosin sagen: „Thank you so much. Clear sky to everybody." *Klarer Himmel für alle*. Und das ist der Moment, in dem ich endlich anfange zu weinen.

8 Uhr: Hell

Es ist kein trauriges Weinen, das nun aus mir herausbricht, an diesem einen von vielen Morgen. Es ist ein Weinen, das alles umfängt und mich umarmt und mir einen Weg weisen will. Als die erste Idee für dieses Buch, das ich mich nun endlich so zu nennen traue, geboren wurde, steckte ich, das habe ich bereits angedeutet, in einer großen Phase der Veränderung. Mir war damals selbst nicht klar, wie sehr ich mir in den kommenden Wochen und Monaten – vermutlich auch noch in den Jahren, die kommen werden – in vielen Situationen selbst begegnen und mich oft nicht wiedererkennen würde. Es hatte sich bereits seit einiger Zeit abgezeichnet, tief unter meiner Haut saß ein Wollen, eine Frage, eine Idee, die mir zuflüsterte: Spürst du das auch, es ist zu klein, es ist zu dunkel, du kannst hier nicht bleiben. Und ich blieb nicht, ich packte meine Sachen und machte mich auf den Weg, der sich vor mir nur sehr undeutlich mit jedem Schritt etwas mehr zusammensetzte, während ich ihn ging und ihn immer noch gehe.

Mit einem Mal erinnere ich mich daran, wie es war, als ich Bekannten und Freund:innen das erste Mal davon erzählte, dass ich versuchen würde, ein Buch zu schreiben. Die Reaktionen waren stets euphorisch. ‚Worüber schreibst du denn?‘, war meistens die erste Frage – und auf meine Antwort, dass es um das Helle gehen sollte, erhielt ich als Reaktion beunruhigend

oft einen eigenartigen Gesichtsausdruck, eine hochgezogene Augenbraue, ein sorgenvolles Stirnrunzeln. ‚Interessantes Unterfangen', hörte ich oft, aber ebenso auch Bedenken, ob das ‚in Zeiten wie diesen' so eine gute Idee wäre, ob man mir das nicht vielleicht übelnehmen würde – und wie ich das überhaupt angehen wollen würde, über das Helle schreiben, wo es doch wirklich keinen Grund für Optimismus gebe.

Ich blinzle gegen das Morgenlicht, das ins Wohnzimmer fällt, es sieht aus, als werde es ein schöner, wolkenloser Tag. Vieles habe ich ausprobiert, als ich an diesen Text herangegangen bin, und noch mehr habe ich wieder verworfen. Und nun denke ich: Sie hatten alle ein bisschen recht, alles ist ein wenig dunkler geworden, als ich geplant hatte; manche Kapitel haben mich an Orte geführt, die mich selbst überraschten und die ich auf meiner inneren Landkarte nicht als Stopp eingezeichnet hatte. Andere wiederum, die ich fix auf meiner Liste hatte, habe ich unbeabsichtigt umschifft. Aber ich weiß, dass alles, was ich nun zu Papier gebracht, durchlebt und gefühlt habe bis hierher, ehrlich ist und so, wie ich es zu genau diesem Zeitpunkt schreiben kann und will. Das Nachdenken, Recherchieren, Staunen und Diskutieren hat die ein oder andere Tür geöffnet, mir Neues aufgezeigt, aber auch meine Grenzen und Herausforderungen, die ich gerne annehme.

Bis zum Ende der Schatten, habe ich eingangs geschrieben, möchte ich gehen, möchte ich sehen, wohin die Nacht mich führt. Das scheint mir nun sehr

vermessen, Schatten gehören untrennbar zu uns – und Licht ist ohne das Dunkel nun mal nicht zu denken. *Ob ich dem Hellen oder dem Dunklen nun näherstehe*, frage ich mich, auf meiner Unterlippe herumkauend. Bin ich darauf eine Antwort schuldig? Ich höre den Wolf im Schlafzimmer rumoren, ihn sich den Schlaf mit heiserem Husten aus dem Haar schütteln, bevor er, noch mit halb geschlossenen Augen, mit einem Winken und einem Lächeln an mir vorbei ins Bad tapst.

Ich mache mir Sorgen, um mich, um meine Lieben, um die Menschen an sich; um unseren Umgang mit der Welt, miteinander und oft auch gegeneinander. Aber ich glaube, starrsinnig und mit einer sturen Hoffnung, die nicht weggeht, dass die meisten Menschen das Gute wollen und auch danach streben. Ich vertraue auf die Verbundenheit von allem, egal wie dunkel alles scheinen mag. Ich vertraue auch der Dunkelheit, dass sie mir, dass sie uns etwas zu erzählen hat, wenn wir es wagen, auch ihr zuzuhören, welche Form auch immer sie annimmt. Ich weiß, ich darf weich und durchlässig sein, ich weiß, ich darf meiner Überzeugung folgen, dass Empathie der Schlüssel für (fast) alles ist. Und ich darf dem Leben vertrauen, dass es mich und uns alle durch Interesse, Lust und Tatkraft dorthin führt, wo wir gemeinsam an einer solidarischen, feministischen Gesellschaft mit gleichen Rechten und Pflichten bauen können.

Ich lächle, noch unter letzten Tränen, und nehme ein Flackern am Rand meines Sichtfelds wahr. Das grüne

Neonschild, das zu dem Installateur unter unserer Wohnung gehört, erlischt mit einem Flackern, und natürlich weiß ich die Antwort auf die Frage, die ich mir selbst gestellt habe:

„Hello, babies. Welcome to Earth. It's hot in the summer and cold in the winter. It's round and wet and crowded. At the outside, babies, you've got about a hundred years here. There's only one rule that I know of, babies – God damn it, you've got to be kind."[1]

Danke an …

… die Verlagsleiterin Katharina Schaller. Ohne sie gäbe es dieses Buch gar nicht. Danke für dein Vertrauen.

… Ilona Mader für das beste, einfühlsamste und schlauste Lektorat, das ich mir hätte wünschen können.

… das ganze Verlagsteam für die Unterstützung.

… die Kleeblatt-Ks: Kathrin, Katja, Katrin.

… das Korrektiv: Doris Lind, Lisa Höllebauer, Björn Lauer, Norbert Trawöger.

… die Klagenfurt-Kombo: Anita, Barbie, Birgit, Kathi, Lucia.

… mein Auffang-Netzwerk. Too many to name. Ihr wisst, wer ihr seid.

… meine Familie. Mama, Papa, Franzi, Henry, Oli, Nana, Roland. Für alles.

… den Wolf. I woof you.

Anmerkungen

3 Uhr: Dunkel

1 https://www.derstandard.at/story/2000082079528/wie-lange-ueberlebt-ein-mensch-ohne-schlaf
2 https://www.spektrum.de/frage/wie-lange-kann-man-wach-bleiben/1321562
3 https://www.faz.net/aktuell/gesellschaft/menschen/wie-johann-wolfgang-von-goethe-unsere-welt-verliess-15275980.html
4 von Arnim: Der Trost der Schönheit. Rowohlt 2023, S. 10

4 Uhr: Sehen

1 https://gastland-leipzig23.at/archive-des-schreibens-valerie-fritsch/
2 https://www.dwds.de/wb/hell und https://www.dwds.de/wb/licht
3 https://science.orf.at/stories/3217225/
4 https://rotary.de/wissenschaft/der-kampf-gegen-die-dunkel heit-a-2528.html
5 https://www.sueddeutsche.de/wissen/geschichte-spur-der-flammen-1.4034327
6 https://www.nachrichten.at/archivierte-artikel/serien/wir-oberoesterreicher/Gemma-Licht-schauen;art11547,68 156
7 https://sdgs.un.org/goals/goal7
8 Tracking SDG7 – The Energy Progress Report 2023, S. 7.
9 https://www.rosalux.de/news/id/50178/europas-jagd-nach-gas-befeuert-gruenen-kolonialismus
10 https://www.deutschlandfunk.de/umweltvertraeglichkeit-wachsender-energiehunger-in-afrika-100.html
11 https://www.dw.com/de/gasförderung-in-afrika-die-ver lockung-des-schnellen-geldes/a-63711886
12 https://www.rosalux.de/news/id/50178/europas-jagd-nach-gas-befeuert-gruenen-kolonialismus
13 https://www.derstandard.at/story/2000137585735/kongo-will-im-regenwald-nach-oel-und-gas-bohren-lassen
14 https://www.philips.at/a-w/about/news/archive/standard/news/lighting/20150120_Offizieller_Start_ins_Internationale_Jahr_des_Lichts.html

15 https://www.umweltdialog.de/de/wirtschaft/Innovation-Forschung/2022/Solarbetriebene-Mini-Grid-Technologie-fuer-Stromversorgung-in-Subsahara-Afrika.php
16 https://www.boersen-zeitung.de/kapitalmaerkte/sonnige-aussichten-fuer-solar-investments-in-afrika
17 https://www.deutschlandfunkkultur.de/gas-nigeria-algerien-kamerun-erneuerbare-100.html
18 https://www.bmbf.de/bmbf/de/home/_documents/potenzial atlas-wasserstoff-afr-ergieversorger-der-welt-werden.html
19 https://www.deutschlandfunkkultur.de/gas-nigeria-algerien-kamerun-erneuerbare-100.html
20 https://www.deutschlandfunkkultur.de/physiker-ueber-gott-licht-und-ewigkeit-die-universelle-100.html
21 https://www.bfs.de/DE/themen/opt/sichtbares-licht/einfueh rung/einfuehrung.html
22 https://www.washingtonpost.com/news/morning-mix/wp/2015/02/27/the-inside-story-of-the-white-dress-blue-dress-drama-that-divided-a-nation/
23 https://www.n-tv.de/wissen/Neurowissenschaftler-lueftet-Geheimnis-um-The-Dress-article23427438.html
24 Duffy: The Perils of Perception. Atlantic Books 2019, S. vii
25 Eddo-Lodge: Warum ich nicht länger mit Weißen über Hautfarbe spreche. Tropen 2016, S. 219
26 Ebenda, S. 215
27 Flaßpöhler: Sensibel. Klett Cotta 2021, S. 23
28 Khorsand: Pathos. Kremayr & Scheriau 2021, S. 8
29 Bregman: Utopien für Realisten. Ebook-Ausgabe. Rowohlt 2017
30 https://www.cicero.de/kultur/der-moralische-affe-mir/43457
31 Bregman (2019): Im Grunde gut. Rowohlt 2019, S. 23
32 https://slate.com/news-and-politics/2015/08/hurricane-katrina-10-years-later-the-myths-that-persist-debunked.html und https://www.npr.org/templates/story/story.php?storyId=4866925
33 https://www.theguardian.com/commentisfree/2009/aug/26/katrina-racism-us-media
34 Wurmb-Seibel: Wie wir die Welt sehen. Penguin 2022, S. 69

5 Uhr: Glauben

1 Khorsand: untertan. Leykam 2024, S. 59
2 https://www.derstandard.at/story/2000144417364/deine-firma-ist-nicht-deine-familie

3 https://www.deutschlandfunkkultur.de/arbeitswelt-die-firma-ist-nicht-deine-familie-100.html
4 Wiesböck: In besserer Gesellschaft. Kremayr & Scheriau 2018, S. 19
5 https://www.trend.at/karriere/salcher-erschoepfung-strategien
6 Bregman: Utopien für Realisten. Ebook-Ausgabe. Rowohlt 2017
7 Vgl. auch https://www.fro.at/7-das-mincome-experiment/
8 Forget: The town without poverty. A history of the North American Guaranteed Annual Income Social Experiments, 2008, https://nccdh.ca/images/uploads/comments/forget-cea_%282%29.pdf
9 https://kontrast.at/daniela-brodesser-interview/
10 Engelhorn: Geld. Kremayr & Scheriau 2022, S. 57
11 https://www.hoheluft-magazin.de/2016/09/geld-ist-eine-glaubensfrage/
12 Wolf: Verdammtes Licht. C.H. Beck 2019, S. 12
13 https://www.dwds.de/wb/Offenbarung
14 Horowitz, Ungewitter: Über Gott und die Welt. Ueberreuter 2023, S. 45
15 Horowitz, Ungewitter, S. 41
16 Drewermann: Wozu Religion? Ebook-Ausgabe. Picus 2013
17 https://www.youtube.com/watch?v=etlBZInTE-I
18 https://lithub.com/the-hero-we-need-keanu-reeves-is-demolishing-all-our-dumb-stereotypes/
19 https://www.spiegel.de/kultur/literatur/franzobel-zur-oesterreich-wahl-der-alpen-messias-und-seine-schaefchen-a-1289031.html
20 https://www.derstandard.at/story/2000070446553/kurz-macron-obama-und-das-messias-prinzip
21 https://www.derstandard.at/story/2000104960625/kollektives-gebet-fuer-sebastian-kurz-in-der-wiener-stadthalle
22 https://www.spiegel.de/ausland/donald-trump-warum-ihn-seine-anhaenger-als-gesandten-gottes-sehen-a-43164ecd-847f-436a-845c-7c8432455c82
23 https://www.nzz.ch/international/trump-das-geheimnis-seiner-wirkung-ld.1773256
24 Fukuyama: Identität. Hoffmann und Campe 2019, S. 13 f.
25 https://www.derstandard.at/story/3000000210219/argentiniens-rechter-praesident-schafft-mit-repressionen-den-sozialstaat-ab

26 https://elpais.com/argentina/2023-12-10/quien-es-karina-milei-hermana-pequena-y-estratega-del-nuevo-presidente-de-argentina.html
27 https://www.spiegel.de/ausland/donald-trump-warum-ihn-seine-anhaenger-als-gesandten-gottes-sehen-a-43164ecd-847f-436a-845c-7c8432455c82
28 Brockschmidt: Amerikas Gotteskrieger. Ebook-Ausgabe. Rowohlt 2021
29 https://www.theguardian.com/music/2024/mar/13/taylor-swift-us-election-politics-joe-biden-donald-trump
30 https://www.faz.net/aktuell/gesellschaft/menschen/taylor-swift-laut-us-magazin-forbes-nun-milliardaerin-19629138.html
31 https://www.newsweek.com/sports-music-were-havens-political-division-then-came-taylor-swift-opinion-1865640

6 Uhr: Fürchten

1 Khorsand, untertan, S. 135
2 Kullmann: Die Singuläre Frau. Hanser Berlin 2022, S. 23 f.
3 https://www.theatlantic.com/entertainment/archive/2014/02/what-great-artists-need-solitude/283585/
4 Assmann, Susemichel. „Um dich herum ist nur die Wand." In: an:schläge II/2024, S. 22
5 Vgl. die Zahlen der Studie „Die größten Ängste der Deutschen 2023", R6V Versicherungen unter https://www.ruv.de/newsroom/themenspezial-die-aengste-der-deutschen/grafiken-zahlen-ueberblick#pid=1
6 https://www.deutschlandfunkkultur.de/psychisch-krank-kinder-jugendliche-100.html
7 https://www.progressives-zentrum.org/wp-content/uploads/2023/02/Kollekt_Studie_Extrem_Einsam_Das-Progressive-Zentrum.pdf
8 Ramsauer: Angst. Kremayr & Scheriau 2020, S. 18
9 https://www.deutschlandfunkkultur.de/philip-manow-die-politische-oekonomie-des-populismus-von-100.html
10 https://www.politico.eu/article/austria-sleepwalking-far-right-victory-european-election-freedom-party-fpo-nazis-herbert-kickl/
11 https://www.stern.de/gesellschaft/profitieren-rechte-parteien-von-der-einsamkeit-vieler-menschen-34301648.html
12 Kastner: Dummheit. Kremayr & Scheriau 2021, S. 37 f.
13 Sudjic: Exponiert. Ebook-Ausgabe. August Verlag 2023

14 https://www.sueddeutsche.de/panorama/ede-niederlande-geiselnahme-1.6503702
15 https://www.spiegel.de/politik/deutschland/robert-habeck-auf-x-keine-hoffnung-auf-ein-rasches-und-friedliches-ende-des-ukraine-kriegs-a-71f3d7d3-1061-4d47-9558-ae96f4dc08ab
16 https://www.nytimes.com/2024/03/29/opinion/moscow-attack-putin-ukraine.html
17 https://www.quarks.de/gesellschaft/psychologie/konzentration-aufmerksamkeit-handy-konzentrationsfaehigkeit/
18 https://www.dasgehirn.info/entdecken/grosse-fragen/wie-sehen-wir-die-welt
19 Wurmb-Seibel: Wie wir die Welt sehen. Penguin 2022. S. 9
20 https://www.solutionsjournalism.org
21 Ebd.
22 https://www.zeit.de/gesellschaft/2023–09/schule-kinder-bildung-unesco-afghanistan
23 Ebd.
24 https://eua2022.protectingeducation.org/#overview
25 https://www.dw.com/de/faktencheck-warum-glauben-wir-fake-news/a-66070606
26 https://www.deutschlandfunk.de/ueber-glauben-und-wissen-irrwege-und-irrsinn-100.html
27 https://www.ardaudiothek.de/episode/sein-und-streit-deutschlandfunk-kultur/philosophin-ueber-vernunft-und-populismus-anti-aufklaerung-im-gewand-der-aufklaerung/deutschlandfunk-kultur/82816822/
28 Frick: Mutig denken. Ebook-Ausgabe. Reclam 2020
29 Ebd.
30 Ebd.
31 https://www.wienerzeitung.at/a/offener-brief-forderungen-gegen-digitale-hetzjagden
32 https://www.nius.de/pages/nius-wer-ueber-uns
33 von Arnim: Der Trost der Schönheit. Rowohlt 2023, S. 10
34 Bates: Männer, die Frauen hassen – Von Incels bis Pick Up Artists. &Töchter 2024, S. 14
35 Ebd, S. 194
36 https://www.swr.de/swr2/doku-und-feature/der-autoritaere-mann-doku-ueber-frauenhass-im-netz-swr2-feature-2023-12-01-100.html
37 https://story.ndr.de/incels/index.html

38 Ebner: Massenradikalisierung. Suhrkamp 2023, S. 34
39 Ebd.
40 https://www.amnesty.ch/de/laender/amerikas/usa/dok/2023/ein-jahr-nach-der-aufhebung-von-roe-vs-wade-hat-die-menschenrechtskrise-weiter-zugenommen
41 https://vorarlberg.orf.at/stories/3229811/
42 Endler: Das Patriachat der Dinge. Dumont 2021, S. 13
43 Ebd., S. 14
44 Ahmed: The Feminist Killjoy Handbook. Allen lane 2023, S. 2

7 Uhr: Fühlen

1 Kinsky: Störungen. Residenz 2024, S. 9
2 Duke: Quit. Ebook-Ausgabe. Ariston 2022
3 https://www.deutschlandfunkkultur.de/gehirne-aus-der-steinzeit-wer-angst-hat-trifft-keine-guten-100.html
4 Fritz: Toxische Weiblichkeit. Ebook-Ausgabe. Hanser Berlin 2024
5 https://www.welt.de/iconmagazine/icons/article248285866/Bryan-Johnston-Der-Tod-ist-ein-technisches-Problem-Der-Millionaer-der-taeglich-100-Pillen-schluckt.html
6 https://jacobin.de/artikel/superreiche-wollen-ewig-leben-das-ist-ein-problem-fuer-uns-alle-ungleichheit-vermoegen-silicon-valley-david-moscrop
7 Ebd.
8 https://www.nd-aktuell.de/artikel/1178551.studie-superreiche-in-deutschland-reicher-als-gedacht.html
9 https://www.faz.net/aktuell/wirtschaft/arm-und-reich/oxfam-studie-die-superreichen-werden-immer-reicher-19447057.html
10 https://www.peta.de/themen/hummer/#:~:text=1.%20Hummer%20altern%20nicht%20wie,wie%20die%20meisten%20anderen%20Tiere.
11 https://lila-podcast.de/wie-schwesterlichkeit-den-feminismus-besser-macht-mit-julia-korbik/
12 Korbik: Schwestern. Ebook-Ausgabe. Rowohlt 2024
13 Ebd.
14 https://www.deutschlandfunk.de/jung-und-den-menschen-nahe-wie-drei-frauen-in-belarus-den-100.html
15 Shparaga: Die Revolution hat ein weibliches Gesicht. Suhrkamp 2021, S. 13
16 https://anschlaege.at/freiheit-gleichheit-schwesterlichkeit/

17 Lunz: Die Zukunft der Außenpolitik ist feministisch. Econ 2021, S. 37
18 Strobl: Solidarität. Kremayr & Scheriau 2023, S. 63
19 Ende: Momo. K. Thienemanns Verlag Stuttgart 1973, S. 15
20 https://www.aphorismen.de/zitat/113786
21 https://oe1.orf.at/programm/20240328/753308/Von-der-Kunst-des-Zuhoerens-4
22 https://www.swr.de/swrkultur/wissen/zuhoeren-eine-vergessene-kunst-100.html
23 https://oe1.orf.at/programm/20240328/753308/Von-der-Kunst-des-Zuhoerens-4
24 Bode: Die vergessene Generation. Klett-Cotta 2004/2013, S. 13 f.
25 https://oe1.orf.at/programm/20240328/753308/Von-der-Kunst-des-Zuhoerens-4
26 Gümüşay: Sprache und Sein. Hanser Berlin 2020, S. 37
27 https://www.derstandard.at/story/2000144794976/arabisch-kannst-daheim-reden-wenn-lehrkraefte-sprachverbote-erteilen
28 Gümüşay, S. 58
29 https://www.deutschlandfunkkultur.de/eklatante-grauzone-der-kunstgeschichte-100.html
30 Wöss: Innehalten. Zen üben – Atem holen – Kraft schöpfen. Kösel 2017, S. 12
31 Übersetzung des chinesischen Originals von Fleur Sakura Wöss in Innehalten, S. 11
32 https://www.deutschlandfunk.de/schwerpunktthema-in-der-ruhe-liegt-die-kraft-100.html
33 Jun'ichirō: Lob des Schattens. Manesse 2010, S. 15
34 Ebd., S. 60 f.
35 https://www.theatlantic.com/podcasts/archive/2024/04/total-solar-eclipse-time-awe/677958/
36 Ebd.

8 Uhr: Hell

1 Vonnegut: God Bless You, Mr. Rosewater! Dell Publishing 1965, S. 93. Dieses wundervolle Zitat übersetze ich mir so: „Hallo, ihr Babies. Willkommen auf der Erde. Im Sommer ist es hier heiß, im Winter kalt. Die Welt ist rund und nass und ziemlich überfüllt. Von außen betrachtet, Babies, sind euch etwa hundert Jahre auf diesem Planeten beschert. Es gibt nur eine Regel, die ich kenne, Babies – gottverdammt, seid nett zueinander."

Alle Links wurden zuletzt am 5. Juli 2024 abgerufen.